A SEDE

Obras do autor publicadas pela Editora Record

Headhunters
Sangue na neve
O sol da meia-noite
Macbeth
O filho

Série Harry Hole
O morcego
Baratas
Garganta vermelha
Casa da dor
A estrela do diabo
O redentor
Boneco de Neve
O leopardo
O fantasma
Polícia
A sede
Faca

JO NESBØ

A SEDE

Tradução de
Gustavo Mesquita

2ª edição

EDITORA RECORD
RIO DE JANEIRO • SÃO PAULO
2022

CIP-BRASIL. CATALOGAÇÃO NA PUBLICAÇÃO
SINDICATO NACIONAL DOS EDITORES DE LIVROS, RJ

N371s
2ª ed.
Nesbø, Jo, 1960-
A sede / Jo Nesbø; tradução de Gustavo Mesquita. – 2ª ed. –
Rio de Janeiro: Record, 2022.

Tradução de: The Thirst
Sequência de: Polícia
ISBN 978-85-01-10971-2

1. Ficção norueguesa. I. Mesquita, Gustavo. II. Título.

17-44636

CDD: 839.823
CDU: 821.113.5-3

Título original norueguês:
TØRST

Copyright © Jo Nesbø 2017

Publicado mediante acordo com a Salomonsson Agency.
Copyright da tradução do norueguês para o inglês © Neil Smith 2017

Traduzido a partir do inglês *The Thirst*.

Texto revisado segundo o novo Acordo Ortográfico da Língua Portuguesa.

Todos os direitos reservados. Proibida a reprodução, no todo ou em parte, através de quaisquer meios. Os direitos morais do autor foram assegurados.

Direitos exclusivos de publicação em língua portuguesa somente para o Brasil adquiridos pela
EDITORA RECORD LTDA.
Rua Argentina, 171 – Rio de Janeiro, RJ – 20921-380 – Tel.: (21) 2585-2000, que se reserva a propriedade literária desta tradução.

Impresso no Brasil

ISBN 978-85-01-10971-2

Seja um leitor preferencial Record.
Cadastre-se no site www.record.com.br e receba informações sobre nossos lançamentos e nossas promoções.

Atendimento e venda direta ao leitor:
sac@record.com.br

Prólogo

Ele fitava o vazio esbranquiçado.
Como fazia havia quase três anos.
Ninguém o via, e ele não via ninguém. Exceto quando a porta abria e o vapor escapava dali, permitindo que distinguisse um homem nu por um breve instante antes que a porta voltasse a se fechar e tudo ficasse imerso em névoa.

A sauna fecharia em breve. Ele estava sozinho.

Ajustou um pouco mais o roupão de banho no corpo, levantou-se do banco de madeira e saiu, passando pela piscina vazia a caminho do vestiário.

Nada de chuveiros pingando, nada de conversas em turco, nada de pés descalços pisando nos ladrilhos. Ele se olhou no espelho. Passou um dedo pela cicatriz ainda visível depois da última cirurgia. Precisou de um bom tempo para se acostumar ao novo rosto. O dedo continuou descendo pelo pescoço, pelo peito e parou de repente no começo da tatuagem.

Ele abriu o cadeado do armário, vestiu a calça e pôs o casaco por cima do roupão ainda úmido. Amarrou os cadarços. Certificou-se de que estava mesmo sozinho antes de ir até um armário com um cadeado com segredo, marcado com um borrão de tinta azul. Girou os discos até ler 0999. Tirou o cadeado e abriu a porta. Permitiu-se admirar por um instante o grande e belo revólver ali dentro antes de segurar o cabo vermelho e colocar a arma no bolso do casaco. Depois, tirou o envelope e o abriu. Uma chave. Um endereço e algumas informações mais detalhadas.

Havia mais uma coisa dentro do armário.

De cor preta, feita de ferro.

Ele a segurou contra a luz, admirando, fascinado, a peça de ferro forjado.

Precisaria limpá-la e esfregá-la, mas já se sentia excitado só de pensar em usá-la.

Três anos. Três anos num vazio esbranquiçado, num deserto de dias ocos.

Era hora. Hora de voltar a beber da fonte da vida.

Hora de retornar.

Harry acordou com um sobressalto. Olhou para a penumbra do quarto. Era *ele* de novo, ele estava de volta, estava ali.

— Teve um pesadelo, querido? — A voz sussurrada ao seu lado era terna e suave.

Ele virou na direção dela. Os olhos castanhos observaram os seus. E o fantasma se desfez, evaporou no ar.

— Eu estou aqui — disse Rakel.

— E eu estou aqui — retrucou ele.

— Quem foi dessa vez?

— Ninguém — mentiu ele, e tocou o rosto dela. — Volte a dormir.

Harry fechou os olhos. Esperou até ter certeza de que Rakel tinha fechado os seus antes de voltar a abri-los. Observou o rosto dela. Ele o vira numa floresta dessa vez. Um pântano, imerso numa névoa branca que se espiralava em torno deles. O homem ergueu uma das mãos e apontou algo na direção de Harry, que conseguiu distinguir apenas o rosto demoníaco tatuado no peito nu. Então a névoa ficou mais densa, e o homem desapareceu. Outra vez.

— E eu estou aqui — sussurrou Harry Hole.

Parte Um

1

Noite de quarta-feira

O Jealousy Bar estava quase vazio, mas mesmo assim era difícil respirar.

Mehmet Kalak olhou para o homem e a mulher do outro lado do balcão enquanto servia vinho branco em suas taças. Quatro clientes. O terceiro era um sujeito que estava sentado sozinho à mesa, bebendo cerveja em pequenos goles, enquanto o quarto cliente era apenas um par de botas de caubói que despontava de um dos reservados, onde a escuridão ocasionalmente era substituída pelo brilho de uma tela de celular. Quatro clientes às onze e meia de uma noite de setembro na região mais boêmia de Grünerløkka. Terrível, e não podia continuar assim. Às vezes ele se perguntava por que havia deixado o emprego como gerente de bar no hotel mais badalado da cidade para assumir aquele bar decrépito com clientela de quinta. Talvez porque tinha acreditado que, ao aumentar os preços, conseguiria substituir os antigos clientes por aqueles que todos querem ter: os jovens ricos e despreocupados da vizinhança. Talvez porque precisasse de um lugar para se matar de trabalhar depois de ter terminado com a namorada. Talvez porque a oferta do agiota Danial Banks parecesse atraente depois que o banco recusou seu pedido de financiamento. Ou talvez apenas porque no Jealousy Bar era ele quem escolhia a música, não um maldito gerente de hotel que conhecia uma única melodia: o barulho da máquina registradora. Livrar-se da antiga clientela foi bem fácil — eles logo migraram para um bar barato a três quarteirões dali. Mas atrair novos clientes acabou se tornando muito mais complicado. Talvez fosse preciso repensar todo o conceito. Talvez uma única televisão de tela grande exibindo futebol turco não bastasse para justificar a definição de *sports bar*. E talvez ele precisasse substituir a música e se render a clássicos consagrados como U2 e Springsteen para os homens, e Coldplay para as mulheres.

— É, eu não marquei tantos encontros assim pelo Tinder — disse Geir, colocando a taça de vinho branco sobre o balcão. — Mas já deu para perceber que tem muita gente estranha por aí.

— Jura? — disse a mulher, contendo um bocejo. Tinha cabelos loiros curtos. Era magra. Trinta e poucos anos, chutou Mehmet. Fazia movimentos rápidos, um pouco nervosos. Olhos cansados. Trabalhava muito e frequentava a academia na esperança de que isso lhe trouxesse atributos que nunca teve. Mehmet observou Geir erguer a taça, segurando a haste com três dedos, como a mulher. Em seus incontáveis encontros marcados pelo Tinder, ele sempre pedia o mesmo que as mulheres, fosse uísque ou chá-verde. Para indicar que combinavam naquilo também.

Geir tossiu. Seis minutos já tinham se passado desde que a mulher entrara no bar, e Mehmet sabia que aquele era o momento de partir para o ataque.

— Você é mais bonita pessoalmente do que na foto de perfil, Elise — disse Geir.

— Você já disse isso, mas obrigada de novo.

Mehmet polia um copo, fingindo não escutar.

— Então me diga, Elise, o que você quer da vida?

Ela deu um sorriso resignado.

— Um homem que não julgue apenas pelas aparências.

— Concordo plenamente, Elise. O que importa é o que temos dentro de nós.

— Foi uma piada. Eu sou mais bonita na foto do perfil e, sinceramente, você também, Geir.

— Haha. — Geir olhou para a taça de vinho, sentindo ligeiramente o golpe. — Acho que a maioria das pessoas escolhe uma boa foto. Então você está em busca de um homem. Que tipo de homem?

— Um que goste de ficar em casa com três crianças. — Ela deu uma olhada no relógio.

— Haha. — O suor começava a brotar não apenas da testa de Geir, mas de toda sua grande cabeça raspada. E logo manchas de suor apareceriam embaixo das mangas de sua camisa *slim fit* preta, uma escolha estranha, visto que Geir não era nem *slim* nem *fit*. Ele brincou com a taça. — Esse é exatamente o tipo de humor que aprecio, Elise. Um cachorro é família suficiente para mim no momento. Você gosta de animais?

Tanrim, pensou Mehmet. Por que ele não desiste de uma vez?

— Quando conheço a pessoa certa, posso sentir isso aqui... e aqui. — Ele sorriu, abaixou o tom de voz e apontou para a virilha. — Mas é claro que você precisa descobrir se estou dizendo a verdade ou não. O que me diz, Elise?

Mehmet sentiu um calafrio. Geir partiu para o tudo ou nada, e sua autoestima estava prestes a sofrer outro duro golpe.

A mulher colocou a taça de lado e se inclinou um pouco para a frente. Mehmet precisou se esforçar para ouvir.

— Você me promete uma coisa, Geir?

— É claro. — A voz e o olhar dele estavam ansiosos como os de um cachorro.

— Depois que eu sair daqui, você nunca mais vai me procurar?

Mehmet teve de admirar Geir por conseguir dar um sorriso.

— É claro.

A mulher voltou a se recostar.

— Não que você pareça um *stalker* nem nada, Geir, mas eu já tive algumas experiências ruins. Um cara passou a me seguir. A ameaçar as pessoas que estavam comigo. Espero que você entenda a minha preocupação.

— Entendo. — Geir esvaziou a taça. — Como eu disse, tem muita gente estranha por aí. Mas não se preocupe, você está bem segura. Estatisticamente falando, a chance de ser vítima de assassinato é quatro vezes maior para um homem.

— Obrigada pelo vinho, Geir.

— Se um de nós três...

Mehmet apressou-se em desviar o olhar quando Geir apontou para ele.

— ... acabasse assassinado hoje à noite, a chance de ser você seria de uma em oito. Não, espere, tenho de dividir isso por...

Ela se levantou.

— Espero que você descubra a resposta. Tenha uma boa vida.

Geir continuou olhando para a taça de vinho por algum tempo depois que a mulher saiu, balançando a cabeça ao ritmo de "Fix You" numa tentativa de convencer Mehmet e quem mais estivesse olhando de que ele já deixara aquela experiência para trás, de que a mulher fora apenas uma canção pop de três minutos, tão insignificante quanto. Então ele se levantou e foi embora. Mehmet olhou em volta. As botas de caubói e o cara que bebia lentamente a cerveja também tinham saído. Ele estava sozinho. E podia respirar novamente. Usou o celular para mudar a playlist. A *sua* playlist. Bad Company. Uma banda com integrantes do Free, do Mott the Hoople e do King Crimson não tinha como ser ruim. E, com Paul Rodgers no vocal, não tinha como dar errado. Mehmet aumentou o volume até os copos começarem a vibrar às suas costas.

Elise desceu a Thorvald Meyers gate, passando pelos sóbrios prédios de quatro andares que, no passado, abrigaram trabalhadores numa parte pobre de uma cidade pobre, mas onde agora o metro quadrado custava tanto quanto em Londres ou Estocolmo. Setembro em Oslo. A escuridão finalmente estava de volta, e as intermináveis e irritantemente claras noites de verão havia muito tinham ficado para trás, junto com a histérica, alegre e ridícula personalidade da estação. Em setembro, Oslo retornava ao seu verdadeiro eu: melancólica, reservada, eficiente. Uma fachada sólida, mas não sem seus recantos obscuros e segredos. Exatamente como ela, ao que parecia. Elise apertou o passo; a chuva umedecia o ar, havia névoa, o espirro de Deus, como tentou poetizar um dos homens com quem ela se encontrou certa vez. Desistiria do Tinder. Amanhã. Chega. Chega de homens vulgares que a olhavam de um jeito que a fazia se sentir uma puta quando os encontrava nos bares. Chega de psicopatas e *stalkers* que grudavam feito lama, tomando seu tempo e sua energia, expondo-a ao perigo. Chega de fracassados patéticos que a faziam se sentir um deles.

Dizem que marcar encontros pela internet é o novo jeito descolado de conhecer pessoas, que não há motivo para se envergonhar, que todo mundo faz isso. Mas não é verdade. As pessoas se conhecem no trabalho, em salas de aula, por meio de amigos, na academia, em cafés, aviões, ônibus, trens. Elas se conhecem do jeito que devem se conhecer, quando estão relaxadas, sem pressão, e depois podem se apegar à ilusão romântica de inocência, pureza e capricho do destino. Ela *queria* essa ilusão. Apagaria seu perfil. Já dissera aquilo a si mesma, mas dessa vez apagaria mesmo, naquela noite.

Ela atravessou a Sofienberggata e pescou na bolsa a chave do portão ao lado do hortifrúti. Empurrou o portão e entrou na escuridão da passagem coberta. E estancou.

Eram dois.

Demorou alguns segundos até seus olhos se acostumarem à escuridão e ela enxergar o que eles seguravam. Os dois homens estavam com as calças abertas e o pau para fora.

Elise recuou instintivamente. Não olhou em volta, apenas rezou para que não houvesse mais ninguém atrás dela.

— Porra, foi mal. — A combinação de palavrão e desculpa foi dita por uma voz jovem. Dezenove, vinte anos, estimou Elise. Ele não estava sóbrio.

— Merda — disse o outro. — Você está mijando no meu tênis!

— Eu levei um susto!

Elise apertou o casaco contra o corpo e passou pelos dois rapazes, que se viraram de frente para o muro.

— Isso aqui não é banheiro público — repreendeu ela.

— Desculpe, estávamos apertados. Não vai acontecer de novo.

Geir descia apressado a Schleppegrells gate. Imerso em pensamentos. Não estava certo: dois homens e uma mulher não conferiam à mulher uma chance em oito de ser assassinada. A conta era bem mais complicada. *Tudo* sempre era muito mais complicado.

Acabava de passar pela Romsdalsgata quando algo o fez se virar. Um homem caminhava cerca de cinquenta metros atrás dele. Geir não tinha certeza, mas não era o mesmo cara parado do outro lado da rua olhando uma vitrine quando ele saiu do Jealousy Bar? Ele apertou o passo na direção de Dælenenga e da fábrica de chocolate. Não havia ninguém na rua lá, apenas um ônibus evidentemente adiantado, aguardando no ponto. Geir olhou para trás. O homem ainda estava à mesma distância. Ele tinha medo de gente de pele escura, sempre teve, mas não conseguia enxergar direito o sujeito. Estavam agora saindo do bairro branco de classe média rumo a uma área com muito mais conjuntos habitacionais e imigrantes. Geir via a porta de seu próprio prédio cem metros à frente. Mas, quando olhou para trás, viu que o homem tinha começado a correr, e o pensamento de que um somali traumatizado de Mogadíscio estava vindo em seu encalço o fez desatar a correr também. Geir não corria havia anos, e toda vez que seus pés tocavam o asfalto seu cérebro parecia sacudir, sua visão oscilava. Ele chegou à porta do prédio, enfiou a chave na fechadura na primeira tentativa, entrou rapidamente e bateu a pesada porta de madeira. Encostou a testa na madeira úmida e olhou pelo vidro no alto da porta. Não conseguia ver ninguém na rua. Talvez não fosse um somali. Geir não conseguiu conter a risada. Era ridículo como ficamos nervosos simplesmente por falar em assassinato. E o que Elise dissera mesmo sobre o *stalker*?

    Geir ainda estava sem ar quando abriu a porta de seu apartamento. Pegou uma cerveja na geladeira, notou que a janela da cozinha que dava para a rua estava aberta e a fechou. Foi até o escritório e ligou a luminária.

    Ele apertou uma das teclas do computador à sua frente, e a tela de vinte polegadas se acendeu.

    Digitou "Pornhub", e então "francesa" na caixa de busca. Seus olhos percorreram os thumbnails até encontrar uma mulher que tinha a cor do cabelo e o corte parecidos com os de Elise. As paredes do apartamento eram finas, então ele plugou os fones de ouvido antes de clicar duas vezes na imagem, abrir as calças e descê-las até os tornozelos. No final das contas, a mulher parecia tão pouco com Elise que Geir apenas fechou os olhos e se concentrou nos gemidos enquanto tentava formar a imagem da boquinha de Elise, da expressão de desdém em seus olhos, de sua blusa discreta, mas ainda assim sexy. Ele nunca teria aquela mulher. Nunca. A não ser assim.

Geir parou. Abriu os olhos. Soltou o pau quando os pelos da nuca se arrepiaram com a brisa fria que vinha de trás. Da porta que *sabia* ter fechado. Ele levou a mão aos fones de ouvido para tirá-los, mas já sabia que era tarde demais.

Elise passou o trinco pela porta, largou os sapatos no corredor e, como sempre, acariciou rapidamente sua fotografia com a sobrinha Ingvild, presa num canto do espelho. Era um ritual que não entendia bem; sabia apenas que saciava alguma necessidade humana profunda, como as histórias sobre o que acontece conosco após a morte. Ela entrou na sala e deitou no sofá em seu pequeno, mas aconchegante apartamento de dois quartos; pelo menos era seu. Deu uma olhada no telefone. Uma mensagem de texto do trabalho — a reunião da manhã havia sido cancelada. Ela não tinha dito ao cara que conheceu naquela noite que era advogada especializada em casos de estupro. E que as estatísticas dele sobre homens serem os alvos mais prováveis de assassinato não eram reais. Em homicídios com motivação sexual, a chance de a vítima ser mulher era quatro vezes maior. Esse foi um dos motivos para ter mandado trocar as fechaduras e instalar um pega-ladrão quando comprou o apartamento, algo raro na Noruega, e ainda estranhava toda vez que passava a corrente. Ela abriu o Tinder. Tinha dado match com três dos homens que ela havia demonstrado interesse mais cedo naquele dia. Ah, era disso que ela mais gostava. Não conhecê-los, mas saber que estavam por aí e que a desejavam. Será que se permitiria um último flerte, um último ménage virtual com seus três últimos estranhos antes de apagar a conta do aplicativo de uma vez por todas?

Não. Apague de uma vez.

Ela foi até o menu, clicou na opção e foi questionada se *realmente* queria apagar a conta.

Elise olhou para o dedo indicador. Estava trêmulo. Meu Deus, será que estava viciada? Viciada em saber que alguém — alguém que não a conhecia, mas ainda assim *alguém* — a queria exatamente como ela era? Bem, como ela era na foto do perfil, pelo menos. Estava completamente viciada, ou apenas um pouco? Descobriria a resposta se deletasse a conta e prometesse ficar um mês sem o Tinder. Um mês, e, se não conseguisse, então havia algo muito errado com ela. O dedo trêmulo se aproximou do botão. Mas se estivesse *mesmo* viciada, seria assim tão ruim? Todos nós precisamos sentir que temos alguém, que alguém nos tem. Ela leu que bebês podiam morrer se não tivessem o mínimo de contato físico. Duvidava de que isso fosse verdade, mas, por outro lado, qual era o sentido de viver sozinha, trabalhando com algo que a devorava por dentro e com amigos com quem, honestamente, socializava apenas pelo senso de dever, porque o medo da solidão a preocupava mais que as lamúrias tediosas sobre filhos e maridos ou a ausência de um ou outro? E se o homem certo para ela estivesse no Tinder naquele exato momento? Então, tudo bem, uma última vez. A primeira foto apareceu, e ela a arrastou para a esquerda. Para a lixeira, para o "não quero você". Fez o mesmo com a segunda. E a terceira.

A mente dela passou a vagar. Certa vez ela assistiu a uma palestra de um psicólogo que teve contato próximo com alguns dos piores criminosos do país, e ele afirmou que os homens matavam por sexo, dinheiro e poder, e as mulheres, por ciúme e medo.

Ela parou de arrastar as fotos para a esquerda. Havia algo vagamente familiar no rosto magro na fotografia, apesar da imagem escura e um pouco desfocada. Isso já havia acontecido antes, uma vez que o Tinder seleciona pessoas geograficamente próximas. E, de acordo com o aplicativo, aquele homem estava a menos de um quilômetro de distância, talvez naquele mesmo quarteirão. A fotografia desfocada sugeria que ele não havia pesquisado na internet as táticas de conquista no Tinder, o que já era um ponto positivo. A mensagem se resumia a um "oi" muito básico. Nenhuma tentativa de aparecer. Podia não ser incrivelmente criativo, mas ao menos sugeria certa autoconfiança. Sim, ela definitivamente gostaria de um homem que a abordasse numa festa e dissesse apenas "oi" com um olhar tranquilo e firme que significava "vamos levar isso adiante?". Ela arrastou a foto para a direita. Para o "estou-curiosa-a-seu-respeito".

E escutou o animado bipe do iPhone, que anunciava outro match.

Geir respirava forte pelo nariz.

Ele puxou a calça e lentamente girou a cadeira.

A luz da tela do computador era a única no quarto e iluminava apenas o tronco e as mãos da pessoa de pé atrás dele. Ele não via o rosto, apenas as mãos brancas que seguravam alguma coisa. Uma correia de couro preta. Com um laço na ponta.

A pessoa deu um passo à frente, e Geir recuou automaticamente.

— Sabe qual é a única coisa mais repugnante que você? — sussurrou a voz na escuridão quando as mãos esticaram a correia de couro.

Geir engoliu em seco.

— O cachorro — completou a voz. — Aquele maldito cachorro, de quem *você* jurou cuidar. Que caga no chão da cozinha porque ninguém se dá ao trabalho de levá-lo para passear.

Geir tossiu.

— Kari, por favor.

— Leve-o para passear. E não encoste em mim quando for para a cama.

Geir pegou a guia, e a porta bateu quando ela saiu.

Ele ficou sentado no escuro, piscando.

Nove, pensou. Dois homens e uma mulher, um assassinato. A chance de a mulher ser a vítima é de uma em nove, e não uma em oito.

Ao volante do velho BMW, Mehmet deixou as ruas do centro e subiu na direção de Kjelsås, com seus casarões, vistas para o fiorde e ar mais fresco. Entrou na silenciosa e sonolenta rua onde morava. E viu que um Audi R8 preto estava estacionado em frente à garagem ao lado da casa. Mehmet reduziu a velocidade, considerando por um momento acelerar e passar direto. Sabia que aquilo apenas adiaria a história. Por outro lado, era exatamente o que precisava. Um pouco de tempo. Mas Bank o encontraria de novo, e talvez agora fosse o momento certo. Estava escuro e silencioso, sem testemunhas. Mehmet estacionou junto à calçada. Abriu o porta-luvas. Olhou para o que vinha guardando ali nos últimos dias, especificamente para o caso de aquela situação acontecer. Guardou o objeto no bolso do casaco e respirou fundo. Desceu do carro e começou a caminhar na direção da casa.

A porta do Audi abriu, e Danial Banks desceu. Quando Mehmet o conheceu no restaurante Pearl of India, soube que o primeiro nome paquistanês e o sobrenome inglês provavelmente eram tão falsos quanto a assinatura no contrato duvidoso que os dois assinaram. Mas o dinheiro na maleta que ele empurrou sobre a mesa era de verdade.

O cascalho em frente à garagem estalou sob os sapatos de Mehmet.

— Bela casa — elogiou Danial Banks, recostando-se no R8 com os braços cruzados. — Seu banco não aceitou recebê-la como garantia?
— Eu pago aluguel — disse Mehmet. — O porão.
— Más notícias para mim — lamentou Danial Banks. Ele era bem mais baixo que Mehmet, mas não parecia, parado ali contraindo os bíceps debaixo do paletó bem-cortado. — Porque atear fogo na casa não vai nos ajudar se você não receber o seguro para pagar sua dívida, certo?
— Não, acho que não.
— Más notícias para você também, porque isso quer dizer que serei forçado a usar métodos mais dolorosos. Quer saber quais?
— Antes disso você não quer saber se eu posso pagar?
Banks fez que não e tirou algo do bolso.
— A prestação venceu três dias atrás, e eu disse que pontualidade é crucial. E para que *todos* os meus clientes, não apenas você, saibam que esse tipo de situação é intolerável, não posso abrir exceções. — Ele segurou o objeto sob a luz da garagem. Mehmet respirou fundo.
— Sei que não é muito original — disse Banks, inclinando a cabeça ao olhar para o alicate. — Mas funciona.
— Mas...
— Você pode escolher o dedo. A maioria prefere o mindinho esquerdo.
Mehmet a sentiu borbulhar. A raiva. Sentiu também o peito estufar ao encher os pulmões de ar.
— Tenho uma solução melhor, Banks.
— Ah, é?
— Sei que não é muito original — disse Mehmet, enfiando a mão direita no bolso do casaco. Então tirou o que estava escondendo ali e o segurou com as duas mãos na direção de Banks. — Mas funciona.
O agiota olhou para ele, surpreso. Assentiu devagar.
— Você tem razão — concordou, pegando o maço de notas que Mehmet lhe estendia e tirando o elástico.
— Isso paga o valor todo e os juros, até a última coroa — disse Mehmet. — Mas fique à vontade para contar.

Plim.
Um match no Tinder.
O som triunfante que o telefone faz quando alguém que você já arrastou para a direita também arrasta a *sua* foto para a direita.

A cabeça de Elise estava a mil, o coração martelando no peito.

Ela sabia que aquela era a tão conhecida reação ao som do match no Tinder: pulso acelerado por causa da emoção. E que aquilo liberava um caminhão de substâncias químicas felizes capazes de viciá-la. Mas não era por isso que o coração dela batia com tanta força, e sim porque o plim não veio do telefone *dela*.

O plim soou no exato momento em que ela arrastou a fotografia para a direita. A fotografia de uma pessoa que, de acordo com o Tinder, estava a menos de um quilômetro de distância.

Elise olhou para a porta fechada do quarto. Engoliu em seco.

O som deve ter vindo de um dos apartamentos vizinhos. Muitos solteiros moravam naquele prédio, muitos possíveis usuários do Tinder. E o silêncio agora era completo, mesmo no andar de baixo, onde as garotas estavam dando uma festa quando ela saiu, mais cedo. Mas existe apenas uma forma de se livrar de monstros imaginários. Conferindo se eles estão ali.

Elise se levantou do sofá e deu os quatro passos até a porta do quarto. Hesitou. Alguns casos que tinha visto no trabalho vieram à sua mente.

Então ela se recompôs e abriu a porta.

E ficou atônita, sem ar. Porque não havia ar. Não havia nenhum ar que ela pudesse respirar.

A luz acima da cama estava acesa, e ela logo viu as solas das botas de caubói despontando da cama. A calça jeans e um par de pernas compridas, cruzadas. O homem deitado ali era parecido com o da fotografia, meio na escuridão, meio fora de foco. Ele desabotoara a camisa para revelar o peito liso. E nele havia a tatuagem de um rosto. Foi aquilo que chamou a atenção dela em seguida. O rosto gritando em silêncio. Como se estivesse sufocado e tentasse respirar. Elise também não conseguia gritar.

Quando a pessoa se sentou na cama, a luz do celular que segurava iluminou seu rosto.

— Então nos reencontramos, Elise — sussurrou ele.

E a voz a fez perceber por que a foto do perfil lhe pareceu familiar. O cabelo dele estava de uma cor diferente. E ele devia ter passado por cirurgias plásticas no rosto. Ela conseguia ver as cicatrizes.

Ele ergueu a mão e enfiou algo na boca.

Elise começou a recuar, ainda o encarando. Então deu meia-volta, respirando fundo, ciente de que precisava de ar para correr, não para gritar. A porta de casa estava a apenas cinco metros de distância, seis, no máximo. Ela ouviu a cama ranger, mas o homem precisaria percorrer uma distância maior. Se ela conseguisse chegar às escadas, poderia gritar e pedir ajuda. Ela chegou ao hall e à porta, girou a maçaneta e a puxou, mas a porta ficou emperrada.

O trinco pega-ladrão. Ela tentou voltar a fechá-la e tirar a corrente, mas demorou demais, como um pesadelo sem fim. Elise soube que era tarde. Algo foi pressionado sobre sua boca, e ela foi arrastada para trás. Desesperada, enfiou a mão pelo vão acima da corrente, agarrou o caixilho da porta e tentou gritar, mas a mão enorme fedendo a nicotina apertou ainda mais sua boca. Ela foi puxada, e a porta bateu bem diante de seus olhos. A voz sussurrou em seu ouvido:

— Não gostou de mim? Você também não é tão bonita quanto na foto do perfil, querida. Nós dois só precisamos nos conhecer melhor, não tivemos essa chance da última v-vez.

A voz. E aquele gaguejo final, solitário. Elise já ouvira aquela voz. Ela tentou se libertar aos chutes e safanões, mas o homem a segurava com força. Ele a arrastou até o espelho do corredor. Apoiou a cabeça no ombro dela.

— Não foi culpa sua eu ter sido condenado, Elise, as provas eram contundentes. Não é por isso que estou aqui. Você acreditaria se eu dissesse que foi coincidência? — Então ele sorriu. Elise olhou para aquela boca. Os dentes pareciam ser de ferro, pretos e enferrujados, com pontas afiadas, como uma armadilha de urso.

Eles rangeram baixinho quando o homem abriu a boca. Será que tinha molas?

Agora ela lembrava os detalhes do caso. As fotografias da cena do crime. E sabia que logo estaria morta.

Então ele mordeu.

Elise Hermansen tentou gritar ao ver o sangue esguichando de sua garganta, mas o som foi abafado pela mão do homem tapando sua boca.

Ele levantou a cabeça. Olhou para o espelho. O sangue dela escorria pelas sobrancelhas dele, pelo cabelo, e pingava do queixo.

— Eu chamaria isso de m-match, querida — sussurrou ele. E mordeu outra vez.

Elise estava zonza. Ele não a segurava com tanta força agora, não precisava, porque um frio paralisante, uma escuridão estranha recaía lentamente sobre ela, tomava conta dela. Elise libertou um braço e estendeu a mão para a fotografia no canto do espelho. Tentou tocá-la, mas as pontas dos dedos não a alcançaram.

2

Manhã de quinta-feira

A luz morna do fim da manhã entrava pelas janelas da sala e esgueirava-se até o corredor.

A inspetora Katrine Bratt estava em frente ao espelho, calada e pensativa, olhando para a fotografia presa na moldura. A imagem mostrava uma mulher e uma menina sentadas numa pedra, abraçadas, enroladas em toalhas de banho grandes, os cabelos úmidos. Como se tivessem acabado de nadar num verão norueguês frio demais e tentassem se manter aquecidas agarrando-se uma à outra. Mas agora algo as separava. Um filete escuro de sangue escorria pelo espelho e pela fotografia, passando entre os rostos sorridentes. Katrine Bratt não tinha filhos. Podia até ter desejado tê-los no passado, mas não agora. Agora ela era uma mulher solteira e focada no trabalho, e estava feliz com isso. Não estava?

Ela ouviu uma tosse baixa e ergueu os olhos. Deu de cara com um rosto coberto de cicatrizes, testa saliente e excepcionalmente alta. Truls Berntsen.

— O que foi, agente? — perguntou ela.

Katrine viu o rosto dele se fechar diante do lembrete de que ainda era um agente depois de quinze anos de polícia e, por este e muitos outros motivos, jamais teria tido a oportunidade de estar na Divisão de Homicídios se não houvesse sido transferido para o setor pelo amigo de infância e chefe de polícia Mikael Bellman.

Ele deu de ombros.

— Nada importante, você está à frente da investigação. — Ele a encarou com um olhar frio e canino que era ao mesmo tempo submisso e hostil.

— Fale com os vizinhos — ordenou Bratt. — Comece pelo andar de baixo. Estamos interessados em qualquer coisa que tenham ouvido ou visto ontem, durante o dia e à noite. Mas já que Elise Hermansen morava sozinha, também queremos saber com que tipo de homem se relacionava.

— Você acha que foi um homem, e que os dois já se conheciam?

Apenas naquele momento ela viu o jovem, o rapaz ao lado de Berntsen. Rosto franco. Cabelos loiros. Bonito.

— Anders Wyller. É meu primeiro dia. — A voz era aguda, e ele sorria com os olhos; Katrine considerou isso um indício de que ele tinha certeza de que cativava as pessoas ao redor. As referências do antigo chefe dele na delegacia de Tromsø mais pareciam uma declaração de amor. Mas, para ser justa, o currículo estava à altura. Excelentes notas na Academia de Polícia dois anos atrás e bons resultados como agente em Tromsø.

— Ande logo, Berntsen — ordenou Katrine novamente.

Ela encarou os passos arrastados como um protesto passivo por receber ordens de uma mulher, ainda por cima mais jovem.

— Bem-vindo — disse ela, estendendo a mão para Wyller. — Desculpe por não termos estado lá na sede de polícia para cumprimentá-lo no seu primeiro dia.

— Os mortos têm prioridade sobre os vivos — disse o rapaz. Katrine reconheceu a citação de Harry Hole, viu que Wyller olhava para sua mão e percebeu que ainda usava luvas de látex.

— Não toquei em nada nojento — disse ela.

Ele sorriu. Dentes brancos. Dez pontos a mais.

— Sou alérgico a látex — retrucou ele.

Vinte pontos a menos.

— Tudo bem, Wyller — disse Katrine Bratt, ainda estendendo a mão. — Estas luvas não levam talco e têm baixo índice de alérgenos e endotoxinas, e, se vai trabalhar com homicídios, você terá de usá-las com bastante frequência. Mas é claro que sempre podemos transferi-lo para a Divisão de Crimes Financeiros ou...

— Acho que não. — Ele riu e apertou a mão de Bratt. Ela sentiu o calor através do látex.

— Meu nome é Katrine Bratt, sou a inspetora designada para este caso.

— Eu sei. Você trabalhou no grupo Harry Hole.

— No grupo Harry Hole?

— A Sala das Caldeiras.

Katrine fez que sim. Nunca tinha pensado naquilo como o *grupo Harry Hole*, o pequeno grupo de três detetives formado para trabalhar no caso dos assassinatos de policiais... Mas o nome era apropriado. Desde então, Harry saiu de cena novamente para dar aulas na Academia de Polícia, Bjørn trabalhava na Perícia Técnica em Bryn e ela foi transferida para a Homicídios, onde agora era inspetora.

Os olhos de Wyller brilhavam, e ele ainda sorria.

— É uma pena que Harry Hole não...

— É uma pena não termos tempo para conversar agora, Wyller; temos um homicídio para investigar. Vá com Berntsen. Escute e aprenda.

Anders Wyller deu um sorriso de canto de boca.

— Você quer dizer que o *agente* Berntsen tem muito a me ensinar?

Bratt arqueou uma sobrancelha. Jovem, confiante, destemido. Até aí, ótimo, mas ela pedia a Deus que não fosse mais um aspirante a Harry Hole.

Truls Berntsen tocou a campainha com o polegar e a ouviu soar dentro do apartamento. Percebeu que precisava parar de roer as unhas e afastou o dedo.

Quando procurou Mikael e pediu para ser transferido para a Homicídios, o amigo perguntou o porquê. E Truls deu uma resposta sincera: queria subir um pouco mais na cadeia alimentar, mas sem precisar se matar de trabalhar. Qualquer outro chefe de polícia teria atirado Truls porta afora, mas Mikael não podia fazer isso. Sabiam podres demais um do outro. Quando jovens, os dois eram ligados por algo parecido com uma amizade, depois um tipo de simbiose, como uma rêmora e um tubarão. Mas agora estavam ligados por seus pecados e pela garantia mútua de silêncio. Assim, Truls Berntsen nem precisou de qualquer fingimento quando fez o pedido.

Mas agora ele começava a se perguntar o quanto aquele pedido fora sensato. A Homicídios tinha dois postos de trabalho: inspetores e analistas. E quando o chefe da divisão, Gunnar Hagen, disse que ele podia escolher o que queria fazer, Truls percebeu que dificilmente esperariam que assumisse maiores responsabilidades. O que, para ele, estava ótimo. Mas precisava admitir que se sentiu incomodado quando a inspetora Katrine Bratt lhe apresentou as instalações, sempre se dirigindo a ele como "agente" e tendo todo o cuidado do mundo ao explicar como funcionava a cafeteira.

A porta abriu. Três garotas estavam ali paradas olhando para ele com expressão de pavor. Evidentemente, ficaram sabendo o que tinha acontecido.

— Polícia — disse ele, mostrando a identificação. — Tenho algumas perguntas. Vocês ouviram qualquer coisa entre...

— ... algumas perguntas, e gostaríamos de saber se vocês podem nos ajudar — disse uma voz atrás dele. O novato. Wyller. Truls viu parte do pavor desaparecer do rosto das garotas, agora quase radiantes.

— É claro — disse a que abriu a porta. — Vocês sabem quem... quem... a *matou*?

— Obviamente não podemos falar nada sobre isso — respondeu Truls.

— Mas o que podemos dizer é que não há motivo para terem medo — interveio Wyller. — Estou certo em pressupor que vocês são estudantes e dividem esse apartamento?

— Sim — responderam as três em coro, como se todas quisessem ser a primeira.

— Podemos entrar? — perguntou Wyller, com um sorriso tão branco quanto o de Mikael Bellman, notou Truls.

As garotas os conduziram até a sala, e duas delas rapidamente tiraram garrafas de cerveja e copos de cima da mesa e saíram.

— Tivemos uma festinha aqui ontem à noite — explicou, acanhada, a que abriu a porta. — É terrível.

Truls não sabia se ela se referia ao assassinato da vizinha ou ao fato de o trio estar dando uma festa enquanto o crime acontecia.

— Você ouviu qualquer coisa ontem entre as dez e a meia-noite? — perguntou Truls.

A garota fez que não com a cabeça.

— E Else...

— Elise — corrigiu Wyller enquanto tirava um bloquinho e uma caneta do bolso. Ocorreu a Truls que ele talvez devesse ter feito a mesma coisa.

Truls pigarreou.

— A vizinha de vocês tinha namorado, alguém que aparecesse por aqui com frequência?

— Não sei — respondeu a garota.

— Obrigado, é só — disse Truls, virando-se na direção da porta quando as outras duas garotas voltaram.

— Talvez também devêssemos ouvir o que vocês têm a dizer — sugeriu Wyller. — A amiga de vocês disse que não ouviu nada ontem e que não sabia se Elise Hermansen estava saindo com alguém. Alguma de vocês tem algo a acrescentar?

As duas trocaram um olhar antes de se virarem para ele e fazerem um gesto negativo com as cabeças loiras. Truls percebeu como toda a atenção das garotas estava concentrada no jovem detetive. Aquilo não o incomodava; ele tinha bastante experiência em ser ignorado. Estava acostumado àquela pequena pontada no peito, como na época do ensino médio em Manglerud, quando Ulla finalmente se dirigia a ele, mas apenas para perguntar se sabia onde Mikael estava. E — lembrando que aquilo ocorreu antes da era dos celulares — se ele podia dar um recado ao amigo. Em certa ocasião, Truls respondeu que seria difícil, já que Mikael tinha ido acampar com uma namorada. Não que fosse verdade, mas uma vez na vida queria ver a mesma dor, sua própria dor, refletida nos olhos dela.

— Quando vocês viram Elise pela última vez? — perguntou Wyller.

Agora as três se entreolharam.

— *Nós* não a vimos, mas...

Uma delas deu uma risadinha, e em seguida cobriu a boca com a mão ao perceber o quanto era inapropriado. A garota que abriu a porta pigarreou.

— Enrique ligou hoje de manhã e disse que ele e Alfa pararam para fazer xixi na passagem coberta antes de irem para casa.

— Eles são, tipo, muito idiotas — completou a mais alta.

— Eles só estavam um pouco bêbados — disse a terceira. Ela soltou outra risadinha.

A garota que abriu a porta encarou as duas com um olhar que pedia compostura.

— Enfim. Uma mulher entrou quando estavam lá, e eles ligaram para se desculpar caso o comportamento deles nos trouxesse problemas.

— O que foi muita consideração da parte deles — comentou Wyller.

— E eles acham que essa mulher era...

— Eles *têm certeza*. Leram na internet que "uma mulher de trinta e poucos anos" foi assassinada e viram a foto do nosso prédio, então pesquisaram no Google e acharam uma foto dela num jornal on-line.

Truls resmungou. Odiava jornalistas. Bando de abutres de merda. Ele foi até a janela e olhou para a rua. Lá estavam eles, do outro lado do cordão de isolamento policial, com as lentes enormes que, para Truls, mais pareciam bicos de abutre sempre que eles seguravam as câmeras na frente do rosto, na esperança de captar um relance do corpo quando fosse carregado para fora. Ao lado da ambulância que aguardava na rua estava um sujeito de gorro rastafári com faixas verde, amarela e vermelha, conversando com os colegas de branco. Bjørn Holm, da Perícia Técnica. Ele cumprimentou sua equipe com um gesto de cabeça e voltou a desaparecer prédio adentro. Sua postura era levemente curvada, encolhida, como se ele estivesse com dor de barriga, e Truls se perguntou se isso teria a ver com os boatos de que aquele caipira com olho de peixe e cara de lua tinha tomado um pé na bunda de Katrine Bratt. Bom. Era bom que outra pessoa sentisse como era ser dilacerado por dentro. A voz esganiçada de Wyller zumbia ao fundo.

— Então os nomes deles são Enrique e...

— Não, não! — As garotas riram. — Henrik. E Alf.

Truls trocou um olhar com Wyller e gesticulou para a porta.

— Muito obrigado, meninas, é só — disse Wyller. — Aliás, é bom eu anotar os números de telefone.

As três o olharam com um misto de medo e prazer.

— De Henrik e Alf — acrescentou ele com um sorriso irônico.

Katrine estava no quarto, atrás da médica-legista, que trabalhava agachada ao lado da cama. Elise Hermansen estava deitada de costas sobre o edredom. Mas a mancha em sua blusa indicava que se encontrava de pé quando o sangue esguichou. Provavelmente em frente ao espelho no corredor, onde o tapete estava tão encharcado que ficou colado ao piso de parquet. A pouca quantidade de sangue no rastro entre o corredor e o quarto indicava que o coração provavelmente tinha parado de bater ainda no corredor. Com base na temperatura corporal e no *rigor mortis*, a legista estimou a hora da morte entre onze da noite e uma da manhã, e a causa provavelmente foi perda de sangue por perfuração da artéria carótida em uma ou mais das incisões sofridas na lateral do pescoço, logo acima do ombro esquerdo.

As calças e a calcinha estavam arriadas até os tornozelos.

— Raspei e cortei as unhas dela, mas não vejo sinais de pele a olho nu — disse a legista.

— Desde quando vocês fazem o trabalho da Perícia Técnica? — perguntou Katrine.

— Desde que Bjørn disse que fizéssemos isso — respondeu a mulher. — Ele pediu com toda a delicadeza do mundo.

— Sério? Mais algum ferimento?

— Ela tem um arranhão no braço esquerdo e uma farpa de madeira na parte interna do dedo médio da mão esquerda.

— Algum sinal de violência sexual?

— Nenhum sinal visível de violência na genitália, mas há isso aqui... — Ela segurou uma lupa sobre o abdome da vítima. Katrine viu um rastro fino e brilhante. — Pode ser saliva, dela ou de outra pessoa, mas parece mais fluido pré-ejaculatório ou sêmen.

— Vamos torcer que sim — comentou Katrine.

— Vamos *torcer* para que ela tenha sofrido violência sexual? — Bjørn Holm havia entrado no quarto e estava atrás dela.

— Se sofreu, todas as evidências sugerem que aconteceu *post mortem* — retrucou Katrine sem se virar. — Então ela já estava morta. E eu gostaria muito de um pouco de sêmen.

— Eu estava brincando — disse Bjørn baixinho com seu agradável sotaque de Toten.

Katrine fechou os olhos. É claro que ele sabia que sêmen era o "abre-te sésamo" de um caso como aquele. E é claro que estava brincando, que tentava aliviar o clima pesado e a mágoa que pairavam entre eles nos três meses desde que ela foi embora. Katrine também estava tentando. Mas simplesmente não conseguia.

A médica-legista olhou para os dois.

— Terminei aqui — disse, ajeitando o *hijab*.

— A ambulância já chegou. Vou chamar meu pessoal para levarmos o corpo — disse Bjørn. — Obrigado pela ajuda, Zahra.

A legista fez que sim com a cabeça e saiu apressada, como se também tivesse notado o clima.

— Então? — perguntou Katrine, esforçando-se para olhar para Bjørn. Esforçando-se para ignorar o olhar dele, mais triste que suplicante.

— Não há muito o que dizer — disse ele, coçando a espessa barba ruiva que se prolongava até embaixo do gorro rastafári.

Katrine esperou, torcendo para que ainda estivessem se referindo ao assassinato.

— Ela não parecia se preocupar muito com a limpeza da casa. Encontramos cabelos de um monte de gente, principalmente de homens, e é muito pouco provável que todos tenham estado aqui na noite passada.

— Ela era advogada — comentou Katrine. — Uma mulher solteira com um trabalho difícil como esse podia não dar tanta importância à limpeza quanto você.

Bjørn sorriu por um instante, sem responder. E Katrine sentiu o peso na consciência que ele sempre provocava nela. Os dois nunca discutiram por causa da limpeza, é claro, já que Bjørn sempre se adiantava para lavar a louça, para limpar a escada, para lavar a roupa e o banheiro e sempre estendia os lençóis no varal sem críticas ou discussões. Como com todo o restante. Nenhuma maldita discussão durante todo o ano em que moraram juntos; ele sempre se esquivava delas. E sempre que Katrine o magoava ou simplesmente estava no pior dos humores, lá estava ele, atencioso, abnegado, incansável, como uma porra de um robô irritante, fazendo-a se sentir cada vez mais uma princesa com cérebro de ervilha à medida que ele a colocava num pedestal cada dia mais alto.

— Como você sabe que os cabelos são de homens? — perguntou ela num suspiro.

— Uma mulher solteira com um trabalho difícil... — respondeu Bjørn sem olhar para ela.

Katrine cruzou os braços.

— O que você está tentando dizer, Bjørn?

— O quê? — O rosto pálido dele corou um pouco, e seus olhos ficaram mais esbugalhados que de costume.

— Que meu trabalho é fácil? Tudo bem, se você quer mesmo saber, eu...

— Não! — Bjørn ergueu as mãos num gesto de defesa. — Eu não quis dizer isso. Foi só uma piada sem graça.

Katrine sabia que deveria sentir pena. E sentia, de certa forma. Apenas não era o tipo de pena que fazia uma pessoa querer abraçar a outra. Aquilo estava mais para escárnio, o tipo de escárnio que despertava nela uma vontade de dar um tapa na cara dele, de humilhá-lo. E foi por isso que terminou com ele: porque não queria ver Bjørn Holm, um bom homem, humilhado. Katrine Bratt respirou fundo.

— Então, homens?

— Os fios são, em sua maioria, curtos — explicou Bjørn. — Precisaremos esperar a análise para confirmar. E temos DNA suficiente para manter o Laboratório Nacional de Criminalística ocupado por um bom tempo.

— Tudo bem — disse Katrine, voltando a atenção para o corpo. — Alguma ideia da arma com que ele a esfaqueou? Ou golpeou, já que são tantas incisões próximas?

— Não é tão fácil de ver, mas elas formam um padrão — explicou ele. — Dois padrões, na verdade.

— Ah, é?

Bjørn foi até o corpo e apontou para o pescoço da mulher, logo abaixo dos curtos cabelos loiros.

— Está vendo que as incisões formam duas pequenas ovais sobrepostas, uma aqui... e a outra aqui?

Katrine inclinou a cabeça.

— Agora que você mencionou...

— Como marcas de mordida.

— Puta merda. Um animal?

— Quem sabe? Mas imagine uma dobra de pele sendo pressionada e arrancada quando a mandíbula e o maxilar se fecham. Isso deixaria uma marca como essa... — Bjørn tirou um pedaço de papel translúcido do bolso, e Katrine instantaneamente reconheceu o embrulho do almoço que ele levava para o trabalho todo santo dia. — Parece que coincide com a mordida de alguém de Toten.

— Dentes humanos não podem ter feito isso no pescoço dela.
— Concordo. Mas o padrão é humano.

Katrine umedeceu os lábios.

— Tem gente que lixa os dentes para eles ficarem mais afiados.
— Se foram dentes, podemos encontrar saliva nos ferimentos. De qualquer forma, se os dois estavam de pé sobre o tapete do corredor quando ele a mordeu, as marcas indicam que ele estava atrás dela, e que ele é mais alto.
— A médica-legista não encontrou nada debaixo das unhas, então eu imagino que o homem a segurava com força. Um homem forte de estatura mediana ou um pouco mais alto, com os dentes de um predador.

Eles ficaram em silêncio, olhando para o corpo. Como um jovem casal numa galeria de arte ouvindo opiniões aqui e ali para impressionar outras pessoas, pensou Katrine. A única diferença era que Bjørn nunca tentou impressionar ninguém. Quem fazia isso era ela.

Katrine ouviu passos no corredor.

— Não quero mais ninguém aqui dentro! — berrou.
— Só vim informar que havia gente em apenas dois apartamentos, e ninguém viu nem ouviu nada. — A voz aguda de Wyller. — Mas acabo de falar com dois rapazes que viram Elise Hermansen quando ela chegou em casa. Disseram que estava sozinha.
— E esses rapazes são...
— Nenhum dos dois tem ficha, e eles tinham um recibo de táxi para provar que saíram daqui um pouco depois das onze e meia. Disseram que ela chegou quando urinavam na passagem coberta da entrada. Intimo os dois para depoimento?
— Não foram eles, mas sim.
— Tudo bem.

Wyller se afastou.

— Ela voltou para casa sozinha e não há sinais de arrombamento — disse Bjørn. — Você acha que ela o deixou entrar?
— Não, a não ser que o conhecesse bem.
— Não?
— Elise era advogada, conhecia os riscos, e aquele trinco pega-ladrão na porta parece ser bem novo. Acho que ela era bastante cuidadosa.

Katrine se agachou ao lado do corpo. Olhou para a farpa de madeira entranhada no dedo médio. E para o arranhão que tinha no braço.

— Advogada — disse Bjørn. — Onde?

— Hollumsen & Skiri. Foram eles que ligaram para a polícia quando ela não apareceu e não atendeu o telefone. Não é exatamente raro que advogados sejam vítimas de ataques.

— Você acha...

— Não; como eu disse, não acho que ela tenha deixado alguém entrar. Mas... — Katrine franziu o cenho. — Você concorda que essa farpa é rosada?

Bjørn olhou por cima dela.

— Branca, com certeza.

— Rosada — disse Katrine, levantando-se. — Venha aqui.

Eles foram até o corredor. Katrine abriu a porta e apontou para a madeira lascada no caixilho do lado de fora.

— Rosada.

— Se você está dizendo...

— Você não está vendo? — perguntou ela, incrédula.

— As pesquisas mostram que as mulheres geralmente enxergam mais nuances de cor que os homens.

— Mas você está vendo *isso*, não está? — perguntou Katrine, segurando a corrente do pega-ladrão.

Bjørn chegou mais perto. Sentir o cheiro dele foi um choque para ela. Talvez fosse apenas desconforto com a intimidade súbita.

— Uma lasca de pele — disse ele.

— O arranhão no braço dela. Entendeu?

Bjørn assentiu devagar.

— Ela se arranhou no pega-ladrão, então a corrente estava no trinco. Ela não tentou evitar que alguém entrasse, ela lutou para sair.

— Não costumamos usar pega-ladrão na Noruega, nós confiamos nas fechaduras, esse é o senso comum. E se Elise tivesse deixado o assassino entrar, se esse homem forte fosse alguém que ela conhecia, por exemplo...

— ... ela não teria se dado ao trabalho de passar a corrente depois de abrir a porta para ele. Porque teria se sentido segura. Portanto...

— Portanto ele já estava no apartamento quando ela chegou em casa — concluiu Katrine.

— Sem que ela soubesse — completou Bjørn.

— Por isso ela passou o pega-ladrão, porque acreditava que o perigo estava do lado *de fora*. — Katrine sentiu um calafrio. Para estes momentos havia a expressão "satisfação mórbida". Para descrever a sensação de um inspetor de homicídios quando subitamente *enxerga* e *entende*.

— Harry teria ficado feliz com você agora — disse Bjørn. E riu.

— O que foi?

— Você corou.

Eu estou *muito* ferrada, pensou Katrine.

3

Tarde de quinta-feira

Katrine teve dificuldade em se concentrar durante a coletiva de imprensa, na qual informaram a identidade e a idade da vítima e quando e onde foi encontrada, mas nada além disso. As primeiras coletivas de imprensa logo depois de um homicídio serviam basicamente para dar o mínimo de informação possível e cumprir uma mera formalidade em nome da democracia moderna.

Ao lado de Katrine estava o chefe da Divisão de Homicídios, Gunnar Hagen. Os flashes refletiam na careca reluzente acima de sua coroa de cabelos escuros enquanto ele lia as frases curtas que escreveram juntos. Katrine estava feliz em deixar Hagen falar. Não que não gostasse dos holofotes, mas isso podia vir depois. No momento, sentia-se tão inexperiente como inspetora que era conveniente deixar Hagen lidar com a imprensa até ela aprender o jeito certo de dizer as coisas. Era melhor observar um policial experiente e bem-sucedido usar sua linguagem corporal e seu tom de voz em vez de palavras para convencer o público de que a polícia estava no controle.

Ela ficou ali sentada, olhando para o mural que cobria a parede dos fundos por cima das cabeças dos trinta e tantos jornalistas reunidos na Sala de Imprensa no quarto andar. O mural mostrava pessoas nuas nadando, em sua maioria meninos magricelas. Uma cena bela e inocente de outros tempos, antes que tudo ganhasse um duplo sentido e passasse a ser interpretado da pior forma possível. E ela não era diferente: presumia que o artista fosse pedófilo. Hagen repetia seu mantra em resposta às perguntas dos jornalistas, "não estamos em condições de responder a essa pergunta no momento", com variações simples para evitar que as respostas soassem arrogantes ou mesmo cômicas. "Neste exato momento não podemos fazer qualquer comentário." Ou a mais benevolente: "Falaremos a respeito disso em outra ocasião."

Ela ouvia o som das canetas no papel e dos teclados dos laptops à medida que os jornalistas formulavam perguntas obviamente mais elaboradas que as respostas. "Qual é o estado do corpo?", "Há algum indício de violência sexual?", "Vocês têm um suspeito, e, se têm, é alguém próximo a ela?" Perguntas especulativas que podiam conferir certa tensão à resposta "sem comentários", nada mais.

Parado à porta dos fundos do auditório, ela via uma figura conhecida. Ele usava um tapa-olho e vestia o uniforme de chefe de polícia que Katrine sabia ficar sempre pendurado, recém-passado, no armário de seu escritório. Mikael Bellman. Ele não entrou, limitou-se a ficar ali parado como um observador. Ela percebeu que Hagen também o havia visto e se sentava um pouco mais empertigado sob o olhar do jovem chefe de polícia.

— Encerraremos por aqui — disse o porta-voz da polícia.

Katrine viu Bellman gesticular, indicando que queria falar com ela.

— Quando será a próxima coletiva de imprensa? — perguntou Mona Daa, repórter policial do *VG*.

— Nós vamos...

— Quando tivermos novidades — disse Hagen, interrompendo o porta-voz.

Quando, notou Katrine. E não *se*. Eram escolhas de palavras como aquela, sutis mas importantes, que sinalizavam que os servidores públicos trabalhavam incansavelmente, que as engrenagens da justiça giravam e que era apenas uma questão de tempo até o criminoso ser pego.

— Alguma novidade? — perguntou Bellman quando já atravessavam o saguão da sede da polícia. No passado, sua beleza quase feminina, realçada pelos cílios longos, pelo cabelo bem-cuidado e um pouco comprido demais e pela pele bronzeada com as características marcas sem pigmentação, talvez tivesse conferido a ele um ar quase de afetação, de fraqueza. Mas o tapa-olho, que sem dúvida poderia ter lhe dado uma aparência mais teatral, produziu o efeito contrário. Sugeria força, um homem que não se deixaria deter nem mesmo pela perda de um olho.

— A Perícia Técnica encontrou algo nas mordidas — disse Katrine ao acompanhar Bellman pela porta automática que levava à recepção.

— Saliva?

— Ferrugem.

— Ferrugem?

— Sim.

— Como em...? — Bellman apertou o botão do elevador à frente deles.

— Não sabemos — disse Katrine, parando ao lado do chefe de polícia.

— E vocês ainda não sabem como o criminoso entrou no apartamento?

— Não. É impossível abrir aquela fechadura sem a chave. Nem a porta nem as janelas foram arrombadas. Ainda há a possibilidade de que ela o tenha deixado entrar, mas nós não acreditamos nisso.

— Talvez ele tivesse a chave.

— O condomínio usa fechaduras em que a mesma chave abre tanto a entrada do prédio quanto a porta de um dos apartamentos. E, de acordo com os registros do condomínio, existe apenas uma chave para o apartamento de Elise Hermansen. A que estava com ela. Berntsen e Wyller falaram com dois rapazes que estavam perto da entrada do prédio quando ela chegou, e ambos têm certeza de que ela usou uma chave para entrar. Não usou o interfone para pedir a alguém que já estava no apartamento para abrir a porta.

— Entendo. Mas ele não poderia ter uma cópia da chave?

— Nesse caso, ele precisaria ter tido acesso à chave original e ter encontrado um chaveiro com a capacidade técnica de copiá-la e inescrupuloso o suficiente para fazer isso sem a autorização por escrito do condomínio. E isso é pouco provável.

— Tudo bem. Na verdade, não era sobre isso que eu queria falar com você... — A porta do elevador abriu, e dois policiais que estavam de saída automaticamente pararam de rir quando viram o chefe de polícia. — É sobre Truls — continuou Bellman, depois de galantemente deixar Katrine entrar primeiro no elevador vazio. — Berntsen, eu quero dizer.

— Sim? — disse ela, sentindo um suave cheiro de loção pós-barba. Sempre achou que os homens tivessem desistido dos aparelhos de barbear e do banho de loção ardida que vinha em seguida. Bjørn usava um barbeador elétrico e não dava a mínima para loções, e os homens que ela conheceu desde então... bem, em duas ocasiões Katrine teria preferido um perfume bem forte ao cheiro natural deles.

— Como ele está se saindo?

— Berntsen? Bem.

Os dois estavam lado a lado, olhando para as portas do elevador, mas de canto de olho ela percebeu o sorriso torto do chefe no silêncio que se seguiu.

— Bem? — repetiu ele por fim.

— Berntsen cumpre as ordens que recebe.

— Que não exigem muito dele, imagino.

Katrine deu de ombros.

— Ele não tem experiência como detetive e foi transferido para o maior departamento de homicídios do país, fora a Kripos. Isso quer dizer que ele não vai assumir o comando das investigações, se é que posso dizer assim.

Bellman assentiu e esfregou o queixo.

— Eu só queria saber se ele está se comportando. Se ele não está... Se está seguindo as regras.

— Até onde eu sei, sim. — O elevador desacelerou. — De que regras estamos falando?

— Só quero que fique de olho nele, Bratt. As coisas não foram fáceis para Truls Berntsen.

— O senhor está falando dos ferimentos que ele sofreu na explosão?

— Estou falando da vida dele, Bratt. Ele é um pouco... qual é a palavra...?

— Fodido?

Bellman soltou uma risada breve e fez um gesto com a cabeça em direção às portas.

— Esse é o seu andar, Bratt.

Bellman observou o traseiro bem-torneado de Katrine Bratt enquanto ela seguia pelo corredor rumo à Divisão de Homicídios e deixou a imaginação vagar durante os poucos segundos que antecederam ao fechamento das portas. Então concentrou seus pensamentos *no problema*. Não era um problema, é claro, mas uma oportunidade. E também um dilema. Ele havia sido sondado pelo gabinete do primeiro-ministro, algo totalmente informal. Corriam boatos de que haveria uma reforma no governo e que, entre outros, o cargo de ministro da Justiça ficaria vago. A sondagem consistia em saber como Bellman — hipoteticamente falando — reagiria se recebesse o convite para ocupar o posto. A princípio, ele ficou perplexo. Mas, numa avaliação mais criteriosa, percebeu que era uma escolha lógica. Como chefe de polícia, ele não apenas foi o responsável por desmascarar o infame "assassino de policiais" como também perdeu um olho na batalha, passando a ser visto de certa forma como um herói nacional e internacional. Um articulado chefe de polícia de quarenta anos, formado em direito, que teve sucesso ao combater os homicídios, as drogas e a criminalidade na capital: é claro que havia chegado a hora de lhe darem um desafio maior. E qual era o problema de ele ser bonito? Isso dificilmente atrairia *menos* mulheres para as festas. Então ele respondeu que — hipoteticamente — aceitaria o convite.

Bellman saiu do elevador no sétimo — e último — andar e passou pela galeria de fotografias dos antigos chefes de polícia.

Mas até que fosse tomada uma decisão, ele precisaria garantir que nada sujaria sua imagem. Como Truls fazendo alguma cagada que respingasse nele. Bellman sentiu um calafrio ao imaginar as manchetes: CHEFE DE POLÍCIA PROTEGEU AMIGO POLICIAL CORRUPTO. Quando foi ao seu gabinete, Truls colocou os pés em cima da mesa e disse sem meias palavras que, se fosse demitido da polícia, pelo menos teria o consolo de arrastar junto o igualmente sujo chefe de polícia. Então foi uma decisão fácil ceder ao pedido de Truls para trabalhar na Divisão de Homicídios. Ainda mais sabendo — como Bratt acabara de confirmar — que ele não receberia responsabilidades que o permitissem fazer merda tão cedo.

— Sua adorável esposa está aguardando — disse Lena quando Mikael Bellman chegou à antessala do gabinete. Lena já passava bem dos sessenta, e quando Bellman foi nomeado quatro anos atrás, ela logo disse que não queria ser conhecida como sua assistente pessoal, conforme a moderna descrição do cargo. Ela era e continuaria sendo sua secretária.

Ulla estava sentada no sofá em frente à janela. Lena tinha razão, sua esposa era adorável. Era vivaz, sensível, e dar à luz três crianças não havia mudado isso. Contudo, o mais importante era que Ulla sempre estava ao lado dele, entendia que sua carreira exigia incentivo, apoio, espaço. E que o ocasional deslize em sua vida pessoal foi algo humano quando se convive com a pressão de um cargo de tamanha responsabilidade.

E havia nela uma altivez quase ingênua, o que significa dizer que era possível ler tudo em seu rosto. E naquele momento Bellman conseguia ver o desespero. Ele logo pensou que talvez tivesse a ver com as crianças. Já estava prestes a perguntar quando detectou um toque de amargura. E soube que ela havia descoberto alguma coisa. De novo. Maldição.

— Você está séria, querida — disse ele com toda calma, indo até o armário e desabotoando o paletó do uniforme. — Aconteceu alguma coisa com as crianças?

Ela fez que não com a cabeça. Ele soltou um suspiro aliviado.

— Não que eu não esteja feliz em ver você, mas sempre fico um pouco preocupado quando você aparece sem avisar. — Ele pendurou o paletó e se sentou numa poltrona de frente para ela. — Então?

— Você está se encontrando com ela de novo — disse Ulla. Mikael percebeu que a esposa tinha treinado para dizer aquilo. E havia descoberto um jeito de fazer isso sem chorar. Mas agora já havia lágrimas em seus olhos azuis.

Ele fez que não.

— Não negue — pediu ela com a voz embargada. — Eu vi no seu telefone. Você ligou para ela três vezes só essa semana, Mikael. Você prometeu...

— Ulla. — Ele se adiantou e segurou a mão da esposa por cima da mesa de centro, mas ela a puxou. — Eu falei com ela porque preciso de assessoria. Isabelle Skøyen está trabalhando como consultora de comunicação para uma empresa especializada em política e lobby. Ela tem intimidade com as engrenagens do poder, pois já fez parte delas. E ela me conhece.

— *Conhece?* — Ulla deu um sorriso torto.

— Se eu... se *nós* formos fazer isso, eu preciso tirar o máximo de proveito de qualquer situação, de qualquer coisa que possa me ajudar a sair na frente das outras pessoas que também querem o cargo. O *governo*, Ulla. Não existe nada maior que isso.

— Nem mesmo a sua família? — Ela fungou.

— Você sabe muito bem que eu nunca decepcionaria a nossa família...

— Nunca decepcionaria? — choramingou ela. — Você já...

— ... e espero que você não esteja pensando em fazer isso, Ulla. Não com base em ciúmes sem sentido de uma mulher com quem eu falei ao telefone por motivos meramente profissionais.

— Aquela mulher foi apenas uma política local e por muito pouco tempo, Mikael. O que ela poderia ter a dizer?

— Entre outras coisas, o que *não* devo fazer se quiser sobreviver na política. Foi essa experiência que buscavam quando a contrataram. Por exemplo, você não deve trair seus ideais. Ou as pessoas próximas a você. Ou suas responsabilidades e obrigações. E, se errar, você deve se desculpar e tenta acertar da próxima vez. Cometer erros é aceitável. Mas traição não é. E eu não quero fazer isso, Ulla. — Ele buscou a mão dela novamente, e dessa vez ela não a puxou. — Eu sei que não tenho o direito de pedir muito depois do que aconteceu, mas se eu for fazer isso, preciso da sua confiança e do seu apoio. Você precisa acreditar em mim.

— Como...?

— Venha. — Bellman se levantou sem soltar a mão de Ulla e a levou até a janela. Posicionou-se atrás dela e colocou as mãos em seus ombros. Como a sede da polícia ficava no alto de uma colina, os dois podiam ver metade de Oslo banhada pelo sol. — Você quer me ajudar a fazer a diferença, Ulla? Você quer me ajudar a construir um futuro mais seguro para os nossos filhos? Para os nossos vizinhos? Para esta cidade? Para o nosso país?

Ele sentiu que suas palavras comoveram Ulla. Céus, elas o comoveram também — Bellman ficou emocionado. Mesmo que elas tivessem sido retiradas de algumas anotações que ele havia feito quando pensava no que dizer à imprensa. Não demoraria muito até que recebesse a proposta oficial e a aceitasse, e os jornais, a televisão e o rádio logo começariam a ligar pedindo uma declaração.

* * *

Truls Berntsen foi parado por uma mulher baixinha quando ele e Wyller saíram para o saguão da sede da polícia depois da coletiva de imprensa.

— Mona Daa, *VG*. Já vi você antes. — Ela deu as costas para Truls. — Mas você parece ser novato na Homicídios.

— Correto — disse Wyller. Truls observou Mona Daa. O rosto até que era atraente. Largo. Herança sámi, talvez. Mas nunca tinha dado uma boa conferida no corpo dela. As roupas largas e coloridas que ela usava lhe conferiam mais um ar de crítica de ópera da velha-guarda do que de repórter policial durona. Apesar de ela aparentar ter pouco mais de trinta anos, Truls achava que ela circulava por ali havia uma eternidade. Forte, decidida e robusta, seria preciso muita coisa para derrubar Mona Daa. E ela tinha cheiro de homem. Diziam que usava loção pós-barba Old Spice.

— Vocês não nos deram muitas informações na coletiva. — Mona Daa sorriu. Do jeito que os jornalistas sorriem quando querem alguma coisa. Mas agora ela não parecia estar apenas em busca de informações. Seus olhos não desgrudavam de Wyller.

— Infelizmente não temos muito a acrescentar — disse Wyller, sorrindo também.

— Vou citar isso — disse Mona Daa, fazendo anotações. — Nome?

— Citar o *quê*?

— Que a polícia não sabe absolutamente nada além do que Hagen e Bratt disseram na coletiva de imprensa.

Truls viu um rápido brilho de pânico nos olhos de Wyller.

— Não, não. Não foi isso que eu quis dizer... eu... não escreva isso, por favor.

Mona continuava fazendo anotações quando respondeu:

— Eu me apresentei como jornalista, e acho que é bem óbvio que estou aqui por causa do meu trabalho.

Wyller se virou para Truls em busca de ajuda, mas Truls não disse nada. Agora o moleque não parecia tão confiante quanto no momento em que jogou charme para cima daquelas estudantes.

Wyller se empertigou e tentou falar mais baixo.

— Não permito que use essa citação.

— Entendo — disse Daa. — Então vou citar isso também, para mostrar que a polícia está tentando amordaçar a imprensa.

— Eu... não, isso... — Wyller agora corava, furioso, e Truls precisou se esforçar para não rir.

— Relaxe, só estou brincando — disse Mona Daa.

Anders Wyller a observou por um instante antes de soltar o ar dos pulmões.

— Bem-vindo ao jogo. Nós jogamos duro, mas jogamos limpo. E, quando é possível, nós nos ajudamos. Não é verdade, Berntsen?

Truls grunhiu qualquer coisa em resposta e deixou que os dois decidissem como interpretar aquilo.

Daa folheou seu bloquinho.

— Não vou me dar ao trabalho de perguntar de novo se vocês já têm um suspeito, a sua chefe pode ficar com essa. Só gostaria de fazer algumas perguntas mais genéricas sobre a investigação.

— Manda ver — disse Wyller com um sorriso, parecendo confiante novamente.

— Não é verdade que, em investigações de homicídio como essa, os holofotes sempre se voltam para antigos parceiros e amantes?

Anders Wyller estava prestes a responder quando Truls colocou a mão em seu ombro.

— Já posso ver, Daa: "Detetives se negam a dizer se já têm um suspeito, mas fontes na polícia informaram ao *VG* que a investigação está concentrada em antigos parceiros e amantes."

— Que diabos — disse Mona Daa, ainda fazendo anotações. — Eu não sabia que você era tão esperto, Berntsen.

— E eu não sabia que você sabia o meu nome.

— Ah, sabe como é, todo policial tem uma reputação. E a Homicídios não é tão grande; consigo me manter atualizada. Mas não sei nada sobre você, o novato no pedaço.

Anders Wyller deu um sorriso sem graça.

— Já vi que decidiu ficar de bico fechado, mas pode pelo menos dizer o seu nome?

— Anders Wyller.

— É assim que você consegue falar comigo, Wyller. — Ela estendeu um cartão de visita, e, depois de um instante de hesitação quase imperceptível, ofereceu outro a Truls. — Como eu disse, é tradição que a gente se ajude. E nós pagamos bem quando a informação é boa.

— Vocês com certeza não pagam *policiais* — retrucou Wyller, franzindo a testa, guardando o cartão no bolso da calça jeans.

— Por que não? — perguntou ela, e seus olhos rapidamente encontraram os de Truls. — Uma informação é uma informação. Então se tiver qualquer coisa, ligue. Ou apareça no Gain Gym; estou por lá por volta das nove quase toda noite. Nós podemos suar juntos...

— Eu prefiro suar ao ar livre — disse Wyller.

Mona Daa fez um gesto de compreensão com a cabeça.

— Correr com o cachorro. Você me parece ser do tipo que prefere cachorro. Gosto disso.

— Por quê?

— Alergia a gato. Tudo bem, rapazes, nesse espírito de colaboração, prometo ligar se descobrir qualquer coisa que possa ajudar vocês.

— Obrigado — disse Truls.

— Mas preciso de um número de telefone. — Mona Daa manteve os olhos fixos em Wyller.

— Claro — disse ele.

— Eu anoto.

Wyller ditou vários números, até que Mona Daa ergueu os olhos.

— Esse é o número da recepção aqui da sede da polícia.

— É aqui que eu trabalho — disse Anders Wyller. — E, a propósito, eu tenho um gato.

Mona Daa fechou o caderninho de anotações.

— A gente se vê por aí.

Truls a observou enquanto ela bamboleava feito um pinguim em direção à saída, rumo à estranha e pesada porta de metal com uma janelinha redonda.

— A reunião começa em três minutos — lembrou Wyller.

Truls deu uma olhada no relógio. A reunião da tarde da equipe de investigação. A Homicídios seria fantástica se não fossem os homicídios. Homicídios eram um pé no saco. Significavam trabalhar até tarde, escrever relatórios, ter reuniões intermináveis e lidar com um monte de gente estressada. Pelo menos comiam de graça no refeitório quando faziam hora extra. Ele suspirou e se virou para caminhar até as portas automáticas, mas se deteve.

Lá estava ela.

Ulla.

Ela estava de saída, e seu olhar passou por Truls sem dar qualquer indício de que o tinha visto. Ela fazia aquilo de vez em quando. Talvez porque às vezes parecia um pouco estranho quando os dois se encontravam sem Mikael por perto. Na verdade, talvez os dois evitassem aquilo, mesmo quando eram mais novos. Ele, porque começava a suar e o coração parecia querer sair pela boca, e depois sempre se atormentava com as besteiras que tinha dito e com as coisas inteligentes e originais que deixara de dizer. Ela, porque... bem, provavelmente porque ele começava a suar e o coração dele parecia querer sair pela boca, e porque ou permanecia em silêncio ou só falava besteiras.

Mesmo assim, Truls quase a chamou no saguão.

Mas ela já havia chegado à porta. Num instante estaria lá fora, e o sol beijaria seus lindos cabelos loiros.

Então, em vez disso, ele sussurrou o nome baixinho.

Ulla.

4

Quinta-feira, fim de tarde

Os olhos de Katrine Bratt percorreram a sala de reunião.
Oito detetives, quatro auxiliares, um perito criminal. Todos à sua disposição. E todos a observavam como falcões. A nova inspetora. E Katrine sabia que as pessoas mais céticas na sala seriam as mulheres. Ela sempre se perguntava se era essencialmente diferente de suas colegas de trabalho. Os níveis de testosterona delas variavam entre cinco e dez por cento dos de seus colegas homens, enquanto o de Katrine estava próximo dos vinte e cinco por cento. Aquilo não a transformava numa massa cabeluda de músculos com um clitóris do tamanho de um pênis, mas, pelo que se lembrava, isso a deixava muito mais tarada do que qualquer uma de suas amigas já admitiu ser. Ou "tarada furiosa", como Bjørn costumava dizer quando as coisas ficavam ruins de verdade e ela fugia do trabalho para ir a Bryn trepar com ele no almoxarifado deserto atrás do laboratório, sacudindo as caixas de frascos e tubos de ensaio.

Katrine tossiu, acionou o gravador do celular e começou: "Quatro horas da tarde de quinta-feira, 22 de setembro, sala de reunião I da Divisão de Homicídios, e esta é a primeira reunião da investigação preliminar do assassinato de Elise Hermansen."

Katrine viu Truls Berntsen entrar com ar de tédio e se sentar nos fundos.

Ela começou explicando o que a maioria das pessoas na sala já sabia: que Elise Hermansen havia sido encontrada morta naquela manhã e que a causa da morte provavelmente foi perda de sangue decorrente de ferimentos no pescoço. Nenhuma testemunha havia se apresentado até o momento. Não havia suspeitos nem prova material conclusiva. A matéria orgânica que encontraram no apartamento, que podia ser de origem humana, foi enviada para análise de DNA, e com sorte teriam o resultado dentro de uma semana. Outra possível prova material estava sendo examinada pela Perícia Técnica. Em outras palavras: eles não tinham nada.

Ela viu dois detetives cruzarem os braços e suspirarem fundo, quase bocejando. Sabia o que pensavam: que aquilo tudo era óbvio, repetitivo, que não tinham no que se agarrar, nada que justificasse deixar de lado os casos em que já estavam trabalhando. Katrine explicou como deduziu que o assassino já estava dentro do apartamento quando Elise chegou em casa, mas ela mesma achou que soou pretensiosa. Um apelo de um novo chefe por respeito. Começava a ficar desesperada, e pensou no que Harry disse quando ligou para ele pedindo conselhos.

— Pegue o assassino.

— Harry, não foi isso que eu perguntei. Eu perguntei *como* liderar uma equipe de investigação que não confia em você.

— E eu dei a resposta.

— Pegar um assassino não vai resolver...

— Vai resolver tudo.

— Tudo? Então o que exatamente isso resolveu na sua vida, Harry? Em termos meramente pessoais?

— Nada. Mas você perguntou sobre liderança.

Katrine olhou para a sala, chegou ao fim de mais uma frase supérflua, respirou fundo e escutou dedos tamborilando suavemente no braço de uma cadeira.

— A não ser que Elise Hermansen tenha deixado o indivíduo entrar no apartamento mais cedo ontem à noite e o deixado lá quando saiu, estamos à procura de alguém que ela conhecia. Portanto, analisamos o telefone e o computador dela. Tord?

Tord Gren se levantou. Era conhecido pelo apelido Pernalta, talvez porque lembrasse mesmo uma ave pernalta, com seu pescoço excepcionalmente longo, o nariz fino que mais parecia um bico e a envergadura bem maior que a altura. Os antiquados óculos de armação redonda e os cabelos cacheados que emolduravam o rosto fino faziam com que parecesse saído dos anos setenta.

— Acessamos o iPhone dela e analisamos as mensagens de texto e o histórico de chamadas nos três últimos dias — disse Tord, sem tirar os olhos do tablet, como se contato visual não fosse o seu forte. — Nada além de ligações relacionadas ao trabalho. Colegas e clientes.

— Nem de amigos? — A pergunta veio de Magnus Skarre, um analista tático. — Nem dos pais?

— Acho que foi isso que eu disse — respondeu Tord. Não de modo antipático, apenas preciso. — O mesmo vale para os e-mails. Todos relacionados ao trabalho.

— O escritório de advocacia confirmou que Elise costumava trabalhar até mais tarde — acrescentou Katrine.

— Mulheres solteiras tendem a fazer isso — comentou Skarre.

Katrine olhou resignada para o detetive baixote e compacto, apesar de saber que o comentário não se dirigia a ela. Skarre não era nem maldoso nem espirituoso para tanto.

— O computador de Elise não estava protegido por senha, mas não havia muita coisa lá — prosseguiu Tord. — O log mostra que ela usava a máquina basicamente para ver as notícias e fazer pesquisas no Google. Ela visitava alguns sites pornográficos, apenas o básico, e não há sinal de que algum dia tenha contatado alguém por meio desses sites. A única coisa suspeita que ela parece ter feito nos dois últimos anos foi assistir a *Diário de uma paixão* no Popcorn Time.

Como não conhecia tão bem o especialista em TI, Katrine não sabia se por "suspeita" ele se referia a usar o servidor pirata ou à escolha do filme. Se dependesse dela, ficaria com a segunda opção. Sentia falta do Popcorn Time.

— Tentei algumas senhas óbvias na conta do Facebook — prosseguiu Tord. — Nada, então enviei um pedido judicial para a Kripos.

— Pedido judicial? — perguntou Anders Wyller da primeira fila.

— Isso mesmo — respondeu Katrine. — Qualquer pedido para acessar uma conta do Facebook precisa passar pela Kripos e por um juiz, e mesmo com a aprovação de ambos deve ser enviado à corte dos Estados Unidos e, apenas *então*, para o Facebook. Na melhor das hipóteses isso leva semanas, porém mais possivelmente meses.

— Isso é tudo — disse Tord Gren.

— Apenas mais uma pergunta de um novato — disse Wyller. — Como você acessou o telefone dela? Digitais do corpo?

Tord ergueu os olhos para Wyller, então desviou o olhar e fez que não com a cabeça.

— Então como? Os iPhones mais antigos têm senhas de quatro dígitos. Isso significa dez mil combinações diferentes e...

— Microscópio — interrompeu Tord, digitando algo no tablet.

Katrine conhecia o método de Tord, mas esperou. Tord Gren não estudou para se tornar policial. Ele não estudou para ser grande coisa, na verdade. Cursou alguns anos de tecnologia da informação na Dinamarca, mas não tinha diploma. Ainda assim, ele logo saiu do departamento de TI da sede de polícia para ser analista na Homicídios e trabalhar em qualquer coisa relacionada a provas tecnológicas. Simplesmente porque ele era muito melhor que os outros.

— Mesmo o vidro mais resistente adquire imperfeições microscópicas onde é tocado com mais frequência pela ponta dos dedos — explicou Tord. — Só preciso descobrir onde na tela estão as maiores imperfeições, e essa é a senha. Bem, os quatro dígitos oferecem vinte e quatro combinações possíveis.

— Mas o telefone é bloqueado depois de três tentativas malsucedidas — observou Anders. — Então você precisa de sorte para...

— Acertei a senha na segunda tentativa — disse Tord com um sorriso, mas Katrine não sabia dizer se ele sorria pelo que acabava de dizer ou de alguma coisa que via no tablet.

— Cacete! — exclamou Skarre. — Isso é que é sorte.

— Pelo contrário, tive azar de não acertar na primeira tentativa. Quando a senha contém os números 1 e 9, como neste caso, isso geralmente significa um ano, então existem apenas duas combinações possíveis.

— Já chega disso — interveio Katrine. — Nós falamos com a irmã de Elise. Ela disse que Elise não tinha um namorado havia anos. E que provavelmente não queria ter um.

— Tinder — disse Wyller.

— Como?

— Ela tinha o Tinder no celular?

— Sim — respondeu Tord.

— Os rapazes que viram Elise na entrada do prédio disseram que ela estava relativamente bem-vestida. Então não estava chegando da academia, do trabalho ou de um happy hour com uma amiga. E se ela não queria um namorado...

— Bom — disse Katrine. — Tord?

— Nós checamos o aplicativo, e havia trilhões de combinações, para dizer o mínimo. Mas o Tinder é ligado ao Facebook, então não temos acesso a mais informações sobre as pessoas com quem ela pode ter feito contato pelo aplicativo.

— Os usuários do Tinder se encontram em bares — disse uma voz. Katrine ergueu os olhos, surpresa. Era Truls Berntsen.

— Se ela levou o celular, é só checar as estações-base e ir até os bares nas áreas que ela visitou.

— Obrigada, Truls — disse Katrine. — Já checamos as estações-base. Stine?

Uma das analistas se empertigou na cadeira e pigarreou.

— De acordo com a lista que recebemos do centro de operações da Telenor, Elise Hermansen deixou o trabalho na Youngstorget entre as seis e meia e sete da noite. Ela foi até uma área nos arredores da Bentsebrua. Então...

— A irmã disse que Elise frequentava a academia da Myrens Verksted — interrompeu Katrine. — E eles confirmaram que ela chegou às sete e trinta e dois e saiu às nove e quatorze. Desculpe, Stine.

Stine deu um sorriso irritado.

— Então Elise foi até as imediações de sua casa, onde ela, ou pelo menos o telefone dela, permaneceu até ser encontrada. Isso equivale a dizer que o sinal foi captado por algumas estações-base convergentes, o que confirma que ela saiu, mas se afastou apenas algumas centenas de metros de sua residência em Grünerløkka.

— Ótimo, então vamos pular de bar em bar — determinou Katrine.

Ela foi presenteada com um riso abafado de Truls e um sorriso amplo de Anders Wyller, mas, fora isso, silêncio absoluto.

Podia ter sido pior, pensou Katrine.

O telefone dela, que estava na mesa à sua frente, começou a vibrar. Ela viu na tela que era Bjørn.

Podia ser algo relacionado às evidências forenses, e nesse caso seria bom ter a informação de imediato. Mas, se fosse assim, ele teria ligado para sua colega da Perícia Técnica que participava da reunião, não para ela. Então talvez se tratasse de um assunto pessoal.

Katrine estava prestes a apertar o botão para recusar a ligação quando lembrou que Bjørn sabia muito bem que ela estava numa reunião. Ele costumava ficar atento a esse tipo de coisa.

Ela levou o telefone ao ouvido.

— Estamos no meio de uma reunião da equipe de investigação, Bjørn.

E se arrependeu de ter dito aquilo no momento em que todos os olhares se voltaram para ela.

— Estou no Instituto de Medicina Forense — disse Bjørn. — Acabamos de receber os resultados dos testes preliminares da substância brilhante que encontramos na barriga da vítima. Não há DNA humano.

— Merda — soltou Katrine. Aquilo não tinha saído da cabeça dela por um minuto sequer: se a substância fosse sêmen, o caso poderia ser resolvido dentro do limite mágico das primeiras quarenta e oito horas. De acordo com sua experiência, tudo ficaria bem mais difícil depois disso.

— Mas ainda há a possibilidade de o assassino ter tido relações sexuais com a vítima, no final das contas.

— O que faz você pensar isso?

— Era gel lubrificante. Provavelmente de um preservativo.

Katrine praguejou outra vez. E pela forma como os outros olhavam para ela, percebeu que ainda não tinha dito nada que provasse que aquela não era uma conversa pessoal.

— Então você está dizendo que o criminoso usou um preservativo? — perguntou ela, em alto e bom som.

— Ele ou outra pessoa que Elise encontrou ontem à noite.

— Tudo bem, obrigada. — Ela estava prestes a encerrar a ligação, mas ouviu Bjørn dizer seu nome antes de ter tempo de desligar.

— Sim?

— Não foi exatamente por isso que eu liguei.

Ela engoliu em seco.

— Bjørn, nós estamos no meio...

— A arma do crime — continuou ele. — Acho que descobri o que foi. Você pode segurar a equipe por uns vinte minutos?

* * *

Ele estava deitado na cama, no apartamento, lendo algo na tela do telefone. Já havia lido todos os jornais até aquele momento. Era decepcionante, as matérias deixavam de fora todos os detalhes, tudo que tivesse valor artístico. Ou porque a inspetora que cuidava do caso, Katrine Bratt, não queria revelar nada ou simplesmente porque lhe faltava a capacidade de enxergar a beleza daquilo. Mas *ele*, o policial com morte nos olhos, ele teria visto. Talvez, como Bratt, guardasse suas impressões para si mesmo, mas pelo menos teria apreciado.

Ele se deteve na fotografia de Katrine Bratt no jornal.

Era bonita.

Não havia nenhuma norma no regimento da polícia sobre o uso obrigatório de uniforme nas coletivas de imprensa? Se houvesse, ela a estava desrespeitando. Ele gostava dela. Imaginou-a de uniforme.

Muito bonita.

Infelizmente, ela não estava nos seus planos.

Ele colocou o telefone de lado. Passou a mão na tatuagem. Às vezes o desenho parecia real, parecia querer sair de dentro dele, como se a pele do peito estivesse esticada e prestes a romper.

Para o inferno com as regras.

Ele contraiu os músculos do abdome e os usou para pegar impulso e levantar da cama. Olhou para o próprio reflexo no espelho da porta de correr do armário. Tinha entrado em forma na prisão. Não na academia. Deitar em bancos e colchonetes encharcados do suor de outras pessoas estava fora de questão. Em sua cela. Não para ganhar músculos, mas para ganhar força *de verdade*. Vigor. Firmeza. Equilíbrio. A capacidade de suportar dor.

A mãe dele tinha compleição sólida. Traseiro grande. Desistiu de lutar perto do fim. Fraca. Ele devia ter o corpo e o metabolismo do pai. E a força dele.

Ele abriu a porta do armário.

Havia um uniforme pendurado ali. Correu os dedos pelo tecido. Seria usado em breve.

Pensou em Katrine Bratt. No uniforme dela.

Naquela noite iria a um bar. Um bar cheio, popular, nada parecido com o Jealousy. Era contra as regras circular entre as pessoas por qualquer motivo, exceto comer, ir à sauna e executar seu plano, mas se misturaria a elas em seu anonimato e isolamento. Porque precisava disso. Precisava disso para não enlouquecer. Ele riu sozinho. Louco. Os advogados disseram que precisava de um psiquiatra. E é claro que ele sabia o que queriam dizer: que precisava de alguém que lhe receitasse remédios.

Ele tirou um par de botas de caubói recém-engraxadas da prateleira de calçados e olhou por um instante para a mulher no fundo do armário. Pendurada por pregos, tinha os olhos fixos nele em meio aos ternos. Cheirava suavemente ao perfume de lavanda que ele esfregara no peito dela. Voltou a fechar a porta.

Louco? Bando de idiotas e incompetentes. Ele havia lido a definição de transtorno de personalidade em uma enciclopédia: uma doença mental que traz "desconforto e dificuldades para o indivíduo e aqueles à sua volta". Ótimo. No caso dele, isso se limitava àqueles à sua volta. Ele tinha exatamente o tipo de personalidade que queria. Porque, quando se tem a bebida, o que pode ser mais prazeroso, mais racional e mais normal do que sentir sede?

Ele olhou as horas. Em trinta minutos estaria escuro o bastante lá fora.

— Encontramos isso nos ferimentos do pescoço — disse Bjørn Holm, apontando para a imagem na tela. — Os três fragmentos da esquerda são ferro enferrujado, e os da direita, tinta preta.

Katrine havia se sentado com os outros na sala de reunião. Bjørn estava ofegante quando chegou, e suas bochechas pálidas ainda reluziam de suor.

Ele apertou uma tecla no laptop, e um close da fotografia apareceu na tela.

— Como vocês podem ver, os pontos onde a pele foi perfurada formam um padrão, como se ela tivesse sido mordida por alguém, mas, se foi esse o caso, os dentes deviam ser afiados como navalhas.

— Um satanista — sugeriu Skarre.

— Katrine questionou se poderia ter sido alguém que afiou os dentes, mas nós checamos, e nos pontos onde os dentes atravessaram a pele podemos ver que eles não se encontram, que os dentes inferiores e superiores se encaixam com perfeição. Então isso dificilmente poderia ser uma mordida humana comum, onde as arcadas inferior e superior se encontram, dente a dente. Portanto, o fato de termos achado ferrugem me faz pensar que o criminoso usou algum tipo de dentadura de ferro.

Bjørn voltou a apertar uma tecla do computador.

Katrine notou um suspiro silencioso percorrendo a sala.

A tela mostrava um objeto que a princípio a fez pensar numa velha e enferrujada armadilha para animais que viu certa vez na casa do avô em Bergen, algo que ele chamava de armadilha de urso. Os dentes afiados formavam um padrão de zigue-zague, e as fileiras superior e inferior eram unidas pelo que parecia ser um mecanismo com mola.

— Essa peça se encontra numa coleção particular em Caracas e supostamente data do tempo da escravidão, quando eram usadas em lutas de escravos. Dois escravos recebiam essas dentaduras, tinham as mãos amarradas às costas e eram jogados num ringue. Aquele que sobrevivesse seguia para a próxima rodada. Eu acho. Mas voltando ao que interessa...

— Por favor — pediu Katrine.

— Tentei descobrir onde é possível conseguir dentes de ferro como estes. E não é exatamente o tipo de coisa que se compra pela internet. Então se conseguirmos descobrir alguém que tenha vendido dispositivos como esse em Oslo ou na Noruega, e para quem, eu diria que teremos um número bem limitado de pessoas.

Katrine percebeu que Bjørn tinha ido muito além das atribuições normais de um perito criminal, mas decidiu não comentar nada.

— Mais uma coisa — continuou Bjørn. — Está faltando sangue.

— Faltando sangue?

— O sangue contido no corpo de um ser humano adulto corresponde, em média, a sete por cento do peso corporal. Isso varia um pouco de pessoa para pessoa, mas mesmo que a vítima tivesse o mínimo possível de sangue, está faltando quase meio litro se somarmos o que resta no corpo, o que encontramos no tapete do corredor e no piso de madeira e a pequena quantidade na cama. Então, a não ser que o assassino tenha levado esse sangue num balde...

— ... ele o bebeu — concluiu Katrine, verbalizando o que se passava na cabeça de todos.

Por três segundos a sala de reunião ficou em silêncio absoluto.

Wyller pigarreou.

— E quanto à tinta preta?

— Há ferrugem nas lascas de tinta, então ela veio do mesmo lugar — disse Bjørn, desconectando o laptop do projetor. — Mas a tinta não parece ser tão antiga. Eu farei a análise esta noite.

Katrine percebeu que os outros não tinham registrado a parte da tinta, que ainda pensavam no sangue.

— Obrigada, Bjørn — agradeceu ela, levantando-se e consultando o relógio. — Tudo bem, as visitas aos bares. Já está tarde, então o que me dizem de mandarmos quem tem filhos para casa enquanto nós, pobres almas vazias, ficamos por aqui e nos dividimos em grupos?

Nenhuma resposta, nenhuma risada, nem um mísero sorriso sequer.

— Bom, então faremos isso — disse Katrine. Ela se deu conta do quanto estava cansada, mas jogou o cansaço de lado. Porque tinha o pressentimento de que aquilo estava apenas começando. Dentaduras de ferro e nada de DNA. Meio litro de sangue faltando.

O som de cadeiras sendo arrastadas.

Ela juntou os papéis, ergueu os olhos e viu Bjørn sumindo pela porta. Reconheceu a singular sensação de alívio, consciência pesada e aversão a si mesma. E pensou que se sentia... mal.

5

Noite de quinta-feira

Mehmet Kalak olhou para as duas pessoas à sua frente. A mulher tinha um rosto atraente, olhar intenso, roupas justas e hipsters e um corpo tão bem proporcionado que não era de estranhar o fato de estar acompanhada de um belo rapaz que devia ser uns dez anos mais novo que ela. Era justamente o tipo de clientela que ele procurava, e isso tinha feito com que Mehmet desse um sorriso bem largo quando os dois entraram pela porta do Jealousy Bar.

— O que você acha? — perguntou a mulher, que tinha sotaque de Bergen. Ele só havia conseguido ler o sobrenome em sua carteira de identificação. Bratt.

Mehmet voltou a baixar os olhos e analisou a fotografia que colocaram no balcão à sua frente.

— Sim — disse.

— Sim?

— Sim, ela esteve aqui. Ontem à noite.

— Você tem certeza?

— Ela sentou bem aí onde você está.

— Aqui? Sozinha?

Mehmet percebeu que ela tentava esconder a empolgação. Por que as pessoas faziam isso? O que havia de tão perigoso em mostrar os sentimentos? Ele não estava exatamente feliz por entregar seu único cliente assíduo, mas os dois tinham distintivos da polícia.

— Ela estava com um cara que vem aqui de vez em quando. O que aconteceu?

— Você não lê os jornais? — perguntou o colega loiro dela com uma voz estridente.

— Não, prefiro alguma coisa que tenha novidades — disse Mehmet. Bratt sorriu.

— Ela foi encontrada morta hoje de manhã. Foi assassinada. Fale sobre o homem. O que eles estavam fazendo aqui?

Para Mehmet, foi como se tivessem jogado um balde de água gelada nele. Assassinada? A mulher que esteve bem ali diante dele há menos de vinte e quatro horas era agora um cadáver? Ele se recompôs. E sentiu vergonha pelo próximo pensamento que automaticamente surgiu em sua cabeça: se o bar fosse mencionado nos jornais, isso seria bom ou ruim para os negócios? Afinal de contas, havia um limite para o quanto as coisas ainda podiam piorar.

— Um encontro marcado pelo Tinder — respondeu ele. — O cara geralmente encontra as mulheres aqui. Diz que se chama Geir.

— Diz que se chama?

— Eu diria que é o nome verdadeiro dele.

— Ele paga com cartão?

— Sim.

Katrine fez um gesto na direção do caixa.

— Você acha que consegue encontrar o recibo do pagamento de ontem à noite?

— Deve ser possível, sim. — Mehmet deu um sorriso triste.

— Os dois saíram juntos?

— Definitivamente, não.

— E isso quer dizer?

— Que Geir apostou alto demais, como sempre. Ele basicamente já havia levado um fora antes que eu tivesse tempo de servir as bebidas. A propósito, posso oferecer alguma coisa...?

— Não, obrigada — disse Bratt. — Estamos trabalhando. Então ela foi embora sozinha?

— Sim.

— E você não viu ninguém saindo logo atrás dela?

Mehmet fez que não, pegou dois copos e uma garrafa de suco de maçã.

— É por conta da casa. Fresco, produção local. Voltem outra noite e bebam uma cerveja, por conta da casa. A primeira é grátis, sabem? O mesmo vale se quiserem trazer seus amigos policiais. Vocês gostam de música?

— Sim — disse o policial loiro. — O U2 é...

— Não — interrompeu Bratt. — Você ouviu a mulher dizer qualquer coisa que acredite ser do nosso interesse?

— Não. Na verdade, agora que você mencionou, ela disse sim alguma coisa sobre ser importunada por alguém. — Mehmet, que ainda servia o suco, ergueu os olhos. — A música estava baixa, e ela falava alto.

— Sei. Algum outro cliente demonstrou interesse por ela?

Mehmet fez que não com a cabeça.

— Foi uma noite tranquila.

— Como hoje, então?

Mehmet deu de ombros.

— Os outros dois clientes já tinham ido embora quando Geir saiu.

— Então não deve ser difícil pegar os dados dos cartões deles também.

— Um pagou em dinheiro, eu lembro. O outro não consumiu nada.

— Tudo bem. E onde você estava entre as dez da noite e uma da manhã?

— Eu? Eu estava aqui. Depois fui para casa.

— Alguém pode confirmar essa informação? Só para descartarmos isso logo de cara.

— Sim. Ou não.

— Sim ou não?

Mehmet pensou bem. Ter um agiota com ficha criminal envolvido naquela história poderia trazer mais problemas. Melhor guardar aquela carta para o caso de precisar dela mais tarde.

— Não. Eu moro sozinho.

— Obrigada. — Bratt ergueu o copo, e a princípio Mehmet pensou que ela fosse fazer um brinde, até perceber que, na verdade, ela gesticulava para a caixa registradora. — Vamos saborear essas maçãs locais enquanto você procura, certo?

* * *

Truls rapidamente terminou a visita a seus bares e restaurantes. Ele mostrava a fotografia para os barmen e os garçons e seguia em frente assim que recebia a resposta que esperava, "não" ou "não sei". Se você não sabe, você não sabe, e o dia já havia sido longo demais. Além disso, ainda tinha uma última coisa a fazer.

Truls digitou a última frase no teclado e olhou para o curto, mas, em sua opinião, conciso relatório. "Veja lista anexa de estabelecimentos registrados visitados pelo agente abaixo assinado nos horários especificados. Nenhum funcionário reportou ter visto Elise Hermansen na noite do homicídio." Ele apertou "enviar" e se levantou.

Então ouviu um zumbido baixo e viu uma luz piscar no telefone em cima da mesa. Pelo número na tela, era o policial de plantão. Eles cuidavam das denúncias e transferiam apenas as ligações que parecessem relevantes. Que diabos, ele não tinha tempo para mais conversa fiada. Poderia simplesmente fingir que não tinha ouvido o telefone tocar. Por outro lado, se fosse uma denúncia, ele teria mais informações a relatar do que imaginava.

Ele atendeu.

— Berntsen.

— Finalmente! Ninguém atende. Onde está todo mundo?

— Nos bares.

— Vocês não estão investigando um assassi...

— O que houve?

— Um cara está dizendo que esteve com Elise Hermansen ontem à noite.

— Pode transferir.

Depois de um clique, Truls ouviu a respiração de um homem, tão forte que só podia significar uma coisa: ele estava com medo.

— Agente Berntsen, Homicídios. Do que se trata?

— Meu nome é Geir Sølle. Vi a fotografia de Elise Hermansen no site do *VG*. Estou ligando porque ontem à noite tive um encontro muito rápido com uma mulher que se parecia muito com ela. E ela disse que se chamava Elise.

Em cinco minutos, Geir Sølle fez um relato do encontro no Jealousy Bar e de como foi direto para casa em seguida, chegando antes da meia-noite. Truls lembrava vagamente que os dois mijões tinham visto Elise viva depois das onze e meia.

— Alguém pode confirmar a hora em que você chegou em casa?
— O log do meu computador. E Kari.
— Kari?
— Minha esposa.
— Você tem família?
— Esposa e cachorro.
Truls escutou o sujeito engolindo em seco.
— Por que você não telefonou antes?
— Eu acabei de ver a fotografia.
Truls tomou nota, praguejando em silêncio. Aquele não era o assassino, apenas alguém que eles precisariam excluir da lista de suspeitos, mas ainda assim teria de fazer outro relatório, e agora não conseguiria sair dali antes das dez.

Katrine caminhava pela Markveien. Tinha liberado Anders Wyller para ir embora para casa depois de seu primeiro dia de trabalho. Sorriu ao pensar que o rapaz provavelmente se lembraria daquele dia pelo resto da vida. Primeiro o escritório, então direto para a cena de um homicídio — e dos bons. Não um homicídio qualquer relacionado ao tráfico de drogas que esquecemos no dia seguinte, mas o que Harry chamava de assassinato "poderia-ter-sido-eu". O assassinato de uma pessoa considerada comum em circunstâncias comuns, do tipo que rende coletivas de imprensa lotadas e primeiras páginas nos jornais. Porque a familiaridade favorece a empatia do público. É por isso que um ataque terrorista em Paris tem mais cobertura na mídia que outro em Beirute. E a mídia é a mídia. Era por isso que o chefe Bellman tentava se manter informado. Ele precisaria lidar com perguntas. Não de imediato, mas se a morte de uma mulher jovem, culta e trabalhadora não fosse solucionada nos próximos dias, ele teria de dar uma declaração.
Ela levaria meia hora para caminhar dali até seu apartamento em Frogner, mas tudo bem, precisava distrair a mente. E o corpo. Tirou o celular do bolso da jaqueta e abriu o Tinder. Caminhava com um olho no chão e outro no telefone, arrastando as fotos para a direita e a esquerda.
O palpite deles estava certo. Elise Hermansen voltou para casa depois de um encontro marcado pelo Tinder. O homem descrito pelo

barman parecia inofensivo, mas por experiência própria ela sabia que alguns homens têm o estranho pensamento de que uma rapidinha lhes dá direito a mais. Uma ideia antiquada de que o ato em si constitui uma forma de submissão feminina que talvez possa ser considerada puramente sexual. Mas, até onde ela sabia, era possível encontrar muitas mulheres por aí com a ideia igualmente antiquada de que os homens têm algum tipo de obrigação moral no momento em que elas gentilmente consentem em ser penetradas. Mas chega disso — acabava de ter um match.

Estou a dez minutos do Nox na Solli plass, ela digitou.

Ok, estarei esperando, foi a resposta de Ulrich, que, pela foto e a descrição no perfil, parecia ser um homem bem objetivo.

Truls Berntsen parou e olhou para Mona Daa, que olhava para si mesma.

Ela não parecia mais um pinguim. Bem, na verdade, parecia um pinguim espremido pela cintura.

Truls havia notado certa relutância quando pediu à garota que usava roupas de academia na recepção do Gain Gym que o deixasse entrar para conhecer as instalações. Talvez porque ela não acreditou que ele estava pensando em se matricular, talvez porque não quisessem gente como ele por ali. Uma longa existência despertando opiniões desfavoráveis nas pessoas — muitas vezes com razão, ele tinha de admitir — ensinou Truls Berntsen a detectar a reprovação na maioria dos rostos que encontrava. De qualquer forma, depois de passar por aparelhos que supostamente enrijeciam barrigas e bundas, salas de Pilates, salas de *spinning* e salas com instrutores de aeróbica histéricos (Truls tinha a vaga impressão de que não chamavam mais aquilo de aeróbica), ele a encontrou em território masculino. A sala de musculação. Ela levantava peso. As pernas flexionadas e afastadas ainda eram um pouco pinguináceas. Mas a combinação do bumbum grande com o largo cinto de couro que espremia sua cintura tornava seu corpo mais arredondado em cima e embaixo, semelhante a um número 8.

Ela soltou um urro rouco, quase assustador, quando endireitou as costas e levantou o peso, olhando para o próprio rosto vermelho no espelho. As anilhas retiniram umas contra as outras quando foram erguidas do chão. Truls podia perceber que era pesado ao observar dois paquistaneses que grunhiam levantando peso para ficarem com bíceps grandes o bastante para suas patéticas tatuagens de gangue. Cristo, como os odiava. Cristo, como eles o odiavam.

Mona Daa abaixou os pesos. Urrou e voltou a levantá-los. Para baixo. Para cima. Quatro vezes.

Depois ficou ali de pé, tremendo. Sorriu como aquela louca de Lier quando tinha um orgasmo. Se ela não fosse tão gorda e não morasse tão longe, talvez pudesse ter durado mais tempo. Ela disse que deu um pé na bunda de Truls porque estava começando a gostar dele. Que uma vez por semana não era o bastante. Na época ele se sentiu aliviado, mas ainda se pegava pensando nela de vez em quando. Não do mesmo jeito que pensava em Ulla, é claro, mas ela foi legal, ponto.

Mona Daa o viu pelo espelho. Tirou os fones de ouvido.

— Berntsen? Achei que vocês tivessem uma academia na sede da polícia.

— E temos — respondeu ele, se aproximando. Deu um olhar do tipo sou-tira-então-caiam-fora para os paquistaneses, mas eles não pareceram entender. Talvez tivesse se enganado com aqueles dois. Alguns daqueles rapazes até haviam entrado na Academia de Polícia.

— O que o traz aqui? — Ela soltou o cinto, e Truls não conseguiu deixar de olhar para ela para ver se inflaria até voltar a ser um pinguim normal.

— Achei que podíamos nos ajudar.

— Com quê? — Ela se agachou em frente à barra e soltou a presilha que prendia as anilhas em uma das pontas.

Truls se agachou ao lado dela e abaixou a voz.

— Você disse que vocês pagam bem por informações.

— E pagamos — confirmou Mona, sem abaixar seu tom de voz.

— O que você tem?

— Vai custar cinquenta mil.

Mona Daa riu alto.

— Nós pagamos bem, Berntsen, mas não tão bem assim. Dez mil é o máximo. E isso se for uma guloseima *das boas*.

Truls assentiu lentamente enquanto umedecia os lábios.

— Não é uma guloseima.

— Como é?
Truls levantou um pouco a voz.
— Eu disse: não é uma guloseima.
— O que é, então?
— Uma refeição com entrada, prato principal e sobremesa.

— Não vai dar — berrou Katrine por cima da cacofonia de vozes e deu um pequeno gole em seu White Russian. — Eu tenho um companheiro, e ele está em casa. Onde você mora?
— Gyldenløves gate. Mas não tem nada para beber lá, está uma zona e...
— Lençóis limpos?
Ulrich deu de ombros.
— Você troca os lençóis enquanto eu tomo um banho — respondeu ela. — Vim direto do trabalho.
— O que você...
— Digamos que tudo o que você precisa saber do meu trabalho é que preciso levantar cedo amanhã, então vamos indo...? — Ela fez um gesto com a cabeça para a porta.
— Tudo bem, mas será que antes podemos terminar as bebidas?
Ela olhou para seu copo. Começou a beber White Russians apenas porque era o que Jeff Bridges bebia em *O grande Lebowski*.
— Depende — disse ela.
— Do quê?
— Do efeito que o álcool tem... em você.
Ulrich sorriu.
— Está tentando me deixar ansioso, Katrine?
Ela estremeceu ao som do próprio nome na boca de um estranho.
— Você está ansioso, *Ul-rich*?
— Não. — Ele sorriu. — Você sabe quanto custam essas bebidas?
Agora ela sorriu. Ulrich era normal. Suficientemente magro. Era a primeira e, na verdade, única coisa que ela olhava num perfil. Peso. E altura. Calculava o IMC tão rápido quanto um jogador de pôquer avalia suas chances. Um índice de 26,5 estava bom. Antes de conhecer Bjørn, ela jamais acreditou que ficaria com alguém com índice maior que 25.
— Preciso ir ao banheiro — disse ela. — Aqui está meu canhoto da chapelaria; jaqueta de couro preta, espere perto da porta.

Katrine se levantou e atravessou o salão, presumindo — já que aquela era a primeira chance que ele tinha de admirá-la de costas — que Ulrich estava conferindo o que as pessoas de Bergen consideravam um belo traseiro. E sabia que ele ficaria feliz.

A parte dos fundos do bar estava mais cheia, e ela precisou abrir caminho para passar, pois ali "com licença" não tinha o mesmo efeito "abre-te sésamo" de outras partes do mundo que Katrine considerava mais civilizadas. Como Bergen, por exemplo. E ela devia estar sendo mais espremida entre os corpos suados do que esperava, porque subitamente não conseguia respirar. Ela conseguiu se desvencilhar da multidão, e a sensação de vertigem por falta de oxigênio passou depois de alguns passos.

No corredor atrás do salão havia a habitual fila para o banheiro das mulheres e nenhuma no dos homens. Ela deu uma olhada no relógio outra vez. Inspetora. Queria ser a primeira a chegar ao trabalho no dia seguinte. Dane-se. Ela abriu a porta do banheiro masculino, entrou a passos largos, passou pela fileira de mictórios sem ser notada por dois homens que estavam ali de pé e se trancou num dos reservados. Suas poucas amigas sempre diziam que nunca pisariam num banheiro masculino, pois eram muito mais sujos que os femininos. Katrine percebeu o contrário.

Ela já havia abaixado as calças e sentado no vaso quando ouviu uma batida cuidadosa na porta. Achou estranho — era óbvio que o reservado estava ocupado e, se alguém achasse o contrário, por que bater? Ela olhou para baixo. No vão entre a porta e o chão, viu os bicos pontudos de duas botas de pele de cobra. Imediatamente pensou que alguém devia tê-la visto entrar no banheiro masculino e a seguiu para ver se ela era do tipo mais aventureiro.

— Cai fo... — começou a dizer, mas o "ra" foi engolido por uma súbita falta de ar. Seria possível? Será que um único dia lidando com o que ela já considerava uma grande investigação de homicídio a transformara numa pilha de nervos, a ponto de mal conseguir respirar? Cristo...

Ela ouviu a porta do banheiro abrir com um rangido e dois rapazes entrarem.

— É, tipo, muito doido, cara!

— *Muito* doido!

As botas pontudas sumiram debaixo da porta. Katrine ficou atenta, mas não conseguiu ouvir os passos. Ela se vestiu, abriu a porta e foi até as pias. A conversa dos rapazes no mictório murchou quando ela abriu a torneira.

— O que você está fazendo aqui? — perguntou um deles.

— Mijando e lavando a mão — respondeu ela. — Tente fazer nessa ordem.

Ela sacudiu as mãos e saiu.

Ulrich a esperava na porta do bar. Ao vê-lo ali de pé, segurando sua jaqueta, Katrine teve a impressão de que ele parecia um cachorro abanando o rabo com um graveto na boca. Ela afastou a imagem de sua mente.

Truls dirigia para casa. Aumentou o volume do rádio quando começou a tocar a música do Motörhead que ele sempre pensou se chamar "Ace of Space" até Mikael gritar numa festa da escola "Beavis acha que Lemmy canta Ace of... *Space*!" Ele ainda conseguia ouvir as risadas abafando a música, via o brilho nos belos e sorridentes olhos de Ulla.

Mas tudo bem. Ele ainda pensava que "Ace of Space" era um título melhor que "Ace of Spades". Um dia, quando Truls decidiu correr o risco de se sentar à mesma mesa que os outros no refeitório da sede da polícia, Bjørn Holm estava comentando — naquele ridículo sotaque de Toten — que teria sido mais poético se Lemmy tivesse vivido até os 72 anos. Quando Truls perguntou o porquê, Bjørn respondeu: "Sete e dois, dois e sete, certo? Morrison, Hendrix, Joplin, Cobain, Winehouse, todos eles."

Truls se limitou a assentir quando viu os outros fazendo o mesmo. Ainda não sabia o que aquele gesto queria dizer. Apenas se sentiu excluído.

Mas, excluído ou não, naquela noite Truls ficou trinta mil coroas mais rico que o idiota do Bjørn Holm e seus amigos puxa-sacos.

Mona ficou bastante satisfeita quando Truls falou dos dentes, ou dentadura de ferro, como Holm chamou. Ela ligou para o editor e o convenceu de que aquilo era exatamente o que Truls havia dito: uma refeição completa. A entrada foi o fato de Elise Hermansen ter ido a um encontro marcado pelo Tinder. O prato principal, que o assassino provavelmente já estava dentro do apartamento quando ela chegou em casa. E a sobremesa era que o homem a matou mordendo seu pescoço com dentes feitos de ferro. Dez mil por prato. Trinta. Três e zero, zero e três, certo?

— *Ace of space, the ace of space!* — gritavam Truls e Lemmy.

— Não vai rolar — disse Katrine, vestindo as calças. — Se não tem camisinha, esquece.

— Mas eu fiz um exame de sangue há duas semanas — disse Ulrich, sentando na cama. — Juro por Deus.

— Tente isso com outra... — Katrine precisou respirar fundo antes de abotoar as calças. — Enfim, isso dificilmente vai evitar que eu fique grávida.

— Então você não usa nada, garota?

Garota? Ah, ela até que gostava de Ulrich. Não era isso. Era... Sabe Deus o que era.

Ela foi até a sala e calçou os sapatos. Havia registrado onde tinha pendurado a jaqueta de couro e tinha notado que havia apenas uma fechadura comum do lado de dentro da porta. É, ela era boa em planejar fugas. Ela saiu e desceu as escadas. Quando chegou à Gyldenløves gate, o ar fresco de outono tinha gosto de liberdade e provocava nela a sensação de ter escapado por pouco. Katrine riu. Seguiu pelo caminho em meio às árvores no canteiro central da rua larga e deserta. Meu Deus, que idiotice. Se era tão boa assim em fugir, se tinha certeza de que havia um modo de escapar quando ela e Bjørn foram morar juntos, por que não colocou um DIU ou pelo menos começou a tomar pílula? Ela se lembrou de uma conversa que teve com Bjørn, na qual disse que sua mente já instável não precisava de mais variações de humor, uma consequência inevitável desse tipo de manipulação hormonal. E era verdade; ela parou de tomar pílula quando começou a namorar com Bjørn. Seus pensamentos foram interrompidos quando o telefone tocou a abertura de "O My Soul", do Big Star, um toque instalado por Bjørn, é claro, que na época se esforçou para explicar a relevância de uma banda americana sulista praticamente esquecida dos anos setenta e se queixou de que o documentário da Netflix o privou de sua missão na vida. "Vão se foder! Metade do prazer de se gostar de bandas desconhecidas está no fato de *serem* desconhecidas!" Não havia muita chance de ele amadurecer tão cedo.

Ela atendeu.

— Olá, Gunnar.

— *Assassinada com dentes de ferro?* — Seu chefe, que era normalmente calmo, parecia irritado.

— O quê?

— É a matéria de capa do site do VG. Diz que o assassino já estava dentro do apartamento de Elise Hermansen e que ele mordeu a carótida da moça. De uma fonte segura na polícia, é o que diz.

— O quê?

— Bellman já me ligou. Ele está... Como posso dizer? Lívido.

Katrine parou de andar. Tentou pensar.

— Para começar, nós *não temos certeza de* que ele já estava lá, e nós *não temos certeza de* que ele a mordeu, ou que foi um homem.

— De uma fonte *in*segura na polícia, então! Estou me lixando para isso! Precisamos ir a fundo nessa história. Quem vazou essas informações?

— Não sei, mas sei que o VG vai proteger a identidade de sua fonte por uma questão de princípios.

— Princípios porra nenhuma, eles vão proteger a fonte porque querem mais informações. Precisamos conter esse vazamento, Bratt.

Katrine estava mais focada agora.

— Bellman teme que o vazamento possa atrapalhar a investigação?

— Ele teme que isso prejudique a imagem da polícia.

— Foi o que pensei.

— O que você pensou?

— Você sabe, e você está pensando a mesma coisa.

— Tratamos disso amanhã cedo — disse Hagen.

Katrine Bratt guardou o telefone no bolso da jaqueta e olhou para o caminho à sua frente. Uma sombra tinha se movido. Provavelmente apenas o vento nas árvores.

Por um momento, ela considerou atravessar a rua até a calçada bem-iluminada antes de desistir da ideia e seguir caminhando, mais rápido agora.

* * *

Mikael Bellman estava parado junto à janela da sala. Da casa deles em Høyenhall, podia ver todo o centro de Oslo alongando-se a oeste na direção das colinas suaves de Holmenkollen. Naquela noite a cidade cintilava como um diamante ao luar. Seu diamante.

Seus filhos dormiam profundamente. Sua cidade dormia quase profundamente.

— O que foi? — perguntou Ulla, erguendo os olhos do livro.

— Esse último assassinato, isso precisa ser resolvido.

— Todo assassinato precisa ser resolvido, não?

— Esse se tornou um caso grande agora.

— Mas é uma única mulher.

— Não é isso.

— É porque o *VG* está jogando pesado?

Ele notou um toque de escárnio na voz da esposa, mas não ficou incomodado. Já a havia acalmado, ela estava bem de novo. Porque, lá no fundo, Ulla sabia o seu lugar. E ela não era o tipo de pessoa que procurava conflito. Sua esposa gostava, acima de tudo, de cuidar da família, reclamar das crianças e ler seus livros. Então a crítica tácita em sua voz não pedia uma resposta. E, de qualquer forma, ela dificilmente entenderia que, se alguém quiser ser lembrado como um bom rei, tem duas escolhas. Ou você é rei em tempos de bonança, se tiver sorte de ocupar o trono em anos de fartura, ou você é o rei que tira a nação da crise. E se não for um momento de crise, você pode fingir que ela existe, começar uma guerra e mostrar o tamanho da crise em que a nação se encontraria se *não* estivesse em guerra. Pode-se fingir que as coisas estão realmente terríveis. Não importa que seja apenas uma guerra pequena, o importante é vencer. Mikael Bellman optou por esse último caminho quando foi até a imprensa e a Câmara Municipal e exagerou no número de crimes cometidos por imigrantes dos Bálcãs e da Romênia, fazendo previsões sombrias para o futuro. E ele conseguiu recursos extras para vencer o que na verdade era uma guerra muito pequena, apesar de a imprensa considerá-la grande. E com as estatísticas que apresentou doze meses depois, ele foi capaz de, indiretamente, declarar-se o triunfante vencedor.

Mas aquele último assassinato era uma guerra da qual ele não estava no comando, e — a julgar pela cobertura do *VG* naquela noite — ele sabia que não se tratava mais de uma guerra pequena. Porque todos eles dançavam conforme a música da imprensa. Ele se lembrava de um deslizamento de terra em Svalbard que deixou dois mortos e muitos desabrigados. Alguns meses antes houve um incêndio em Nedre Eiker, no qual três pessoas morreram e muitas outras ficaram desabrigadas. Esse último incidente recebeu a cobertura modesta geralmente destinada a incêndios residenciais e acidentes nas estradas. Mas um deslizamento numa ilha distante era uma história muito mais atraente, assim como essas mandíbulas de ferro, então a imprensa entrou em ação como se fosse uma calamidade nacional. E a primeira-ministra — que faz tudo o que a imprensa quer — fez um pronunciamento ao vivo à nação. E os telespectadores e residentes de Nedre Eiker podem muito bem ter se perguntado onde ela estava enquanto suas casas pegavam fogo. Mikael Bellman sabia onde ela estava. Ela e seus assessores, como de costume, estavam com os ouvidos colados ao chão, tentando escutar tremores na imprensa. E não houve nenhum.

Mas Mikael Bellman sentia o chão tremendo agora.

E agora — justamente quando ele, como bem-sucedido chefe de polícia, teve uma chance de entrar nos corredores do poder — aquilo já começava a se tornar uma guerra que ele não podia se dar ao luxo de perder. Era preciso priorizar aquele único assassinato como se fosse uma onda inteira de crimes, simplesmente porque Elise Hermansen era uma mulher rica, culta e norueguesa na casa dos trinta anos, e porque a arma do crime não foi uma barra de ferro, faca ou pistola, mas uma dentadura feita de ferro.

E por isso ele se sentia forçado a tomar uma decisão que não queria tomar. Por muitos motivos. Mas não havia alternativa.

Precisaria colocá-lo no caso.

6

Manhã de sexta-feira

Harry acordou. O eco de um sonho, um grito, se dissipou. Ele acendeu um cigarro e refletiu. Sobre que tipo de despertar era aquele. Havia basicamente cinco tipos diferentes. O primeiro era acordar para trabalhar. Por muito tempo aquele foi o melhor tipo. Quando podia mergulhar no caso que investigava. Algumas vezes o sono e os sonhos influenciavam sua forma de enxergar a situação, e ele podia ficar deitado repassando as informações, uma a uma, sob aquela nova perspectiva. Se tivesse sorte, podia ter um vislumbre de algo novo, ver parte do lado escuro da Lua. Não porque a Lua tivesse se movido, mas porque ele havia se movido.

O segundo tipo era acordar sozinho. Isso era caracterizado pela consciência de estar sozinho na cama, sozinho na vida, sozinho no mundo, o que algumas vezes podia preenchê-lo com uma doce sensação de liberdade e, outras, com uma melancolia que provavelmente podia ser chamada de solidão, mas que talvez não passasse de um lampejo do que a vida *realmente* é: uma jornada do cordão umbilical até a morte, quando somos finalmente separados de tudo e de todos. Um breve lampejo antes que os mecanismos de defesa e as ilusões reconfortantes voltem a se encaixar no lugar e possamos encarar a vida em toda sua glória irreal.

E havia o despertar angustiado. Isso geralmente acontecia quando ele passava mais de três dias seguidos bêbado. Havia diferentes níveis de angústia, mas ela sempre estava instantaneamente ali. Era difícil identificar uma ameaça externa específica, um perigo; era mais uma sensação de pânico simplesmente por estar acordado, vivo, por estar *aqui*. Mas com muita frequência ele sentia uma ameaça interna. O medo de nunca mais sentir medo. Ou de finalmente enlouquecer.

O quarto era semelhante ao terceiro: o despertar "há-outras-pessoas-aqui". Aquilo fazia sua mente trabalhar em duas direções. No passado: como diabos isso aconteceu? E no futuro: como eu dou o fora daqui? Às vezes o impulso de lutar ou fugir se dissipava, mas isso só acontecia mais tarde e, portanto, não fazia parte da ação de despertar.

E, por fim, havia o quinto. Que era um novo tipo de despertar para Harry Hole. O despertar contente. A princípio ficou surpreso ao descobrir que era possível acordar feliz e, automaticamente, repensou todos os parâmetros, o significado daquela ridícula "felicidade" e se seria apenas o eco de algum sonho idiota e maravilhoso. Mas naquela noite ele não havia tido sonhos bons, e o grito veio do demônio; em sua retina, estava marcado o rosto que pertencia ao assassino que tinha conseguido escapar. Ainda assim, Harry acordou feliz. Não? Sim. E quando aquele despertar se repetiu, manhã após manhã, ele começou a se acostumar à ideia de que realmente poderia se considerar um homem satisfeito com a vida que encontrou a felicidade quase aos cinquenta e que parecia ser capaz de se estabelecer de vez naquele território recém-conquistado.

O principal motivo estava ao alcance das mãos e respirava suave e serenamente ao seu lado. Seus cabelos se esparramavam pelo travesseiro, como os raios de um sol negro.

O que é felicidade? Harry leu um artigo sobre pesquisas científicas relacionadas ao assunto, e ele que dizia que, se levarmos em conta a felicidade do sangue, seu nível de serotonina, como ponto de partida, existem relativamente poucos fatores externos capazes de alterar essa taxa. Você pode perder um pé, descobrir que é estéril, sua casa pode pegar fogo. O nível de serotonina a princípio despenca, mas seis meses depois você se sente basicamente tão feliz ou infeliz quanto antes. O mesmo vale para comprar uma casa maior ou um carro mais caro.

Mas os pesquisadores descobriram que existem algumas razões que contribuem para a sensação de felicidade. Uma das mais importantes é um bom casamento.

E era justamente isso que ele tinha. Soava tão banal, que às vezes ele não conseguia deixar de sorrir quando dizia a si mesmo ou — muito ocasionalmente — ao pequeno número de pessoas que chamava de amigos e ainda assim quase nunca via: "Minha esposa e eu somos muito felizes juntos."

Sim, ele estava no controle da própria felicidade. Se pudesse, ficaria mais do que feliz em copiar e colar os três anos que se passaram desde o dia do casamento e reviver aqueles dias vezes a fio. Mas claro que isso não era uma opção. Será que essa era a causa do pequeno vestígio de ansiedade que ainda sentia? Pois o tempo não podia ser parado, as coisas aconteciam, a vida era como a fumaça de um cigarro, movia-se mesmo nos ambientes mais herméticos, mudava das formas mais imprevisíveis. E uma vez que tudo estava perfeito agora, qualquer mudança seria apenas para pior. Sim, era isso. A felicidade era como caminhar em gelo fino; era melhor quebrá-lo e nadar na água fria e congelar e lutar para sair dela do que simplesmente esperar até despencar. Por isso ele se acostumou a acordar mais cedo do que precisava. Como hoje, quando sua aula sobre investigação de homicídios começaria apenas às onze da manhã. Acordava apenas para ter mais tempo de ficar deitado e sentir aquela felicidade singular, pelo tempo que ela durasse. Ele suprimiu a imagem do homem que escapou. Não era sua responsabilidade. Nem seu território de caça. Além disso, o homem com o rosto de demônio aparecia em seus sonhos com cada vez menos frequência.

Harry saiu da cama o mais silenciosamente que conseguiu, apesar de a respiração dela não estar tão regular e de suas suspeitas de que ela podia estar fingindo dormir para não estragar o clima. Vestiu as calças, desceu, colocou a cápsula favorita dela na máquina de *espresso*, acrescentou água e abriu o pequeno vidro de café instantâneo para si mesmo. Comprava vidros pequenos, porque café instantâneo fresco, recém-aberto, tinha um gosto muito melhor. Ele ligou a chaleira, enfiou os pés descalços num par de sapatos, saiu de casa e desceu as escadas.

Harry inspirou o ar cortante do outono. As noites já começavam a ficar mais frias na Holmenkollveien, no alto das colinas de Besserud. Ele olhou para a cidade lá embaixo e o fiorde, onde ainda havia alguns veleiros, pequenos triângulos brancos contra a água azul. Em dois meses, talvez apenas numa questão de semanas, a primeira neve começaria a cair. Mas tudo bem; o casarão, com suas paredes de toras marrons, foi construído para o inverno, não para o verão.

Acendeu o segundo cigarro do dia e desceu o íngreme acesso de cascalho da garagem. Caminhava com cuidado, para não tropeçar nos cadarços desamarrados. Podia ter vestido um casaco, ou pelo menos uma camiseta, mas aquilo era parte do prazer de ter uma casa quente: congelar só um pouco antes de voltar para dentro dela. Ele parou em frente à caixa de correio. Tirou o exemplar do *Aftenposten*.

— Bom dia, vizinho.

Harry não tinha ouvido o Tesla no acesso pavimentado da garagem dos vizinhos. A janela do motorista baixou, e ele viu a sempre imaculadamente loira *fru* Syvertsen. Ela era o que Harry — que vinha da zona leste da cidade e estava vivendo na zona oeste havia relativamente pouco tempo — considerava uma típica esposa de Holmenkollen. Uma dona de casa com dois filhos, duas empregadas e nenhuma intenção de arrumar emprego, apesar de o Estado norueguês ter investido nela cinco anos de educação universitária. Em outras palavras, o que outras pessoas viam como lazer ela encarava como trabalho: manter-se em forma (Harry a via apenas com agasalho, mas sabia que, por baixo, ela usava roupas coladas de academia e, sim, estava em ótima forma, considerando que passava bem dos quarenta), gerenciar a logística (quando cada uma das empregadas tomaria conta das crianças e quando a família sairia de férias, e para onde: a casa nos arredores de Nice, a cabana de esqui em Hemsedal ou o chalé de verão em Sørlandet?) e estabelecer um *networking* (almoçar com as amigas, jantares com contatos potencialmente vantajosos). Sua tarefa mais importante já havia sido cumprida: fisgar um marido com dinheiro o bastante para financiar aquele suposto emprego.

E foi aí que Rakel se mostrou um absoluto fracasso. Apesar de ter crescido no casarão de madeira em Besserud, onde as crianças aprendiam a circular pela sociedade desde muito pequenas, e apesar de ser inteligente e atraente o bastante para ter quem quisesse, ela acabou se envolvendo com um detetive de homicídios alcoólatra e malremunerado, que atualmente era um professor sóbrio da Academia de Polícia e mais malremunerado ainda.

— Você devia parar de fumar — disse *fru* Syvertsen, observando-o.
— Isso é tudo que tenho a dizer. Em que academia você malha?
— O porão — disse Harry.
— Você fez uma academia em casa? Quem é seu treinador?
— Eu mesmo — disse Harry, dando uma tragada profunda e olhando para o próprio reflexo na janela da porta traseira do carro. Era magro, mas não pele e osso como alguns anos atrás. Tinha ganhado três quilos de músculos. Dois quilos com a rotina livre de estresse. E levava um estilo de vida mais saudável. Mas o rosto que o encarava era testemunha de que nem sempre foi assim. Os triângulos de veias finas vermelhas no branco dos olhos e sob a pele do rosto revelavam um passado marcado por álcool, caos, pouco sono e outros maus hábitos. A cicatriz que corria de uma orelha ao canto da boca era fruto de situações desesperadas e falta de controle. E o fato de estar segurando o cigarro entre os dedos indicador e anelar, e de não ter mais o dedo médio, era mais uma evidência de morte e violência escrita com seu sangue.

Ele olhou para o jornal. Viu a palavra "assassinato" na dobra. E, por um momento, o eco do grito estava de volta.

— Tenho pensado em fazer uma academia em casa — disse *fru* Syvertsen. — Por que você não aparece uma manhã na semana que vem e me dá algumas dicas?

— Um colchonete, alguns pesos e uma viga para se pendurar — respondeu Harry. — Essas são as minhas dicas.

Fru Syvertsen sorriu para ele. Assentiu como se entendesse.

— Bom dia, Harry.

O Tesla saiu zunindo, e ele subiu de volta para o lugar que chamava de lar.

Quando chegou à sombra dos abetos, parou e olhou para a casa. Era sólida. Não inexpugnável, nada é inexpugnável, mas ofereceria bastante resistência. Havia três fechaduras na pesada porta de carvalho, e grades de ferro nas janelas. *Herr* Syvertsen tinha se queixado, disse que a casa fortificada parecia algo saído de Joanesburgo, que fazia aquela área segura parecer perigosa e desvalorizava os imóveis. O pai de Rakel mandou instalar as grades depois da guerra. O trabalho de Harry como detetive de homicídios colocou Rakel e seu filho Oleg em perigo. Oleg havia crescido. Tinha saído de casa e agora morava com a namorada e estudava na Academia de Polícia. Cabia a Rakel decidir quando as grades seriam removidas. Porque elas não eram mais necessárias. Agora Harry era um professor malremunerado.

— Ah, café preguiçoso — murmurou Rakel com um sorriso, então soltou um bocejo exagerado e se sentou na cama.

Harry colocou a bandeja na frente dela.

"Café preguiçoso" era a definição dos dois para a hora que passavam na cama toda sexta-feira, quando ele começava a trabalhar mais tarde e ela tinha o dia de folga no emprego como advogada no Ministério das Relações Exteriores. Ele se enfiou embaixo das cobertas e, como de costume, deu a Rakel os cadernos com as notícias nacionais e esportivas e ficou com as notícias internacionais e de cultura. Harry colocou os óculos, os quais ele finalmente havia reconhecido serem necessários, e mergulhou numa resenha do último álbum de Sufjan Stevens enquanto pensava no convite de Oleg para irem ao show do Sleater-Kinney na próxima semana. Rock enervante, do jeito que Harry gostava. Oleg preferia um som mais pesado, o que só fazia com que Harry valorizasse ainda mais o convite.

— Alguma novidade? — perguntou ele ao virar a página.

Harry sabia que ela estava lendo sobre o assassinato na primeira página, mas que não tocaria no assunto com ele. Um dos acordos tácitos entre os dois.

— Mais de trinta por cento dos usuários americanos do Tinder são casados — comentou ela. — Mas o Tinder nega essa informação. E quanto a você?

— Parece que o novo álbum de Father John Misty não é tão bom assim. Ou o crítico simplesmente ficou velho e rabugento. Acho que está mais para a segunda opção, porque o disco recebeu boas críticas na *Mojo* e na *Uncut*.

— Harry?

— Prefiro jovem e rabugento. Porque é inevitável que você fique mais dócil com o passar dos anos. Como eu. Você não acha?
— Você sentiria ciúme se eu estivesse no Tinder?
— Não.
— Não? — Ele viu Rakel se sentar na cama. — Por que não?
— Acho que eu simplesmente não tenho imaginação. Sou um idiota, e acredito que sou mais que suficiente para você. Ser idiota não é tanta idiotice, sabe?
Ela suspirou.
— Você nunca sente ciúme?
Harry virou mais uma página.
— Eu sinto ciúme, mas Ståle Aune recentemente me deu uma infinidade de motivos para tentar minimizá-lo, querida. Ele inclusive dará uma aula sobre ciúme mórbido para meus alunos hoje.
— Harry? — Pelo tom da voz, ele sabia que Rakel não desistiria.
— Não comece dizendo o meu nome, por favor, você sabe que isso me deixa nervoso.
— E tem bons motivos para se sentir assim, porque estou pensando em perguntar se você sente atração por mais alguém além de mim.
— Você está pensando em perguntar? Ou está perguntando?
— Estou perguntando.
— Tudo bem. — Os olhos dele se fixaram numa fotografia do chefe de polícia Mikael Bellman e da esposa na *première* de um filme. Bellman ficava bem com o tapa-olho que passara a usar, e Harry sabia que ele sabia disso. O jovem chefe de polícia declarou que a imprensa e os filmes policiais como aquele criavam uma falsa imagem de Oslo, e que durante sua permanência no cargo a cidade estava mais segura do que nunca. O risco estatístico de uma pessoa se matar era muito maior do que o de ser assassinada.
— Então? — disse Rakel, e ele a sentiu se aproximar. — Você sente atração por outras mulheres?
— Sim — disse Harry, contendo um bocejo.
— O tempo todo? — perguntou ela.
Ele ergueu os olhos do jornal. Olhou para a frente com a testa franzida, refletindo sobre a pergunta.

— Não, o tempo *todo*, não. — Ele voltou à leitura. O novo Museu Munch e a Biblioteca Pública começavam a ganhar forma ao lado da Ópera de Oslo. Num país de pescadores e fazendeiros, que passou os últimos duzentos anos despachando qualquer excêntrico com ambições artísticas para Copenhague e o restante da Europa, a capital logo se assemelharia a um centro cultural. Quem acreditaria nisso? Ou, sendo mais assertivo: quem *acreditava* nisso?

— Se você pudesse escolher — provocou Rakel —, se não tivesse nenhuma consequência, você preferiria passar a noite comigo ou com a mulher dos seus sonhos?

— Você não tem uma consulta médica?

— Apenas uma noite. Sem consequências.

— Você está tentando me forçar a dizer que seria com a mulher dos meus sonhos?

— Vamos lá.

— Você vai precisar me ajudar com sugestões.

— Audrey Hepburn.

— Necrofilia?

— Não tente fugir da pergunta, Harry.

— Tudo bem. Acredito que você esteja sugerindo uma mulher morta por pressupor que, na minha opinião, você se sentiria menos ameaçada se fosse alguém com quem eu não posso passar a noite, por razões óbvias. Mas tudo bem, graças à sua ajuda manipuladora e à *Bonequinha de Luxo*, a minha resposta é um sonoro sim.

Rakel soltou um gritinho abafado.

— Se é assim, por que não faz isso de uma vez? Por que não tem um caso?

— Para começar, não sei se a mulher dos meus sonhos diria sim, e não sou bom em lidar com rejeição. E, em segundo lugar, porque aquela história de "sem consequências" não existe.

— Ah, não?

Harry voltou a se concentrar no jornal.

— Você poderia ir embora. E mesmo que não faça isso, não vai olhar para mim da mesma forma.

— Você pode manter em segredo.

— Eu não teria energia para isso.

A ex-secretária de Assuntos Sociais, Isabelle Skøyen, havia criticado a Câmara Municipal por não ter um plano de contingência para a suposta tempestade tropical que, de acordo com os meteorologistas, atingiria a Costa Oeste do país na próxima semana com uma força nunca antes vista ali. Ainda mais incomum era a previsão de que a tempestade atingiria Oslo poucas horas depois com um pouco menos de intensidade. Skøyen afirmava que a resposta do presidente da Câmara ("Não vivemos nos trópicos, portanto não destinamos dinheiro para tempestades tropicais") demonstrava tamanha arrogância e irresponsabilidade que beirava a loucura. "Evidentemente, ele acredita que as mudanças climáticas sejam algo que afete apenas outros países", declarava Skøyen na legenda de uma fotografia. A pose sugeria a Harry que ela planejava um retorno à política.

— Não ter energia para manter um caso em segredo significa que você não conseguiria mentir o tempo todo? — perguntou Rakel.

— Isso significa que eu não teria saco para isso. Manter segredos é exaustivo. E eu me sentiria culpado. — Ele virou a página. O jornal acabou. — Ficar com a consciência pesada é exaustivo.

— Exaustivo para *você*, com certeza. E quanto a mim, você não pensou no quanto seria difícil para mim?

Harry passou os olhos pelas palavras cruzadas antes de colocar o jornal em cima do edredom e se virar para ela.

— Se não souber do caso, você não sentirá nada, querida.

Rakel segurou o queixo dele e, com a outra mão, passou os dedos em suas sobrancelhas.

— Mas e se eu descobrir? Ou se você descobrir que eu dormi com outro homem. Isso não deixaria você arrasado?

Ele sentiu uma pontada súbita de dor quando Rakel arrancou um fio de cabelo branco de uma sobrancelha.

— É claro — disse ele. — Por isso eu ficaria com a consciência pesada se fizesse isso com você.

Rakel soltou o queixo dele.

— Cacilda, Harry, você fala como se tentasse desvendar um assassinato. Você nunca *sente* nada?

— *Cacilda?* — Harry deu um sorriso de canto de boca e olhou por cima dos óculos. — As pessoas ainda falam "cacilda"?

— Apenas responda, queri... Ah, que inferno!

Harry soltou uma risada.

— Estou tentando responder às suas perguntas com toda sinceridade do mundo, mas para fazer isso preciso pensar a respeito e ser realista. Se fosse seguir meu instinto emocional, eu teria dito o que você queria ouvir. Então faço um alerta. Eu não sou honesto, sou um cara escorregadio. Minha honestidade é apenas um investimento de longo prazo na minha reputação. Porque pode chegar o dia em que eu *realmente* precise mentir, e pode ser útil você acreditar que eu sou sincero.

— Tire esse sorrisinho do rosto, Harry. Você está dizendo que seria um canalha infiel se não desse tanto trabalho?

— Acho que sim.

Rakel o empurrou, colocou as pernas para fora da cama e, arrastando os chinelos, passou pela porta com uma bufada irônica.

Harry a ouviu bufar outra vez na escada.

— Você pode colocar a chaleira no fogo? — perguntou ele.

— Cary Grant — respondeu ela. — E Kurt Cobain. Ao mesmo tempo.

Harry ouviu os passos dela no andar de baixo. O som de água enchendo a chaleira. Ele colocou o jornal no criado-mudo e cruzou as mãos atrás da cabeça. Sorriu. Feliz. Ao se levantar, viu os cadernos do jornal que ela havia lido ainda sobre o travesseiro. Viu uma fotografia, uma cena de crime isolada pela polícia, fechou os olhos e foi até a janela. Voltou a abri-los e fitou os abetos. Ele sentia que agora era capaz. Que era capaz de esquecer o nome daquele que escapou.

Ele acordou. Tinha sonhado com a mãe outra vez. E com um homem que dizia ser seu pai. Ele se perguntou que tipo de despertar era aquele. Estava descansado. Estava calmo. Estava feliz. O principal motivo se encontrava ao alcance das mãos. Ele se virou para ela. Havia entrado no modo caçador no dia anterior. Não era sua intenção, mas quando a viu — a policial — no bar, foi como se o destino assumisse o controle por um momento. Oslo era uma cidade pequena, as pessoas sempre se cruzavam, mas mesmo assim. Ele não perdeu a cabeça, pois havia aprendido a arte do autocontrole. Estudou as linhas do rosto dela, os cabelos, o braço disposto num ângulo pouco natural. Estava fria, não respirava; o cheiro de lavanda havia quase sumido, mas tudo bem, ela cumprira seu papel.

    Ele jogou as cobertas de lado e foi até o armário, pegou o uniforme. Escovou o tecido. Já sentia a pulsação mais acelerada. Seria outro bom dia.

7

Manhã de sexta-feira

Harry Hole andava pelo corredor da Academia de Polícia com Ståle Aune. Com seu um metro e noventa e dois, era mais de vinte centímetros mais alto que o amigo, que era vinte anos mais velho e bem mais gordo.

— Estou surpreso que você não consiga resolver um caso tão óbvio — disse Aune, ajeitando a gravata-borboleta de bolinhas. — Não tem mistério, você se tornou professor porque seus pais foram professores. Ou, para ser mais exato, porque seu pai era professor. Mesmo *post mortem*, você ainda tenta conseguir a aprovação dele, algo que nunca conseguiu enquanto era policial. Na verdade, você nunca quis a aprovação dele quando era policial, já que seus problemas com seu pai sempre giravam em torno de não ser igual a ele, um fraco por não ter conseguido salvar a vida de sua mãe, na sua opinião. Você projetou as próprias imperfeições nele. E entrou para a polícia também para compensar o fato de não ter sido capaz de salvar sua mãe. Você queria salvar todos nós da morte, ou, mais precisamente, de sermos mortos.

— Hum. Quanto as pessoas pagam por consulta para ouvir esse tipo de coisa?

Aune riu.

— Por falar em consulta, alguma novidade sobre as dores de cabeça de Rakel?

— A consulta é hoje — disse Harry. — O pai dela tinha enxaqueca, e isso só começou quando adulto.

— Hereditariedade. É como ir a um vidente e se arrepender depois. Nós, seres humanos, estamos propensos a não gostar das coisas que não podemos evitar. A morte, por exemplo.

— A hereditariedade não é inevitável. Meu avô dizia que se tornou alcoólatra depois do primeiro gole, assim como o pai dele. Enquanto o meu pai apreciou, apreciou *de verdade*, o álcool a vida toda sem se tornar alcoólatra.

— Então o alcoolismo pulou uma geração. Essas coisas acontecem.

— A não ser que culpar os meus genes seja apenas uma desculpa para minha fraqueza de caráter.

— Tudo bem, mas você também pode atribuir sua fraqueza de caráter aos seus genes.

Harry sorriu, e uma aluna que vinha na direção oposta entendeu errado e retribuiu o sorriso.

— Katrine me mandou algumas fotos da cena do crime em Grünerløkka — disse Aune. — O que você achou?

— Eu não leio sobre crimes.

A porta do auditório 2 estava aberta diante deles. Era uma aula para estudantes do último ano, mas Oleg havia dito que ele e alguns outros do primeiro ano também estariam lá. E, de fato, o auditório estava lotado. Havia alunos e até mesmo alguns professores sentados nos degraus e encostados nas paredes.

Harry foi até o púlpito e ligou o microfone. Olhou para a plateia. E se pegou procurando o rosto de Oleg. As conversas se encerraram, e o silêncio tomou conta do salão. O mais irônico não era ele ter se tornado professor, mas *gostar* daquilo. Apesar de ser visto como taciturno e introvertido pela maioria das pessoas, sentia-se menos inibido diante de seus alunos exigentes do que diante do atendente do único caixa do 7-Eleven quando ele colocava um maço de Camel Lights no balcão e Harry pensava em repetir que tinha pedido apenas Camel, mas desistia ao ver os rostos impacientes na fila. Em dias ruins, quando estava com os nervos à flor da pele, acabava comprando o Camel Lights, fumava um e jogava o maço fora. Mas ali ele estava em sua zona de conforto. Trabalho. Homicídio. Harry pigarreou. Não encontrou o rosto de Oleg, sempre tão sério, mas identificou outro que conhecia bem. Um rosto com um tapa-olho.

— Vejo que alguns de vocês devem estar aqui por engano. Este é um curso de trabalho investigativo nível três para alunos do último ano. Risos. Ninguém demonstrou a menor intenção de deixar o auditório.

— Tudo bem — disse Harry. — Se alguém estiver aqui para mais uma das minhas aulas inúteis sobre como investigar homicídios, ficará decepcionado. Nosso palestrante convidado de hoje foi consultor da Divisão de Homicídios da Polícia de Oslo por muitos anos e é o psicólogo mais importante da Escandinávia nas áreas de violência e homicídio. Mas antes de ceder meu lugar a Ståle Aune, e por saber que ele não o devolverá voluntariamente, permitam-me lembrar que teremos uma nova aula sobre interrogatório de testemunhas na próxima quarta-feira. A investigação da estrela do diabo. Como sempre, a descrição do caso, os relatórios da cena do crime e as transcrições dos depoimentos já estão na intranet. Ståle?

A plateia aplaudiu, e Harry seguiu na direção da escada enquanto Aune subia todo empertigado até o púlpito com um sorriso de satisfação estampado no rosto.

— Síndrome de Otelo! — proferiu Aune, e abaixou a voz ao chegar ao microfone. — Síndrome de Otelo é outro termo para o que chamamos de ciúme mórbido, que é a motivação da maioria dos homicídios neste país. Como acontece na peça *Otelo*, de William Shakespeare. Rodrigo é apaixonado pela esposa do general Otelo, Desdêmona, enquanto o dissimulado Iago odeia Otelo por tê-lo preterido na escolha de seu novo tenente. Iago vê uma chance de ascender na carreira destruindo Otelo, e, com Rodrigo, semeia a discórdia entre o general e a esposa. E Iago faz isso plantando um vírus no coração e na mente de Otelo, um vírus letal e tenaz que se manifesta de muitas formas. O ciúme. Otelo desmorona, fica cada vez mais doente, seu ciúme provoca ataques epilépticos. Acaba matando a esposa e suicidando-se em seguida. — Aune ajeitou os punhos de seu paletó de tweed. — Estou contando essa trama a vocês não porque Shakespeare faz parte do currículo aqui na Academia de Polícia, mas porque vocês precisam de um pouco de cultura geral. — Risos. — Então, senhoras e senhores nem um pouco ciumentos, o que é a síndrome de Otelo?

— A que devemos a visita? — sussurrou Harry. Ele havia ido até o fundo do auditório e estava de pé ao lado de Mikael Bellman. — Está interessado em ciúme?

— Não — disse o chefe de polícia. — Quero que você investigue esse último assassinato.

— Receio que você tenha perdido a viagem.

— Quero que você faça o mesmo que já fez no passado: liderar uma equipe pequena e independente que trabalhe em paralelo à equipe de investigação.

— Obrigado pela oferta, chefe, mas a resposta é não.

— Precisamos de você, Harry.

— Sim. Aqui.

Bellman soltou uma risada.

— Não duvido de que seja um bom professor, mas não é o único. Por outro lado, você é único como detetive.

— Estou cansado de assassinatos.

Mikael Bellman fez que não com a cabeça e sorriu.

— Vamos lá, Harry, quanto tempo você acha que consegue se esconder aqui, fingindo ser algo que não é? Você não é um herbívoro. Você é um predador. Exatamente como eu.

— A resposta ainda é não.

— E é um fato bem conhecido que predadores têm dentes afiados. É isso que os coloca no topo da cadeia alimentar. Vejo Oleg sentado ali na frente. Quem diria que ele acabaria na Academia de Polícia?

Harry sentiu os pelos da nuca se arrepiarem, alerta.

— Eu tenho a vida que quero, Bellman. Não posso voltar. É minha resposta final.

— Principalmente quando se sabe que ficha limpa é um pré-requisito essencial para ser admitido.

Harry não respondeu. Aune arrancou mais risos da plateia, e Bellman também riu. Ele colocou a mão no ombro de Harry, aproximou-se e abaixou um pouco mais a voz.

— Podem ter se passado alguns anos, mas sei de gente que juraria no tribunal que viu Oleg comprando heroína aquela vez. A pena é de no máximo dois anos. Ele não seria condenado, mas jamais se tornaria policial.

Harry fez que não com a cabeça.

— Nem você faria isso, Bellman.

— Não? Pode até parecer um grande exagero, mas é muito importante para mim que esse caso seja resolvido.

— Se eu disser não, você não vai ganhar nada estragando a vida da minha família.

— Talvez não, mas não nos esqueçamos que eu... como posso dizer? *Odeio* você.

Harry olhava para as costas das pessoas à sua frente.

— Você não é o tipo de homem que se deixa levar pelos próprios sentimentos, Bellman; você não tem sentimentos para isso. O que você diria quando fosse divulgado que guardou essa informação sobre o aluno Oleg Fauke por tanto tempo sem fazer nada? Não há sentido em blefar quando o oponente sabe as péssimas cartas que você tem na mão, Bellman.

— Se quiser arriscar o futuro do rapaz por achar que estou blefando, vá em frente, Harry. Será apenas esse caso. Resolva-o para mim, e todo o resto vai desaparecer. Você tem até a tarde de hoje para me responder.

— Por pura curiosidade, Bellman, por que esse caso em especial é tão importante para você?

Bellman deu de ombros.

— Política. Predadores precisam de carne. E não esqueça que eu sou um tigre, Harry. E você é apenas um leão. O tigre pesa mais e tem mais massa encefálica por quilo. Por isso os romanos no Coliseu sabiam que um leão sempre morreria se lutasse com um tigre.

Harry viu uma cabeça se virar nas primeiras fileiras da plateia. Era Oleg, sorrindo e fazendo um gesto com o polegar para cima. Ele logo faria 22 anos. Tinha os olhos e a boca da mãe, mas seus cabelos pretos lisos vinham do pai russo de quem ninguém mais lembrava. Harry retribuiu o gesto e tentou sorrir. Quando se virou para Bellman, ele já havia ido embora.

— A síndrome de Otelo acomete principalmente os homens — ressoou a voz de Ståle Aune. — Enquanto eles têm tendência a usar as mãos, as mulheres com a síndrome usam facas ou instrumentos contundentes.

Harry escutou. O som do gelo fino, muito fino, sobre a água escura debaixo de seus pés.

* * *

— Você está sério — disse Aune quando voltou para a sala de Harry depois de sair do banheiro. Ele bebeu o que restava de seu café e vestiu o paletó. — Não gostou da minha aula?

— Ah, gostei. Bellman estava lá.

— Eu vi. O que ele queria?

— Tentou me chantagear. Quer que eu investigue esse último assassinato.

— E o que você disse?

— Não.

Aune assentiu.

— Bom. Conviver tão de perto com o mal como nós dois convivemos corrói a alma. Pode não parecer para as pessoas, mas isso já destruiu parte de nós. E já passou da hora de nossos queridos familiares receberem a mesma atenção que demos aos sociopatas. Nosso turno já terminou, Harry.

— Você está dizendo que jogou a toalha?

— Isso mesmo.

— Hum. Entendo o que quer dizer em termos gerais, mas tem certeza de que não há nada mais específico?

Aune deu de ombros.

— Trabalhei demais e passei tempo de menos em casa, só isso. E, quando trabalho num homicídio, não fico em casa nem quando estou lá de fato. Bem, você entende muito bem isso, Harry. E Aurora. Ela...

— Aune bufou. — Os professores dizem que ela está um pouco melhor. As crianças às vezes se isolam nessa idade. E experimentam as coisas. O fato de terem uma cicatriz no pulso não significa necessariamente que costumam se mutilar, pode não passar de curiosidade natural. Mas é sempre angustiante quando um pai percebe que não consegue mais se comunicar com um filho. E talvez seja ainda mais difícil quando ele supostamente é um psicólogo respeitado.

— Ela está com 15 anos, não?

— E, quando Aurora completar 16 anos, essa fase já pode ter passado, e ninguém vai se lembrar dela. Fases, fases, tudo gira em torno de fases nessa idade. Mas você não pode cuidar das pessoas que ama apenas depois do próximo caso, ou do próximo dia de trabalho, você precisa fazer isso *agora*. Você não concorda, Harry?

Harry passou o indicador e o polegar pelo lábio superior escondido no rosto com barba por fazer e assentiu lentamente.
— Hum. Claro.
— É, vou andando — disse Aune, pegando sua pasta e uma pilha de fotografias. — São as fotos da cena do crime enviadas por Katrine. Como eu disse, não têm utilidade para mim.
— E por que eu iria querer isso? — perguntou Harry, olhando para o corpo de uma mulher numa cama ensanguentada.
— Para uma de suas aulas, talvez. Ouvi você mencionar o caso da estrela do diabo, então obviamente usa investigações de homicídio reais, e documentos reais.
— Esse caso funciona como um modelo — disse Harry, tentando desviar os olhos da fotografia da mulher. Havia algo familiar ali. Como um eco. Será que já a vira antes? — Qual é o nome da vítima?
— Elise Hermansen.
O nome não dizia nada a ele. Harry olhou para a foto seguinte.
— Esses ferimentos no pescoço, o que são?
— Você não leu mesmo nada sobre esse caso? Está nas primeiras páginas, então não é de surpreender que Bellman esteja tentando coagir você. Dentes de ferro, Harry.
— *Dentes de ferro?* Um satanista?
— Se ler o *VG*, você verá que eles fazem referência ao tweet do meu colega Hallstein Smith sobre isso ser obra de um vampirista.
— Vampirista? Um vampiro, então.
— Quem dera — disse Aune, tirando uma página do *VG* da pasta. — Vampiros pelo menos têm base em zoologia e na ficção. De acordo com Smith e mais um punhado de psicólogos mundo afora, um vampirista é alguém que sente prazer em beber sangue. Leia isso...
Harry leu o tweet que Aune segurou à sua frente. Ele parou na última frase. *O vampirista voltará a atacar.*
— Hum. Só porque eles são poucos não quer dizer que não tenham razão.
— Você enlouqueceu? Acho ótima essa ideia de remar contra a maré e gosto de gente ambiciosa como Smith. Ele cometeu um grande erro quando era estudante e acabou apelidado de "Macaco", e temo que ele ainda não tenha muita credibilidade entre seus pares. Mas era

um psicólogo muito promissor até se envolver com essa história de vampirismo. Seus artigos também não eram dos piores, mas ele não conseguiu publicá-los em jornais sérios. Agora pelo menos teve alguma coisa publicada. No *VG*.

— Então por que você não acredita em vampirismo? — perguntou Harry. — Você mesmo disse que basta pensar em algum tipo de desvio comportamental que existe alguém por aí que o tem.

— Ah, sim, está tudo aí. Ou estará. Nossa sexualidade diz respeito ao que somos capazes de pensar e sentir. O que é basicamente ilimitado. Dendrofilia é a atração sexual por árvores. Cacorrafiofilia significa achar o fracasso sexualmente estimulante. Mas antes que se possa definir qualquer coisa como "filia" ou "ismo", é preciso atingir um nível de prevalência e ter certo número de denominadores comuns. Smith e seu grupo de psicólogos mitomaníacos inventaram seu próprio "ismo". Eles estão enganados; não existe um grupo de supostos vampiristas que siga um padrão previsível de comportamento que possa ser analisado por outras pessoas e por eles mesmos. — Aune abotoou o paletó e foi até a porta. — Já o fato de você temer a intimidade e ser incapaz de abraçar seu melhor amigo antes de ele ir embora é ótimo material para uma teoria psicológica. Mande um oi para Rakel e diga que farei um feitiço para acabar com as dores de cabeça. Harry?

— O quê? Sim, é claro. Eu digo a ela. Espero que fique tudo bem com Aurora.

Harry ficou fitando o vazio depois que Aune saiu. Na noite anterior, entrou na sala quando Rakel assistia a um filme. Olhou para a TV e perguntou se era um filme de James Gray. Era uma imagem bastante neutra de uma rua sem atores, sem nenhum carro em especial ou enquadramento digno de nota, dois segundos de um filme a que Harry nunca tinha assistido. Tudo bem, uma imagem jamais pode ser completamente neutra, mas Harry ainda não sabia o que o tinha feito pensar naquele diretor em especial além do fato de ter assistido a um filme dele alguns meses antes. Podia ser apenas isso, uma conexão automática e trivial. Um filme a que ele havia assistido, e então uma imagem de dois segundos contendo alguns detalhes que passaram tão rápido por sua mente que ele não conseguiu identificar os pontos em comum.

Harry tirou o celular do bolso.

Hesitou. Encontrou o número de Katrine Bratt. Já fazia mais de seis meses que não se falavam; o último contato foi uma mensagem de texto dela no seu aniversário. Ele respondeu com "obrigado", sem maiúscula ou ponto final. Ele sabia que, para ela, isso não significava desdém, apenas que ele não gostava de mensagens longas.

Ninguém atendeu à ligação.

Quando telefonou para o número direto dela na Homicídios, Magnus Skarre atendeu.

— Então, Harry Hole em pessoa. — O sarcasmo era tanto, que Harry não teve a menor dúvida sobre quem estava falando. Não tinha muitos fãs na Homicídios, e Skarre certamente não era um deles. — Não, eu não vi Bratt hoje. O que é bem estranho para uma nova inspetora, porque temos muito trabalho a fazer por aqui.

— Hum. Você pode dizer a ela que...

— É melhor você ligar de novo, Hole, já estamos muito ocupados aqui.

Harry desligou. Tamborilou na mesa e olhou para a pilha de testes em um canto. E para a pilha de fotografias no outro. Pensou na analogia de Bellman sobre predadores. Um leão? Tudo bem, por que não? Tinha lido que leões que caçam sozinhos são bem-sucedidos em apenas 15 por cento de seus ataques. Quando caçam animais maiores, eles não têm força para dilacerar a garganta da presa, então precisam sufocá-la. Enterram as garras no pescoço e pressionam a traqueia. E isso pode levar tempo. Se for um animal muito grande, um búfalo, por exemplo, o leão às vezes fica ali por horas, não apenas fazendo o búfalo sofrer, mas sofrendo também, e ainda assim há a possibilidade de ele desistir no final. A investigação de um homicídio pode ser vista dessa forma. Trabalho duro e nenhuma recompensa. Ele prometeu a Rakel que não voltaria. Prometeu a si mesmo.

Harry folheou a pilha de fotografias. Olhou para a foto de Elise Hermansen. O nome da moça ficou gravado em sua mente. Assim como os detalhes da imagem dela deitada na cama. Mas não foram os detalhes. Foi o todo. O filme a que Rakel assistia na noite passada se chamava *A entrega*. E o diretor não era James Gray. Harry estava enganado. Quinze por cento. Ainda assim...

Havia algo no modo como ela estava deitada. Ou como alguém a deitou. A composição. Parecia o eco de um sonho esquecido. Um grito na floresta. A voz de um homem que ele tentava não lembrar. O homem que escapou.

Harry se lembrou de algo que havia pensado certa vez. Quando ele desmoronava, quando abria a garrafa e tomava o primeiro gole, a sensação não era a que havia imaginado, porque aquele não era o momento decisivo. A decisão fora tomada muito tempo antes. E, daquele momento em diante, a única questão era qual seria o estopim. Ele viria. Em algum momento a garrafa estaria bem na frente dele. Esperando por ele. E ele por ela. O resto era apenas uma questão de cargas opostas, magnetismo, a inevitabilidade das leis da física.

Merda. Merda.

Harry se levantou bruscamente, pegou a jaqueta de couro e saiu apressado.

Ele se olhou no espelho, confirmou que a jaqueta estava como deveria. Leu a descrição da mulher uma última vez. Já antipatizava com ela. Um "w" num nome que deveria ser escrito com "v", como o dele, já era um bom motivo para punição. Preferia uma vítima diferente, mais do seu gosto. Como Katrine Bratt. Mas a decisão já fora tomada. A mulher com um "w" no nome o aguardava.

Ele abotoou o último botão da jaqueta. E saiu.

8

Tarde de sexta-feira

— Como Bellman conseguiu convencer você? — Gunnar Hagen estava de frente para a janela.

— Bem, ele fez uma oferta que eu não pude recusar — respondeu a voz inconfundível às suas costas. Estava um pouco mais rouca que da última vez que a ouviu, mas com a mesma gravidade e calma de sempre. Certa vez Hagen ouvira de uma colega que a única coisa bonita em Harry Hole era a voz.

— E qual foi a oferta?

— Um adicional de cinquenta por cento sobre as horas extras e o dobro de contribuição previdenciária.

O diretor da Divisão de Homicídios deu um sorriso breve.

— E você não fez nenhuma exigência?

— Escolher os integrantes do meu grupo. Quero apenas três.

Gunnar Hagen se virou. Harry estava esparramado na cadeira do outro lado da mesa com as longas pernas esticadas. Seu rosto magro ganhara mais algumas rugas, e seu cabelo loiro curto começava a ficar grisalho nas têmporas. Mas não estava tão magro quanto da última vez que Hagen o vira. O branco de seus intensos olhos azuis podia não estar tão límpido, mas também não estava tão vermelho quanto nos momentos em que a situação ficava ruim de verdade.

— Continua sem beber, Harry?

— Estou tão seco quanto um poço de petróleo norueguês, chefe.

— Hum. Você sabe que os poços de petróleo noruegueses não estão secos, certo? Só foram fechados até os preços voltarem a subir.
— Era essa a imagem que eu tentava transmitir.
Hagen fez que não com a cabeça.
— E eu aqui pensando que você iria amadurecer com a idade.
— Decepcionante, não? Nós não ficamos mais sensatos, apenas mais velhos. Ainda sem notícias de Katrine?
Hagen olhou para o telefone.
— Nada.
— Tentamos ligar de novo?

— Hallstein! — A voz veio da sala. — As crianças querem que você seja o gavião de novo!
Hallstein Smith soltou um suspiro resignado mas feliz e colocou o livro que estava lendo, *Miscellany of Sex*, de Francesca Twinn, sobre a mesa da cozinha. Era interessante ler que arrancar os cílios de uma mulher a dentadas é considerado um ato apaixonado nas ilhas Trobriand da Papua Nova Guiné, mas ele não encontrou nada que pudesse ser útil para sua tese de doutorado, e deixar os filhos felizes sem dúvida era mais divertido. Não importava que ainda estivesse cansado da última brincadeira; aniversários só acontecem uma vez por ano. Bem, quatro vezes, se você tiver quatro filhos. Seis, se eles insistirem que os pais também tenham festas de aniversário. Ele estava a caminho da sala, e já ouvia as crianças arrulhando como pombos quando a campainha da porta tocou.
A mulher parada do lado de fora olhava fixamente para o rosto de Hallstein quando ele abriu a porta.
— Acabei comendo alguma coisa com castanhas anteontem — justificou ele, coçando as irritantes placas vermelhas que tinha na testa.
Ele olhou para a mulher e percebeu que ela não olhava para as placas.
— Ah, isso — disse ele, tirando o chapéu. — É uma cabeça de gavião.
— Parece mais uma galinha — disse a mulher. — Meu nome é Katrine Bratt, sou da Divisão de Homicídios, Polícia de Oslo.
Smith inclinou a cabeça de lado.

— É claro, eu a vi no jornal ontem à noite. Isso é sobre o que eu disse no Twitter? O telefone não parou de tocar. Não tive a intenção de causar tanto alvoroço.

— Posso entrar?

— É claro, mas espero que não se incomode com crianças ligeiramente... é... agitadas.

Smith explicou às crianças que elas precisariam brincar sozinhas de gavião por algum tempo e acompanhou a policial até a cozinha.

— Você parece estar precisando de um café — disse Smith, servindo uma xícara sem esperar pela resposta.

— Foi uma longa noite — respondeu Katrine. — Acabei perdendo a hora, então levantei e vim correndo. E esqueci o celular em casa, então será que eu poderia usar o seu para ligar para o escritório?

Smith ofereceu seu telefone e viu quando ela lançou um olhar desamparado para o Ericsson antigo.

— As crianças o chamam de telefone idiota. Quer que eu mostre como funciona?

— Acho que lembro. Diga, o que você acha dessa foto?

Enquanto ela usava o teclado, Smith analisou a foto que Katrine tinha acabado de lhe entregar.

— Dentaduras de ferro — disse. — Da Turquia?

— Não, Caracas.

— Certo. Há dentes de ferro parecidos com esses em exposição no Museu de Arqueologia de Istambul. Supostamente usados por soldados do exército de Alexandre, o Grande, mas os historiadores duvidam. Em vez disso, acreditam que os ricos os usavam em algum tipo de jogo sadomasoquista. — Smith coçou as placas vermelhas na testa. — Então ele usou algo parecido com isso?

— Não temos certeza. Especulamos isso a partir das marcas de mordida na vítima. Encontramos ferrugem e algumas lascas de tinta preta.

— Ah! — exclamou Smith. — Então precisamos ir ao Japão!

— Precisamos? — Bratt levou o telefone ao ouvido.

— Você já deve ter visto mulheres japonesas com os dentes pintados de preto. Não? Bom, é uma tradição conhecida como *ohaguro*. Significa "a escuridão depois que o sol se põe", e apareceu pela primeira vez durante o período Heian, por volta do ano 800. E, é... devo continuar?

Bratt gesticulou impaciente.

— De acordo com a tradição, na Idade Média havia um xogum no Norte que fazia seus soldados usarem dentes de ferro pintados de preto. Basicamente para intimidar as pessoas, mas as dentaduras também podiam ser usadas em combates corpo a corpo. Se a batalha ficasse tão confusa a ponto de os soldados não conseguirem usar armas, chutar ou socar os adversários, eles podiam usar os dentes para morder o pescoço dos inimigos.

A detetive indicou que a ligação havia sido atendida.

— Oi, Gunnar, é Katrine. Só queria avisar que já saí de casa, mas vim direto falar com o professor Smith... isso, o que mandou o tweet. E esqueci o telefone em casa, então se alguém estiver tentando falar comigo... — Ela escutou. — Harry? Você está brincando. — Ela escutou por mais alguns segundos. — Ele simplesmente apareceu aí e disse isso? Tudo bem, conversamos mais tarde. — Ela devolveu o telefone para Smith. — Então me diga, o que é vampirismo?

— Para responder isso, acho que vamos precisar dar uma caminhada — respondeu Smith.

Katrine caminhou ao lado de Hallstein Smith por uma passagem de cascalho que ligava a casa ao estábulo. Ele explicou que a esposa havia herdado a propriedade de quase um hectare, e que vacas e cavalos pastavam ali em Grini, a poucos quilômetros do centro de Oslo, havia poucos anos. E que um terreno menor com uma garagem para barcos em Nesøya, também parte da herança, valia ainda mais. Isso se acreditassem nas ofertas que receberam dos vizinhos podres de ricos.

— Nesøya é longe demais para ser prático, mas não queremos vender o terreno por enquanto. Só temos um barco barato de alumínio com motor de 25 cavalos, mas eu o adoro. Não conte para minha esposa, mas eu prefiro o mar a esse verde todo.

— Também venho da costa — disse Katrine.

— Bergen, certo? Adoro o sotaque. Passei um ano trabalhando numa clínica psiquiátrica em Sandviken. É lindo, mas chove demais.

Katrine assentiu lentamente.

— Sim, conheço bem Sandviken.

Eles chegaram ao estábulo. Smith pegou uma chave e destrancou o cadeado.

— Cadeado grande para um estábulo.

— O outro era pequeno demais — disse Smith, e Katrine percebeu amargura em sua voz. Ela passou pela porta e soltou um gritinho quando pisou em algo que se moveu. Quando olhou para baixo, viu uma placa metálica retangular, de um metro por um metro e meio, sobre o piso de cimento. Parecia assentada sobre molas, e balançou um pouco antes de voltar a ficar imóvel.

— Cinquenta e oito quilos — disse Smith.

— O quê?

O psiquiatra fez um gesto com a cabeça para a direita, indicando um ponteiro enorme que oscilava entre 50 e 60 num mostrador em forma de meia-lua, e Katrine percebeu que estava pisando numa balança de gado antiga. Ela estreitou os olhos.

— Deu 57,68.

Smith riu.

— Bem abaixo do peso de abate. Devo admitir que tento passar por cima dessa balança toda manhã, não gosto da ideia de que todo dia pode ser o meu último.

Eles passaram por algumas baias e pararam em frente à porta de um escritório. Smith a destrancou. Na sala havia uma mesa com um computador, uma janela com vista para o campo e o desenho de um vampiro com grandes asas de morcego, pescoço comprido e rosto quadrado. A estante atrás da mesa estava parcialmente ocupada com pastas e uma dezena de livros.

— O que você vê à sua frente é tudo que já foi publicado sobre vampirismo — disse Smith, correndo a mão pelos livros. — Então é bem fácil fazer um resumo. Mas para responder à sua pergunta, comecemos por Vandenbergh e Kelly, de 1964. — Smith puxou um dos livros, abriu e leu: — *"Vampirismo é definido como o ato de extrair sangue de um objeto (geralmente um objeto de amor) e sentir excitação e prazer sexual em resposta."* Essa é a definição crua. Mas você quer mais que isso, certo?

— Acho que sim — disse Katrine, e olhou para o retrato do vampiro. Era uma bela obra de arte. Simples. Solitária. E parecia exalar uma frieza que a fez instintivamente apertar a jaqueta junto ao corpo.

— Vamos nos aprofundar um pouco — disse Smith. — Para começar, vampirismo não é uma invenção contemporânea. A palavra obviamente faz referência ao mito sobre criaturas sedentas de sangue com aparência humana que remonta a tempos antigos, principalmente no Leste Europeu e na Grécia. Mas o conceito moderno de vampiro vem principalmente de *Drácula*, de Bram Stoker, publicado em 1897, e dos primeiros filmes de vampiro dos anos trinta. Alguns pesquisadores erroneamente acreditam que os vampiristas, indivíduos comuns mas doentes, se inspiram basicamente nesses mitos. Eles esquecem que o vampirismo já havia sido mencionado aqui... — Smith pegou um livro antigo com capa marrom surrada. — *Psycopathia Sexualis*, de Richard Krafft-Ebing, publicado em 1887. Em outras palavras, *antes* de o mito se tornar amplamente conhecido.

Smith colocou o volume de volta no lugar com cuidado e pegou outro livro.

— Minha pesquisa se baseia na ideia de que o vampirismo está relacionado a condições como necrofagia, necrofilia e sadismo, exatamente como pensava o autor deste livro, Bourguignon. — Smith o abriu. — Isso é de 1983: *"Vampirismo é um raro transtorno compulsivo que consiste em uma ânsia irresistível por ingestão de sangue, um ritual necessário para trazer alívio mental. Como acontece com outras compulsões, seu significado não é entendido pela pessoa que sofre o transtorno."*

— Então um vampirista apenas faz o que os vampiristas fazem? Eles simplesmente não conseguem agir de modo diferente?

— É uma simplificação, mas sim.

— Algum desses livros pode nos ajudar a traçar o perfil de um assassino que bebe o sangue de suas vítimas?

— Não — disse Smith, colocando o livro de Bourguignon de volta no lugar. — Esse livro já foi escrito, mas não está na estante.

— Por que não?

— Porque não foi publicado.

Katrine olhou para Smith.

— O seu?

— O meu — confirmou Smith com um sorriso triste.

— O que aconteceu?

Ele deu de ombros.

— Não era o melhor momento para aquele tipo de psicologia radical. Afinal de contas, eu me opunha totalmente a isso. — Ele apontou para uma das lombadas na estante. — Herschel Prins e seu artigo no *British Journal of Psychiatry*, 1985. E você não sai impune de uma coisa dessas. Fui repudiado porque meus resultados se basearam em estudos de caso, não em evidências empíricas. Mas é claro que isso é impossível quando existem tão poucos casos de vampirismo real, e os poucos que foram registrados receberam o diagnóstico de esquizofrenia porque não havia pesquisas suficientes. Eu tentei, mas até jornais que publicam matérias sobre subcelebridades americanas acharam o vampirismo frívolo, sensacionalista. E quando finalmente reuni um bom volume de dados de pesquisa, veio o arrombamento. — Smith gesticulou para as prateleiras vazias. — Levar o computador é uma coisa, mas todas as minhas anotações sobre pacientes, todo o meu arquivo com informações deles, absolutamente tudo desapareceu. E agora alguns colegas maldosos dizem por aí que fui salvo pelo gongo, que se meu material tivesse sido publicado eu teria apenas me exposto ainda mais ao ridículo, porque é óbvio que o vampirismo não existe.

Katrine passou o dedo pela moldura do desenho do vampiro.

— Quem entraria aqui para roubar registros médicos?

— Só Deus sabe. Eu imaginei que tivesse sido algum colega. Esperei que alguém aparecesse com minhas teorias e meus resultados, mas isso jamais aconteceu.

— Será que estariam atrás de seus pacientes?

Smith deu uma risada.

— Se foi por isso, desejo toda a sorte do mundo. Meus pacientes são tão loucos que ninguém mais os quer, acredite. São úteis apenas como objetos de pesquisa, não para se ganhar dinheiro. Se minha esposa não fosse tão bem-sucedida com o estúdio de ioga, nós não conseguiríamos manter a fazenda e a garagem de barcos. Aliás, há uma festa de aniversário precisando de um gavião.

Eles saíram do escritório e, enquanto Smith trancava a porta, Katrine notou uma pequena câmera de segurança na parede acima das baias.

— Você sabia que a polícia não investiga mais pequenos arrombamentos? — perguntou ela. — Mesmo com imagens de câmeras de segurança.

— Eu sei. — Smith suspirou. — É para minha própria paz de espírito. Se voltarem para pegar meu novo material, quero saber com qual dos meus colegas estou lidando. Tenho outra câmera lá fora, perto do portão.

Katrine não conseguiu evitar uma risada.

— E eu achando que os acadêmicos fossem tipos caseiros e comportados, não ladrões.

— Ah, temo que a gente cometa muitas bobagens, tanto quanto as pessoas menos inteligentes — disse Smith, balançando a cabeça com pesar. — Eu inclusive, devo admitir.

— Sério?

— Nada interessante. Apenas um erro que meus colegas premiaram com um apelido. Mas isso foi há muito tempo.

Talvez tivesse acontecido há muito tempo, mas Katrine ainda via o sofrimento estampado no rosto dele.

Já nos degraus em frente à casa, ela entregou um cartão a Smith.

— Se a imprensa ligar, eu ficaria muito grata se você não mencionasse que tivemos essa conversa. As pessoas ficarão assustadas se pensarem que a polícia acredita que há um vampiro à solta.

— Ah, mas a imprensa não vai ligar — disse Smith, olhando para o cartão.

— Sério? Mas o *VG* publicou o que você escreveu no Twitter.

— Eles não se deram ao trabalho de me entrevistar. Talvez alguém tenha lembrado que já dei um alarme falso antes.

— Deu um alarme falso?

— Um assassinato nos anos noventa. Tenho praticamente certeza de que um vampirista estava envolvido. E outro caso há três anos, não sei se você lembra.

— Acho que não.

— Não, também não recebeu muita atenção. O que foi bom, eu acredito.

— Então essa seria a terceira vez que você daria um alarme falso?

Smith assentiu lentamente e olhou para ela.

— Sim. Essa seria a terceira vez. A lista dos meus fracassos é bem extensa.

— Hallstein? — chamou uma voz de mulher de dentro da casa. — Você já está vindo?

— Só um instante, querida! Soe o alarme! — E ele começou a guinchar como um gavião.

Ao caminhar até o portão, Katrine ouvia o som das vozes ficando mais altas às suas costas. A histeria que antecipa um massacre de pombos.

9

Tarde de sexta-feira

Às três da tarde, Katrine teve uma reunião na Perícia Técnica; às quatro, uma reunião com o perito responsável, ambas igualmente deprimentes, e então teve uma terceira reunião às cinco com Bellman, no gabinete do chefe de polícia.

— Fico feliz que você tenha reagido positivamente ao fato de termos trazido Harry Hole para a investigação, Bratt.

— Por que me oporia? Harry é o detetive de homicídios mais experiente que temos.

— Certos detetives poderiam considerar... qual é a palavra que estou procurando... *desafiador* ter um medalhão do passado espiando por cima do ombro.

— Sem problemas. Eu sempre jogo com as cartas na mesa, senhor. — Katrine deu um sorriso rápido.

— Bom. Enfim, Harry irá liderar uma equipe pequena e independente, então você não precisará se preocupar com a possibilidade de ele assumir o caso. Será apenas um pouco de competição saudável. — Bellman juntou os dedos. Ela notou que uma das manchas brancas em sua pele formava uma faixa ao redor da aliança. — Eu, naturalmente, torcerei pelas damas. Espero que possamos ter resultados rápidos, Bratt.

— Entendo — disse Katrine Bratt, e conferiu o relógio.

— Entende o quê?

Ela notou a irritação na voz de Bellman.

— Entendo: você espera resultados rápidos.

Katrine sabia que estava provocando o chefe de polícia. Não porque quisesse. Porque não conseguia evitar.

— E você deveria esperar o mesmo, inspetora Bratt. Empregos como o seu não nascem em árvores.

— Então precisarei fazer o meu melhor para provar que o mereço.

Ela manteve os olhos fixos nos do chefe. Era como se o tapa-olho enfatizasse o olho saudável, sua intensidade e beleza. E o brilho duro e implacável que havia ali.

Katrine prendeu a respiração.

Subitamente, Bellman soltou uma risada.

— Gosto de você, Katrine. Mas permita-me um conselho.

Ela esperou, pronta para qualquer coisa.

— Na próxima coletiva de imprensa, você deveria falar com os jornalistas, não Hagen. Quero que reforce que esse é um caso extremamente difícil, que não temos pistas, e que precisamos estar preparados para uma longa investigação. Isso deixará a imprensa menos impaciente, e eles nos darão mais espaço para trabalhar.

Katrine cruzou os braços.

— Isso também pode encorajar o assassino e aumentar as chances de que ele volte a atacar.

— Acho que o assassino não se deixa influenciar pelo que dizem os jornais, Bratt.

— Se é o que você diz... Bem, preciso preparar a próxima reunião da equipe de investigação.

Katrine notou a advertência no olhar de Bellman.

— Vá em frente. E faça o que eu disse. Diga à imprensa que esse é o caso mais difícil que você já investigou.

— Eu...

— Com suas próprias palavras, é claro. Quando é a próxima coletiva?

— Cancelamos a de hoje, pois não temos nada novo.

— Tudo bem. Lembre-se, se o caso for apresentado como difícil, a glória será ainda maior quando o resolvermos. E não estaremos mentindo, porque de fato não temos nada, certo? Além do mais, os jornalistas adoram um bom mistério. Veja como uma situação em que todos saem ganhando, Bratt.

Todos saem ganhando porra nenhuma, pensou Katrine ao descer as escadas até a Homicídios no sexto andar.

Às seis, Katrine iniciou a reunião da equipe de investigação reforçando a importância de os relatórios serem prontamente escritos e registrados no sistema, porque isso não foi feito depois da primeira conversa com Geir Sølle, o homem que se encontrou com Elise Hermansen na noite em que ela foi assassinada. Por causa disso, um segundo detetive entrou em contato com Sølle.

— Para começar, isso gera retrabalho, além de dar à população a impressão de que a polícia é desorganizada, de que não sabemos o que estamos fazendo.

— Deve haver algum problema com os computadores ou com o sistema — disse Truls Berntsen, apesar de Katrine não ter mencionado o nome dele. — Eu sei que mandei o relatório.

— Tord?

— Nenhuma falha no sistema foi reportada nas últimas vinte e quatro horas — disse Tord Gren, ajeitando os óculos e percebendo o olhar de Katrine, que ele interpretou corretamente. — Mas é claro que pode haver algo de errado com o seu computador, Berntsen. Eu vou dar uma olhada.

— Já que você falou, Tord, será que pode colocar todos a par de seu último golpe de mestre?

O especialista em TI corou, assentiu e prosseguiu em voz monocórdia e afetada, como se lesse um roteiro.

— Dados de localização. A maioria dos donos de telefones celulares permite que um ou mais aplicativos instalados tenha acesso a esse tipo de informação, muitas vezes sem saber que permitiram isso.

Pausa. Tord engoliu em seco. E Katrine percebeu que ele estava fazendo exatamente aquilo: recitava um roteiro que havia escrito e decorado depois que ela o informara de que faria uma apresentação ao grupo.

— Muitos aplicativos exigem, como parte de seus termos e condições, o direito de serem capazes de enviar informações sobre a localização do telefone para terceiros, mas não para a polícia. Um desses terceiros é a Geopard. Eles recolhem dados de localização, e não existe nenhuma cláusula contratual que os proíba de vender essas informações para o setor público, ou, em outras palavras, para a polícia. Quando pessoas condenadas por crimes sexuais são soltas, nós registramos seus contatos, como endereço, número de celular e e-mail, porque queremos poder falar com esses indivíduos sempre que acontecem crimes semelhantes àqueles pelos quais foram condenados, uma vez que se acreditava que os criminosos sexuais são aqueles com maior propensão à reincidência. Novas pesquisas mostram que isso é completamente equivocado: o estupro, na verdade, tem uma das menores taxas de reincidência. A BBC Radio 4 recentemente divulgou que a probabilidade de criminosos voltarem a ser presos é de sessenta por cento nos Estados Unidos e de cinquenta por cento no Reino Unido. E geralmente pelos mesmos crimes. Mas *não* estupro. Estatísticas do Departamento de Justiça americano mostram que 78,8 por cento dos presos por roubo de veículos voltam a ser presos pelo mesmo crime num prazo de três anos, que a taxa é de 77,4 por cento para receptação e assim por diante. Mas o mesmo se aplica a apenas 2,5 por cento dos estupradores. — Tord fez outra pausa. Katrine supôs que ele havia percebido que a paciência do grupo era limitada no que se referia àquele tipo de discurso. Tord pigarreou. — Enfim, quando enviamos um lote de dados de contato para a Geopard, eles são capazes de dizer por onde andaram os telefones celulares dessas pessoas, contanto que elas usem apps com serviço de localização, em horários e lugares específicos. Na quarta à noite, por exemplo.

— Com que nível de precisão? — perguntou Magnus Skarre.

— Alguns poucos metros quadrados — disse Katrine. — Mas o GPS é apenas bidimensional, então não conseguimos ver a altitude. Em outras palavras, não sabemos em que andar está o telefone.

— E isso é legal? — perguntou Gina, uma das analistas. — Quer dizer, as leis de privacidade...

— ... se esforçam para acompanhar a tecnologia — interrompeu Katrine. — Falei com nosso departamento jurídico, e eles dizem que é uma área nebulosa, que não é coberta pela legislação vigente. E, como nós sabemos, se uma coisa não é ilegal... — Ela abriu as mãos, mas ninguém na sala pareceu disposto a terminar a frase. — Prossiga, Tord.

— Depois de recebermos o aval de nossos advogados e uma autorização financeira de Gunnar Hagen, compramos um pacote de dados de localização. Os mapas da noite do homicídio nos fornecem as posições GPS de 91 por cento das pessoas previamente condenadas por crimes sexuais. — Tord parou, e pareceu pensar.

Katrine viu que era o fim do roteiro. Ela ficou surpresa por não ouvir suspiros de felicidade na sala.

— Vocês conseguem perceber quanto trabalho isso nos poupou? Se usássemos o método antigo para descartar tantos possíveis suspeitos...

Ela ouviu alguém tossir. Wolff, o mais velho dos detetives. Já deveria estar aposentado àquela altura.

— Como você disse "descartar", pressuponho que o mapa não tenha mostrado nenhuma ocorrência no endereço de Elise Hermansen.

— Correto — disse Katrine. Ela levou as mãos à cintura. — E que só precisamos confirmar os álibis de nove por cento.

— Mas a localização do telefone não exatamente fornece um álibi a alguém — disse Skarre, e olhou em volta buscando apoio.

— Você entendeu o que eu quero dizer — retrucou Katrine com um suspiro. Qual era o problema daquela equipe? Estavam ali para solucionar um homicídio, não para sugar a energia uns dos outros. — Perícia Técnica — continuou ela, e se sentou na fileira da frente para não precisar olhar para eles por algum tempo.

— Não temos muita coisa — disse Bjørn Holm, levantando-se. — O laboratório examinou a tinta deixada no ferimento. É algo bem específico. Acreditamos que seja feita de limalha de ferro numa solução de vinagre, com ácido tânico vegetal obtido a partir de chá. Fizemos algumas pesquisas, e pode ter relação com uma antiga tradição japonesa de pintar os dentes de preto.

— *Ohaguro* — disse Katrine. — "A escuridão depois que o sol se põe."

— Correto — confirmou Bjørn, olhando para ela da mesma forma que fazia quando tomavam o café da manhã fora e ela o derrotava nas palavras cruzadas do *Aftenposten*.

— Obrigada — disse Katrine, e Bjørn se sentou. — Agora, vamos tratar de um assunto delicado. O que o *VG* chama de "fonte", nós chamamos de vazamento.

A sala já em silêncio agora parecia uma tumba.

— Uma coisa é o dano que já foi provocado: agora o assassino sabe o que nós sabemos e pode se planejar melhor. Porém, o pior é que nós, nesta sala, não sabemos mais se podemos confiar uns nos outros. E por isso quero fazer uma pergunta direta: quem falou com o *VG*?

Para sua surpresa, Katrine viu uma mão se erguer.

— Sim, Truls?

— Müller e eu falamos com Mona Daa ontem, logo depois da coletiva de imprensa.

— Você quer dizer Wyller?

— Quero dizer o novato. Nenhum de nós disse nada, mas ela deu a ele um cartão, não foi, Müller?

Todos os olhos se voltaram para Wyller, cujo rosto agora estava vermelho debaixo da franja loira.

— Sim... mas...

— Todo mundo sabe que Mona Daa é a repórter policial do *VG* — disse Katrine. — Você não precisa de um cartão de visita para ligar para o jornal e pedir para falar com ela.

— Foi você, Wyller? — perguntou Magnus Skarre. — Sabe como é, todo novato tem direito a sua cota de cagadas.

— Eu *não* falei com o *VG* — respondeu Wyller, com desespero na voz.

— Berntsen acabou de dizer que você falou com ela — rebateu Skarre. — Você está dizendo que Berntsen está mentindo?

— Não, mas...

— Admita!

— Olha... ela disse que era alérgica a gatos, e eu disse que tenho um gato.

— Viu só, você *falou* com ela! O que mais?

— O vazamento pode ter partido de você, Skarre. — A voz grave e calma veio do fundo da sala, e todos se viraram. Ninguém o tinha ouvido entrar. O homem alto estava mais deitado do que sentado numa cadeira encostada na parede.

— E por falar em gatos... — disse Skarre. — Olha só quem apareceu. Eu não falei com o *VG*, Hole.

— Você ou qualquer um nesta sala pode ter inconscientemente soltado mais informações do que gostaria para uma testemunha. E ela pode ter ligado para o jornal e dito que ouviu aquilo da boca de um policial. Daí "uma fonte na polícia". Isso acontece o tempo todo.

— Desculpe, mas ninguém acredita nisso, Hole. — Skarre fungou.

— Mas deveria — disse Harry. — Porque ninguém aqui vai admitir que falou com o VG, e se vocês acharem que há um traidor, a investigação não vai dar em nada.

— O que ele está fazendo aqui? — quis saber Skarre, virando-se para Katrine.

— Harry está aqui para montar uma equipe que vai trabalhar em paralelo com a nossa — explicou Katrine.

— Até o momento é uma equipe de um homem só — disse Harry. — Vim até aqui solicitar algumas informações. Aqueles nove por cento que vocês não sabem onde estavam na hora do crime... posso ter uma lista deles, ordenada pelo tempo da sentença mais recente?

— Posso fazer isso — disse Tord, então parou e olhou em dúvida para Katrine.

Ela fez que sim.

— O que mais?

— Uma lista de quais criminosos sexuais Elise Hermansen ajudou a prender. E só.

— Feito — disse Katrine. — Mas já que você está aqui, alguma impressão inicial?

Harry olhou em volta.

— Eu sei que o perito forense encontrou lubrificante que provavelmente era do assassino, mas não podemos descartar a possibilidade de vingança como a principal motivação do crime, e a parte sexual como bônus. O fato de o assassino provavelmente já estar dentro do apartamento quando ela chegou em casa não significa que ela o deixou entrar ou que os dois se conheciam. Acho que eu não teria restringido a investigação num estágio tão inicial. Mas imagino que vocês já pensaram nisso.

Katrine deu um sorriso de canto de boca.

— É bom ter você de volta, Harry.

Talvez o melhor, talvez o pior, mas certamente o mais mitológico detetive de homicídios de Oslo conseguiu fazer uma reverência perfeitamente aceitável, apesar de estar quase deitado.

— Obrigado, chefe.

**

— Você falou sério — disse Katrine. Ela e Harry estavam no elevador.
— Sobre o quê?
— Você me chamou de chefe.
— É claro.

Eles desceram até a garagem, e Katrine apertou o controle do carro. Houve um bipe, e luzes brilharam em algum lugar na escuridão. Harry a havia convencido a usar o carro que ficava à sua disposição durante a investigação de um caso como aquele. E a dar uma carona a ele até sua casa, parando para um café no Restaurante Schrøder no caminho.

— O que aconteceu com o seu taxista? — perguntou Katrine.
— Øystein? Foi demitido.
— Por você?
— Claro que não. Pela empresa de táxi. Aconteceu um incidente.

Katrine assentiu. E pensou em Øystein Eikeland, o magrelo cabeludo com dentes de drogado e voz de bebedor de uísque que parecia ter uns setenta anos, mas era um dos dois amigos de infância de Harry. O outro se chamava Tresko e era um personagem ainda mais bizarro, se é que isso era possível: um escriturário obeso e desagradável que, à noite, se transformava em Mr. Hyde como jogador de pôquer.

— Que tipo de incidente? — indagou Katrine.
— Você quer mesmo saber?
— Não exatamente, mas fique à vontade.
— Øystein não gosta de flauta de pã.
— Não, quem gosta?
— Então ele arrumou uma corrida para Trondheim com um cara que morria de medo de trem e avião e, por isso, optou pelo táxi. O cara também tinha problemas de agressividade, então levou um CD com versões em flauta de pã de músicas pop antigas, e ele precisava ouvi-las enquanto fazia exercícios respiratórios para não perder o controle. No meio da noite, no planalto de Dovre, com a versão em flauta de pã de "Careless Whisper" tocando pela sexta vez, Øystein arrancou o CD, abriu a janela e atirou o disco para fora. E aí começou a treta.
— Treta é uma ótima palavra. E essa música já é ruim na versão original.
— No fim, Øystein conseguiu colocar o cara para fora do carro.

— Em movimento?

— Não. Mas no meio do planalto, no meio da noite, a vinte quilômetros da casa mais próxima. Em sua defesa, Øystein lembrou que era julho, clima ameno, e que o cara não poderia ter problemas para caminhar também.

Katrine riu.

— E agora ele está desempregado? Você deveria contratá-lo como motorista particular.

— Estou tentando arrumar um emprego para ele, mas Øystein foi, em suas próprias palavras, feito para o desemprego.

Apesar do nome, o Restaurante Schrøder era basicamente um bar. A clientela habitual de fim de tarde já estava ali, e todos cumprimentaram Harry com um aceno de cabeça simpático e silencioso.

A garçonete, por outro lado, ficou radiante, como se o filho pródigo tivesse acabado de voltar para casa. E serviu para os dois um café que definitivamente não justificava o fato de turistas estrangeiros terem recentemente começado a incluir Oslo entre as melhores cidades do mundo para tomar um café.

— Sinto muito que não tenha dado certo entre você e Bjørn — disse Harry.

— É. — Katrine não sabia se ele queria que ela falasse a respeito. Ou se ela queria falar a respeito. Então se limitou a dar de ombros.

— É — disse Harry, e levou a xícara aos lábios. — Então, como é voltar a ser solteira?

— Curioso com a vida de solteiro?

Ele riu. E ela percebeu que sentia falta daquela risada. Sentia falta de *fazê-lo* rir. Toda vez que conseguia isso, era como receber um prêmio.

— A vida de solteira é boa — continuou Katrine. — Saio com alguns caras. — Ela procurou uma reação. *Esperava* uma reação?

— Bem, espero que Bjørn também esteja conhecendo pessoas, pelo bem dele.

Katrine fez que sim, mas na verdade não tinha parado para pensar naquilo. E, como um comentário irônico, ela escutou o festivo plim que indica um match no Tinder e viu uma mulher vestida num tom de vermelho vibrante se apressar até a porta.

— Por que você voltou, Harry? A última coisa que me disse foi que nunca mais voltaria a trabalhar num homicídio.

Ele bebeu um gole de café.

— Bellman ameaçou expulsar Oleg da Academia de Polícia.

Katrine meneou a cabeça.

— Bellman é o maior monte de merda sobre duas pernas desde Nero. Ele quer que eu diga à imprensa que esse caso é quase impossível. Só para ficar por cima quando conseguirmos resolvê-lo.

Harry olhou para o relógio.

— Bem, talvez Bellman tenha razão. Um assassino que morde as pessoas com dentes de ferro e bebe meio litro de sangue da vítima... Isso provavelmente tem mais a ver com o ato de matar do que com a identidade da vítima. O que consequentemente deixa o caso mais difícil.

Katrine assentiu. O sol brilhava lá fora, mas ela ouvia o som dos trovões a distância.

— As fotos de Elise Hermansen na cena do crime... — disse Harry. — Elas te lembram alguma coisa?

— As mordidas no pescoço? Não.

— Eu não quero dizer os detalhes, quero dizer... — Harry olhou pela janela. — Como um todo. Como quando você ouve uma música que nunca ouviu antes, de uma banda que não conhece, mas ainda assim sabe quem é o compositor. Porque tem alguma coisa ali. Alguma coisa que você não consegue dizer o que é.

Katrine olhou para o perfil dele. Os cabelos curtos começavam a ficar espetados, tão bagunçados quanto antes, mas não com o mesmo volume. O rosto tinha novas rugas, os sulcos na pele estavam mais profundos e, apesar de ter marcas de expressão provocadas pelo riso no canto dos olhos, os aspectos mais brutais de sua aparência estavam mais evidentes. Ela nunca entendeu por que o achava tão bonito.

— Não — respondeu ela, balançando a cabeça.

— Tudo bem.

— Harry?

— Hum?

— Oleg *é* a razão de você ter voltado?

Ele se virou e olhou para ela com as sobrancelhas arqueadas.

— Por que você pergunta isso?

E ela sentiu naquele momento o que já sentira antes, a capacidade daquele olhar de atingi-la como um choque elétrico, o modo como ele — um homem que podia ser tão reservado, tão distante — era capaz de demolir tudo ao redor apenas olhando para você por um segundo, exigindo — e tendo — toda sua atenção. Naquele segundo, havia apenas um homem em todo o mundo.

— Esqueça — disse ela, e riu. — Por que estou perguntando isso? Vamos andando.

— Ewa com "w". Mamãe e papai queriam que eu fosse única, mas acabaram descobrindo mais tarde que a grafia era bem comum nos países do antigo Bloco de Ferro. — Ela riu e bebeu um gole da cerveja. Então abriu a boca e usou o indicador e o polegar para limpar o batom nos cantos da boca.

— Bloco *socialista* e *Cortina* de Ferro — disse o homem.

— Hã? — Ewa olhou para ele. Até que era bonitão. Não era? Mais bonito que os caras com quem ela costumava dar match. Devia haver alguma coisa de errado com ele, alguma coisa que apareceria mais tarde. Sempre havia. — Você bebe devagar.

— Você gosta de vermelho. — O homem fez um gesto de cabeça para o casaco pendurado no encosto da cadeira.

— Igualzinho ao tal vampiro — disse Ewa, apontando para o noticiário em um dos telões do outro lado do balcão. A partida de futebol já havia terminado, e o bar, que estava lotado cinco minutos antes, começava a esvaziar. Ela sentia que estava um pouco bêbada, só um pouquinho. — Você leu no *VG*? O cara *bebeu* o sangue dela.

— Eu li — disse o homem. — Você sabia que ela tomou seu último drinque a cem metros daqui, no Jealousy Bar?

— Jura? — Ela olhou em volta. A maioria dos outros clientes parecia estar em grupos ou pares. Ewa havia notado um homem sentado sozinho, observando-a, mas ele já havia ido embora. E não era o Sr. Bizarro.

— Sim, é verdade. Quer outra bebida?

— É, acho que estou precisando — respondeu ela com um calafrio.

— Ui!

Ewa gesticulou para o barman, mas ele fez que não com a cabeça. O ponteiro dos minutos tinha acabado de cruzar a fronteira mágica.

— Parece que teremos de deixar para outro dia — disse o homem.

— Justo quando você conseguiu me deixar assustada — disse Ewa. — Agora você terá de me acompanhar até minha casa.

— É claro — disse o homem. — Tøyen, não é mesmo?

— Vamos — pediu ela, e abotoou o casaco vermelho por cima da blusa também vermelha.

Ewa cambaleou de leve na calçada do lado de fora e sentiu o homem segurando-a discretamente.

— Tinha um louco que ficava atrás de mim — comentou ela. — Eu o chamo de Sr. Bizarro. A gente se encontrou uma vez e... bem, foi divertido. Mas quando eu não quis levar a relação adiante, ele ficou com ciúme. Passou a aparecer nos lugares quando eu me encontrava com outras pessoas.

— Deve ter sido desagradável.

— Sim. Mas até que é engraçado, ser capaz de enfeitiçar uma pessoa de um jeito que ela só consegue pensar em você.

O homem deixou que Ewa apoiasse a mão em seu braço e ouviu calado enquanto ela falava dos outros homens que tinha enfeitiçado.

— Eu estava linda, sabe? Então no começo não ficava tão surpresa quando ele aparecia nos lugares, mas percebi que ele não teria como saber onde eu estava. E sabe do que mais? — Ela parou abruptamente e ficou ali, oscilando de um lado para o outro.

— Hã... não.

— Às vezes eu tinha a sensação que ele havia *entrado* no meu apartamento. Você sabe, o cérebro registra o cheiro das pessoas e as reconhece mesmo quando não temos consciência disso.

— Claro.

— E se ele for o vampiro?

— Seria uma coincidência e tanto. É aqui que você mora?

Ela olhou surpresa para o prédio.

— É. Meu Deus, tão rápido.

— É como dizem, o tempo voa quando estamos em boa companhia, Ewa. Bem, é aqui que eu...

— Você não quer subir um pouco? Acho que eu tenho uma garrafa no armário da cozinha.

— Eu acho que nós dois já bebemos bastante...
— Só para ter certeza de que ele não está lá. Por favor.
— Isso não parece muito provável.
— Veja, a luz da cozinha está acesa — disse ela, apontando para uma janela no primeiro andar. — Tenho certeza de que a apaguei quando saí!
— Tem mesmo? — perguntou o homem, cobrindo um bocejo com a mão.
— Você não acredita em mim?
— Desculpe, mas preciso mesmo ir para casa e dormir.
Ewa lançou um olhar frio para ele.
— O que aconteceu com os cavalheiros desse mundo?
Ele deu um sorriso acanhado.
— Hã... será que foram todos para a cama?
— Ah! Você é casado! Sucumbiu à tentação e agora está arrependido, não é verdade?
— Sim — respondeu ele. — É isso. Durma bem.

Ewa destrancou a porta que dava para a rua. Subiu as escadas até o primeiro andar. Escutou. Não ouviu nada. Não sabia se havia apagado a luz da cozinha; apenas se referira àquilo para convencê-lo a subir. Mas, agora, estava desconfiada. Talvez o Sr. Bizarro estivesse mesmo lá dentro.

Ela ouviu passos arrastados atrás da porta do porão, escutou a fechadura ser aberta, e um homem com uniforme de segurança saiu. Ele trancou a porta com uma chave branca, virou-se, viu-a olhando para ele e pareceu surpreso.

O homem soltou uma risada.
— Não escutei seus passos. Desculpe.
— Algum problema?
— Houve alguns arrombamentos em depósitos no porão, e o condomínio contratou segurança extra.
— Você trabalha para a gente? — Ewa inclinou um pouco a cabeça. Ele não era de se jogar fora. E também não era tão novo quanto a maioria dos seguranças. — Nesse caso, será que você pode dar uma olhada no meu apartamento? Ele também já foi arrombado, sabe? E agora eu vi uma luz acesa, apesar de ter apagado tudo quando saí.

O segurança deu de ombros.

— Não devemos entrar nos apartamentos dos moradores, mas tudo bem.

— Finalmente, um homem que presta para alguma coisa — disse ela, e o avaliou de cima a baixo outra vez. Um cara maduro. Provavelmente não era dos mais inteligentes, mas tinha compleição forte, robusta. E fácil de manipular. Os homens que fizeram parte da vida dela tinham tudo: boa família, uma boa herança pela frente, educação, um futuro brilhante. E a veneravam. Mas infelizmente bebiam tanto que seu futuro brilhante ia parar no fundo do poço com eles. Talvez fosse a hora de tentar algo novo. Ewa virou de costas e arqueou o quadril de modo provocante enquanto procurava pela chave no chaveiro. Meu Deus, quantas chaves. Talvez ela estivesse um pouquinho mais bêbada do que pensava.

Ela encontrou a chave certa, destrancou a porta, não fez cerimônia ao chutar os sapatos de salto alto para o lado no hall e entrou na cozinha. Ouviu o segurança atrás dela.

— Ninguém aqui — disse ele.

— Exceto você e eu. — Ewa sorriu, recostando-se na bancada.

— Bela cozinha. — O segurança parou à porta e passou a mão pelo uniforme.

— Obrigada. Se soubesse que receberia visita, teria arrumado um pouco as coisas.

— E talvez lavado a louça. — Ele sorriu.

— É, o dia só tem vinte e quatro horas. — Ela tirou um cacho de cabelo do rosto e se desequilibrou um pouco. — Você se importa de dar uma olhada no restante do apartamento enquanto eu preparo um drinque para nós? Que tal? — As mãos dela alcançaram o liquidificador.

O segurança olhou para o relógio.

— Preciso estar no próximo endereço em vinte e cinco minutos; acho que dará tempo de conferir se há alguém escondido.

— Muita coisa pode acontecer em vinte e cinco minutos — disse Ewa.

O segurança olhou para ela, riu baixinho, passou a mão pelo queixo e saiu da cozinha.

* * *

Ele foi até uma porta que imaginava ser a do quarto e ficou surpreso com o quanto as paredes eram finas. Conseguia ouvir com nitidez as palavras ditas por um homem no apartamento vizinho. Abriu a porta. Escuro. Encontrou o interruptor. Uma lâmpada fraca se acendeu no teto.

Vazio. Cama desfeita. Garrafa vazia sobre o criado-mudo.

Ele foi em frente, abriu a porta do banheiro. Azulejos sujos. Uma cortina de boxe mofada, fechada.

— Parece que está tudo em ordem! — disse ele na direção da cozinha.

— Sente-se na sala — sugeriu ela.

— Tudo bem, mas só posso ficar vinte minutos. — Ele foi até lá e se sentou no sofá esburacado. Ouviu o tilintar de copos na cozinha, então a voz estridente dela.

— Quer uma bebida?

— Quero. — Ele pensou no quanto aquela voz era desagradável, o tipo de voz que faz um homem implorar por um controle remoto para desligá-la. Mas a mulher era voluptuosa, um pouco maternal. Ele tateou o objeto que trazia no bolso do uniforme de segurança, sentiu que havia se prendido ao forro.

— Tenho gim, vinho branco. — A voz guinchou da cozinha. Como uma furadeira. — Um pouco de uísque. O que você quer?

— Outra coisa — disse ele em voz baixa para si mesmo.

— O quê? Vou levar tudo!

— T-traga tudo, mãe — sussurrou ele, soltando o dispositivo de metal do forro do bolso. Gentilmente, colocou-o na mesa de centro à sua frente, onde tinha certeza de que ela o veria. Já sentia a ereção. Então respirou fundo. Era como se sugasse todo o oxigênio da sala. Ele se recostou no sofá e colocou as botas de caubói em cima da mesa, ao lado dos dentes de ferro.

Os olhos de Katrine Bratt percorreram as fotografias iluminadas pela luminária da mesa. Num primeiro momento, era impossível dizer que se tratavam de criminosos sexuais. Estupraram mulheres, homens, crianças e velhos; em alguns casos torturaram suas vítimas; em outros, puseram fim à vida delas. Tudo bem, se alguém tivesse acesso aos detalhes mais terríveis do que eles fizeram, talvez conseguisse notar os olhos baixos e geralmente assustados naquelas fotos de fichamento policial. Mas, se passasse por eles na rua, provavelmente seguiria seu caminho sem ter a menor ideia de que era observado, avaliado e, com sorte, descartado como vítima. Ela reconheceu alguns daqueles homens de sua época na Divisão de Crimes Sexuais, mas outros não. Muitas caras novas. Um novo criminoso nasce a cada dia. Um pacotinho inocente de humanidade, o choro da criança abafado pelos gritos da mãe, ligado à vida por um cordão umbilical, um presente que faz os pais chorarem de felicidade, uma criança que, no futuro, abrirá com uma faca a vagina de uma mulher amarrada enquanto se masturba, seus gemidos roucos sufocados pelos gritos da mulher.

Metade da equipe de investigação já estava entrando em contato com aqueles criminosos, a começar pelos mais brutais. Registravam e checavam álibis, mas ainda não tinham conseguido localizar nenhum deles nas proximidades da cena do crime. A outra metade entrevistava ex-namorados, amigos, colegas e parentes. As estatísticas de homicídios na Noruega eram muito claras: em 80 por cento dos casos, o assassino conhece a vítima, e o número sobe para mais de 90 por cento se a vítima for uma mulher morta em sua própria casa. Ainda assim, Katrine não esperava encontrar o criminoso nessas estatísticas. Porque Harry tinha razão. Não era esse tipo de assassinato. A identidade da vítima era menos importante que o ato em si.

Eles também repassaram a lista de criminosos contra os quais as clientes de Elise testemunharam, mas Katrine não acreditava que o assassino — como sugeriu Harry — tivesse matado dois coelhos com uma cajadada só: doce vingança e satisfação sexual. Satisfação? Ela tentou imaginar o assassino abraçado à vítima após o ato hediondo com um cigarro na boca, sorrindo ao sussurrar: "Foi maravilhoso." Em contrapartida, Harry sempre falava da frustração do serial killer por nunca ser *de fato* capaz de conseguir o que busca, tornando necessário continuar sua procura, na esperança de que na próxima vez tudo será perfeito, ele será libertado e renascerá ao som dos gritos de uma mulher antes de romper o cordão umbilical com a humanidade.

Katrine voltou a olhar para a fotografia de Elise Hermansen na cama. Tentou ver o que Harry pode ter visto. Ou ouvido. Música — não foi o que ele disse? Então desistiu e levou as mãos ao rosto. O que a fez pensar que tinha capacidade para trabalhar nesse ramo? "Bipolaridade nunca é um bom ponto de partida para ninguém, exceto artistas", disse seu psiquiatra na última vez que o viu, antes de passar outra receita das pequenas pílulas cor-de-rosa que a mantinham estável.

O fim de semana se aproximava, e pessoas normais estavam fazendo coisas normais; elas não estavam fechadas numa sala olhando fotografias de crimes terríveis e pessoas cruéis porque achavam que um dos rostos podia revelar alguma coisa, para em seguida buscar um parceiro no Tinder para trepar e esquecer. Mas naquele momento ela ansiava desesperadamente por algo que a conectasse com a normalidade. Um almoço de domingo. Quando estavam juntos, Bjørn a convidou várias vezes para almoços de domingo com os pais dele em Skreia. Ficava a apenas meia hora de carro de Oslo, mas ela sempre achava uma desculpa para dizer não. Naquele momento, no entanto, tudo o que ela queria era se sentar à mesa com os sogros, passar a travessa de batata para eles, reclamar do tempo, gabar-se do sofá novo e comer charque de alce, ciente de que a conversa se arrastaria tediosa mas acolhedora, de que os olhares e gestos seriam calorosos, as piadas, velhas, os momentos de irritação, suportáveis.

— Oi.

Katrine deu um pulo. Um homem estava parado à porta.

— Risquei o último nome da minha lista — disse Anders Wyller. — Se não houver mais nada, vou para casa dormir um pouco.

— É claro. Você é o último?

— Parece que sim.

— Berntsen?

— Terminou mais cedo. Ele deve ser mais eficiente.

— Certo — disse Katrine e sentiu vontade de rir, mas não se deu ao trabalho. — Sinto muito em pedir isso, Wyller, mas você se importa de conferir a lista dele? Tenho a impressão...

— Acabei de fazer isso. Parece estar tudo certo.

— Estava *tudo* certo?

Katrine pedira a Wyller e Berntsen que entrassem em contato com as companhias telefônicas e conseguissem os números e nomes das pessoas com quem a vítima tinha falado nos seis últimos meses, e então que dividissem os contatos e checassem os álibis.

— Sim. Havia um cara na vila de Åneby, em Nittedal, com nome terminado em "y". Ele ligou para Elise algumas vezes no começo do verão, então eu conferi e chequei de novo o álibi.

— Terminado em "y"?

— Lenny Hell. É, sério.

— Uau. Então você suspeita das pessoas com base nas letras do nome delas?

— Entre outras coisas. É um fato que nomes terminados em "y" são recorrentes nas estatísticas policiais.

— E?

— Então, quando vi uma anotação de Berntsen dizendo que o álibi de Lenny era que ele estava com um amigo na Åneby Pizza & Grill na hora em que Elise Hermansen foi assassinada e que isso podia ser confirmado pelo dono da pizzaria, não tive dúvida. Liguei para o delegado local.

— Porque o nome do cara é Lenny?

— Porque o nome do dono da pizzaria é Tommy.

— E o que o delegado disse?

— Que Lenny e Tommy são cidadãos exemplares e cumpridores da lei.

— Então você estava enganado.

— É o que veremos. O nome do delegado é Jimmy.

Katrine deu uma gargalhada. Percebeu que precisava daquilo. Anders Wyller também sorriu. Talvez ela também estivesse precisando daquele sorriso. Todo mundo tenta causar uma boa impressão, mas ela suspeitava de que, se não tivesse perguntado, Wyller não teria dito que fez o trabalho de Berntsen. E aquilo mostrava que o novato — assim como ela — não confiava em Truls. Ela tentava ignorar um pensamento já havia algum tempo, mas decidiu mudar de ideia.

— Entre e feche a porta.

Wyller fez o que ela pediu.

— Tem mais uma coisa que eu lamento ter que pedir a você, Wyller. O vazamento para o *VG*. Você é a pessoa que vai trabalhar mais próximo de Berntsen. Será que você pode...

— Ficar de olhos e ouvidos abertos?

Katrine suspirou.

— Algo assim. Fica entre nós, e, se descobrir qualquer coisa, fale *apenas* comigo. Entendido?

— Entendido.

Wyller saiu, e Katrine esperou alguns instantes antes de pegar o celular em cima da mesa. Procurou Bjørn nos contatos. Havia adicionado uma foto. Ele sorria. Bjørn Holm não era nenhuma pintura. Seu rosto era pálido e um pouco rechonchudo, seus cabelos ruivos, eclipsados por uma lua branca reluzente. Mas era Bjørn. O antídoto para todas as fotografias. Do que ela realmente sentiu medo? Se Harry Hole conseguia viver com outra pessoa, por que ela não conseguiria? O indicador já pairava sobre o ícone de chamada ao lado do número do telefone quando um alarme soou em sua mente. O alarme dado por Harry Hole e Hallstein Smith. A próxima.

Ela colocou o telefone de lado e voltou a se concentrar nas fotografias.

A próxima.

E se o assassino já estivesse pensando na próxima vítima?

— Você p-precisa reagir, Ewa — sussurrou ele.

Odiava quando elas não faziam qualquer esforço.

Quando não limpavam o apartamento. Quando não cuidavam do corpo. Quando não conseguiam manter o relacionamento com o pai do filho delas. Quando não serviam o jantar do filho e o trancavam no armário e diziam que ele precisava ficar bem quieto, que depois ganharia chocolate, enquanto recebiam visitas de homens para quem serviam o jantar e davam todo o chocolate e com quem brincavam dando gritinhos de alegria, de uma forma que a mãe jamais brincava com o filho.

Ah, não.

Então o filho precisava brincar com a mãe. E com outras como a mãe.

E ele brincou. Ah, como brincou. Até o dia em que o pegaram e o trancaram em outro armário, no número 33 da Jøssingveien: a Penitenciária de Ila. O estatuto dizia que era uma penitenciária masculina para detentos de todo o país com "necessidades de intervenção específicas".

Um dos psiquiatras bichas de lá disse que tanto os estupros quanto a gagueira eram consequência de um trauma psicológico sofrido na infância. Idiota. Herdara a gagueira de um pai que não havia conhecido. A gagueira e um terno imundo. E sonhava em estuprar mulheres desde sempre. Fez o que aquelas mulheres nunca conseguiam fazer. Reagiu. Ele quase parou de gaguejar. Estuprou a dentista da prisão e fugiu de Ila. E continuou a brincar. Como nunca. O fato de a polícia estar atrás dele apenas dava mais emoção ao jogo. Até o dia em que ficou frente a frente com aquele policial e viu a determinação e o ódio nos olhos dele, e percebeu que aquele homem era capaz de capturá-lo. Era capaz de mandá-lo de volta para a escuridão da infância naquele armário fechado onde tentava prender a respiração para não sentir o fedor de suor e cigarro do ensebado terno de lã do pai pendurado à sua frente, que a mãe dizia guardar para o caso de seu pai voltar a aparecer um dia. Ele sabia que não suportaria ser preso outra vez. Então se escondeu. Escondeu-se do policial que tinha a morte nos olhos. Ficou quieto por três anos. Três anos sem brincar. Até que essa fuga também passou a se tornar um armário. Surgiu aquela oportunidade. Uma chance de brincar com segurança. Mas não podia ser *muito* seguro, é claro. Ele precisava sentir o cheiro do medo para ficar realmente excitado. Tanto o seu medo quanto o delas. Não importava a idade, a aparência, se eram altas ou baixas. Contanto que fossem mulheres. Ou mães em potencial, como disse um daqueles psiquiatras imbecis. Ele inclinou a cabeça de lado e olhou para ela. As paredes do apartamento podiam ser finas, mas não se incomodava mais com aquilo. Apenas agora, com ela tão perto e sob aquela luz, percebeu que Ewa com "w" tinha pequenas espinhas ao redor da boca aberta. Ela evidentemente queria gritar, mas não havia como, por mais que tentasse. Porque, embaixo da boca aberta, Ewa tinha outra. Um rombo ensanguentado na garganta onde antes ficava a laringe. Ele a pressionava com força contra a parede da sala, ouvindo o gorgolejar das bolhas rosadas de sangue que brotavam do tubo respiratório rompido. Os músculos do pescoço se contraíam e relaxavam enquanto ela desesperadamente buscava ar. E, como os pulmões ainda funcionavam, ela viveria mais alguns segundos. Mas não era isso que mais o fascinava naquele instante. Era o fato de ter dado um ponto final àquela tagarelice insuportável assim que rasgou as cordas vocais dela com os dentes de ferro.

E, à medida que a luz nos olhos dela se apagava, ele tentava encontrar ali algo que desmentisse o medo da morte, o desejo de viver outro segundo. Mas não achou nada. Ela devia ter se esforçado. Talvez não tivesse imaginação suficiente. Odiava quando desistiam da vida tão fácil.

10

Manhã de sábado

Harry corria. Harry não gostava de correr. Algumas pessoas correm porque gostam. Haruki Murakami gosta de correr. Harry gostava dos livros de Murakami, exceto aquele que fala sobre correr — havia desistido daquele. Harry corria porque gostava de parar. Gostava de *ter* corrido. Mas o que ele gostava mesmo era de treinar com pesos: uma dor mais concreta limitada pela performance dos músculos, não pelo desejo de sentir mais dor. Isso provavelmente dizia alguma coisa sobre sua fraqueza de caráter, sua inclinação a fugir, a buscar um fim para a dor *antes mesmo* de ela ter começado.

Um cachorro magricela, do tipo que os ricos de Holmenkollen têm, apesar de caçarem apenas ano sim, ano não durante um fim de semana, pulou da calçada. O dono vinha correndo cem metros atrás. Coleção da Under Armour daquele ano. Harry teve tempo de notar a técnica de corrida do sujeito quando se aproximaram um do outro como trens em sentidos opostos. Pena não correrem na mesma direção. Harry teria colado nele, fungado no cangote do cara, e então teria fingido perder terreno apenas para esmagá-lo na subida para o Tryvann. Ele o deixaria comendo a poeira das solas de seus tênis Adidas com vinte anos de uso.

Oleg dizia que Harry era infantil demais quando os dois corriam, que, apesar de prometerem ir devagar o caminho todo, ele sempre acabava sugerindo uma disparada na última subida. Em defesa de Harry, era preciso dizer que o enteado pedia por uma surra, já que Oleg herdara da mãe uma invejável taxa de absorção de oxigênio.

Duas mulheres acima do peso que mais andavam do que corriam conversavam e arfavam tão alto que não ouviram Harry se aproximar. Em seguida, ele pegou um caminho mais estreito. E subitamente estava em território desconhecido. A mata era mais fechada ali, bloqueava a luz da manhã, e Harry sentiu o gosto fugaz de algo da infância. O medo de se perder e nunca mais encontrar o caminho de casa. Ele retornou ao espaço aberto, e sabia exatamente onde estava agora, onde era sua casa.

Algumas pessoas gostam do ar fresco lá de cima, das trilhas suaves no meio da mata, do silêncio e do cheiro de agulhas de pinheiro. Harry gostava da vista da cidade. Seu som, seu cheiro. Da sensação de poder tocá-la. Da certeza de que era possível mergulhar ali, ir até as profundezas. Oleg perguntou a Harry recentemente como ele gostaria de morrer. Harry respondeu que queria ir em paz durante o sono. Oleg escolheu uma morte súbita e praticamente indolor. Mas Harry mentiu. Ele queria beber até morrer em um bar na cidade lá embaixo. E sabia que Oleg também estava mentindo — que escolheria seu antigo céu e inferno e teria uma overdose de heroína. Álcool e heroína. Paixões que uma pessoa podia abandonar, mas nunca esquecer, não importava quanto tempo passasse.

Harry deu uma arrancada final no acesso à garagem, levantando cascalho ao subir, e viu *fru* Syversten espiando por trás da cortina da casa ao lado.

Em seguida, foi tomar uma chuveirada. Adorava uma chuveirada. Alguém devia escrever um livro sobre isso.

Quando terminou, foi até o quarto, onde Rakel estava em frente à janela vestindo suas roupas de jardinagem: botas de borracha, luvas grossas, calça jeans surrada e um chapéu de palha desbotado. Ela se virou um pouco e afastou algumas mechas de cabelo que escapavam por baixo do chapéu. Harry se perguntou se ela sabia o quanto ficava linda naquela roupa. Provavelmente sabia.

— Ahhh! — disse Rakel baixinho, com um sorriso. — Um homem nu!

Harry foi até ela, colocou as mãos em seus ombros e os massageou suavemente.

— O que você está fazendo?

— Checando as janelas. É bom fazermos alguma coisa antes que Emilia chegue, você não acha?

— Emilia?

Rakel riu.

— O que foi?

— Você parou a massagem de repente, querido. Relaxe, não vamos receber visitas. É só uma tempestade.

— Ah, *essa* Emilia. Acho que essa fortaleza dá conta de um ou dois desastres naturais.

— É o que pensamos, morando aqui no alto da montanha, não é verdade?

— O que pensamos?

— Que a vida é como uma fortaleza. Inexpugnável. — Ela suspirou. — Preciso fazer compras.

— Jantar em casa? Ainda não experimentamos aquele peruano na Badstugata. Não é tão caro.

Aquele era um de seus hábitos de solteiro que Harry tentou fazê-la adotar: não jantar em casa. Ela concordava em parte com o argumento de que restaurantes eram uma das melhores ideias da civilização. Que já na Idade da Pedra eles chegaram à conclusão de que comer juntos era mais inteligente do que fazer uma população inteira passar três horas diárias planejando uma refeição, cozinhando e arrumando a bagunça. Quando ela disse que sua opinião era um pouco fútil, ele rebateu dizendo que famílias comuns tinham cozinhas que custavam um milhão de coroas, *isso sim* era fútil. Que o uso mais saudável e não fútil dos recursos era pagar aos cozinheiros profissionais o valor que eles mereciam para preparar a comida em cozinhas grandes, para que, em seguida, eles pudessem pagar pelos serviços de Rakel como advogada, ou pelo trabalho de Harry na capacitação de policiais.

— Hoje é o meu dia, então eu pago — disse ele, segurando o braço dela. — Fique aqui comigo.

— Preciso fazer compras — repetiu ela, e fez uma careta quando Harry a puxou para junto de seu corpo ainda molhado. — Oleg e Helga vêm aqui hoje.

Ele a segurou ainda mais firme.

— Ah, é? Achei que você tivesse dito que não teríamos visitas.

— Tenho certeza de que você consegue suportar algumas horas com Oleg e...

— Estou brincando. Vai ser bom. Mas não seria melhor...

— Não, nós *não* vamos levá-los a um restaurante. É a primeira vez que Helga vem aqui, e eu quero dar uma boa olhada nela.

— Pobre Helga — sussurrou Harry, e estava para morder o lóbulo da orelha de Rakel quando viu algo entre o seio e o pescoço.

— O que é isso? — Com todo cuidado, ele tocou uma mancha vermelha.

— O quê? — perguntou Rakel, passando o dedo. — Ah, isso. O médico tirou uma amostra de sangue.

— Do seu pescoço?

— Não me pergunte o porquê. — Ela sorriu. — Você fica tão lindo quando está preocupado.

— Não estou preocupado. Estou com ciúme. Esse pescoço é *meu*, e nós dois sabemos que você tem uma ligeira queda por médicos.

Ela riu, e ele a puxou ainda mais para perto.

— Não — disse ela.

— Não? — Harry ouviu a respiração de Rakel ficar mais pesada. Sentiu seu corpo ceder um pouco.

— Seu safado — gemeu ela. Rakel sofria do que ela mesma chamava de "pavio sexual curto", e xingar era o sintoma mais evidente.

— Talvez seja melhor pararmos — sussurrou Harry, soltando-a. — O jardim está te chamando.

— Tarde demais — murmurou ela.

Ele desabotoou a calça jeans dela e abaixou a calça e a calcinha até os joelhos, logo acima das botas. Ela se curvou para a frente, segurou o peitoril da janela com uma das mãos e fez menção de tirar o chapéu com a outra.

— Não — sussurrou ele quase encostando os lábios no pescoço dela. — Não tire.

O riso baixo e borbulhante dela fez cócegas nos ouvidos dele. Meu Deus, como amava aquela risada. Outro som se fundiu ao riso. O zumbido de um telefone vibrando próximo à mão de Rakel no peitoril da janela.

— Jogue na cama — sussurrou Harry, evitando olhar para a tela.
— É Katrine Bratt — disse Rakel.

Ela vestiu a calça, observando-o.
Havia um olhar de intensa concentração no rosto de Harry.
— Há quanto tempo? — perguntou ele. — Entendo.
Rakel o viu se afastar dela conforme ouvia a voz da outra mulher ao telefone. Quis estender a mão, mas era tarde demais, ele não estava mais ali. O corpo nu, magro e com músculos retorcidos como raízes debaixo da pele pálida ainda estava, bem diante dela. Os olhos azuis, sua cor quase desbotada depois de anos de abuso de álcool, ainda estavam fixos nela. Mas não a viam mais; aquele olhar estava concentrado em algo dentro de si mesmo. Ele havia lhe contado na noite anterior por que precisava aceitar o caso. Ela não protestou. Porque, se fosse expulso da Academia de Polícia, Oleg poderia perder o rumo outra vez. E, se fosse forçada a escolher entre perder Harry e perder Oleg, ela escolheria perder Harry. Tinha anos de treinamento nisso, sabia que podia viver sem ele. E não sabia se conseguiria viver sem o filho. Mas, quando ele lhe explicou que faria aquilo pelo bem de Oleg, o eco de algo que Harry havia dito recentemente soou na mente dela: *pode chegar o dia em que eu realmente precise mentir, e pode ser útil você acreditar que eu sou sincero.*
— Já estou indo — disse Harry. — Qual é o endereço?
Ele encerrou a ligação e começou a se vestir. De modo rápido e eficiente, cada movimento calculado. Como uma máquina que finalmente faz aquilo para o que foi construída. Rakel o estudou, memorizando tudo, como quem guarda lembranças de um amante que não verá por um bom tempo.
Ele passou apressado por Rakel sem olhar para ela, sem uma palavra ou uma despedida. Ela acabara de ser posta de lado, afastada da consciência dele por uma de suas duas amantes. Álcool e morte. E essa última era a que ela mais temia.

Harry estava parado do lado de fora do cordão de isolamento branco e cor de laranja da polícia quando uma janela do primeiro andar do prédio à sua frente foi aberta. Katrine Bratt colocou a cabeça para fora.

— Deixe-o entrar — gritou ela para o jovem policial uniformizado que bloqueava o caminho.

— Ele não tem identificação — protestou o policial.

— Ele é Harry Hole! — berrou Katrine.

— Ah, é? — O policial rapidamente avaliou o homem de cima a baixo antes de levantar a fita. — Achei que Hole fosse um mito.

Harry subiu a escada até a porta aberta do apartamento. Lá dentro, caminhou entre as pequenas bandeiras brancas da Perícia Técnica, que marcavam os locais onde os peritos haviam encontrado alguma coisa. Dois deles estavam de joelhos, tateando uma fenda no piso de madeira.

— Onde...

— Ali dentro — disse um deles.

Harry parou do lado de fora da porta indicada pelo perito. Respirou fundo e esvaziou a mente. Então entrou.

— Bom dia, Harry — disse Bjørn Holm.

— Você pode se afastar? — pediu Harry em voz baixa.

Bjørn recuou um passo do sofá sobre o qual estava debruçado, revelando o corpo. Em vez de se aproximar, Harry deu um passo para trás. A cena. A composição. O todo. Chegou mais perto e passou a observar os detalhes. A mulher estava sentada no sofá, com as pernas abertas de uma forma que deixava a saia levantada, revelando a calcinha preta. A cabeça repousava no encosto, e seus longos cabelos tingidos de loiro espalhavam-se pelo estofado. Faltava um pedaço de sua garganta.

— Ela foi morta ali — disse Bjørn, apontando para a parede ao lado da janela. Os olhos de Harry percorreram o papel de parede e o piso de madeira.

— Há menos sangue — constatou Harry. — Ele não rompeu a carótida dessa vez.

— Talvez tenha errado a mira — sugeriu Katrine, vindo da cozinha.

— Se ele a mordeu, tem mandíbulas fortes — disse Bjørn. — A força média da mordida humana é de setenta quilos, mas ele parece ter arrancado a laringe e parte da traqueia dela com uma mordida só. Mesmo com dentes de metal afiados, seria necessário usar *muita* força.

— Ou muita fúria — disse Harry. — Você consegue ver sinais de ferrugem ou tinta no ferimento?

— Não, mas talvez o pouco que havia nos dentes de ferro tenha saído quando ele mordeu Elise Hermansen.

— Hum. Talvez, a não ser que ele tenha optado por não usá-los dessa vez. O corpo também não foi levado para a cama.

— Entendo aonde você quer chegar, Harry, mas *é* o mesmo assassino — disse Katrine. — Venha e veja.

Harry a acompanhou de volta à cozinha. Um dos peritos tirava amostras do interior de um copo de liquidificador de vidro que estava dentro da pia.

— Ele preparou uma vitamina — explicou Katrine.

Harry engoliu em seco e olhou para o copo. O interior estava vermelho.

— Com sangue. E alguns limões que achou na geladeira, ao que parece. — Ela apontou para as cascas amarelas em cima da bancada.

Harry sentiu a náusea subindo. E pensou que aquilo era como o primeiro drinque, aquele que deixa você enjoado. Mais dois drinques e é impossível parar. Ele assentiu e saiu. Espiou o banheiro e o quarto antes de voltar para a sala. Então fechou os olhos e escutou. A mulher, a posição do corpo, a forma como ela foi exposta. A forma como Elise Hermansen foi exposta. E lá estava, o eco. Era ele. Tinha de ser ele.

Quando voltou a abrir os olhos, Harry se deparou com o rosto de um rapaz loiro que ele pensou reconhecer de algum lugar.

— Anders Wyller — disse o rapaz. — Detetive.

— É claro — disse Harry. — Você se formou na Academia de Polícia um ano atrás. Dois anos?

— Dois anos.

— Parabéns pelas ótimas notas.

— Obrigado. Impressionante, você se lembra das minhas notas.

— Não me lembro de nada, foi uma dedução. Você está trabalhando na Homicídios como detetive depois de apenas dois anos de serviço.

Anders Wyller sorriu.

— Se eu estiver atrapalhando, é só dizer, tudo bem? Só estou aqui há dois dias e meio, e, se isso for um duplo homicídio, ninguém vai ter tempo de me ensinar nada por um bom tempo. Então pensei em perguntar se posso acompanhar você um pouco. Mas só se estiver tudo bem.

Harry olhou para o rapaz. Lembrou-se dele indo até sua sala, cheio de perguntas. Eram muitas, e às vezes tão irrelevantes que dava para desconfiar de que ele fosse um Harrylete — uma gíria da Academia de Polícia para os alunos fascinados pelo mito de Harry Hole, o que em alguns casos extremos era o motivo de eles terem se matriculado. Harry os evitava como a uma praga. Mas, Harrylete ou não, Anders Wyller ia longe com notas como aquelas, além de ambição, um belo sorriso e traquejo social de sobra. E, antes que fosse longe, um jovem talentoso como ele poderia muito bem fazer algo de bom, como ajudar a resolver alguns homicídios.

— Tudo bem — disse Harry. — A primeira lição é que você ficará decepcionado com seus colegas.

— Decepcionado?

— Você está todo animado porque acredita ter chegado ao topo da cadeia alimentar da polícia. A primeira lição é que detetives de homicídios são basicamente iguais a todo mundo. Nós não somos excepcionalmente inteligentes, alguns são inclusive um pouco burros. Nós cometemos erros, muitos erros, e não aprendemos grande coisa com eles. Quando ficamos cansados, às vezes preferimos dormir a continuar caçando, apesar de sabermos que a solução pode estar logo ali na esquina. Então, se acha que vamos abrir seus olhos, servir de inspiração e mostrar um novo mundo de habilidades investigativas geniais, você ficará decepcionado.

— Eu já sei disso.

— Jura?

— Passei dois dias trabalhando com Truls Berntsen. Só quero saber como você trabalha.

— Você assistiu às minhas aulas de investigação de homicídios.

— E sei que você não trabalha daquele jeito. No que você estava pensando?

— Pensando?

— Sim, ali parado de olhos fechados. Acho que aquilo não fazia parte do curso.

Harry viu que Bjørn havia ficado de pé. Katrine estava parada à porta de braços cruzados, parecendo encorajá-lo.

— Tudo bem — disse Harry. — Cada um tem seu próprio método. O meu é tentar entrar em contato com os pensamentos que percorrem nossa mente na primeira vez que você entra na cena de um crime. Todas as conexões aparentemente insignificantes que o cérebro faz de modo automático quando absorvemos as primeiras impressões de um lugar. Pensamentos que esquecemos muito rápido, porque não há tempo de dar sentido a eles antes que nossa atenção seja atraída por outra coisa, como um sonho que se desfaz quando você acorda, antes que ela comece a registrar todo o restante ao redor. Nove em cada dez vezes esses pensamentos são inúteis. Mas você sempre torce para que o décimo signifique alguma coisa.

— O que me diz de agora? — perguntou Wyller. — Algum de seus pensamentos está te dizendo alguma coisa?

Harry fez uma pausa. Notou o olhar atento de Katrine.

— Não sei. Mas não consigo deixar de pensar que o assassino tem alguma relação com limpeza.

— Limpeza?

— Ele levou a última vítima do local onde a matou até a cama. Serial killers tendem a fazer as coisas basicamente da mesma forma, então por que ele deixou essa mulher na sala? A única diferença entre este quarto e o de Elise Hermansen é que aqui a roupa de cama está suja. Visitei o apartamento de Hermansen ontem quando a Perícia foi pegar os lençóis. Cheiravam a lavanda.

— Então ele cometeu necrofilia com essa mulher na sala porque não suporta lençóis sujos?

— Voltaremos a isso — disse Harry. — Você viu o liquidificador na cozinha? Ok, então você viu que ele colocou o copo na pia depois de usá-lo.

— O quê?

— A pia — disse Katrine. — Esses jovens nunca ouviram falar em lavar louça com as próprias mãos, Harry.

— A pia — insistiu Harry. — Ele não precisava colocar o copo do liquidificador ali, não ia lavar nada. Talvez tenha sido um ato compulsivo, talvez ele tenha obsessão por limpeza. Fobia a bactérias. Pessoas que cometem assassinatos em série frequentemente sofrem de diversas fobias. Mas ele não terminou o trabalho, não lavou o copo.

Sequer abriu a torneira e encheu de água o copo sujo da vitamina de sangue e limão para ficar mais fácil de lavar mais tarde. Por que não?

Anders Wyller meneou a cabeça.

— Tudo bem, voltaremos a isso também — disse Harry, então inclinou a cabeça na direção do corpo. — Como você pode ver, essa mulher...

— Uma vizinha a identificou como Ewa Dolmen — disse Katrine.

— Ewa com "w".

— Obrigado. Ewa, como você pode ver, está de calcinha, ao contrário de Elise, que ele despiu. Vi embalagens vazias de absorventes internos na lixeira do banheiro, então presumo que Ewa estava menstruada. Katrine, você pode olhar?

— A médica-legista já está vindo.

— Só para ver se eu tenho razão, se o absorvente interno ainda está lá.

Katrine fez uma careta. Então fez o que Harry pediu, enquanto os três homens viravam o rosto para o lado.

— Sim, estou vendo o cordão de um absorvente.

Harry tirou um maço de Camel do bolso.

— O que significa que o assassino, desde que não tenha sido ele que colocou o absorvente, não a estuprou pela vagina. Porque ele é...

— Harry apontou para Anders Wyller com o cigarro.

— Obcecado por limpeza — disse Wyller.

— Essa é *uma* possibilidade — prosseguiu Harry. — A outra é que ele não gosta de sangue.

— Não gosta de sangue? — retrucou Katrine. — Pelo amor de Deus, ele *bebe* sangue.

— Com limão — disse Harry, levando o cigarro apagado aos lábios.

— Como assim?

— Estou me fazendo a mesma pergunta. Como assim? O que isso quer dizer? Que o sangue é doce demais?

— Você está tentando ser engraçado? — perguntou Katrine.

— Não, só acho estranho que um homem que acreditamos buscar satisfação sexual bebendo o sangue de suas vítimas não tome sua bebida favorita pura. As pessoas colocam limão no gim, e no peixe, porque dizem que isso realça o gosto. Mas é um engano, o limão paralisa as papilas gustativas e oblitera todo o resto. Usamos limão para mascarar o gosto de algo que não gostamos de verdade. O óleo de fígado de bacalhau começou a ter vendas muito mais expressivas depois que passaram a acrescentar limão. Talvez o nosso vampirista não goste do sabor do sangue, talvez também seja uma compulsão.

— Talvez ele seja supersticioso e beba o sangue para absorver a força das vítimas — especulou Wyller.

— Ele certamente parece ter como motivação a depravação sexual, mas ainda assim não tocou na genitália desta mulher. E há a *possibilidade* de isso ter acontecido porque ela estava menstruada.

— Um vampirista que não suporta sangue menstrual — disse Katrine. — Os tortuosos caminhos da mente humana...

— O que nos traz de volta ao copo do liquidificador — disse Harry. — Temos outra evidência física deixada pelo criminoso, além dessa?

— A porta da frente — disse Bjørn.

— A porta? — perguntou Harry. — Dei uma olhada na fechadura quando cheguei e me pareceu intacta.

— Não estou falando de um arrombamento. Você não viu a parte de dentro.

Os três aguardavam na escada, enquanto Bjørn desamarrava a corda que mantinha a porta aberta, encostada à parede. Ela se fechou devagar, revelando o lado de dentro.

Harry olhou para aquilo. Sentiu o coração bater forte no peito e a boca ficar seca.

— Amarrei a porta para que nenhum de vocês tocasse nela ao chegar — explicou Bjørn.

Na porta, a letra "V" estava escrita com sangue, a cerca de um metro do chão. Era irregular na parte de baixo, onde o sangue havia escorrido.

Os quatro olhavam para a porta.

Bjørn foi o primeiro a quebrar o silêncio.

— V de vitória?

— V de vampirista — disse Katrine.

— Ele pode apenas ter ticado outra vítima da lista — sugeriu Wyller.

Eles olharam para Harry.

— Então? — disse Katrine, impaciente.

— Não sei — respondeu Harry.

O olhar penetrante dela estava de volta.

— Qual é, dá para ver que você está pensando em alguma coisa.

— Hum. V de vampirista talvez não seja uma má sugestão. Pode se encaixar na teoria de que ele está se esforçando para nos dizer exatamente isso.

— Isso o quê?

— Que ele é especial. Os dentes de ferro, o liquidificador, essa letra. Ele se considera único, e está nos oferecendo as peças do quebra-cabeça para que também vejamos isso. Ele quer que a gente chegue mais perto.

Katrine assentiu.

Wyller hesitou, como se tivesse perdido o *timing* para falar, mas ainda assim arriscou:

— Você quer dizer que, lá no fundo, o assassino quer revelar quem ele é?

Harry não respondeu.

— Não quem ele é, mas o que ele é — disse Katrine. — Ele está levantando uma bandeira.

— Posso perguntar o que isso quer dizer?

— É claro. Pergunte ao nosso especialista em serial killers.

Harry olhava para a letra. Não era mais o eco de um grito, era o próprio grito. O grito de um demônio.

— Isso quer dizer... — Harry acendeu o isqueiro, colocou a chama diante do cigarro e tragou profundamente. Soprou a fumaça. — Que ele quer brincar.

— Você acha que o V quer dizer outra coisa — disse Katrine quando ela e Harry deixaram o apartamento uma hora depois.

— Acho? — perguntou ele, olhando para a rua. Tøyen. O bairro dos imigrantes. Ruas estreitas, lojas de tapetes paquistaneses, paralelepípedos, professores de norueguês andando de bicicleta, cafés turcos, mães de *hijab*, jovens vivendo à base de crédito estudantil, uma lojinha com discos de vinil e rock pesado. Harry adorava Tøyen. Tanto que sempre se perguntava o que estava fazendo lá no alto da colina, com a burguesia.

— Só não quis dizer em voz alta — disse Katrine.

— Sabe o que meu avô costumava dizer quando me ouvia praguejar? "Se você chama o diabo, ele vem." Então...

— Então...?

— Você quer que o diabo venha?

— Temos dois homicídios, Harry, talvez um serial killer. Será que as coisas podem mesmo piorar?

— Sim. Podem.

11

Noite de sábado

— Nós supomos que estamos lidando com um serial killer — disse a inspetora Katrine Bratt, e olhou para a sala de reunião e para toda a equipe de investigação. E para Harry. Combinaram que ele participaria das reuniões até montar sua própria equipe.

Havia uma atmosfera diferente, mais focada, do que nos encontros anteriores. É claro que isso tinha a ver com a evolução do caso, mas Katrine tinha certeza de que isso também se devia à presença de Harry. Ele podia muito bem ter sido o bêbado e arrogante *enfant terrible* da Divisão de Homicídios, alguém que direta ou indiretamente causou a morte de outros policiais e cujos métodos de trabalho eram altamente questionáveis. Mas ainda assim fazia com que todos se sentassem e prestassem atenção. Porque tinha aquele carisma austero, quase assustador, e seus méritos eram inquestionáveis. De cabeça, ela só se lembrava de uma pessoa que Harry não havia conseguido prender. Talvez ele tivesse razão quando dizia que a longevidade conferia respeito até mesmo a uma cafetina, caso ela continue trabalhando por tempo suficiente.

— Esse tipo de criminoso é muito difícil de ser pego por uma infinidade de motivos, mas sobretudo porque, como neste caso, ele planeja tudo cuidadosamente, escolhe as vítimas ao acaso e não deixa provas na cena do crime, exceto as que ele quer que sejam encontradas. É por isso que as pastas diante de vocês, com os relatórios da Perícia Técnica, do legista e dos nossos próprios analistas táticos, são tão finas. Ainda não conseguimos associar nenhum criminoso sexual que nós já conhecemos a Elise Hermansen ou a Ewa Dolmen, nem a nenhuma das duas cenas de crime. Mas conseguimos identificar a metodologia por trás dos homicídios. Tord?

O especialista em TI soltou uma risada breve e inapropriada, como se achasse graça do que Katrine havia dito.

— Ewa Dolmen mandou uma mensagem pelo celular que nos indica que ela teve um encontro marcado pelo Tinder num *sports bar* chamado Dicky's.

— Dicky's? — exclamou Magnus Skarre. — Isso fica quase em frente ao Jealousy Bar.

Um suspiro coletivo percorreu a sala.

— Então, se o *modus operandi* do assassino for usar o Tinder e marcar um encontro em Grünerløkka, podemos ter algo aqui — disse Katrine.

— O que, por exemplo? — perguntou um dos detetives.

— Uma ideia de como pode acontecer da próxima vez.

— Mas e se não houver próxima vez?

Katrine respirou fundo.

— Harry?

Harry afundou ainda mais na cadeira.

— Bem, serial killers iniciantes costumam dar um longo intervalo entre seus primeiros assassinatos. Podem ser meses, anos até. O padrão clássico é que, depois de um assassinato, há um período de calmaria antes que a frustração sexual volte a crescer. Com o tempo, esses ciclos geralmente se tornam mais curtos entre um assassinato e outro. Com um ciclo tão curto de dois dias, é tentador presumir que não é a primeira vez que ele comete esse tipo de crime.

Um silêncio se seguiu, e todos queriam que Harry prosseguisse. Ele não prosseguiu.

Katrine pigarreou.

— O problema é que não conseguimos encontrar nenhum crime cometido na Noruega nos últimos cinco anos que tenha qualquer semelhança com esses dois assassinatos. Contatamos a Interpol para verificar se é possível que algum suspeito em potencial tenha trocado de território de caça e se mudado para a Noruega. Temos uma dezena de candidatos, mas nenhum parece ter vindo para cá recentemente. Então não fazemos ideia de quem é esse homem. Mas, de acordo com nossa experiência, é provável que volte a acontecer. E em breve.

— Quão breve? — perguntou uma voz.

— Difícil dizer — respondeu Katrine, olhando para Harry, que discretamente levantou um dedo. — Mas o intervalo pode ser tão breve quanto um dia.

— E não há nada que possamos fazer para detê-lo?

Katrine trocou o pé de apoio.

— Falamos com o chefe de polícia e pedimos permissão para fazer um alerta público durante a coletiva de imprensa, às seis da tarde. Com um pouco de sorte, o criminoso irá cancelar ou pelo menos adiar seus planos de cometer outro assassinato se acreditar que as pessoas estarão mais atentas.

— Ele faria mesmo isso? — especulou Wolff.

— Eu acho... — começou Katrine, mas foi interrompida.

— Com todo respeito, Bratt, eu estava falando com Hole.

Katrine engoliu em seco e tentou não se irritar.

— O que você acha, Harry? Será que um alerta público o deteria?

— Não sei — respondeu ele. — Esqueçam o que já viram na TV, os serial killers não são robôs com o mesmo software, seguindo o mesmo padrão de comportamento. Eles são tão singulares e imprevisíveis quanto qualquer pessoa.

— Boa resposta, Hole. — Todos na sala se viraram para a porta, onde o recém-chegado chefe de polícia, Mikael Bellman, estava encostado, com os braços cruzados. — Ninguém sabe o efeito que um alerta público pode causar. Talvez apenas motive esse assassino doente, dê a ele a sensação de que está no controle, de que é inatingível e de que pode continuar cometendo seus crimes. Por outro lado, o que sabemos *de fato* é que um alerta público daria a impressão de que nós aqui no Comando Geral da Polícia *perdemos* o controle da situação. E as únicas pessoas que teriam medo seriam os habitantes da cidade. Mais medo talvez, porque, como perceberam aqueles de vocês que leram os jornais on-line nas últimas horas, já há muita especulação sobre a conexão entre esses dois homicídios. Então tenho uma sugestão melhor. — Mikael Bellman puxou os punhos da camisa embaixo das mangas do paletó. — Que é pegarmos esse cara antes que ele cause mais danos. — Ele sorriu para todos. — O que me dizem?

Katrine viu alguns deles assentirem.

— Ótimo — disse Bellman. — Por favor, prossiga, inspetora Bratt.

Os sinos da Prefeitura indicavam que eram oito horas da noite quando um carro da polícia sem identificação, um VW Passat, passou devagar em frente ao prédio.

— Essa foi a pior coletiva de imprensa que já fiz na vida — disse Katrine ao dirigir o carro na direção da Dronning Mauds gate.

— Vinte e nove vezes — disse Harry.

— O quê?

— Você disse "não podemos comentar" vinte e nove vezes — comentou Harry. — Eu contei.

— Faltou *muito pouco* para eu dizer: "Desculpem, o chefe de polícia nos amordaçou." Qual é a jogada do Bellman? Nada de alerta, nada de dizer que temos um serial killer à solta e que as pessoas devem ficar atentas.

— Ele tem razão quando diz que isso espalharia um medo irracional.

— Irracional? — rebateu Katrine. — Olhe à sua volta! É sábado à noite, e metade das mulheres que você vê andando por aí está prestes a encontrar um homem que não conhecem, um príncipe que elas esperam que mude suas vidas. E se a sua ideia de intervalo de apenas um dia estiver certa, isso *realmente* vai acontecer com uma delas.

— Você sabia que houve um grave acidente de ônibus no centro de Londres no mesmo dia dos ataques terroristas em Paris? Com quase o mesmo número de mortos. Os noruegueses que têm amigos em Paris começaram a telefonar, temendo que os conhecidos estivessem entre as vítimas. Mas ninguém ficou muito preocupado com os amigos de Londres. Depois dos ataques, as pessoas ficaram com medo de ir a Paris, apesar de a polícia local estar em alerta máximo. Ninguém ficou preocupado de andar de ônibus em Londres, apesar de nada ter mudado na segurança do trânsito na cidade.

— O que você está querendo dizer?

— O medo que as pessoas sentem de se depararem com um vampirista é desproporcional à possibilidade de que isso aconteça. Porque está na primeira página dos jornais e porque leram que ele bebe sangue. Mas, ao mesmo tempo, acendem cigarros que muito provavelmente as matarão.

— Não me diga que você *concorda* com Bellman.

— Não — disse Harry, com o olhar perdido. — Só estou divagando. Tentando me colocar no lugar de Bellman para descobrir o que ele quer. Bellman sempre tem alguma coisa em mente.

— E o que é dessa vez?

— Não sei. Mas ele quer que esse caso seja tratado com discrição e que seja resolvido o mais rápido possível. Como um boxeador defendendo seu título.

— Do que você está falando agora, Harry?

— Depois que consegue um cinturão, o campeão tenta a todo custo evitar lutas. Porque a melhor coisa que você pode almejar é manter o que já tem.

— Teoria interessante. E quanto àquela sua outra teoria?

— Eu disse que não tinha certeza.

— Ele pintou a letra V na porta de Ewa Dolmen. É a inicial dele, Harry. E você disse que reconheceu a cena do crime de quando ele estava na ativa.

— Sim, mas como eu disse, não sei o que exatamente eu reconheci. — Harry se deteve quando sua mente captou a imagem de uma rua comum por uma fração de segundo.

— Katrine, escute: morder o pescoço das mulheres, dentes de ferro, beber sangue... Esse não é o *modus operandi* dele. Assassinos em série podem até ser imprevisíveis em relação aos detalhes, mas eles não mudam completamente seu *modus operandi*.

— Ele tem vários *modus operandi*, Harry.

— Ele gosta de medo e de dor. Não de sangue.

— Você disse que o assassino colocou limão no sangue porque não gosta de sangue.

— Katrine, não nos ajudaria muito saber que é ele *de fato* quem está por trás disso. Há quanto tempo vocês e a Interpol estão atrás dele?

— Há quase quatro anos.

— Por isso mesmo eu acho que seria contraproducente revelar minhas suspeitas e correr o risco de que o foco da investigação se restrinja a uma única pessoa.

— Ou você quer pegá-lo sozinho.

— O quê?

— Ele é o motivo de você estar de volta, não é, Harry? Você o farejou desde o começo. Oleg foi apenas uma desculpa.

— Vamos encerrar essa conversa aqui, Katrine.

— Porque Bellman jamais viria a público para falar sobre o passado de Oleg. O fato de ele não ter dito nada antes a respeito se voltaria contra ele.

Harry aumentou o volume do rádio.

— Já ouviu essa? Aurora Aksnes, é muito...

— Você odeia *synth-pop*, Harry.

— Gosto mais do que dessa conversa.

Katrine suspirou. Eles pararam num sinal vermelho. Ela se curvou sobre o volante e olhou para cima.

— Olhe. É lua cheia.

— É lua cheia — disse Mona Daa, olhando para os campos pela janela da cozinha. Eles pareciam cintilar ao luar, como se estivessem cobertos de neve fresca. — Você acredita que isso pode aumentar as chances de o assassino atacar pela terceira vez em um intervalo de tempo tão curto, ainda hoje à noite, por exemplo?

Hallstein Smith sorriu.

— Dificilmente. Pelo que você me falou dos dois assassinatos, as parafilias do vampirista são necrofilia e sadismo, não mitomania ou a ilusão de que é um ser sobrenatural. Mas ele voltará a atacar, disso você pode ter certeza.

— Interessante. — Mona Daa fazia anotações em sua caderneta, que estava sobre a mesa da cozinha, ao lado de uma xícara de chá verde. — E onde e quando você acha que isso vai acontecer?

— Você disse que a segunda mulher também marcou um encontro pelo Tinder.

Mona Daa assentiu enquanto ainda tomava nota. A maioria de seus colegas usava gravadores, mas — apesar de ser a mais jovem entre os repórteres policiais — ela preferia trabalhar à moda antiga. A explicação oficial era que, na corrida para dar o furo de reportagem, ela poupava tempo ao editar o texto enquanto escrevia. A vantagem era ainda maior quando cobria coletivas de imprensa, embora naquela tarde, na sede de polícia, ninguém tivesse precisado de caderno ou gravador. O refrão de Katrine Bratt, "sem comentários", acabou irritando até mesmo os repórteres policiais mais experientes.

— Ainda não publicamos nada sobre ter sido um encontro marcado pelo Tinder, mas recebemos a informação de uma fonte na polícia dizendo que Ewa Dolmen enviou uma mensagem de texto para uma amiga contando que estava no Dicky's, em Grünerløkka, num encontro marcado pelo Tinder.

— Certo. — Smith ajeitou os óculos. — Tenho quase certeza de que ele continuará usando o mesmo método que o fez ser bem-sucedido até o momento.

— O que você diria às pessoas que pensam em marcar encontros com homens pelo Tinder nos próximos dias?

— Que elas deviam esperar até o vampirista ser pego.

— Mas você acha que ele continuará usando o Tinder depois de ler isso e concluir que todo mundo já conhece o seu método?

— O que temos aqui é uma psicose, ele não se deterá por considerações racionais em relação a riscos. Esse não é um serial killer clássico, que calmamente planeja o que faz, um psicopata frio e calculista que não deixa provas, que se esconde nos cantos tecendo sua teia sem pressa entre os assassinatos.

— Nossa fonte diz que os detetives responsáveis pela investigação *acreditam* que ele seja um serial killer clássico.

— Esse é um tipo diferente de loucura. O assassinato é menos importante para ele que a mordida, o sangue... É *isso* que o impele. E tudo o que ele quer é continuar, ele está a todo vapor, sua psicose está plenamente desenvolvida. A esperança é que ele, ao contrário do serial killer clássico, queira ser identificado e pego porque está tão fora de controle que se sente indiferente ao fato de ser preso. O serial killer clássico e o vampirista são ambos desastres naturais porque são pessoas perfeitamente comuns que acabam se revelando doentes mentais. Mas enquanto o serial killer é uma tempestade que pode soprar e soprar sem que se saiba quando ela vai terminar, o vampirista é como um deslizamento de terra. Acaba depois de um curto espaço de tempo, mas é capaz de riscar uma comunidade inteira do mapa, entende?

— Sim — disse Mona, escrevendo. *Riscar uma comunidade inteira do mapa.* — Bem, muito obrigada, já tenho tudo de que preciso.

— Disponha. Na verdade, estou surpreso por você ter vindo até aqui por tão pouco.

Mona Daa abriu seu iPad.

— Nós viríamos de qualquer forma para fazer uma foto, então decidi vir junto. Will?

— Estava pensando em fazer a foto no campo — disse o fotógrafo, que aguardava em um canto, ouvindo a entrevista em silêncio. — Você, a paisagem aberta e a luz da lua.

Mona sabia exatamente no que o fotógrafo estava pensando, é claro. Homem sozinho na escuridão da noite, lua cheia, vampiro. Ela assentiu quase imperceptivelmente. Às vezes era melhor não dizer aos fotografados quais eram as suas ideias, já que assim não se corria o risco de eles se recusarem a fazer o que lhes era pedido.

— Alguma chance de a minha esposa também aparecer na foto? — perguntou Smith, parecendo um pouco surpreso. — O *VG*... isso é importante para nós.

Mona Daa não conseguiu deixar de sorrir. Maravilha. Por um instante, uma ideia se acendeu em sua cabeça, de fotografarem o psicólogo mordendo o pescoço da esposa para ilustrar o caso, mas seria ir longe demais, muito apelativo para uma história séria.

— Meu editor provavelmente vai preferir que você esteja sozinho — comentou ela.

— Entendo, mas eu precisava perguntar.

— Vou ficar aqui e escrever, e talvez possamos subir a matéria para o site antes de irmos embora. Vocês têm wi-fi?

Ela pegou a senha, *freudundgammen*, e já estava na metade do texto quando viu o flash da câmera do lado de fora.

A outra explicação de Mona para evitar as gravações era que elas se tornavam provas incontestáveis do que *realmente* havia sido dito. Não que Mona Daa já tivesse conscientemente escrito algo diferente do que acreditava ter sido dito pelo entrevistado. Mas isso lhe dava a

liberdade de enfatizar certos pontos. Traduzir citações para um formato tabloide que os leitores pudessem entender. E clicassem para ler.
PSICÓLOGO: VAMPIRISTA PODE RISCAR CIDADES INTEIRAS DO MAPA!
Ela verificou a hora. Truls Berntsen havia dito que ligaria às dez se aparecesse alguma novidade.

— Não gosto de filmes de ficção científica — disse o homem sentado diante de Penelope Rasch. — O mais irritante é aquele som quando a espaçonave passa em frente à câmera. — Ele contraiu os lábios e soprou algo parecido. — Não existe ar no espaço, não existe som, apenas silêncio absoluto. Eles mentem para nós.
— Amém — disse Penelope, e ergueu o copo com água mineral.
— Eu gosto de Alejandro González Iñárritu — disse o homem, erguendo seu copo também com água. — Prefiro *Biutiful* e *Babel* a *Birdman* e *O regresso*. Mas temo que ele esteja ficando meio pop.
Penelope teve um frêmito de prazer. Nem tanto por ele acabar de mencionar seus filmes favoritos, mas por ter incluído o raramente usado nome do meio de Iñárritu. E ele já havia mencionado seu escritor favorito (Cormac McCarthy) e sua cidade favorita (Florença).
A porta se abriu. Os dois eram os únicos clientes no pequeno e desgastado restaurante escolhido por ele, mas agora outro casal entrou. Ele se virou. Não na direção da porta para olhar, mas para o outro lado. E ela teve alguns segundos para observá-lo sem que ele percebesse. Era magro, tinha mais ou menos a sua altura, bons modos, vestia-se bem. Mas atraente? Difícil dizer. Ele certamente não era feio, mas havia qualquer coisa falsa ali. E ela duvidava de que ele tivesse mesmo os quarenta anos que dizia ter. A pele parecia estar repuxada ao redor dos olhos e no pescoço, como se tivesse feito uma plástica.
— Nunca tinha reparado nesse restaurante — comentou ela. — Muito tranquilo.
— T-tranquilo demais? — Ele sorriu.
— É agradável.
— Na próxima vez podemos ir a um lugar que eu conheço que serve cerveja Kirin e arroz negro — disse ele. — Se você gostar.

Ela quase soltou um gritinho. Aquilo era fantástico. Como ele podia saber que ela *amava* arroz negro? A maioria de seus amigos nem sabia que aquilo *existia*. Roar odiava, dizia que tinha gosto de loja de produtos saudáveis e esnobismo. E, justiça seja feita, tinha razão em ambas as acusações: o arroz negro tem mais antioxidantes que o mirtilo e é servido com o sushi proibido reservado ao imperador e sua família.

— Adoro — respondeu ela. — Do que mais você gosta?
— Do meu trabalho — comentou ele.
— Qual é seu trabalho?
— Sou artista visual.
— Que interessante! O que...
— Instalações.
— Roar, meu ex, também é artista visual, talvez você o conheça.
— Duvido, eu atuo fora dos círculos artísticos convencionais. E sou autodidata, por assim dizer.
— Mas se consegue sobreviver como artista é estranho que eu nunca tenha ouvido falar de você. Oslo é bem pequena.
— Faço outras coisas para viver.
— Como o quê, por exemplo?
— Sou vigia.
— Mas você expõe?
— Faço basicamente instalações particulares para uma clientela corporativa. A imprensa não é convidada.
— Uau. É ótimo que você consiga ser tão exclusivo. Eu dizia a Roar que ele devia tentar isso. O que você usa em suas instalações?

Ele limpou o copo com um guardanapo.
— Modelos.
— Modelos como... pessoas vivas?

Ele sorriu.
— Também. Fale de você, Penelope. Do que você gosta?

Ela apoiou o queixo no dedo indicador. Sim, do que ela gostava? Penelope suspeitava de que ele não tinha deixado quase nada de fora.

— Gosto de gente — concluiu ela. — E de sinceridade. Da minha família. De crianças.

— E que peguem você de jeito — disse ele, olhando para o casal sentado a duas mesas deles.

— Como é?
— Você gosta que peguem você de jeito e de sexo bruto. — Ele se debruçou sobre a mesa. — Vejo isso em você, Penelope. Tudo bem, eu também gosto disso. Este lugar está começando a ficar cheio demais, que tal irmos para o seu apartamento?

Penelope precisou de um instante para entender que aquilo não era brincadeira. Olhou para a mesa e viu que ele estava com a mão tão próxima da sua que as pontas dos dedos quase se tocavam. Ela engoliu em seco. O que havia de errado com ela, por que sempre atraía os doidos? Suas amigas sugeriram que a melhor forma de esquecer Roar era conhecendo outros homens. E ela tentou, mas eles ou eram nerds sem graça que mal abriam a boca ou homens como aquele, que só estavam atrás de uma rapidinha.

— Acho que vou para casa sozinha — disse ela, e olhou em volta à procura do garçom. — Vamos dividir a conta. — Estavam ali havia pouco mais de vinte minutos, mas, de acordo com as amigas, aquela era a terceira e mais importante regra do Tinder: *não perca seu tempo, vá embora se não rolar um clima.*

— Posso pagar duas garrafas de água mineral. — O homem sorriu e puxou de leve o colarinho de sua camisa azul-claro. — Vá, Cinderela.

— Neste caso, obrigada.

Penelope pegou a bolsa e saiu apressada. Foi bom sentir o ar cortante do outono nas bochechas quentes. Ela atravessou a Bogstadveien. Era sábado à noite; as ruas estavam cheias de gente feliz e havia fila no ponto de táxi. Mas tudo bem — os táxis eram tão caros em Oslo que ela os evitava, a não ser que estivesse caindo um dilúvio. Ela passou pela Sorgenfrigata; um dia ela sonhou que moraria com Roar em um daqueles prédios adoráveis. Os dois concordavam que o apartamento não precisava ter mais de setenta ou oitenta metros quadrados, contanto que tivesse sido recentemente reformado, o banheiro, pelo menos. Sabiam que era incrivelmente caro, mas tanto os pais dela quanto os de Roar haviam prometido ajudar. E com "ajudar" eles obviamente queriam dizer bancar o apartamento. Ela era, afinal de contas, uma designer recém-formada que ainda estava em busca de um emprego, e o mercado de arte ainda não havia descoberto o imenso talento de Roar. A não ser por aquela vaca, a dona da galeria, que armou para ele. Depois que Roar foi embora, Penelope ficou convencida de que ele enxergaria quem aquela mulher era de verdade, que perceberia que ela era uma raposa velha atrás de um namorado mais jovem apenas para se divertir por algum tempo. Mas isso não aconteceu. Pelo contrário, os dois acabavam de anunciar o noivado com uma instalação asquerosa feita de algodão-doce.

Na estação de metrô de Majorstua, Penelope pegou o primeiro trem no sentido oeste. Desceu em Hovseter, conhecida como a região mais a leste da zona oeste da cidade, uma concentração de prédios residenciais com apartamentos relativamente baratos. Ela e Roar haviam alugado o mais barato que tinham encontrado. O banheiro era asqueroso.

Na época, Roar tentou consolá-la com uma cópia de *Só garotos*, de Patti Smith, um relato autobiográfico de dois artistas jovens e ambiciosos que viviam de esperança, ar e amor na Nova York do início dos anos setenta, e que obviamente acabaram fazendo sucesso. Tudo bem, perderam um ao outro no caminho, mas...

Ela saiu da estação e caminhou até o prédio que se erguia à sua frente, que parecia ter um halo. Penelope tinha visto a lua cheia; aquele deveria ser o motivo do brilho atrás do prédio. Quatro. Tinha dormido com quatro homens desde que Roar a havia abandonado, onze meses e treze dias atrás. Dois melhores que Roar, dois piores. Mas ela não amava Roar pelo sexo. E sim porque... bem, porque ele era Roar, o maldito.

Ela se viu apertando o passo quando chegou a um pequeno aglomerado de árvores do lado esquerdo da rua. As ruas de Hovseter ficavam desertas cedo, mas Penelope era uma jovem alta e em forma, e até aquele momento não havia pensado que podia ser perigoso caminhar por ali depois que escurecia. Talvez fosse por causa daquele assassino que estava em todos os jornais. Não, não era isso. Era porque alguém havia entrado no apartamento dela. Três meses atrás, e a princípio ela ousou pensar que Roar tivesse voltado. Percebeu que alguém havia estado ali quando viu no corredor uma pegada enlameada que não tinha sido deixada por seu sapato. E, quando encontrou outras no quarto, em frente à cômoda, contou suas calcinhas na esperança ridícula de que Roar tivesse levado uma. Mas não, não parecia ser aquilo. Ela notou o que estava faltando. O anel de noivado na caixinha, aquele que Roar comprou em Londres. Teria sido apenas um roubo, no final das contas? Não, foi Roar. Ele entrou escondido e levou o anel para aquela vadia, a dona da galeria! Naturalmente, Penelope ficou furiosa, ligou para Roar e o confrontou. Mas ele jurou que não tinha estado lá, disse que perdeu as chaves do apartamento na mudança, que se não fosse por isso teria mandado suas cópias pelo correio. Mentira, é claro, como todo o resto, mas ainda assim ela se deu ao trabalho de trocar as fechaduras, tanto da porta da frente do prédio quanto do apartamento no quarto andar.

Penelope tirou as chaves da bolsa — estavam ao lado do spray de pimenta que tinha comprado. Ela destrancou e abriu a porta do prédio, ouvindo o chiado baixo do amortecedor da porta às suas costas. Viu que o elevador estava no sexto andar e subiu pelas escadas. Passou pela porta dos Amundsen. Parou. Sentiu que estava sem ar. Engraçado, estava em forma, nunca tinha se cansado ao subir aquela escada. Algo estava errado. Mas o quê?

Ela olhou para cima, viu a porta do apartamento.

Era um prédio antigo, construído para a classe trabalhadora da zona oeste de Oslo, há muito extinta, e os construtores tinham economizado na iluminação. Havia apenas um grande lustre de metal em cada andar, na parede no topo das escadas. Ela prendeu a respiração e escutou. Não ouviu um pio desde que entrou no prédio.

Desde o chiado do amortecedor da porta.

Nem um pio.

Era aquilo que estava errado.

Ela não tinha ouvido a porta fechar.

Penelope não teve tempo de se virar, não teve tempo de levar a mão à bolsa, não teve tempo de fazer nada antes que um braço a envolvesse, apertando-a com tanta força que ela não conseguia respirar. A bolsa caiu na escada e foi a única coisa que ela conseguiu acertar ao espernear loucamente. Em vão, gritava na mão que cobria sua boca. Cheirava a sabonete.

— Calma, Penelope, calma — sussurrou uma voz em seu ouvido. — No espaço ninguém c-consegue ouvir você gritar, sabia? — Ele fez o efeito sonoro da nave.

Ela ouviu um barulho vindo lá de baixo, próximo à porta da rua, e por um instante teve a esperança de que fosse alguém entrando, antes de entender que eram a bolsa e as chaves dela — e o spray de pimenta — quicando pelos degraus até chegar ao térreo.

— O que foi? — perguntou Rakel sem se virar ou parar de picar cebola para a salada. Pelo reflexo na janela acima da bancada da cozinha, viu que Harry tinha parado de arrumar a mesa e ido até a janela da sala.

— Achei que tivesse ouvido alguma coisa — comentou ele.
— Provavelmente Oleg e Helga.
— Não, foi outra coisa. Foi... outra coisa.
Rakel suspirou.
— Harry, você acabou de chegar em casa e já está nervoso. Olhe o que isso está fazendo com você.
— Só esse caso, e nenhum outro. — Harry foi até a bancada da cozinha e beijou o pescoço dela. — Como você está se sentindo?
— Bem. — Ela mentiu. O corpo doía, a cabeça doía. O coração doía.
— Você está mentindo — disse ele.
— Minto bem?
Ele sorriu e massageou o pescoço dela.
— Se um dia eu deixasse de fazer parte da sua vida, você procuraria outra pessoa? — perguntou Rakel.
— Se eu procuraria outra pessoa? Isso parece cansativo. Já foi bem complicado tentar convencer você.
— Alguém mais jovem. Com quem você pudesse ter filhos. Eu não sentiria ciúme, sabe?
— Você não mente *tão* bem assim, querida.
Rakel sorriu e deixou a faca de lado, abaixou a cabeça e sentiu os dedos secos e quentes dele massagearem as dores, levarem-nas para longe, trazendo alívio ao seu sofrimento.
— Amo você — disse ela.
— Hum?
— Eu amo você. Especialmente se você preparar uma xícara de chá.
— Sim, senhora.

Harry se afastou, e Rakel ficou ali parada, aguardando. Ansiando. Mas não, a dor estava de volta, socando-a como um punho.

As mãos de Harry estavam apoiadas na bancada da cozinha, e ele olhava para a chaleira. Aguardava o chiado baixo da água. Que ficaria mais e mais alto até a coisa toda vibrar. Como um grito. Ele ouvia gritos. Gritos silenciosos que preenchiam sua cabeça, a cozinha, o corpo todo. Ele transferiu o peso de um pé para o outro. Gritos que queriam sair, que *tinham* que sair. Estava enlouquecendo? Ele olhou para o vidro da janela. Tudo que conseguia ver na escuridão era o próprio reflexo. Lá estava ele. Ele estava lá fora. Aguardava por eles. Cantando. Saiam e venham brincar comigo!

Harry fechou os olhos.

Não, não aguardava por *eles*. Aguardava por ele, por Harry. Saia e venha brincar comigo!

Ele sentia que ela era diferente das outras. Penelope Rasch queria viver. Era alta e forte. E as chaves do apartamento estavam três andares abaixo deles. Ele sentiu que ela soltava o ar e apertou seu peito com mais força. Como uma jiboia. Músculos que apertam um pouco mais a presa a cada vez que ela solta o ar dos pulmões. Ele a queria viva. Viva e quente. Com aquele maravilhoso desejo de sobreviver. Para domá-la pouco a pouco. Mas como? Mesmo que conseguisse arrastá-la até o térreo para pegar as chaves, havia o risco de algum vizinho ouvi-los. Ele sentiu a fúria crescendo. Devia ter deixado Penelope Rasch para lá. Devia ter tomado aquela decisão três dias atrás, quando descobriu que ela trocara as fechaduras. Mas teve sorte, fez contato com ela pelo Tinder, ela concordou com o encontro naquele lugar discreto, e ele acreditou que fosse dar certo, afinal. Mas um lugar pequeno e tranquilo também significa que as poucas pessoas no local prestam mais atenção em você. Um cliente o encarou por tempo demais. E ele entrou em pânico, decidiu sair dali, apressou as coisas. Penelope deu um fora nele e foi embora.

Estava preparado para aquela eventualidade, deixou o carro por perto. Dirigiu rápido. Não tão rápido a ponto de correr o risco de ser parado pela polícia, mas rápido o bastante para chegar ao aglomerado de árvores antes que ela saísse do metrô. Ela não olhou para trás enquanto ele a seguia, nem quando tirou as chaves da bolsa e entrou. Ele conseguiu enfiar o pé na fresta antes que a porta batesse.

   Sentiu um tremor percorrer o corpo de Penelope e soube que ela logo perderia a consciência. Sua ereção roçou a bunda dela. Um farto e carnudo traseiro feminino. A mãe dele tinha uma bunda assim.

   — Eu amo você — sussurrou no ouvido dela. — Amo de verdade, Penelope, e por isso farei de você uma mulher decente antes de qualquer coisa.

   Ela desmaiou em seus braços, e ele se apressou, segurando-a com um braço enquanto tentava tirar algo do bolso da jaqueta.

Penelope Rasch voltou à consciência e percebeu que devia ter desmaiado. Estava mais escuro agora. Ela flutuava, e algo prendia seus braços, puxando-os, comprimindo seus pulsos. Ela olhou para cima. Algemas. E algo em um de seus dedos anelares, algo com um brilho fosco.

   Ela sentiu a dor entre as pernas e olhou para baixo no instante em que ele tirava os dedos de dentro dela.

   O rosto estava imerso em sombras, mas ela o viu levar um dedo ao nariz e inspirar. Tentou gritar, mas não conseguiu.

   — Bom, minha querida — disse ele. — Você está limpa, então podemos começar.

   Ele desabotoou a jaqueta e a camisa. Tirou a camisa, revelando o peito. Uma tatuagem ficou visível — um rosto gritando, tão mudo quanto ela. O homem estufava o peito, como se a tatuagem tivesse algo a dizer. A não ser que fosse exatamente o contrário. Talvez fosse *ela* que estivesse em exibição para aquela imagem furiosa do demônio.

   Ele tateou o bolso da jaqueta e tirou algo. Em seguida, mostrou o objeto a ela. Dentes. De ferro. Pretos.

   Penelope conseguiu aspirar um pouco de ar. E gritou.

   — Isso, querida. — Ele riu. — Isso mesmo. Música para trabalhar.

   Abriu bem a boca e inseriu os dentes.

   E ambos ecoaram pelas paredes como uma canção: as risadas dele e os gritos dela.

* * *

Havia um burburinho de vozes e de notícias internacionais vindas de grandes telas de TV na redação do *VG*, onde o chefe de redação e o editor de reportagem trabalhavam nas atualizações da edição on-line.

Mona Daa e o fotógrafo estavam de pé atrás da cadeira do chefe de redação, analisando a imagem na tela.

— Tentei de tudo, mas não consegui deixar esse sujeito sinistro — suspirou o fotógrafo.

E Mona via que ele estava certo. Hallstein Smith parecia feliz demais, ali parado sob a lua cheia.

— Mas está funcionando — disse o chefe de redação. — Vejam as visualizações. Novecentas por minuto agora.

Mona viu o contador no lado direito da tela.

— Temos uma vencedora — constatou o chefe dela. — Vamos subir para o topo do site. Talvez seja bom perguntar à editora da noite se ela quer mudar a primeira página.

O fotógrafo estendeu o braço a Mona, e os dois tocaram os punhos fechados. O pai dela disse certa vez que Tiger Woods e o *caddie* dele haviam popularizado o gesto. Trocaram o tradicional "bate aqui" depois que o *caddie* bateu forte demais na mão do golfista, machucando-a depois de Woods ter acertado o décimo sexto buraco com uma tacada longa na rodada final do Masters. Um dos maiores desgostos do pai dela era que, com seu defeito congênito no quadril, Mona jamais seria a grande golfista que ele esperava. Ela, por outro lado, odiou golfe desde que o pai a levou para um *driving range* pela primeira vez, mas como o nível dos jogadores era comicamente baixo, ela venceu todos os torneios possíveis com tacadas tão curtas e desajeitadas que o treinador da seleção juvenil norueguesa se recusou a convocá-la, dizendo que preferia perder com um time que pelo menos parecia jogar golfe. Ela abandonou os tacos no porão da casa do pai e foi para a sala de musculação, onde ninguém fazia objeções a *como* levantava 120 quilos do chão. O número de quilos, o número de golpes, o número de cliques. O sucesso é medido em números, e qualquer um que diga o contrário tem apenas medo da verdade e acredita que a desilusão é um fato indiscutível da vida. Mas naquele instante ela estava mais interessada na seção de comentários. Porque algo lhe ocorreu quando Smith disse que o vampirista não se importava com riscos. Era possível que o assassino lesse o VG. E *publicasse* algum comentário on-line.

Os olhos dela percorriam os comentários à medida que apareciam. Mas era o de sempre.

Os solidários, expressando pesar pelas vítimas.

Os autoproclamados guardiões da verdade, explicando como determinado partido político tinha responsabilidade por uma sociedade que produzia certo tipo de pessoa indesejável, naquele caso, um vampirista.

Os carrascos, clamando por pena de morte e castração na primeira oportunidade.

E havia ainda os aspirantes a *stand-up comedy*, que popularizaram a ideia de que qualquer coisa pode ser objeto de piada. "Nova banda, Wampire." "Vendam suas ações do Tinder!"

E se realmente visse um comentário suspeito, o que faria? Procuraria Katrine Bratt e companhia? Talvez. Devia aquilo a Truls Berntsen. Ou podia ligar para o loiro, Wyller. Fazê-lo ficar em dívida com ela. Mesmo que não estejam no Tinder, as pessoas ainda arrastam a tela para a esquerda ou para a direita.

Ela bocejou. Foi até sua mesa, pegou a bolsa.

— Vou para a academia — disse.

— Agora? Mas está tarde!

— Ligue se acontecer alguma coisa.

— Seu expediente terminou há mais de uma hora, Daa, outra pessoa pode...

— A história é minha, então você vai ligar para mim, tudo bem?

Ela ouviu alguém rir quando a porta fechou às suas costas. Talvez rissem do seu jeito de andar, talvez de sua arrogante atitude de garota-esperta-que-sabe-se-virar. Mona não estava nem aí. Ela *andava* engraçado. E *sabia* se virar.

Elevador, porta automática, porta vaivém, e finalmente ela estava fora do prédio, a fachada de vidro iluminada pela lua. Mona inspirou. Algo grande estava acontecendo, ela tinha certeza. E sabia que faria parte disso.

* * *

Truls Berntsen havia estacionado na rua íngreme e sinuosa. Os prédios com fachada de tijolos lá embaixo dormiam em silêncio na escuridão: o distrito industrial abandonado de Oslo, trilhos de trem com mato crescido entre os dormentes. E, mais adiante, os novos prédios feitos de blocos de encaixar do Barcode, o parque de diversões do novo mundo dos negócios. Era um flagrante contraste com a sobriedade do passado, quando o minimalismo era uma questão de economia e praticidade, não um ideal estético.

Truls ergueu os olhos para a casa banhada pelo luar no alto da montanha.

Via luz nas janelas e sabia que Ulla estava ali dentro. Talvez no lugar de sempre, o sofá, sentada sobre as pernas dobradas e lendo um livro. Teria certeza disso se fosse até o meio das árvores lá no alto com seus binóculos. E se ela estivesse fazendo o que ele imaginava, ele a veria ajeitar os cabelos loiros atrás da orelha, como se estivesse escutando. Para o caso de as crianças acordarem. Para o caso de Mikael querer alguma coisa. Ou talvez apenas atenta aos predadores, como uma gazela na beira de um poço.

Houve um zumbido, um chiado e vozes articulando mensagens curtas antes de voltarem a se calar. Os sons da cidade transmitidos no rádio da polícia o acalmavam mais do que música.

Truls olhou para o porta-luvas que ele tinha acabado de abrir. Os binóculos estavam atrás de sua arma de serviço. Prometeu a si mesmo que iria parar. Estava na hora, não precisava mais daquilo, agora que sabia que havia outros peixes no mar. Tudo bem, bacalhaus, piranhas e baiacus. Truls ouviu o próprio grunhido. Foi aquela risada que lhe rendeu o apelido Beavis. Isso e o queixo protuberante. E ela estava lá, lá em cima, aprisionada naquela casa imensa e muito cara, com um terraço que Truls ajudou a construir e onde enterrou o corpo de um traficante no cimento fresco, um corpo que apenas Truls sabia que existia e que não lhe trouxe uma noite de insônia sequer.

Um chiado no rádio. A voz da Central.

— Algum carro próximo a Hovseter?

— Viatura 31, em Skøyen.

— Hovseterveien 44, bloco B. Temos um morador histérico dizendo que um louco está agredindo uma mulher nas escadas, mas não teve coragem de intervir porque o homem quebrou a lâmpada e está escuro.

— Agredindo com uma arma?

— Ele não sabe. Disse que viu o homem mordê-la antes de ficar tudo escuro. O nome do denunciante é Amundsen.

Truls reagiu instantaneamente e apertou um botão no rádio.

— Agente Truls Berntsen falando. Estou perto, pode deixar comigo.

Ele já tinha dado a partida no motor, e acelerou fundo ao sair com o carro do acostamento, ouvindo a buzina irritada de um veículo que vinha logo atrás.

— Entendido — disse a Central. — Onde você está, Berntsen?

— Já disse que estou por perto. Carro 31, quero vocês como reforço. Aguardem se chegarem primeiro. O agressor pode estar armado. Repito, armado.

Sábado à noite, quase não havia trânsito. Se atravessasse o Túnel da Ópera a toda a velocidade, cortando o centro por baixo do fiorde, não chegaria mais de sete ou oito minutos depois do carro 31. Aqueles minutos, é claro, *podiam* ser críticos, tanto para a vítima quanto para o suspeito, que poderia fugir, mas o agente Truls Berntsen também *podia* ser o policial que prendeu o vampirista. E quem sabe o quanto o *VG* estaria disposto a pagar por um relato do primeiro homem a chegar ao local. Ele buzinou e buzinou, e um Volvo saiu da frente. Mão única agora. Três pistas. Pé no acelerador. O coração dele martelava as costelas. O flash de um radar de velocidade disparou. Policial em serviço, licença para mandar todo mundo daquela maldita cidade sair da porra do caminho. Em serviço. O sangue pulsava nas veias, brilhante, como se ele estivesse prestes a ter uma ereção.

— *Ace of Space!* — rugiu Truls. — *Ace of Space!*

— Sim, nós somos a viatura 31. Ficamos esperando! — Um homem e uma mulher estavam atrás do carro de polícia estacionado em frente ao bloco B.

— Um caminhão lento não me deixava passar — disse Truls, conferindo se a pistola estava carregada e com o pente cheio. — Ouviram alguma coisa?

— Está quieto lá dentro. Ninguém entrou nem saiu.

— Vamos. — Truls apontou para o policial. — Você vem comigo, e traga a lanterna. — Ele fez um gesto de cabeça para a mulher. — Você fica aqui.

Os dois foram até a entrada. Truls espiou pela janela e viu uma escadaria escura. Apertou o botão ao lado do nome Amundsen.

— Sim? — sussurrou uma voz.

— Polícia. Você escutou alguma coisa desde que nos telefonou?

— Não, mas ele ainda pode estar aqui.

— Tudo bem. Abra a porta.

A fechadura abriu com um zumbido, e Truls empurrou a porta.

— Vá na frente com a lanterna.

Truls ouviu o policial engolir em seco.

— Achei que você tivesse dito reforço, não dianteira.

— Agradeça por não estar sozinho — sussurrou Truls. — Vamos.

Rakel olhava para Harry.

Dois assassinatos. Um novo serial killer. O tipo dele de caçada.

Ele estava ali, comendo, fingindo que prestava atenção na conversa, era gentil com Helga, escutava o que Oleg dizia com aparente interesse. Talvez ela estivesse enganada, talvez ele estivesse mesmo interessado. Talvez não estivesse completamente imerso no caso, afinal de contas. Talvez tivesse mudado.

— Portes de arma são inúteis quando as pessoas logo poderão comprar uma impressora 3D e fazer suas próprias pistolas — disse Oleg.

— Achei que as impressoras 3D só fizessem coisas de plástico — disse Harry.

— As domésticas, sim. Mas o plástico é durável o bastante se você quiser usar a arma uma vez só para assassinar alguém. — Oleg se debruçou sobre a mesa de jantar. — Você nem mesmo precisa ter uma pistola para usar como modelo, pode pegar uma emprestada por cinco minutos, desmontar a arma, fazer cópias de cera das peças e usar esses moldes para fazer um modelo 3D no computador que está conectado à impressora. Depois de cometer o homicídio, você simplesmente derrete a pistola de plástico. E se alguém *por acaso* descobrir que aquela é a arma do crime, ela não estará registrada no nome de ninguém.

— Hum. Mas a partir da pistola ainda é possível chegar à impressora que a produziu. A Perícia Técnica já consegue fazer isso com impressoras jato de tinta.

Rakel olhou para Helga, que estava um pouco perdida.

— Rapazes... — disse Rakel.

— Enfim — prosseguiu Oleg. — É muito doido. Elas podem fazer praticamente qualquer coisa. Até hoje, há pouco mais de duas mil impressoras 3D na Noruega, mas imagine quando todo mundo tiver uma, quando terroristas puderem imprimir uma bomba de hidrogênio.

— Rapazes, que tal falarmos de um assunto mais agradável? — perguntou Rakel, sentindo-se estranhamente sem ar. — Algo um pouco mais refinado, só para variar, já que temos visita?

Oleg e Harry se viraram para Helga, que sorriu e deu de ombros, tentando dizer que, para ela, qualquer assunto estava bom.

— Tudo bem — disse Oleg. — Que tal Shakespeare?

— Parece melhor — disse Rakel, olhando desconfiada para o filho ao passar as batatas para Helga.

— Ótimo, Ståle Aune e a síndrome de Otelo — disse Oleg. — Eu não contei a vocês que Jesus e eu gravamos a aula inteira. Usei um microfone e um transmissor por baixo da camisa, e Jesus estava na sala ao lado, gravando. Vocês acham que Ståle iria se incomodar se colocássemos isso na internet? O que você acha, Harry?

Harry não respondeu. Rakel o estudou. Será que estava longe outra vez?

— Harry? — perguntou ela.

— Bom, eu obviamente não posso dar essa resposta — disse ele, olhando para o prato. — Mas por que você não gravou com o telefone? Não é proibido gravar aulas para uso particular.

— Eles estão praticando — disse Helga.

Os outros se viraram para ela.

— Jesus e Oleg sonham trabalhar como agentes infiltrados.

— Vinho, Helga? — Rakel pegou a garrafa.

— Obrigada. Mas vocês não vão beber?

— Tomei um analgésico — disse Rakel. — E Harry não bebe.

— Sou o que chamam de alcoólatra — explicou Harry. — O que é uma pena, porque esse vinho parece ser ótimo.

Rakel viu o rosto de Helga ficar púrpura e se apressou em perguntar:

— Então, Ståle está dando aulas sobre Shakespeare?

— Sim e não — respondeu Oleg. — O termo "síndrome de Otelo" indica que o ciúme é o principal motivo para os assassinatos na peça, mas não é verdade. Helga e eu lemos *Otelo* ontem...

— Vocês leram juntos? — Rakel colocou a mão no braço de Harry. — Não é um amor?

Oleg revirou os olhos.

— Enfim, minha interpretação é que a verdadeira causa, a causa subjacente a todos os assassinatos, não é o ciúme, mas a inveja e a ambição de um homem humilhado. Em outras palavras, Iago. Otelo é apenas um fantoche. A peça deveria se chamar *Iago*, não *Otelo*.

— Você concorda com isso, Helga? — Rakel gostava da garota esguia, educada e ligeiramente anêmica, que parecia ter ficado à vontade bem rápido.

— Gosto de *Otelo* como título. E talvez não exista uma razão profunda para o assassinato. Talvez seja como diz o próprio Otelo. A lua é o verdadeiro motivo, porque ela deixa os homens loucos.

— "Não há motivo" — declamou Harry solenemente em inglês. — "Eu só gosto de fazer coisas assim."

— Impressionante, Harry — disse Rakel. — Você cita Shakespeare.

— Walter Hill — corrigiu Harry. — *The Warriors: os selvagens da noite*, 1979.

— É. — Oleg riu. — Melhor filme de gangue de *todos os tempos*.

Rakel e Helga riram. Harry ergueu seu copo com água e olhou para Rakel, que estava do outro lado da mesa. Sorriu. Risos num jantar em família. E ela pensou que Harry estava ali agora, junto deles. Tentou se agarrar ao olhar dele, se agarrar a ele. Mas, imperceptivelmente, como o mar muda de verde para azul, aconteceu. Os olhos dele se tornaram introspectivos outra vez. E Rakel soube que, mesmo antes de as risadas silenciarem, ele já estava de saída, rumo à escuridão, para longe deles.

Truls subia as escadas no escuro, agachado com a pistola em punho atrás do policial grandalhão com a lanterna. O silêncio era rompido apenas por um som baixo que vinha de cima, como o tique-taque de um relógio em algum lugar dentro do prédio. O feixe de luz da lanterna parecia empurrar a escuridão à frente deles, deixando-a mais densa, mais compacta, como a neve que Truls e Mikael costumavam tirar com a pá para os aposentados em Manglerud. Depois eles arrancavam uma nota de cem coroas das mãos nodosas e trêmulas e diziam que voltariam com o troco. Os idosos ainda deviam estar esperando pelo dinheiro.

Algo se esmigalhou debaixo dos pés deles.

Truls agarrou a jaqueta do policial, que parou e apontou a lanterna para o chão. Cacos de vidro cintilaram, e entre eles Truls viu pegadas indistintas com sangue, ele tinha quase certeza disso. O salto e a parte da frente da sola não formavam uma marca contínua, mas ele achou a pegada grande demais para ser de um sapato feminino. As pegadas apontavam escada abaixo, e ele sabia que teria visto se houvesse mais. O som ficou mais alto.

Truls fez um gesto para que o policial seguisse em frente. Ele olhou para os degraus, viu que as pegadas ficavam mais nítidas. Olhou escada cima. Parou, ergueu a pistola. Deixou que o policial continuasse. Truls tinha visto uma coisa. O reflexo de algo caindo. Algo reluzente. Algo vermelho. Não era um tique-taque que ouviam, era o som de sangue gotejando na escada.

— Aponte a lanterna para cima — ordenou ele.

O policial parou, virou-se e, por um momento, pareceu surpreso ao perceber que o colega que acreditava vir logo atrás dele tivesse parado alguns degraus abaixo e estivesse olhando para o teto. Mas seguiu o comando de Truls.

— Meu Deus — sussurrou o policial.

— Amém — disse Truls.

Uma mulher estava pendurada na parede logo ali, no topo da escada. Sua saia quadriculada estava puxada para cima, revelando um pouco da calcinha branca. Em uma coxa, à altura da cabeça do policial, o sangue pingava de uma ferida aberta. Escorria pela perna até o calçado, que estava evidentemente ensopado, porque o sangue percorria as bordas do sapato e se acumulava na ponta, e então gotejava e se juntava à poça vermelha na escadaria. Os braços estavam esticados acima da cabeça inerte. Os pulsos estavam presos com um tipo diferente de algemas, penduradas no suporte do lustre. A pessoa que a colocou ali tinha de ser forte. Os cabelos cobriam o rosto e o pescoço da mulher, então Truls não conseguia ver se havia uma marca de mordida, mas a quantidade de sangue na poça e o gotejar implacável indicavam que ela estava vazia, seca.

Truls olhou atentamente para ela. Memorizou cada detalhe. Ela parecia uma pintura. Usaria aquela expressão quando falasse com Mona Daa. *Como uma pintura pendurada na parede.*

Alguém abriu uma fresta da porta no patamar acima deles. Um rosto pálido apareceu.

— Ele foi embora?
— Parece que sim. Amundsen?
— Sim.

A luz de dentro do apartamento chegou ao corredor. Eles ouviram um suspiro aterrorizado.

Um senhor idoso veio até eles, cambaleante, enquanto uma senhora que devia ser sua esposa ficou atrás, acompanhando tudo ansiosamente da porta.

— Foi o demônio em pessoa — disse o senhor. — Vejam o que ele fez.
— Por favor, não se aproxime — pediu Truls. — Isso é a cena de um crime. Alguém sabe para onde o criminoso foi?
— Se soubéssemos que ele tinha ido embora, teríamos saído para tentar ajudar — disse o senhor. — Vimos um homem pela janela da sala. Ele saiu do prédio e foi na direção do metrô. Mas não sabemos se foi ele. Porque ele caminhava tranquilamente.
— Há quanto tempo foi isso?
— Quinze minutos, no máximo.
— Como ele era?
— Agora que você está perguntando... — Ele se virou para a esposa, pedindo ajuda.
— Era do tipo comum — respondeu ela.
— Sim — concordou o senhor. — Nem alto nem baixo. Cabelo nem claro nem escuro. Estava de terno.
— Cinza — acrescentou a esposa.

Truls fez um gesto de cabeça para o policial, que passou a falar no rádio preso ao bolso superior da camisa.

— Pedido de reforço. Hovseterveien, 44. Suspeito visto seguindo na direção do metrô há quinze minutos. Aproximadamente um metro e setenta e cinco de altura, possivelmente norueguês, terno cinza.

Fru Amundsen tinha saído de trás da porta. Ela parecia caminhar de modo ainda mais instável que o marido, e arrastava os chinelos no chão ao apontar um dedo trêmulo para a mulher na parede. Truls lembrou-se de um dos aposentados para quem ele retirava a neve. Ergueu a voz.

— Eu disse que não devem se aproximar!

— Mas... — começou a mulher.

— Para dentro! A cena do crime pode ser contaminada. Bateremos na porta de vocês se tivermos perguntas.

— Mas... ela não está morta.

Truls se virou. À luz da porta aberta, viu o pé direito da mulher ter um espasmo. E o pensamento surgiu em sua cabeça antes que pudesse contê-lo. Ela estava infectada. Tinha se tornado uma vampira. E agora estava despertando.

12

Noite de sábado

Ouviu-se um barulho de metal contra metal quando a barra com os pesos se encaixou no suporte acima do banco estreito. Algumas pessoas diziam que era um som insuportável, mas para Mona Daa era como o badalar de sinos. E ela não incomodava ninguém, estava sozinha no Gain Gym. Havia uns seis meses eles tinham começado a funcionar vinte e quatro horas por dia, certamente inspirados nas academias de Nova York e Los Angeles, mas Mona ainda não vira ninguém se exercitando depois da meia-noite. Os noruegueses não trabalham tanto a ponto de ser um problema encontrar tempo para malhar durante o dia. Ela era a exceção. *Queria* ser a exceção. Uma mutante. Porque na evolução é assim: são as exceções que empurram o mundo para a frente. Que aperfeiçoam as coisas.

O telefone tocou, e ela se levantou do banco.

Era Nora. Mona colocou o fone de ouvido e atendeu.

— Você está na *academia*, sua vaca — resmungou a amiga.

— Cheguei agora há pouco.

— Mentira, dá para ver que está aí há quase duas horas.

Mona, Nora e algumas outras amigas da faculdade conseguiam localizar umas às outras pelo GPS do celular; elas haviam ativado um serviço que permitia que seus telefones fossem rastreados voluntariamente. Era algo tanto sociável quanto tranquilizador. Mas Mona não conseguia deixar de pensar que, às vezes, também era um pouco claustrofóbico. Ótimo, tinham uma irmandade profissional, mas não precisavam agir como meninas de 14 anos indo juntas ao banheiro. Estava na hora de entenderem que o mundo estava cheio de oportunidades profissionais para mulheres jovens e inteligentes, e que a única coisa que as limitava era sua própria falta de coragem e ambição, ambição de fazer a diferença, não apenas de ser reconhecida por sua inteligência.

— Odeio você só um pouquinho quando penso em todas as calorias que você está queimando agora — disse Nora. — E eu aqui sentada, me consolando com mais uma piña colada. Escuta...

Mona pensou em tirar o fone do ouvido quando o som do restinho da bebida sendo sugada no canudo feriu seus tímpanos. Nora acreditava que a piña colada era o único antídoto para uma prematura depressão pós-outono.

— Você quer falar alguma coisa, Nora? Porque eu estou no meio de...
— Sim — interrompeu Nora. — Trabalho.

Nora e Mona foram colegas na Faculdade de Jornalismo. Há alguns anos, a faculdade era uma das mais exigentes em termos de aprovação dentre todas as instituições de ensino superior da Noruega, e parecia que o sonho de um em cada dois adolescentes brilhantes era ter sua própria coluna no jornal ou um emprego na televisão. Aquele certamente era o caso de Mona e Nora. A cura do câncer e governar o país eram atribuições para pessoas não tão brilhantes assim. Mas Mona percebeu havia pouco tempo que a Faculdade de Jornalismo contava agora com a concorrência das escolas de ensino médio, que usavam suas verbas governamentais para oferecer aos jovens noruegueses cursos populares de jornalismo, cinema, música e estética corporal, sem dar a mínima atenção ao nível de qualificação de que o país realmente necessitava. Isso significava que o país mais rico do mundo precisava importar seus talentos enquanto os filhos e filhas da nação, estudantes de cinema desempregados e despreocupados, ficavam à toa em casa com um canudo enfiado no milk-shake do Estado assistindo a — e, caso se dessem ao trabalho, fazendo críticas sobre — filmes feitos no exterior. Outro motivo para os pré-requisitos de aprovação serem menos rigorosos era, claro, o fato de os jovens terem descoberto a possibilidade de trabalhar com blogs e, por isso, não precisavam mais se esforçar para ter notas competitivas e conseguir o mesmo espaço oferecido pelas mídias tradicionais, a televisão e os jornais. Mona escrevera sobre isso, sobre a mídia ter deixado de exigir qualificação profissional de seus jornalistas, e o resultado era que aspirantes a repórter não se esforçavam mais para conseguir uma boa vaga. O novo ambiente, com foco crescente em celebridades, reduziu os jornalistas ao papel de fofoqueiros. Mona usou seu próprio jornal, o maior da Noruega, como exemplo. A matéria não foi publicada. "Longa demais", disse o editor, e sugeriu que ela procurasse a editora da revista do jornal. "Bom, se há uma coisa que a suposta imprensa crítica não gosta é de ser criticada", explicou um colega mais receptivo. Mas Mona teve a impressão de que a editora da revista acertou na mosca quando disse: "Mas você não usou nenhuma celebridade como fonte na sua matéria..."

Mona foi até a janela e olhou para o Frognerparken. O tempo estava encoberto e, exceto pelos calçadões iluminados, uma escuridão quase tangível recaía sobre o parque. Era sempre assim no outono, antes que as árvores perdessem as folhas, tudo ficasse mais diáfano e a cidade voltasse a ser dura e fria. Mas, do fim de setembro ao fim de outubro, Oslo era como um ursinho de pelúcia quente e macio que ela não queria deixar de apertar e abraçar.

— Estou ouvindo, Nora.

— É sobre o vampirista.

— Ele vai ser um convidado do seu programa. Você acha que ele participa de programas de variedades?

— Pela última vez, o *Sunday Magazine* é um programa de debates sério. Convidei Harry Hole, mas ele disse não e me contou que Katrine Bratt está à frente da investigação.

— Mas isso não é bom? Você se queixa o tempo todo de como é difícil encontrar uma boa convidada.

— Sim, mas Hole é, tipo, o detetive mais famoso que temos. Você deve se lembrar de quando ele entrou no ar bêbado, ao vivo. Um escândalo, é claro, mas o público adorou!

— Você disse isso a ele?

— Não, mas disse que a televisão precisa de celebridades, e que um rosto famoso pode atrair mais atenção para o trabalho que a polícia faz nesta cidade.

— Engenhoso. E ele não mordeu a isca?

— Disse que se eu o convidasse para participar do *Let's Dance* representando a polícia, ele começaria a praticar foxtrote amanhã. Mas que se tratava de uma investigação de homicídio, e que Katrine Bratt era a pessoa que tinha as informações e que estava habilitada a falar.

Mona riu.

— O que foi?

— Nada. Agora só consigo ver Harry Hole no *Let's Dance*.

— O quê? Você acha que ele falou sério?

Mona riu ainda mais alto.

— Só liguei para saber o que você acha dessa Katrine Bratt, já que você circula nesse meio.

Mona pegou um par de halteres leves no suporte à sua frente e fez alguns exercícios rápidos para manter o sangue circulando e liberar as toxinas dos músculos.

— Bratt é inteligente. E articulada. Um pouco sisuda, talvez.

— Mas você acha que ela teria apelo com o público? Nas imagens das coletivas de imprensa ela me parece um pouco...

— Pálida? Sim, mas ela sabe ter ótima aparência quando quer. Alguns caras da redação dizem que ela é a beldade da polícia. Mas ela é uma dessas mulheres que prefere ter aparência profissional.

— Já estou começando a não gostar dela. E quanto a Hallstein Smith?

— Ah, *esse* tem potencial para ser um de seus convidados. É excêntrico, indiscreto, mas tem seu charme. Pode apostar nele.

— Tudo bem, obrigada. As irmãs sabem se virar, certo?

— Não passamos da idade de dizer essas coisas?

— Sim, mas hoje em dia é irônico.

— Certo. Haha.

— Haha mesmo. E você?

— Eu o quê?

— Ele ainda está por aí.

— Eu sei.

— Quer dizer, literalmente. Hovseter não fica tão longe de Frognerparken.

— Do que você está falando?

— Como assim, você ainda não está sabendo? Ele atacou de novo.

— Porra! — gritou Mona, e de relance viu o rapaz da recepção olhar para ela. — O maldito chefe de redação disse que me ligaria. Ele deu a matéria para outra pessoa. Tchau, Nora.

Mona foi até o vestiário, enfiou as roupas na sacola e desceu correndo as escadas até a rua. Ela caminhava na direção do prédio do VG enquanto procurava por um táxi livre na rua. Teve sorte e viu um parado no sinal vermelho. Ela se atirou no banco de trás e pegou o celular. Encontrou o número de Truls Berntsen. Depois de apenas dois toques, ouviu a estranha risada gutural.

— O que foi? — disse ela.

— Estava me perguntando em quanto tempo você ligaria — respondeu Truls Berntsen.

13

Noite de sábado

— Ela já havia perdido mais de um litro e meio de sangue quando a tiraram de lá — disse o médico ao acompanhar Harry e Katrine pelo corredor do Hospital Ullevål. — Se a mordida tivesse atingido a artéria um pouco mais acima na coxa, onde é mais grossa, não teríamos conseguido salvá-la. E geralmente não permitimos que pacientes no estado em que ela se encontra falem com a polícia, mas como a vida de outras pessoas está em risco...

— Obrigada — disse Katrine. — Não vamos perguntar nada além do estritamente necessário.

O médico abriu a porta e aguardou do lado de fora com Harry, enquanto Katrine se dirigia à cama da paciente. Sentada ao lado dela, estava a enfermeira.

— É impressionante — disse o médico. — Você não acha, Harry?

Harry se virou para ele e arqueou a sobrancelha.

— Você não se importa que eu o chame de Harry, certo? — perguntou o médico. — Oslo é uma cidade pequena, e eu sou médico da sua esposa.

— Sério? Não sabia que a consulta dela era aqui.

— Descobri quando ela preencheu um formulário e vi que você era o cônjuge. Lembrei-me do nome nos jornais.

— Você tem boa memória... — disse Harry, e olhou para o nome no crachá pendurado no jaleco. — ... Dr. John D. Steffens. Porque já faz um bom tempo que os jornais não publicam meu nome. O que você acha impressionante?

— Um ser humano ser capaz de morder a perna de uma mulher daquele jeito. Muita gente acha que o homem moderno tem mandíbulas fracas, mas, em comparação com a maioria dos mamíferos, nós temos uma mordida bem forte. Sabia disso?

— Não.

— Na sua opinião, qual é a força da nossa mordida, Harry?

Depois de alguns segundos, ele percebeu que Steffens esperava mesmo uma resposta.

— Bom, nossos peritos dizem setenta quilos.

— Então você já tem a resposta.

Harry deu de ombros.

— O número não me diz nada. Se tivessem dito 150 eu não teria ficado nem mais nem menos impressionado. E, por falar em números, como você sabe que Penelope Rasch perdeu um litro e meio de sangue? Nunca pensei que pulso e pressão sanguínea fossem indicadores tão precisos.

— Recebi fotografias do local do crime — disse Steffens. — Compro e vendo sangue, então tenho um olhar treinado.

Harry estava prestes a pedir a ele que desse mais explicações a respeito daquilo quando Katrine o chamou com um gesto.

Harry entrou no quarto e parou ao lado dela. O rosto de Penelope Rasch estava tão branco quanto a fronha de travesseiro que o emoldurava. Tinha os olhos abertos, mas seu olhar estava turvo.

— Nós seremos breves, Penelope — disse Katrine. — Conversamos com os policiais que falaram com você no local, então sabemos que você se encontrou com o agressor no centro da cidade pouco tempo antes, que ele a atacou nas escadas e a mordeu com dentes de ferro. Mas você pode nos dizer algo sobre quem ele é? Ele deu mais algum nome além de Vidar? Disse onde mora, onde trabalha?

— Vidar Hansen. Não perguntei onde ele morava — respondeu ela. A voz fez Harry pensar em porcelana frágil. — Ele disse que era artista, mas que trabalhava como vigia.

— Você acreditou?

— Não sei. Ele poderia muito bem ser um vigia. Alguém que tem acesso a chaves, porque ele já tinha entrado no meu apartamento.

— Ah, é?

Parecendo se esforçar muito, Penelope tirou a mão esquerda de baixo das cobertas e a mostrou.

— O anel de noivado que ganhei de Roar. Ele o tirou da gaveta no meu quarto.

Katrine olhava cética para a aliança de ouro.

— Você quer dizer... que ele colocou o anel em você nas escadas?

Penelope assentiu e fechou os olhos com força.

— E a última coisa que ele disse...

— Sim?

— Foi que ele não era como os outros homens, que voltaria e se casaria comigo. — Ela soltou um soluço.

Harry podia ver que Katrine estava abalada, mas continuava focada.

— Como ele era, Penelope?

Penelope abriu a boca, mas voltou a fechá-la. Olhou para os dois com desespero.

— Eu não lembro... devo ter esquecido. Como posso...? — Ela mordeu o lábio inferior, e lágrimas brotaram de seus olhos.

— Tudo bem — disse Katrine. — Não é raro na sua situação, você vai se lembrar das coisas em breve. Você se recorda do que ele estava vestindo?

— Terno. E camisa. Ele abriu os botões da camisa. Ele tem... — Penelope hesitou.

— Sim?

— Uma tatuagem no peito.

Harry viu Katrine prender a respiração.

— Que tipo de tatuagem, Penelope? — perguntou ela.

— Um rosto.

— Como um demônio tentando escapar?

Ela fez que sim. Uma lágrima solitária escorreu por seu rosto. Como se dentro de Penelope não houvesse líquido suficiente para formar duas lágrimas, pensou Harry.

— E foi como se... — Penelope soluçou outra vez. — Como se ele quisesse mostrá-la para mim.

Harry fechou os olhos.

— Ela precisa descansar — disse a enfermeira.

Katrine assentiu e colocou a mão no braço de Penelope, branco como leite.

— Obrigada, Penelope. Você ajudou muito.

Harry e Katrine já estavam de saída quando a enfermeira os chamou de volta. Eles voltaram ao leito.

— Eu me lembro de mais uma coisa — sussurrou Penelope. — Parece que ele fez uma cirurgia no rosto. E eu não consigo parar de pensar...

— No quê? — perguntou Katrine, curvando-se para escutar a voz praticamente inaudível.

— Por que ele não me matou?

Katrine se virou para Harry num pedido de ajuda. Ele respirou fundo, assentiu e aproximou o rosto de Penelope.

— Porque não conseguiu — disse ele. — Porque você não permitiu que ele fizesse isso.

— Bom, agora sabemos com certeza que é ele — disse Katrine enquanto desciam o corredor rumo à saída.

— Hum. E que ele mudou o *modus operandi*. E as preferências.

— Como você se sente?

— Por saber que é ele? — Harry deu de ombros. — Não sinto nada. Ele é um assassino e precisa ser pego. Ponto final.

— Não minta, Harry. Para mim, não. Ele é o motivo de você estar aqui.

— Ele pode matar mais pessoas. Pegá-lo é importante, mas não é pessoal. Tudo bem?

— Se você está dizendo.

— Ótimo.

— Ele disse que voltaria para casar com ela. Você acha que é...

— Uma metáfora? Sim. Ele vai assombrar os sonhos dela.

— Mas isso quer dizer que ele...

— Não tinha a intenção de matá-la.

— Você mentiu.

— Menti. — Harry empurrou a porta, e os dois entraram no carro que os aguardava do lado de fora. Katrine na frente, Harry atrás.

— Para a sede da polícia? — perguntou Anders Wyller do banco do motorista.

— Sim — disse Katrine, pegando o celular que deixara carregando. — Bjørn tinha mandado uma mensagem. As pegadas nas escadas provavelmente haviam sido deixadas por botas de caubói.

— Botas de caubói — repetiu Harry do banco de trás.

— Aquelas com salto e...

— Eu sei o que são botas de caubói. Foram mencionadas por uma das testemunhas.

— Quem? — perguntou Katrine, passando os olhos pelas outras mensagens que havia recebido enquanto estavam no hospital.

— O barman do Jealousy Bar. Mehmet qualquer coisa.

— Devo admitir que sua memória está intacta. Recebi o convite para participar do programa *Sunday Magazine*, para falar sobre o vampirista. — Ela digitou algo no aparelho.

— E?

— Não, é claro. Bellman disse em alto e bom som que quer o mínimo de publicidade.

— Mesmo que o caso já esteja resolvido?

Katrine se virou para Harry.

— O que você quer dizer?

— Primeiro: o chefe de polícia pode se vangloriar em rede nacional de ter resolvido o caso em três dias. E segundo: podemos precisar da publicidade para pegar o cara.

— Nós resolvemos o caso? — Os olhos de Wyller encontraram os de Harry no retrovisor.

— Resolvemos — disse Harry. — Mas não o encerramos.

Wyller se virou para Katrine.

— O que ele quer dizer?

— Sabemos quem é o criminoso, mas a investigação só estará encerrada quando ele for pego pelo braço longo da lei. Mas, neste caso, o braço tem se mostrado bem curto. O sujeito é procurado no mundo todo há quase quatro anos.

— Quem é ele?

Katrine suspirou fundo.

— Eu não consigo dizer o nome. Harry, diga você.

Harry olhava pela janela. Katrine tinha razão, é claro. Ele podia negar, mas estava ali por um único motivo egoísta. Não pelas vítimas, não pelo bem da cidade, não pela reputação da polícia. Nem mesmo pela própria reputação. Por nada além de uma única justificativa: o homem havia escapado. É claro que Harry se sentia culpado por não ter conseguido detê-lo, por todas as vítimas, por cada dia que aquele homem havia passado livre. Mesmo assim, ele só conseguia pensar em pegá-lo. Só conseguia pensar que ele, Harry, precisava pegá-lo. Não sabia o porquê. Será que ele realmente precisava do pior serial killer que já havia encontrado para dar sentido à própria vida? Só Deus sabia. E só Deus sabia se não era o contrário. Se aquele homem não havia saído de seu esconderijo por causa de Harry. Ele tinha riscado um V na porta de Ewa Dolmen, mostrado a tatuagem do demônio para Penelope Rasch. Penelope havia perguntado por que ele não a matou. E Harry mentiu. Ele não a matou porque queria que ela falasse. Queria que relatasse o que viu. Que contasse a Harry o que ele já sabia. Que aquilo era um jogo.

— Tudo bem — disse Harry. — Prefere a versão longa ou a curta?

14

Manhã de domingo

— Valentin Gjertsen — disse Harry Hole, apontando para o rosto que, da tela enorme, encarava a equipe de investigação.

Katrine olhava fixamente para aquele rosto fino. Cabelos castanhos, olhos fundos. Ou pelo menos pareciam fundos, porque ele projetava a testa para a frente, de modo que o flash iluminava seu rosto de um jeito pouco comum. Katrine achava estranho o fotógrafo da polícia ter permitido aquilo. E havia a expressão no rosto dele. As fotografias para as fichas policiais geralmente mostravam medo, confusão ou resignação. Mas Gjertsen parecia satisfeito. Como se soubesse de algo que eles não sabiam. Não sabiam *ainda*.

Harry permitiu que todos analisassem o rosto por alguns instantes antes de prosseguir.

— Aos 16 anos, ele foi acusado de molestar uma menina de 9 depois de atraí-la para um barco a remo. Aos 17, uma vizinha prestou queixa afirmando que ele tentou estuprá-la na lavanderia no porão de casa. Quando tinha 26 anos e cumpria pena por agredir uma menor, Valentin Gjertsen foi ao dentista na Penitenciária de Ila. Ele usou uma broca da própria dentista para forçá-la a tirar as meias de nylon e colocar uma na cabeça. Primeiro estuprou a mulher na cadeira de dentista, depois ateou fogo na meia.

Harry apertou uma tecla no computador, mudando a imagem. Um gemido abafado percorreu a sala, e Katrine viu que mesmo alguns dos detetives mais experientes abaixaram os olhos.

— Não mostro isso por diversão, mas para que vocês saibam com que tipo de indivíduo estão lidando. Ele deixou a dentista viver. Exatamente como fez com Penelope Rasch. E não acredito que tenha sido negligência da parte dele. Acredito que Valentin Gjertsen esteja jogando com a gente.

Harry deu um clique com o mouse, e a imagem anterior de Valentin apareceu, dessa vez tirada do site da Interpol.

— Valentin fugiu de Ila há quase quatro anos de um modo espetacular. Ele espancou outro detento, Judas Johansen, até o sujeito ficar irreconhecível, então tatuou no cadáver o rosto de demônio que tem desenhado no próprio peito. Depois escondeu o corpo na biblioteca onde trabalhava, para que Judas fosse considerado desaparecido quando não aparecesse para a inspeção. Na noite em que escapou, Valentin vestiu suas roupas no morto e o deixou deitado no chão de sua cela. Os carcereiros que encontraram o corpo irreconhecível presumiram que fosse de Valentin e não ficaram muito surpresos. Como qualquer condenado por pedofilia, Valentin Gjertsen era odiado pelos outros detentos. Ninguém pensou em conferir as digitais ou fazer um exame de DNA. Assim, por um bom tempo, acreditamos que Valentin Gjertsen estivesse morto. Até que ele reapareceu, relacionado a outro homicídio. Não sabemos exatamente quantas pessoas ele matou ou agrediu, mas sem dúvida cometeu muito mais crimes do que aqueles pelos quais foi condenado ou considerado suspeito. Sabemos que sua última vítima antes de desaparecer de vez foi a antiga locatária, Irja Jacobsen. — Outro clique. — Esta fotografia é da pensão onde ela se escondia de Valentin. Se eu não estiver enganado, você, Berntsen, foi o primeiro a chegar ao local onde a encontramos estrangulada embaixo de uma pilha de pranchas de surfe infantis. Com desenhos de tubarões, como vocês podem ver.

Um grunhido veio dos fundos da sala de reunião.

— Correto. As pranchas eram mercadoria roubada que os pobres viciados não conseguiram vender.

— Irja Jacobsen provavelmente foi morta porque poderia fornecer à polícia informações sobre Valentin. Isso pode explicar por que é tão difícil alguém abrir a boca sobre o possível paradeiro dele. As pessoas que o conhecem simplesmente não ousam falar. — Harry pigarreou.

— Valentin também não foi encontrado porque fez diversas cirurgias plásticas desde a fuga. A pessoa que vocês veem nesta fotografia não tem a mesma aparência da pessoa que identificamos tempos depois nas imagens granuladas de uma câmera de segurança, feitas durante uma partida de futebol no Estádio de Ullevål. E ele intencionalmente se permitiu ser filmado na ocasião. Como não conseguimos encontrá-lo, suspeitamos que ele tenha feito outras cirurgias depois disso, provavelmente no exterior, porque já investigamos todos os lugares que fazem cirurgia plástica na Escandinávia. Suspeitamos de que ele tenha mudado o rosto outra vez, porque Penelope Rasch não reconheceu Valentin Gjertsen nas fotografias que mostramos a ela. Infelizmente, ela não foi capaz de fazer uma boa descrição dele, e a foto de perfil do suposto Vidar no Tinder provavelmente não é de Gjertsen.

— Tord também checou o perfil do tal Vidar no Facebook — disse Katrine. — Como já esperávamos, é falso, criado recentemente num dispositivo que não conseguimos rastrear. De acordo com Tord, isso sugere que Gjertsen tem certo conhecimento de informática.

— Ou teve ajuda de alguém — completou Harry. — Mas temos uma pessoa que viu e falou com Valentin Gjertsen pouco antes de ele sumir do mapa, há três anos. Ståle não trabalha mais como consultor da Divisão de Homicídios, mas concordou em vir até aqui.

Ståle Aune se levantou, fechando o botão de seu paletó de tweed.

— Por um curto espaço de tempo tive o desprazer de atender a um paciente que dizia se chamar Paul Stavnes. Ele era incomum para um psicopata esquizofrênico, pois tinha consciência da própria doença, até certo ponto, pelo menos. Ele conseguiu me manipular para que eu não percebesse quem ele era ou o que estava fazendo. Até o dia em que deixou a máscara cair por acaso e tentou me matar antes de desaparecer de vez.

— A descrição de Ståle é a base deste retrato falado. — Harry apertou uma tecla no computador. — Isso quer dizer que o desenho também é relativamente antigo, mas pelo menos é melhor que a foto tirada a partir das câmeras de segurança da partida de futebol.

Katrine inclinou a cabeça. O desenho mostrava que o cabelo, o nariz e o formato dos olhos estavam diferentes, e o rosto era mais anguloso do que o da fotografia. Mas o olhar de satisfação ainda estava ali. Suposta satisfação. Como quando *achamos* que um crocodilo está dando um sorriso.

— Como ele se tornou um vampirista? — perguntou uma voz de perto da janela.

— Para começo de conversa, não estou convencido de que vampiristas existam — disse Aune. — Mas é claro que pode haver uma infinidade de motivos para que Valentin Gjertsen beba sangue, embora eu não seja capaz de relacioná-los aqui e agora.

Um longo silêncio se seguiu.

Harry pigarreou novamente.

— Não vimos nenhum sinal de mordidas ou ingestão de sangue em casos anteriores ligados a Gjertsen. E, sim, os criminosos geralmente se restringem a um padrão específico, revisitando as mesmas fantasias vezes a fio.

— Qual a probabilidade de que seja mesmo Valentin Gjertsen? — perguntou Skarre. — E não alguém que tenta se passar por ele?

— É de 89 por cento — respondeu Bjørn Holm.

Skarre riu.

— Exatamente 89?

— Sim. Encontramos pelos nas algemas que ele usou em Penelope Rasch, possivelmente das costas da mão. Com a análise de DNA, não vai demorar até que essa probabilidade se confirme. São os últimos dez por cento que demoram mais. Teremos a resposta em dois dias. As algemas estão disponíveis on-line, é uma réplica de uma peça da Idade Média, diga-se de passagem. Daí o ferro no lugar do aço. Aparentemente popular entre pessoas que gostam de transformar seus ninhos de amor numa masmorra medieval.

Um único riso; um grunhido.

— E os dentes de ferro? — perguntou uma das detetives. — Onde ele pode ter conseguido aquilo?

— Isso é mais complicado — respondeu Bjørn Holm. — Não encontramos ninguém que fabrique dentes assim, não de ferro, pelo menos. Ele deve ter encomendado a peça a um ferreiro. Ou feito por conta própria. Com certeza é algo inédito, porque nunca vimos ninguém usar uma arma assim antes.

— Novo padrão de comportamento — disse Aune, desabotoando o paletó para libertar a barriga. — Dificilmente acontecem mudanças significativas de comportamento. Os seres humanos são conhecidos pela insistência em cometer os mesmos erros repetidamente, mesmo depois de aprenderem novas informações. Essa é a minha opinião, mas ela se tornou tão consensual entre os psicólogos que foi chamada de Tese de Aune. Quando vemos indivíduos mudarem de comportamento, em geral, há relação com mudanças no ambiente, algo a que o indivíduo está se adaptando. Mas a motivação implícita para sua conduta continua a mesma. Não é estranho que um criminoso sexual descubra novas fantasias e novos prazeres, mas isso acontece porque suas preferências gradualmente se refinam, não porque o indivíduo esteja passando por uma mudança importante. Quando eu era adolescente, meu pai dizia que, quando eu ficasse mais velho, começaria a gostar de Beethoven. Naquela época, eu odiava Beethoven e tinha certeza de que ele estava enganado. Mesmo ainda jovem, Valentin Gjertsen tinha um apetite sexual diverso. Ele estuprou meninas e mulheres, possivelmente meninos e nenhum homem adulto até onde sabemos, mas isso pode ter acontecido por motivos práticos, já que homens têm mais chances de conseguir se defender. Pedofilia, necrofilia, sadismo, tudo isso estava no cardápio de Valentin Gjertsen. Nos registros de crimes com motivação sexual da Polícia de Oslo, ele só vem atrás de Svein Finne, o "Noivo". O fato de estar adquirindo um gosto por sangue significa meramente que está disposto a tentar novas experiências. Digo "adquirindo" porque certas observações, como o fato de ele ter acrescentado limão, sugerem que Valentin Gjertsen está experimentando o sangue, não que é obcecado por ele.

— Não é obcecado? — perguntou Skarre. — Mas ele está matando uma vítima por dia! Enquanto estamos aqui sentados ele provavelmente está caçando por aí. Você não acha, professor? — Ele pronunciou o título sem tentar dissimular o sarcasmo.

Aune abriu os braços curtos.

— Novamente, eu não sei. Nós não sabemos. Ninguém sabe.

— Valentin Gjertsen — disse Mikael Bellman. — Temos certeza absoluta, Bratt? Se tivermos, me dê dez minutos para pensar. Sim, eu sei que é urgente.

Bellman encerrou a ligação e colocou o celular na mesa. Isabelle havia acabado de dizer que a mesa era feita de vidro soprado da ClassiCon, comprada por mais de cinquenta mil coroas. Ela preferia ter algumas poucas peças de qualidade a encher seu novo apartamento de porcaria. De onde estava sentado, ele conseguia ver uma praia artificial e as balsas indo e vindo pelo fiorde de Oslo. Ventos fortes fustigavam a água quase violeta ao longe.

— Então? — perguntou Isabelle, deitada na cama atrás dele.

— A inspetora responsável pelo caso quer saber se aceita ou não participar do *Sunday Magazine* desta noite. O programa, obviamente, falará sobre os assassinatos do vampirista. Nós sabemos quem é o criminoso, mas não onde ele está.

— Simples — disse Isabelle Skøyen. — Se já tivessem prendido esse homem, você mesmo deveria ir. Mas como é um sucesso apenas parcial, você deve mandar sua representante. Lembre-a de dizer "nós", e não "eu". E não seria ruim se ela sugerisse que o assassino pode ter conseguido atravessar a fronteira.

— A fronteira? Por quê?

Isabelle Skøyen suspirou.

— Não finja ser mais burro do que é, querido, porque isso é irritante.

Bellman foi até a porta da varanda. Ficou ali parado, observando os turistas de domingo seguirem na direção de Tjuvholmen. Alguns para visitar o Museu de Arte Moderna Astrup Fearnley, alguns para admirar a arquitetura hipermoderna e beber *cappuccino* caro. E outros para sonhar com os apartamentos com preços exorbitantes que ainda estavam à venda. Ele tinha lido que o museu havia exposto uma Mercedes com um cocô humano grande e marrom no capô, no lugar da estrela que é o símbolo da marca. Tudo bem, para certas pessoas excremento era sinônimo de status. Outras precisavam do apartamento mais caro, do carro mais moderno ou do iate mais espaçoso para se sentirem bem. E havia ainda pessoas — como Isabelle e ele próprio — que queriam absolutamente tudo: poder, mas sem suas obrigações sufocantes. Admiração e respeito, mas com anonimato suficiente para circularem com liberdade. Família, para oferecer estabilidade e ajudar na perpetuação dos genes, mas também sexo fora das quatro paredes de casa. O apartamento e o carro. *E* excrementos.

— Você acredita que, se Valentin Gjertsen ficar sumido por algum tempo, o público vai pensar que ele saiu do país, não que a Polícia de Oslo foi incapaz de pegá-lo — disse Bellman. — Mas *se* conseguirmos pegá-lo, nós fomos espertos. E se ele cometer outro assassinato, tudo o que dissemos será esquecido de qualquer forma.

Ele se virou para ela. Não sabia por que Isabelle decidira colocar sua enorme cama de casal na sala, quando tinha um quarto mais do que adequado. Além do mais, ela estava ciente de que os vizinhos podiam ver o interior do aposento. Mas Bellman suspeitava de que fora exatamente esse o motivo. Isabelle Skøyen era uma mulher grande. Suas pernas longas e poderosas estavam esparramadas sob o lençol de seda dourado, que cobria seu corpo sexy. A simples visão o deixava pronto para o sexo de novo.

— Apenas uma palavra, e você semeou a ideia de ele ter deixado o país — comentou ela. — Em psicologia, chamam isso de ancoragem. É simples, e sempre funciona. Porque as pessoas *são* simples. — Os olhos de Isabelle percorreram o corpo de Bellman, e ela sorriu. — Principalmente os homens.

Ela atirou o lençol de seda no chão.

Bellman olhou para ela. Às vezes achava que gostava mais de olhar para aquele corpo do que tocá-lo, o contrário de como se sentia em relação à esposa. O que era estranho, porque o corpo de Ulla, tecnicamente falando, era mais bonito que o de Isabelle. Mas os desejos violentos e impulsivos de Isabelle o excitavam bem mais que a ternura de sua mulher e seus orgasmos serenos, pontuados por gemidos.

— Masturbe-se — ordenou ela, abrindo as pernas de modo que os joelhos lembrassem as asas semiabertas de uma ave de rapina, e levou dois de seus dedos compridos à vagina.

Ele fez o que ela pediu. Fechou os olhos. E ouviu a mesa de vidro zumbir. Droga, havia se esquecido de Katrine Bratt. Ele pegou o telefone e atendeu a ligação.

— Sim?

A voz feminina do outro lado da linha disse alguma coisa, mas Mikael não conseguiu ouvir porque uma balsa apitou no mesmo instante.

— A resposta é sim — gritou ele impaciente. — Você vai participar do *Sunday Magazine*. Estou ocupado, mas entrarei em contato mais tarde para dar instruções.

— Sou eu.
Mikael Bellman teve um sobressalto.
— Querida, é você? Achei que fosse Katrine Bratt.
— Onde você está?
— Onde? No trabalho, é claro.
E na longa pausa que se seguiu, ele concluiu que a esposa obviamente havia ouvido o som da balsa, e por isso fez a pergunta. Ele expirou forte pela boca e olhou para a ereção em queda livre.
— O jantar só vai ficar pronto depois das cinco e meia — disse ela.
— Tudo bem — respondeu ele. — O que...
— Carne — disse Ulla, e desligou.

Harry e Anders Wyller saíram do carro em frente ao número 33 da Jøssingveien. Harry acendeu um cigarro e olhou para o prédio de tijolos vermelhos rodeado por uma cerca alta. Os dois haviam saído da sede da polícia debaixo de sol e em meio a resplandecentes cores outonais, mas no caminho as nuvens começaram a surgir e agora avultavam sobre as montanhas, formando um teto acinzentado e sugando a cor da paisagem.
— Então essa é a Penitenciária de Ila.
Harry assentiu e deu uma tragada profunda.
— Por que o chamam de "O Noivo"?
— Porque ele engravidava as vítimas que estuprava e as fazia prometer que teriam o bebê.
— Senão...
— Senão voltaria e faria ele mesmo uma cesariana. — Harry deu uma última tragada, esfregou o cigarro no maço e enfiou a guimba ali dentro. — Vamos acabar com isso.

— Pelo regulamento, não podemos deixá-lo algemado, mas ficaremos de olho pela câmera de segurança — disse o guarda que abriu a porta para os dois e os levou até o fim do longo corredor, com portas de aço pintadas de cinza dos dois lados. — Uma de nossas regras é nunca ficarmos a menos de um metro dele.
— Céus — disse Wyller. — Ele ataca vocês?
— Não — disse o guarda, enfiando uma chave na fechadura da última porta. — Svein Finne não teve uma única repreensão nos vinte anos em que está aqui.

— Mas?
O guarda deu de ombros e virou a chave.
— Acho que você vai entender o que estou dizendo.
Ele abriu a porta e deu um passo para o lado, e Wyller e Harry entraram na cela.
O homem sentado na cama estava envolto em sombras.
— Finne — disse Harry.
— Hole. — A voz vinda da escuridão soava como pedra britada.
Harry fez um gesto em direção à única cadeira na cela.
— Tudo bem se eu sentar?
— Se você acha que tem tempo para isso... Ouvi dizer que anda ocupado.
Harry se sentou. Wyller ficou de pé atrás dele, junto à porta.
— Hum. É ele?
— De quem você está falando?
— Você sabe.
— Responderei a sua pergunta se você, por sua vez, me der uma resposta sincera. Você sentiu falta disso?
— Senti falta do quê, Svein?
— De ter um adversário à sua altura? Como teve comigo?
O homem na escuridão se curvou para a frente, e seu rosto foi iluminado pela claridade que entrava pela janela no alto da parede. Harry escutou a respiração de Wyller mais rápida às suas costas. As barras lançavam tiras de sombra num rosto cheio de cicatrizes de espinhas, a pele morena curtida. Era coberto de rugas, tão fundas e próximas umas das outras que davam a impressão de terem sido talhadas a faca até o osso. Ele usava um lenço vermelho amarrado na testa, como um índio americano, e seus lábios grossos e úmidos eram emoldurados por um bigode. Suas pequenas pupilas pareciam enraizadas nas íris castanhas, e o branco de seus olhos parecia amarelado, mas ele tinha o corpo rijo e musculoso de um jovem de vinte anos. Harry fez as contas. Svein Finne, "O Noivo", já devia estar com 75 anos.
— Ninguém esquece a primeira vez. Não é verdade, Hole? O meu nome sempre estará no topo da sua lista de realizações. Tirei sua virgindade, não foi? — A risada dele mais parecia um gargarejo feito com cascalho.

— Bem... — disse Harry, cruzando os braços. — Se a minha honestidade for o preço pela sua, então a resposta é que não sinto falta disso. E jamais esquecerei você, Svein Finne. Nem das pessoas que você mutilou e matou. Vocês todos me visitam à noite com certa frequência.

— A mim também. Elas são muito fiéis, as minhas noivas. — Os lábios grossos de Finne se entreabriram quando ele sorriu, e ele cobriu o olho direito com a mão direita. Harry ouviu Wyller dar um passo para trás e trombar com a porta. Finne olhava para ele através do buraco em sua mão, grande o bastante para passar uma bola de golfe. — Não tenha medo, filho. É o seu chefe que você deve temer. Ele era tão jovem quanto você, e eu já estava no chão, indefeso. Mesmo assim, ele pressionou a pistola contra minha mão e disparou. Seu chefe tem um coração obscuro, meu rapaz. Nunca se esqueça disso. E agora ele está com sede outra vez. Exatamente como o outro lá fora. E a sede dele é como um incêndio, por isso você precisa *extingui-la*. Mas, até ser extinta, ela continuará a crescer, devorando tudo que toca. Não é verdade, Hole?

Harry pigarreou.

— Sua vez, Finne. Onde Valentin está escondido?

— Vocês já vieram aqui me perguntar isso, e eu serei forçado a repetir. Mal falava com Valentin no tempo em que ele passou aqui. E já faz quase quatro anos que ele fugiu.

— Os métodos dele são semelhantes aos seus. Há quem diga que você ensinou algumas coisas a ele.

— Tolice. Valentin já nasceu sabendo. Acredite.

— Onde você se esconderia se fosse ele?

— Perto o bastante para estar na sua mira, Hole. Mas, desta vez, eu estaria pronto para você.

— Ele mora na cidade? Circula pela cidade? Tem uma nova identidade? Está trabalhando sozinho ou tem ajuda?

— Ele está agindo de modo diferente agora, não? Morde as vítimas e bebe o sangue. Talvez não seja Valentin.

— É Valentin. Como posso pegá-lo?

— Você não vai pegá-lo.

— Não?

— Ele prefere morrer a acabar aqui outra vez. A imaginação nunca foi o suficiente para ele, ele precisa *agir*.

— Parece que você o conhece, no final das contas.
— Eu sei como ele é.
— Igual a você? Com hormônios infernais?
O velho deu de ombros.
— Todo mundo sabe que a escolha moral é uma ilusão, que a química cerebral é o que guia o seu comportamento e o meu, Hole. Algumas pessoas são diagnosticadas com TDAH ou transtorno de ansiedade e são tratadas com medicamentos, além de contarem com a empatia da sociedade. Outras são identificadas como criminosas e cruéis e são trancafiadas. Mas, no fundo, trata-se da mesma coisa. Uma sórdida mistura de substâncias no cérebro. E eu concordo que devemos ser trancafiados. Nós estupramos suas filhas, pelo amor de Deus. — Finne soltou uma risada rouca. — Então nos tirem das ruas, ameacem nos punir para não seguirmos as ordens dadas pelas substâncias no nosso cérebro. Mas isso acaba se tornando patético porque vocês são tão fracos que precisam de uma justificativa moral para nos trancafiar. Criam uma história cheia de mentiras sobre livre-arbítrio e punição divina que se encaixa num sistema de justiça divina baseado numa moralidade universal e imutável. Mas a moralidade não é nem pode ser imutável ou universal, Hole; ela é inteiramente dependente do tempo. Homens trepando com outros homens era algo completamente aceitável alguns milhares de anos atrás, mas depois eles foram jogados na prisão. Agora os políticos desfilam com seus companheiros pelas ruas. Tudo é decidido de acordo com o que a sociedade precisa ou não precisa em determinado momento. A moral é flexível e prática. O meu problema é que nasci num tempo e num país onde homens que espalham sua semente por aí deliberadamente são indesejáveis. Mas depois de uma pandemia, com a espécie voltando a se reerguer, Svein Finne, "O Noivo", teria sido um pilar da comunidade e o salvador da humanidade. Você não acha, Hole?

— Você estuprava mulheres e as coagia a terem filhos seus — disse Harry. — Valentin as mata. Por que você não quer me ajudar a pegá-lo?

— Não estou sendo útil?

— Você está me dando respostas genéricas e filosofia moral requentada. Se nos ajudar, farei o possível junto ao comitê da condicional.

Harry ouviu Wyller mexer os pés.

— Jura? — Finne cofiou o bigode. — Apesar de saber que eu voltaria a estuprar mulheres assim que saísse da prisão? Imagino que pegar Valentin seja muito importante para você, já que está pronto para sacrificar a honra de tantas mulheres inocentes. Mas acredito que você não tenha escolha. — Ele bateu o indicador na têmpora. — Química.

Harry não respondeu.

— Enfim — continuou Finne. — Para começar, a minha sentença termina no primeiro sábado de março do ano que vem, então está um pouco tarde para uma redução de pena. E, há algumas semanas, eu fui lá fora e, quer saber? Eu quis voltar para cá. Então, obrigado por sua oferta, mas não, obrigado. Mas me diga como vai você, Hole. Ouvi dizer que se casou. E que tem um enteado, certo? Você mora num lugar seguro?

— Isso é tudo que você tem para dizer, Finne?

— Sim. Mas acompanharei o progresso de vocês com muito interesse.

— Meu e de Valentin?

— Seu e da sua família. Espero vê-los no comitê de boas-vindas quando eu for solto. — A risada de Finn evoluiu para uma tosse encatarrada.

Harry se levantou e gesticulou para Wyller bater na porta.

— Obrigado por seu tempo precioso, Finne.

Finne ergueu a mão direita à frente do rosto e acenou.

— Voltaremos a nos ver, Hole. Foi bom conversar sobre p-planos futuros.

Harry viu o sorriso surgir e desaparecer atrás do buraco na mão dele.

15

Noite de domingo

Rakel estava sentada à mesa da cozinha. A dor, sufocada pelo barulho e pela distração de trabalhos urgentes, era difícil de ser ignorada sempre que ela parava. Ela coçou o braço. A vermelhidão era praticamente imperceptível na noite anterior. Quando o médico perguntou se estava urinando regularmente ela respondeu um sim automático, mas agora, pensando bem, percebeu que praticamente não havia ido ao banheiro nos dois últimos dias. E havia a respiração. Como se ela estivesse fora de forma, o que definitivamente não era o caso.

Ela ouviu um barulho de chaves na porta da rua e se levantou.

A porta abriu, e Harry entrou. Tinha o semblante pálido e cansado.

— Só passei aqui para trocar de roupa — disse ele, fazendo uma carícia no rosto dela e seguindo para a escada.

— Como estão as coisas? — perguntou Rakel quando ele desapareceu escada acima a caminho do quarto.

— Bem — respondeu ele. — Já sabemos quem é.

— Hora de voltar para casa, então? — comentou ela sem muito entusiasmo.

— O quê? — Ela ouviu ruídos no piso e pensou que Harry deveria estar tirando a calça como um menino ou um bêbado.

— Se você e esse seu cérebro enorme já resolveram o caso...

— O problema é justamente esse. — Harry apareceu no vão da porta no topo da escada. Tinha vestido um suéter de lã fino e, encostado no batente, calçava um par de meias de lã finas. Rakel já havia brincado com ele por causa daquilo, tinha dito que apenas velhos ainda insistiam em usar lã o ano todo. Harry respondeu que a melhor estratégia de sobrevivência é sempre copiar os mais experientes, porque, afinal de contas, eles são os vencedores, os sobreviventes. — Eu não resolvi o caso. Ele escolheu se revelar. — Harry se empertigou e tateou os bolsos. — Chaves — disse, e voltou a sumir quarto adentro. — Conheci o Dr. Steffens no Ullevål. Ele disse que está *tratando* você.

— É mesmo? Querido, acho que você devia tentar dormir um pouco. Suas chaves ainda estão na porta aqui embaixo.

— Eu entendi que ele tinha apenas examinado você.

— Qual é a diferença?

Harry desceu correndo as escadas e a abraçou.

— *Examinado* está no passado — sussurrou ele no ouvido dela. — *Tratando*, no presente. E, até onde eu sei, o tratamento vem depois que um exame revela alguma coisa.

Rakel riu.

— São só dores de cabeça, Harry. E o tratamento se chama paracetamol.

Ele a segurou à sua frente e olhou nos olhos dela.

— Você não esconderia nada de mim, esconderia?

— E agora você tem tempo para ficar de papo furado? — Rakel se aninhou nele, afastou a dor para longe, mordeu a orelha de Harry e o empurrou em direção à porta. — Vá e termine o seu trabalho, depois volte direto para mim. Se não, eu imprimo um homem caseiro 3D de plástico branco.

Harry sorriu e foi até a porta. Tirou as chaves da fechadura. Parou e olhou para elas.

— O que foi? — perguntou Rakel.

— Ele tinha a chave do apartamento de Elise Hermansen — disse Harry, batendo a porta do carona. — E possivelmente também do apartamento de Ewa Dolmen.

— Sério? — perguntou Wyller, soltando o freio de mão e descendo o acesso da garagem. — Nós visitamos todos os chaveiros da cidade, e nenhum deles fez cópias de chaves daqueles prédios.

— Isso porque o próprio Valentin fez as chaves. De plástico branco.

— Plástico branco?

— Usando uma impressora 3D que custa quinze mil coroas e cabe na sua escrivaninha. Ele só precisava ter acesso à chave original por alguns segundos. Ele pode tê-la fotografado ou feito um molde, e então criado um arquivo 3D. Quando Elise Hermansen chegou em casa, ele já estava dentro do apartamento. Por isso ela passou o trinco pega-ladrão. Pensou que estivesse sozinha.

— E como você acha que ele teve acesso às chaves dela? Nenhum dos prédios onde as vítimas moravam contava com uma empresa de segurança, ambos têm vigia próprio. Eles têm álibi e juram que não emprestaram as chaves a ninguém.

— Eu sei. Não sei *como* aconteceu, apenas que *aconteceu*.

Harry não precisava olhar para o jovem colega para saber que Wyller estava cético. Havia centenas de explicações para o trinco pega-ladrão na porta da casa de Elise Hermansen. Harry não descartava nenhuma hipótese. Tresko, seu amigo jogador de pôquer, dizia que entender as probabilidades e as regras do jogo eram a coisa mais fácil do mundo. O que separava os jogadores bem-sucedidos dos não tão bem-sucedidos assim era a habilidade de entender o raciocínio de seus oponentes, e isso implicava assimilar muitas informações; era como ouvir uma resposta sussurrada no meio de uma avalanche. Talvez a situação fosse essa. Em meio à avalanche de coisas que sabia sobre Valentin Gjertsen, todos os relatórios, toda sua experiência com serial killers, todos os fantasmas de vítimas de homicídio que não conseguiu salvar ao longo dos anos, ele escutava sussurros. A voz de Valentin Gjertsen. Dizendo que ele as atacou dentro do território delas. Que ele estava dentro do campo de visão delas.

Harry tirou o telefone do bolso. Katrine atendeu no segundo toque.

— Estou na maquiagem.

— Acho que Valentin tem uma impressora 3D. E que isso pode nos levar a ele.

— Como?

— As lojas que vendem equipamentos eletrônicos registram o nome e o endereço do cliente se o preço da compra for superior a um certo valor. Só existem cerca de duas mil impressoras 3D na Noruega. Se todos na equipe pararem o que estão fazendo, poderemos verificar essas informações em um dia e checar 95 por cento dos compradores em dois dias. Provavelmente teríamos uma lista de uns vinte nomes. Podemos descobrir nomes falsos ou pseudônimos se o nome não bater com o que está registrado no endereço citado ou se telefonarmos e alguém negar que comprou uma impressora 3D. A maioria das lojas que vende equipamentos eletrônicos tem câmeras de segurança, então podemos conferir pessoas suspeitas de acordo com a hora da compra. Não há motivo para ele não ter ido a uma loja perto de casa, então isso delimitará nossa área de busca. E, ao divulgar as imagens das câmeras de segurança, podemos pedir ao público para nos ajudar, nos apontar a direção certa.

— De onde surgiu essa ideia de impressora 3D, Harry?

— Eu estava conversando com Oleg sobre impressoras e armas e...

— Parar todo o trabalho, Harry? Para nos concentrarmos em algo que lhe ocorreu enquanto você conversava com Oleg?

— Isso.

— Esse é exatamente o tipo de abordagem que você deveria estar explorando com sua equipe de guerrilha, Harry.

— A equipe em que sou o único integrante. E preciso dos seus recursos.

Harry ouviu Katrine cair na risada.

— Se você não fosse Harry Hole, eu já teria desligado.

— Que bom que eu sou, então. Escute, estamos procurando Valentin Gjertsen há quatro anos. Essa é a única pista nova que temos.

— Deixe eu pensar nisso depois do programa. É ao vivo, e minha cabeça está cheia do que preciso lembrar de dizer e não dizer. E, sinceramente, meu estômago está revirado.

— Hum.

— Alguma dica para uma iniciante na televisão?

— Relaxe e seja descontraída, simpática e espirituosa.

Ele ouviu a risada dela.

— Como você costumava ser?

— Eu não era nada disso. Ah, sim. E não beba.

Harry colocou o telefone de volta no bolso da jaqueta. Estavam perto daquele lugar. O cruzamento da Slemdalsveien com a Rasmus Winderens vei, em Vinderen. O sinal ficou vermelho. Eles pararam. E

Harry não conseguiu deixar de olhar. Nunca conseguia. Ele olhou para a plataforma do outro lado dos trilhos do metrô. O local onde, uma vida atrás, ele perdeu o controle da viatura durante uma perseguição, atravessou os trilhos e acertou o concreto. O policial que estava no banco do carona morreu. O quanto ele tinha bebido? Não o obrigaram a fazer o teste do bafômetro, e o laudo oficial dizia que estava no banco do carona, não dirigindo. Tudo pelo bem da corporação.

— Você fazia isso para salvar vidas?
— O quê? — perguntou Harry.
— Trabalhar na Homicídios — disse Wyller. — Ou para pegar assassinos?
— Hum. Você está se referindo ao que o Noivo disse?
— Eu me lembro das suas aulas. Achei que você fosse detetive de homicídios simplesmente porque gostava do trabalho.
— Jura?

Harry deu de ombros quando o sinal abriu. Continuaram rumo a Majorstua e à escuridão da noite, que, do Caldeirão de Oslo, parecia vir de encontro a eles.

— Pode me deixar no bar — disse Harry. — Aquele aonde foi a primeira vítima.

Katrine estava nos bastidores olhando para a pequena ilha deserta no centro do círculo de luz. A ilha era uma plataforma preta com três cadeiras e uma mesa. Numa dessas cadeiras estava sentado o apresentador do programa *Sunday Magazine*, que se preparava para recebê-la como a primeira convidada da noite. Katrine tentou não pensar em todos os olhares voltados para ela. No coração martelando no peito. No fato de que Valentin estava lá fora naquele exato momento, e que não havia nada que pudessem fazer a respeito, apesar de saberem perfeitamente que ele era o culpado. Em vez disso, ela repetia o que Bellman havia dito: seja convincente e firme quando disser que o caso está resolvido, mas que o assassino ainda está foragido e que há a possibilidade de ele ter deixado o país.

Katrine olhou para o diretor, que usava grandes fones de ouvido e estava de pé entre as câmeras e a ilha, com uma prancheta nas mãos. Ele gritou que a transmissão começaria em dez segundos e iniciou a contagem regressiva. E então algo banal que havia acontecido mais cedo naquele dia surgiu na cabeça dela. Talvez porque estivesse exausta e nervosa, talvez porque o cérebro busque refúgio em coisas banais quando deveria se concentrar em coisas aterrorizantes, esmagadoras. Ela foi visitar Bjørn Holm na Perícia Técnica para pedir a ele que apressasse a análise das provas que encontraram na escadaria, a fim de usá-las na televisão e ser mais convincente. Naturalmente, não havia muita gente por lá num domingo, e todos estavam trabalhando nos assassinatos do vampirista. Talvez o fato de o departamento estar vazio tenha sido o motivo de aquela situação ter ficado gravada na mente de Katrine. Quando entrou de supetão na sala de Bjørn, como sempre fazia, viu uma mulher ao lado dele em sua cadeira, quase debruçada em cima dele. E um deles deve ter dito algo engraçado, porque os dois riam. Quando se viraram para Katrine, ela notou que se tratava da recém-nomeada diretora da Perícia Técnica, uma tal de Lien. Katrine lembrava-se de Bjørn ter mencionado a nomeação e de ter pensado que a mulher era jovem e inexperiente demais para o cargo, e que Bjørn devia ter ficado com a posição. Ou melhor: Bjørn devia ter *aceitado* o cargo, porque havia recebido a proposta. Mas a resposta foi um clássico de Bjørn Holm: por que perder um bom perito criminal para ganhar um chefe ruim? Vendo por esse lado, *fru* ou *frøken* Lien foi uma boa escolha, porque Katrine nunca ouvira falar de alguém chamado Lien que tenha se destacado numa investigação. Quando Katrine pediu pressa nos resultados, Bjørn calmamente respondeu que era preciso falar com a chefe, que ela decidia as prioridades. A tal de Lien deu um sorriso ambíguo e disse que falaria com os outros peritos e veria o que já tinham pronto. Katrine levantou a voz e disse que "ver" não era o bastante, que os assassinatos do vampirista eram a prioridade agora, e qualquer pessoa com o mínimo de experiência entendia aquilo. E ficaria mal na televisão se ela fosse forçada a dizer que não podia responder às perguntas porque a nova diretora da Perícia Técnica não achava que aquilo fosse importante.

E Berna Lien — sim, era esse o nome, e ela parecia um pouco com a Bernadette de *The Big Bang Theory*, baixinha, de óculos e com seios grandes demais — respondeu: "E se eu priorizar isso, você *promete* não contar a ninguém que eu não acho o caso de abuso infantil em Aker ou os assassinatos com motivação religiosa em Stovner tão importantes assim?" Katrine só notou que o tom de súplica era uma ironia quando Lien voltou a usar sua voz normal, séria: "Óbvio que concordo com você que é extremamente urgente evitar mais assassinatos, Bratt. E é isso, e não o fato de você aparecer na televisão, que importa aqui. Entro em contato com você em vinte minutos, tudo bem?"

Katrine se limitou a assentir e foi embora. Ela foi direto para a sede da polícia, trancou-se no banheiro e limpou a maquiagem que havia passado antes de ir à Perícia Técnica.

A música de abertura do programa começou a tocar, e o apresentador — que já se sentava empertigado — aprumou-se ainda mais na cadeira enquanto aquecia os músculos faciais com sorrisos exagerados que dificilmente precisaria dar ao vivo, levando-se em consideração o tema do programa daquela noite.

Katrine sentiu o telefone vibrar no bolso da calça. Como inspetora à frente de uma investigação, precisava estar acessível a qualquer hora do dia, e ignorou a exigência de desligar o telefone durante a transmissão. Era uma mensagem de texto de Bjørn.

Identificamos as digitais encontradas na porta do prédio de Penelope. Valentin Gjertsen. Estou assistindo. Boa sorte.

Katrine assentiu para a jovem ao seu lado, que mais uma vez explicava que deveria ir na direção do apresentador assim que ouvisse o seu nome e indicava em qual cadeira deveria se sentar. Boa sorte. Como se estivesse prestes a subir no palco. Katrine percebeu que sorria por dentro.

Assim que passou pela porta do Jealousy Bar, Harry se deteve. E concluiu que o som da multidão não era real. Porque, a não ser que houvesse gente escondida nos reservados dispostos ao longo da parede, ele era o único cliente. Então viu a partida de futebol na televisão do outro lado do balcão. Ele se sentou num dos bancos e começou a assistir ao jogo.

— Beşiktaş × Galatasaray. — O barman sorriu.

— Times turcos — disse Harry.

— Sim — respondeu o barman. — Tem interesse neles?

— Não exatamente.

— Tudo bem. É uma loucura, de qualquer forma. Na Turquia, se você torce para o time visitante e ele vence, é melhor ir embora correndo para não levar um tiro.

— Hum. Diferenças religiosas ou questões de classe?

O barman parou de polir os copos e olhou para Harry.

— Não. Tudo se resume a vencer.

Harry deu de ombros.

— É claro. Meu nome é Harry Hole, eu sou... *fui* detetive da Divisão de Homicídios. Estou de volta para...

— Elise Hermansen.

— Exato. Li no seu depoimento que um dos seus clientes calçava botas de caubói no dia em que Elise teve um encontro aqui.

— Sim.

— Você pode me dizer mais alguma coisa sobre ele?

— Acho que não. Porque, se me lembro bem, ele entrou logo depois de Elise Hermansen e se sentou naquele reservado ali.

— Você olhou para ele?

— Sim, mas não por tempo suficiente ou com atenção suficiente para fazer uma descrição. Daqui do balcão não consigo ver dentro dos reservados, e ele não fez qualquer pedido. E, do nada, sumiu. Isso acontece com alguma frequência. Talvez pensem que esse lugar é parado demais. É assim com bares, você precisa de uma multidão para atrair uma multidão. Mas eu não vi quando ele saiu, então não me preocupei com isso. Enfim, ela foi assassinada dentro do próprio apartamento, não foi?

— Foi.

— Você acha que ele pode tê-la seguido?

— É uma possibilidade, pelo menos. — Harry olhou para o barman. — Mehmet, não é?

— Isso.

Por algum motivo, Harry simpatizou com o sujeito, então decidiu abrir o jogo e dizer o que pensava.

— Se não gosto do ambiente de um bar, dou meia-volta ainda na porta. Se eu entro, peço alguma coisa. Não fico só sentado em um reservado. Ele pode ter seguido Elise até aqui e, depois de estudar a situação e notar que ela provavelmente voltaria logo para casa sem o cara, pode ter ido até o apartamento dela e a esperado.

— Sério? Que homem doente. Pobre garota. E, por falar em pobres coitados, aí vem o sujeito que se encontrou com ela naquela noite. — Mehmet fez um gesto com a cabeça na direção da porta, e Harry se virou. A torcida do Galatasaray havia abafado a entrada de um homem careca e um pouco acima do peso vestindo colete acolchoado e camisa preta. Ele puxou um banco e assentiu para o barman com a expressão tensa.

— Uma das grandes.

— Geir Sølle? — perguntou Harry.

— De preferência, não — disse o homem, inexpressivo, com uma risada sem qualquer humor. — Jornalista?

— Polícia. Gostaria de saber se você reconhece este homem. — Harry colocou uma cópia do retrato falado de Valentin Gjertsen sobre o balcão. — Ele provavelmente passou por várias cirurgias plásticas desde que o desenho foi feito, então use a imaginação.

Mehmet e Sølle estudaram o retrato. Ambos fizeram que não com a cabeça.

— Quer saber, esqueça a cerveja — disse Sølle. — Acabei de lembrar que preciso ir embora.

— Como você pode ver, eu já a servi — disse Mehmet.

— Preciso passear com o cachorro. Dê a cerveja ao nosso policial aqui, ele parece estar com sede.

— Uma última pergunta, Sølle. No seu depoimento, você disse que Elise mencionou um sujeito que a seguia e ameaçava os homens com quem ela se encontrava. Você teve a impressão de que isso fosse verdade?

— Verdade?

— De que não foi algo que ela disse apenas para se livrar de você.

— Ah, certo. Não sei, diga você. Talvez ela tivesse métodos para se livrar dos sapos. — A tentativa de sorriso de Geir Sølle deu lugar a uma careta. — Como eu.

— E você acha que ela precisou beijar muitos sapos?

— O Tinder pode ser decepcionante, mas nunca devemos perder a esperança, certo?

— Esse homem, você teve a impressão de que ele era apenas um doido qualquer ou alguém com quem ela teve um relacionamento?

— Não. — Geir subiu o zíper do colete até o queixo, apesar de estar apenas fresco do lado de fora. — Eu vou indo.

— Um homem com quem ela teve um relacionamento? — perguntou o barman, dando o troco. — Achei que esses assassinatos fossem apenas pelo sangue. E pelo sexo.

— Talvez — disse Harry. — Mas, geralmente, trata-se de ciúmes.

— E se não for isso?

— Então pode ser o que você disse antes.

— Sangue e sexo?

— Vencer. — Harry olhou para o copo. Cerveja sempre o deixava inchado e cansado. Ele costumava gostar dos primeiros goles, mas depois a bebida ficava sem graça. — Por falar em vencer, parece que o Galatasaray vai perder, então você se incomodaria de colocar no *Sunday Magazine*, na NRK1?

— E se eu torcer para o Beşiktaş?

Harry fez um gesto de cabeça para o canto da prateleira mais alta, na frente do espelho.

— Se torcesse, não teria uma bandeira do Galatasaray ali em cima, ao lado daquela garrafa de Jim Beam, Mehmet.

O barman olhou para Harry. Então sorriu, fez que não com a cabeça e apertou um botão no controle remoto.

— Não podemos afirmar com toda a certeza que o homem que atacou a mulher em Hovseter ontem seja a mesma pessoa que matou Elise Hermansen e Ewa Dolmen — disse Katrine, surpresa com o *silêncio* no estúdio, como se tudo ao redor estivesse escutando-a atentamente. — Mas posso dizer que temos provas materiais e testemunhas que ligam um certo indivíduo ao ataque. E, uma vez que essa pessoa já é procurada pela polícia, um prisioneiro foragido condenado por crimes sexuais, decidimos divulgar o nome dele.

— E será a primeira vez que fazem isso, aqui, no *Sunday Magazine*?

— Exato. O nome dele é Valentin Gjertsen, mas ele provavelmente está usando outro nome.

Katrine viu certa decepção no rosto do apresentador por ela ter dito o nome tão rápido, sem nenhum suspense. O sujeito claramente teria preferido um rufar de tambores antes do anúncio.

— E esse é um retrato falado que mostra a aparência dele três anos trás — continuou ela. — Gjertsen provavelmente passou por muitas cirurgias plásticas desde então, mas o desenho pode nos dar uma ideia de como ele é. — Katrine ergueu o retrato falado para as fileiras de assentos da plateia de cerca de cinquenta pessoas, que, de acordo com o diretor, dava mais "força" ao programa. Katrine esperou, viu a luz vermelha se acender na câmera à sua frente e deixou que as pessoas que assistiam ao programa na sala de casa estudassem bem aquele rosto. O apresentador se virou para ela com um olhar de satisfação.

— Pedimos que qualquer pessoa que tenha alguma informação telefone para o nosso disque-denúncia — disse Katrine. — Este retrato, o nome dele e seus pseudônimos mais conhecidos, além do número do nosso telefone, podem ser encontrados no site da Polícia de Oslo.

— Sem dúvida é urgente — disse o apresentador, dirigindo-se à câmera. — Porque existe o risco de ele voltar a atacar em breve, talvez esta noite. — Ele se virou para Katrine. — Neste exato momento, até. É uma possibilidade, não?

Katrine viu que o sujeito queria sua ajuda para evocar a imagem de um vampiro bebendo sangue fresco.

— Não queremos descartar nada — explicou ela. Aquela era uma frase que Bellman tinha marcado a ferro em sua mente, palavra a palavra. Ele havia explicado que, diferentemente de "não *podemos* descartar nada", "não *queremos* descartar nada" dava a impressão de que a Polícia de Oslo tinha um bom panorama da situação, a ponto de ser capaz de descartar coisas, mas escolhia não fazê-lo. — Mas recebi informações que sugerem que, entre o ataque mais recente e os resultados das análises que agora o identificam, Valentin Gjertsen pode ter deixado o país. É muito provável que ele tenha um esconderijo fora da Noruega, um lugar que vem usando desde que fugiu da prisão, há quatro anos.

Bellman não precisou explicar sua escolha de palavras; Katrine aprendia rápido. "Recebi informações" remetia à vigilância, informantes secretos e trabalho policial meticuloso, e o fato de se referir a um intervalo de tempo com muitas opções de voos, trens e balsas não queria dizer necessariamente que ela estava mentindo. Era possível defender a afirmação de que ele poderia estar fora do país, contanto que a hipótese não fosse improvável. E "estar fora da Noruega" também explicava por que Valentin Gjertsen não foi pego nos últimos quatro anos.

— Então como se pega um vampirista? — perguntou o apresentador, virando-se para a outra cadeira. — Trouxemos hoje Hallstein Smith, professor de psicologia e autor de uma série de artigos sobre vampirismo. O senhor pode nos responder, Dr. Smith?

Katrine olhou para Smith, que se sentara na terceira cadeira sem que ela percebesse. Usava óculos grandes e uma descolada jaqueta colorida que parecia feita à mão, em flagrante contraste com a sobriedade de Katrine: calça de couro preta, jaqueta preta justa e cabelos presos com gel. Ela sabia que estava maravilhosa e que haveria comentários e propostas de casamento no site da emissora quando o acessasse mais tarde. Mas estava pouco se importando; Bellman não tinha dito nada sobre como se vestir. Só torcia para que a vaca da Lien estivesse assistindo ao programa.

— É... — disse Smith com um sorriso débil.

Katrine percebeu a tensão do apresentador, temendo que o psicólogo tivesse travado diante das câmeras, já pronto para intervir.

— Antes de mais nada, eu ainda não sou doutor, estou trabalhando no meu doutorado. Mas, se eu for aprovado, mando notícias. — Risos. — E os artigos que escrevi não foram publicados em jornais científicos, apenas em revistas duvidosas dedicadas aos recantos mais obscuros da psicologia. Uma delas se chamava *Psycho*, em referência ao filme *Psicose*. Esse provavelmente foi o ponto baixo da minha carreira acadêmica.

Mais risos. Ele continuou.

— Mas sou psicólogo — disse ele, virando-se para a plateia. — Formado na Universidade Mykolas Romeris, de Vilna, com notas bem acima da média. Tenho aquele tipo de sofá onde você se deita e olha para o teto por mil e quinhentas coroas a hora enquanto eu finjo fazer anotações.

Por um instante, pareceu que a plateia e o apresentador tivessem esquecido a seriedade do tema. Até que Smith os trouxe de volta ao assunto.

— Mas eu não sei como pegar vampiristas.
Silêncio.
— Não em termos gerais, pelo menos. Os vampiristas são raros, e vê-los vir à tona é ainda mais raro. Permitam-me dizer, antes de mais nada, que é preciso fazer distinção entre dois tipos de vampirista. Um deles é relativamente inofensivo. São pessoas que se sentem atraídas pelo mito do semideus imortal e bebedor de sangue em que se baseiam as histórias de vampiro modernas, como *Drácula*. Esse tipo de vampirismo tem matizes claramente eróticos e chegou a arrancar comentários do velho Sigmund Freud em pessoa. Eles raramente matam. E existem as pessoas que sofrem do que chamamos de vampirismo clínico, ou síndrome de Renfield, o que significa dizer que têm obsessão por beber sangue. A maioria dos artigos sobre o tema foi publicada em jornais de psiquiatria forense, uma vez que costumam tratar de crimes extremamente violentos. Mas o vampirismo como fenômeno jamais foi reconhecido nos cânones da psicologia, tendo sido rejeitado como sensacionalismo, uma oportunidade para charlatães. Nem ao menos é mencionado em livros de referência na área de psiquiatria. Aqueles de nós que pesquisam o vampirismo foram acusados de inventar um tipo de ser humano que não existe. E nos últimos três dias eu desejei que estivessem certos. Infelizmente, eles estão enganados. Vampiros não existem, mas vampiristas, sim.
— Como alguém se torna um vampirista, *herr* Smith?
— Obviamente, não existe uma resposta simples para essa pergunta, mas o caso clássico começaria com um incidente na infância no qual o sujeito vê a si mesmo ou outra pessoa sangrar bastante. Ou vê alguém bebendo sangue. E acha isso estimulante. Esse foi o caso do vampirista e serial killer John George Haigh, por exemplo, que era espancado com uma escova pela mãe, fanática religiosa, e lambia o sangue em seguida. Mais adiante, na puberdade, o sangue se tornou uma fonte de excitação sexual. Então o vampirista em formação passa a experimentar sangue, muitas vezes na forma de autovampirismo, cortando-se e bebendo o sangue. Em algum momento eles dão o passo decisivo e bebem o sangue de outra pessoa. Também é comum que, depois de beberem o sangue de alguém, matem essa pessoa. Nesse estágio, tornam-se vampiristas maduros.

— E o estupro, onde se encaixa nesse processo? Elise Hermansen foi abusada sexualmente.

— Bom, experimentar poder e controle é muito importante para o vampirista adulto. John George Haigh, por exemplo, tinha muito interesse em sexo, e disse que se sentia forçado a beber o sangue de suas vítimas. Costumava usar um copo, por sinal. Mas tenho quase certeza de que, para o nosso vampirista aqui de Oslo, o sangue é mais importante que a agressão sexual.

— Inspetora Bratt?

— Hum... Sim?

— Você concorda com isso? Acredita que o sangue é mais importante que o sexo para esse vampirista?

— Não tenho comentários a fazer a esse respeito.

Katrine viu o apresentador tomar uma decisão rápida e se virar para Smith. Sem dúvida pensando que o psicólogo falaria algo mais interessante.

— *Herr* Smith, os vampiristas acreditam que são vampiros? Em outras palavras, que são imortais se evitarem a luz do sol, que podem transformar outras pessoas ao mordê-las e assim por diante?

— Não o vampirista clínico com síndrome de Renfield. Na verdade, é um tanto infeliz que a síndrome leve o nome de Renfield, que, claro, é o servo do conde Drácula no romance de Bram Stoker. Deveria ser chamada síndrome de Noll, em referência ao psiquiatra que a identificou. Mas Noll também não levou o vampirismo a sério: o artigo que escreveu abordando os detalhes da síndrome é apenas uma paródia.

— É possível que esse indivíduo não seja doente, mas esteja tomando uma droga que o deixe ávido por sangue humano, da mesma forma que a MDPV, conhecida como "sais de banho", levou seus usuários a atacarem outras pessoas e comê-las em Miami e Nova York em 2012?

— Não. Quando pessoas que tomam MDPV recorrem ao canibalismo, elas estão extremamente psicóticas, são incapazes de pensar de forma racional. Desculpem o trocadilho, mas a polícia é capaz de prendê-las com sangue nos olhos, pois elas nem ao menos tentam se esconder. O vampirista típico é tão compelido pela sede de sangue que escapar não é o primeiro pensamento que passa por sua cabeça. Mas, nesses casos, o planejamento foi tão meticuloso que ele ou ela não deixou prova alguma para trás, isso se acreditarmos no VG.

— Ela?

— Eu... é... estava apenas tentando ser politicamente correto. Os vampiristas são quase sempre homens, especialmente quando os ataques são violentos, como nesses casos. As mulheres vampiristas em geral se satisfazem com o autovampirismo, procuram almas afins com quem trocar sangue, conseguem sangue em abatedouros ou frequentam bancos de sangue. Tive uma paciente na Lituânia que comeu os canários da mãe ainda vivos...

Katrine notou o primeiro bocejo da noite na plateia, e uma risada solitária que logo se calou.

— A princípio, meus colegas e eu achamos que estávamos lidando com algo chamado de disforia de espécie, que é quando um paciente acredita ter nascido na espécie errada, acredita ser outra coisa: neste caso, um gato. Isso até nos darmos conta de que havíamos nos deparado com um caso de vampirismo. Infelizmente, a *Psychology Today* não concordou com nossa opinião, então se quiserem ler o artigo sobre o caso, vocês precisarão acessar hallstein.psychologist.com.

— Inspetora Bratt, podemos dizer que se trata de um serial killer?

Katrine pensou por um ou dois segundos.

— Não.

— Mas o VG diz que Harry Hole, um notório especialista em serial killers, foi chamado para o caso. Isso não sugere que...

— Às vezes consultamos bombeiros mesmo quando não há fogo.

Smith foi a única pessoa que riu.

— Boa resposta! Psiquiatras e psicólogos morreriam de fome se atendessem as pessoas apenas quando há algo de errado com elas.

Aquilo arrancou muitas risadas da plateia, e o apresentador sorriu agradecido para Smith. Katrine suspeitava de que, entre eles dois, Smith era quem tinha mais chance de ser convidado para o programa novamente.

— Serial killer ou não, vocês acreditam que o vampirista voltará a atacar? Ou ele irá esperar até a próxima lua cheia?

— Prefiro não fazer especulações — afirmou Katrine, e notou um brilho de irritação nos olhos do apresentador. Que diabos, o sujeito esperava mesmo que ela embarcasse naquele sensacionalismo barato?

— Também não vou fazer especulações — disse Hallstein Smith. — Não preciso, porque sei. Um parafílico, uma pessoa que, de forma um tanto imprecisa, chamamos de pervertido sexual, muito raramente para por iniciativa própria, sem o auxílio de um tratamento. Com um vampirista, as chances de isso acontecer são nulas. Na minha opinião, o fato de o ataque mais recente ter acontecido na lua cheia foi uma completa coincidência, e isso foi mais valorizado por vocês da imprensa do que pelo vampirista.

O apresentador não pareceu sentir a farpa. Ele adotou uma expressão séria, franzindo a testa.

— *Herr* Smith, o senhor diria que devemos criticar a polícia por não ter alertado o público de que um vampirista estava à solta, como o senhor fez no *VG*?

— Hum. — Smith fez uma careta e ergueu os olhos para um dos refletores. — A questão, para mim, é: a que informações as pessoas devem ter acesso? Como eu disse, o vampirismo está escondido num dos cantos menos conhecidos da psicologia, um canto que raramente vê luz. Então, não. Eu diria que foi uma infelicidade, mas eles não deveriam ser criticados por isso.

— Mas agora a polícia sabe. O que eles deveriam fazer?

— Descobrir mais sobre o sujeito.

— E finalmente: quantos vampiristas o senhor conheceu?

Smith inflou as bochechas e soprou o ar.

— Genuínos?

— Sim.

— Dois.

— Como o senhor pessoalmente reage a sangue?

— Fico enjoado.

— No entanto, o senhor pesquisa e escreve a respeito.

Smith deu um sorriso irônico.

— Talvez seja exatamente por isso. Somos todos um pouco loucos.

— Isso também se aplica a você, inspetora Bratt?

Katrine teve um sobressalto. Por um instante, esqueceu que não era apenas uma espectadora, que estava na televisão.

— Hum... como?
— Um pouco louca?
Katrine buscou uma resposta. Algo inteligente e espirituoso, como aconselhou Harry. Ela sabia que a resposta viria quando se deitasse mais tarde. Não via a hora de fazer isso; o cansaço começava a pesar, agora que a adrenalina de estar na televisão já havia se dissipado.
— Eu... — começou ela, então desistiu e se contentou com o básico.
— É, quem sabe?
— Louca a ponto de considerar a possibilidade de encontrar um vampirista? Não um assassino, como nesse caso trágico, mas um que apenas a mordesse de leve?
Katrine desconfiou de que fosse uma piada, talvez em alusão à sua roupa de inspiração vagamente sadomasoquista.
— De leve? — repetiu ela, e arqueou uma sobrancelha preta e maquiada. — Sim, por que não?
E, sem precisar se esforçar, desta vez ela foi recompensada com risos.
— Boa sorte em pegá-lo, inspetora Bratt. E uma última coisa, *herr* Smith. O senhor não respondeu à pergunta sobre como encontrar vampiristas. Algum conselho para a nossa inspetora Bratt aqui?
— O vampirismo é uma parafilia tão extrema que geralmente ocorre associada a outros diagnósticos psiquiátricos. Eu pediria a todos os psicólogos e psiquiatras que ajudassem a polícia consultando seus registros e avaliando se algum de seus pacientes apresenta comportamentos que atendam aos critérios do vampirismo clínico. Na minha opinião, acredito que um caso como esse esteja acima do nosso juramento de confidencialidade.
— E, com isso, encerramos o *Sunday Magazine*...

A TV de tela plana atrás do balcão ficou escura.
— Bem sórdido — disse Mehmet. — Mas sua colega estava bem.
— Hum. É sempre vazio assim por aqui?
— Ah, não. — Mehmet olhou em volta. Pigarreou. — Bem, sim.
— Eu gosto.
— Gosta? Você nem tocou no chope. Olha só, a espuma já era.

— Ótimo — disse o policial.

— Posso servir algo com um pouco mais de vida. — Mehmet fez um gesto de cabeça em direção à bandeira do Galatasaray.

Katrine percorria apressada um dos desertos e labirínticos corredores da emissora quando ouviu passos e uma respiração ofegante às suas costas. Sem parar de andar, ela olhou para trás. Era Hallstein Smith. Katrine pensou que o modo como o psicólogo corria era tão incomum quanto o tema de sua pesquisa, a menos que ele tivesse as pernas muito tortas.

— Bratt — chamou Smith. Katrine parou e esperou. — Eu gostaria de me desculpar — disse ele quando a alcançou, sem fôlego.

— Pelo quê?

— Por falar demais. Minha esposa sempre diz que gosto de chamar atenção. Mas eu queria falar mesmo sobre aquele retrato falado...

— Sim?

— Eu não podia dizer naquele momento, mas acho que ele pode ter sido meu paciente.

— Valentin Gjertsen?

— Não tenho certeza, já faz quase dois anos, e foram apenas algumas horas de terapia num consultório que eu alugava no centro. A semelhança nem é tanta, mas pensei nesse paciente quando você mencionou as cirurgias plásticas. Porque, se me lembro bem, ele tinha uma cicatriz no queixo.

— Ele era vampirista?

— Não sei. Ele não mencionou isso. Se tivesse mencionado, eu o teria incluído na pesquisa.

— Talvez ele tenha marcado a consulta por curiosidade, por saber que você conduzia uma pesquisa sobre essa... qual é mesmo a palavra?

— Parafilia. Não é impossível. Como eu disse, tenho quase certeza de que lidamos com um vampirista inteligente que tem consciência de sua própria doença. De qualquer forma, isso apenas faz com que o roubo dos registros dos meus pacientes seja ainda mais perturbador.

— Você lembra se esse paciente disse o nome, onde trabalhava, onde morava?

Smith suspirou profundamente.

— Temo que minha memória não seja mais a mesma.
Katrine assentiu.
— Vamos torcer para que ele tenha ido a outros psicólogos e para que eles se lembrem de alguma coisa. E para que não levem o juramento de confidencialidade tão a ferro e fogo.
— Um pouco de ferro e fogo não faz mal.
Katrine arqueou a sobrancelha.
— O que você quer dizer com isso?
Smith fechou os olhos, contrariado, e pareceu se controlar para não soltar um palavrão.
— Nada.
— Qual é, Smith.
O psicólogo abriu os braços em um gesto de rendição.
— Eu apenas somei dois e dois, Bratt. Sua reação quando o apresentador perguntou se você era louca, combinada àquilo que me disse sobre conhecer bem Sandviken. Nós geralmente usamos comunicação não verbal para nos expressar, e você comunicou o fato de ter sido tratada na clínica psiquiátrica em Sandviken. E, uma vez que você é inspetora na Divisão de Homicídios, talvez seja bom mantermos nosso juramento de confidencialidade que, em parte, foi pensado para que pessoas em busca de ajuda para seus problemas não tenham que se preocupar com a possibilidade de isso abalar suas carreiras no futuro.
Katrine Bratt ficou boquiaberta enquanto, em vão, tentava pensar em algo para dizer.
— Você não precisa responder às minhas elucubrações idiotas — disse Smith. — Elas também são sujeitas ao meu juramento de confidencialidade. Boa noite, Bratt.
Katrine viu Hallstein se afastar no corredor. Tinha os joelhos tão tortos para dentro que mais parecia a Torre Eiffel. O telefone tocou.
Era Bellman.

Estava nu, preso em uma névoa impenetrável e abrasadora que inflamava as partes da pele que ele havia esfregado com força. Sangue escorria no banco de madeira onde estava sentado. Ele fechou os olhos, sentiu um gemido subindo pela garganta e visualizou como aquilo aconteceria. As malditas regras. Elas limitavam a satisfação, limitavam a dor, impediam que se expressasse como gostaria. Mas a situação ia mudar. A polícia havia recebido sua mensagem, estavam atrás dele agora. Naquele momento. Tentavam farejá-lo, mas não conseguiriam. Porque ele estava limpo.

Ele teve um sobressalto ao ouvir alguém pigarrear de dentro da névoa e percebeu que não estava mais sozinho.

— *Kapatiyoruz.*

— Sim — respondeu Valentin Gjertsen com a voz estrangulada, mas permaneceu sentado, tentando conter o gemido.

Hora de fechar.

Valentin tocou a própria genitália com cuidado. Sabia exatamente onde ela estava. Como brincaria com ela. Estava pronto. Ele inspirou o vapor para os pulmões. E lá estava Harry Hole, pensando que era o caçador.

Valentin Gjertsen se levantou bruscamente e foi até a porta.

16

Noite de domingo

Aurora saiu da cama e se arrastou até o corredor. Passou pelo quarto dos pais e pela escada que descia até a sala. Escutou a escuridão tensa e silenciosa lá embaixo e se esgueirou para o banheiro. Acendeu a·luz. Trancou a porta, abaixou as calças do pijama e se sentou no vaso. Esperou, mas nada aconteceu. Estava tão apertada que não conseguia dormir, então por que agora o xixi não saía? Talvez, na verdade, não estivesse com vontade de urinar, mas havia se convencido de que precisava ir ao banheiro porque não conseguia dormir? Porque era silencioso e seguro ali dentro? Ela havia trancado a porta. Quando era criança, os pais diziam que ela não podia fazer isso, a não ser que tivessem visita. Diziam que precisariam ter acesso fácil, caso acontecesse alguma coisa com ela.

Aurora fechou os olhos. Escutou. E se tivessem visita? Porque foi um som que a acordou, ela lembrava agora. O rangido de sapatos. Não, botas. Botas compridas e pontudas que rangiam enquanto ele avançava lentamente. Então pararam e esperaram em frente à porta do banheiro. Esperavam por ela. Aurora sentia que não conseguia respirar e automaticamente olhou para a fresta debaixo da porta. Mas era estreita demais, e ela não conseguia ver nada. Estava um breu lá fora. Na primeira vez que o viu, estava sentada no balanço do jardim. Ele pediu um copo d'água e quase seguiu Aurora até dentro de casa, mas desapareceu quando ouviram o carro da mãe dela chegando. Na segunda vez, ela estava no banheiro feminino durante o torneio de handebol.

Aurora escutou. Sabia que ele estava ali. Na escuridão do outro lado da porta. Ele disse que voltaria. Se ela contasse alguma coisa. Então ela parou de falar. Era a opção mais segura. E Aurora sabia por que não conseguia fazer xixi agora. Porque assim ele saberia que ela estava sentada ali. Fechou os olhos e escutou com a máxima atenção possível. Não. Nada. Conseguiu respirar outra vez. Ele havia ido embora.

Aurora levantou a calça do pijama, destrancou a porta e saiu apressada. Passou correndo pela escada e foi até o quarto dos pais. Com cuidado, abriu a porta e espiou. Um fiapo de luar que passava por uma abertura nas cortinas iluminava o rosto de seu pai. Ela não conseguia ver se ele estava respirando, mas tinha o rosto branco como o da avó quando ela a viu deitada no caixão. Aurora se aproximou da cama. A respiração da mãe a fez pensar na bomba que usavam para encher os colchões infláveis no chalé. Foi até o pai e aproximou o ouvido da boca, chegou o mais perto que teve coragem. E sentiu um alívio de felicidade quando sentiu seu hálito quente na pele.

Quando estava deitada na cama outra vez, foi como se nada tivesse acontecido. E, se fosse apenas um pesadelo, ela poderia escapar fechando os olhos e caindo no sono.

Rakel abriu os olhos.

Teve um pesadelo. Mas não foi isso que a acordou. Alguém abriu a porta lá embaixo. Ela olhou para o espaço vazio ao seu lado. Harry não estava ali. Pelo jeito, acabava de chegar em casa. Ela ouviu os passos na escada e esperou reconhecer o som familiar. Mas não, aqueles passos soavam de modo diferente. Também não pareciam ser de Oleg, se ele houvesse decidido ir até lá por algum motivo.

Ela olhava para a porta fechada do quarto.

Os passos se aproximaram.

A porta abriu.

Uma silhueta alta e escura surgiu ali.

E Rakel se lembrou do sonho. Era lua cheia, e ele havia se acorrentado à cama. O lençol estava em farrapos. Ele se debatia, atormentado, puxando a corrente, uivando para o céu noturno como se estivesse ferido, até finalmente rasgar a própria pele. E, de baixo, emergiu seu outro eu. Um lobisomem com garras e dentes, com ânsia e morte nos ensandecidos olhos azuis como gelo.

— Harry? — sussurrou ela.

— Eu te acordei? — A voz grave e calma era a mesma de sempre.

— Sonhei com você.

Ele entrou no quarto sem acender a luz, desafivelando o cinto e puxando a camiseta pela cabeça.

— Comigo? Que desperdício, eu já sou seu.

— Onde você estava?

— Num bar.

O ritmo estranho dos passos dele.

— Você bebeu?

Ele deitou na cama ao lado dela.

— Bebi. E você deitou cedo.

Ela prendeu a respiração.

— O que você bebeu, Harry? E quanto?

— Café turco. Duas xícaras.

— Harry! — Ela o acertou com o travesseiro.

— Desculpe — Ele riu. — Você sabia que não se deve ferver o café turco? E que em Istambul existem três times de futebol que se odeiam há cem anos, mas ninguém lembra o porquê, exceto pelo fato de que é muito humano odiar alguém porque essa pessoa te odeia?

Ela se aninhou nele e passou o braço por seu peito.

— Isso tudo é novidade para mim, Harry.

— Eu sei que você gosta de ser constantemente informada de como o mundo funciona de verdade.

— Não conseguiria viver sem isso.

— Você não disse por que deitou tão cedo.

— Você não perguntou.

— Estou perguntando agora.

— Estava muito cansada. E tenho uma consulta no Ullevål amanhã, antes do trabalho.

— Você não disse nada.

— Não, só fiquei sabendo hoje. O Dr. Steffens me telefonou pessoalmente.

— Tem certeza de que é uma consulta e não uma desculpa?

Rakel riu baixinho, desvencilhou-se dos braços dele e virou de lado.

— Tem certeza de que não está só fingindo ciúme para me deixar feliz?

Harry mordeu de leve o pescoço dela. Rakel fechou os olhos e torceu para que a dor de cabeça fosse logo superada pelo desejo, um desejo maravilhoso que aliviaria a dor. Mas ele não veio. E talvez Harry tenha sentido isso, porque ficou ali deitado em silêncio, apenas a abraçando. Sua respiração era profunda e regular, mas Rakel sabia que ele não estava dormindo. Estava em outro lugar. Com seu outro amor.

Mona Daa corria na esteira. Devido ao problema no quadril, seu estilo de corrida lembrava um caranguejo, então ela só usava a esteira quando tinha certeza absoluta de que estava sozinha. Mas gostava de correr alguns quilômetros depois de um treino pesado na academia, de sentir o ácido lático ser drenado dos músculos enquanto olhava para a escuridão do Frognerparken. Os Rubinoos, um grupo pop dos anos setenta que estava na trilha sonora de um de seus filmes favoritos, *A vingança dos nerds*, cantavam canções melancólicas nos fones conectados ao celular. Até serem interrompidos por uma ligação.

Mona se deu conta de que talvez estivesse esperando por aquilo.

Não que *quisesse* que ele voltasse a atacar. Ela não queria nada. Apenas relatava o que acontecia. Era o que dizia a si mesma, de qualquer forma.

Na tela aparecia "Número desconhecido". Não era da redação. Ela hesitou. Muitos tipos estranhos surgiam em grandes investigações de homicídio como aquela, mas a curiosidade foi mais forte e ela apertou em "atender".

— Boa noite, Mona. — Uma voz masculina. — Acho que estamos sozinhos agora.

Mona olhou em volta instintivamente. A garota da recepção estava entretida com o próprio celular.

— O que você quer dizer?

— Você tem a academia inteira só para você. Eu tenho o Frognerparken inteiro. Na verdade, parece que temos Oslo só para nós dois, Mona. Você com suas matérias excepcionalmente bem-apuradas, eu como personagem principal delas.

Mona olhou para o monitor cardíaco que tinha no pulso. Os batimentos haviam acelerado, mas não muito. Os amigos sabiam que ela passava a noite na academia, com vista para o parque. Não era a primeira vez que alguém tentava brincar com ela, e provavelmente não seria a última.

— Não sei quem você é e o que quer, mas tem dez segundos para me convencer a não desligar.

— Não estou satisfeito com a sua cobertura, muitos detalhes do meu trabalho parecem estar passando despercebidos. Sugiro um encontro, no qual direi a você o que tenho tentado mostrar. E o que vai acontecer num futuro próximo.

O pulso acelerou mais um pouco.

— Tentador, devo admitir. Mas você provavelmente não quer ser preso, e eu não quero ser mordida.

— Há uma velha jaula do zoológico de Kristiansand abandonada no terminal de contêineres em Ormøya. A porta não tem fechadura, então leve um cadeado, entre na jaula e se tranque lá dentro. Eu conversarei com você do lado de fora. Isso quer dizer que terei controle sobre você e, ao mesmo tempo, você estará segura. Leve uma arma para se defender, se quiser.

— Como um arpão, você quer dizer?

— Um arpão?

— Sim, já que vamos brincar de tubarão branco e mergulhador na gaiola.

— Você não está me levando a sério.

— *Você* se levaria a sério se estivesse no meu lugar?

— Se eu estivesse no seu lugar, antes de decidir, pediria informações sobre os assassinatos que apenas a pessoa que os cometeu saberia.

— Tudo bem, então.

— Eu usei o liquidificador de Ewa Dolmen para preparar um drinque, um Bloody Ewa, por assim dizer. Confirme com sua fonte na polícia, porque eu não lavei a louça.

Mona pensava com rapidez. Aquilo era loucura. E podia ser o furo do século, a história que definiria os rumos de sua carreira jornalística.

— Certo, entrarei em contato com a minha fonte. Posso ligar para você em cinco minutos?

Um riso baixo.

— Não se conquista confiança com truques baratos como esse, Mona. Eu ligo para *você* em cinco minutos.

— Está bem.

Truls Berntsen demorou um pouco a atender. Parecia sonolento.

— Achei que todos vocês estivessem trabalhando — disse Mona.

— Alguém precisa descansar um pouco.

— Tenho apenas uma pergunta.

— Faço desconto por atacado se você tiver mais.

Quando desligou, Mona sabia que havia tirado a sorte grande. Ou, para ser mais exata, que a sorte grande havia batido em sua porta.

Quando o número desconhecido voltou a ligar, Mona tinha duas perguntas. Onde e como.

— Havnegate, 3. Amanhã às oito da noite. E Mona?

— Sim?

— Não conte nada a ninguém até terminarmos nosso encontro.

— Algum motivo para não podermos simplesmente conversar por telefone?

— Porque eu quero vê-la o tempo todo. E você quer me ver. Durma bem. Se já tiver acabado na esteira.

Harry estava deitado de costas, olhando para o teto. Claro que podia colocar a culpa nas duas xícaras de café forte e betuminoso de Mehmet, mas sabia que não era isso. Sabia que ele estava lá fora outra vez, incapaz de desligar o cérebro até que estivesse tudo terminado. O cérebro de Harry continuaria a trabalhar até que o assassino fosse preso, e às vezes até bem depois disso. Quatro anos. Quatro anos sem um único sinal de vida. Ou de morte. Mas agora Valentin Gjertsen havia aparecido novamente. E não foi apenas um vislumbre de sua cauda de demônio — ele voluntariamente entrou nos holofotes, como um ator que também faz o roteiro e dirige seu filme. Porque aquilo *era* dirigido, não eram as ações de um psicótico em fúria. Eles não o prenderiam em um golpe de sorte. Só precisavam esperar que ele desse o próximo passo e cometesse um erro. E, enquanto isso, tinham de continuar desenterrando seus pequenos deslizes. Porque todo mundo comete deslizes. Quase todo mundo.

Harry escutou a respiração regular de Rakel, então saiu de baixo das cobertas, caminhou silenciosamente até a porta e desceu para a sala.

Sua ligação foi atendida no segundo toque.

— Achei que estivesse dormindo — disse ele.

— E ainda assim ligou? — perguntou Ståle Aune com voz sonolenta.

— Você precisa me ajudar a pegar Valentin Gjertsen.

— *Me* ajudar? Ou *nos* ajudar?

— Eu. Nós. A cidade. A humanidade, porra. Ele precisa ser detido.

— Eu já disse, minha vigília terminou, Harry.

— Ele está acordado, e está lá fora agora, Ståle. Enquanto nós dormimos.

— Com a consciência pesada, diga-se de passagem. Mas dormimos. Porque estamos cansados. *Eu* estou cansado, Harry. *Muito* cansado.

— Preciso de alguém que o entenda, que possa prever o próximo passo dele, Ståle. Que saiba onde ele cometerá erros. Que seja capaz de identificar suas fraquezas.

— Eu não posso...

— Hallstein Smith — disse Harry. — O que você acha dele?

Houve uma pausa.

— Você não ligou exatamente para me convencer... — disse Ståle, e Harry percebeu que ele ficou um pouco magoado.

— Esse é o plano B. Hallstein Smith foi a primeira pessoa a dizer que tudo isso era obra de um vampirista e que ele voltaria a atacar. Ele estava certo quando disse que Valentin Gjertsen manteria o método que funcionou da primeira vez, os encontros marcados pelo Tinder. Quando disse que ele assumia o risco de deixar provas. Quando falou a respeito da dúvida de Valentin em ser identificado. E ele disse desde o começo que a polícia estava atrás de um criminoso sexual. Smith só acertou na mosca até agora. O fato de ele remar contra a maré é bom, porque estou pensando em recrutá-lo para minha pequena equipe, que também rema contra a maré. Mas, acima de tudo, você me disse que ele é um bom psicólogo.

— Sim. Hallstein Smith pode ser uma boa escolha.

— Só tem uma coisa. Aquele apelido dele...

— Macaco?

— Você disse que tem a ver com a falta de credibilidade dele entre os colegas.

— Que diabo, Harry, já faz muito tempo.
— Conte.

Ståle pareceu pensar por um instante. Então murmurou em voz baixa.

— Temo que esse apelido seja, em parte, culpa minha. E dele também, é claro. Quando ele era estudante aqui em Oslo, descobrimos que estava faltando dinheiro no cofre do bar do departamento de psicologia. Hallstein era o nosso principal suspeito porque, do nada, conseguiu bancar uma viagem de estudos para Viena, uma viagem para a qual ele não tinha se inscrito em um primeiro momento porque não tinha dinheiro. Mas era impossível provar que Hallstein havia conseguido o segredo do cofre, que era a única forma de colocar as mãos no dinheiro. Então eu montei uma armadilha para pegar macacos.

— Você fez o quê?

— Papai! — Harry ouviu uma voz aguda de menina no outro lado da linha. — Está tudo bem?

Harry ouviu a mão de Ståle ir até o fone.

— Eu não queria acordar você, Aurora. Estou falando com Harry.

Então a voz da mãe da menina, Ingrid.

— Nossa, querida, você parece assustada. Teve um pesadelo? Venha, vou levá-la até a cama. Ou podemos preparar um chá.

Harry ouviu passos se afastando.

— Onde estávamos? — disse Ståle Aune.

— Na armadilha para pegar macacos.

— Ah, sim. Você leu *Zen e a arte da manutenção de motocicletas*, de Robert Pirsig?

— Sei que não fala de manutenção de motocicletas.

— Verdade. Acima de tudo, é um livro sobre filosofia, mas também sobre a luta entre os sentimentos e o intelecto. Como a armadilha para pegar macacos. Você abre um buraco em um coco, grande o bastante para o bicho enfiar a mão. Você enche o coco de comida e o prende a uma vara. Então se esconde e espera. O macaco fareja a comida, se aproxima, enfia a mão no buraco e pega a comida, e é nesse momento que você aparece. O macaco quer fugir, mas percebe que não pode tirar a mão sem soltar a comida. O interessante é que, apesar de o macaco teoricamente ser inteligente o bastante para saber que, se for pego, dificilmente vai saborear a comida, ainda assim ele se recusa a abrir a mão. O instinto, a fome e o desejo são mais fortes que o intelecto. E essa é a ruína do macaco. Sempre. Então eu e o gerente do bar organizamos um quiz de psicologia e convidamos todos do departamento. Foi um evento concorrido, com muito em jogo, muita tensão. Depois que o gerente e eu avaliamos os resultados, eu anunciei que havia um empate na posição de segunda melhor mente do departamento, Smith e um certo Olavsen, e que o vencedor seria definido em um teste para avaliar a habilidade dos alunos em detectar mentiras. Eu apresentei uma jovem como sendo funcionária do bar, sentei-a numa cadeira e pedi aos dois finalistas que descobrissem tudo o que pudessem sobre o segredo do cofre. Smith e Olavsen ficaram sentados de frente para a garota enquanto ela era questionada sobre o primeiro número da senha de quatro dígitos, em ordem aleatória. Então o segundo número, e daí por diante. Ela havia sido instruída a sempre responder "Não, esse não é o número certo", enquanto Smith e Olavsen estudavam sua linguagem corporal, dilatação das pupilas, sinais de pulso acelerado, mudanças na modulação da voz, transpiração, movimentos involuntários dos olhos, coisas que um psicólogo ambicioso se orgulha de ser capaz de interpretar corretamente. O vencedor seria quem acertasse mais dígitos. Os dois ficaram sentados, profundamente concentrados e fazendo anotações, enquanto eu fazia as quarenta perguntas. Não se esqueça do que estava em jogo: o título de segundo psicólogo mais talentoso do departamento.

— Obviamente, porque todos sabiam que o mais talentoso...

— ... não poderia participar porque organizou a competição. Sim. Quando eu terminei, cada um me entregou um bilhete com a sua sugestão. No fim, Smith acertou os quatro dígitos. A sala explodiu de alegria! Porque obviamente era impressionante. Até demais, diga-se de passagem. Agora, Hallstein Smith é mais inteligente que o macaco médio, e eu não posso ignorar o fato de que talvez ele tenha entendido o que estava acontecendo. Ainda assim, não conseguiu sufocar o desejo de vencer. Simplesmente não conseguiu! Talvez porque na época Hallstein Smith fosse um rapaz pobre, o rosto cheio de espinhas e ignorado por todos, sem sorte com as garotas, com praticamente nada e, portanto, estava mais desesperado que a maioria por aquele tipo de vitória. Ou talvez soubesse que poderia levantar suspeitas de que tivesse tirado o dinheiro do cofre, mas que o quiz não poderia *provar* isso. Afinal, ele podia muito bem ler as pessoas e interpretar os muitos sinais do corpo humano como ninguém. Mas...

— Hum.
— O quê?
— Nada.
— Não, o que foi?
— A garota na cadeira. Ela não sabia o segredo do cofre — disse Harry.

Ståle murmurou, concordando.

— Ela nem mesmo trabalhava no bar.
— Como você sabia que Smith cairia na armadilha para pegar macacos?
— Porque leio as pessoas como ninguém. A pergunta é: qual é a sua opinião agora, sabendo que seu candidato tem antecedentes?
— De quanto estamos falando?
— Se lembro bem, duas mil coroas.
— Não é muito. E você disse que estava faltando dinheiro no cofre, o que significa que ele não tirou tudo, certo?
— Na época, pensamos que ele fez isso porque achava que ninguém perceberia.
— Mas, depois, acharam que ele só pegou o suficiente para ir com vocês na viagem de estudos?
— Ele foi convidado, com toda a educação do mundo, a ceder seu lugar no curso e, em troca, a história não seria levada à polícia. Ele se matriculou numa faculdade de psicologia na Lituânia.
— Ele foi para o exílio, agora com o apelido "Macaco", como resultado da própria esperteza.
— E voltou, fez mestrado na Noruega. Conseguiu o registro profissional como psicólogo. Deu tudo certo para ele.
— Pelo seu tom de voz, você parece estar com a consciência pesada?
— E pelo seu, você parece estar pensando em empregar um ladrão?
— Nunca tive nada contra ladrões com motivações aceitáveis.
— Rá! — exclamou Ståle. — Agora você gosta ainda mais dele. Porque entende a armadilha para pegar macacos: você também não

consegue desistir, Harry. Você está perdendo o prêmio maior porque não consegue soltar o menor. Está *determinado* a pegar Valentin Gjertsen, apesar de saber que isso pode custar tudo o que você ama, você e as pessoas à sua volta. Você simplesmente não consegue desistir.

— Um paralelo interessante, mas você está enganado.
— Estou?
— Sim.
— Se for assim, fico feliz. Preciso desligar e ver como estão minhas meninas.
— Se Smith se juntar mesmo a nós, você pode dar a ele uma breve introdução do que se espera dele como psicólogo?
— Claro, é o mínimo que posso fazer.
— Pela Divisão de Homicídios? Ou porque ele deve a você o apelido de "Macaco"?
— Boa noite, Harry.

Harry subiu e deitou na cama. Não tocou em Rakel, mas deitou perto o suficiente para sentir o calor de seu corpo. E fechou os olhos.

Depois de algum tempo, ele flutuou para longe. Para fora da cama, janela afora, noite adentro. Desceu até a cidade cintilante cujas luzes nunca se apagavam, até as ruas, os becos, as caçambas de lixo que a luz dos postes jamais alcançava. E lá, lá estava ele. Estava com a camisa aberta e, no peito, um rosto que gritava como se tentasse rasgar a pele e sair.

Um rosto que ele conhecia.

Caçador e caça, amedrontado e faminto, odiado e cheio de ódio.

Harry abriu os olhos.

Tinha visto o próprio rosto.

17

Manhã de segunda-feira

Katrine olhava para a coleção de rostos pálidos da equipe de investigação. Alguns passaram a noite trabalhando, outros não dormiram o suficiente. Já tinham conferido a lista de conhecidos de Valentin Gjertsen, a maioria criminosos, alguns presos, outros mortos. Em seguida, Tord Gren os colocou a par dos registros telefônicos enviados pela Telenor, contendo os nomes de todas as pessoas que mantiveram contato telefônico com as três vítimas horas antes de os crimes terem sido cometidos. Até o momento, não havia mensagens de texto suspeitas nem nada que relacionasse aqueles telefonemas aos assassinatos. Na verdade, o único fato suspeito era o telefonema não atendido de um número desconhecido, feito para o celular de Ewa Dolmen dois dias antes de sua morte. Vinha de um celular pré-pago que eles não conseguiram rastrear, ou porque estava desligado, ou porque teve o chip removido, ou porque os créditos acabaram.

Anders Wyller apresentou um resumo da investigação das impressoras 3D, dizendo que eram muitas e que o percentual das que não foram registradas com nome e endereço nas lojas era alto demais para que fizesse sentido insistir naquele caminho.

Katrine olhou para Harry, que fez que não com a cabeça ao ouvir a notícia, mas assentiu para ela, concordando com a conclusão.

Bjørn Holm explicou que agora que as provas da última cena de crime apontavam para um suspeito, a Perícia Técnica se concentraria em conseguir mais evidências que ligassem Valentin Gjertsen às três cenas e às três vítimas.

Katrine estava prestes a distribuir as tarefas do dia quando Magnus Skarre levantou a mão e disse, antes de receber permissão para falar:

— Por que você decidiu divulgar que Valentin Gjertsen é o suspeito?

— Por quê? Para recebermos denúncias de onde ele possa estar, é claro.

— E teremos centenas, milhares delas, com base no esboço a lápis de um rosto que poderia muito bem ser de um tio meu. E precisaremos conferir cada denúncia, porque imagine se mais tarde vazar que a polícia recebeu uma informação crucial sobre a nova identidade de Gjertsen e o local onde ele estava morando antes que ele mordesse as vítimas quatro e cinco. — Skarre olhou em volta à procura de apoio. Ou, especulou Katrine, já falava em nome de vários policiais.

— Esse sempre é o dilema, Skarre, mas foi o que eu decidi.

Skarre assentiu para uma das analistas, passando o bastão.

— Skarre tem razão, Katrine. O que realmente precisamos agora é de um pouco de tempo para trabalharmos em paz. Já pedimos informações sobre Valentin Gjertsen ao público antes e isso não levou a lugar algum, apenas desviou nossa atenção de algo que *poderia* ter sido útil.

— E agora ele sabe que nós sabemos, e pode estar assustado. Ele tem um esconderijo onde conseguiu se manter incógnito por três anos, e agora corremos o risco de que rasteje de volta para esse buraco. É só uma opinião. — Skarre cruzou os braços com uma expressão triunfante estampada no rosto.

— *Corremos o risco?* — A voz veio do fundo da sala, seguida de uma risada que mais parecia um grunhido. — Quem corre risco são as mulheres que você quer usar como isca enquanto nós ficamos de bico fechado, Skarre. E se não pegarmos esse verme, pelo menos o enxotaremos de volta para o buraco dele, na minha opinião.

Skarre fez que não com um sorriso.

— Você aprenderá, Berntsen, quando estiver na Homicídios por *um pouco* mais de tempo, que homens como Valentin Gjertsen não param. Ele simplesmente fará em outro lugar o que está fazendo aqui. Você ouviu o que nossa chefe — ele pronunciou *nossa chefe* com lentidão exagerada — disse na televisão ontem à noite. Valentin já pode ter deixado o país. Mas se você espera que ele esteja em casa comendo pipoca e tricotando, um pouco mais de experiência mostrará que está enganado.

Truls Berntsen olhou para as palmas das mãos e murmurou qualquer coisa que Katrine não entendeu.

— Nós não ouvimos, Berntsen — disse Skarre, sem se virar para ele.

— Eu disse que aquelas fotografias que mostraram outro dia, da mulher Jacobsen embaixo da pilha de pranchas de surfe, não contavam a história toda — respondeu Truls Berntsen em alto e bom som. — Quando eu cheguei lá, ela ainda estava respirando. Mas não conseguia falar, porque ele usou um alicate para arrancar a língua dela e enfiar você sabe onde. Você sabe o que mais pode sair quando alguém arranca a língua de uma pessoa em vez de cortá-la fora, Skarre? Enfim, ela parecia implorar para que eu atirasse nela. Porra, se eu tivesse uma pistola, pode ter certeza de que eu teria pensado nisso. Mas ela morreu logo depois, então tudo bem. Só pensei em mencionar isso, uma vez que estamos falando em experiência.

No silêncio que se seguiu, enquanto Truls respirava fundo, Katrine concluiu que poderia acabar gostando do agente Berntsen. O pensamento se dissipou completamente quando Truls concluiu seu raciocínio.

— E até onde eu sei, nossa responsabilidade é com a Noruega, Skarre. Se Valentin quiser foder mestiças e pretas em outros países, o problema é deles. Melhor isso do que ele se aproveitando de nossas garotas.

— Vamos parar por aqui — disse Katrine com firmeza. Os olhares de surpresa mostravam que todos estavam bem despertos agora. — Nós nos veremos na reunião da tarde, às quatro, e depois teremos a coletiva de imprensa às seis. Quero estar acessível por telefone o máximo possível, então tragam relatórios breves e concisos. E, apenas para que fique claro, *tudo* é urgente. O fato de ele não ter voltado a atacar ontem não quer dizer que deixará de fazer isso hoje. Afinal de contas, até mesmo Deus tirou uma folga no domingo.

A sala de reunião esvaziou rápido. Katrine juntou seus papéis, fechou o laptop e se preparou para sair.

— Quero Wyller e Bjørn — disse Harry. Ele ainda estava sentado, com as mãos na nuca e as pernas esticadas.

— Sem problemas quanto a Wyller, mas você vai precisar falar com a nova diretora da Perícia Técnica sobre Bjørn. Uma tal de Lien.

— Já falei com Bjørn, e ele disse que vai falar com ela.

— É, tenho certeza de que vai — Katrine se pegou dizendo. — Você já falou com Wyller?

— Sim. Ele ficou animado.

— E a última pessoa?

— Hallstein Smith.

— Sério?

— Por que não?

— Um excêntrico com alergia a nozes e nenhuma experiência com trabalho policial?

Harry se recostou na cadeira, enfiou a mão no bolso da calça e tirou um maço amassado de Camel.

— Se existe uma nova criatura na floresta, quero o sujeito que mais entende dela ao meu lado. Mas você parece sugerir que a alergia a nozes depõe contra ele.

Katrine suspirou.

— Só quis dizer que estou ficando de saco cheio dessa história de alergia. Anders Wyller é alérgico a látex, então não pode usar luvas de borracha. Nem preservativos, imagino. Pense nisso.

— Prefiro não pensar — disse Harry, olhando para o maço e colocando um cigarro triste e quebrado entre os lábios.

— Por que você não guarda o maço no bolso da jaqueta como todo mundo, Harry?

Harry deu de ombros.

— O gosto do cigarro quebrado é melhor. A propósito, já que a Sala das Caldeiras não é oficialmente um escritório, o aviso de "proibido fumar" não se aplica por lá, certo?

— Sinto muito — disse Hallstein Smith ao telefone. — Mas agradeço o convite.

Ele desligou, guardou o telefone no bolso e olhou para a esposa, May, sentada do outro lado da mesa da cozinha.

— Algum problema? — questionou ela com expressão preocupada.

— Era a polícia. Perguntaram se eu gostaria de me juntar a uma pequena força-tarefa para pegar o vampirista.

— E?

— E eu tenho um prazo para terminar o doutorado. Não tenho tempo. E não estou interessado nesse tipo de caçada. Já temos gaviões e pombos o suficiente em casa.

— E você disse isso a eles?

— Sim. Menos a parte dos gaviões e dos pombos.

— E o que eles disseram?

— Ele. Era um homem. Harry. — Hallstein Smith riu. — Ele disse que entendia, que as investigações policiais são chatas, que o trabalho é muito meticuloso, que não se parecem nada com o que vemos na televisão.

— Ok, então — disse May, e levou a xícara aos lábios.

— Ok, então — disse Hallstein, e fez o mesmo.

Os passos de Harry e Anders Wyller ecoavam, abafando o gotejar suave dos pingos que caíam do teto de tijolos do túnel.

— Onde estamos? — perguntou Wyller. Ele carregava o monitor e o teclado de um computador antigo.

— Debaixo do parque, em algum lugar entre a sede da polícia e a Botsen, a penitenciária de Oslo — disse Harry. — Chamamos de Galeria.

— E existe uma sala secreta aqui?

— Secreta não. Apenas desocupada.

— Quem ia querer trabalhar no subsolo?

— Ninguém. Por isso está desocupada. — Harry parou em frente a uma porta de metal. Colocou a chave na fechadura e girou. Girou a maçaneta.

— Ainda está trancada? — perguntou Wyller.

— Emperrada. — Harry apoiou um pé na parede ao lado da porta e a puxou. Os dois foram atingidos em cheio pelo cheiro quente e úmido do porão de tijolos. Harry inspirou, satisfeito. De volta à Sala das Caldeiras.

Ele ligou o interruptor. Com alguma hesitação, as luzes fluorescentes do teto começaram a piscar. Depois que elas se estabilizaram, os olhos dele percorreram a sala quadrada com piso de linóleo cinza-azulado. Nenhuma janela, apenas paredes nuas de concreto. Harry olhou para Wyller. Pensou se a visão do ambiente de trabalho diminuiria a felicidade espontânea que o jovem detetive demonstrou quando foi convidado a se juntar à equipe de guerrilheiros. Parecia que não.

— Rock'n'roll — disse Anders Wyller, e sorriu.

— Nós somos os primeiros, então você pode escolher um lugar. — Harry fez um gesto de cabeça em direção às mesas. Sobre uma delas havia uma cafeteira de um tom indefinível de marrom, um garrafão de água e quatro canecas brancas com nomes escritos à mão.

Wyller acabava de instalar o computador e Harry abastecia a cafeteira quando a porta se abriu com um safanão.

— Uau, é mais quente do que eu lembrava. — Bjørn Holm riu. — Aqui está Hallstein.

Um homem com óculos grandes, cabelos desgrenhados e paletó quadriculado apareceu atrás de Bjørn Holm.

— Smith — disse Harry, estendendo a mão. — Fico feliz que tenha mudado de ideia.

Hallstein Smith apertou a mão de Harry.

— Tenho um fraco por psicologia contraintuitiva — disse. — Se é que é isso mesmo. Se não, você é o pior operador de telemarketing que já vi na vida. Mas foi a primeira vez que liguei *de volta* para o operador de telemarketing para aceitar uma oferta.

— Não vejo sentido em pressionar as pessoas. Só queremos gente motivada por aqui — retrucou Harry. — Você gosta do seu café forte?

— Não, de preferência um pouco... Quer dizer, bebo o que vocês beberem.

— Bom. Acho que isso é seu. — Harry estendeu para Smith uma das canecas brancas.

Smith ajeitou os óculos e leu o nome escrito a mão.

— Lev Vygotsky.

— E essa é do nosso perito criminal — disse Harry, passando uma das canecas para Bjørn Holm.

— Ainda Hank Williams — disse Bjørn, animado. — Isso quer dizer que não é lavada há três anos?

— Caneta permanente — explicou Harry. — Essa é sua, Wyller.

— Popeye Doyle? Quem é esse?

— O melhor policial de todos os tempos. Procure na internet.

Bjørn girou a quarta caneca.

— Então por que não está escrito Valentin Gjertsen na sua, Harry?

— Esquecimento, talvez. — Harry tirou a jarra da cafeteira e encheu as quatro canecas.

Bjørn notou a confusão dos outros.

— É uma tradição termos o nome dos nossos heróis escritos nas nossas canecas, enquanto Harry tem o nome do principal suspeito. Yin e Yang.

— Isso não é importante, na verdade, mas, apenas para constar, Lev Vygotsky não é meu psicólogo favorito. Sim, ele foi um pioneiro, mas... — começou Smith.

— Você ficou com a caneca de Ståle Aune — disse Harry, arrastando a última cadeira para que as quatro formassem um círculo no centro da sala. — Certo, nós somos livres, somos nossos próprios chefes e não nos reportamos a ninguém. Mas mantemos Katrine Bratt informada, e vice-versa. Sentem-se. Vamos começar com cada um dizendo honestamente o que pensa desse caso. Com base em fatos e experiência, intuição, um detalhe qualquer ou absolutamente nada. Nada que disserem aqui será usado contra vocês no futuro, e é permitido viajar na maionese. Quem quer começar?

Os quatro se sentaram.

— Obviamente, não sou eu que tomo as decisões — disse Smith. — Mas acho... bom, você começa, Harry. — Smith cruzou os braços como se estivesse com frio, apesar de estarem na sala vizinha às caldeiras que aqueciam a penitenciária. — Talvez dizendo por que você acha que não é Valentin Gjertsen.

Harry olhou para Smith. Bebericou o café. Engoliu.

— Certo, eu começo. Não que eu ache que *não* é Valentin Gjertsen. Mesmo que isso tenha me ocorrido. Um assassino comete dois homicídios sem deixar rastro. O que exige planejamento e sangue-frio. Mas no seu próximo ataque espalha provas e evidências, e tudo aponta para Valentin Gjertsen. Há algo de insistente nisso, como se o criminoso quisesse anunciar a todos quem ele é. E isso obviamente levanta suspeitas. Seria alguém tentando nos manipular para acreditarmos que é outra pessoa? Se for, Valentin Gjertsen é o bode expiatório perfeito. — Harry olhou para os outros, notando os olhos arregalados e concentrados de Anders Wyller, o semblante quase sonolento de Bjørn

Holm e a expressão amistosa e receptiva de Hallstein Smith, como se aquele cenário o tivesse feito se comportar como um psicólogo diante de um paciente. — Valentin Gjertsen é um culpado plausível, tendo em vista seus antecedentes. E o assassino também sabe que provavelmente não o encontraremos, que já tentamos fazer isso há um bom tempo sem resultados. Talvez o assassino saiba que Valentin Gjertsen está morto e enterrado. Porque ele próprio o matou e enterrou. Um Valentin morto e enterrado em segredo não pode refutar nossas suspeitas com um álibi ou coisa parecida, mas ainda assim é capaz de continuar a afastar nossa atenção de outros suspeitos.

— Digitais — disse Bjørn Holm. — A tatuagem do rosto de demônio. O DNA nas algemas.

— Certo. — Harry bebeu outro gole. — O criminoso pode ter plantado as digitais cortando um dedo de Valentin e levando-o a Hovseter. A tatuagem pode ser uma cópia temporária. Os cabelos nas algemas podem ter vindo do cadáver de Valentin Gjertsen, e as algemas deixadas lá de propósito.

O silêncio na Sala das Caldeiras só foi rompido por um último chiado da cafeteira.

— Cacete. — Anders Wyller riu.

— Isso poderia ir direto para o meu top dez das teorias da conspiração de pacientes paranoicos — disse Smith. — Isso foi, é... um elogio.

— E é por isso que estamos aqui — disse Harry, inclinando-se para a frente na cadeira. — Devemos pensar diferente, estudar possibilidades que não foram levantadas pela equipe de Katrine. Eles já têm em mente um cenário do que aconteceu, e, quanto maior o grupo, mais difícil se libertar de ideias e suposições predominantes. Elas funcionam um pouco como uma religião, porque, em geral, você pensa que todas as pessoas ao seu redor não podem estar enganadas. Mas... — Harry ergueu a caneca sem nome. — Elas podem. E estão. O tempo todo.

— Amém — disse Smith.

— Então passemos para a próxima teoria — anunciou Harry. — Wyller?

Anders Wyller baixou os olhos para sua caneca. Respirou fundo e começou.

— Smith, você descreveu na televisão como um vampirista se desenvolve, todas as suas fases. Aqui na Escandinávia os jovens são monitorados tão de perto que, se exibirem tendências extremas como essa, isso é detectado pelo sistema de saúde antes que cheguem à fase final. O vampirista não é norueguês, ele é de outro país. Essa é a minha teoria. — Ele ergueu os olhos.

— Obrigado — disse Harry. — Posso acrescentar que nos registros oficiais de serial killers não há um único escandinavo bebedor de sangue.

— O Assassinato de Atlas, em Estocolmo, 1932 — disse Smith.

— Hum. Nunca ouvi falar desse.

— Provavelmente porque o vampirista nunca foi encontrado e nunca foi confirmado que ele era um serial killer.

— Interessante. E a vítima foi uma mulher, como neste caso?

— Lilly Liderström, uma prostituta de 32 anos. E eu sou capaz de comer o chapéu de palha que tenho em casa se ela foi a única vítima. Mais recentemente, o caso ficou conhecido como O Assassinato do Vampiro.

— Detalhes?

Smith piscou algumas vezes e semicerrou os olhos. Quando começou a falar foi como se recitasse de memória, palavra por palavra.

— Dia 4 de maio, um apartamento de um quarto na Sankt Eriksplan II, Estocolmo. Dias antes, Lilly tinha recebido a visita de um homem. Ela havia descido até o primeiro andar para falar com uma amiga e perguntar se ela podia ceder um preservativo. Quando os policiais arrombaram a porta, encontraram Lilly morta, deitada num divã. Não havia digitais nem outras pistas. Ficou óbvio que o assassino tinha limpado seus rastros. Até mesmo as roupas de Lilly estavam dobradas. Na pia da cozinha, eles encontraram uma concha suja de sangue.

Bjørn trocou um olhar com Harry antes que Smith continuasse.

— A caderneta de endereços dela, que supostamente continha vários nomes, não levaram a polícia a suspeito algum. Eles nunca chegaram perto de encontrar o vampirista.

— Mas se fosse um vampirista, ele teria voltado a atacar, certo? — perguntou Wyller.

— Sim — respondeu Smith. — E quem disse que não voltou? Só cobriu os próprios rastros de forma mais eficiente.

— Smith está certo — disse Harry. — O número de pessoas desaparecidas a cada ano é ainda maior que o de homicídios registrados. Mas Wyller não tem razão quando diz que um vampirista em formação seria identificado nos estágios iniciais?

— O que descrevi na televisão foi o desenvolvimento *típico* — disse Smith. — Há pessoas que descobrem que são vampiristas em uma idade um pouco mais avançada, assim como acontece com aqueles que demoram a descobrir sua verdadeira orientação sexual. Um dos mais famosos vampiristas da história, Peter Kürten, mais conhecido como "Vampiro de Düsseldorf", tinha 45 anos quando bebeu o sangue de um animal pela primeira vez, um cisne que ele matou nos arredores da cidade em dezembro de 1929. Menos de dois anos depois, ele já havia matado nove pessoas e tentado matar outras sete.

— Você não acha estranho que na sinistra ficha criminal de Valentin Gjertsen não haja qualquer referência à ingestão de sangue ou canibalismo?

— Não.

— Tudo bem. O que você acha, Bjørn?

Bjørn Holm se endireitou na cadeira e esfregou os olhos.

— O mesmo que você, Harry.

— Que é?

— O assassinato de Ewa Dolmen é uma cópia do assassinato em Estocolmo. O sofá, o fato de o apartamento ter sido limpo, o copo de liquidificador usado para beber o sangue deixado na pia.

— Isso soa plausível para você, Smith? — perguntou Harry.

— Um imitador? Se for, seria novidade. Ok, o paradoxo não foi intencional. Sem dúvida já houve vampiristas que se consideravam a reencarnação do Conde Drácula, mas a ideia de um vampirista decidir recriar o Assassinato de Atlas me parece um pouco improvável. Uma explicação mais plausível seria que há certos traços de personalidade comuns aos vampiristas.

— Harry acredita que o nosso vampirista é obcecado por limpeza — disse Wyller.

— Entendo — comentou Smith. — O vampirista John George Haigh tinha obsessão por mãos limpas, e usava luvas o ano todo. Ele odiava sujeira e só bebia o sangue de suas vítimas em copos recém-lavados.

— E você, Smith? — perguntou Harry. — Quem você acha que é o nosso vampirista?

Smith levou dois dedos aos lábios e começou a movê-los para cima e para baixo.

— Eu acredito que, como muitos vampiristas, ele é uma pessoa inteligente que torturou animais e provavelmente pessoas desde cedo, e que vem de uma família estruturada na qual era o único a não se encaixar. Ele logo sairá em busca de sangue outra vez, e acredito que sente satisfação sexual não ao beber sangue, mas ao ver sangue. Está buscando o orgasmo perfeito que, na opinião dele, vem da combinação de sangue e estupro. Peter Kürten, o assassino de cisnes de Düsseldorf, disse que a quantidade de facadas que dava em suas vítimas dependia da quantidade de sangue que saía dos ferimentos, e isso era proporcional à rapidez com que atingia o orgasmo.

Um silêncio sombrio se abateu sobre a sala.

— E onde e como encontramos uma pessoa assim? — perguntou Harry.

— Talvez Katrine tivesse razão ontem no programa — disse Bjørn.

— Talvez Valentin tenha deixado o país. Talvez tenha viajado para a Praça Vermelha.

— Moscou? — disse Smith, surpreso.

— Copenhague — disse Harry. — No bairro multicultural de Nørrebro. Há um parque frequentado por gente ligada ao tráfico de pessoas. Principalmente importação, mas também um pouco de exportação. Você se senta num banco ou balanço e levanta a mão segurando uma passagem de ônibus, avião, qualquer coisa. Um sujeito se aproxima e pergunta para onde você quer ir. E faz mais perguntas, mas nada que o comprometa, enquanto um parceiro em outro lugar do parque tira fotos sem que você perceba e confere na internet as informações pessoais que você forneceu, apenas para descartar a possibilidade de você ser um detetive. Essa agência de viagens é discreta e cara, mas ninguém viaja de classe executiva. Os assentos mais baratos ficam dentro de um contêiner.

Smith fez que não com a cabeça.

— Mas os vampiristas não calculam riscos com a racionalidade das pessoas comuns, então acho que ele não fugiu.

— Também acho que não — disse Harry. — Então onde ele está? Está se escondendo na multidão ou mora sozinho num lugar isolado? Ele tem amigos? Podemos imaginá-lo tendo uma parceira?

— Não sei.

— Psicólogos ou não, todos aqui entendem que não há como saber, Smith. O que estou pedindo é um palpite.

— Nós, pesquisadores, não somos bons com palpites. Mas ele vive sozinho. Tenho quase certeza disso. Muito sozinho, até. Um solitário.

Houve uma batida à porta.

— Puxe com força e entre! — gritou Harry.

A porta abriu.

— Bom dia, bravos caçadores de vampiros — disse Ståle Aune ao entrar, a barriga primeiro, de mãos dadas com uma garota com o cabelo preto todo caído no rosto, a ponto de Harry não conseguir vê-lo. — Concordei em dar a você um curso-relâmpago sobre o papel de um psicólogo no trabalho policial, Smith.

Smith ficou radiante.

— Agradeço muito, caro colega.

Ståle oscilou sobre os calcanhares.

— E deveria. Mas não tenho a menor intenção de voltar a trabalhar nessas catacumbas, então tomei emprestada a sala de Katrine. — Ele pousou a mão no ombro da garota. — Aurora veio comigo porque precisa de um passaporte novo. Você poderia ajudá-la a furar a fila enquanto eu e Smith conversamos, Harry?

A garota afastou o cabelo do rosto. A princípio Harry não conseguiu acreditar que o rosto pálido com pele oleosa e espinhas pertencesse à menininha linda de que se lembrava. Pelas roupas pretas e a maquiagem pesada, Harry presumiu que ela agora fosse gótica, ou o que Oleg chamava de emo. Mas não havia ousadia ou revolta em seus olhos. Tampouco o tédio da juventude ou qualquer sinal de felicidade por voltar a vê-lo. Seu não tio favorito, como ela costumava dizer. Não havia nada ali. Na verdade, havia algo. Algo que ele não conseguia identificar.

— Furar fila, lá vamos nós. Eis o quão corruptos nós somos por aqui — disse Harry, e conseguiu arrancar um breve sorriso de Aurora.

— Vamos subir até o departamento de emissão de passaportes.

Os quatro saíram da Sala das Caldeiras. Harry e Aurora caminhavam em silêncio pela galeria, enquanto Ståle Aune e Hallstein Smith conversavam dois passos atrás.

— Enfim, esse paciente falava tão indiretamente dos próprios problemas que eu não somei dois mais dois — disse Aune. — Quando, por acaso, me dei conta de que ele era o foragido Valentin Gjertsen, ele me atacou. Se não fosse por Harry, ele teria me matado.

Harry notou a tensão de Aurora ao ouvir a conversa.

— Ele fugiu, mas, enquanto me ameaçava, consegui observá-lo bem. Ele segurava uma faca no meu pescoço e tentava me forçar a fazer um diagnóstico. Disse que tinha um "defeito de fabricação". Que estava prestes a derramar meu sangue todo, e que isso o deixava excitado.

— Interessante. Você viu se ele de fato teve uma ereção?

— Não, mas senti. Isso e a lâmina serrilhada da faca de caça. Lembro-me de torcer para que minha papada me salvasse. — Ståle riu.

Harry ouviu Aurora arquejar e se virou para encarar Aune.

— Ah, desculpe, querida! — exclamou o pai dela.

— Vocês conversavam sobre o quê? — perguntou Smith.

— Muita coisa — explicou ele, abaixando a voz. — Ele estava interessado nas vozes que permeiam "Dark Side of the Moon", do Pink Floyd.

— Estou me lembrando disso! Acho que ele não falou que seu nome era Paul. Mas, infelizmente, todos os registros dos meus pacientes foram roubados.

— Harry, Smith está dizendo...

— Eu ouvi.

Eles subiram as escadas até o térreo, onde Aune e Smith pararam em frente ao elevador, e Harry e Aurora seguiram adiante até o saguão. Um aviso no vidro do balcão anunciava que a câmera fotográfica não estava funcionando e que as pessoas que estavam solicitando passaportes deveriam usar a cabine nos fundos do prédio.

Harry foi com Aurora até a cabine fotográfica, que mais parecia um banheiro externo, puxou a cortina e deu algumas moedas à garota antes que ela se sentasse.

— Ah, sim. Você não deve mostrar os dentes — disse ele. E fechou a cortina.

Aurora olhou para seu reflexo no vidro escuro que ocultava a câmera.

Sentiu as lágrimas brotando.

Pareceu uma boa ideia dizer ao pai que queria ir junto quando ele fosse à sede da polícia encontrar Harry. Que precisava de um passaporte novo antes da viagem que sua turma faria para Londres. Ele não tinha noção daquele tipo de coisa, quem cuidava de tudo era mamãe. O plano era ficar sozinha com Harry por alguns minutos e contar tudo. Mas, agora que estavam sozinhos, ela se deu conta de que não conseguiria. O que seu pai disse no túnel sobre a faca a assustou tanto que os tremores voltaram, e ela sentiu as pernas fraquejarem. A mesma faca com lâmina serrilhada que aquele homem havia segurado em seu pescoço. E ele estava de volta. Aurora fechou os olhos para não ver seu próprio reflexo aterrorizado. Ele estava de volta, e mataria todos eles se ela contasse o que tinha acontecido. E que diferença faria? Ela não sabia nada que pudesse ajudar a encontrá-lo. Isso não salvaria seu pai, não salvaria ninguém. Aurora abriu os olhos novamente. Seu olhar percorreu a cabine apertada, exatamente como o banheiro do ginásio. E, em um gesto automático, ela olhou para baixo, para a base da cortina. As botas pontudas no chão, logo ali fora. Esperavam por ela, queriam entrar, queriam...

Aurora puxou a cortina, empurrou Harry e foi para a saída. Ouviu-o chamar seu nome. Então saiu para a luz do dia e o espaço aberto. Ela correu pela grama, atravessou o parque na direção da Grønlandsleiret. Ouviu seu choro em meio à respiração ofegante, como se não houvesse ar o suficiente, nem mesmo ali fora. Mas não parou. Ela correu. Sabia que continuaria correndo até não aguentar mais.

— Paul, ou Valentin, não mencionou nenhuma atração especial por sangue — disse Aune, sentado na cadeira de Katrine. — Mas, considerando a história dele, talvez seja possível concluir que não é um homem que tenha inibições quando se trata de satisfazer suas preferências sexuais. E é pouco provável que alguém assim descubra novas facetas sexuais na vida adulta.

— Talvez a preferência sempre tenha existido — disse Smith, acomodado do outro lado da mesa. — Ele simplesmente não havia encontrado até agora uma forma de satisfazer a fantasia. Se seu desejo real fosse morder pessoas até elas sangrarem, para beber direto da fonte, por assim dizer, talvez os tais dentes de ferro tenham tornado sua vontade possível.

— Beber o sangue de outras pessoas é uma tradição antiga que significa assumir os poderes e as habilidades da outra pessoa, geralmente inimigos, correto?

— Sim.

— Para esboçar o perfil deste serial killer, Smith, sugiro tomar como ponto de partida uma pessoa impelida por uma necessidade de controle, como vemos de forma mais convencional em estupradores e assassinos com motivações sexuais. Ou, para ser mais preciso, reconquistar o controle, recuperar um poder que foi tirado dele em algum momento. Restituição.

— Obrigado — disse Smith. — Restituição. Estou de acordo, definitivamente incluirei este aspecto.

— O que quer dizer "restituição"? — perguntou Katrine, que, com a anuência dos dois psicólogos, acompanhava a conversa sentada no parapeito da janela.

— Todos desejamos a reparação de feridas que nos foram infligidas — disse Aune. — Ou vingança, que é basicamente a mesma coisa. Eu, por exemplo, decidi me tornar um gênio da psicologia porque jogava futebol tão mal que os outros meninos nunca me queriam no time deles. Harry era apenas um menino quando a mãe dele morreu, e decidiu se tornar detetive de homicídios para punir pessoas que tiram vidas.

Houve uma batida no umbral da porta.

— Por falar no diabo... — disse Aune.

— Desculpem interromper — disse Harry. — Mas Aurora saiu do prédio correndo. Eu não sei o que houve, mas definitivamente aconteceu alguma coisa.

Uma nuvem passou pelo rosto de Ståle Aune, e ele se levantou da cadeira com um gemido.

— Nem Deus entende os adolescentes. Vou procurá-la. Nosso encontro foi muito rápido, Smith. Ligue para mim para continuarmos nossa conversa.

— Alguma novidade? — perguntou Harry depois que Aune se foi.

— Sim e não — respondeu Katrine. — O Instituto de Medicina Forense confirmou com cem por cento de certeza que o DNA encontrado nas algemas é de Gjertsen. Apenas um psicólogo e dois sexólogos nos procuraram depois do apelo de Smith para consultarem seus registros, mas os nomes que nos deram já foram descartados pela investigação. E, como esperado, recebemos centenas de ligações de gente denunciando várias coisas, de vizinhos assustadores e cães com marcas de mordidas a vampiros, lobisomens, gnomos e trolls. Mas também há algumas informações que estamos checando. A propósito, Rakel ligou algumas vezes. Ela não conseguiu falar com você.

— Sim, acabei de ver as ligações perdidas. Não temos sinal no nosso bunker. Será que é possível fazer alguma coisa?

— Vou ver com Tord se conseguimos um retransmissor ou coisa parecida. Será que posso ter minha sala de volta agora?

Harry e Smith estavam sozinhos no elevador.

— Você está evitando contato visual — disse Smith.

— É o que se faz nos elevadores, não? — retrucou Harry.

— Eu quis dizer no geral.

— Se não estabelecer contato visual for o mesmo que evitá-lo, você provavelmente tem razão.

— E você não gosta de elevadores.

— Hum. É assim tão óbvio?

— A linguagem corporal não mente. E você acha que eu falo demais.

— É nosso primeiro dia, então você deve estar um pouco nervoso.

— Não, eu sou assim quase o tempo todo.

— Certo. A propósito, não agradeci por você ter mudado de ideia.

— Não por isso. Eu devia me desculpar por minha resposta inicial ter sido tão egoísta quando vidas estão em jogo.

— Entendo que o doutorado seja importante para você.

Smith sorriu.

— Sim, você entende porque é um de nós.

— Nós?

— A elite meio pirada. Talvez você já tenha ouvido falar no Dilema de Goldman, dos anos oitenta. Atletas de elite foram questionados se estariam dispostos a tomar uma droga que garantiria uma medalha de ouro, mas que os mataria cinco anos depois. Mais da metade respondeu que sim. Quando a mesma pergunta foi feita à população em geral, apenas duas pessoas em 250 responderam que sim. Eu sei que soa doentio para a maioria, mas não para gente como eu e você, Harry. Porque você sacrificaria a sua vida para pegar esse assassino, não?

Harry olhou para o psicólogo por um bom tempo. Ouviu o eco das palavras de Ståle. *Porque você entende a armadilha para pegar macacos: você também não consegue desistir.*

— Está pensando em mais alguma coisa, Smith?
— Sim. Ela engordou?
— Quem?
— A filha de Ståle.
— Aurora? — Harry arqueou uma sobrancelha. — Bom, acho que ela talvez fosse um pouco mais magra.

Smith assentiu.
— Você não vai gostar da minha próxima pergunta, Harry.
— Logo vamos saber.
— Você acha que Ståle Aune pode ter um relacionamento incestuoso com a filha?

Harry encarou Smith. Havia escolhido o sujeito porque queria pessoas capazes de ter pensamentos autênticos e, contanto que isso acontecesse, Harry estava disposto a tolerar quase qualquer coisa. *Quase* qualquer coisa.

— Certo — disse Harry em voz baixa. — Você tem vinte segundos para se explicar. Use-os com sabedoria.
— Eu só estou dizendo que...
— Dezoito.
— Tudo bem, certo. Comportamentos de autoagressão. Ela usava uma camiseta de manga longa que escondia cicatrizes nos antebraços, e as coçou o tempo todo. Higiene. Quando você chega perto dela, é possível perceber que não há tanto cuidado com a higiene pessoal. Alimentação. Comer muito ou pouco é típico em vítimas de abuso. Estado mental. Ela me pareceu estar deprimida, talvez sofra com crises de ansiedade. Sei que as roupas e a maquiagem podem mascarar isso, mas a linguagem corporal e as expressões faciais não mentem. Intimi-

dade. Pela linguagem corporal de Aurora, pude ver que você queria um abraço na Sala das Caldeiras. Mas ela fingiu não perceber, e por isso cobriu o rosto com o cabelo antes de entrar. Vocês se conhecem bem, já se abraçaram antes, então ela previu que isso aconteceria. Vítimas de abuso evitam contato corporal. Meu tempo está encerrado?

O elevador parou com um sacolejo.

Harry deu um passo à frente, aproximando-se de Smith, e apertou o botão para manter as portas fechadas.

— Digamos, por um momento, que você tenha razão, Smith. — Harry diminuiu o tom de voz até sussurrar. — O que diabos isso tem a ver com Ståle? Além de ele ter sido o responsável por sua expulsão da faculdade de psicologia em Oslo e ter te dado o apelido de "Macaco"?

Harry viu lágrimas de sofrimento nos olhos de Smith, como se ele tivesse acabado de levar uma bofetada. Smith piscou os olhos e engoliu em seco.

— Ah. Você provavelmente está certo, Harry. Eu estou apenas vendo coisas que inconscientemente quero ver porque ainda sinto raiva. Foi um palpite e, como eu disse, não sou bom com palpites.

Harry assentiu lentamente.

— E você sabe disso, então esse não foi seu primeiro palpite. O que você viu?

Hallstein Smith se empertigou.

— Eu vi um pai de mãos dadas com a filha de... Quantos anos? Dezesseis, dezessete? E meu primeiro pensamento foi: "Que ótimo os dois estarem assim, espero continuar andando de mãos dadas com as minhas filhas quando elas forem adolescentes."

— Mas?

— Mas você pode enxergar a mesma coisa por outro prisma. Que o pai exerce poder e controle ao segurá-la, ao mantê-la no lugar dela.

— E o que faz você pensar assim?

— Ela ter fugido na primeira oportunidade. Já trabalhei em casos com suspeita de incesto, Harry, e fugir de casa é precisamente um dos comportamentos que observamos. Os sintomas que mencionei podem significar mil outras coisas, mas se houver uma chance em mil de que ela esteja sendo abusada em casa, seria negligência profissional da minha parte não compartilhar meus pensamentos, você não acha? E sei que você é amigo da família, o que é outra razão para dividir meus pensamentos com você. Você é a única pessoa que pode falar com ela.

Harry liberou o botão, as portas se abriram, e Hallstein Smith saiu do elevador rapidamente.

Ele esperou até as portas começarem a fechar outra vez e enfiou o pé entre elas. Estava prestes a ir atrás de Smith, que descia as escadas da Galeria, quando o telefone vibrou em seu bolso.

Harry atendeu.

— Oi, Harry. — A voz masculina de Isabelle Skøyen, ao mesmo tempo aguda e irônica, era inconfundível. — Ouvi dizer que você está de volta ao páreo.

— Não sei de nada disso.

— Nós já cavalgamos juntos, Harry. Foi divertido. Poderia ter sido mais divertido.

— Achei que foi o mais divertido possível.

— Enfim, águas passadas. Estou ligando para pedir um favor. Nosso escritório de comunicação faz alguns trabalhos para Mikael, e você deve ter visto que o *Dagbladet* acaba de publicar uma matéria on-line bem dura sobre ele.

— Não.

— Eles escreveram, abre aspas, "A cidade paga o preço pelo simples fato de a Polícia de Oslo, sob o comando de Mikael Bellman, ser incapaz de cumprir sua função, que é prender pessoas como Valentin Gjertsen. É um escândalo, um atestado de fracasso profissional, que Gjertsen brinque de gato e rato com a polícia há quatro anos. E agora, que cansou de ser o rato, ele está fazendo o papel de gato". O que você acha?

— Poderia ter sido mais bem escrito.

— Nós queremos que alguém venha a público e explique como essas críticas a Mikael são absurdas. Alguém capaz de lembrar às pessoas o número de crimes graves resolvidos sob o comando de Bellman, alguém que tenha sido pessoalmente responsável por muitas investigações de homicídio, alguém tido em alta estima. E já que você agora é professor na Academia de Polícia, não poderá ser acusado de bajulação. Você é perfeito, Harry. O que me diz?

— Eu obviamente quero ajudar você e Bellman.

— Quer? Isso é ótimo!

— Da melhor forma possível. Ou seja, capturando Valentin Gjertsen. Algo que me mantém bastante ocupado, então se você me der licença, Skøyen.

— Sei que vocês estão trabalhando duro, Harry, mas isso pode levar tempo.

— E por que é tão urgente enaltecer a reputação de Bellman neste momento? Vou poupar tempo para nós dois. Eu *jamais* irei até um microfone e direi algo escrito por um relações-públicas. Se desligarmos agora, poderemos dizer que nossa conversa foi civilizada e que não terminei sendo forçado a mandá-la para o inferno.

Isabelle Skøyen riu alto.

— Você não mudou, Harry. Ainda está noivo daquela advogada simpática de cabelo preto?

— Não.

— Não? Quem sabe podemos beber alguma coisa uma noite dessas.

— Rakel e eu não estamos mais noivos porque nos casamos.

— Ah. Bem, nunca imaginei que isso pudesse acontecer. Mas é necessariamente um problema?

— Para mim, é. Para você, provavelmente é mais um desafio.

— Os casados são os melhores, eles nunca dão dor de cabeça.

— Como Bellman?

— Mikael é um amor, e tem os lábios mais maravilhosos da cidade. Bem, essa conversa está ficando chata, Harry, então eu vou desligar. Você tem o meu número.

— Não, eu não tenho. Tchau.

Rakel. Tinha esquecido que ela havia ligado. Harry procurou o número dela enquanto refletia sobre a própria reação, só por desencargo de consciência. Será que o convite de Isabelle Skøyen havia exercido algum efeito sobre ele, será que o deixara excitado? Não. Enfim. Um pouco. Aquilo queria dizer alguma coisa? Não. Era tão pouco importante que Harry nem se deu ao trabalho de decidir que tipo de canalha ele era. Não que *não* fosse um canalha, mas aquele leve formigamento, aquela rápida recordação que brotou em sua mente, involuntária e meio fantasiosa, das longas pernas e dos quadris largos de Isabelle, logo desapareceu e não era suficiente para declará-lo culpado. Merda. Ele a havia rejeitado. Apesar de saber que a rejeição aumentava a chance de Isabelle Skøyen voltar a ligar.

— Telefone de Rakel Fauke, você está falando com o Dr. Steffens.

Harry sentiu um arrepio subir pela nuca.

— Aqui é Harry Hole. Rakel está aí?

— Não, Hole, ela não está.

Harry sentiu um nó na garganta. O pânico começava a tomar conta dele. O gelo estava rachando. Ele se concentrou em respirar.

— Onde ela está?

Na longa pausa que se seguiu, que ele suspeitou existir por um motivo, Harry pensou em muita coisa. E de todas as conclusões a que ele logo chegou, havia uma da qual certamente ele se lembraria. Que tudo acabava ali, que ele não poderia mais ter a única coisa que queria: que aquele dia e os próximos seriam iguais aos que ele havia tido no passado.

— Ela está em coma.

Confuso, ou por puro desespero, seu cérebro tentava dizer que "coma" era uma cidade ou um país.

— Mas ela tentou me ligar. Há menos de uma hora.

— Sim — disse Steffens. — E você não atendeu.

18

Tarde de segunda-feira

Aquilo não fazia sentido. Harry estava sentado numa cadeira sem estofamento e tentava se concentrar no que o homem do outro lado da mesa dizia. Mas as palavras faziam tão pouco sentido quanto o canto dos pássaros que entrava pela janela aberta atrás do homem de óculos e jaleco branco. Eram tão sem sentido quanto o céu azul e o fato de o sol ter decidido brilhar mais do que nas últimas semanas. Tão sem sentido quanto os pôsteres nas paredes, que retratavam pessoas com órgãos cinza e vasos sanguíneos de um vermelho vivo, ou a cruz ao lado deles, com um Cristo ensanguentado.

Rakel.

Ela era a única coisa que fazia sentido em sua vida.

Não ciência, religião, justiça, um mundo melhor, prazer, embriaguez, ausência de dor, nem mesmo felicidade. Apenas aquelas cinco letras. R-a-k-e-l. Ele sequer podia dizer que, se não fosse ela, outra pessoa faria sentido em sua vida. Se não fosse ela, não haveria ninguém.

E não ter ninguém teria sido melhor do que aquilo.

Porque não podem tirar ninguém de você.

Então, por fim, Harry interrompeu a torrente de palavras.

— O que tudo isso quer dizer?

— Isso quer dizer que não sabemos. Nós sabemos que os rins dela não estão funcionando como deveriam. E que isso pode ter sido provocado por uma infinidade de razões, mas, como eu disse, já descartamos as mais óbvias.

— O que você acha?

— Uma síndrome — disse Steffens. — O problema é que existem milhares delas, uma mais rara e obscura que a outra.

— O que você quer dizer?

— Precisamos continuar nossa busca. Por enquanto, colocamos Rakel em coma, porque ela estava começando a ter dificuldade para respirar.

— Quanto tempo...

— Por enquanto. Nós precisamos descobrir o que há de errado com a sua esposa, e também precisamos ser capazes de tratá-la. E a tiraremos do coma apenas quando tivermos certeza de que ela pode respirar sozinha.

— Ela pode... ela pode...

— Sim?

— Ela pode morrer enquanto estiver em coma?

— Nós não sabemos.

— Sim, vocês sabem.

Steffens juntou a ponta dos dedos. Esperou, tentando desacelerar o ritmo da conversa.

— Ela pode morrer — disse o médico por fim. — Todos nós podemos morrer. O coração pode parar de bater a qualquer momento, mas obviamente é uma questão de probabilidade.

Harry sabia que a fúria que borbulhava dentro de si não tinha nada a ver com o médico ou os lugares-comuns que ele dizia. Já havia conversado com parentes de vítimas de homicídio o suficiente para saber que a frustração procura um alvo, e o fato de não haver quem culpar o deixava ainda mais furioso. Ele respirou fundo.

— E de que tipo de probabilidade estamos falando?

Steffens abriu os braços.

— Como eu disse, nós não sabemos a causa da insuficiência renal.

— Vocês não sabem, e é por isso que se chama probabilidade — disse Harry. Ele parou. Engoliu. Abaixou a voz. — Então apenas me diga qual deve ser a probabilidade, com base no pouco que sabe.

— A insuficiência renal não é o motivo principal, mas um sintoma. Pode ser uma doença do sangue, ou envenenamento. Ultimamente temos tido muitos envenenamentos por cogumelos, mas a sua esposa disse que vocês não comeram cogumelos recentemente. E vocês dois comem as mesmas coisas. Está bem, Hole?

— Não.

— Você... Certo, eu entendo. Tudo o que nos resta é algum tipo de síndrome, o que é invariavelmente um problema sério.

— Mais ou menos que 50 por cento, Steffens?

— Eu não posso...

— Steffens, sei que não temos ideia de com que estamos lidando aqui, mas eu te imploro. Por favor.

O médico olhou para Harry por um longo tempo, até parecer chegar a uma conclusão.

— Nas atuais circunstâncias, com base nos exames dela, acho que o risco de perdê-la é de pouco mais de 50 por cento. Não muito mais de 50, apenas um pouco mais. Não gosto de dar essas porcentagens aos parentes porque eles geralmente se apegam muito aos números. Se um paciente morre durante uma cirurgia com risco de morte estimado em 25 por cento, eles geralmente nos acusam de iludi-los.

— Quarenta e cinco por cento? Uma chance de 45 por cento de que ela sobreviva?

— No momento. O estado dela está piorando, então, se não conseguirmos identificar a causa disso tudo em dois dias, as chances de Rakel diminuem um pouco.

— Obrigado. — Harry se levantou. Zonzo. E o pensamento veio automaticamente: o desejo de ter um apagão bem ali. Uma saída rápida e indolor, idiota e banal, mas tão sem sentido quanto todo o resto.

— Seria bom saber como entrar em contato com você caso...

— Estarei sempre disponível, pode falar comigo a qualquer momento — disse Harry. — Voltarei para perto dela agora, se não houver mais nada que eu precise saber.

— Eu o acompanho, Harry.

Eles voltaram ao quarto 301. O corredor se estendia até uma luz cintilante, possivelmente uma janela, por onde entrava o brilho do sol fraco de outono. Eles passaram por enfermeiras vestidas de um branco fantasmagórico, por pacientes de roupão movendo-se lentamente em direção à luz, com seu caminhar de mortos-vivos. Ontem ele e Rakel estavam abraçados na cama grande, o colchão um pouco macio demais, e agora ela estava ali, na terra do coma, entre fantasmas e espíritos. Precisava ligar para Oleg. Precisava encontrar um jeito de contar a ele. Precisava de uma bebida. Harry não soube de onde veio aquele pensamento, mas estava ali, como se alguém o estivesse gritando, sílaba por sílaba, no seu ouvido. Aquele pensamento precisava ser reprimido, e rápido.

— Por que você atendeu Penelope Rasch? — perguntou ele em voz baixa. — Ela não era paciente daqui.

— Porque ela precisou de uma transfusão de sangue — disse Steffens. — E eu sou hematologista e gerente do banco. Mas também faço plantão na emergência.

— Gerente do banco?

Steffens olhou para Harry. E talvez tenha notado que o homem à sua frente precisava de uma distração, uma breve pausa de tudo aquilo que o sufocava.

— Do nosso banco de sangue. Talvez devessem me chamar de gerente de sauna, porque fomos instalados na velha casa de banhos para pacientes reumáticos, que funcionava no porão. Chamamos o lugar de Banhos de Sangue. Ninguém pode dizer que hematologistas não têm senso de humor.

— Hum. Então foi isso que você quis dizer com "compro e vendo sangue".

— Como?

— Você disse que usou as fotografias da perícia na escadaria do prédio de Penelope Rasch para calcular a quantidade de sangue que ela tinha perdido. De olho.

— Você tem boa memória.

— Como ela está?

— Ah, Penelope Rasch está se recuperando fisicamente. Mas precisará de ajuda psicológica. Ficar cara a cara com um vampiro...

— Vampirista.

— ... é uma profecia, sabe?

— Profecia?

— Ah, sim. Ele foi profetizado e descrito no Velho Testamento.

— O vampirista?

Steffens sorriu sutilmente.

— Provérbios 30,14. "Há uma raça cujos dentes são espadas e os maxilares, facas, para devorar os desvalidos da terra e os indigentes dentre os homens." Chegamos.

Steffens segurou a porta, e Harry entrou. Na escuridão. Do outro lado da cortina fechada o sol brilhava, mas ali dentro a única luz era uma linha verde cintilante que percorria uma tela preta, indefinidamente. Harry olhou para o rosto dela. Estava tão serena... E tão distante, flutuando num espaço escuro onde ele não podia alcançá-la. Ele se sentou na cadeira ao lado da cama, esperou até escutar a porta fechar às suas costas. Então segurou a mão dela e deitou o rosto no lençol.

— Não vá além disso, querida — sussurrou ele. — Não vá além disso.

Truls Berntsen havia mudado os monitores de lugar; naquele escritório com conceito aberto, seu objetivo tinha sido manter a estação de trabalho que dividia com Anders Wyller fora do campo de visão de todos. E era por isso que se sentia tão irritado com o fato de que a única pessoa capaz de vê-lo, Wyller, fosse um bisbilhoteiro, especialmente quando ele falava ao telefone. Mas agora o intrometido estava num estúdio de tatuagem e piercing, porque receberam uma denúncia de que o estabelecimento importava acessórios vampíricos, como objetos de metal semelhantes a dentaduras com caninos pontudos. Truls planejava aproveitar a folga ao máximo. Havia baixado o episódio final da segunda temporada de *The Shield* e abaixado o volume a ponto de só ele conseguir ouvir. Por esse motivo, ele não ficou nada satisfeito quando o telefone em cima da mesa começou a piscar e zumbir como um vibrador ao som de "I'm Not a Girl", de Britney Spears, que Truls, por motivos não muito claros, adorava. A letra, que falava sobre a cantora ainda não se sentir uma mulher, evocava a imagem obscura de uma garota abaixo da idade de consentimento sexual, e Truls desejava não ter escolhido a música por essa razão. Ou a teria escolhido justamente por isso? Era perversão se masturbar pensando na Britney Spears com aquele uniforme de colegial? Certo, nesse caso ele era um pervertido. Mas a maior preocupação de Truls era o número vagamente familiar na tela. O Tribunal de Contas? A Corregedoria da Polícia? Algum antigo contato para quem havia feito um serviço de queimador de provas? Alguém para quem devia dinheiro ou favores? Não era o número de Mona Daa. Certamente era uma ligação de trabalho, e era muito provável que ele tivesse que atender alguma solicitação. Enfim, Truls concluiu que atender o telefonema dificilmente lhe traria algum benefício. Guardou o celular na gaveta e se concentrou em Vic Mackey e seus parceiros da equipe STRIKE. Ele adorava Vic; *The Shield* era a única série policial que mostrava como os policiais pensam de verdade. De repente, ele lembrou por que o número pareceu familiar. Abriu a gaveta num movimento rápido e pegou o telefone.

— Agente Berntsen.

Dois segundos se passaram antes que ele ouvisse um ruído do outro lado da linha, e Truls pensou que ela tivesse desligado. Mas a voz estava ali, bem no seu ouvido, doce e avassaladora.

— Oi, Truls. É Ulla.

— Ulla...?

— Ulla Bellman.

— Ah, oi, Ulla, é você? — Truls esperou soar convincente. — Posso ajudar com alguma coisa?

Ela soltou um riso cansado.

— Acho que "ajudar" não. Vi você no saguão da sede da polícia outro dia e me dei conta de há quanto tempo não temos uma conversa de verdade. Você sabe, como nos velhos tempos.

Nós nunca tivemos uma conversa *de verdade*, pensou Truls.

— Será que podemos nos encontrar? — perguntou ela.

— Sim, claro. — Truls tentou disfarçar seu grunhido.

— Ótimo. Que tal amanhã? As crianças estarão com minha mãe. Podemos sair para beber ou comer alguma coisa.

Truls não conseguia acreditar no que estava ouvindo. Ulla queria se encontrar com ele. Para interrogá-lo sobre Mikael outra vez? Não, ela devia saber que os dois não se encontravam muito ultimamente. Além disso... Beber ou comer alguma coisa?

— Seria ótimo. Você tem algo em mente?

— Só achei que seria bom ver você. Não tenho contato com muita gente dos velhos tempos.

— Não, claro que não — disse Truls. — Então onde?

Ulla riu.

— Eu não saio há anos. Não sei para onde as pessoas vão hoje em dia em Manglerud. Você ainda mora lá, não é verdade?
— Sim. É... O Olsen ainda está de pé, em Bryn.
— Ah, é? Combinado então. Nós nos encontramos no Olsen. Às oito da noite?
Truls fez que sim como um imbecil, então se lembrou de dizer "sim".
— E Truls?
— Diga.
— Por favor, não comente nada com Mikael.
Truls tossiu.
— Não?
— Não. Nos vemos amanhã às oito, então.
Depois que ela desligou, ele ficou ali, olhando para o telefone. Aquilo havia acontecido de verdade ou era apenas um eco dos devaneios que tinha aos 16, 17 anos? Truls sentiu uma felicidade tão grande que o peito pareceu prestes a explodir. E então veio o pânico. Seria um desastre. De uma forma ou de outra, era evidente que seria um desastre.

Foi um grande desastre.
É óbvio que não poderia ter durado muito; foi apenas uma questão de tempo até ter sido arrancado do paraíso.
— Cerveja — disse ele, erguendo os olhos para a jovem sardenta que os atendia na mesa.
Ela não usava maquiagem, tinha os cabelos presos num rabo de cavalo, e as mangas da blusa branca estavam dobradas como se estivesse pronta para lutar. Ela escreveu no bloco como se esperasse um pedido maior, o que fez Harry achar que era recém-contratada. Afinal, estavam no Schrøder, onde nove em cada dez pedidos eram curtos. Ela odiaria o emprego nas primeiras semanas. As piadas vulgares dos homens, o ciúme maldisfarçado das mulheres ligeiramente bêbadas. Gorjetas ruins, nada de música para dançar enquanto circulava pelo bar, nada de rapazes bonitos para observá-la, apenas bêbados velhos e falastrões que ela teria de expulsar dali antes de fechar o local. Ela se perguntaria se valia a pena o dinheiro extra para pagar o financiamento estudantil, a chance de dividir um apartamento com outras estudantes numa localização relativamente central. Mas Harry sabia

que, se ela encarasse o primeiro mês sem desistir e pedir demissão, a situação gradualmente mudaria. Ela passaria a rir do humor sem noção dos comentários, aprenderia a fazer graça do mesmo jeito brega. Quando as mulheres percebessem que ela não ameaçava seu território, passariam a confiar nela. E ela receberia gorjetas. Não muito, mas seriam gorjetas sinceras, além de incentivos gentis e uma ou outra eventual declaração de amor. E os clientes a chamariam por um nome. Um apelido bastante desconfortável, mas ainda assim amoroso, que a enobrecesse perante aquele grupo tão pouco nobre. Bela Adormecida, Vitrola, Ursinha. No caso dela, provavelmente teria relação com as sardas e o cabelo ruivo. E, com o ir e vir de estudantes na república e dos possíveis namorados, pouco a pouco aquilo se tornaria sua família. Uma família acolhedora, generosa, irritante e perdida.

A garota ergueu os olhos do bloco de papel.

— Nada mais?

— Não. — Harry sorriu.

Ela se apressou até o bar como se alguém estivesse cronometrando seu percurso. E, vai saber, talvez Rita estivesse atrás do balcão fazendo exatamente isso.

Anders Wyller tinha enviado uma mensagem para dizer que o aguardava na Tattoos & Piercings, na Storgata. Harry começava a responder, dizendo que Anders precisaria cuidar daquilo sozinho, quando percebeu que alguém havia se sentado à sua frente.

— Oi, Rita — disse ele, sem desviar os olhos do celular.

— Oi, Harry. Dia ruim?

— Sim. — Ele digitou um *smile* à moda antiga: dois pontos, fecha parêntese.

— E agora você está aqui para torná-lo ainda pior?

Harry não respondeu.

— Sabe o que eu acho, Harry?

— O que você acha, Rita? — O dedo dele tentava achar o botão "enviar".

— Eu não acho que isso seja o fim da linha.

— Eu só pedi uma cerveja para a Ferrugem.

— Nós ainda a chamamos de Marte. E eu cancelei a cerveja. O diabinho em seu ombro direito pode até querer uma bebida, Harry, mas o anjo do lado esquerdo o trouxe a um lugar onde não se vende destilados e onde existe uma Rita que serve café em vez de cerveja, conversa com você e depois o manda para casa, para Rakel.

— Ela não está em casa, Rita.

— Ah, então é isso. Harry Hole fez cagada outra vez. Vocês homens sempre encontram um jeito de fazer isso.

— Rakel está doente. E eu preciso de uma cerveja antes de ligar para Oleg. — Harry abaixou os olhos para o telefone. Voltou a procurar o botão "enviar" quando sentiu a mão rechonchuda de Rita na sua.

— No fim as coisas costumam se acertar, Harry.

Ele a fitou.

— É claro que não. A não ser que você conheça alguém que tenha sobrevivido ao próprio fim.

Ela riu.

— "No fim" é apenas o instante entre aquilo que te deixa mal hoje e o dia em que nada mais poderá te deixar triste, Harry.

Harry voltou a olhar para o telefone. Escreveu o nome de Oleg e apertou o ícone de chamada.

Rita se levantou e o deixou sozinho.

Oleg atendeu no primeiro toque.

— Que bom que você ligou! Estamos num seminário, discutindo o parágrafo 20 do Código de Ética. A interpretação correta é que, se a situação exigir, todo policial é subordinado a outro de patente mais elevada e deve obedecer às ordens desse superior mesmo que não trabalhem no mesmo departamento, ou até na mesma delegacia, certo? Qual é, diga que estou certo! Apostei uma bebida com esses dois idiotas... — Harry ouvia risos ao fundo.

Ele fechou os olhos. É claro que havia algo pelo que esperar, algo pelo que ansiar: o instante que vem depois daquilo que nos deixa mal. O dia em que nada mais poderá nos deixar tristes.

— Más notícias, Oleg. Sua mãe está no Ullevål.

— Vou querer o peixe — disse Mona para o garçom. — Sem as batatas, o molho e as verduras.

— Então só sobra o peixe — respondeu o garçom.

— Isso — confirmou Mona, devolvendo o cardápio. Ela olhou em volta, conferindo o movimento da hora do almoço no novo mas já popular restaurante onde acabavam de conseguir a última mesa para dois.

— Só peixe? — perguntou Nora, depois de pedir a salada Caesar sem molho. Mona sabia que a amiga se renderia e pediria uma sobremesa com o café.

— É o momento decisivo.

— Momento decisivo?

— Estou me livrando da gordura subcutânea para dar definição aos músculos.

— Fisiculturismo? Você vai mesmo entrar nessa?

Mona riu.

— Com esses quadris? Estou torcendo para que as pernas e a parte superior do corpo me rendam pontos. Além da personalidade vencedora, é claro.

— Você parece nervosa.

— É claro que sim.

— Ainda faltam três semanas, e você *nunca* fica nervosa. O que foi? Tem a ver com os assassinatos do vampirista? A propósito, obrigada pela sugestão. Smith foi ótimo. E Bratt também, do jeito dela. E sabe Isabelle Skøyen, aquela ex-assessora da Secretaria de Assuntos Sociais? Ela nos ligou para saber se o *Sunday Magazine* estaria interessado em receber Mikael Bellman como convidado.

— Para ele responder às críticas por Valentin Gjertsen não ter sido pego? Sim, Isabelle também ligou para o *VG*. Que mulher intensa, para dizer o mínimo!

— Vocês toparam? Céus, qualquer coisa vagamente relacionada ao vampirista está sendo publicada de imediato.

— *Eu* não teria topado. Mas meus colegas não são tão exigentes.

— Mona tocou na tela do seu iPad e passou o aparelho para Nora, que leu em voz alta a matéria publicada na edição on-line do *VG*. "A ex-assessora da Secretaria de Assuntos Sociais Isabelle Skøyen repudia as críticas à polícia de Oslo e afirma que o chefe de polícia está no comando da situação. *Mikael Bellman e seus policiais já identificaram o assassino vampirista e agora empregam todos os seus recursos para encontrá-lo. Entre outras coisas, o chefe de polícia trouxe para a investigação o renomado detetive Harry Hole, que está totalmente disposto a ajudar seu antigo superior e não vê a hora de algemar esse pervertido desprezível."* — Nora devolveu o iPad. — É bem apelativo. E o que você acha de Hole? Você daria uns amassos nele?

— É claro que não. E você?

— Não sei. — Nora olhou para o vazio. — Acho que sim. Só um pouquinho. Tipo, por favor, pare, tire a mão daí, e daí também, e daí... — Ela deu uma gargalhada.

— Meu Deus — disse Mona, fazendo que não com a cabeça. — São pessoas como você que contribuem para que certos mal-entendidos acabem em estupro.

— Como assim? O que quer dizer?

— Me diga você. Nunca tive nenhum mal-entendido com ninguém.

— Finalmente descobri por que você usa Old Spice.

— Descobriu nada — disse Mona com um suspiro.

— Descobri sim! Para se proteger de estupros. É isso, não é? Loção pós-barba com cheiro de testosterona. Coloca os caras para correr com a mesma eficiência de spray de pimenta. Mas você já pensou que com isso também está afastando todos os outros homens?

— Desisto — resmungou Mona.

— Sim, desista! Conte!

— É por causa do meu pai.

— O quê?

— Ele usava Old Spice.

— É claro. Porque vocês eram *muito* próximos. Você sente falta dele, pobrez...

— É um lembrete constante da lição mais importante que ele me ensinou.

Nora piscou os olhos.

— Fazer a barba?

Mona riu e pegou o copo.

— Nunca desistir. *Nunca*.

Nora inclinou a cabeça de lado e olhou sério para a amiga.

— Você *está* nervosa, Mona. O que é? E por que você não aceitaria a matéria de Skøyen? Quer dizer, é *você* quem manda quando se trata dos assassinatos do vampirista.

— Porque estou de olho em peixes maiores. — Mona afastou as mãos da mesa quando o garçom voltou.

— Espero que esteja mesmo — disse Nora, olhando para o filezinho de peixe patético que o garçom tinha colocado diante da amiga.

Mona espetou o garfo no filé.

— Estou nervosa porque provavelmente estou sendo vigiada.

— Como assim?

— Não posso contar, Nora. Nem para você, nem para ninguém. Porque foi esse o acordo, e até onde eu sei podem estar nos ouvindo agora.

— Nos ouvindo? Você está brincando! E eu aqui dizendo que deixaria Harry Hole... — Nora colocou a mão sobre a boca.

Mona sorriu.

— Isso dificilmente será usado contra você. O importante é que posso ter nas mãos o furo do século do jornalismo policial. De todos os tempos, até.

— Você precisa me contar!

Mona fez que não com firmeza.

— O que *posso* contar é que tenho uma pistola. — Ela bateu a mão na bolsa.

— Agora você está me assustando, Mona! E se ouvirem que você tem uma pistola?

— Quero que ouçam. Então vão saber que não devem mexer comigo.

Nora resmungou, exasperada.

— Mas por que você precisa fazer isso sozinha, se é perigoso?

— Porque é assim que nascem as lendas do jornalismo, minha querida Nora. — Mona deu um sorriso amplo e ergueu o copo. — Se tudo correr bem, eu pago o almoço na próxima vez. E, com ou sem campeonato, nós beberemos champanhe.

— Desculpem o atraso — disse Harry, fechando a porta da Tattoos & Piercings.

— Estamos conferindo o catálogo. — Anders Wyller sorriu. Ele estava de pé atrás de uma mesa, folheando um álbum junto com um sujeito de pernas arqueadas que usava um boné do Vålerenga Futebol Clube, camiseta preta do Hüsker Dü, e tinha uma barba que, para Harry, já existia antes de os descolados hipsters pararem de se barbear.

— Não quero atrapalhar vocês — disse Harry, parado perto da porta.

— Como eu estava dizendo — prosseguiu o homem de barba, apontando para o álbum —, eles são apenas decorativos, não dá para colocar na boca. E os dentes também não são afiados, com exceção dos caninos.

— E estes aqui?

Harry olhou em volta. Não havia mais ninguém na loja, e dificilmente caberia mais gente ali dentro. Cada metro quadrado, metro cúbico, na verdade, estava ocupado. A maca de tatuador no centro, camisetas penduradas no teto. Expositores com piercings e armários que guardavam adornos maiores, crânios e bonecos cromados de personagens dos quadrinhos. Cada centímetro das paredes estava coberto de desenhos e fotografias de tatuagens. Em uma das fotografias, Harry reconheceu uma tatuagem feita nas prisões russas, uma pistola Makarov, que dizia àqueles que faziam parte dos negócios que seu portador havia matado um policial. E as linhas indistintas sugeriam que fora desenhada à moda antiga, com uma corda de violão presa a uma lâmina de barbear, sola de sapato derretida e urina.

— Todas essas tatuagens são suas? — perguntou Harry.

— Não, nenhuma delas — respondeu o homem. — Elas são de tudo que é lugar. Legais, não?

— Estamos quase acabando — disse Anders.

— Levem o tempo que pre... — Harry parou abruptamente.

— Sinto muito não poder ajudar — disse o homem barbudo para Wyller. — Sua descrição parece se referir ao tipo de coisa que se encontra em sex shops.

— Obrigado, já tentamos isso.

— Certo. Bom, é só dizer se eu puder fazer mais alguma coisa.

— Você pode.

Ambos se viraram para o policial alto que apontava para um desenho quase no topo da parede.

— Onde arrumou aquilo?

Os outros dois se juntaram a ele.

— Na Penitenciária de Ila — disse o homem barbudo. — É uma das tatuagens deixadas por Rico Herrem, um detento que também era tatuador. Ele morreu em Pattaya, na Tailândia, logo depois de sair da prisão, há uns dois ou três anos. Antraz.

— Você já fez aquela tatuagem em alguém? — perguntou Harry, o olhar atraído para a boca escancarada do rosto demoníaco.

— Nunca. E ninguém nunca pediu. Não é o tipo de coisas que as pessoas querem expor por aí.

— Ninguém?

— Não que eu me lembre. Mas, agora que você mencionou, um cara que trabalhou aqui por um tempo disse que viu aquela tatuagem. *Cin*, era como a chamava. Só sei disso porque *cin* e *seytan* são as únicas palavras em turco que ainda lembro. *Cin* quer dizer demônio.

— Ele disse onde a viu?

— Não, e ele voltou para a Turquia. Mas, se for importante, devo ter o número dele.

Harry e Wyller esperaram até o homem voltar dos fundos da sala com um pedaço de papel.

— Mas, devo dizer, ele mal fala inglês.

— Como...

— Sinais, meu turco improvisado e o norueguês de kebaberia dele. Que ele já deve ter esquecido. Recomendo usarem um intérprete.

— Obrigado mais uma vez — disse Harry. — E sinto muito, mas vamos precisar levar o desenho. — Ele olhou em volta, procurando uma cadeira, mas percebeu que Wyller já havia colocado uma à sua frente.

Harry estudou o jovem e sorridente colega antes de subir na cadeira.

— O que vamos fazer agora? — perguntou Wyller quando já estavam na calçada e um bonde passou, apressado.

Harry guardou o desenho no bolso interno do paletó e olhou para a cruz azul na parede acima deles.

— Agora nós vamos a um bar.

Ele caminhava pelo corredor do hospital. Segurando um buquê de flores à sua frente para esconder o rosto. Nenhuma das pessoas com quem cruzou, os visitantes ou os que estavam vestidos de branco, prestou atenção nele. Seu pulso estava tranquilo. Quando tinha 13 anos, caiu de uma escada ao tentar espiar a esposa do vizinho, bateu a cabeça no piso de cimento e perdeu a consciência. Quando voltou a si, viu a mãe com o ouvido no seu peito e sentiu seu cheiro, um cheiro de lavanda. Ela achara, conforme havia dito, que ele estivesse morto, porque não conseguia ouvir as batidas de seu coração ou sentir seu pulso. E foi difícil decidir se havia alívio ou decepção na voz da mãe. Mas ela o levou a um jovem médico, que conseguiu sentir seu pulso, depois de muito esforço, e disse que estava fraco demais. Que concussões costumam acelerar os batimentos cardíacos. Ele foi internado e passou uma semana deitado numa cama branca, sonhando com um branco ofuscante, como fotografias superexpostas ou a vida após a morte nos filmes. Um branco angelical. Nada num hospital prepara você para a escuridão que aguarda todos nós.

A escuridão que aguardava a mulher deitada no quarto cujo número ele havia descoberto.

A escuridão que aguardava o policial e seu olhar marcante ao descobrir o que havia acontecido.

A escuridão que aguarda todos nós.

Harry olhou para as garrafas nas prateleiras em frente ao espelho, para o brilho que o líquido dourado dentro delas irradiava ao refletir a luz. Rakel estava dormindo. Ela estava dormindo agora. Quarenta e cinco por cento. A chance de sobrevivência dela e a graduação alcoólica daquelas garrafas eram basicamente as mesmas. Sono. Poderia estar lá com ela. Ele desviou o olhar. Para a boca de Mehmet, os lábios que formavam palavras incompreensíveis. Harry havia lido em algum lugar que a gramática turca é considerada a terceira mais difícil do mundo. O telefone que ele tinha em mãos era de Harry.

— *Sağ olun* — disse Mehmet, e devolveu o telefone. — Ele disse que viu o *cin* no peito de um homem na casa de banho turca em Sagene, o Cagaloglu Hamam. Disse que o viu três vezes, a última provavelmente menos de um ano atrás, pouco antes de voltar para a Turquia. E que o homem geralmente usava um roupão, mesmo na sauna. A única vez que o viu sem o roupão foi no *hararet*.

— Hara o quê?

— A sala de vapor. A porta abriu, o vapor escapou por alguns segundos, e ele o viu. Disse que não é possível esquecer uma tatuagem como aquela, que era como ver o *seytan* em pessoa tentando se libertar.

— E você perguntou sobre características físicas que chamaram atenção dele?

— Sim. Ele não viu as cicatrizes sob o queixo que você mencionou, nada em especial, na verdade.

Harry ainda assentia, pensativo, quando Mehmet saiu para preparar mais café.

— Vigiar a casa de banho? — perguntou Wyller no banco ao lado de Harry.

Harry fez que não.

— Não temos como saber quando ou se ele vai aparecer, e, se aparecer, não sabemos como é o rosto de Valentin hoje. E ele é esperto demais para deixar a tatuagem à mostra.

Mehmet voltou e colocou as xícaras no balcão à frente deles.

— Obrigado pela ajuda, Mehmet — disse Harry. — Levaríamos um dia inteiro para conseguirmos um intérprete de turco.

Mehmet deu de ombros.

— Achei que era minha obrigação. Afinal de contas, Elise estava aqui antes de ser assassinada.

— Hum. — Harry abaixou os olhos para sua xícara. — Anders?

— Sim? — Anders Wyller parecia satisfeito, talvez porque era a primeira vez que ouvia Harry dizer seu nome.

— Você pode ir buscar o carro?

— Sim, mas o carro está logo...

— Eu encontro você lá fora.

Quando Wyller saiu, Harry deu um gole no café.

— Não é da minha conta, mas você está com problemas, Mehmet?

— Com problemas?

— Você não tem ficha criminal, eu conferi. Mas o cara que estava aqui e sumiu no instante em que nos viu chegar tem. E mesmo que não tenha esperado para nos cumprimentar, Danial Banks e eu nos conhecemos há bastante tempo. Ele está atrás de você?

— O que quer dizer?

— Quero dizer que você acaba de abrir um bar e, pelos seus registros fiscais, não é dono de nenhuma fortuna. E Banks é especialista em emprestar dinheiro para gente como você.

— Gente como eu?

— Gente que os bancos não ajudam. O que ele faz é ilegal, você sabia? Usura, parágrafo 295 do Código Penal. Você pode denunciá-lo, se livrar dele. Deixe-me ajudar.

Mehmet olhou para o policial de olhos azuis. E assentiu.

— Você tem razão, Harry...

— Ótimo.

— ... não é da sua conta. Parece que o seu colega está esperando você.

Ele fechou a porta do quarto de hospital. As persianas estavam baixadas, deixando o cômodo mergulhado na penumbra. Colocou o buquê na prateleira acima da cama. Olhou para a mulher adormecida. Parecia tão solitária, ali deitada daquele jeito. Ele fechou as cortinas. Sentou na cadeira ao lado da cama, tirou uma seringa do bolso da jaqueta e removeu a tampa da agulha. Segurou o braço dela. Olhou para a pele. Pele de verdade. Adorava pele de verdade. Sentiu vontade de beijá-la, mas sabia que precisava se controlar. O plano. Siga o plano. Então ele enfiou a ponta da agulha no braço da mulher. Sentiu-a deslizar por dentro da pele sem qualquer resistência.

— Isso, isso — sussurrou ele. — Agora vou tirar você dele. Você é minha agora. Toda minha.

Ele apertou o êmbolo e observou o conteúdo escuro ser forçado para fora da seringa, para dentro da mulher. Preenchendo-a com escuridão. E sono.

— Sede da polícia? — perguntou Wyller.

Harry olhou para o relógio. Duas da tarde. Tinha combinado de se encontrar com Oleg no hospital dali a uma hora.

— Hospital Ullevål — respondeu ele.

— Você está se sentindo mal?

— Não.

Wyller esperou e, como nada mais foi dito, passou a primeira marcha e saiu dali.

Harry olhava pela janela, perguntando-se por que não tinha contado nada a ninguém. Precisaria contar a Katrine, por motivos práticos. E a alguém mais além dela? Não. Por que deveria?

— Baixei Father John Misty ontem — disse Wyller.

— Por quê?

— Porque você recomendou.

— Recomendei? Deve ser bom, então.

Não falaram mais nada até ficarem presos no trânsito, que se arrastava lentamente pela Ullevålsveien, passando pela Catedral de Santo Olavo e a Nordal Bruns gate.

— Pare naquele ponto de ônibus — disse Harry. — Estou vendo uma pessoa.

Wyller freou e deu uma guinada para a direita, parando em frente à cobertura onde alguns adolescentes esperavam para pegar o ônibus depois da escola. Escola da Catedral de Oslo, sim, era onde ela estudava. Estava um pouco afastada do grupo barulhento, com o cabelo caído no rosto. Sem saber o que dizer, Harry abriu a janela.

— Aurora!

Um choque elétrico percorreu o corpo longilíneo da garota, que fugiu dali como um antílope assustado.

— Você sempre provoca essa reação nas adolescentes? — perguntou Wyller, depois que Harry lhe disse para ir embora.

Ela correu na direção contrária, pensou Harry, olhando-a pelo retrovisor. Ela sequer precisou pensar a respeito. Porque já havia refletido sobre aquilo antes: se quiser fugir de alguém que estiver num carro, corra na direção de onde o carro veio. Mas o significado daquilo, ele não sabia. Algum tipo de inquietude adolescente, talvez. Ou uma fase, como dissera Ståle.

O trânsito melhorou mais adiante na Ullevålsveien.

— Vou esperar no carro — disse Anders quando pararam na entrada do Bloco 3 do hospital.

— Pode demorar um pouco — disse Harry. — Não prefere a sala de espera?

Ele sorriu e fez que não.

— Não tenho boas lembranças de hospitais.

— Hum. Sua mãe?

— Como você sabe?

Harry deu de ombros.

— Tinha de ser alguém muito próximo. Perdi minha mãe num hospital quando era menino.

— Também foi culpa do médico?

— Não, ela não podia ser salva. Então eu mesmo carreguei a culpa nas costas.

Wyller assentiu com ironia.

— Com a minha mãe foi um deus autoproclamado de jaleco branco. Por isso não piso aí dentro.

Ao entrar no hospital, Harry notou um homem saindo com um punhado de flores na frente do rosto; ele o notou porque se espera que as pessoas entrem com flores em um hospital, não que saiam com elas. Oleg estava sentado na sala de espera. Os dois se abraçaram enquanto pacientes e visitantes em volta deles continuavam suas conversas sussurradas e desistiam de folhear revistas velhas. Oleg era apenas um centímetro mais baixo que Harry, e Harry às vezes esquecia que o moleque finalmente tinha parado de crescer e que havia vencido a aposta deles, afinal.

— Eles disseram alguma coisa? — perguntou Oleg. — Sobre o que ela tem e se é grave?

— Não — respondeu Harry. — Mas, como eu disse, não precisa se preocupar, eles sabem o que estão fazendo. Ela foi colocada em coma *induzido*, de forma controlada. Tudo bem?

Oleg abriu a boca. Voltou a fechá-la e assentiu. E Harry percebeu. Que Oleg sabia que ele não estava dizendo toda a verdade. E que permitira que Harry o protegesse.

Uma enfermeira se aproximou e disse que eles podiam entrar.

Harry entrou primeiro.

As persianas estavam fechadas.

Ele foi até a cama. Olhou para o rosto pálido. Ela parecia estar muito longe.

Longe demais.

— Ela... ela está respirando?

Oleg. Ele estava logo atrás de Harry, exatamente como ficava quando era criança, e eles cruzavam com algum dos muitos cachorros de grande porte em Holmenkollen.

— Sim — disse Harry, gesticulando com a cabeça para as máquinas com luzes coloridas.

Eles sentaram um de cada lado da cama. E olhavam para a linha verde tremeluzente na tela quando achavam que o outro não perceberia.

Katrine olhava para um mar de mãos.

A coletiva havia durado menos de quinze minutos, e a impaciência na Sala de Imprensa já era visível. Ela se perguntava o que os contrariava mais. A falta de novidades na caçada policial por Valentin Gjertsen. Ou a falta de novidades na caçada de Valentin Gjertsen por novas vítimas. Quarenta e seis horas já haviam se passado desde o último ataque.

— Receio que serão as mesmas respostas para as mesmas perguntas — comentou ela. — Então se não há novas...

— O que acha de agora trabalharem em três assassinatos, não mais em dois?

A pergunta foi gritada por um jornalista nos fundos da sala.

Katrine viu a inquietação se espalhar pelo ambiente como ondulações na água.

Ela olhou para Bjørn Holm, que estava sentado na primeira fila, mas ele deu de ombros. Aproximou a boca dos microfones.

— É possível que eu ainda não tenha recebido certas informações, então precisarei responder a essa pergunta em outra oportunidade.

— O hospital acaba de divulgar um comunicado. Penelope Rasch está morta — afirmou outra voz.

Katrine desejou que seu rosto não traísse a confusão que sentia. Penelope Rasch não estava correndo risco de morte.

— Vamos parar por aqui e nos encontrar quando tivermos mais informações. — Katrine juntou seus papéis, afastou-se apressada do púlpito e saiu pela porta lateral. *Quando nós soubermos mais do que vocês*, ela murmurou consigo mesma, e soltou um palavrão.

Katrine desceu o corredor pisando forte. O que diabos tinha acontecido? Algum problema com o tratamento? Esperava que sim. Esperava que houvesse uma explicação médica, complicações inesperadas, uma crise súbita ou coisa parecida, até mesmo algum erro médico. Não, não era possível; tinham colocado Penelope num quarto secreto. Apenas as pessoas mais próximas dela sabiam o número.

Bjørn veio correndo atrás dela.

— Acabei de falar com o Ullevål. Eles disseram que foi um veneno desconhecido, que não tiveram como salvá-la.

— Veneno? Da mordida, ou ela foi envenenada no hospital?

— Não está claro. Eles disseram que terão mais notícias amanhã.

Maldito caos. Katrine odiava o caos. E onde estava Harry? Merda, merda.

— Cuidado para não furar o chão com esses saltos — disse Bjørn baixinho.

Harry tinha dito a Oleg que os médicos não sabiam. Não sabiam o que iria acontecer. As decisões práticas que precisavam tomar. Fora isso, o silêncio pesava entre os dois.

Harry viu as horas. Sete da noite.

— Você deveria ir para casa — sugeriu Harry. — Coma alguma coisa e durma um pouco. Você tem aula amanhã.

— Só se tiver certeza de que você vai ficar aqui. Não podemos deixá-la sozinha.

— Vou ficar até me expulsarem, o que deve acontecer em breve.

— Mas vai ficar enquanto permitirem? Você não vai trabalhar?

— Trabalhar?

— Sim. Se vai ficar aqui agora, isso quer dizer que não vai mais trabalhar... naquele caso?

— É claro que não.

— Eu sei como você fica quando investiga um homicídio.

— Sabe?

— Lembro algumas coisas. E mamãe me contou outras.

Harry suspirou.

— Eu vou ficar aqui agora. Prometo. O mundo vai continuar a girar sem mim, mas... — Ele se calou, deixando o resto da frase pairando no ar entre eles: ... *não sem ela.*

Ele respirou fundo.

— Como você está?

Oleg deu de ombros.

— Estou com medo. E dói.
— Eu sei. Vá, e volte amanhã depois da aula. Eu chegarei bem cedo.
— Harry?
— Sim?
— As coisas vão melhorar amanhã?

Harry olhou para ele. Aquele rapaz de olhos castanhos e cabelo preto não tinha uma gota do seu sangue, mas, para Harry, era como se estivesse se vendo no espelho.

— O que você acha?

Oleg fez que não, e Harry via que lutava para conter as lágrimas.

— Certo — disse ele. — Eu fiquei com a minha mãe quando ela estava doente, exatamente como você está fazendo agora. Hora após hora, dia após dia. Eu era apenas um menino, e aquilo me consumiu por dentro.

Oleg enxugou os olhos com as costas da mão e fungou.

— E preferia não ter feito isso?

Harry fez que não.

— É estranho. Não podíamos conversar direito, ela estava muito doente. Só ficava deitada com um sorriso cansado e se apagava pouco a pouco, como a cor de uma fotografia esquecida ao sol. É ao mesmo tempo a pior e a melhor lembrança da minha infância. Você consegue entender?

Oleg assentiu lentamente.

— Acho que sim.

Eles se despediram com um abraço.

— Pai... — sussurrou Oleg, e Harry sentiu uma lágrima morna no pescoço.

Mas não podia chorar. Não queria chorar. Quarenta e cinco por cento, quarenta e cinco *maravilhosos* pontos percentuais.

— Estou aqui, meu garoto — disse Harry. A voz firme. O coração entorpecido. Ele se sentia forte. Conseguiria lidar com tudo aquilo.

19

Noite de segunda-feira

Mona Daa calçava tênis, mas ainda assim seus passos ecoavam entre os contêineres. Ela havia estacionado seu pequeno carro elétrico perto do portão e entrado a passos determinados no escuro e deserto terminal de contêineres, um cemitério para a sucata do porto. As fileiras de contêineres eram as lápides das cargas mortas e esquecidas, despachadas para empresas que faliram ou que não as reconheceram como suas por remetentes que não existiam mais e, por isso, não podiam aceitar a devolução. Agora as mercadorias estavam presas em trânsito eterno em Ormøya, em contraste com a revitalização do bairro vizinho de Bjørvika. Ali, prédios caros e luxuosos eram erguidos um após o outro, com as rampas gélidas da Ópera como a cereja do bolo. Tinha certeza de que aquilo terminaria como um monumento em homenagem à era do petróleo, um Taj Mahal da social-democracia.

Mona usou a lanterna que carregava para encontrar o caminho, seguindo os números e letras pintados no asfalto. Vestia legging preta e um agasalho preto. Em um bolso, levava um frasco de spray de pimenta e um cadeado; no outro, a pistola, uma Walther 9mm que surrupiou do pai. Ele serviu um ano no Corpo de Saúde das Forças Armadas depois de se formar em medicina e não devolveu a arma.

Por baixo do agasalho e da cinta com o transmissor cardíaco, seu coração batia cada vez mais rápido.

A H23 ficava entre duas fileiras com três contêineres de altura.

E lá estava a jaula.

O tamanho sugeria que tinha sido usada para transportar um animal grande. Um elefante, talvez uma girafa ou um hipopótamo. Uma das laterais da jaula podia ser aberta, mas estava trancada com um cadeado enorme, marrom enferrujado. Na outra lateral, no entanto, havia uma pequena porta destrancada que Mona suspeitava ter sido usada pelas pessoas que alimentavam os animais e limpavam a jaula.

As dobradiças rangeram quando ela segurou as barras de ferro e abriu a porta. Mona olhou em volta uma última vez. Ele já devia estar ali, escondido nas sombras ou atrás de um contêiner, certificando-se de que ela estava sozinha, como combinado.

Mas não havia mais tempo para dúvidas e hesitação. Ela repetiu o que dizia a si mesma antes de levantar peso numa competição: que a decisão já havia sido tomada, que o momento de refletir ficara para trás, que a ação era tudo o que restava. Ela entrou, pegou o cadeado que levava no bolso e o passou entre a porta e uma das grades. Então fechou o cadeado e colocou a chave no bolso.

A jaula fedia a urina, mas Mona não sabia dizer se era de algum animal ou se era urina humana. Ela foi até o centro da jaula.

Ele poderia se aproximar pela direita ou pela esquerda. Mona olhou para cima. Poderia escalar a pilha de contêineres e falar com ela lá do alto. Ela ligou o gravador do celular e colocou o aparelho no fétido piso de ferro. Então ergueu o punho esquerdo do agasalho e viu que eram sete e cinquenta e nove. Fez o mesmo com o punho direito. O monitor cardíaco marcava 128.

— Oi, Katrine. Sou eu.

— Que bom. Estava tentando falar com você. Recebeu minhas mensagens? Onde você está?

— Em casa.

— Penelope Rasch está morta.

— Complicações. Vi no site do *VG*.

— E?

— E eu estava cuidando de outras coisas.

— Jura? Por exemplo?
— Rakel está no Ullevål.
— Que merda. É grave?
— Sim.
— Que droga, Harry. Quão grave?
— Não sei, mas não posso mais participar da investigação. Vou ficar no hospital de agora em diante.
Pausa.
— Katrine?
— Hã? Sim, é claro. Desculpe, são muitas coisas ao mesmo tempo. Claro, você tem todo o meu apoio, pode contar comigo. Mas, caramba, Harry, você tem com quem conversar? Quer que eu...
— Obrigado, Katrine, mas você tem um homem para prender. Vou dispensar minha equipe, e você precisará trabalhar com o que tem. Use Smith. Ele tem ainda menos jeito para lidar com as pessoas do que eu, mas é corajoso e ousa pensar fora da caixa. E Anders Wyller é interessante. Dê a ele um pouco mais de responsabilidade e veja o que acontece.
— Estava pensando nisso. Ligue se precisar de qualquer coisa. Qualquer coisa.
— Certo.
Eles desligaram, e Harry se levantou. Foi até a cafeteira, ouviu os próprios pés arrastando no chão. Ele nunca arrastava os pés, nunca. Ficou parado com a jarra na mão, e seus olhos percorreram a cozinha vazia. Não sabia onde tinha deixado sua caneca. Ele colocou a jarra de volta na cafeteira, sentou à mesa e telefonou para o número de Mikael Bellman. Caixa postal. Não importava, ele não tinha muito a dizer.
— Aqui é Hole. Minha esposa está doente, então estou fora. É minha decisão final.
Ele continuou sentado e olhou pela janela para as luzes da cidade.
Pensou naquele búfalo de uma tonelada com um leão pendurado no pescoço. Suas feridas sangravam, mas ele ainda tinha muito sangue e, se conseguisse derrubar o leão, poderia pisoteá-lo ou enfiar os chifres nele. Mas o tempo se esgotava, ele estava sufocando, precisava de ar. E mais leões estavam a caminho; o bando havia farejado o sangue.
Harry via as luzes, mas pensou que nunca pareceram tão distantes.

O anel de noivado. Valentin tinha dado um anel a ela e voltado. Exatamente como o Noivo. Droga. Ele afastou o pensamento. Hora de desligar a cabeça. Apagar as luzes, trancar tudo e ir para casa.

Eram oito e quatorze quando Mona escutou um barulho. Veio da escuridão, que tinha ficado mais densa desde que ela havia se sentado dentro da jaula. Ela viu um movimento. Algo se aproximava. Ela repassou as perguntas que havia preparado e pensou em que cenário ficaria mais assustada: se ele aparecesse ou se não aparecesse. Mas ela não tinha mais dúvidas. Sentindo a pulsação latejar no pescoço, ela segurou o cabo da pistola no bolso. Praticara tiro no porão da casa dos pais e, a uma distância de seis metros, acertou seu alvo, uma capa de chuva embolorada pendurada num gancho na parede de tijolos.

Ele saiu da escuridão e entrou na luz de um cargueiro atracado perto dos silos de cimento a algumas centenas de metros dali.

Era um cachorro.

O bicho foi até a jaula e olhou para ela.

Parecia ser de rua. Não usava coleira, e era tão magro e estava tão ferido que era difícil imaginar que ele tinha um dono. Era o tipo de cão que a pequena Mona, com sua alergia a gatos, sempre havia desejado que a seguisse até em casa um dia e nunca mais a abandonasse.

Mona sustentou o olhar míope do cachorro e imaginou o que ele poderia estar pensando. *Um ser humano numa jaula.* E o ouviu rir por dentro.

Depois de olhar para ela por algum tempo, o cachorro virou-se de lado, levantou a pata traseira, e um jorro de líquido acertou as grades e o piso de metal.

Ele se afastou e sumiu na escuridão.

Sem levantar as orelhas ou farejar o ar.

E Mona entendeu.

Ninguém viria.

Ela olhou para o monitor cardíaco: 119. E caindo.

Ele não estava ali. Então, onde estava?

Harry viu algo na escuridão.

No acesso à garagem, além das luzes das janelas e dos degraus da entrada, ele viu a silhueta de uma pessoa com os braços caídos, imóvel, como se olhasse para Harry e a janela da cozinha.

Harry abaixou a cabeça e olhou para sua caneca de café como se não tivesse visto a pessoa ali fora. Sua pistola estava no segundo andar.
Deveria correr e pegá-la?
Por outro lado, se a caça estivesse mesmo se aproximando do caçador, ele não queria assustá-la.
Harry se levantou e alongou as costas, sabendo que ficaria bem visível na cozinha iluminada. Ele foi até a sala, que também tinha janelas voltadas para o acesso da garagem, e pegou um livro. Então deu dois passos rápidos em direção à porta, agarrando no caminho a tesoura de jardinagem que Rakel havia deixado perto das botas, abriu a porta e desceu correndo os degraus.
A silhueta continuou imóvel.
Harry parou.
Estreitou os olhos.
— Aurora?

Harry revirava o armário da cozinha.
— Cardamomo, canela, camomila. Rakel tem muitos chás que começam com "c", mas como sou um bebedor de café, não sei o que recomendar.
— Canela está bom — disse Aurora.
— Aqui.
Harry ofereceu a caixa a Aurora, que tirou um saquinho de chá. Ele a observou mergulhá-lo na caneca com água fumegante.
— Você fugiu da sede da polícia outro dia — disse ele.
— Sim — confirmou ela, lacônica, espremendo o saquinho com uma colher.
— E do ponto de ônibus ontem.
Ela não respondeu; o cabelo havia caído no rosto.
Harry se sentou, bebeu um gole de café. Deu a ela o tempo de que precisava, não tentou preencher o silêncio nem iniciar uma conversa.
— Não vi que era você — disse ela por fim. — Bom, vi, mas eu já estava assustada, e geralmente leva um tempo até o cérebro dizer ao corpo que está tudo bem. E meu corpo já tinha saído correndo.
— Hum. E você está com medo de alguma coisa?
Ela assentiu.

— Meu pai.

Harry buscou forças. Não queria seguir em frente, não queria colocar o dedo naquela ferida. Mas precisava.

— O que tem o seu pai?

Os olhos dela ficaram marejados.

— Ele me estuprou e disse que eu nunca poderia contar a ninguém. Que, se contasse, ele poderia morrer...

A náusea foi tão súbita que Harry ficou sem ar por um instante, e a bile queimou na garganta quando ele a engoliu.

— Seu pai disse que morreria?

— Não! — A exclamação furiosa de Aurora produziu um eco grave e breve nas paredes da cozinha. — O homem que me estuprou disse que mataria meu pai se eu contasse a alguém. Ele disse que quase matou meu pai uma vez, e que nada o impediria na próxima.

Harry piscou. Tentou digerir a mistura amarga de alívio e choque.

— Você foi estuprada? — perguntou ele, fingindo calma.

Ela assentiu, fungou e enxugou as lágrimas.

— No banheiro feminino, quando jogamos no campeonato de handebol. Foi no dia que você e Rakel se casaram. Ele fez o que fez e depois foi embora.

Harry teve a sensação de estar em queda livre.

— Onde eu posso colocar isso? — Ela segurava o saquinho de chá gotejante acima da caneca.

Harry apenas estendeu a mão.

Aurora olhou para ele sem muita certeza antes de soltar o saquinho. Harry fechou a mão, sentiu a água queimar a pele e escorrer entre os dedos.

— Ele machucou você, além de...

Ela fez que não.

— Ele me segurou com tanta força que eu fiquei com hematomas. Falei para a minha mãe que foi no jogo.

— Você quer dizer que manteve isso em segredo até agora? Por três anos?

Ela assentiu.

Harry estava prestes a se levantar, dar a volta na mesa e abraçá-la. Mas refletiu por um instante sobre o que Smith havia dito a respeito de proximidade e intimidade.

— Por que você me procurou para contar isso agora?

— Porque ele está matando outras pessoas. Eu vi o desenho no jornal. É ele, é o homem com os olhos estranhos. Você precisa me ajudar, tio Harry. Você precisa me ajudar a proteger o meu pai.

Ele fez que sim, respirando com a boca aberta.

Aurora inclinou a cabeça com um olhar preocupado no rosto.

— Tio Harry?

— Sim?

— Você está chorando?

Harry sentiu o gosto salgado da primeira lágrima no canto da boca. Droga.

— Desculpe — disse ele com a voz embargada. — Como está o chá?

Então ergueu a cabeça e sustentou o olhar dela. Os olhos de Aurora haviam mudado completamente. Como se algo os tivesse aberto. Pela primeira vez em muito tempo ela olhava para o mundo exterior com aqueles olhos lindos, não para dentro de si, como nas últimas vezes que Harry a viu.

Aurora se levantou, afastou a caneca e contornou a mesa. Ela se debruçou sobre Harry e o abraçou.

— Vai ficar tudo bem — disse ela. — Vai ficar tudo bem.

Marte Ruud foi até o cliente que entrava pela porta do Restaurante Schrøder, vazio àquela hora.

— Desculpe, mas paramos de servir cerveja há meia hora e vamos fechar em dez minutos.

— Traga um café — disse ele, e sorriu. — Eu bebo rápido.

Ela foi até a cozinha. O cozinheiro tinha ido embora havia mais de uma hora, assim como Rita. Geralmente, apenas um deles trabalhava até tarde nas noites de segunda-feira, e ela ainda estava um pouco nervosa, já que era sua primeira noite sozinha. Rita voltaria pouco antes do fechamento para ajudá-la com o caixa.

Não demorou mais de alguns poucos segundos para ferver água para uma única xícara. Ela acrescentou o café instantâneo. Voltou ao salão e colocou a xícara diante do homem.

— Posso perguntar uma coisa? — disse ele, olhando para a xícara fumegante. — Já que somos só nós dois aqui.

— Sim — disse Marte, apesar de querer dizer não. Queria apenas que ele bebesse o café e fosse embora, para então trancar a porta, esperar por Rita e ir para casa. A primeira aula do dia seguinte seria às oito e quinze da manhã.

— Não é aqui que aquele detetive famoso vem beber? Harry Hole?

Marte fez que sim. Para dizer a verdade, nunca tinha ouvido falar no sujeito até ele aparecer, um homem alto com uma cicatriz feia no rosto. Depois Rita lhe contou tudo sobre Harry, nos mínimos detalhes.

— Onde ele costuma sentar?

— Dizem que ele senta ali — respondeu Marte, apontando para a mesa de canto ao lado da janela. — Mas ele não tem vindo como antes.

— Não. Se ele quiser pegar aquele "pervertido desprezível", como ele mesmo diz, provavelmente não tem tempo para vir aqui. Mas este ainda é o lugar *dele*, se é que você me entende.

Marte sorriu e fez que sim, apesar de não ter certeza se entendia.

— Qual é o seu nome?

Marte hesitou, sem saber se gostava do rumo que aquela conversa estava tomando.

— Vamos fechar em seis minutos, então vou deixá-lo à vontade para beber o seu...

— Você sabe por que tem sardas, Marte?

Ela ficou paralisada. Como aquele homem sabia o seu nome?

— Veja, quando era pequena e não tinha sardas, você acordou uma noite. Teve um *kabuslar*, um pesadelo. Ainda estava assustada quando correu até o quarto da sua mãe, para que ela pudesse dizer a você que monstros e fantasmas não existem. Mas, no quarto dela, um homem nu, de pele tão escura que quase ganhava um tom azulado, estava sentado sobre o peito de sua mãe. Orelhas longas e pontudas, sangue escorrendo dos cantos da boca. Você ficou imóvel, olhando. Ele encheu as bochechas de ar e, antes que você pudesse sair, soprou todo o sangue que tinha na boca, cobrindo seu rosto e seu peito com gotas pequeninas. E aquele sangue, Marte, nunca saiu, por mais que você lavasse e esfregasse. — O homem soprou a xícara de café. — Então isso explica como você arranjou suas sardas, mas a pergunta é: *por quê?* E a resposta é tão fácil quanto insatisfatória, Marte. Porque você estava no lugar errado na hora errada. O mundo simplesmente não é justo. — Ele levou a xícara aos lábios, abriu bem a boca e derramou o líquido preto fumegante. Ela arfou horrorizada, sem ar, temendo que algo estivesse para acontecer, sem saber o quê. E não teve tempo de ver o jato sair da boca do homem antes que o café quente acertasse seu rosto.

    Cega, ela se virou e escorregou no líquido, bateu um joelho no chão, mas logo se levantou e correu até a porta, derrubando uma cadeira para detê-lo enquanto tentava limpar os olhos. Marte agarrou a maçaneta e puxou. Trancada. O homem havia passado a trava. Ela ouviu o ranger de passos às suas costas enquanto segurava a trava com o polegar e o indicador, mas não teve tempo de reagir, porque ele a agarrou pelo cinto e a puxou. Marte tentou gritar, mas só conseguiu emitir chiados esganiçados. Passos outra vez. O homem estava na frente dela. Ela não queria erguer os olhos, não queria olhar para ele. Quando pequena, ela nunca teve um pesadelo com um homem de pele tão escura que era quase azul, apenas com um homem com cabeça de cachorro. E ela sabia que, se olhasse agora, era o que veria. Então manteve a cabeça baixa, olhando para as pontudas botas de caubói.

20

Noite de segunda-feira, madrugada de terça-feira

— Pronto.
— Harry?
— Sim.
— Não tinha certeza se esse era o seu número. É Rita. Do Schrøder. Sei que está tarde, desculpe acordar você.
— Eu não estava dormindo, Rita.
— Eu liguei para a polícia, mas eles... Bem, eles vieram, mas depois foram embora.
— Tente se acalmar, Rita. O que aconteceu?
— É Marte, a garota nova que você conheceu na última vez que esteve aqui.

Harry se lembrou da camisa com mangas dobradas e do entusiasmo misturado a um pouco de nervosismo.

— Sim?
— Ela sumiu. Cheguei aqui pouco antes da meia-noite para ajudá-la a fechar o caixa e não encontrei ninguém. Mas a porta não estava trancada. Marte é confiável, e temos um trato. Ela não iria embora sem trancar o restaurante. Ela não está atendendo o telefone, e o namorado disse que ainda não chegou em casa. A polícia ligou para os hospitais, e nada. E depois a policial disse que isso acontece o tempo todo, as pessoas somem dos jeitos mais estranhos e aparecem algumas

horas depois com uma explicação perfeitamente razoável. Ela me disse para voltar a telefonar se Marte não aparecer dentro de doze horas.

— O que disseram é verdade, Rita. Eles apenas seguiram os procedimentos.

— Eu sei, mas... alô?

— Estou aqui, Rita.

— Quando estava limpando tudo para fechar, vi que escreveram uma coisa na toalha de uma das mesas. Parece batom, e é do mesmo tom de vermelho que Marte usa.

— Certo. E o que está escrito?

— Nada.

— Nada?

— Nada. É só uma letra. Um "V". E exatamente onde você costuma sentar.

Três da manhã.

Um urro abriu caminho pelos lábios de Harry, ecoando nas paredes nuas do porão. Ele olhava para a barra de ferro que ameaçava cair em cima dele e esmagá-lo enquanto seus braços trêmulos a seguravam. Então, num esforço final, baixou os pesos, que retiniram quando a barra se encaixou no suporte. Harry ficou deitado no banco, recuperando o fôlego.

Fechou os olhos. Prometeu a Oleg que ficaria com Rakel. Mas precisava estar lá fora. Precisava pegá-lo. Por Marte. Por Aurora.

Não.

Era tarde demais. Tarde demais para Aurora. Tarde demais para Marte. Precisava fazer aquilo pelas pessoas que ainda não haviam se tornado vítimas, que ainda podiam ser salvas de Valentin.

Porque era por elas, não era?

Harry segurou a barra, sentiu o toque áspero do metal nos calos das mãos.

Algum lugar onde você possa ser útil.

O avô dele dissera aquilo. Você precisa ser útil. Quando a avó de Harry deu à luz seu pai, ela perdeu tanto sangue que a parteira chamou o médico. Seu avô, depois de ouvir que não havia nada que pudesse fazer para ajudar, não suportou os gritos da esposa. Então saiu, arreou o cavalo e foi arar os campos. Ele colocou o animal para trabalhar com um açoite e gritos altos, para abafar os que vinham da casa, e puxou o arado sozinho quando seu fiel cavalo velho começou a tropeçar nos arreios. Quando os gritos pararam e o médico foi avisar que mãe e filho viveriam, o avô caiu de joelhos, beijou a terra e agradeceu a um Deus em que não acreditava.

Naquela mesma noite, o cavalo desabou na baia e morreu.

Agora Rakel estava deitada numa cama. Em silêncio. E ele precisava decidir.

Algum lugar onde você possa ser útil.

Harry tirou a barra do suporte e a abaixou sobre o peito. Respirou fundo. Tensionou os músculos. E urrou.

Parte Dois

21

Manhã de terça-feira

Eram sete e meia da manhã. Uma garoa fina pairava no ar, e Mehmet estava prestes a atravessar a rua quando viu um homem em frente ao Jealousy. Tinha as mãos como binóculos no rosto e as pressionava no vidro para ver melhor. Ele logo pensou que Danial Banks decidira antecipar a cobrança da próxima parcela, mas, ao se aproximar, notou que o homem era mais alto e loiro. E pensou que um dos velhos clientes bêbados devia estar de volta, na esperança de que o bar ainda abrisse às sete da manhã.

Mas quando o homem se virou para a rua, tragando o cigarro que tinha entre os lábios, Mehmet viu que era um policial. Harry.

— Bom dia — cumprimentou Mehmet, tirando as chaves do bolso. — Está com sede?

— Isso também. Mas tenho uma oferta a fazer.

— Que tipo de oferta?

— Do tipo que você pode recusar.

— Neste caso, estou interessado — respondeu Mehmet, e abriu a porta para o policial. Ele acompanhou o homem e trancou a porta. Acendeu as luzes no interruptor atrás do balcão.

— Este é mesmo um bom bar — disse Harry, apoiando os cotovelos no balcão e inspirando fundo.

— Quer comprá-lo? — perguntou Mehmet com ironia, colocando água num *cezve*, o pote usado para preparar café turco.

— Quero — disse Harry.

Mehmet riu.
— Então faça uma oferta.
— São 435 mil.
Mehmet franziu a testa.
— De onde você tirou esse número?
— Danial Banks. Tive uma reunião com ele esta manhã.
— Esta manhã? Mas ainda são...
— Acordei cedo. Ele também. Quer dizer, precisei acordá-lo e tirá--lo da cama.
Mehmet olhou para os olhos injetados do policial.
— É só modo de falar — disse Harry. — Sei onde ele mora. Então fiz uma visita e uma oferta.
— Que tipo de oferta?
— Do outro tipo. Que não se pode recusar.
— O que quer dizer...
— Que comprei a dívida do Jealousy Bar pelo valor de face e, em troca, não vou mandar o pessoal da Divisão de Crimes Financeiros em cima dele por infringir o parágrafo 295, que trata de usura.
— Você está brincando?
Harry deu de ombros.
— É possível que eu esteja exagerando, é possível que ele tenha recusado minha proposta. Porque ele conseguiu me dizer que, infelizmente, o parágrafo 295 foi revogado alguns anos atrás. Onde esse mundo vai parar? Os criminosos conhecem mais as leis que os policiais? Enfim, o seu empréstimo não pareceu justificar a dor de cabeça que eu com certeza causei a ele. Então esse documento — Harry colocou uma folha de papel manuscrita sobre o balcão — confirma que Danial Banks recebeu o dinheiro e que eu, Harry Hole, sou o feliz proprietário de uma dívida de 435 mil coroas pertencente a Mehmet Kalak, com o Jealousy Bar, suas instalações e seu aluguel como garantias.
Mehmet leu as poucas linhas e fez que não.
— Puta merda. Então você tinha quase meio milhão para dar a Banks assim, de uma hora pra outra?
— Trabalhei como cobrador de dívidas em Hong Kong por algum tempo. Era... bem-pago. Então juntei algum dinheiro. Dei a Banks um cheque e um extrato bancário.

Mehmet riu.

— Agora é você quem vai cobrar prestações abusivas, Harry?

— Não, se você concordar com a minha oferta.

— Que é?

— Transformarmos a dívida em capital de giro.

— Você assumiria o bar?

— Eu ficaria com uma parte. Você seria meu sócio e poderia comprar a minha parte de volta quando quisesse.

— Em troca do quê?

— De você ir a uma casa de banho turca enquanto um amigo meu toma conta do bar.

— O quê?

— Quero que você sue até virar uva-passa no Cagaloglu Hamam enquanto espera Valentin Gjertsen aparecer.

— Eu? Por que eu?

— Porque Penelope Rasch morreu e, até onde eu sei, você e uma menina de 15 anos são as únicas pessoas que sabem como é a fisionomia de Valentin Gjertsen hoje em dia.

— Eu sei...?

— Você o reconhecerá.

— O que faz você pensar isso?

— Você disse, abre aspas: "Não o vi por tempo suficiente ou com atenção suficiente para fazer uma descrição."

— Exatamente.

— Eu tive uma colega que era capaz de reconhecer qualquer rosto humano que tivesse visto na vida. Ela me disse que essa capacidade de distinguir e reconhecer um milhão de rostos fica localizada numa parte do cérebro chamada giro fusiforme e que, sem essa capacidade, dificilmente teríamos sobrevivido como espécie. Você consegue descrever o último cliente que entrou aqui ontem?

— É... não.

— Mas o reconheceria numa fração de segundo se ele entrasse pela porta agora.

— Provavelmente.

— É com isso que estou contando.

— Você apostou 435 mil do seu dinheiro nisso? E se eu não reconhecer o sujeito?

Harry fez um bico.

— Pelo menos serei dono de um bar.

Às sete e quarenta e cinco, Mona abriu a porta da redação do VG e entrou. Não havia sido uma noite fácil. Apesar de ter ido direto do terminal de contêineres para a Gain e se exercitado tanto que o corpo inteiro doía, ela mal fechara os olhos. No fim, decidiu falar com o editor, sem entrar em detalhes. Perguntar se uma fonte tinha direito ao anonimato se enganasse um jornalista. Em outras palavras: ela podia ir à polícia com aquela história? Ou a reação mais sensata seria esperar para ver se o homem voltaria a entrar em contato? Afinal, poderia haver uma boa explicação para ele não ter aparecido.

— Você parece cansada, Daa — disse o chefe de redação. — Foi para a farra ontem à noite?

— Quem me dera — disse Mona em voz baixa, deixando a sacola da academia ao lado da mesa e ligando o computador.

— Talvez algo mais experimental?

— Quem me dera — repetiu Mona mais alto. Ela ergueu os olhos e viu vários rostos despontando de cima dos monitores no escritório sem divisórias. Rostos curiosos, sorridentes. — O que foi? — perguntou ela.

— Só um strip ou algo mais selvagem? — perguntou uma voz grave que ela não teve tempo de identificar antes que duas garotas caíssem na gargalhada.

— Olhe o seu e-mail — disse o chefe de redação. — Alguns de nós fomos copiados.

Mona gelou. E sentiu um calafrio ao martelar o teclado mais do que digitar nele.

O remetente era violentcrime@oslopol.no.

Não havia texto, apenas uma imagem. Certamente tirada com uma câmera com visão noturna, uma vez que ela não havia notado o flash. E provavelmente uma teleobjetiva. No segundo plano, via o cachorro urinando nas barras. E lá estava ela, de pé no meio da jaula, empertigada e com os olhos saltados como os de um animal selvagem. Tinha sido enganada. Não foi o vampirista quem havia telefonado para ela.

Às oito e quinze, Smith, Wyller, Holm e Harry estavam reunidos na Sala das Caldeiras.

— Temos um desaparecimento que pode ser obra do vampirista — disse Harry. — Marte Ruud, 24 anos, sumiu do Restaurante Schrøder ontem pouco antes da meia-noite. Katrine está repassando essa informação à equipe de investigação neste exato momento.

— A perícia já está no restaurante — disse Bjørn Holm. — Nada até agora. Fora o que você mencionou.

— Que seria? — emendou Wyller.

— Um "V" escrito com batom numa toalha de mesa. O ângulo entre as linhas bate com o que encontramos na porta do apartamento de Ewa Dolmen. — Ele foi interrompido por uma *steel guitar* que Harry reconheceu como a introdução de Don Helms em "Your Cheatin' Heart", de Hank Williams.

— Uau, temos sinal aqui — disse Bjørn Holm, tirando o telefone do bolso. — Holm. O quê? Não consigo ouvir. Espere um pouco.

Ele saiu para o corredor.

— Esse rapto pode ter sido pensado para me atingir — disse Harry. — É o meu restaurante, a minha mesa de sempre.

— Isso não é bom — comentou Smith, fazendo que não com a cabeça. — Ele está perdendo o controle.

— E não é bom ele perder o controle? — perguntou Wyller. — Isso não quer dizer que será menos cuidadoso?

— Essa é a parte boa — retrucou Smith. — Mas agora que conhece a sensação de ter poder e controle, o assassino não permitirá que ninguém tire isso dele. Você tem razão, ele está atrás de você, Harry. E sabe por quê?

— Aquela matéria no *VG* — disse Wyller.

— Você o chamou de pervertido desprezível e... como foi mesmo?

— Disse que não via a hora de colocar um par de algemas nele — disse Wyller.

— Então você o descreveu como desprezível e ameaçou tirar o poder e o controle dele.

— Foi Isabelle Skøyen quem o chamou assim, não eu, mas isso não tem importância agora — disse Harry, esfregando a nuca. — Você acha que ele vai usar a garota para chegar até mim, Smith?

Ele fez que não.

— Ela está morta.

— Como você pode ter certeza?

— Ele não quer um confronto, quer apenas mostrar a você e a todo mundo que está no controle. Que pode ir até o seu lugar e tirar um dos seus.

Harry parou de esfregar a nuca.

— Um dos *meus*?

Smith não respondeu.

Bjørn voltou à sala.

— Era do Ullevål. Pouco antes de Penelope Rasch morrer, um homem esteve na recepção e se identificou como Roar Wiik, ex-noivo. Ele foi listado por ela como um de seus amigos.

— O cara que deu a ela o anel de noivado que Valentin roubou do apartamento — disse Harry.

— O hospital ligou para saber se Wiik notou algo de diferente nela — disse Bjørn Holm. — Mas ele falou que não esteve no hospital.

O silêncio se abateu sobre a Sala das Caldeiras.

— Se não foi o noivo... — disse Smith. — Só pode...

As rodas da cadeira de Harry chiaram, mas ela já estava vazia e em rota de colisão com a parede.

Harry já estava parado à porta.

— Wyller, vamos!

Harry correu.

O corredor do hospital não tinha fim. Parecia crescer mais rápido do que o ritmo de suas passadas, como um universo em expansão que nem a luz nem o pensamento conseguiam alcançar.

Por muito pouco, ele conseguiu desviar de um homem que saiu de uma porta segurando um suporte de soro.

Um dos seus.

Valentin escolheu Aurora porque ela era filha de Ståle Aune.

Marte Ruud, porque trabalhava no seu bar favorito.

Penelope Rasch, para mostrar do que era capaz.
Um dos seus.
301.
Harry arrancou a pistola do bolso da jaqueta. Uma Glock 17 que havia passado quase um ano intocada, trancada numa gaveta. Naquela manhã ele a levou consigo. Não porque imaginava que fosse usá-la, mas porque pela primeira vez em quatro anos não tinha certeza absoluta de que *não* a usaria.

Ele empurrou a porta com a mão esquerda e apontou a pistola à sua frente.

O quarto estava vazio.

Rakel não estava ali. A cama não estava ali.

Harry estava ofegante.

Foi ao local onde, até então, ficava a cama.

— Desculpe, ela... — disse uma voz às suas costas.

Harry se virou. O Dr. Steffens estava parado à porta com as mãos nos bolsos do jaleco branco. Ele arqueou uma sobrancelha quando notou a pistola.

— Onde ela está? — perguntou Harry.

— Eu respondo se você guardar isso.

Harry abaixou a pistola.

— Exames — disse Steffens.

— Ela está... Ela está bem?

— O estado dela continua o mesmo, estável mas instável. Mas vai sobreviver ao dia de hoje, se é isso que o preocupa. Por que tanta comoção?

— Ela precisa de uma escolta.

— Neste momento ela está sendo escoltada por cinco funcionários do hospital.

— Vamos colocar uma escolta armada do lado de fora do quarto. Alguma objeção?

— Nenhuma, mas isso não é comigo. Você tem medo de que o assassino venha aqui?

— Sim.

— Porque ela é a esposa do homem que o está caçando? Não divulgamos o número dos quartos a ninguém que não seja da família.

— Isso não impediu que um homem fingindo ser o noivo de Penelope Rasch conseguisse o número do quarto dela.

— Não?

— Vou aguardar aqui até o policial estar a postos.

— Neste caso, talvez você aceite uma xícara de café.

— Você não precisa...

— Não, mas você precisa. Só um momento, temos um café sofrível na sala dos funcionários.

Steffens saiu pela porta, e Harry olhou em volta. As cadeiras que ele e Oleg usaram na noite anterior continuavam no mesmo lugar, uma de cada lado da cama que não estava ali. Harry se sentou numa delas e olhou para o chão cinza. Sentiu o pulso desacelerar. Mesmo assim, parecia não haver ar suficiente no quarto. Um fiapo de luz do sol passava por uma fresta entre as cortinas e se refletia no chão entre as cadeiras, e ele notou uma mecha de cabelo claro no piso. Harry o pegou. Teria Valentin Gjertsen estado ali à procura dela, mas chegado tarde? Harry engoliu em seco. Não havia motivo para pensar naquilo agora. Rakel estava em segurança.

Steffens voltou e estendeu um copo de papel a Harry, então bebeu um gole do seu café e se sentou na outra cadeira. Os dois homens ficaram ali sentados com um metro de espaço vazio entre eles.

— Seu filho esteve aqui — disse Steffens.

— Oleg? Ele só devia ter vindo depois da aula.

— Perguntou por você. Pareceu não gostar de você ter deixado a mãe dele sozinha.

Harry assentiu e bebeu um pouco de café.

— Eles costumam ficar irritados e cheios de indignação nessa idade — disse Steffens. — Colocam a culpa de tudo que dá errado no pai, e o homem que eles sempre quiseram ser de repente se transforma em tudo que *não* querem ser.

— Você fala por experiência própria?

— É claro, fazemos isso o tempo todo. — O sorriso de Steffens se apagou tão rápido quanto surgiu.

— Hum. Posso fazer uma pergunta pessoal, Steffens?

— Por favor.

— O saldo é positivo?

— Como assim?

— A satisfação de salvar vidas comparada ao desespero de perder pessoas que você *poderia* ter salvado.

Steffens encarou Harry. Talvez a situação, dois homens sentados frente a frente num quarto escuro, tenha feito com que a pergunta soasse natural. Um momento passageiro. Steffens tirou os óculos e passou as mãos pelo rosto como que para afastar o cansaço. E negou com a cabeça.

— Não.

— Mas mesmo assim você insiste.

— É um chamado.

— Sim, vi o crucifixo no seu consultório. Você acredita em chamados.

— E acho que você também, Hole. Vi isso em você. Talvez não um chamado de Deus, mas você o sente, de qualquer forma.

Harry abaixou os olhos para o copo. Steffens tinha razão sobre o café ser sofrível.

— Isso quer dizer que você não gosta do seu trabalho?

— Odeio o meu trabalho. — O médico sorriu. — Se dependesse de mim, eu teria escolhido ser pianista clássico.

— Você é um bom pianista?

— Essa é a maldição, não é verdade? Quando você não é bom no que ama, é bom numa coisa que odeia.

Harry assentiu.

— Essa é a maldição. Trabalhamos onde podemos ser úteis.

— E a mentira é que existe uma recompensa para quem escuta o chamado.

— Talvez o trabalho em si seja recompensa suficiente.

— Apenas para o pianista clássico que adora música, ou para o carrasco que adora sangue. — Steffens apontou para o crachá pendurado em seu jaleco branco. — Eu nasci e fui criado em uma família mórmon em Salt Lake City, e meu nome é uma homenagem a John Doyle Lee, um homem temente a Deus e amante da paz que, em 1857, recebeu dos anciãos de sua paróquia a ordem de matar um grupo de imigrantes que apareceu no seu território. Ele relatou em seu diário a agonia que sentia e o chamado terrível que o destino lhe trouxera, um chamado que ele simplesmente precisava aceitar.

— O Massacre de Mountain Meadows.

— Ah, você se interessa por História, Harry.

— Estudei assassinatos em série no FBI, e também tivemos uma aula sobre os massacres mais famosos. Devo admitir que não lembro o que aconteceu com o seu xará.

Steffens olhou para o seu relógio.

— Espero que ele tenha recebido sua recompensa no paraíso, porque aqui todos traíram John Doyle Lee, incluindo nosso líder espiritual, Brigham Young. John Doyle foi condenado à morte. Mas meu pai acreditava que ele era um exemplo a ser seguido, pois abandonou o amor dos seus pares para atender a um chamado que ele odiava.

— Talvez ele não odiasse tanto quanto dizia.

— O que você quer dizer?

Harry deu de ombros.

— Um alcoólatra odeia e amaldiçoa a bebida porque ela acaba com a vida dele. Mas, ao mesmo tempo, ela *é* a sua vida.

— Analogia interessante. — Steffens se levantou, foi até a janela e abriu as cortinas. — E quanto a você, Hole? O seu chamado arruína a sua vida, apesar de ser a sua vida?

Harry fez sombra sobre os olhos e tentou fitar Steffens, mas foi ofuscado pela claridade súbita.

— Você ainda é mórmon?

— Você ainda está trabalhando no caso?

— Acho que sim.

— Não temos escolha, temos? Preciso voltar ao trabalho, Harry.

Quando Steffens saiu, Harry ligou para o número de Gunnar Hagen.

— Alô, chefe. Preciso de um guarda armado no Hospital Ullevål — disse ele. — Imediatamente.

Wyller aguardava no local onde havia sido instruído a aguardar, encostado ao capô do carro, estacionado de qualquer jeito em frente à entrada principal do hospital.

— Vi um policial chegar — comentou ele. — Está tudo bem?

— Vamos colocar um guarda na porta do quarto dela — disse Harry, sentando no banco do carona.

Wyller colocou sua pistola de volta no coldre e se sentou ao volante.

— E Valentin?
— Só Deus sabe.
Harry tirou a mecha de cabelo do bolso.
— Provavelmente é apenas paranoia, mas peça à Perícia Técnica que faça uma análise urgente, apenas para descartar a possibilidade de isso estar relacionado a qualquer coisa que encontramos nas cenas dos crimes, tudo bem?
Eles seguiram lentamente pelas ruas. Era como um replay em câmera lenta da ida frenética até o hospital, vinte minutos antes.
— Os mórmons usam crucifixos? — perguntou Harry.
— Não — disse Wyller. — Eles acreditam que a cruz simboliza a morte e a rejeitam. Eles acreditam na ressurreição.
— Hum. Então um mórmon com um crucifixo na parede seria como...
— Um muçulmano com um desenho de Maomé.
— Exatamente. — Harry aumentou o volume do rádio. The White Stripes. "Blue Orchid". Guitarra e bateria. Simplicidade. Clareza.
Ele aumentou ainda mais o volume, sem saber o que estava tentando abafar.

Hallstein Smith esperava de braços cruzados. Estava sozinho na Sala das Caldeiras e, sem os outros, não havia muito o que fazer. Tinha terminado seu conciso perfil do vampirista e lido on-line as reportagens mais recentes sobre os assassinatos. Então buscou matérias anteriores e leu o que a imprensa havia publicado nos últimos cinco dias, desde o primeiro crime. Hallstein Smith se perguntava se deveria aproveitar o tempo para trabalhar em sua tese de doutorado quando o telefone tocou.
— Alô?
— Smith? — perguntou uma voz feminina. — Quem fala é Mona Daa, do *VG*.
— Ah...
— Você parece surpreso.
— Achei que não tínhamos sinal aqui embaixo.
— Por falar em sinal, você pode confirmar que o vampirista provavelmente é responsável pelo desaparecimento de uma funcionária do Restaurante Schrøder ontem à noite?

— Confirmar? Eu?
— Sim, você trabalha com a polícia agora, certo?
— Sim, acho que sim. Mas não estou em posição de falar absolutamente nada.
— Porque não sabe ou porque não pode?
— As duas coisas, acho. Se eu fosse falar qualquer coisa, seria de forma geral. Como especialista em vampirismo, em outras palavras.
— Ótimo! Porque eu tenho um podcast...
— Um o quê?
— Um programa de rádio. O *VG* tem sua própria rádio.
— Ah, certo.
— Podemos convidá-lo para falar sobre o vampirista? Em termos *gerais*, é claro.
Hallstein Smith pensou a respeito.
— Eu precisaria da permissão da inspetora responsável pelo caso.
— Bom. Aguardo notícias suas. Mudando de assunto, Smith, eu escrevi aquela matéria sobre você. E acho que você ficou satisfeito. Já que, indiretamente, ela o colocou no centro da ação.
— Sim. Claro.
— Em contrapartida, você pode me dizer quem na sede da polícia me atraiu para o terminal de contêineres ontem à noite?
— Quem atraiu você para onde?
— Deixa pra lá. Bom dia.
Hallstein Smith ficou olhando para o telefone. Terminal de contêineres? Do que ela estava falando?

Truls Berntsen deixou os olhos vagarem pela sucessão de fotografias de Megan Fox em seu computador. Era quase assustador como ela havia se descuidado da aparência. Seriam aquelas fotos ou o fato de ela ter chegado aos trinta? Ou seriam as consequências da maternidade no corpo perfeito de 2007, no filme *Transformers*? Ou talvez o fato de ele, Truls, ter perdido oito quilos de gordura nos últimos dois anos, ganhado quatro quilos de músculos e trepado com nove mulheres? Teria sua nova vida tornado seus sonhos distantes com Megan Fox um pouco mais próximos? Da mesma forma que um ano-luz é uma distância menor que dois anos-luz? Ou pensava em tudo aquilo simplesmente porque sabia que dentro de dez horas estaria com Ulla Bellman, a única mulher que desejou mais que Megan Fox?

Ele ouviu alguém pigarrear e ergueu os olhos.

Katrine Bratt estava ali, curvada sobre a divisória.

Depois que Wyller se mudou para aquele ridículo clube do bolinha na Sala das Caldeiras, Truls conseguiu mergulhar de verdade em *The Shield*. Já havia assistido a todas as temporadas, e esperava que Bratt não estivesse ali para pedir algo que interferisse no seu tempo livre.

— Bellman quer falar com você — disse ela.

— Tudo bem. — Truls desligou o computador, levantou e passou por Katrine Bratt. Tão perto que teria sentido seu perfume se ela usasse um. Ele achava que toda mulher devia usar um pouco de perfume. Não como aquelas que exageram, que chegam a ter marcas de solvente na pele, mas pelo menos um pouco. O bastante para atiçar a imaginação, para fazê-lo pensar em como deve ser o cheiro delas *de verdade*.

Enquanto esperava pelo elevador, ele teve tempo de se perguntar o que Mikael queria com ele. Mas não conseguiu pensar em nada.

No entanto, quando entrou no gabinete do chefe de polícia, soube que havia sido descoberto. Teve certeza disso no instante em que viu Mikael de costas para ele, olhando pela janela, e o ouviu dizer, sem cerimônia:

— Você me decepcionou, Truls. Aquela vaca procurou você ou foi o contrário?

Aquilo foi um balde de água fria. O que diabos aconteceu? Será que Ulla teve uma crise de consciência e confessou tudo? Ou Mikael a pressionou? E o que diabos ele devia dizer agora?

Truls pigarreou.

— Ela me procurou, Mikael. Foi ela quem quis.

— É claro que foi aquela vaca quem quis, elas sempre querem alguma coisa. Mas conseguiu com você, meu confidente mais próximo, depois de tudo que passamos juntos.

Truls quase não conseguia acreditar que Mikael falasse daquele jeito da própria esposa, da mãe dos seus filhos.

— Achei que não pudesse negar um convite para conversar. Não deveria passar disso.

— Mas passou, não passou?

— Não aconteceu absolutamente nada.

— *Absolutamente* nada? Você não entende que contou ao assassino tudo o que sabemos e o que não sabemos? Quanto ela pagou?

Truls piscou os olhos.

— Pagou?

A ficha caiu.

— Imagino que Mona Daa não tenha conseguido a informação de graça. Diga, e lembre-se de que conheço você, Truls.

Truls Berntsen sorriu. Estava são e salvo. Ele repetiu:

— Não aconteceu absolutamente nada.

Mikael se virou, bateu a mão na mesa e disse entre dentes:

— Você acha que nós somos idiotas?

Truls observou como as manchas no rosto de Mikael mudavam de branco para vermelho, como se o sangue se agitasse de um lado para o outro dentro dele. As manchas ficaram maiores com o passar dos anos, como uma cobra trocando de pele.

— Vamos ouvir o que você acha que sabe — disse Truls, e se sentou sem pedir permissão.

Mikael olhou para ele, surpreso. Então se sentou na sua própria cadeira. Porque talvez tivesse visto nos olhos de Truls que ele não estava com medo. Que, se fosse atirado no mar, ele o levaria junto. Até o fundo.

— O que eu sei é que Katrine Bratt apareceu no meu gabinete hoje cedo para dizer que pediu a um dos detetives que o vigiasse de perto. Eu havia pedido a ela que ficasse de olho em você. Evidentemente, você já era suspeito de ser a fonte dos vazamentos.

— Quem foi o detetive?

— Ela não disse, e eu não perguntei.

É claro que não, pensou Truls. Para o caso de Mikael se ver numa situação delicada, em que seria útil poder negar qualquer envolvimento. Truls podia não ser o sujeito mais esperto do mundo, mas não era tão idiota quanto as pessoas pensavam, e gradualmente passou a entender como funcionava a mente de Mikael e daqueles que ocupavam o topo da hierarquia.

— O detetive de Bratt foi proativo — disse Mikael. — Ele descobriu que você manteve contato telefônico com Mona Daa pelo menos duas vezes na última semana.

Um detetive investigando ligações, pensou Truls. Alguém que esteve em contato com as companhias telefônicas. Anders Wyller. O pequeno Truls não era idiota. Ah, não.

— Para confirmar que você era a fonte de Mona Daa, o detetive telefonou para ela e se fez passar pelo vampirista. Para provar seu envolvimento, pediu a ela que ligasse para sua fonte e conferisse um detalhe que apenas o criminoso e a polícia poderiam conhecer.

— O copo do liquidificador.

— Então você admite?

— Que Mona Daa me ligou, sim.

— Bom. Porque o detetive acordou Katrine Bratt ontem à noite e disse que tinha uma lista da companhia telefônica mostrando que Mona Daa ligou para você logo depois que ele ligou para ela. Isso vai ser muito difícil de explicar, Truls.

Truls deu de ombros.

— Não há o que explicar. Mona Daa me ligou, perguntou sobre um liquidificador, e naturalmente me recusei a fazer qualquer comentário e disse a ela que procurasse a inspetora responsável. A conversa durou dez, talvez vinte segundos, como a lista de chamadas sem dúvida confirma. Talvez Mona Daa suspeitasse de que se tratava de uma armadilha para tentar descobrir sua fonte. E ligou para mim em vez de telefonar para a fonte.

— De acordo com o detetive, ela em seguida foi ao local combinado no terminal de contêineres para se encontrar com o vampirista. O detetive, inclusive, fotografou tudo. Alguém deve ter dado a ela a confirmação sobre o copo do liquidificador.

— Talvez Mona Daa tenha primeiro combinado o encontro e *depois* tenha ido ver sua fonte para ter a confirmação pessoalmente. Policiais e jornalistas sabem o quanto é fácil conseguir registros telefônicos.

— A propósito, há outras duas conversas telefônicas suas com Mona Daa, e uma delas durou vários minutos.

— Confira a lista. Mona Daa ligou para mim, mas eu *nunca* liguei para ela. O fato de uma pitbull como Mona Daa precisar de vários minutos de conversa fiada para perceber que não vai conseguir nada e, mesmo assim, fazer uma nova tentativa é com ela. Tempo não é problema para mim.

Truls se recostou na cadeira. Cruzou os braços e olhou para Mikael, que estava ali sentado, assentindo, como se ruminasse a explicação de Truls, pensando em possíveis furos. Um ligeiro sorriso, e também um certo calor naqueles olhos castanhos, parecia indicar que chegara à conclusão de que aquilo *podia* funcionar, que *podiam* conseguir tirar a corda do pescoço de Truls.

— Bom — disse Mikael. — Mas agora que sabemos que você não é a fonte, Truls, quem pode ser?

Truls fez um biquinho, como aquele que a francesa gordinha que ele conheceu on-line sempre fazia quando fazia a delicada pergunta: "Quando vamos nos ver de novo?".

— Diga você. Ninguém quer ser visto de papo com uma jornalista como Daa num caso como esse. Não, a única pessoa que vi fazendo isso foi Wyller. Espere... Se eu não estiver enganado, ele deu um número de telefone para Daa. Na verdade, ela também disse a Wyller onde ele poderia encontrá-la, naquela academia, a Gain.

Mikael Bellman olhou para Truls com um sorrisinho de surpresa, como alguém que, depois de muitos anos, descobre que a esposa sabe cantar, tem sangue da realeza ou diploma universitário.

— Você está sugerindo, Truls, que o vazamento provavelmente é obra de alguém novo por aqui. — Bellman passou os dedos pelo queixo, pensativo. — Uma suposição natural, visto que o problema do vazamento surgiu apenas recentemente, um problema que não... qual é a palavra que eu estou procurando... *reflete* a cultura que cultivamos na Polícia de Oslo nos últimos anos. Mas eu imagino que jamais saberemos quem é o responsável por isso, uma vez que a jornalista é legalmente obrigada a proteger a identidade de sua fonte.

Truls soltou um grunhido.

— Exato, Mikael.

Mikael fez que sim. Inclinou o corpo para a frente e, antes que Truls tivesse tempo de reagir, agarrou-o pelo colarinho e o puxou.

— Quanto aquela vaca pagou a você, Beavis?

22

Tarde de terça-feira

Mehmet apertou o roupão de banho junto ao corpo. Ele olhava para a tela do celular e fingia não ver os homens que entravam e saíam do vestiário rudimentar. O preço pago pela entrada no Cagaloglu Hamam não limitava o tempo que se podia passar na casa de banho. Mas é claro que, se um homem permanecesse horas num vestiário olhando outros homens nus, corria o risco de se tornar impopular. Por isso, ele circulava pelo lugar em intervalos regulares, entre a sauna e a sempre enevoada sala de vapor, além das piscinas de temperaturas variadas, de água escaldante a gelada. E também havia um motivo prático: as salas eram interligadas por uma infinidade de portas, então ele corria o risco de não ver todos os clientes se não circulasse pelo local. Mas naquele instante o vestiário estava tão gelado, que ele queria voltar para o calor. Mehmet olhou as horas. Quatro da tarde. O tatuador turco se lembrava de ter visto o homem com a tatuagem do demônio no começo da tarde, e, vai saber, os serial killers também podiam ser criaturas com hábitos.

Harry Hole explicara a Mehmet que ele era o espião perfeito. Primeiro, era uma das duas únicas pessoas que poderiam reconhecer o rosto de Valentin Gjertsen. Segundo, como turco, ele passaria despercebido numa casa de banho frequentada basicamente por seus compatriotas. Terceiro, porque Valentin, de acordo com Harry, identificaria um policial imediatamente. Além do mais, eles tinham um vazamento na Divisão de Homicídios, alguém que passava tudo para o *VG* e sabe

Deus para quem mais. Então Harry e Mehmet eram as duas únicas pessoas que sabiam daquela operação. Mas, assim que Mehmet avisasse Harry sobre a presença de Valentin, o policial estaria no local com reforços armados em menos de quinze minutos.

Harry, por sua vez, havia garantido a Mehmet que Øystein Eikeland era seu substituto perfeito para o Jealousy Bar. Um sujeito que mais parecia um espantalho velho ao entrar pela porta, o jeans ensebado exalando o cheiro de um estilo de vida hippie difícil, mas agradável. E quando Mehmet perguntou se ele tinha experiência com balcão de bar, Eikeland colocou um cigarro entre os lábios e disse: "Passei anos em bares, meu rapaz. De pé, ajoelhado e deitado. Mas nunca deste lado do balcão."

Mas Eikeland era um homem de confiança de Harry, então Mehmet só podia torcer para que nada de muito ruim acontecesse. Uma semana no máximo, foi o que Harry disse. Depois ele poderia voltar para o seu bar. Harry fez uma mesura quando recebeu as chaves do estabelecimento em um chaveiro com um coração partido feito de plástico, a logo do Jealousy Bar, e disse a Mehmet que precisavam discutir a questão da música. Muita gente com mais de trinta anos não curtia bandas novas, e havia esperanças para alguém afundado no pântano do Bad Company. A simples lembrança daquela discussão já prometia pelo menos uma semana de tédio, pensou Mehmet ao rolar a tela no site do *VG*, apesar de já ter lido os mesmos títulos umas dez vezes.

VAMPIRISTAS FAMOSOS DA HISTÓRIA. E, enquanto olhava para a tela esperando o restante da matéria carregar, algo estranho aconteceu. Foi como se não conseguisse respirar por um momento. Ele ergueu os olhos. A porta fechou. Ele olhou em volta. Os três outros homens ali dentro eram os mesmos de antes. Alguém havia atravessado o vestiário e saído pela outra porta. Mehmet trancou o telefone no seu armário, levantou e foi atrás.

As caldeiras roncavam na sala ao lado. Harry viu as horas. Quatro e cinco. Ele empurrou a cadeira para trás, colocou as mãos na nuca e se recostou na parede de tijolos. Smith, Bjørn e Wyller olhavam para ele.

— Já faz dezesseis horas que Marte Ruud está desaparecida — disse Harry. — Alguma novidade?

— Cabelo — anunciou Bjørn Holm. — Nossa equipe encontrou mechas de cabelo perto da entrada do Schrøder. São semelhantes aos fios de cabelo de Valentin Gjertsen que encontramos nas algemas. Foram enviados para análise. Fios de cabelo sugerem que houve uma luta, e que ele não encobriu os próprios rastros dessa vez. E isso também indica que não houve muito sangue, portanto há motivos para acreditar que ela estava viva quando foi levada.

— Certo — disse Smith. — Há uma chance de que ela esteja viva e de que ele a esteja usando como vaca.

— Vaca? — perguntou Wyller.

A Sala das Caldeiras ficou em silêncio. Harry fez uma careta.

— Você quer dizer que ele... que ele está *ordenhando* o sangue da garota?

— O corpo necessita de vinte e quatro horas para repor um por cento dos glóbulos vermelhos do organismo — explicou Smith. — Na melhor das hipóteses, isso pode saciar a sede de sangue dele por um tempo. Na pior, pode significar que está ainda mais focado em retomar poder e controle. E que, novamente, tentará encontrar as pessoas que o humilharam. Ou seja, você e os seus, Harry.

— Minha mulher está sob vigilância policial vinte e quatro horas por dia, e eu mandei uma mensagem para meu filho pedindo que ele tenha cuidado.

— É possível que ele também ataque homens? — perguntou Wyller.

— Certamente — respondeu Smith.

Harry sentiu o bolso da calça vibrar. Pegou o telefone.

— Sim?

— É Øystein. Como eu preparo um daiquiri? Estou com um cliente difícil e Mehmet não atende.

— Como eu vou saber? O cliente não sabe?

— Não.

— Leva rum e limão. Já ouviu falar no Google?

— É lógico, eu não sou idiota. Isso é na internet, certo?

— Tente pesquisar lá, acho que você vai gostar. Vou desligar agora. — Harry encerrou a ligação. — Desculpem. Mais alguma coisa?

— Depoimentos de testemunhas nas proximidades do Schrøder — disse Wyller. — Ninguém viu nem ouviu nada. Estranho, numa rua tão movimentada.

— Aquela área pode ficar bem deserta por volta da meia-noite de uma segunda-feira — disse Harry. — Mas raptar alguém ali, consciente ou inconsciente, sem ser visto? Difícil. Ele dever ter estacionado bem em frente.

— Não há nenhum veículo registrado em nome de Valentin Gjertsen, e ninguém com esse nome alugou um carro ontem — disse Wyller.

Harry girou a cadeira na direção dele.

Wyller retribuiu seu olhar, confuso.

— Eu sei que a chance de ele usar o verdadeiro nome é praticamente nula, mas cheguei de qualquer forma. Não era...

— Sim, está ótimo — disse Harry. — Mande o retrato falado para as locadoras. E tem uma Deli de Luca aberta vinte e quatro horas próxima ao Schrøder...

— Estive na reunião da equipe de investigação esta manhã, e eles já conferiram as imagens das câmeras de segurança da loja — comentou Bjørn. — Nada.

— Certo, mais alguma coisa que eu deva saber?

— Estamos trabalhando com os Estados Unidos para ter acesso aos endereços de IP das vítimas no Facebook sem precisarmos recorrer a um juiz — anunciou Wyller. — Não teríamos os conteúdos, mas todos os endereços das pessoas com quem as mulheres trocaram mensagens. Pode ser uma questão de semanas, não meses.

Mehmet estava em frente ao *hararet*. Vira a porta se fechar ao sair do vestiário. E foi no *hararet* que o homem da tatuagem foi visto pela última vez. Mehmet sabia que era pouco provável que Valentin aparecesse tão rápido, logo no primeiro dia. A não ser que fosse até lá várias vezes por semana, é claro. Então por que ficar ali, hesitando?

Mehmet engoliu em seco.

Puxou a porta e entrou no *hararet*. A névoa densa se moveu, espiralando-se, desaparecendo porta afora e formando um corredor. Por um momento, Mehmet olhou para o rosto de um homem sentado no segundo degrau de bancos. O corredor voltou a se fechar, e o rosto desapareceu. Mas Mehmet vira o suficiente.

Era ele. O homem que havia entrado no bar naquela noite.

Será que saía correndo imediatamente ou sentava um pouco? O homem tinha percebido que Mehmet o encarava, e se saísse dali tão depressa poderia gerar desconfianças.

Mehmet ficou onde estava, ao lado da porta.

O vapor que respirava parecia entupir suas vias aéreas. Ele não conseguia esperar mais, precisava sair dali. Mehmet empurrou a porta de leve e se esgueirou para fora. Correu pelos azulejos escorregadios a passos curtos e cuidadosos para não cair e chegou ao vestiário. Praguejou ao lutar com o segredo do cadeado. Quatro dígitos. 1683. A Batalha de Viena. O ano em que o Império Otomano dominou o mundo, ou pelo menos a parte do mundo que valia a pena dominar. Quando o império não conseguiu mais se expandir, foi o começo do fim. Uma derrota depois da outra. Teria sido por isso que havia escolhido aquele ano, porque, de alguma forma, isso refletia sua própria história, uma história sobre ter tudo e perder tudo? Por fim, Mehmet conseguiu abrir o cadeado. Ele pegou o telefone, digitou algo e levou o aparelho ao ouvido. Olhava para a porta fechada do vestiário, esperando que o homem entrasse e o atacasse a qualquer momento.

— Sim?

— Ele está aqui — sussurrou Mehmet.

— Tem certeza?

— Sim. Ele está no *hararet*.

— Fique de olho, chegaremos em quinze minutos.

— Você fez *o quê*? — perguntou Bjørn Holm, tirando o pé da embreagem quando o sinal ficou verde na Hausmannsgate.

— Contratei um voluntário fora da polícia para vigiar a casa de banhos turca em Sagene — disse Harry, olhando pelo retrovisor do lendário Volvo Amazon 1970 de Bjørn Holm. Originalmente branco, depois pintado de preto, com faixas esportivas que iam do capô à mala. O carro que vinha atrás desapareceu na nuvem preta do escapamento.

— Sem nos consultar? — Bjørn buzinou e ultrapassou um Audi pela direita.

— Isso não é exatamente legal, e não havia por que transformar vocês em cúmplices.

— Há menos sinais se você pegar a Maridalsveien — disse Wyller do banco de trás.

Bjørn reduziu a marcha e deu uma guinada para a direita. Harry sentiu a pressão do cinto de segurança de três pontos, uma invenção da Volvo, mas, como ele estava bem apertado, Harry mal saiu do lugar.

— Tudo bem, Smith? — gritou Harry acima do ronco do motor. Normalmente, não teria levado um consultor para uma operação como aquela, mas no último momento decidiu levar Smith para o caso de haver reféns, quando a habilidade do psicólogo em interpretar a linguagem corporal de Valentin poderia ser útil. Como ele fez com Aurora. Como fez com Harry.

— Um pouco enjoado com os sacolejos, só isso. — Smith deu um sorriso amarelo. — Que cheiro é esse?

— Embreagem velha, aquecedor antigo e adrenalina — respondeu Bjørn.

— Escutem — disse Harry. — Chegaremos em dois minutos, então vou repetir: Smith, você fica no carro. Wyller e eu entramos pela porta da frente, Bjørn, você vigia a porta dos fundos. Você disse que sabe onde fica.

— Sim — disse Bjørn. — E o seu homem ainda está a postos?

Harry assentiu e levou o celular ao ouvido. Eles estacionaram em frente a um prédio velho de tijolos. Harry havia estudado a planta. Era uma antiga fábrica que agora abrigava uma gráfica, alguns escritórios, um estúdio de gravação e o *hamam*, e havia apenas mais uma porta além da principal.

— Armas carregadas e destravadas? — perguntou Harry, soltando o ar dos pulmões ao tirar o cinto de segurança. — Queremos ele vivo. Mas se não for possível... — Ele ergueu os olhos para as janelas iluminadas de ambos os lados da porta principal.

— Polícia, tiro de alerta, depois atire no maldito. Polícia, tiro de alerta, depois... — recitou Bjørn em voz baixa.

— Vamos — disse Harry.

Eles saíram do carro e se dividiram perto da porta principal.

Harry e Wyller subiram os três degraus e passaram pela porta pesada. Os corredores ali dentro cheiravam a amônia e tinta de impressora. Duas portas tinham placas douradas reluzentes com letras rebuscadas:

pequenos escritórios de advocacia que não conseguiam bancar um aluguel no centro. Na terceira porta viram uma placa despretensiosa em que se lia CAGALOGLU HAMAM, tão despretensiosa que dava a impressão de que só queriam ali clientes que já conhecessem o lugar.

Harry abriu a porta e entrou.

Ele se viu num corredor com tinta descascada e uma mesa simples, onde um homem de ombros largos e barba por fazer vestindo um agasalho de corrida lia uma revista. Se não soubesse onde estava, Harry diria que ali era uma academia de boxe.

— Polícia — disse Wyller, enfiando o distintivo entre a revista e o rosto do sujeito. — Não saia daí e não alerte ninguém. Isso estará acabado em poucos minutos.

Harry seguiu pelo corredor e viu duas portas. Uma dizia VESTIÁRIO, a outra, HAMAM. Ele entrou na casa de banhos, ouvindo os passos de Wyler logo atrás.

Havia três pequenas piscinas. À direita, reservados com macas de massagem. À esquerda, Harry viu duas portas de vidro que, segundo suas suspeitas, levavam à sauna e à sala de vapor, e uma porta de madeira que se lembrava de ter visto na planta, a porta do vestiário. Na piscina mais próxima, dois homens ergueram os olhos e os encararam. Mehmet estava sentado num banco encostado à parede, fingindo ler qualquer coisa no celular. Ele se apressou até os dois e apontou para a porta de vidro com uma placa de plástico embaçada onde se lia HARARET.

— Ele está sozinho? — perguntou Harry em voz baixa, enquanto ele e Wyller sacavam suas Glocks. Ele escutou o movimento da água na piscina às suas costas.

— Ninguém entrou nem saiu desde que liguei para você — sussurrou Mehmet.

Harry foi até a porta e tentou espiar o interior, mas não viu nada além da brancura impenetrável. Fez um gesto a Wyller para que lhe desse cobertura. Respirou fundo, e estava pronto para entrar quando mudou de ideia. O som dos sapatos. Valentin ficaria desconfiado se ouvisse alguém entrar sem estar descalço. Harry tirou os sapatos e as meias com a mão livre. Depois puxou a porta e entrou. O vapor espiralou à sua volta. Como um véu de noiva. Rakel. Harry não sabia de onde tinha vindo o pensamento, e o afastou. Apenas de relance, viu uma figura solitária no banco de madeira à sua frente antes de fechar a porta e voltar a ser envolto pela brancura. E pelo silêncio. Harry prendeu a respiração e ficou atento à respiração do outro homem. Será que ele teve tempo de ver que o recém-chegado estava vestido e segurava uma arma? Será que estava com medo? Medo como o que Aurora havia sentido quando viu suas botas de caubói do outro lado da porta no banheiro feminino?

Harry ergueu a pistola, seguiu em frente. E distinguiu a silhueta de um homem sentado em meio à névoa branca. Ele pressionou o gatilho até sentir a resistência.

— Polícia — disse em voz rouca. — Não se mexa ou eu atiro. — E outro pensamento lhe ocorreu. Numa situação como aquela, ele geralmente diria *ou atiramos*. Era psicologia simples, dava a impressão de que havia mais gente e aumentava as chances de a pessoa se render imediatamente. Então por que disse "eu"? E agora que seu cérebro tinha feito essa pergunta, outras apareceram: por que ele estava ali, e não a equipe Delta, especializada naquele tipo de situação? Qual era o *verdadeiro* motivo de ter mandado Mehmet para lá em segredo, e de não ter contado nada a ninguém antes que o informante telefonasse?

Harry sentiu a leve resistência do gatilho no dedo indicador. Leve demais.

Dois homens numa sala onde ninguém podia vê-los.

Quem poderia dizer que Valentin, que já havia matado diversas pessoas com as próprias mãos e dentes de ferro, não atacou Harry, forçando-o a atirar em legítima defesa?

— *Vurma!* — disse a silhueta à sua frente, e levantou as mãos.

Harry se aproximou.

O homem magro estava nu. Tinha os olhos arregalados de terror. E seu peito era coberto de pelos grisalhos, mas, fora isso, estava imaculado.

23

Terça-feira, final da tarde

— Mas que droga! — gritou Katrine Bratt, atirando uma borracha que tinha pegado em cima da mesa. A borracha acertou a parede logo acima da cabeça de Harry Hole, que estava refestelado numa cadeira. — Como se já não tivéssemos problemas suficientes, você ainda viola quase todas as regras da droga do regulamento interno e, não satisfeito, um monte de leis federais. No que você estava *pensando*?

Em Rakel, pensou Harry, inclinando o corpo para trás até a cadeira encostar na parede. Eu estava pensando em Rakel. E em Aurora.

— O que foi?

— Achei que, se houvesse um atalho e pegássemos Valentin Gjertsen o quanto antes, isso poderia salvar a vida de alguém.

— Não me venha com essa, Harry! Você sabe muito bem que não é assim que funciona. Se todo mundo pensasse e agisse...

— Você tem razão, eu sei. E sei que não pegamos Valentin Gjertsen por *muito pouco*. Ele reconheceu Mehmet, lembrou-se de tê-lo visto no bar, percebeu o que estava acontecendo e fugiu de fininho pelos fundos enquanto Mehmet telefonava para mim no vestiário. E sei também que, se Valentin Gjertsen estivesse sentado naquela sala de vapor quando chegamos lá, você já teria me desculpado, estaria elogiando o trabalho policial proativo e criativo. Essa é a razão de a equipe da Sala das Caldeiras existir.

— Seu babaca! — disse Katrine entre os dentes, e Harry a viu procurar qualquer coisa sobre a mesa para atirar nele. Felizmente, desistiu do grampeador e da pilha de correspondência jurídica que estavam trocando com os Estados Unidos sobre o Facebook. — Eu não autorizei vocês a agirem como caubóis. E todos os jornais estamparam a invasão da casa de banho como manchete em seus sites. Armas num local tranquilo, civis inocentes na linha de tiro, um velho de noventa anos, nu, ameaçado com uma arma. E *nenhuma* prisão! Isso é tão... — Ela ergueu as mãos e olhou para o teto, como se entregasse o julgamento a poderes superiores. — ... amador!

— Estou sendo demitido?

— Você *quer* ser demitido?

Harry a viu diante de si. Rakel. Dormindo, suas pálpebras finas irrequietas, como um telégrafo recebendo uma mensagem em código Morse da terra do coma.

— Sim — disse ele. Então viu Aurora, a ansiedade e a dor em seus olhos, as feridas ali dentro que talvez jamais cicatrizassem. — E não. Você *quer* me demitir?

Katrine gemeu, levantou-se e foi até a janela.

— Eu quero demitir alguém — disse ela com as costas viradas para ele. — Mas não você.

— Hum.

— Hum — imitou ela.

— Você se importa de explicar?

— Eu quero demitir Truls Berntsen.

— Isso não é novidade.

— Não. Mas não por ser inútil e preguiçoso. Foi ele quem vazou as informações para o *VG*.

— E como você descobriu isso?

— Anders Wyller montou uma armadilha. Ele foi um pouco longe demais. Acho que talvez também tenha se vingado de Mona Daa. Enfim, não teremos mais problemas com ela. Ela deve saber que pagar um servidor público em troca de informações pode render um processo por corrupção.

— Por que você não demitiu Berntsen?

— Adivinhe? — perguntou Katrine, voltando-se para a mesa.

— Mikael Bellman?

Katrine atirou um lápis, não em Harry, mas na porta fechada.

— Bellman veio aqui, sentou onde você está sentado agora e disse que Berntsen o convenceu de sua inocência. Depois sugeriu que o próprio Wyller poderia ter vazado as informações para o *VG* e tentado incriminar Berntsen. Então disse que, como não temos como provar nada, é melhor deixar para lá e nos concentrarmos em pegar Valentin, que só isso importa. O que você acha?

— Bom, talvez Bellman tenha razão, talvez seja melhor deixar para lavar a roupa suja quando pararmos de nos estapear na sarjeta.

Katrine fez uma careta.

— Você inventou essa sozinho?

Harry pegou seu maço de cigarro.

— Por falar em vazamentos, os jornais estão dizendo que eu estava na casa de banhos, e tudo bem, eu fui reconhecido. Mas ninguém exceto você e o pessoal da Sala das Caldeiras sabe do envolvimento de Mehmet. E prefiro que continue assim. Para evitar surpresas desagradáveis.

Katrine assentiu.

— Falei a respeito com Bellman, e ele concordou. Disse que temos muito a perder se vier a público o fato de que estamos usando gente de fora da polícia para fazer o nosso trabalho, que isso nos faria parecer desesperados. Ele disse que o envolvimento de Mehmet não deve ser mencionado a ninguém, incluindo a equipe de investigação. Acho que faz sentido, mesmo que Truls não tenha mais permissão para participar das reuniões.

— Sério?

Katrine deu um sorriso de canto de boca.

— Demos a ele uma sala, onde ele vai escrever relatórios sobre casos que não têm *nada* a ver com os assassinatos do vampirista.

— Então você o demitiu, no fim das contas — disse Harry, colocando um cigarro entre os lábios. O telefone vibrou em sua coxa. Ele o tirou do bolso. Uma mensagem de texto do Dr. Steffens.

Exames concluídos. Rakel está de volta ao 301.

— Preciso ir.

— Você continua com a gente, Harry?

— Preciso pensar nisso.

Já do lado de fora da sede da polícia, Harry achou o isqueiro num buraco no forro da jaqueta e acendeu o cigarro. Olhou para as pessoas que passavam por ele na calçada. Pareciam tão calmas, tão despreocupadas. Havia algo de desconcertante naquilo. Onde ele estava? Onde diabos estava Valentin?

— Oi — disse Harry ao entrar no quarto 301.

Oleg estava sentado ao lado da cama de Rakel, que havia voltado ao seu lugar. Ele ergueu os olhos de seu livro e não respondeu.

Harry se sentou do outro lado da cama.

— Alguma novidade?

Oleg virou uma página.

— Tudo bem, escute — disse Harry, tirando a jaqueta e pendurando-a no encosto da cadeira. — Eu sei que você está pensando que, por eu não estar sentado aqui, eu me importo mais com o trabalho do que com ela. Que outras pessoas podem pegar o assassino, mas ela só tem nós dois.

— E não é verdade? — perguntou Oleg, sem desviar os olhos do livro.

— Eu não posso fazer nada por ela agora, Oleg. Não posso salvar ninguém aqui, mas lá fora posso fazer a diferença. Posso salvar vidas.

Oleg fechou o livro e olhou para Harry.

— É bom ouvir que você é movido a filantropia. Porque senão eu poderia pensar que é outra coisa.

— Outra coisa?

Oleg enfiou o livro na mochila.

— Um desejo de glória. Você sabe, essa conversa de Harry-Hole--está-de-volta-para-resolver-tudo.

— Você acha que é isso?

Oleg deu de ombros.

— O importante é o que você pensa. Se você consegue se convencer com essa mentira...

— É assim que você me vê? Como um mentiroso?

Oleg se levantou.

— Sabe por que eu sempre quis ser como você? Não porque você fosse incrível, mas porque eu não tinha mais ninguém. Você era o único homem na casa. Mas agora que vejo quem você é, vou fazer tudo que puder para *não* acabar como você. Desprogramação iniciada, Harry.

— Oleg...

Mas ele tinha saído do quarto.

Droga, droga.

Harry sentiu o telefone vibrar no bolso e desligou o aparelho sem olhar para a tela. Escutou a máquina. Alguém havia aumentado o volume, e o som do bipe vinha alguns segundos depois que a linha verde pulava no monitor.

Como um relógio em contagem regressiva.

Em contagem regressiva para Rakel.

Em contagem regressiva para alguém lá fora.

E se Valentin estivesse olhando para um relógio naquele exato momento, enquanto aguardava pela próxima vítima?

Harry começou a tirar o telefone do bolso. E voltou a soltá-lo.

A luz fraca, oblíqua, fazia com que suas veias azuis lançassem sombras nas costas de sua mão quando ele a pousava sobre a mão delicada de Rakel. Harry tentava não contar os bipes.

Quando chegou a 806, não conseguiu mais ficar sentado, então levantou e andou pelo quarto. Em seguida, saiu e encontrou um médico que, sem querer entrar em detalhes, explicou que o estado de Rakel era estável e que haviam avaliado a possibilidade de tirá-la do coma.

— Isso parece ser uma boa notícia — disse Harry.

O médico hesitou antes de responder.

— Apenas fizemos uma avaliação. Também há argumentos contrários. Steffens estará de plantão hoje à noite, converse com ele quando ele chegar.

Harry encontrou a lanchonete, comeu alguma coisa e voltou para o quarto 301. O policial que estava de vigia do lado de fora o cumprimentou com a cabeça.

Estava escuro no quarto, e Harry acendeu a luz na mesa ao lado da cama. Bateu no fundo do maço, pegou um cigarro e estudou as pálpebras de Rakel. Os lábios dela, que ficaram tão secos. Ele tentou se lembrar da primeira vez que os dois se viram. Estava do lado de fora da casa dela, e Rakel veio em sua direção, como uma bailarina. Depois de tantos anos, será que poderia confiar em suas recordações? Aquele primeiro olhar. As primeiras palavras. O primeiro beijo. Talvez fosse inevitável revisitar as lembranças, pouco a pouco, para que eventualmente se tornassem uma história, com a lógica de uma história, com peso e significado. Uma história que dizia que, desde o começo, estavam destinados àquilo, uma história que repetiam um para o outro, como um ritual, até acreditarem. Então quando ela desaparecesse, quando a história de Rakel e Harry desaparecesse, em que ele acreditaria?

Harry acendeu o cigarro.

Tragou, soprou a fumaça, viu-a espiralar até o alarme de incêndio e se dissipar.

Desaparecer. Alarme, ele pensou.

A mão de Harry esgueirou-se para dentro do bolso e pegou o telefone frio, inerte.

Droga, droga.

Um chamado, como disse Steffens: o que isso significa? O que significa ter um trabalho que você odeia porque é o melhor a ser feito? *Algum lugar onde possa ser útil.* Como um animal em meio a outros no rebanho. Ou Oleg teria razão sobre a glória pessoal? Será que ansiava por estar lá fora, sob os holofotes, enquanto ela definhava naquela cama? Certo, ele nunca teve grande senso de responsabilidade para com a sociedade, e o reconhecimento dos colegas e do público nunca foi importante para ele. Então o que restava?

Restava Valentin. Restava a caçada.

Bateram duas vezes, e a porta abriu silenciosamente. Bjørn Holm entrou de fininho e se sentou na outra cadeira.

— Fumar em um hospital — comentou ele. — A pena é de seis anos, se lembro bem.

— Dois anos — disse Harry, passando o cigarro para Bjørn. — Faça o favor de ser meu cúmplice?

Bjørn fez um gesto de cabeça na direção de Rakel.

— Você não tem medo de que ela tenha câncer de pulmão?

— Rakel adora ser fumante passiva. Porque, segundo ela, é de graça e meu corpo já absorveu a maioria das toxinas quando sopro a fumaça. Sou um misto de carteira e filtro de cigarro para ela.

Bjørn deu uma tragada.

— Seu correio de voz está desligado, então achei que você estivesse aqui.

— Hum. Para um perito criminal, você sempre foi ótimo com deduções.

— Obrigado. Como estão as coisas?

— Estão falando em tirá-la do coma. Resolvi encarar isso como uma boa notícia. Algo urgente?

— Ninguém com quem falamos na casa de banho reconheceu Valentin pelo retrato falado. O sujeito da mesa na entrada disse que muitas pessoas entram e saem o tempo todo, mas tinha a impressão de que o nosso homem podia ser um cara que costuma aparecer com um casaco por cima do roupão e um boné enterrado na cabeça, e que ele sempre paga em dinheiro.

— Pagamento em dinheiro para não deixar rastro eletrônico. Roupão por baixo para não correr o risco de alguém ver a tatuagem quando ele se troca. Como ele faz o percurso de casa até a casa de banho?

— Se tiver um carro, deve guardar a chave no bolso do roupão. Ou o dinheiro do ônibus. Porque não havia absolutamente nada nas roupas que encontramos no vestiário, nem mesmo sujeira nos bolsos. Provavelmente encontraremos algum DNA nas roupas, mas elas cheiram a sabão. Acho que até mesmo o casaco foi lavado a máquina recentemente.

— Isso bate com a limpeza obsessiva nas cenas dos crimes. O fato de ele levar chaves e dinheiro no bolso para uma sauna a vapor sugere que está pronto para uma fuga rápida.

— Sim. E nenhuma testemunha viu um homem de roupão de banho nas ruas de Sagene, então ele não pode ter ido de ônibus à casa de banho desta vez, pelo menos.

— Ele deixou o carro estacionado perto da porta dos fundos. Não foi por acaso que conseguiu se manter escondido por quatro anos. Ele é esperto. — Harry esfregou a nuca. — Certo. Nós o afugentamos. E agora?

— Estamos verificando as câmeras de segurança nas lojas e nos postos de gasolina dos arredores, procurando por bonés e talvez um roupão de banho aparecendo por baixo de um casaco. A propósito, amanhã cedo vou abrir o casaco. Há um pequeno buraco no forro de um bolso, e é possível que algo tenha passado e se prendido entre o forro e o enchimento.

— Ele está evitando câmeras de segurança.

— Você acha?

— Sim. Se encontrarmos algo, é porque ele quer ser visto.

— Você provavelmente está certo. — Bjørn Holm desabotoou a parca. Sua testa pálida estava úmida de suor.

Harry soprou fumaça de cigarro na direção de Rakel.

— O que foi, Bjørn?

— Como assim?

— Você não veio até aqui para me dizer essas coisas.

Bjørn não respondeu. Harry esperou. A máquina continuava com sua ladainha de bipes.

— É Katrine — disse Bjørn. — Não entendo. Vi na lista de chamadas que ela me telefonou ontem à noite, mas, quando retornei a ligação, ela disse que o celular deve ter feito a chamada por acidente.

— E?

— Às três da manhã? Ela não dorme *em cima* do telefone.

— Por que você não disse isso a ela?

— Porque não quis forçar a barra. Ela precisa de tempo. De espaço. Ela é um pouco como você.

Bjørn tirou o cigarro de Harry.

— Como eu?

— Uma solitária.

Harry pegou o cigarro de volta quando Bjørn estava prestes a dar uma tragada.

— Você *é* um solitário — reforçou Bjørn.

— O que você quer?

— Estou ficando maluco com as coisas desse jeito, sem saber de nada. Então pensei... — Bjørn coçou a barba com força. — Você e Katrine são próximos. Será que você podia...

— Sondar o terreno?

— Algo do tipo. *Preciso* tê-la de volta, Harry.

Harry apagou o cigarro no pé da cadeira. Olhou para Rakel.

— Claro. Eu falo com Katrine.

— Mas sem que ela...

— ... saiba que você pediu.

— Obrigado. Você é um bom amigo, Harry.

— Eu? — Harry colocou a guimba de volta no maço. — Eu sou um solitário.

Depois que Bjørn saiu, Harry fechou os olhos. Escutou a máquina. A contagem regressiva.

24

Noite de terça-feira

O nome dele era Olsen, e ele era dono do restaurante Olsen, mas o lugar já se chamava assim quando ele o comprou, há mais de vinte anos. Muita gente achava que era uma coincidência improvável, mas o quanto é improvável que situações improváveis aconteçam o tempo todo, a cada dia, a cada segundo? Porque alguém precisa ganhar na loteria, isso é óbvio. Ainda assim, o ganhador acredita não apenas que isso é improvável, mas que é um milagre. Por esse motivo, Olsen não acreditava em milagres. Mas aquele era um desses casos que deixavam qualquer um em dúvida. Ulla Swart acabava de entrar e se sentar à mesa de Truls Berntsen, que já estava ali fazia mais de vinte minutos. O milagre é que se tratava de um encontro marcado. Porque Olsen não tinha dúvida disso. Ele havia passado mais de vinte anos ali de pé, vendo homens nervosos incapazes de ficar parados, tamborilando os dedos, aguardando a mulher dos seus sonhos. O milagre é que, quando jovem, Ulla Swart era a garota mais linda de toda Manglerud, e Truls Berntsen era o maior monte de merda da turma, o fracassado que matava o tempo no shopping do bairro ou no Olsen. Truls, ou Beavis, era a sombra de Mikael Bellman, e Mikael também não estava entre os mais populares. Mas pelo menos tinha a aparência e o bom papo a seu favor, e conseguiu a garota que deixava os jogadores de hóquei e os motoqueiros babando. E depois acabou se tornando chefe de polícia, então Mikael devia ter algo de diferente. Já Truls Berntsen... Uma vez fracassado, sempre fracassado.

Olsen foi até a mesa para anotar o pedido e tentar escutar o que estavam conversando naquele encontro improvável.

— Cheguei um pouco cedo — disse Truls, indicando com um gesto de cabeça o copo de cerveja quase vazio à sua frente.

— Estou atrasada — disse Ulla, passando a alça da bolsa transversal por cima da cabeça e desabotoando o casaco. — Quase não consegui sair.

— É mesmo? — Truls bebeu um gole rápido de cerveja, para disfarçar o tremor nas mãos.

— Sim, porque... isso não é fácil, Truls. — Ulla deu um sorriso breve, notou Olsen, que havia surgido atrás dela em silêncio. — Vou esperar um pouco — disse, e o sujeito desapareceu.

Esperar?, pensou Truls. Para ver no que dava? Para ir embora se mudasse de ideia? Caso ele não atendesse às expectativas? E que expectativas seriam essas, já que os dois praticamente cresceram juntos?

Ulla olhou ao redor.

— Meu Deus, a última vez que estive aqui foi naquele encontro da escola há dez anos, lembra?

— Não — disse Truls. — Eu não vim.

Ela brincou com as mangas do suéter.

— Esse caso em que vocês estão trabalhando é terrível. Uma pena não terem conseguido prender o sujeito hoje. Mikael me contou o que aconteceu.

— É — disse Truls. Mikael. Então a primeira coisa que ela fez foi falar de Mikael, colocá-lo diante de si como um escudo. Será que era apenas nervosismo ou ela não sabia o que queria? — O que ele disse?

— Harry Hole pediu ajuda àquele barman que viu o assassino antes do primeiro crime. Mikael ficou furioso.

— O barman do Jealousy Bar?

— Acho que sim.

— Pediu a ajuda dele para quê?

— Para ir até aquela casa de banho turca e esperar o assassino aparecer. Você não sabia?

— Trabalhei em... outros homicídios hoje.
— Ah. Enfim, é bom ver você. Não posso ficar muito, mas...
— O bastante para eu pedir outra cerveja?
Ele a viu hesitar. Droga.
— São as crianças? — perguntou ele.
— O quê?
— Elas estão doentes?
Truls viu a confusão de Ulla antes que ela aceitasse a tábua de salvação que ele lhe oferecia. Que oferecia aos dois.
— O caçula está um pouco doentinho. — Ela sentiu um calafrio sob o suéter pesado e parecia tentar se encolher dentro da roupa ao olhar ao redor. Apenas outras três mesas estavam ocupadas, e Truls suspeitou de que ela não conhecia ninguém ali. Ulla certamente pareceu ficar mais tranquila depois de observar o ambiente. — Truls?
— Sim.
— Posso fazer uma pergunta estranha?
— Claro.
— O que você quer?
— O que eu quero? — Ele bebeu outro gole para ganhar tempo. — Agora, você quer dizer?
— Quero dizer, o que você quer para você? O que todo mundo quer?
Eu quero arrancar suas roupas, trepar com você e ouvir você gritar pedindo mais, pensou Truls. Depois, quero que vá até a geladeira, traga uma cerveja e deite nos meus braços, dizendo que vai largar tudo por mim. Os filhos, Mikael, a merda do casarão com o terraço que eu construí, tudo. Porque quero ficar com você, Truls Berntsen, porque agora, depois disso, é impossível estar com qualquer homem que não seja você, você, você. E depois quero que a gente trepe de novo.
— Você quer que gostem de você, não é?
Truls engoliu em seco.
— Com certeza.
— Que as pessoas de quem gostamos gostem da gente. As outras pessoas não são importantes, certo?
Truls notou que fazia uma careta, mas não sabia direito o que aquilo significava.
Ulla se debruçou sobre a mesa e abaixou a voz.

— Às vezes, quando achamos que as pessoas não gostam da gente, quando pisam na gente, dá vontade de pisar nelas também, não dá?
— Sim — disse Truls, assentindo. — Dá vontade de pisar nelas.
— Mas a vontade passa assim que percebemos que elas gostam da gente no fim das contas. E quer saber? Esta noite Mikael disse que gosta de mim. Um comentário eventual, de passagem, mas... — Ela mordeu o lábio inferior. Aquele lindo e carnudo lábio inferior que Truls venerava desde que tinham 16 anos. — Foi o bastante, Truls. Não é estranho?
— Muito estranho — disse Truls, olhando para o copo vazio. E tentando expressar em palavras o que estava pensando. Que às vezes uma pessoa dizer que gosta de você não significa porra nenhuma. Principalmente se for o filho da puta do Mikael Bellman.
— Acho que não posso mais deixar o caçula esperando.
Truls ergueu os olhos e viu Ulla fitando o relógio, aflita.
— É claro que não — disse ele.
— Espero que a gente possa passar mais tempo juntos na próxima vez.
Truls conseguiu se conter e não perguntar quando seria isso. Apenas se levantou e tentou não abraçar Ulla por mais tempo do que ela o abraçou. E largou o corpo na cadeira quando a porta do restaurante se fechou às costas dela. Sentiu a fúria vindo à tona. Uma fúria pesada, lenta, dolorosa, maravilhosa.
— Outra cerveja? — Olsen havia aparecido silenciosamente outra vez.
— Sim. Na verdade, não. Preciso fazer uma ligação. Aquilo ainda funciona? — Ele apontou para a cabine com porta de vidro onde Mikael dizia ter transado com Stine Michaelsen numa festa da escola. O lugar estava tão lotado que ninguém conseguia ver o que acontecia abaixo da linha da cintura. Muito menos Ulla, que estava de pé na fila do bar, esperando para comprar cerveja para eles.
— Claro.
Truls entrou na cabine e procurou o número no celular.
Pressionou as teclas quadradas e prateadas do telefone público.
Esperou. Tinha optado por usar uma camisa justa para exibir um peitoral mais definido, bíceps mais volumosos e cintura mais fina do que Ulla provavelmente lembrava. Mas Ulla mal olhou para ele. Truls se empertigou e sentiu os ombros tocarem as laterais da cabine, um espaço ainda menor que a porra da sala que lhe deram hoje.

Bellman. Bratt. Wyller. Hole. Eles podiam queimar no inferno.
— Mona Daa.
— Berntsen. Quanto você pagaria para saber o que realmente aconteceu na casa de banho turca hoje?
— Você pode dar uma dica?
— Sim. *Polícia de Oslo arrisca vida de barman inocente para pegar Valentin.*
— Acho que podemos chegar a um acordo.

Ele limpou a condensação no espelho do banheiro e olhou para o próprio reflexo.
— Quem é você? — sussurrou. — Quem é você?
Fechou os olhos. Voltou a abri-los.
— Sou Alexander Dreyer. Mas pode me chamar de Alex.
Ele ouviu uma risada insana vindo da sala. Um som semelhante ao de uma máquina ou de um helicóptero, e então os gritos de terror que marcam a transição entre "Speak to Me" e "Breathe". Eram aqueles gritos que ele tentava provocar, mas nenhuma delas gritou daquele jeito.
Quase não havia mais condensação do espelho. Estava finalmente limpo. E ele conseguia ver a tatuagem. Muitas pessoas, principalmente mulheres, já haviam perguntado por que ele tinha decidido tatuar um demônio no peito. Como se ele tivesse escolhido aquilo. Não sabiam nada. Não sabiam nada a respeito dele.
— Quem é você, Alex? Sou gerente de sinistros na Storebrand. Não, não quero falar sobre seguros, em vez disso vamos falar de você. O que você faz, Tone? Gostaria de gritar enquanto corto seus mamilos fora e os como?
Ele saiu do banheiro e foi até a sala, olhou para a fotografia sobre a mesa, ao lado da chave branca. Tone. Ela estava no Tinder havia dois anos, morava na Professor Dahls gate. Trabalhava num horto e não era das mais atraentes. Era um pouco cheinha. Preferia que fosse um pouco mais magra. Marte era magra. As sardas combinavam com ela. Mas Tone... Ele passou a mão no cabo vermelho do revólver.
O plano não havia mudado, apesar de tudo quase ter dado errado naquele dia. Ele não reconheceu o homem no *hararet*, mas ficou claro que o sujeito o reconheceu. As pupilas dele dilataram, dava para *ver* a

pulsação acelerar, e ele ficou parado na nuvem de vapor fina perto da porta antes de sair apressado. Mas não antes de o ar ficar carregado com o cheiro de seu medo.

Como de costume, o carro estava estacionado na rua a menos de cem metros da porta dos fundos, que se abria para uma viela deserta. Ele não frequentava casas de banho que não tivessem uma rota de fuga como aquela. Ou que não fossem limpas. E jamais entrava numa casa de banho sem levar as chaves no bolso do roupão.

Ele se perguntava se deveria atirar em Tone depois de mordê-la. Só para criar confusão. Ver que tipo de manchete renderia. Mas seria quebrar as regras. E o outro cara já estava furioso por ele quebrar as regras com a garçonete.

Ele pressionou o revólver contra a barriga para sentir o toque do aço frio antes de abaixar a arma. Quão perto a polícia estava? O *VG* falou sobre a possibilidade de que algum tipo de processo judicial forçasse o Facebook a divulgar endereços. Mas ele não entendia daquele tipo de coisa nem estava preocupado com isso. Aquilo não preocupava Alexander Dreyer ou Valentin Gjertsen. A mãe dele dizia que seu nome era uma homenagem a Valentino, o primeiro e maior galã da história do cinema. Então só podia culpar a si mesma por ter lhe dado um nome em que se espelhar. No começo praticamente não havia riscos. Porque, quando se estupra uma garota antes dos seus 16 anos e ela já passou da idade de consentimento sexual, ela já tem maturidade para saber que, se o tribunal concluir que foi consensual e não estupro, *ela* corre o risco de ser punida por fazer sexo com um menor. Mas, depois dos 16 anos, o risco aumenta. A não ser que você passe a estuprar a mulher que deu a você o nome de Valentino. Mas aquilo tinha sido mesmo estupro? Porque, quando ela começou a se trancar no quarto, ele dizia que seria ela ou as garotas da vizinhança, as professoras, mulheres da família ou vítimas escolhidas nas ruas aleatoriamente, e ela destrancava a porta. Os psicólogos para quem ele tinha contado essa história não acreditaram nele. Bom, depois de algum tempo eles acreditavam. Todos.

O Pink Floyd passou para "On the Run". Bateria acelerada, sintetizadores pulsantes, o som de pés correndo, fugindo. Fugindo da polícia. Das algemas de Harry Hole. *Pervertido desprezível.*

Ele pegou o copo de limonada em cima da mesa. Bebeu um pequeno gole, olhou para o copo. E o atirou na parede. O vidro se espatifou, e o líquido amarelado escorreu pelo papel de parede branco. Ele ouviu um palavrão vindo do apartamento vizinho.

Foi até o quarto. Conferiu se os pulsos e os tornozelos dela estavam bem presos à cama. Ele olhou para a garçonete sardenta que dormia em seu colchão. Tinha a respiração tranquila. A droga funcionava como deveria. Será que ela estava sonhando? Com o homem quase azul de tão negro? Ou ele era o único que sonhava com aquilo? Um dos psicólogos chegou a sugerir que aquele pesadelo recorrente era uma lembrança adormecida da infância, que ele viu o próprio pai sentado sobre a mãe. Bobagem, é claro, ele nunca tinha visto o pai; de acordo com a mãe, ele a estuprou e sumiu. Estiveram juntos uma única vez, um pouco como a Virgem Maria e o Espírito Santo. O que fazia dele o Messias. Por que não? Aquele que voltará como juiz.

Ele acariciou o rosto de Marte. Fazia um bom tempo que não tinha uma mulher de verdade, viva, em sua cama. E ele definitivamente preferia a garçonete de Harry Hole à namorada japonesa de sempre, morta. Sim, era uma pena que precisasse abrir mão dela. Uma pena que não pudesse seguir os instintos do demônio, que precisasse dar ouvidos à outra voz, a voz da razão. A voz da razão estava irritada. Suas instruções foram detalhadas. Uma floresta à margem de uma estrada deserta a noroeste da cidade.

Ele voltou à sala, sentou na cadeira. O couro macio era agradável em sua pele nua, ainda dolorida depois da chuveirada escaldante. Ele ligou o telefone novo, no qual já havia colocado o chip que recebera. Os ícones do Tinder e do aplicativo do *VG* estavam um ao lado do outro. Ele clicou primeiro no *VG*. Aguardou. A espera fazia parte da excitação. Será que ele ainda era a reportagem da capa? Ele entendia as subcelebridades que faziam qualquer coisa para serem vistas. Uma cantora que ia ao programa de culinária de um chef imbecil porque — como certamente acreditava — precisava *permanecer na mídia*.

Harry Hole o encarava com olhos sombrios.

Polícia usa barman de Elise Hermansen.

Ele clicou em "Ler mais" abaixo da foto. Rolou a tela.

Fontes afirmam que o barman estava na casa de banho turca como espião da polícia...

O sujeito no *hararet*: ele trabalhava para a polícia. Para Harry Hole.

... porque é a única pessoa capaz de identificar Valentin Gjertsen.

Ele se levantou, sentindo o couro se desprender da pele com um som úmido, e voltou para o quarto.
 Olhou-se no espelho. Quem é você? Quem é você? Você é o único. O *único* que viu e conhece o rosto que estou usando agora.
 Não havia o nome nem uma fotografia do homem. Ele não tinha olhado para o barman aquela noite no Jealousy Bar. Porque contato visual faz as pessoas lembrarem. Mas agora haviam feito contato visual. E ele lembrava. Passou os dedos pelo rosto do demônio. O rosto que queria sair, que precisava sair.
 Na sala, "On the Run" chegava ao fim com o ronco de um avião e a risada de um louco, antes que o avião fosse destruído numa explosão desconcertante.
 Valentin Gjertsen fechou os olhos e visualizou as chamas.

— Quais são os riscos de acordá-la? — perguntou Harry, olhando para o crucifixo na parede, acima do Dr. Steffens.
 — Há muitas respostas para isso — disse Steffens. — E uma que é verdadeira.
 — Qual seria?
 — Nós não sabemos.
 — Da mesma forma que não sabem qual é o problema dela.
 — Sim.
 — Hum. O que vocês sabem, então?
 — Se você estiver perguntando em termos gerais, nós sabemos bastante coisa. Mas, se as pessoas soubessem o quanto nós *não* sabemos, elas ficariam assustadas, Harry. Assustadas sem necessidade.
 — Sério?

— Nós dizemos que o nosso negócio é consertar as pessoas, mas, na verdade, nosso negócio é consolá-las.

— Por que você está me dizendo isso, Steffens? Por que não está me consolando?

— Porque tenho quase certeza de que você sabe que o consolo é uma ilusão. Como detetive de homicídios, você também transmite uma imagem que não corresponde à realidade. Você dá às pessoas uma reconfortante sensação de justiça, de ordem e segurança. Mas não existe verdade perfeita, objetiva; não existe justiça verdadeira.

— Ela sente dor?

— Não.

Harry fez que sim.

— Posso fumar?

— Em um consultório médico num hospital público?

— Soa animador, se fumar for tão perigoso quanto dizem.

Steffens sorriu.

— Uma enfermeira me disse que a faxineira encontrou cinzas embaixo da cama no quarto 301. Prefiro que você faça isso lá fora. A propósito, como está o seu filho diante de toda essa situação?

Harry deu de ombros.

— Angustiado. Assustado. Revoltado.

— Eu o vi mais cedo. O nome dele é Oleg, certo? Ele ficou no quarto porque não quis vir até aqui?

— Ele não quis vir comigo. Ou falar comigo. Acha que eu estou abandonando Rakel por continuar a trabalhar no caso enquanto ela está aqui.

Steffens assentiu.

— Os jovens sempre tiveram uma confiança invejável em seus próprios julgamentos morais. Mas ele pode ter alguma razão ao pensar que um esforço maior da polícia não necessariamente é o modo mais eficaz de combater o crime.

— O que quer dizer?

— Você sabe por que as taxas de criminalidade caíram nos Estados Unidos nos anos noventa?

Harry fez que não, colocou as mãos nos braços da cadeira e olhou para a porta.

— Pense nisso como um descanso do que se passa na sua cabeça — disse Steffens. — Dê um palpite.

— Não sou bom com palpites — respondeu Harry. — É amplamente aceito que a política de tolerância zero do prefeito Giuliani foi responsável por isso, além de uma maior presença policial.

— E isso está errado. Porque as taxas de criminalidade não caíram apenas em Nova York, mas no país todo. A resposta correta são leis mais liberais com relação ao aborto introduzidas nos anos setenta. — Steffens se recostou em sua cadeira e fez uma pausa, como se desse tempo para Harry refletir a respeito. — Mulheres solteiras e desregradas fazendo sexo com homens que sumiam na manhã seguinte, ou tão logo descobriam que seriam pais. Por séculos, gravidezes como essas foram fundamentais para a produção de criminosos. Crianças sem pai, sem limites, sem uma mãe com condições de oferecer educação ou uma base moral ou mostrar a elas o caminho do Senhor. Essas mulheres tranquilamente tirariam a vida de seus filhos ainda no útero se não corressem o risco de serem punidas. E, nos anos setenta, elas conseguiram o que queriam. Os Estados Unidos, então, colheram os frutos das leis mais liberais com relação ao aborto que entraram em vigor quinze, vinte anos antes.

— Hum. E o que os mórmons pensam disso? A não ser que você não seja mórmon.

Steffens sorriu e juntou a ponta dos dedos.

— Eu apoio a Igreja em muitos aspectos, Hole, mas não quando se opõe ao aborto. Nesse caso em particular, estou do lado dos pecadores. Nos anos noventa, as pessoas comuns podiam andar pelas ruas das cidades americanas sem temer roubos, estupros ou assassinatos. Porque o homem que as teria assassinado havia sido arrancado do útero da mãe, Harry. Mas não apoio os pecadores liberais em suas exigências pelo tal aborto livre. O potencial de um feto para fazer o bem ou o mal pode trazer benefícios e prejuízos para uma sociedade vinte anos depois. Acho que a decisão deve ser tomada por essa mesma sociedade, não por mulheres irresponsáveis que andam pelas ruas à procura de parceiros.

Harry olhou as horas.

— Você está sugerindo abortos controlados pelo Estado?

— Não é uma tarefa agradável, naturalmente. Portanto, qualquer um que fizesse isso precisaria ver seu trabalho como... Bem, como um chamado.

— Você está brincando, certo?

Steffens sustentou o olhar de Harry por alguns segundos. Então voltou a sorrir.

— É claro. Eu acredito firmemente na inviolabilidade do indivíduo.

Harry se levantou.

— Acho que serei informado quando vocês forem acordá-la. Deve ser bom para ela ver um rosto conhecido quando voltar à consciência.

— Muito generoso de sua parte, Harry. E diga a Oleg que venha até aqui se quiser saber de mais alguma informação.

Harry foi até a entrada do hospital. Tremendo de frio do lado de fora, ele deu duas tragadas no cigarro, viu que não tinha gosto de nada, apagou a guimba e se apressou em voltar para dentro.

— Como vão as coisas, Antonsen? — perguntou ele ao policial que ficava de guarda à porta do quarto 301.

— Bem, obrigado — disse Antonsen, erguendo os olhos para ele. — Tem uma foto sua no *VG*.

— Sério?

— Quer ver? — Antonsen pegou seu smartphone.

— Só se eu estiver bem.

Antonsen deu uma risada.

— Então talvez você não queira ver. E vou dizer uma coisa: acho que vocês estão começando a perder a mão na Homicídios. Apontar uma arma para um velho de noventa anos e usar um barman como espião...

Harry se deteve com a mão na maçaneta.

— O que foi que você disse?

Antonsen segurou o telefone à sua frente e estreitou os olhos, claramente míope. Ainda lia "Barm..." quando Harry arrancou o telefone de sua mão.

Ele olhou para a tela.

— Merda, merda. Você tem carro, Antonsen?

— Não, eu ando de bicicleta. Oslo é tão pequena, e é bom para exercitar um pouco...

Harry jogou o telefone no colo de Antonsen e abriu a porta do quarto 301. Oleg ergueu os olhos apenas o suficiente para ver que era Harry e voltou ao seu livro.

— Oleg, você tem carro. Você precisa me levar até Grünerløkka. Agora.

Oleg soltou uma fungada sem erguer os olhos.

— É, aham.

— Não foi um pedido, é uma ordem. Vamos.

— Uma ordem? — O rosto dele se contorceu de fúria. — Você não é meu pai.

— Você tinha razão. Quando disse que a patente vem antes de tudo. Eu, inspetor, você cadete. Então enxugue as lágrimas e levante a bunda dessa cadeira.

Oleg olhou para ele, boquiaberto.

Harry deu meia-volta e saiu corredor afora.

Mehmet Kalak tinha desistido de Coldplay e U2 e tentava Ian Hunter com a clientela.

"All the Young Dudes" soava nos alto-falantes.

— Então? — perguntou Mehmet.

— Nada mal, mas o David Bowie era muito melhor — disse o cliente. Ou, mais precisamente, Øystein Eikeland, que assumiu um lugar do outro lado do balcão depois que seu trabalho chegou ao fim. E, já que estavam sozinhos, Mehmet aumentou o volume.

— Não importa o quanto você aumente o volume! — berrou Øystein, e ergueu seu daiquiri. Era o quinto. Ele tinha dito que, como havia preparado a própria bebida, os drinques deviam ser considerados amostras de seu aprendizado como barman, um investimento e, portanto, dedutível de impostos. E, como tinha direito a desconto de funcionário, mas pretendia lançar as bebidas na contabilidade pelo valor cheio, ele, na verdade, lucrava bebendo.

— Eu queria poder parar agora, mas acho melhor preparar outro se quero ter dinheiro para pagar o aluguel — comentou ele com uma fungada.

— Você é melhor como cliente do que como barman — disse Mehmet. — Não quero dizer que seja um péssimo barman, só que é o melhor cliente que eu já tive...

— Obrigado, meu caro Mehmet, eu...
— ... mas agora você vai para casa.
— Vou?
— Vai. — Para mostrar que falava sério, Mehmet desligou a música.

Øystein abriu a boca, como se quisesse dizer alguma coisa, mas nada aconteceu. Ele tentou outra vez, então fechou a boca e apenas assentiu. Fechou a jaqueta de taxista, deslizou para fora do banco e foi até a porta cambaleando.

— E nada de gorjeta? — perguntou Mehmet com um sorriso.
— Gorjetas não são deduc... dedut... não servem para nada.

Mehmet pegou o copo de Øystein, jogou um pouco de detergente nele e abriu a torneira. Não teve clientes suficientes para ligar a lava-louça aquela noite. A tela do celular se iluminou no balcão. Era Harry. E, enquanto secava as mãos para atender a ligação, ele pensou que havia algo de diferente no tempo. No tempo entre Øystein abrir a porta e ela voltar a se fechar. Demorou um pouco mais do que o habitual. Alguém havia segurado a porta por alguns segundos. Ele ergueu os olhos.

— Noite tranquila? — perguntou o homem de pé em frente ao balcão.

Mehmet tentou responder. Mas não conseguiu.

— Tranquilo é bom — disse Valentin Gjertsen. Porque era ele. O homem da sala de vapor.

A mão de Mehmet esgueirou-se silenciosamente em direção ao telefone.

— Por favor, não atenda essa ligação e, em troca, eu te faço um favor.

Mehmet não teria aceitado a oferta se não fosse o revólver enorme apontado para ele.

— Obrigado, você teria se arrependido. — O homem olhou em volta. — Uma pena você não ter nenhum cliente. Uma pena para você, quero dizer. Para mim está ótimo, pois terei toda sua atenção. Bom, suponho que eu a teria de qualquer forma, porque você naturalmente está curioso para saber o que eu quero. Se vim beber alguma coisa, ou matar você. Estou certo?

Mehmet assentiu lentamente.

— Sim, é uma preocupação compreensível, já que você é a única pessoa capaz de me identificar. Mas será que isso é verdade? Até mesmo o cirurgião plástico que... bem, já chega. Farei um favor para você, já que você não atendeu à ligação, e aquela história de me entregar para a polícia é o mínimo que se espera de uma pessoa socialmente responsável. Você não concorda?

Mehmet assentiu outra vez. E tentou afastar o pensamento inevitável. De que ia morrer. Seu cérebro tentava desesperadamente encontrar outras possibilidades, mas insistia em voltar para aquilo: você vai morrer. Mas, como se respondessem aos seus pensamentos, houve uma batida na janela ao lado da porta. Mehmet olhou para a entrada do bar. Mãos e um rosto familiar espremido no vidro, tentando ver o que se passava ali dentro. Entre, pelo amor de Deus. Entre.

— Não se mexa — disse Valentin calmamente sem se virar. Seu corpo escondia o revólver, então a pessoa na janela não podia ver a arma.

Por que diabos ele não entra de uma vez?

A resposta veio um instante depois, com uma batida mais alta na porta.

Valentin a trancara depois de entrar.

O rosto estava de volta à janela, e o homem agitava as mãos para chamar atenção. Evidentemente os tinha visto ali dentro.

— Não se mexa, apenas faça um gesto indicando que está fechado — ordenou Valentin. Não havia o menor sinal de tensão em sua voz.

Mehmet ficou imóvel, as mãos ao lado do corpo.

— Agora, ou mato você.

— Você vai me matar de qualquer forma.

— Você não tem como saber com toda certeza. Mas, se não fizer o que estou mandando, prometo que mato você. E a pessoa que está lá fora. Olhe para mim. Eu prometo.

Mehmet olhou para Valentin. Engoliu em seco. Inclinou ligeiramente o corpo para o lado, para se posicionar sob a luz, de modo que o homem do lado de fora o visse melhor, e fez que não com a cabeça.

O rosto continuou ali por alguns segundos. Um aceno, não muito fácil de ser visto. Então Geir Sølle se foi.

Valentin o acompanhou pelo espelho.

— Pronto — disse ele. — Agora, onde estávamos? Ah, sim. Boas e más notícias. A boa notícia é que o pensamento óbvio de que estou aqui para matar você é tão óbvio que... Bem, está correto. Em outras palavras, chegamos aos cem por cento de certeza. Eu vou matar você. — Valentin olhou para Mehmet com uma expressão triste. E caiu na risada. — Essa é a expressão mais decepcionada que vi hoje! E é claro que entendo, mas não se esqueça da boa notícia. Que é: você vai escolher como quer morrer. Aqui estão as opções, então escute com atenção. Está me entendendo? Bom. Você quer levar um tiro na cabeça ou quer que eu enfie esse dreno no seu pescoço? — Valentin segurava algo parecido com um canudo grande de metal, com uma das extremidades cortada em diagonal para ficar afiada.

Mehmet apenas olhava para Valentin. Aquilo tudo era tão absurdo que ele se perguntava se era um pesadelo do qual estava prestes a acordar. Ou será que era o homem à sua frente quem estava sonhando com aquilo? Valentin, então, empurrou o tubo na direção de Mehmet, que deu um passo para trás por reflexo e trombou com a pia.

— Nada de dreno, então? — perguntou Valentin, contrariado.

Mehmet assentiu com cautela, vendo a ponta de metal afiada reluzir ao reflexo dos espelhos às suas costas. Agulhas. Aquele sempre foi seu maior medo. Ter coisas enfiadas no corpo. Por isso tinha fugido de casa e se escondido na floresta quando criança, quando quiseram levá-lo para ser vacinado.

— Trato é trato, então nada de dreno. — Valentin colocou o canudo em cima do balcão e tirou do bolso um par de algemas pretas que pareciam uma antiguidade, sem desviar o cano do revólver de Mehmet.

— Passe uma delas por trás da barra de ferro no alto do espelho, feche as duas nos pulsos e deite a cabeça na pia.

— Eu...

Mehmet não viu o golpe. Apenas registrou o som da pancada na cabeça, um instante de escuridão e o fato de estar olhando numa direção diferente quando voltou a enxergar. Ele compreendeu que Gjertsen havia batido nele com o revólver e que o cano estava pressionado em sua têmpora.

— O dreno — sussurrou uma voz perto de seu ouvido. — A escolha é sua.

Mehmet pegou aquelas algemas estranhas e pesadas e passou uma por trás da barra de ferro. Fechou as duas nos pulsos. Sentiu um líquido morno escorrer pelo nariz e pelo lábio superior. O gosto doce e metálico de sangue.

— Gostoso? — perguntou Valentin numa voz aguda.

Mehmet ergueu a cabeça e sustentou o olhar do homem no espelho.

— Eu mesmo não suporto o gosto. — Valentin sorriu. — Tem gosto de ferro e punição. Seu próprio sangue, tudo bem, mas o de outras pessoas? E dá para *sentir o gosto* do que elas comeram. Por falar em comer, o condenado tem um último desejo? Não que eu esteja pensando em servir uma refeição, é apenas curiosidade.

Mehmet piscou os olhos. Último pedido? As palavras entraram pelos ouvidos, nada mais que isso, mas, como num sonho, sua mente refletiu sobre a resposta. Ele desejava que, um dia, o Jealousy Bar fosse o mais descolado de Oslo. Que o Galatasaray fosse campeão. Que tocassem "Ready for Love", do Paul Rodgers, no seu enterro. O que mais? Ele tentou, mas não conseguiu pensar em mais nada. E sentiu uma risada amarga tornando-se cada vez mais alta dentro de si.

Ao se aproximar do Jealousy Bar, Harry viu uma pessoa se afastando do local, apressada. A luz da janela se derramava sobre a calçada, mas ele não ouvia música. Foi até a beirada da janela e espiou. Viu uma pessoa de costas do outro lado do balcão, mas era impossível dizer se era Mehmet. Fora isso, o bar parecia vazio. Harry foi até a porta e, com cuidado, girou a maçaneta. Trancada. O bar funcionava até a meia-noite.

Pegou o chaveiro com o coração partido de plástico. Inseriu a chave lentamente. Sacou a Glock 17 com a mão direita enquanto girava a chave e abria a porta com a esquerda. Entrou, segurando a pistola à sua frente com as duas mãos e, em silêncio, fechou a porta com o pé. Mas, por um breve instante, os sons da noite de Grünerløkka esgueiraram-se para dentro, e a pessoa atrás do balcão se empertigou e olhou no espelho.

— Polícia — disse Harry. — Não se mexa.

— Harry Hole. — A pessoa usava algo semelhante a um quepe e, como o espelho era levemente inclinado, Harry não conseguia ver seu rosto, mas não precisava. Mais de três anos haviam se passado desde que ouvira aquela voz aguda, mas parecia que tinha sido ontem.

— Valentin Gjertsen — disse Harry, e ouviu o tremor na própria voz.

— Finalmente nos reencontramos, Harry. Pensei em você. Você pensou em mim?

— Onde está Mehmet?

— Você está agitado, você *pensou* em mim. — Aquele riso estridente. — Por quê? Por causa da minha lista de realizações? Ou vítimas, como vocês dizem. Não, espere. É claro, foi por causa da *sua* lista de realizações. Sou o único que você não conseguiu prender, não é verdade?

Harry não respondeu, apenas permaneceu onde estava, próximo à porta.

— É insuportável, não é? Ótimo! Por isso você é tão bom. Você é como eu, Harry, não consegue suportar isso.

— Eu não sou como você, Valentin. — Harry ajeitou a pistola nas mãos e ajustou a mira, perguntando-se o que o impedia de se aproximar.

— Não? Você não se distrai diante do que as pessoas à sua volta pensam, não é? Você mantém o foco no prêmio, Harry. Olhe para você agora. Tudo o que você quer é o seu troféu, custe o que custar. A vida de outras pessoas, a sua... se for honesto consigo mesmo, vai perceber que tudo isso vem em segundo lugar, não vem? Você e eu, nós precisamos sentar e nos conhecer melhor, Harry. Porque é raro encontrarmos gente como nós dois.

— Cale a boca, Valentin. Fique parado aí, coloque as mãos onde eu possa vê-las e diga onde está Mehmet.

— Se Mehmet for o nome do seu espião, eu vou precisar me mover para mostrar onde ele está. E a situação ficará bem mais clara.

Valentin Gjertsen deu um passo para o lado. Mehmet estava meio de pé, meio pendurado pelos braços, presos à barra de metal horizontal no alto do espelho atrás do balcão. Sua cabeça pendia para a frente sobre a pia, e longos cachos de cabelo preto cobriam seu rosto. Valentin apontava um revólver de cano longo para a cabeça dele.

— Fique onde está, Harry. Como você pode ver, temos aqui o que chamamos de equilíbrio do terror. De onde você está até aqui são o quê? Oito, dez metros? A chance de o seu primeiro tiro me impedir de matar Mehmet é bem pequena, você não concorda? Mas, se eu atirar nele primeiro, você conseguirá me dar uns dois tiros antes que eu tivesse tempo de apontar o revólver para você. Minhas chances são menores. Em outras palavras, temos uma situação onde todos saem perdendo, então tudo se resume a isso, Harry: você está disposto a sacrificar o seu espião para me pegar agora? Ou nós o salvamos e você me pega depois? O que me diz?

Harry olhava para Valentin pela mira da pistola. Ele tinha razão; estava escuro e longe demais para que tivesse certeza de que o acertaria na cabeça.

— Imagino que o seu silêncio signifique que você concorda comigo, Harry. E acho que estou ouvindo sirenes da polícia a distância, então presumo que não temos muito tempo.

Harry havia pensado em pedir a eles que não ligassem as sirenes, mas teriam demorado mais tempo para chegar.

— Abaixe a arma, Harry, e eu vou embora.

Harry fez que não.

— Você está aqui porque ele viu o seu rosto, então vai atirar nele e em mim, porque agora eu também vi o seu rosto.

— Então tenha alguma ideia nos próximos cinco segundos, senão eu vou matar o seu espião e vou torcer para que você erre o tiro antes que eu te acerte.

— Vamos manter o equilíbrio do terror — disse Harry. — Mas abaixamos nossas armas ao mesmo tempo.

— Você está tentando ganhar tempo, mas a contagem regressiva já começou. Quatro, três...

— Nós dois viramos as armas ao mesmo tempo e as seguramos pelo cano com a mão direita, deixando o gatilho e o cabo visíveis.

— Dois.

— Você vai até a outra porta enquanto eu vou até o balcão, passando pelos reservados.

— Um...

— A distância entre nós continuará a mesma, e nenhum dos dois poderá atirar sem que o outro tenha tempo de reagir.

O bar ficou em silêncio. As sirenes estavam mais próximas. E, se houvesse seguido as instruções de Harry — ou melhor, suas ordens —, Oleg ainda estaria dentro do carro a dois quarteirões dali.

A luz subitamente se apagou, e Harry percebeu que Valentin havia desligado o interruptor atrás do balcão. E quando, pela primeira vez, ele se virou para Harry, estava escuro demais para que o ex-inspetor enxergasse o rosto sob o quepe.

— Contamos até três e viramos as armas — disse Valentin, e levantou a mão. — Um, dois... três.

Harry segurou o cabo com a mão esquerda e, então, o cano com a direita. Ergueu a pistola no ar. Viu Valentin fazer o mesmo. Ele parecia segurar uma bandeira no desfile escolar do Dia da Constituição, a mão posicionada entre o característico cabo vermelho do Ruger Redhawk e o longo cano do revólver do outro.

— Viu só? — disse Valentin. — Quem, além de dois homens que realmente se entendem, poderia ter agido assim? Eu gosto de você, Harry. Gosto *de verdade*. Então agora nós começamos a andar...

Valentin seguiu na direção da porta na parede oposta, enquanto Harry dirigiu-se aos reservados. O silêncio era tamanho, que Harry ouvia os rangidos das botas de Valentin enquanto os dois caminhavam num semicírculo, estudando-se como dois gladiadores cientes de que o primeiro combate seria mortal para um deles, pelo menos. Harry notou que se aproximava do balcão quando ouviu o ronco baixo da geladeira, um gotejar na pia e o zumbido da caixa de som, que mais parecia o de um inseto. Ele tateou a escuridão sem desviar os olhos da silhueta que se movia na direção da luz. Finalmente chegou atrás do balcão e ouviu os sons vindos da rua quando a porta foi aberta. Em seguida, passos correndo até desaparecerem.

Harry tirou o telefone do bolso e o levou ao ouvido.

— Você ouviu?

— Ouvi tudo — respondeu Oleg. — Vou informar as viaturas. Descrição?

— Jaqueta preta curta, calça escura, um quepe preto liso, mas já deve ter se livrado dele. Não vi o rosto. Ele correu para a esquerda, na direção da Thorvald Meyers gate, então...

— ... ele deve estar indo para algum lugar que tenha muita gente e muito trânsito. Vou notificá-los.

Harry guardou o telefone no bolso e colocou a mão no ombro de Mehmet. Nenhuma reação.

— Mehmet...

Não ouvia mais a geladeira ou o zumbido da caixa de som. Apenas o gotejar compassado. Harry se virou e acendeu a luz. Passou a mão pelos cabelos de Mehmet e gentilmente ergueu a cabeça dele da pia. O rosto estava pálido. Pálido demais.

Havia algo enfiado no pescoço dele.

Parecia um canudo feito de metal.

Gotas vermelhas pingavam da ponta dentro da pia, entupida com tanto sangue.

25

Noite de terça-feira

Katrine Bratt saiu do carro e caminhou em direção ao cordão de isolamento em frente ao Jealousy Bar. Viu um homem encostado em uma das viaturas, fumando. O giroscópio lançava uma luz azulada sobre o rosto feio e charmoso e, em seguida, o mergulhava na escuridão. Ela tremia ao ir de encontro a ele.

— Está frio — comentou Katrine.

— O inverno está chegando — disse Harry, soprando a fumaça para cima, contra a luz azul.

— Emilia está chegando.

— Hum, tinha esquecido isso.

— Dizem que a tempestade vai atingir Oslo amanhã.

— Hum.

Katrine olhou para ele. Acreditava já ter visto Harry de diversas formas. Mas não daquele jeito. Não tão vazio, destroçado, resignado. Sentiu vontade de acariciar o rosto dele e abraçá-lo. Mas não podia fazer isso. Por muitos motivos.

— O que aconteceu lá dentro?

— Valentin tinha um Ruger Redhawk e me fez acreditar que estávamos negociando para salvar a vida de alguém. Mas Mehmet já estava morto quando cheguei, com um tubo de metal enfiado na carótida. Ele foi sangrado como um maldito peixe. Só porque ele... porque eu... — Harry piscou rapidamente e parou de falar. Fingiu tirar um fiapo de fumo da boca.

Katrine não sabia o que dizer. Então ficou calada. Apenas observou um familiar Volvo Amazon preto com faixas esportivas estacionar do outro lado da rua. Bjørn saiu do carro, e Katrine sentiu o coração palpitar quando a tal Lien surgiu no lado do carona. O que a chefe de Bjørn fazia ali, em campo? Será que Bjørn havia se oferecido para levá-la a um passeio romântico pelas muitas atrações de uma cena de crime? Droga. Bjørn os viu, e Katrine notou quando os dois mudaram de direção para vir até eles.

— Vou entrar, nós nos falamos depois — disse Katrine. Passou por baixo do cordão de isolamento e se apressou até a porta sob o letreiro com um coração partido de plástico.

— Finalmente — disse Bjørn. — Estava tentando falar com você.

— Eu estava... — Harry deu uma tragada — ... um pouco ocupado.

— Esta é Berna Lien, a nova chefe da Perícia Técnica. Berna, Harry Hole.

— Ouvi falar muito de você. — A mulher sorriu.

— Mas eu não ouvi falar de você — retrucou Harry. — Você é boa?

Ela olhou para Bjørn, hesitante.

— Boa?

— Valentin Gjertsen é bom — prosseguiu Harry. — Eu não sou bom o bastante para ele, então espero que haja gente melhor que eu por aqui, porque senão esse banho de sangue vai continuar.

— Acho que tenho algo — disse Bjørn.

— É?

— Por isso tentei falar com você. A jaqueta de Valentin. Quando rasguei o forro, encontrei algumas coisas. Uma moeda de dez øre e dois pedaços de papel. Como a jaqueta foi lavada, toda a tinta na superfície do lado de fora foi apagada, mas um dos papéis estava dobrado, e sobrou um pouco de tinta do lado de dentro. Não é muito, mas o bastante para ver que se trata do recibo de um caixa eletrônico no centro. O que bate com a teoria de que ele evita cartões de débito e paga em dinheiro. Infelizmente, não conseguimos os números do cartão ou da conta, mas partes da data estão visíveis.

— Quão visíveis?

— O bastante para vermos que o recibo é deste ano, mês de agosto. Também dá para perceber que o último número da data é um.

— Então 1, 11, 21 ou 31.

— Quatro dias possíveis... Falei com uma funcionária da Nokas, que cuida da segurança dos caixas eletrônicos do DNB. Ela disse que a empresa é autorizada a guardar as imagens das câmeras de segurança por três meses, então eles têm imagens desse saque. Foi feito em uma das máquinas da Estação Central, que estão entre as mais usadas da Noruega. A explicação oficial são os shoppings nos arredores.

— Mas?

— Todo mundo aceita cartão hoje em dia. Exceto?

— Hum. Os traficantes nos arredores da estação e ao longo do rio.

— São mais de duzentas transações por dia — disse Bjørn.

— Quatro dias, então um pouco menos de mil — disse Berna Lien, ansiosa.

Harry amassou a guimba de cigarro com o pé.

— Teremos as imagens amanhã pela manhã, e com a ajuda dos botões de "avançar" e "pausa", conseguiremos checar, no mínimo, dois rostos por minuto. Em outras palavras, sete a oito horas, talvez menos. Depois que identificarmos Valentin, só precisamos conferir o horário da gravação e o registro do saque no caixa eletrônico.

— E, surpresa, teremos a identidade secreta de Valentin Gjertsen — disse Berna Lien, evidentemente empolgada e orgulhosa de seu departamento. — O que acha, Hole?

— Eu acho, *fru* Lien, que é uma pena que o único homem capaz de identificar Valentin Gjertsen esteja ali dentro morto com a cara dentro da pia. — Harry abotoou a jaqueta. — Mas obrigado por vir.

Berna Lien olhou furiosa de Harry para Bjørn, que pigarreou, constrangido.

— Pelo que entendi, você ficou cara a cara com Valentin — comentou ele.

Harry fez que não.

— Eu não vi o rosto dele.

Bjørn assentiu lentamente sem desviar os olhos de Harry.

— Entendo. É uma pena. Uma pena mesmo.

— Hum. — Harry olhou para a guimba amassada junto ao seu pé.

— Certo. Bem, nós vamos entrar e dar uma olhada.

— Divirtam-se.

Harry viu os dois se afastarem. Os fotógrafos já se aglomeravam do outro lado do cordão de isolamento, e agora os repórteres também começavam a chegar. Talvez soubessem de algo, talvez não, talvez simplesmente não ousassem fazer especulações, mas pelo menos deixaram Harry em paz.

Oito horas.

Oito horas até a manhã do dia seguinte.

Em mais um dia, Valentin poderia matar outra pessoa.

Merda.

— Bjørn! — chamou Harry no instante em que o colega levava a mão à maçaneta da porta.

— Harry — disse Ståle Aune, parado à porta. — Bjørn.

— Desculpe termos ligado tão tarde — disse Harry. — Podemos entrar?

— É claro. — Aune segurou a porta, e Harry e Bjørn entraram na casa da família Aune. Uma mulher pequena, mais magra que o marido, mas com cabelos no mesmíssimo tom grisalho, apareceu com passos rápidos e ágeis.

— Harry! — exclamou ela, animada. — Achei que fosse você, já faz *tanto* tempo. Como está Rakel, os médicos têm novidades?

Harry fez que não e deixou Ingrid acariciar seu rosto.

— Café, ou está tarde demais? Chá verde?

Bjørn e Harry responderam "sim, por favor" e "não, obrigado" ao mesmo tempo, e Ingrid desapareceu cozinha adentro.

Eles foram até a sala e se sentaram nas poltronas baixas. As paredes eram decoradas com estantes entulhadas, com volumes que iam desde guias de viagem e atlas antigos a poesia, quadrinhos e volumosas publicações acadêmicas. Mas a maioria era composta basicamente de romances.

— Sabia que estou lendo aquele livro que você me deu? — Ståle pegou o livro fino que estava aberto sobre a mesa ao lado de sua poltrona, com a lombada voltada para cima, e o mostrou a Bjørn. — Édouard Levé. *Suicide*. O presente de Harry pelo meu aniversário de sessenta anos. Deve ter pensado que estava na hora.

Bjørn e Harry riram. Mas não foram muito convincentes, porque Ståle franziu o cenho.

— Algum problema?

Harry pigarreou.

— Valentin matou outra pessoa hoje à noite.

— Sinto muito por ouvir isso — disse Ståle, e balançou a cabeça.

— E não temos motivos para acreditar que ele vá parar por aí.

— Não. Vocês não têm motivos para acreditar nisso — concordou o psicólogo.

— Por isso estamos aqui, e isso é algo muito difícil para mim, Ståle.

O psicólogo soltou um suspiro.

— Não está dando certo com Hallstein Smith, então você quer que eu assuma o lugar dele, é isso?

— Não. Nós precisamos... — Harry se calou quando Ingrid entrou e colocou uma bandeja sobre a mesa de centro entre os homens em silêncio.

— O juramento de confidencialidade — comentou ela. — Até logo, Harry. Mande um beijo nosso para Oleg e diga que estamos torcendo pela recuperação da Rakel.

— Precisamos de alguém que possa identificar Valentin Gjertsen — continuou Harry depois que ela saiu. — E sabemos que a última pessoa viva que o viu...

Harry não tinha a intenção de fazer uma pausa dramática para aumentar a tensão, mas sim para que o cérebro de Ståle Aune fizesse as deduções rápidas de que era capaz. Deduções quase inconscientes, mas terrivelmente precisas. Não que fosse fazer grande diferença. Ele era como um boxeador prestes a ser atingido por um soco, mas que ganha uma fração de segundo para mudar o pé de apoio, se desviar do golpe e não ser atingido em cheio.

— ... foi Aurora.

No silêncio que se seguiu, Harry ouviu o leve ruído do livro escapando da ponta dos dedos de Ståle.

— O que você está dizendo, Harry?

— No dia do meu casamento com Rakel, enquanto você e Ingrid estavam lá, Valentin fez uma visita a Aurora no torneio de handebol.

O livro bateu no tapete com um baque surdo. Ståle piscou, aturdido.

— Ela... ele...

Harry esperou enquanto observava a informação ser processada.

— Ele a tocou? Ele a machucou?

Harry sustentou o olhar de Ståle, mas não respondeu. Viu-o juntar as peças. Viu-o encarar aqueles três últimos anos sob uma nova perspectiva. Uma perspectiva que trazia respostas.

— Sim — sussurrou Ståle, com uma expressão de dor. Ele tirou os óculos. — Sim, é claro que sim. Como fui cego. — Ele fitava o vazio.

— E como você descobriu?

— Aurora foi à minha casa ontem e me contou — respondeu Harry.

O olhar de Ståle Aune deslizou até Harry quase em câmera lenta.

— Você... você sabe disso desde ontem e não me disse nada?

— Ela me fez prometer que não contaria.

Em vez de gritar, Ståle Aune conseguiu apenas emitir um sussurro.

— Uma menina de 15 anos foi violentada. Você sabe muito bem que ela precisa de toda a ajuda possível, e você preferiu guardar segredo?

— Sim.

— Pelo amor de Deus, Harry. Por quê?

— Porque Valentin ameaçou matar você se ela contasse a alguém o que aconteceu.

— Eu? — Ståle deixou escapar um soluço. — *Eu?* Mas que diferença faz? Eu já passei dos sessenta anos e tenho problema cardíaco, Harry. Ela é uma menina com a vida inteira pela frente!

— Você é a pessoa que ela mais ama neste mundo, e eu prometi a ela.

Ståle Aune colocou os óculos, então ergueu um dedo trêmulo para Harry.

— Sim, você prometeu! E manteve a promessa enquanto não fazia diferença para você! Mas agora... Agora que pode usá-la para solucionar mais um caso de Harry Hole, essa promessa já não tem muito significado.

Harry não protestou.

— Saia, Harry! Você não é mais nosso amigo e não é mais bem-vindo nessa casa.

— Nosso tempo está se esgotando, Ståle.

— Fora, agora! — Ståle Aune estava de pé.

— Nós precisamos dela.

— Eu vou ligar para a polícia. A polícia *de verdade*.

Harry olhou para Ståle Aune. Viu que não havia o que fazer. Precisariam esperar e torcer para que ele enxergasse a situação como um todo antes da manhã seguinte.

Harry assentiu. Levantou-se da poltrona.

— Nós sabemos onde fica a saída — disse.

Harry viu o rosto pálido e calado de Ingrid à porta quando passaram pela cozinha.

Quando chegou ao hall e estava prestes a ir embora, ouviu uma voz fina.

— Harry?

Ele se virou e não conseguiu ver de onde vinha a voz, até que Aurora saiu da escuridão no topo da escada. Vestia um pijama listrado grande demais para ela, possivelmente do pai, pensou Harry.

— Desculpe — explicou ele. — Eu precisei fazer isso.

— Eu sei — disse ela. — Li na internet que o homem assassinado se chamava Mehmet. E ouvi vocês.

Naquele instante, Ståle veio correndo da sala, agitando os braços e com lágrimas escorrendo pelo rosto.

— Aurora! Você não vai...

Ele não conseguiu mais falar nada.

— Pai — disse a garota, sentando-se tranquilamente em um dos degraus acima deles. — Eu quero ajudar.

26

Noite de terça-feira

Mona Daa estava em frente ao Monólito, vendo Truls Berntsen caminhar apressadamente na escuridão. Quando marcaram o encontro no Frognerparken, ela havia sugerido esculturas um pouco mais discretas, menos populares, já que o Monólito era visitado por turistas mesmo à noite. Mas depois que Berntsen perguntou "onde?" três vezes, Mona concluiu que ele devia conhecer apenas o Monólito.

Ela o puxou até o lado oeste da escultura, afastando-se de dois casais que admiravam a vista dos pináculos da igreja a leste. Entregou o envelope com o dinheiro, prontamente guardado por Berntsen no bolso interno do sobretudo Armani, que por algum motivo não tinha o caimento de um sobretudo Armani nele.

— Alguma novidade? — perguntou ela.

— Não haverá mais informações — disse Truls, olhando em volta.

— Não?

Ele olhou para Mona Daa, surpreso.

— O homem foi assassinado, porra.

— Então é melhor você arrumar alguma coisa menos... *fatal* da próxima vez.

Truls Berntsen deu uma fungada.

— Céus, vocês são ainda piores que eu. Você e os seus.

— Jura? Você nos deu o nome do cara, mas mesmo assim escolhemos não revelá-lo nem publicar uma foto dele.

Truls fez que não com a cabeça.

— Você está ouvindo suas palavras, Daa? Nós mandamos Valentin ao encontro de um cara que só cometeu dois erros. Ser dono do bar aonde uma das vítimas de Valentin foi e concordar em ajudar a polícia.

— Pelo menos você disse "nós". Isso quer dizer que está com a consciência pesada?

— Você acha que eu sou algum tipo de psicopata ou o quê? É claro que acho que foi errado.

— Não vou responder a essa pergunta. Mas concordo que não foi legal. Isso quer dizer que você não será mais minha fonte?

— Se eu disser que não, isso quer dizer que você não vai continuar protegendo minha identidade?

— Não — respondeu Mona.

— Bom. No fim das contas você tem consciência.

— Enfim, não que nos importemos com a fonte, acho que nos importamos mais com o que nossos colegas diriam se queimássemos uma fonte. A propósito, o que os seus colegas têm dito?

— Nada. Eles descobriram que eu era o responsável pelos vazamentos e me isolaram. Não tenho permissão para participar das reuniões ou saber qualquer coisa sobre a investigação.

— Não? Já começo a perder o interesse em você, Truls.

Ele deu uma fungada.

— Você é cínica, mas pelo menos é sincera, Mona Daa.

— Obrigada. Eu acho.

— Tudo bem. Eu posso ter uma última informação. Mas é sobre algo completamente diferente.

— Pode dizer.

— O chefe de polícia Mikael Bellman está trepando com uma mulher importante.

— Não pagamos por esse tipo de informação, Berntsen.

— Certo, essa é gratuita. Pode publicar.

— O editor não gosta de histórias de infidelidade, mas se você tiver provas e estiver disposto a assinar embaixo, eu posso conseguir convencê-los. Mas você seria citado, nome completo.

— Meu nome? É suicídio. Você sabe disso, não sabe? Posso dizer onde eles se encontram e vocês mandam um desses fotógrafos que ficam escondidos.

Mona Daa riu.

— Desculpe, mas não funciona assim.

— Ah, não?

— A imprensa estrangeira age assim, mas nós, aqui na pequena Noruega, não.

— Por que não?

— A explicação oficial é que não baixamos o nível a esse ponto.

— Mas?

Mona deu de ombros, tremendo de frio.

— Já que não existem limites para a baixaria que podemos encontrar, minha teoria é de que se trata da síndrome todo-mundo-tem-o-que-esconder.

— Como assim?

— Editores casados são tão infiéis quanto qualquer um. Quando se revela a infidelidade de alguém, todo mundo numa pequena esfera pública como a da Noruega corre o risco de se queimar na explosão. Podemos escrever sobre casos extraconjugais no enorme "exterior", e talvez fazer referência a casos de traição conjugal em linhas gerais aqui no país se uma pessoa pública disser algo indiscreto sobre outra. Mas jornalismo investigativo sobre a infidelidade de pessoas no poder? — Mona Daa fez que não com a cabeça.

Truls deu uma fungada sarcástica.

— Então não há como trazer isso a público?

— Você acha que essa informação precisa vir à tona porque Mikael Bellman não deveria ser chefe de polícia?

— O quê? Não, isso não.

Mona olhou para o alto do Monólito, a luta implacável para chegar ao topo retratada na escultura.

— Você realmente deve odiá-lo.

Truls não respondeu. Apenas ficou surpreso, como se jamais tivesse pensado naquilo. Mona se perguntou o que estaria se passando dentro daquela cabeça com um rosto todo marcado e nada atraente, queixo largo e olhos caídos. E quase sentiu pena dele. Quase.

— Vou indo, Berntsen. Nós nos falamos.
— Será?
— Talvez não.

Quando já havia se afastado um pouco, Mona Daa se virou e viu Truls Berntsen à luz dos postes próximos ao Monólito. Estava com as mãos nos bolsos e, ali parado, com as costas curvadas, procurava alguma coisa. Parecia tão solitário, tão imóvel quanto os blocos de pedra à sua volta.

Harry olhava para o teto. Os fantasmas não tinham aparecido. Talvez não viessem aquela noite. Nunca se sabe. Mas agora eles tinham um novo companheiro. Qual seria a aparência de Mehmet quando viesse visitá-lo? Harry desviou o pensamento e escutou o silêncio. Holmenkollen era uma região silenciosa, não havia como negar. Silenciosa demais. Ele preferia ouvir o barulho da cidade lá fora. Como a noite na selva, cheia de ruídos capazes de deixá-lo alerta na escuridão, de fazê-lo perceber quando alguma coisa estava vindo em sua direção ou não. O silêncio continha pouquíssimas informações. Mas esse não era o problema. Era o fato de não haver ninguém ao lado dele na cama.

Havia passado mais noites sozinho do que compartilhando a cama com outra pessoa, se parasse para fazer as contas. Então por que se sentia sozinho, ele, um homem que sempre buscou a solidão e nunca precisou de ninguém?

Ele virou de lado e tentou fechar os olhos.

Também não precisava de ninguém agora. Ele não precisava de ninguém. Não precisava de *ninguém*.

Precisava apenas dela.

Um rangido. Nas paredes de toras de madeira. Ou uma tábua do piso. Talvez a tempestade tivesse chegado antes do previsto. Ou os fantasmas estivessem atrasados.

Ele virou para o outro lado. Fechou os olhos.

O rangido veio de trás da porta.

Ele se levantou, foi até lá e a abriu.

Era Mehmet.

— Eu o vi, Harry. — No lugar dos olhos, havia dois buracos escuros que soltavam faíscas e fumaça.

Harry acordou num sobressalto.
O celular ronronava como um gato na mesa de cabeceira.
— Sim?
— É o Dr. Steffens.
Harry sentiu uma dor súbita no peito.
— É sobre Rakel.
É claro que era sobre Rakel. E Harry sabia que Steffens estava lhe dando os segundos necessários para se preparar para o golpe.
— Não conseguimos tirá-la do coma.
— O quê?
— Ela não acorda.
— Ela... ela vai...?
— Nós não sabemos, Harry. Sei que você deve ter muitas perguntas, mas nós também temos. Realmente não posso dizer nada além de que estamos fazendo todo o possível.
Harry mordeu a parte interna da bochecha para ter certeza de que não estava tendo um novo pesadelo.
— Certo, tudo bem. Eu posso vê-la?
— Agora não, ela está na UTI. Ligo novamente assim que tivermos mais notícias, mas pode demorar. Rakel provavelmente vai ficar em coma por mais algum tempo, então pode voltar a respirar, está bem?
Harry percebeu que Steffens estava certo: ele havia prendido a respiração.
Os dois desligaram. Harry olhou para o telefone. *Ela não acorda.* É claro que não. Ela não queria acordar; quem quer acordar? Harry saiu da cama e desceu as escadas. Abriu os armários da cozinha. Nada. Vazios, vazios. Ele pediu um táxi e subiu para se vestir.

Ele viu a placa azul, leu o nome e freou. Foi para o acostamento e desligou o motor. Olhou em volta. Floresta e estrada. Lembrou-se daquelas anônimas e monótonas estradas da Finlândia, onde se tem a sensação de atravessar um deserto de árvores que se erguem como muros silenciosos dos dois lados da estrada. Esconder um corpo naquele lugar era tão fácil quanto atirá-lo no mar. Ele esperou um carro passar. Olhou no retrovisor. Não via luzes agora, nem na frente nem atrás. Então saiu do carro, contornou-o e abriu o porta-malas.

Ela estava tão pálida. Até as sardas estavam mais pálidas. Seus olhos apavorados estavam arregalados e escuros sobre a mordaça. Ele a tirou do carro e precisou ajudá-la a ficar de pé. Segurou as algemas e a conduziu pelo acostamento, então atravessou a vala rumo à muralha escura de árvores. Acendeu a lanterna. Ela tremia tanto que as algemas chacoalhavam.

— Calma, calma, eu não vou feri-la, querida — disse ele. E ele realmente não queria fazer isso. Não queria mesmo fazer mal a ela. Não queria mais. E talvez ela soubesse disso, talvez soubesse que ele a amava. Talvez estivesse tremendo porque vestia apenas a roupa íntima e o baby-doll de sua namorada japonesa.

Eles se embrenharam nas árvores, e foi como entrar num prédio. Um tipo diferente de silêncio tomou conta do lugar, ao mesmo tempo que novos ruídos podiam ser ouvidos. Ruídos indistintos, mais baixos, mas nítidos. Um estalo, um suspiro, um grito. O chão da floresta era macio; o tapete de agulhas de pinheiro amortecia os passos ao avançarem como um casal de noivos em uma igreja em um sonho.

Quando contou até cem, ele parou. Ergueu a lanterna e iluminou a floresta ao redor. O feixe de luz logo encontrou o que ele procurava. Uma árvore alta chamuscada, partida ao meio por um raio. Ele a arrastou até a árvore. Ela não reagiu quando ele abriu as algemas, passou os braços dela ao redor do tronco e voltou a fechá-las. Um cordeiro, ele pensou ao vê-la de joelhos, abraçada à árvore. Um cordeiro para o sacrifício. Porque ele não era um noivo: era o pai que entregava a filha no altar.

Ele afagou o rosto dela uma última vez, e estava prestes a ir embora quando alguém falou de algum lugar entre as árvores.

— Ela está viva, Valentin.

Ele parou, e instintivamente apontou a lanterna na direção de onde vinha o som.

— Desligue isso — disse a voz na escuridão.

Valentin fez o que a voz ordenou.

— Ela quis viver.

— E o barman não? — perguntou a voz.

— Ele poderia me reconhecer. Eu não quis correr esse risco.

Valentin escutou, mas tudo que ouvia agora era o assobio baixo das narinas de Marte quando ela respirava.

— Vou limpar a sua bagunça dessa vez — disse a voz. — Ainda está com o revólver que recebeu?

— Estou — disse Valentin. Não havia algo familiar naquela voz?

— Deixe-o no chão perto dela e vá embora. Você o receberá de volta em breve.

Um pensamento ocorreu a Valentin. Saque o revólver, use a lanterna para encontrar o homem, mate-o. Mate a voz da razão, limpe qualquer rastro que leve alguém até você, deixe o demônio voltar a reinar. O argumento contrário era que Valentin talvez precisasse dele mais tarde.

— Onde e quando? — perguntou ele. — Não podemos mais usar o armário na casa de banho.

— Amanhã. Você será informado. Eu ligarei, já que você agora conhece a minha voz.

Valentin tirou o revólver do coldre e o colocou no chão em frente à garota. Olhou para ela uma última vez. E foi embora.

Quando chegou ao carro, bateu a cabeça no volante duas vezes, com força. Então ligou o motor, armou a seta, apesar de não haver carros à vista, e calmamente voltou para a estrada.

— Pare ali — pediu Harry ao taxista, apontando o local.

— São três da manhã, e aquele bar parece estar fechado.

— O bar é meu.

Harry pagou a corrida e saiu do carro. Onde apenas algumas horas antes o trabalho era intenso, agora não havia absolutamente ninguém à vista. Os peritos tinham encerrado suas atividades, mas o lugar estava interditado com uma fita branca com o desenho do leão norueguês e as palavras POLÍCIA. LACRADO. NÃO ROMPA O LACRE. PASSÍVEL DE PUNIÇÃO DE ACORDO COM O ARTIGO 343 DO CÓDIGO PENAL. Harry colocou a chave na fechadura e girou. A fita se partiu quando ele abriu a porta.

Haviam deixado acesas as luzes embaixo das prateleiras espelhadas. Ainda próximo à porta, Harry fechou um olho e apontou o indicador para as garrafas. Nove metros. E se tivesse atirado? O que estaria acontecendo agora? Impossível saber. As coisas são como são.

Não havia nada que pudesse fazer. Exceto esquecer, é claro. O dedo mirou a garrafa de Jim Beam. Havia sido promovida e agora tinha seu próprio dispenser dosador de bebidas. A iluminação de bordel fazia o conteúdo reluzir como ouro. Harry contornou o balcão. Pegou um copo e o segurou sob a garrafa. Encheu-o até a boca. Por que se enganar?

Ele sentiu os músculos do corpo todo se contraírem e se perguntou por um instante se ia vomitar *antes* do primeiro gole. Mas conseguiu reter o conteúdo do estômago e a bebida até o terceiro copo. Então correu até a pia e, antes que o vômito amarelo-esverdeado jorrasse no metal, ele viu que o fundo ainda estava vermelho de sangue coagulado.

27

Manhã de quarta-feira

Eram cinco para as oito e, na Sala das Caldeiras, a cafeteira terminava de gorgolejar pela segunda vez naquela manhã.

— O que aconteceu com Harry? — perguntou Wyller, olhando para o relógio outra vez.

— Não sei — disse Bjørn Holm. — Precisamos começar sem ele.

Smith e Wyller assentiram.

— Certo — concordou Bjørn. — Neste exato momento, Aurora está com o pai na sede da Nokas assistindo àquelas gravações com uma pessoa da empresa e um especialista em câmeras de segurança da Divisão de Crimes Contra o Patrimônio. Se tudo correr conforme o planejado, eles devem terminar de analisar os quatro dias de filmagens em no máximo oito horas. Se o recibo que encontramos for mesmo de um saque feito por Valentin, com um pouco de sorte podemos descobrir sua nova identidade em cerca de quatro horas. Mas sem dúvida antes das oito da noite.

— Isso é ótimo! — exclamou Smith. — Não é?

— Sim, mas não vamos colocar o carro na frente dos bois — disse Bjørn. — Você já falou com Katrine, Anders?

— Sim, e temos autorização para usar a Delta. Eles estão de prontidão.

— Delta. Não são aqueles com metralhadoras, máscaras de gás e, é... esse tipo de coisa?

— Você está começando a entender, Smith. — Bjørn riu, e viu Wyller olhar para o relógio outra vez. — Preocupado, Anders?
— Vocês não acham melhor ligar para Harry?
— Vá em frente.

Nove da manhã. Katrine havia acabado de dispensar a equipe de investigação. Juntava os papéis na sala de reunião quando notou um homem parado à porta.
— Então, Smith? — perguntou ela. — Dia empolgante, não? O que vocês estão aprontando lá embaixo?
— Estamos tentando localizar o Harry.
— Ele não apareceu?
— Não está atendendo o telefone.
— Provavelmente está no hospital, e não é permitido deixar o telefone ligado por lá. Dizem que pode interferir no funcionamento dos aparelhos, mas isso deve ser tão verdadeiro quanto a capacidade de interferir nos sistemas de navegação dos aviões.
Ela percebeu que Smith não a ouvia, os olhos fixos em algo atrás dela.
Katrine se virou e viu que o psicólogo olhava para a imagem que ainda estava na tela. Uma fotografia do Jealousy Bar.
— Eu sei — comentou ela. — Não é bonito.
Smith fez que não com a cabeça como um sonâmbulo, sem desviar os olhos da tela.
— Tudo bem, Smith?
— Não — respondeu ele lentamente. — Não está tudo bem. Eu não suporto ver sangue, não suporto violência, e não sei se suporto ver mais sofrimento. Esse indivíduo... Valentin Gjertsen... Sou psicólogo e tento ver tudo isso do ponto de vista profissional, mas acho que na verdade odeio esse homem.
— Ninguém é *tão* profissional assim, Smith. Eu não me preocuparia com um pouquinho de ódio. Não é bom ter alguém para odiar, como diz Harry?
— Harry diz isso?
— Diz. Ou os Raga Rockers. Ou... Mais alguma coisa, Smith?
— Eu falei com Mona Daa, do *VG*.

— *Essa* é outra pessoa que podemos odiar. O que ela queria?
— Eu liguei para ela.

Katrine parou de arrumar os papéis.

— Dei a ela minhas condições para ser entrevistado sobre Valentin Gjertsen — disse Smith. — Vou falar dele em termos gerais e não direi nada sobre a investigação. É um tal de podcast, um tipo de programa de rádio que...

— Eu sei o que é um podcast, Smith.

— Pelo menos não podem me citar fora de contexto. Tudo que eu disser será transmitido. Tenho a sua permissão?

Katrine refletiu por alguns instantes.

— Minha primeira pergunta é: *por quê?*

— Porque as pessoas estão com medo. Minha esposa está com medo, meus filhos estão com medo, os vizinhos, os pais dos amiguinhos da escola estão com medo. E, como pesquisador da área, eu tenho a responsabilidade de deixá-los um pouco menos assustados.

— Eles não têm o direito de ficar um pouco assustados?

— Você não lê os jornais, Katrine? Não se encontram mais cadeados e alarmes para vender desde a semana passada.

— As pessoas têm medo do que não entendem.

— É mais que isso. Elas estão com medo porque antes pensavam que estávamos lidando com uma pessoa que, a princípio, imaginei ser apenas um vampirista. Um indivíduo doente e confuso que ataca as pessoas em decorrência de profundos transtornos de personalidade e parafilias. Mas esse monstro é um lutador frio, cínico e calculista capaz de fazer julgamentos racionais, que foge quando necessário, como aconteceu na sauna turca. E que ataca sempre quando pode, como... como naquela fotografia. — Smith fechou os olhos e virou o rosto. — E eu admito, também estou com medo. Fico acordado à noite pensando como esses assassinatos podem ter sido cometidos pela mesma pessoa. Como isso é possível? Como pude me enganar tanto? Eu não entendo. Mas *preciso* entender; ninguém é mais capaz de entender isso do que eu, eu sou a única pessoa que pode oferecer uma explicação e mostrar o monstro para elas. Porque, depois que virem o monstro, elas entenderão, e seu medo será controlável. O temor não vai desaparecer, mas pelo menos elas se sentirão capazes de tomar decisões racionais, e isso as deixará mais seguras.

Katrine colocou as mãos na cintura.

— Deixe-me ver se entendi direito. Você também não entende muito bem o que Valentin Gjertsen é, mas quer explicar isso ao público.

— Exato.

— Quer mentir, com a intenção de acalmar a situação?

— Acho que dou mais conta de tranquilizar as pessoas do que de mentir. Tenho sua permissão?

Katrine mordeu o lábio inferior.

— Você certamente tem razão sobre sua responsabilidade, enquanto especialista, de informar as pessoas, e não seria má ideia tranquilizá-las um pouco. Contanto que não diga nada sobre a investigação.

— É claro que não.

— Não podemos ter mais vazamentos. Sou a única pessoa neste andar que sabe o que Aurora está fazendo agora, nem mesmo o chefe de polícia foi informado.

— Palavra de honra.

— É ele? É *ele*, Aurora?

— Pai, você está atrapalhando de novo.

— Aune, talvez seja melhor eu e você esperarmos um pouco lá fora, para eles assistirem às gravações em paz.

— Em paz? Ela é minha filha, Wyller, e ela quer...

— Faça o que ele disse, pai. Eu estou bem.

— Ah. Tem certeza?

— Tenho. — Aurora se virou para a funcionária do banco e o homem da Divisão de Crimes Contra o Patrimônio. — Não é ele. Podem continuar.

Ståle Aune se levantou. Um pouco rápido demais, e talvez por isso tenha ficado zonzo. Ou talvez porque não tinha dormido nada aquela noite. Ou porque não tinha comido nada aquela manhã. E estava olhando para uma tela havia três horas sem descanso.

— Sente nesse sofá aqui que eu vou pegar um café para nós dois — disse Wyller.

Ståle Aune apenas assentiu.

Wyller deixou Ståle sozinho, olhando para a filha do outro lado da parede de vidro. Aurora gesticulava para que avançassem, parassem, voltassem. Ele não se lembrava da última vez que a tinha visto tão envolvida em algo. Talvez a reação inicial dele e sua ansiedade tenham sido exageradas. Talvez o pior tivesse passado, talvez ela de alguma forma tenha conseguido seguir em frente, enquanto ele e Ingrid continuavam tranquilamente alheios ao que havia acontecido.

Sua filha adolescente tinha lhe explicado — como um professor de psicologia explicaria a um novo aluno — o que era o juramento de confidencialidade. E que havia imposto esse juramento a Harry, quebrado apenas quando ele percebeu que isso poderia impedi-lo de salvar vidas — a mesmíssima postura de Ståle com relação ao seu juramento de confidencialidade em sua profissão. E Aurora sobrevivera, apesar de tudo. Morte. Ståle vinha pensando naquilo. Não em sua própria morte, mas no fato de que sua filha também morreria um dia. Por que aquele pensamento era tão insuportável? Talvez isso mudasse quando ele e Ingrid fossem avós, visto que a psique humana é tão dependente dos imperativos biológicos quanto dos físicos, e o impulso de transmitir os próprios genes é supostamente uma precondição para a sobrevivência da espécie. Certa vez, ele perguntou a Harry se o amigo não queria um filho biológico, mas Harry tinha a resposta pronta. Ele não possuía o gene da felicidade, apenas o do alcoolismo, e achava que ninguém merecia herdar aquilo. Era possível que tivesse mudado de opinião, porque os últimos anos mostraram que Harry era capaz de ser feliz. Ståle tirou o telefone do bolso. Pensou em ligar para Harry e dizer-lhe aquilo. Ele era uma boa pessoa, um bom amigo, pai e marido. Certo, parecia um obituário, mas Harry precisava ouvir isso. Ele estava errado ao acreditar que sua compulsão por caçar assassinos se assemelhava ao alcoolismo. Ele não queria uma fuga. Não era o Harry Hole individualista quem estava no comando, mas seu instinto de coletividade. O *bom* instinto de coletividade. Um senso de dever e responsabilidade perante todos. Harry provavelmente acharia graça disso, mas era o que Ståle diria ao amigo, se ele atendesse a droga do telefone.

Ståle viu Aurora se empertigar. Será que...? Mas então ela relaxou e gesticulou para que continuassem.

Ele levou o telefone ao ouvido outra vez. Atenda, droga!

— Se tenho sucesso na carreira, no jogo e na vida familiar? Sim, acredito que sim. — Os olhos de Mikael Bellman percorreram a mesa. — Mas, antes de qualquer coisa, sou apenas um sujeito simples de Manglerud.

Ele temia que os clichês ensaiados soassem vazios, mas Isabelle tinha razão: era preciso apenas um pouco de emoção para que as banalidades mais constrangedoras soassem convincentes.

— Nós ficamos felizes que você tenha tido tempo para esta conversa, Bellman. — O secretário do partido levou o guardanapo aos lábios, indicando que o almoço estava encerrado, e gesticulou para os outros dois representantes. — As coisas estão em andamento e, como eu disse, estamos extremamente satisfeitos com o fato de você estar disposto a aceitar nossa oferta, caso ela seja feita.

Bellman assentiu.

— Com "nós" — interveio Isabelle Skøyen — você quer dizer a primeira-ministra também, correto?

— Se não tivéssemos o aval do gabinete da primeira-ministra, não teríamos vindo até aqui — disse o secretário do partido.

A princípio Mikael tinha sido convidado a comparecer ao Palácio do Governo para aquela conversa, mas depois de consultar Isabelle, ele propôs um encontro em território neutro. Um almoço, pago pelo chefe de polícia.

O secretário do partido olhou para o relógio. Um Omega Seamaster, notou Bellman. Pesado demais para ser prático. E tornava seu dono um alvo de ladrões em qualquer cidade do Terceiro Mundo. Era preciso dar corda nele todos os dias para acertar a hora, e se você esquecesse de apertar o botão e pulasse na piscina, o relógio estaria acabado. O conserto custaria mais que outros quatro relógios de alta qualidade. Para resumir: ele queria *muito* aquele relógio.

— Mas, como já mencionei, outras pessoas também estão sendo cogitadas. O cargo de ministro da Justiça é um dos mais importantes do governo, e eu não posso negar que o caminho é um pouco mais complicado para alguém que não fez carreira na política.

Mikael calculou seus movimentos. Ele se levantou exatamente ao mesmo tempo que o secretário do partido e foi o primeiro a estender a mão e dizer "nos falamos em breve". Ele era o chefe de polícia, porra, e, dos dois, era ele e não aquele burocrata grisalho com seu relógio caro quem precisava voltar mais rápido ao seu trabalho de grande responsabilidade.

Depois que o representante do partido do governo se foi, Mikael e Isabelle Skøyen voltaram a se sentar. Estavam numa sala reservada em um dos novos restaurantes que se escondiam em meio aos edifícios residenciais nos limites de Sørenga. Tinham a Ópera e o Ekebergsåsen atrás de si, e a nova piscina pública à frente. As ondas estavam agitadas no fiorde, com os veleiros inclinados sobre a água como vírgulas brancas. As últimas previsões do tempo sugeriam que a tempestade chegaria a Oslo antes da meia-noite.

— Correu tudo bem, certo? — perguntou Mikael, servindo o que restava da água Voss nos copos deles.

— *Se não tivéssemos o aval do gabinete da primeira-ministra* — imitou Isabelle, torcendo o nariz.

— O que há de errado nisso?

— Isso é algo que eles não tinham mencionado antes. E o fato de terem se referido ao gabinete da primeira-ministra, e não à própria primeira-ministra, me diz que estão se distanciando.

— Por que fariam isso?

— Você ouviu o mesmo que eu. Um almoço onde eles basicamente perguntaram sobre o caso do vampirista e quando você acha que irão pegá-lo.

— Qual é, Isabelle, é nisso que *todo mundo* está falando na cidade.

— Eles fizeram essa pergunta porque tudo depende disso, Mikael.

— Mas...

— Eles não precisam de você, da sua competência ou capacidade, para liderar um ministério. Você sabe disso, não sabe?

— Você está exagerando, mas tudo bem...

— Eles querem o seu tapa-olho, sua aura de herói, sua popularidade, seu sucesso. É isso que você tem e o que falta ao governo neste momento, Mikael. Fora isso, você não vale nada para eles. E, verdade seja dita... — Ela colocou o copo de lado e se levantou. — ... para mim também não.

Mikael deu um sorriso incrédulo.

— O quê?

Ela pegou o casaco de pele curto no cabideiro.

— Não posso me misturar com derrotados, Mikael, você sabe perfeitamente bem. Eu fui à imprensa e dei crédito a você por salvar a pátria ao trazer Harry Hole de volta à ativa. Até o momento, ele prendeu um velho nu de noventa anos e provocou a morte de um barman inocente. Isso não faz com que só você pareça um derrotado, Mikael, isso *me* faz parecer uma derrotada. Eu não gosto disso e, para mim, chega.

Mikael Bellman riu.

— Você está naqueles dias?

— Você sempre soube quando eu estava naqueles dias.

— Certo. — Mikael suspirou. — Nós nos falamos outra hora.

— Acho que você não entendeu bem esse "para mim, chega".

— Isabelle...

— Adeus. Gostei do que você falou sobre sua vida familiar bem-sucedida. Foque nisso.

Mikael Bellman continuou sentado enquanto ela saía e fechava a porta.

Pediu a conta ao garçom que espiou pela fresta da porta e voltou a olhar para o fiorde. Diziam que as pessoas que planejaram aqueles prédios residenciais na orla não levaram em consideração as mudanças climáticas e a elevação do nível do mar. Mas Mikael havia pensado naquilo quando ele e Ulla construíram a casa nas encostas de Høyenhall: estariam seguros ali, o mar não iria matá-los, invasores não os surpreenderiam e nenhuma tempestade arrancaria o telhado da casa deles. Seria preciso mais que isso. Ele bebeu sua água Voss. Fez uma careta e olhou para o copo. Voss. Por que as pessoas pagavam tão caro por algo que não tinha gosto melhor do que a água que saía da torneira? Não era porque achavam o gosto melhor, mas porque pensavam que as *outras* pessoas acreditavam que o gosto era melhor. Então elas pediam Voss quando estavam em restaurantes com esposas-troféu pra lá de chatas e relógios Omega Seamaster pra lá de pesados. Seria por isso que às vezes se pegava sentindo saudade dos velhos tempos? De Manglerud, de encher a cara no Olsen no sábado à noite, de se encostar no balcão e completar o chope enquanto Olsen olhava para o outro lado, de dançar uma última música lenta com Ulla sob os olhares invejosos dos jogadores do Manglerud Star e do pessoal das Kawasakis 750, sabendo que logo sairiam juntos, apenas eles dois, noite adentro, que desceriam a Plogveien na direção do ginásio de hóquei até o Østensjøvannet, onde ele apontaria para as estrelas e explicaria como chegariam lá.

E conseguiram chegar lá? Talvez, mas era como na infância dele, quando caminhava nas montanhas com o pai e, cansado, acreditava que finalmente haviam chegado ao cume. Apenas para descobrir que, além daquele cume, havia outro ainda mais alto.

Mikael Bellman fechou os olhos.

Ele se sentia assim agora. Cansado. Poderia parar por ali? Deitar, sentir o vento, o roçar do mato, o calor das pedras aquecidas pelo sol? E ele sentiu o impulso de ligar para Ulla e dizer exatamente aquilo. *Nós vamos ficar por aqui.*

Em resposta, sentiu o telefone vibrar no bolso do paletó. *Só podia ser Ulla, é claro.*

— Sim?

— É Katrine Bratt.

— Certo.

— Só quero informar que descobrimos o nome falso que Valentin Gjertsen está usando para se esconder.

— O quê?

— Ele sacou dinheiro na Estação Central de Oslo em agosto, e seis minutos atrás nós o identificamos nas imagens da câmera de segurança. O cartão que ele usou está em nome de Alexander Dreyer, nascido em 1972.

— E?

— E Alexander Dreyer morreu num acidente de carro em 2010.

— Endereço? Nós temos um endereço?

— Temos. A Delta já está a caminho.

— Mais alguma coisa?

— Ainda não, mas imagino que você queira ficar a par dos acontecimentos.

— Sim. A par.

Eles desligaram.

— Com licença. — Era o garçom.

Bellman olhou para a conta. Ele digitou um valor alto demais na máquina do cartão e apertou "Enter". Levantou da cadeira e saiu apressado. Pegar Gjertsen agora abriria todas as portas.

O cansaço pareceu ter sido soprado para longe pelo vento.

John D. Steffens acendeu as luzes. As luzes de neon piscaram algumas vezes antes de o zumbido se estabilizar, emanando um brilho estranho.

Oleg piscou e prendeu a respiração.

— Isso tudo é sangue? — A voz dele ecoou pelo salão.

Steffens sorriu quando a porta de metal se fechou às costas deles.

— Bem-vindo ao Banhos de Sangue.

Oleg sentiu um calafrio. O ambiente era refrigerado, e a luz azulada refletida nos azulejos brancos rachados apenas reforçava a sensação de estar dentro de uma geladeira.

— Quanto... quanto tem aqui? — perguntou Oleg ao acompanhar Steffens em meio às fileiras de bolsas vermelhas de sangue, penduradas de quatro em quatro em suportes metálicos.

— O bastante para dois ou três dias se Oslo fosse atacada por dacotas — disse Steffens, descendo os degraus do que antes havia sido uma piscina.

— Dacotas?

— Você provavelmente os conhece como sioux — explicou Steffens, apertando uma das bolsas, e Oleg viu o sangue mudar de cor, de escuro para claro. — A lenda diz que os índios norte-americanos encontrados pelos homens brancos eram sedentos por sangue. Menos os dacotas.

— Sério? — perguntou Oleg. — E quanto ao homem branco? A sede de sangue não é algo comum a todos os povos?

— Eu sei que vocês aprendem isso na escola hoje em dia — disse Steffens. — Ninguém é melhor, ninguém é pior. Mas acredite, os dacotas eram bons e ruins ao mesmo tempo, além de serem os melhores guerreiros. Os apaches diziam que se guerreiros cheyenne ou blackfoot aparecessem, eles mandariam os meninos e os velhos para enfrentá-los. Mas se os dacotas aparecessem, eles não mandariam ninguém. Começariam a entoar cânticos funerários. E torceriam por um fim rápido.

— Tortura?

— Quando queimavam seus prisioneiros de guerra, os dacotas o faziam aos poucos, com pedaços pequenos de carvão. — Steffens foi até onde havia menos luz e as bolsas de sangue eram armazenadas de forma mais compacta. — E quando os prisioneiros não suportavam mais, eles recebiam água e comida, para que a tortura durasse um dia ou dois. E a comida às vezes incluía pedaços da própria carne.

— Isso é verdade?

— Bom, tão verdade quanto qualquer outra história. Um guerreiro dacota chamado Lua Atrás da Nuvem era famoso por beber até a última gota o sangue de todos os inimigos que matava. Isso é claramente um exagero, já que ele matou um grande número de pessoas e não teria sobrevivido se ingerisse tamanha quantidade de sangue. O sangue humano é venenoso quando ingerido em grandes doses.

— Ah, é?

— Você ingere mais ferro do que o organismo tem capacidade de processar. Mas ele bebeu o sangue de pelo menos uma pessoa. Disso eu sei com certeza. — Steffens parou ao lado de uma bolsa de sangue. — Em 1871, o meu trisavô foi encontrado sem uma única gota de sangue no campo dacota do Lua Atrás da Nuvem em Utah, para onde tinha ido como missionário. Em seu diário, minha avó escreveu que minha trisavó agradeceu a Deus pelo massacre dos dacotas em Wounded Knee, em 1890... E por falar em mãe...

— Sim?

— Esse sangue é da sua mãe. Bem, agora é meu.

— Achei que ela estivesse *recebendo* transfusões de sangue.

— A sua mãe tem um tipo de sangue muito raro, Oleg.

— Sério? Eu pensei que ela tivesse um grupo sanguíneo bem comum.

— Ah, mas o sangue é muito mais que apenas *grupos*, Oleg. Por sorte, o dela é tipo A, então posso dar a ela sangue comum do banco. — Steffens estendeu as mãos. — Sangue comum que o corpo dela vai absorver e então transformar nas gotas douradas do sangue de Rakel Fauke. E por falar em Fauke, Oleg Fauke, eu não o trouxe aqui apenas para tirá-lo um pouco do quarto. Estava pensando em perguntar se poderia tirar uma amostra do seu sangue para ver se seu corpo produz o mesmo sangue que ela.

— Eu? — Oleg pensou a respeito. — Sim, por que não? Se for ajudar alguém...

— Vai me ajudar, acredite. Está pronto?

— Aqui? Agora?

Oleg encarou o Dr. Steffens. Algo o fazia hesitar, mas ele não sabia o quê.

— Certo — disse. — Fique à vontade.

— Ótimo. — Steffens levou a mão ao bolso direito do jaleco e deu um passo na direção de Oleg. Franziu a testa irritado quando um toque festivo soou em seu bolso esquerdo.

— Achei que não tivéssemos sinal aqui embaixo — murmurou ele ao pegar o telefone. Oleg viu a tela iluminar o rosto do médico e se refletir em seus óculos. — É, parece ser da sede da polícia. — Ele levou o telefone ao ouvido. — Dr. John Doyle Steffens.

Oleg ouviu o zumbido da outra voz.

— Não, inspetora Bratt, eu não vi Harry Hole hoje, e tenho praticamente certeza de que ele não está aqui. Esse dificilmente é o único lugar onde as pessoas precisam desligar o telefone, talvez ele esteja num avião. — Steffens olhou para Oleg, que deu de ombros. — "Nós o encontramos"? Sim, Bratt, eu dou seu recado se ele aparecer. Por pura curiosidade, quem vocês encontraram? Sim, imagino que seja mesmo confidencial, Bratt, só imaginei que ajudaria Hole se eu não falasse em código. Assim ele pode entender o que você quer dizer... Certo, direi apenas *"Nós o encontramos"* para Hole quando o vir. Tenha um bom dia, Bratt.

Steffens guardou o telefone de volta no bolso. Viu que Oleg havia dobrado a manga da camisa. Ele o pegou pelo braço e o levou até os degraus da antiga piscina.

— Obrigado, mas acabo de ver no meu telefone que já é muito mais tarde do que eu pensava, e tenho um paciente aguardando. Precisaremos coletar o seu sangue outra hora, Fauke.

Sivert Falkeid, comandante da Delta, estava sentado nos fundos da van, vociferando ordens concisas enquanto sacolejavam Trondheimsveien acima. Uma equipe de oito homens estava a bordo. Bem, sete homens e uma mulher. E ela não fazia parte da tropa de elite. Nenhuma mulher jamais fez. Em teoria, as exigências para ser integrante da Delta não envolviam distinção de gênero, mas não houve uma única mulher dentre os mais de cem candidatos daquele ano, e no passado apenas cinco tentaram entrar na unidade, a última delas no milênio passado. E nenhuma passou pelo pente fino. Mas vai saber, a mulher sentada de frente para ele aparentava ser forte e determinada, então talvez ela tivesse uma chance.

— Nós não sabemos se esse tal de Dreyer está em casa? — perguntou Sivert Falkeid.

— Apenas para que fique claro, ele é Valentin Gjertsen, o vampirista.

— Estou brincando, Bratt. — Falkeid sorriu. — Então ele não tem um telefone celular que possa ser usado para mapear sua localização?

— Pode até ter, mas não está registrado sob o nome Dreyer ou Gjertsen. Isso é um problema?

Sivert Falkeid olhou para ela. Haviam feito o download das plantas baixas no site da Secretaria Municipal de Habitação, e a situação aparentava ser promissora. Um apartamento de dois quartos com 45 metros quadrados no segundo andar, sem porta dos fundos ou acesso direto ao subsolo. O plano era mandar quatro homens pela porta da frente, com dois aguardando do lado de fora para o caso de ele pular da varanda.

— Problema nenhum — respondeu ele.

— Bom — disse Katrine. — Vocês vão entrar em silêncio?

Ele deu um sorriso largo. Gostou do sotaque de Bergen.

— Você acha que deveríamos abrir um buraco na porta de vidro da varanda e limpar os pés antes de entrar?

— Eu só acho que não há por que desperdiçar granadas e fumaça, já que é apenas um homem, que não estará armado, se tivermos sorte, e que não sabe que estamos chegando. E silêncio e discrição são mais bem-vistos pela opinião pública, certo?

— Talvez sim — disse Falkeid, checando o GPS e o tráfego diante deles. — Mas, se entrarmos com força total, o risco de alguém sair ferido é menor. Nove em cada dez pessoas ficam paralisadas com a explosão e a luz quando lançamos uma granada, independentemente do quanto se achem duronas. Acho que salvamos mais suspeitos do que nossos próprios homens com essa tática. Além do mais, temos granadas de concussão que estão prestes a passar da validade. E os rapazes estão impacientes, precisando de um pouco de rock'n'roll. Só temos tido músicas lentas ultimamente.

— Isso é brincadeira, certo? Você não pode ser *tão* infantil e machão.

Falkeid sorriu e deu de ombros.

— Mas quer saber? — Bratt se inclinou na direção dele, umedeceu os lábios vermelhos e abaixou o tom de voz. — Eu até que gosto.

Falkeid riu. Ele era bem casado, mas, se não fosse, não recusaria um jantar com Katrine Bratt e a chance de olhar dentro daqueles olhos pretos perigosos e ouvir aqueles erres compridos de Bergen, que soavam como o rugido de uma fera à espreita.

— Um minuto! — disse ele em voz alta, e os sete homens abaixaram os visores quase em perfeita sincronia.

— Um Ruger Redhawk, foi isso que você disse que ele tem?

— Foi o que Harry Hole disse que ele tinha no bar.

— Ouviram, homens?

Todos assentiram. O fabricante afirmava que o plástico dos novos visores era capaz de deter uma bala 9mm, mas não um projétil do grosso calibre de um Ruger Redhawk. E, na opinião de Falkeid, isso talvez fosse bom: a falsa impressão de segurança parecia fragilizar a equipe.

— E se ele resistir? — perguntou Bratt.

Falkeid pigarreou.

— Nós atiramos nele.

— Precisamos fazer isso?

— Sem dúvida, se isso acontecer, sempre vai haver alguém com uma opinião contrária, mas nós preferimos estar a postos e atirar em quem pensa em atirar em nós. Saber que isso faz parte das nossas missões é importante para garantir a satisfação no nosso ambiente de trabalho. Parece que chegamos.

Ele estava parado em frente à janela. Notou duas marcas gordurosas deixadas por dedos no vidro. Tinha vista para a cidade, mas não via nada, apenas ouvia as sirenes. Não havia motivo para desespero; ouvimos sirenes o tempo todo. As pessoas ficam presas em incêndios, escorregam no banheiro, torturam seus parceiros; então você ouve as sirenes. Irritantes, insistentes, ordenando a todos que saiam do caminho.

Do outro lado da parede, alguém fazia sexo. No meio de um dia de trabalho. Infidelidade. Com os cônjuges, os patrões, provavelmente ambos.

O som das sirenes se tornava mais alto e, em seguida, era sufocado pelo som de vozes vindo de um rádio atrás dele. Elas estavam a caminho, pessoas com uniformes e autoridade, mas sem um propósito. Sabiam apenas que era urgente, que se não chegassem a tempo algo terrível aconteceria.

Uma sirene de ataque aéreo. Agora *sim*, ali estava uma sirene que tinha certa relevância. O som do juízo final. Um som maravilhoso, arrepiante. Ouvir aquele som, olhar as horas e ver que não era meio-dia em ponto, que não era uma simulação. Aquele seria o horário em que ele bombardearia Oslo, meio-dia. Nenhuma alma viva correria para os abrigos; as pessoas simplesmente ficariam onde estavam, olhando para o céu surpresas e se perguntando o que seria aquilo. Ou trepando com a consciência pesada, incapazes de fazer qualquer outra coisa. Porque somos incapazes de fazer qualquer outra coisa. Fazemos o que precisamos fazer porque somos quem somos. É um erro pensar que temos força de vontade suficiente para agir de modo diferente do que demanda nossa essência. É justamente o contrário: a força de vontade apenas segue nossa natureza, mesmo quando as circunstâncias não são favoráveis. Estuprar uma mulher, minar ou subjugar sua resistência, fugir da polícia, buscar vingança, esconder-se dia e noite, tudo isso não implica superar os obstáculos para poder fazer amor com aquela mulher?

As sirenes estavam mais distantes agora. Os amantes haviam terminado.

Ele tentou se lembrar do som do alarme, aquele alarme que queria dizer *mensagem importante, escute o rádio*. Aquele modelo ainda era usado? Quando ele era criança, havia uma emissora de rádio que se deveria ouvir para receber a mensagem, algo incrivelmente importante, mas não tão dramático a ponto de ser necessário correr para os abrigos. Talvez o plano inicial fosse transmitir a mensagem por todas as emissoras de rádio, para que uma voz anunciasse... o quê? Que já era tarde demais. Que os abrigos estavam fechados, que não poderiam salvá-lo, nada poderia. Que tudo o que restava agora era reunir seus entes queridos, despedir-se e depois morrer. Porque ele aprendera aquilo. Muitas pessoas têm apenas um único objetivo na vida: não morrer sozinhas. Poucas tinham sucesso, mas é impressionante até onde elas estão dispostas a ir por causa desse medo desesperado de atravessar o limiar sem ninguém para segurar sua mão. Rá. Ele segurou a mão delas. Quantas? Vinte? Trinta? E isso não fez com que elas se sentissem menos aterrorizadas ou sozinhas. Nem mesmo as que ele amou. Elas obviamente não haviam tido tempo de retribuir o seu amor, mas, ainda assim, foram cercadas de amor. Ele pensou em Marte Ruud. Devia tê-la tratado melhor, não devia ter se deixado levar. Esperava que estivesse morta agora, e que tivesse sido rápido e indolor.

Ele escutou o chuveiro do outro lado da parede, e as vozes do rádio em seu telefone.

— ... o vampirista, em certos campos da literatura acadêmica, é descrito como inteligente, como alguém que não exibe sinais de doença mental ou patologia social, e isso cria a impressão de que estamos lidando com um inimigo forte e perigoso. Mas o vampirista Richard Chase, mais conhecido como "Vampiro de Sacramento", talvez nos apresente um cenário mais correto quando se trata do caso de Valentin Gjertsen. Ambos exibiram desequilíbrios mentais desde tenra idade, enurese noturna, fascinação por fogo, impotência. Ambos foram diagnosticados como paranoicos e esquizofrênicos. Chase enveredou pelo caminho mais comum, que é beber sangue de animais. Ele também se injetava sangue de galinha, adoecendo em decorrência disso. Valentin Gjertsen, por sua vez, tinha mais interesse em torturar gatos quando criança. Na fazenda do avô, Valentin escondia filhotes recém-nascidos numa gaiola para torturá-los sem o conhecimento dos adultos. Mas tanto Valentin Gjertsen quanto Chase passaram a apresentar comportamento obsessivo depois de seu primeiro ataque vampirista. Chase matou todas as suas sete vítimas em poucas semanas. W, assim como Gjertsen, matou a maioria em casa. Em dezembro de 1977, ele vagava por Sacramento tentando abrir portas e, se estivessem destrancadas, encarava aquilo como um convite e entrava, como explicaria durante seu interrogatório. Uma de suas vítimas, Teresa Wallin, estava grávida de três meses, e, quando Chase a encontrou sozinha em casa, deu três tiros nela e estuprou o corpo enquanto a esfaqueava com uma faca de açougueiro e bebia seu sangue. Soa familiar, não é verdade?

Sim, ele pensou. Mas o que você não ousou mencionar foi que Richard *Trenton* Chase retirou vários órgãos internos de suas vítimas, cortou fora um dos mamilos e catou bosta de cachorro no quintal, enfiando-a em seguida na boca da mulher. Ou que usou o pênis de uma das vítimas como canudo para beber o sangue de outra.

— E as semelhanças não param por aí. Assim como Chase, Valentin Gjertsen está chegando ao fim da linha. Não consigo vê-lo matando mais gente.

— O que faz com que tenha tanta certeza disso, *herr* Smith? O senhor está trabalhando com a polícia. Alguma pista específica sugere isso?

— O que me faz ter tanta certeza disso não tem nada a ver com a investigação, sobre a qual eu naturalmente não posso comentar, seja direta ou indiretamente.

— Então por quê?

Ele escutou Smith respirar fundo. Podia ver o psicólogo sentado à sua frente, pensativo e fazendo anotações. Podia vê-lo fazendo perguntas ansiosamente sobre sua infância, suas primeiras experiências sexuais, a floresta que incendiou e principalmente a pesca de gato, como Valentin chamava, que consistia em pegar a vara de pescar do avô, jogar a linha por cima de uma viga do celeiro, prender o anzol no queixo de um gatinho e enrolar a linha até o animal ficar pendurado, então assistir às tentativas frustradas do bicho de se libertar.

— Porque Valentin Gjertsen não tem nada de especial, com exceção do fato de ser extremamente mau. Ele não é idiota, mas não é dos mais inteligentes. Ele não fez nada demais. Criar exige imaginação, visão, mas a destruição não requer nada, apenas cegueira. O que salvou Valentin Gjertsen de ser pego nos últimos dias não foi sua habilidade, mas sorte. Até ser preso, o que acontecerá em breve, Valentin Gjertsen naturalmente continuará a ser um homem perigoso, da mesma forma que um cão espumando pela boca é perigoso. Mas um cão raivoso está à beira da morte e, apesar de toda sua perversidade, Valentin Gjertsen é, usando as palavras de Harry Hole, apenas um pervertido desprezível tão fora de controle que cometerá um erro muito em breve.

— Então você quer tranquilizar a população de Oslo ao...

Ele ouviu um ruído e desligou o podcast. Escutou. Era o som de passos arrastados atrás da porta. O som de uma pessoa se concentrando em alguma coisa.

Quatro homens vestindo o uniforme preto da Delta estavam parados à porta do apartamento de Alexander Dreyer. Katrine Bratt observava tudo do corredor, a vinte metros de distância.

Um deles segurava um aríete de um metro e meio que mais parecia um tubo gigante de Pringles com duas alças.

Era impossível distinguir os quatro homens debaixo de seus capacetes e visores. Mas ela acreditava que o homem que erguia os três dedos enluvados fosse Sivert Falkeid.

Durante a contagem regressiva silenciosa, ela escutou música vindo do apartamento. Pink Floyd? Ela odiava Pink Floyd. Não, não era verdade, apenas desconfiava de gente que gostava de Pink Floyd. Bjørn havia dito que só gostava de uma música do Pink Floyd, então puxara um álbum com algo parecido com uma orelha cabeluda na capa, dissera que era de antes de a banda estourar e tocara um blues simples com um cão uivando ao fundo. O tipo de coisa que usam em programas de TV quando as ideias já se esgotaram. Bjørn dizia que perdoava qualquer música com um pouco de *bottleneck guitar* de qualidade, e o fato de aquela ter bateria com dois bumbos, vocal cru e referências a poderes sombrios e corpos apodrecendo — do jeito que Katrine gostava — também era um bônus. Ela sentia saudades de Bjørn. E agora, enquanto Falkeid abaixava o último dedo e fechava o punho, e enquanto eles lançavam o aríete contra a porta do apartamento do homem que nos últimos sete dias havia matado quatro pessoas, possivelmente cinco, ela pensava no homem que havia abandonado.

A fechadura se partiu e a porta se espatifou. O terceiro homem atirou uma granada de atordoamento, e Katrine Bratt tapou os ouvidos. Registrou por uma fração de segundo o clarão que veio do apartamento e as sombras que os homens da Delta lançaram sobre o corredor antes que duas explosões se seguissem.

Três deles desapareceram porta adentro com suas MP5 apoiadas no ombro, enquanto o quarto ficou do lado de fora com a arma apontada para o vão da porta.

Ela tirou as mãos dos ouvidos.
A granada havia silenciado o Pink Floyd.
— Limpo! — A voz de Falkeid.
O policial do lado de fora se virou para Katrine e assentiu.
Ela respirou fundo e foi até a porta.
Entrou no apartamento. Ainda havia fumaça da explosão no ar, mas, surpreendentemente, pouco cheiro.
Corredor. Sala. Cozinha. Logo ocorreu a Katrine que aquilo parecia normal demais. Como se uma pessoa perfeitamente comum, limpa e organizada morasse ali. Alguém que cozinhava, bebia café, assistia à TV, ouvia música. Nada de ganchos de carne pendurados no teto, nada de manchas de sangue no papel de parede, nada de recortes de jornal sobre assassinatos e fotografias das vítimas nas paredes.
E o pensamento a acertou em cheio. Aurora tinha se enganado.
Ela olhou pela porta aberta do banheiro. Estava vazio. Não havia cortina no boxe nem nenhum produto de higiene pessoal ali, apenas um objeto na prateleira abaixo do espelho. Ela entrou. Não era um cosmético. O metal era um misto de tinta preta e ferrugem. Os dentes de ferro estavam fechados, formando um padrão de zigue-zague.
— Bratt!
— Sim? — Katrine voltou para a sala.
— Aqui dentro. — A voz de Falkeid vinha do quarto. Estava calma, tranquila, como se algo tivesse chegado ao fim. Katrine passou pelo vão da porta e evitou tocar o caixilho, como se já soubesse que se tratava de uma cena de crime. A porta do armário estava aberta, e os homens da Delta ladeavam a cama de casal com as submetralhadoras apontadas para o corpo nu ali deitado, seus olhos sem vida cravados no teto. Exalava um cheiro que Katrine não reconheceu até se aproximar um pouco mais. Lavanda.
Ela pegou o telefone, ligou para um número. A chamada foi imediatamente atendida.
— Vocês já estão com ele? — Bjørn Holm parecia sem ar.
— Não — respondeu ela. — Mas achamos o corpo de uma mulher.
— Morta?
— Não está viva, pelo menos.

— Droga. É Marte Ruud? Espere, o que você quer dizer com "não está viva"?
— Nem morta nem viva.
— O que...?
— É uma boneca.
— Uma o quê?
— Como aquelas bonecas infláveis. Mas essa é daquelas que custam caro. Fabricada no Japão, pelo jeito, muito realista. A princípio achei que fosse uma pessoa. Pelo menos Alexander Dreyer é Valentin Gjertsen. Os dentes de ferro estão aqui. Então vamos esperar para ver se ele aparece. Alguma notícia de Harry?
— Não.
O olhar de Katrine se deteve num cabideiro e, em seguida, em uma cueca no chão, em frente ao armário.
— Não estou gostando disso, Bjørn. Harry também não estava no hospital.
— Ninguém está gostando disso. Será que emitimos um alerta pela Central?
— Para Harry? Para quê?
— Você tem razão. Escute, não mexa muito nas coisas por aí, pode haver evidências de Marte Ruud.
— Certo, mas eu tenho a impressão de que todas as evidências foram limpas. A julgar pelo apartamento, Harry tinha razão. Valentin é extremamente limpo e organizado. — Os olhos dela retornaram ao cabideiro e à cueca. — Será que você...
— O quê? — perguntou Bjørn.
— Porra.
— O que houve?
— Ele enfiou algumas roupas numa mochila e pegou os produtos de higiene pessoal no banheiro. Valentin sabia que estávamos vindo...

Valentin abriu a porta. E viu quem arrastava os pés do lado de fora. A arrumadeira, que estava curvada com o cartão na fechadura de seu quarto de hotel, se endireitou.
— Ah, desculpe. — Ela sorriu. — Eu não sabia que o quarto estava ocupado.

— Vou ficar com isso — disse ele, tirando as toalhas das mãos da mulher. — E será que você pode limpar o quarto mais uma vez?
— Como?
— Não estou satisfeito com a limpeza. Há marcas de dedo na janela. Por favor, limpe o quarto de novo. Volte daqui a, digamos, uma hora.

O rosto surpreso desapareceu atrás da porta quando ele a fechou.

Valentin deixou as toalhas em cima da mesa de centro, sentou-se na poltrona e abriu a mochila.

As sirenes haviam se calado. Se foi a polícia que ele escutou, os homens já deviam ter entrado no apartamento àquela altura. Não eram mais de dois quilômetros em linha reta dali até Sinsen. Já fazia mais de meia hora que o outro homem tinha ligado dizendo que a polícia sabia onde ele estava e o nome que vinha usando, que ele precisava sair de lá. Valentin pegou apenas os itens mais importantes e deixou o carro, já que eles tinham o nome usado no registro.

Ele tirou a pasta da mochila e folheou o conteúdo. Olhou para as fotografias, os endereços. E percebeu que, pela primeira vez em muito tempo, não sabia o que fazer.

Escutava a voz do psicólogo dentro da cabeça.

"*... apenas um pervertido desprezível tão fora de controle que cometerá um erro muito em breve.*"

Valentin Gjertsen se levantou e tirou a roupa. Pegou as toalhas e entrou no banheiro. Abriu a água quente do chuveiro, parou em frente ao espelho. Esperou a água ficar escaldante enquanto observava a condensação se espalhar pelo vidro. Ele olhou para a tatuagem. Ouviu o telefone tocar e sabia que era ele. Razão. Salvação. Com novas instruções, novas ordens. Devia ignorá-las? Era chegada a hora de cortar o cordão umbilical, a corda salva-vidas? De se libertar completamente?

Ele encheu os pulmões. E gritou.

28

Tarde de quarta-feira

— Bonecas desse tipo não são nenhuma novidade — disse Smith, olhando para a mulher de plástico e silicone deitada na cama. — Quando os holandeses dominavam os sete mares, os marinheiros costumavam levar consigo um tipo de vagina artificial, feita em couro. Era tão comum, que os chineses as chamavam de *Dutch wife*.

— Jura? — perguntou Katrine, observando os anjos de branco da Perícia Técnica examinarem o quarto. — Então eles falavam inglês?

Smith riu.

— Nessa você me pegou. Os artigos acadêmicos são publicados em inglês. No Japão, há bordéis apenas com essas bonecas. As mais caras são aquecidas, mantidas à temperatura corporal. E elas têm esqueleto, o que quer dizer que seus braços e pernas podem ser dobrados tanto em posições naturais quanto em posições humanamente impossíveis, e elas têm lubrificação natural de...

— Obrigada, acho que já é o bastante — disse Katrine.

— Claro, desculpe.

— Bjørn disse por que ficou na Sala das Caldeiras?

Smith fez que não com a cabeça.

— Ele e Lien estavam ocupados — respondeu Wyller.

— Berna Lien? *Ocupados?*

— Ele só disse que, como isso não era uma cena de crime, ele deixaria que os outros trabalhassem.

— Ocupados — murmurou Katrine ao sair do quarto com os outros dois às suas costas. Ela saiu do apartamento, foi até o estacionamento em frente ao conjunto de prédios. Os três pararam atrás do Honda azul, onde dois peritos examinavam o porta-malas. Haviam encontrado as chaves no apartamento, e foi confirmado que o carro estava registrado em nome de Alexander Dreyer. O céu estava cinza como aço e, ao longe, nas encostas gramadas de Torshovdalen, Katrine via o vento agitando as árvores. A última previsão dizia que Emilia estava a apenas poucas horas da cidade.

— Inteligente da parte dele ter deixado o carro — disse Wyller.

— Sim — concordou Katrine.

— O que vocês querem dizer? — perguntou Smith.

— As câmeras nas praças de pedágio, nos estacionamentos, no trânsito — disse Wyller. — Há um software de reconhecimento de placas que pode ser usado nas gravações, leva apenas alguns segundos.

— Admirável mundo novo — disse Katrine.

— "Ó admirável mundo novo que tem tais habitantes" — disse Smith.

Katrine se virou para o psicólogo.

— Você consegue imaginar para onde alguém como Valentin Gjertsen poderia fugir?

— Não.

— Não, tipo "não faço ideia"?

Smith ajeitou os óculos no nariz.

— Não tipo "não consigo imaginá-lo fugindo".

— Por que não?

— Porque ele está furioso.

Katrine tremia de frio.

— Você com certeza não o deixou menos furioso, caso ele tenha ouvido o seu podcast com Daa.

— Não. — Smith suspirou. — Talvez eu tenha ido longe demais. Felizmente, instalamos fechaduras resistentes e câmeras de segurança depois do arrombamento no celeiro. Mas talvez...

— Talvez o quê?

— Talvez nos sentíssemos mais seguros se eu tivesse uma arma, uma pistola ou coisa parecida.

— O regulamento não permite cedermos uma arma da polícia para alguém sem porte e treinamento de tiro.

— Armamento de emergência — disse Wyller.

Katrine olhou para ele. Talvez os critérios fossem atendidos, talvez não. Mas ela já conseguia visualizar as manchetes se Smith levasse um tiro e a imprensa descobrisse que ele havia solicitado armamento de emergência e tido o pedido negado.

— Você pode conseguir uma pistola para Hallstein?

— Posso.

— Certo. Eu disse a Skarre para checar trens, barcos, voos, hotéis e pensões. Vamos torcer para que Valentin não tenha documentos que permitam a ele assumir outra identidade além da de Alexander Dreyer. — Katrine olhou para o céu. Certa vez, ela teve um namorado que gostava de voar de parapente, e ele havia dito que, mesmo quando não ventava no solo, o vento poucas centenas de metros acima podia superar o limite de velocidade de uma rodovia. Dreyer. *Dutch wife. Ocupados?* Arma. Fúria.

— E Harry não estava em casa? — perguntou ela.

Wyller fez que não.

— Eu toquei a campainha, contornei a casa, olhei pelas janelas.

— Hora de falar com Oleg — comentou ela. — Ele deve ter as chaves.

— Deixe comigo.

Ela suspirou.

— Se você não encontrar Harry por lá, pode ser uma boa ideia pedir à Telenor que localize o telefone dele.

Um dos peritos vestidos de branco veio até ela.

— Encontramos sangue no porta-malas.

— Muito?

— Sim. E isso. — Ele ergueu um saco plástico de provas. Dentro havia uma blusa. Rasgada. Ensanguentada. Rendada, parecida com a blusa que Marte Ruud usava quando do seu desaparecimento, de acordo com as descrições dos clientes.

29

Noite de quarta-feira

Harry abriu os olhos e foi brindado com escuridão. Onde estava? O que aconteceu? Quanto tempo ficou inconsciente? A cabeça parecia ter sido esmagada com uma barra de ferro. A pulsação latejava em seus ouvidos num ritmo monótono. Tudo que conseguia lembrar era que tinha ficado trancado ali dentro. E, a não ser que estivesse enganado, estava deitado em azulejos frios. Frios como o interior de uma geladeira. Estava deitado em algo molhado, grudento. Ele levantou a mão e olhou. Aquilo era sangue?

Então, lentamente, Harry entendeu que aquele som não era a pulsação latejando em seus ouvidos.

Era um baixo.

Kaiser Chiefs? Provavelmente. Com certeza se tratava de uma daquelas bandas inglesas descoladas cuja existência ele havia esquecido. Não que os Kaiser Chiefs fossem ruins, mas eles não eram excepcionais e, portanto, terminaram naquele limbo sombrio das bandas que ele tinha escutado havia mais de um ano e menos de vinte: eles simplesmente não deram certo. Apesar de conseguir se lembrar de cada acorde e de cada uma das letras das piores canções dos anos oitenta, o período entre aquela época e o último ano era um borrão. Assim como o período entre ontem e agora. Nada. Apenas o baixo insistente. Ou seu coração. Ou alguém batendo à porta.

Harry abriu os olhos outra vez. Ele cheirou a mão, torcendo para que não fosse sangue, urina ou vômito.

O baixo passou a tocar fora do compasso da música.

Era a porta.

— Está fechado! — gritou Harry. E se arrependeu quando sentiu a cabeça a ponto de explodir.

A música terminou, e os Smiths assumiram. Harry concluiu que devia ter plugado o celular na caixa de som quando cansou do Bad Company. "There is a Light that Never Goes Out." Antes tivesse se apagado. Mas as pancadas na porta não paravam. Harry tapou os ouvidos. Quando a música chegou à parte final, apenas com os instrumentos, ele escutou uma voz gritando seu nome. Dificilmente poderia ser alguém que descobriu que o novo proprietário do Jealousy Bar se chamava Harry. Ao reconhecer a voz, ele apoiou a mão na beirada do balcão e se levantou. Primeiro ficou de joelhos. Depois, assumiu uma postura curvada, que nas atuais circunstâncias era como ficar de pé, já que as solas de seus sapatos estavam plantadas no chão grudento. Ele viu as duas garrafas de Jim Beam vazias e deitadas sobre o balcão, e entendeu que ficou ali marinando no próprio bourbon.

Harry viu o rosto do outro lado da janela. Ela parecia estar sozinha. Ele passou o indicador pela garganta mostrando que o bar estava fechado, mas ela mostrou o dedo do meio em resposta e passou a bater na janela.

E como as pancadas soavam como um martelo nas partes já castigadas do seu cérebro, Harry decidiu que talvez fosse interessante abrir a porta. Ele tirou as mãos do balcão, deu um passo. E caiu. Os dois pés ficaram dormentes. Como isso era possível? Ele se levantou outra vez e, com a ajuda das mesas e cadeiras, cambaleou até a porta.

— Puta que pariu — resmungou Katrine quando ele abriu a porta. — Você está bêbado!

— Pode ser — disse Harry. — Mas juro que preferia estar mais bêbado ainda.

— Estávamos procurando você, seu idiota! Você estava aqui esse tempo todo?

— Não sei o que você quer dizer com "esse tempo todo", mas há duas garrafas vazias no balcão. Vamos torcer para que *esse tempo todo* tenha sido bem-aproveitado.

— Nós ligamos várias vezes.
— Hum. Devo ter colocado o telefone no modo avião. Gostou da playlist? Escute. Essa moça brava é Martha Wainwright. "Bloody Mother Fucking Asshole". Lembra alguém?
— Porra, Harry, no que você estava pensando?
— Pensando? Como você pode ver, estou no modo avião.
Katrine agarrou o colarinho da camisa dele.
— Pessoas estão morrendo lá fora, Harry. E você aqui fazendo piada?
— Eu tento fazer piada todo dia, Katrine. E quer saber? Isso não deixa as pessoas melhores nem piores. E também não parece influenciar o número de assassinatos.
— Harry, Harry...
Harry cambaleou, e ocorreu-lhe que Katrine agarrava seu colarinho principalmente para que ele não desabasse no chão.
— Nós quase o pegamos, Harry. Precisamos de você.
— Certo. Só espere eu beber um drinque antes.
— Harry!
— Sua voz está muito... alta...
— Vamos embora agora. Tenho um carro esperando lá fora.
— É happy hour no meu bar, e eu não estou pronto para trabalhar, Katrine.
— Você não vai trabalhar, você vai para casa curar esse porre. Oleg está esperando.
— Oleg?
— Pedimos a ele que abrisse a casa em Holmenkollen. Ele ficou com tanto medo do que poderia encontrar lá que pediu a Bjørn que entrasse primeiro.
Harry fechou os olhos. Merda, merda.
— Eu não posso, Katrine.
— Você não pode o quê?
— Ligue para Oleg e diga que eu estou bem, diga para ele ficar com a mãe.
— Ele me pareceu bem decidido a esperar você chegar, Harry.
— Não posso deixar que ele me veja assim. E não tenho utilidade para você. Desculpe, mas não há discussão quanto a isso. — Ele segurou a porta aberta. — Agora vá embora.

— Ir embora? E deixar você aqui?
— Eu vou ficar bem. Só refrigerante, agora. E talvez um pouco de Coldplay.
Katrine fez que não.
— Você vem comigo.
— Eu não vou para casa.
— Para sua casa, não.

30

Noite de quarta-feira

Faltava pouco para meia-noite. O Olsen estava lotado, e Gerry Rafferty e seu saxofone faziam vibrar os rabos de cavalo das pessoas próximas às caixas de som.

— O som dos anos oitenta — gritou Liz.

— Acho que isso é dos anos setenta — disse Ulla.

— É, mas só chegou a Manglerud nos anos oitenta.

As duas riram. Ulla viu Liz fazer que não com a cabeça para um homem que lhe dirigiu um olhar interessado ao passar pela mesa.

— É a segunda vez que venho aqui essa semana — disse Ulla.

— Ah, é? E na outra vez foi divertido como hoje?

Ulla fez que não.

— Nada é tão divertido quanto sair com você. O tempo passa, mas você não muda.

— Não — disse Liz, inclinando a cabeça de lado e observando a amiga. — Mas você mudou.

— Sério? Eu deixei de ser quem eu era?

— Não, e isso é bem irritante. Mas você não sorri mais.

— Não?

— Você sorri, mas não *sorri*. Não como a Ulla de Manglerud.

Ulla inclinou a cabeça de lado.

— Nós nos mudamos.

— Sim, você agora tem um marido, filhos e um casarão. Mas isso não tem o mesmo valor que *o sorriso*, Ulla. O que aconteceu?

— É, o que aconteceu?

Ulla sorriu para Liz e bebeu. Olhou em volta. As pessoas ali aparentavam ter a mesma idade que elas, mas Ulla não via rostos conhecidos. Manglerud havia se tornado maior; as pessoas tinham se mudado para lá, tinham ido embora dali. Algumas morreram, outras desapareceram. E outras simplesmente estavam sentadas no sofá de casa. Mortas *e* desaparecidas.

— Seria maldoso da minha parte tentar adivinhar? — perguntou Liz.

— Claro que não.

Rafferty acabara de cantar seus versos, e Liz precisou gritar para se fazer ouvir ao som do saxofone, que tinha voltado com tudo.

— Mikael Bellman de Manglerud. Ele roubou o seu sorriso.

— Isso é bem maldoso, Liz.

— Sim, mas é verdade, não é?

Ulla pegou a taça de vinho.

— Sim. Acho que sim.

— Ele está traindo você?

— Liz!

— Não é nenhum segredo...

— O que não é nenhum segredo?

— Que Mikael gosta de mulheres. Qual é, Ulla, você não é assim tão ingênua.

Ulla suspirou.

— Talvez não. Mas o que eu posso fazer?

— O mesmo que ele — disse Liz, tirando a garrafa de vinho do balde de gelo e enchendo as taças das duas. — Dê a Mikael um gostinho do próprio veneno. Saúde!

Ulla sentia que estava na hora de mudar para água.

— Eu tentei, mas simplesmente não consegui.

— Tente outra vez!

— E que bem isso me faria?

— Você só vai saber se fizer. Nada melhora o sexo sem graça em casa como uma transa casual daquelas bem ruins.

Ulla riu.

— Não é o sexo, Liz.

— O que é, então?

— É que eu... sinto... ciúme.

— Ulla Swart com ciúme? Não é possível ser linda assim *e* sentir ciúme.

— Bom, eu sinto — protestou Ulla. — Dói. Muito. E eu quero dar o troco.

— É claro que você quer dar o troco, amiga! Acertá-lo onde dói mais... quer dizer...

As duas sopraram vinho para todo lado quando caíram na gargalhada.

— Liz, você está bêbada!

— Estou bêbada e feliz, sra. Esposa do Chefe de Polícia. Enquanto você está bêbada e infeliz. Ligue para ele.

— Ligar para Mikael? Agora?

— Para Mikael não, sua idiota! Ligue para o sortudo que vai se dar bem hoje à noite.

— O quê? Não, Liz!

— É, ligue! Ligue para ele agora! — Liz apontou para a cabine telefônica. — Ligue dali, assim ele vai conseguir ouvi-la. Na verdade, ligar dali seria muito apropriado.

— Apropriado? — Ulla soltou uma risada e olhou as horas. Ela logo precisaria ir para casa. — Por quê?

— Por quê? Como assim, Ulla? Porque foi ali que Mikael trepou com Stine Michaelsen aquela vez, não foi?

— O que é isso? — perguntou Harry. O quarto girava em torno dele.

— Chá de camomila — respondeu Katrine.

— A música — disse Harry, sentindo a blusa de lã que ela havia lhe emprestado arranhar a pele. As roupas dele estavam penduradas no banheiro, secando, e, apesar de a porta estar fechada, ele ainda sentia o cheiro nauseante do álcool. Seus sentidos estavam funcionando, apesar de o quarto continuar girando.

— Beach House. Já ouviu falar neles?

— Não sei. Esse é o problema. Acho que as coisas estão escapando de mim.

Ele sentia a trama áspera da colcha, que cobria toda a cama baixa, de quase dois metros de largura. Além dela, no quarto havia uma escrivaninha, uma cadeira e uma bela rádio-vitrola antiga com uma única vela em cima. Harry presumia que tanto a blusa quanto a rádio-vitrola pertencessem a Bjørn Holm. A música parecia flutuar pelo quarto. Harry já se sentira assim algumas vezes, oscilando entre a embriaguez e a sobriedade, percorrendo todos os estágios entre uma e outra.

— É, acho que é assim mesmo — disse Katrine. — Nós começamos tendo tudo e, pouco a pouco, perdemos tudo. Força. Juventude. Futuro. Pessoas de quem gostamos...

Harry tentava lembrar o que Bjørn Holm tinha pedido que ele dissesse a Katrine, mas a resposta lhe escapava. Rakel. Oleg. E quando começou a sentir os olhos marejados, as lágrimas foram sufocadas pela fúria. É claro que perdemos todas as pessoas a quem tentamos nos agarrar, o destino faz pouco-caso de nós, nos torna pequenos, patéticos. Quando choramos pelas pessoas que perdemos não é por compaixão, porque é claro que sabemos que elas finalmente estão livres da dor. Mas ainda assim choramos. Choramos porque estamos sozinhos outra vez. Choramos por sentirmos pena de nós mesmos.

— Onde você está, Harry?

Ele sentiu a mão de Katrine na testa. Uma rajada de vento súbita sacudiu a janela. Da rua, veio o som de alguma coisa caindo no chão. A tempestade. Ela estava chegando.

— Estou aqui — respondeu ele.

O quarto girava. Ele sentia o calor não apenas da mão de Katrine, mas de todo o corpo dela, deitado a menos de meio metro.

— Eu quero morrer primeiro — respondeu ele.

— O quê?

— Não quero perdê-los. Eles podem me perder. *Eles* que tenham essa sensação uma vez na vida.

O riso dela foi breve.

— Agora você está roubando as minhas palavras, Harry.

— Estou?

— Quando eu estava no hospital...

— Sim? — Harry fechou os olhos quando a mão dela deslizou até sua nuca e a apertou de leve, enviando pequenos impulsos nervosos para o cérebro.

— Eles mudavam o meu diagnóstico o tempo todo. Maníaco-depressiva, borderline, bipolar. Mas havia uma mesma palavra em todos. Suicida.
— Hum.
— Mas passa.
— Sim — disse Harry. — E depois volta. Não volta?
Ela riu outra vez.
— Nada é para sempre. A vida é efêmera por definição, está sempre em movimento. É terrível, mas também é o que a torna suportável.
— Isso também vai passar.
— Vamos torcer para que sim. Quer saber, Harry? Nós somos iguais, eu e você. Fomos feitos para a solidão. Somos atraídos por ela.
— Nós afastamos as pessoas que amamos, você quer dizer?
— É isso que fazemos?
— Não sei. Só sei que fico apavorado quando piso no gelo fino da felicidade, tão apavorado que quero que ela acabe de uma vez, porque prefiro já estar dentro da água.
— E por isso fugimos de quem amamos. Álcool. Trabalho. Sexo casual.
Algo em que possamos ser úteis, pensou Harry. Enquanto as pessoas ao redor sangram até a morte.
— Não podemos salvá-los — disse Katrine, em resposta aos pensamentos dele. — E eles não podem nos salvar. Apenas nós podemos nos salvar.
Harry percebeu o movimento no colchão e soube que ela havia se aproximado ainda mais. Sentiu o hálito quente no rosto.
— Você teve isso na vida, Harry, você teve a única pessoa que amou. Pelo menos vocês dois viveram isso. E não sei de qual dos dois sinto mais ciúme.
Por que ele se sentia tão sensível? Será que havia tomado ecstasy ou ácido? E se havia, onde tinha conseguido? Ele não fazia ideia, as últimas vinte e quatro horas não passavam de um grande borrão.
— Dizem que não devemos sofrer por antecipação — disse Katrine. — Mas quando você sabe que o sofrimento é tudo que tem pela frente, antecipar-se é a única forma de se proteger. E o melhor jeito de se defender é viver cada dia como se fosse o último. Você não acha?

Beach House. Ele se lembrava daquela música. "Wishes". Era realmente especial. Lembrou-se do rosto pálido de Rakel no travesseiro branco, iluminado e ao mesmo tempo na escuridão, fora de foco, próximo mas distante, um rosto na água turva, espremido contra o gelo. E lembrou-se das palavras de Valentin. *Você é como eu, Harry, você não consegue suportar isso.*

— O que você faria, Harry? Se soubesse que está prestes a morrer?
— Não sei.
— Você...?
— Eu disse que não sei.
— O que você não sabe? — sussurrou ela.
— Não sei se teria transado com você.

No silêncio que se seguiu, ele escutou o som de metal sendo arrastado no asfalto pelo vento.

— Sinta — disse ela baixinho. — Nós estamos morrendo.

Harry parou de respirar. Sim, ele pensou. Eu estou morrendo. E então sentiu que ela também tinha deixado de respirar.

Hallstein Smith ouvia o vento assobiando nas calhas e sentia as lufadas de ar atravessando as paredes. Apesar de terem sido isoladas da melhor forma possível, aquilo era e continuaria sendo um celeiro. Emilia. Tinha ouvido falar de um romance sobre uma tempestade chamada Maria, publicado durante a guerra. E que esse era o motivo de os furacões receberem nomes femininos. Mas aquilo mudou quando a ideia de igualdade de gênero foi disseminada nos anos setenta, e as pessoas começaram a insistir que essas catástrofes naturais também recebessem nomes masculinos. Ele olhou para o rosto sorridente acima do ícone do Skype na grande tela do computador. A voz estava ligeiramente fora de sincronia.

— Acho que já tenho tudo de que preciso. Muito obrigado por nos atender, Sr. Smith. Já deve estar bem tarde para o senhor, não? Aqui em Los Angeles são quase três da tarde. Que horas são na Suécia?

— Noruega. Quase meia-noite. — Hallstein Smith sorriu. — Não por isso. Fico feliz pela imprensa finalmente ter entendido que o vampirismo é real e por estar interessada no assunto.

Eles se despediram, e Smith voltou a abrir sua caixa de e-mails.

Treze mensagens não lidas. Pelos remetentes e assuntos, via que eram convites para entrevistas e palestras. Também não havia aberto a mensagem da *Psychology Today*. Porque sabia que não era urgente. Porque queria deixá-la para mais tarde. Saborear.

Ele conferiu as horas. Tinha colocado as crianças na cama às oito e meia, em seguida havia bebido uma xícara de chá com May na cozinha, como sempre. Falaram sobre o dia de cada um, compartilhando as pequenas alegrias e as pequenas frustrações. Nos últimos dias ele naturalmente teve mais o que dizer, mas cuidou de dedicar aos pequenos mas não menos importantes assuntos do lar tanta atenção quanto a suas outras atividades. Porque o que disse era verdade: "Eu falo demais, e você pode ler sobre esse maldito vampirista nos jornais, querida." Smith olhou pela janela, distinguindo a silhueta da casa onde dormiam as pessoas que ele amava. A parede rangeu. A lua aparecia e sumia detrás das nuvens, que passavam cada vez mais rápido no céu, e os galhos secos do carvalho morto se agitavam como se a árvore quisesse alertar todos de que algo estava vindo, de que destruição e morte estavam a caminho.

Ele abriu um e-mail com um convite para discursar na abertura de uma conferência de psicologia em Lyon. A mesma conferência que havia recusado seu *abstract* no ano passado. Mentalmente, Smith escreveu uma resposta em que agradecia, sentia-se honrado, mas precisava priorizar conferências mais importantes e, portanto, teria que recusar o convite naquela ocasião, mas eles podiam ficar à vontade para tentar em outras oportunidades. Então deu uma risada e fez que não. Não havia motivo para se sentir tão vaidoso: aquele interesse súbito pelo vampirismo se extinguiria quando os ataques parassem. Ele aceitou o convite, ciente de que poderia ter imposto condições com relação à viagem, acomodação e honorários, mas não se importou. Já dispunha do que precisava, apenas queria que o *escutassem*, que se juntassem a ele naquela jornada pelos labirintos da mente humana, que reconhecessem seu trabalho para que, juntos, pudessem *compreendê-la* e contribuir para melhorar a vida das pessoas. E era só. Ele conferiu as horas novamente. Três minutos para a meia-noite. Escutou um som. Podia ser o vento, é claro. Ele clicou no ícone para carregar as imagens das câmeras de segurança. As primeiras imagens eram da câmera ao lado do portão. O portão estava aberto.

* * *

Truls pigarreou.

Ela havia telefonado. Ulla havia telefonado.

Ele colocou a louça na máquina e passou uma água nas duas taças de vinho. Ainda tinha a garrafa que havia comprado por via das dúvidas antes de se encontrarem no Olsen na noite passada. Ele dobrou as caixas de pizza vazias e tentou socá-las dentro do saco de lixo, mas aquela porcaria rasgou. Merda. Ele escondeu o saco atrás do balde e do esfregão dentro do armário. Música. Do que ela gostava? Ele tentou lembrar. Ouvia algo em seus pensamentos, mas não sabia o que era. Duran Duran? Era parecido com o A-ha, pelo menos. E ele tinha o primeiro álbum do A-ha. Velas. Droga. Já havia recebido mulheres em casa antes, mas naquelas ocasiões o clima não tinha sido tão importante.

O Olsen ficava bem no coração do bairro, então, apesar de uma tempestade estar próxima, não seria difícil conseguir um táxi numa noite de quarta-feira. Ela poderia chegar a qualquer momento, ele não teria tempo de tomar um banho. Precisaria se virar lavando o pau e o sovaco. Ou o sovaco e o pau, nessa ordem. Porra, ele estava tenso! Planejava uma noite tranquila com Megan Fox em sua melhor fase, então Ulla telefonou e perguntou se podia fazer uma visitinha. O que ela queria dizer com *visitinha*? Ia deixá-lo na mão, como na última vez? Camiseta. Aquela da Tailândia, "Same Same, But Different"? Talvez ela não achasse graça. E talvez a Tailândia a fizesse pensar em doenças venéreas. Que tal a camisa da Armani que ele tinha comprado no MBK, em Bangkok? Não, o tecido sintético o faria suar e mostraria que era um produto pirata. Truls pegou uma camiseta branca de origem desconhecida e se apressou até o banheiro. Viu que o vaso precisava de outra escovada. Mas, primeiro, o mais importante...

Truls estava em frente à pia com o pau na mão quando ouviu a campainha.

Katrine olhava para o telefone vibrando.

Era quase meia-noite. O vento tinha ficado mais forte nos últimos minutos. Era possível ouvir as rajadas uivando, gemendo, fazendo os objetos baterem, mas Harry dormia como uma pedra.

Ela atendeu.

— Aqui é Hallstein Smith — sussurrou o psicólogo, parecendo assustado.
— Eu sei. O que houve?
— Ele está aqui.
— O quê?
— Acho que é Valentin.
— Como?
— Alguém abriu o portão, e eu... meu Deus, estou ouvindo a porta do celeiro. O que eu faço?
— Não faça nada... Tente... Você consegue se esconder?
— Não. Eu estou vendo ele do lado de fora, pela câmera. Meu Deus, é ele mesmo. — Smith parecia estar chorando. — O que eu faço?
— Porra, deixa eu pensar — resmungou Katrine.
O telefone foi tirado da mão dela.
— Smith? É Harry, estou com você. Você trancou a porta do escritório? Certo, então tranque a porta e apague a luz. Com toda calma do mundo.
Hallstein Smith manteve os olhos cravados na tela do computador.
— Certo, tranquei a porta e apaguei a luz — sussurrou ele.
— Você consegue vê-lo?
— Não. Sim, agora consigo. — Hallstein viu a silhueta entrar pela porta. O homem tropeçou ao pisar na balança, recuperou o equilíbrio e seguiu até as baias, indo na direção da câmera. Quando ele passou por uma das luzes, seu rosto ficou nítido.
— Meu Deus, é ele, Harry. É Valentin.
— Fique calmo.
— Mas... ele abriu a porta, ele tem as chaves, Harry. Talvez também tenha a chave do escritório.
— Tem alguma janela aí?
— Sim, mas é muito pequena e muito alta.
— Alguma coisa pesada que você possa usar para bater nele?
— Não, eu... Mas eu tenho a pistola.
— Você tem uma pistola?
— Sim, está na gaveta. Mas não tive tempo de testá-la.
— Respire fundo, Smith. Como é a pistola?
— É... é preta. Na sede da polícia disseram que era uma Glock qualquer coisa.

— Glock 17. Ela está com o carregador?
— Sim. E disseram que está com munição. Mas não consigo achar a trava de segurança.
— Tudo bem, fica no gatilho, então você só precisa apertar o gatilho para disparar.

Smith apertou o fone contra a boca e sussurrou o mais baixo que conseguiu.

— Estou ouvindo chaves na fechadura.
— A que distância fica a porta?
— Dois metros.
— Levante e segure a pistola com as duas mãos. Lembre-se, você está no escuro e ele está contra a luz. Ele não vai conseguir ver você com clareza. Se Valentin estiver desarmado, você grita "Polícia, de joelhos". Se vir uma arma, atire três vezes. Três vezes. Entendido?
— Sim.

A porta diante de Smith se abriu.

E lá estava ele, emoldurado pela luz do celeiro. Hallstein Smith ofegou em busca de ar, que pareceu ser sugado da sala quando o homem ergueu a mão. Valentin Gjertsen.

Katrine teve um sobressalto ao ouvir o estrondo no telefone, apesar de Harry pressionar o aparelho contra o ouvido.

— Smith? — gritou Harry. — Smith, você está aí?

Sem resposta.

— Smith!
— Valentin atirou nele! — exclamou Katrine.
— Não — disse Harry.
— Não? Você disse para ele atirar três vezes, e ele não está respondendo!
— Aquilo foi uma Glock, não um Ruger.
— Mas por que...? — Katrine parou quando ouviu uma voz ao telefone. Ela observou o olhar de intensa concentração no rosto de Harry. Tentou em vão identificar quem ele estava ouvindo, se era Smith ou a voz que escutara apenas em gravações de interrogatórios, a voz aguda que habitava seus pesadelos. Que agora poderia estar dizendo a Harry o que pensava em fazer com...

— Certo — disse Harry. — Você pegou o revólver dele? Bom, guarde-o na gaveta e fique sentado num lugar onde possa vê-lo bem. Se ele estiver caído no vão da porta, não mexa nele. Ele está se mexendo? Tudo bem, não... Não, esqueça os primeiros socorros. Se ele estiver apenas ferido, está esperando você se aproximar. Se estiver morto, é tarde demais. Se não estiver nem uma coisa nem outra, azar o dele, porque você só vai ficar sentado olhando. Entendido, Smith? Bom. Chegaremos aí em meia hora, eu ligo quando estivermos no carro. Não tire os olhos dele. Ligue para sua esposa. Diga para todos ficarem em casa e que estamos a caminho.

Katrine pegou o telefone. Harry pulou da cama e desapareceu banheiro adentro. Ela pensou que ele estivesse dizendo alguma coisa até perceber que, na verdade, ele estava vomitando.

Truls apoiava as mãos nas pernas, e elas suavam tanto que ele sentia a umidade atravessar o tecido da calça.

Ulla estava bêbada. Apesar disso, estava sentada no canto do sofá e segurava a garrafa de cerveja que ele lhe dera em frente ao corpo, como uma arma de defesa.

— Imagine, essa é a primeira vez que venho à sua casa — disse ela, arrastando um pouco as palavras. — E nós nos conhecemos há... quanto tempo?

— Desde que tínhamos 15 anos — disse Truls, que naquele exato momento não era capaz de fazer contas complicadas.

Ela sorriu e assentiu, ou sua cabeça simplesmente tombou para a frente.

Truls tossiu.

— Está ventando bem forte agora. Essa Emilia...

— Truls?

— Sim?

— Você consegue se imaginar transando comigo?

Ele engoliu em seco. Ela riu sem erguer os olhos.

— Truls, espero que essa pausa não queira dizer...

— É claro que sim.

— Bom. Bom. — Ela ergueu a cabeça e o fitou com olhos turvos. — Bom. — A cabeça de Ulla bamboleava em seu pescoço esguio. Como se estivesse cheia de algo pesado. Consciência pesada. Pensamentos pesados. Aquela era a chance dele. A abertura com que vinha sonhando, mas que nunca havia imaginado que teria: a permissão para trepar com Ulla Swart.

— Você tem um quarto onde a gente possa fazer isso?

Ele olhou para ela. Assentiu. Ela sorriu, mas não parecia estar feliz. Para o diabo com a felicidade. Foda-se, Ulla Swart estava com tesão, e era isso o que importava agora. Truls tentou estender a mão e acariciar o rosto dela, mas seu braço não o obedeceu.

— Algum problema, Truls?

— Problema? Não, como poderia haver algum problema?

— É que você parece tão...

Ele esperou. Mas ela não completou a frase.

— Tão o quê? — perguntou ele.

— Tão perdido. — Era a mão dela que agora o acariciava. A mão de Ulla que acariciava seu rosto. — Pobre Truls.

Ele quase afastou a mão dela. Quase afastou a mão de Ulla Swart, que depois de todos aqueles anos o tocava sem desprezo ou aversão. Qual era o problema dele? A mulher queria transar, pura e simplesmente, e ele dava conta do recado, nunca teve problema para ficar de pau duro. Tudo que precisava fazer agora era se levantar daquele sofá, ir para o quarto, arrancar as roupas dos dois e trepar. Ela podia gritar, gemer e protestar, mas ele só ia parar quando ela...

— Você está chorando, Truls?

Chorando? Pelo jeito ela estava tão bêbada que começava a ver coisas.

Ele viu quando Ulla afastou a mão e a levou aos lábios.

— Lágrimas de verdade, salgadas. Você está triste com alguma coisa?

E agora Truls sentiu. Sentiu as lágrimas quentes escorrendo pelo rosto. E o nariz escorrer também. Sentiu um nó na garganta, como se tentasse engolir algo grande demais, que o faria engasgar.

— É por minha causa? — perguntou Ulla.

Truls fez que não, incapaz de falar.

— É... Mikael?

Era uma pergunta tão idiota que ele quase perdeu a paciência. É claro que não era Mikael. Por que diabos seria Mikael? O homem que supostamente era seu melhor amigo, mas que, desde meninos, não perdia a oportunidade de humilhá-lo na frente de todos, embora se escondesse atrás dele quando os outros garotos ameaçavam lhe dar uma surra. Que depois, quando já estavam na polícia, usou Beavis para fazer todo o trabalho sujo necessário para que Mikael Bellman chegasse aonde estava agora. Por que Truls choraria por algo assim, por uma amizade que, na verdade, não passava de dois excluídos que começaram a andar juntos, um deles bem-sucedido, o outro, um fracassado patético? Porra nenhuma! Então por quê? Por que, quando o fracassado teve a chance de acertar as contas e foder a esposa do sujeito, ele começou a chorar como uma velha? Agora Truls também via lágrimas nos olhos de Ulla. Ulla Swart. Truls Berntsen. Mikael Bellman. Sempre foram os três. E o resto de Manglerud que fosse para o inferno. Porque eles não tinham ninguém. Apenas uns aos outros.

Ela pegou um lenço na bolsa e delicadamente enxugou os olhos.

— Você quer que eu vá embora? — Ela fungou.

— Eu... — Truls não reconheceu a própria voz. — Eu não sei de mais nada, Ulla.

— Eu também não. — Ela riu, olhou para as manchas de maquiagem no lenço e o guardou de volta na bolsa. — Desculpe, Truls. Acho que não foi uma boa ideia. Eu vou indo.

Ele aquiesceu.

— Outra hora — disse ele. — Em outra vida.

— Exatamente — concordou ela, e se levantou.

Truls ficou parado na sala depois que a porta se fechou às costas de Ulla, ouvindo o som dos passos descendo as escadas. Escutou a porta abrir lá embaixo. Fechar. Ela havia ido embora. Para sempre.

Ele sentia... Sim, o que sentia? Alívio. Mas também um desespero quase insuportável, uma dor no peito e no estômago que, por um momento, o fez pensar na arma na gaveta no quarto e no fato de que *podia* se libertar ali, naquele momento. Então caiu de joelhos, apoiou a testa no capacho da porta. E riu. Um grunhido sem fim, que só ficava cada vez mais alto. Porra, a vida é maravilhosa!

O coração de Hallstein Smith ainda estava acelerado.

Ele seguia as instruções de Harry: mantinha os olhos e a pistola voltados para o homem inerte no vão da porta. Sentiu a náusea subindo ao ver a poça de sangue se espalhando pelo chão, vindo em sua direção. Não podia vomitar, não podia perder a concentração agora. Harry tinha dito para atirar três vezes. Será que deveria dar mais dois tiros no homem? Não, ele estava morto.

Com dedos trêmulos, ligou para o número de May. Sua esposa atendeu imediatamente.

— Hallstein?

— Achei que você estivesse dormindo — disse ele.

— Estou na cama com as crianças. Elas não conseguem dormir por causa da tempestade.

— É claro. Escute, a polícia vai chegar em breve. Com luzes azuis e talvez sirenes, mas não se assuste.

— Não me assustar com o quê? — perguntou May, e ele percebeu um tremor na voz dela. — O que está acontecendo, Hallstein? Nós ouvimos um barulho. Foi o vento ou alguma outra coisa?

— May, não se preocupe. Está tudo bem...

— Posso ouvir na sua voz que não está tudo bem, Hallstein! As crianças estão chorando!

— Eu... eu vou até aí e explico.

Katrine dirigia o carro pela estreita estrada de terra que serpenteava por um campo aberto e trechos de mata fechada.

Harry guardou o telefone no bolso.

— Smith foi até a casa para ficar com a família.

— Então deve estar tudo bem — disse Katrine.

Harry não respondeu.

O vento estava ficando mais forte. Nos trechos de mata, Katrine precisava ficar atenta aos galhos partidos e outros detritos na estrada; no campo aberto, precisava segurar o volante com firmeza enquanto o carro era açoitado pelas rajadas de vento.

O telefone de Harry tocou outra vez no instante em que Katrine passou pelo portão aberto da propriedade de Smith.

— Já estamos aqui — disse Harry ao telefone. — Quando vocês chegarem, isolem a área, mas não toquem em nada até a Perícia Técnica aparecer.

Katrine parou em frente ao celeiro e saiu do carro.

— Vá na frente — disse Harry, seguindo-a pela porta do celeiro.

Ela ouviu Harry praguejar ao virar à direita, na direção do escritório.

— Desculpe, esqueci de avisar sobre a balança — disse.

— Não é isso. Estou vendo sangue no chão.

Katrine parou em frente à porta aberta do escritório. Olhou para a enorme poça de sangue no chão. Droga. Valentin não estava ali.

— Cuide dos Smiths — disse Harry atrás dela.

— O que...?

Ela se virou a tempo de ver Harry desaparecer à esquerda, porta afora.

Uma rajada de vento acertou Harry no momento em que ele ligou a lanterna do celular e a apontou para o chão. Ele recuperou o equilíbrio. O sangue era claramente visível no cascalho de um tom cinza pálido. Seguiu o fino rastro de gotas que indicava a direção por onde Valentin fugira. O vento estava às suas costas. Soprava na direção da casa.

Não...

Harry sacou sua Glock. Não perdeu tempo conferindo se o revólver estava na gaveta do escritório, então precisava trabalhar com a hipótese de Valentin estar armado.

O rastro sumiu.

Harry moveu a lanterna do telefone ao redor e soltou um suspiro aliviado ao ver que o sangue se afastava da trilha e da casa. Avançava pelo mato seco amarelado, na direção dos campos. Ali também era fácil de seguir o rastro de sangue. O vento estava em fúria agora, e Harry sentiu os primeiros pingos no rosto, como projéteis. Quando caísse de verdade, a chuva lavaria aquele rastro de sangue em segundos.

Valentin fechou os olhos e abriu a boca. Como se o vento pudesse soprar nova vida dentro dele. Por que as coisas atingem sua plenitude apenas quando estamos prestes a perdê-las? Ela. Liberdade. E, agora, a vida.

A vida, que escorria dele. Sentia o sangue encharcando os sapatos. Ele odiava sangue. Era o outro que amava sangue. O outro, o homem com quem tinha feito um pacto. Quando havia percebido que o demônio não era ele, mas o outro, o homem-sangue? Que ele, Valentin Gjertsen, tinha vendido e perdido sua alma? Valentin Gjertsen ergueu o rosto para o céu e riu. A tempestade se aproximava. O demônio estava livre.

* * *

Harry corria com a Glock em uma das mãos e o celular na outra.

Atravessou o campo aberto. Desceu uma pequena colina, com o vento batendo nas costas. Valentin estava ferido; certamente pegaria o caminho mais fácil, de modo a se distanciar o máximo possível daqueles que logo o perseguiriam. Harry sentia o impacto dos passos em sua cabeça, o estômago embrulhado outra vez, então engoliu em seco para conter o vômito. Pensou numa trilha na floresta. Em um homem vestindo roupas novas da Under Armour à sua frente. E correu.

Ele reduziu o ritmo ao se aproximar da mata fechada. Sabia que precisaria ficar de frente para o vento quando mudasse de direção.

Via um barracão caindo aos pedaços em meio às árvores. Tábuas apodrecidas, telhado de chapa de ferro corrugado. Para guardar ferramentas, talvez, ou um abrigo para os animais se protegerem da chuva.

Harry apontou a lanterna do telefone para o barracão. Não ouvia nada além da tempestade. Estava escuro, e ele não sentiria o cheiro do sangue nem mesmo num dia quente, com o vento na direção certa. Mas *sabia* que Valentin estava ali. Da mesma forma como às vezes simplesmente *sabia* certas coisas, mas insistia em se deixar enganar.

Ele voltou a apontar a luz para o chão. A distância entre as gotas de sangue estava menor. Valentin também reduziu o passo ali. Para avaliar a situação. Ou porque estava exausto. Porque *precisava* parar. E o sangue, que havia formado uma linha reta até agora, mudava de direção ali. Seguia rumo ao barracão. Harry não estava enganado.

Caminhou para a mata à direita do barracão. Em seguida, correu em meio às árvores e parou. Desligou a lanterna do celular, ergueu a Glock e aproximou-se do barracão pela esquerda. Então deitou-se e rastejou pelo chão.

Estava contra a direção do vento agora, o que reduzia as chances de Valentin ouvi-lo. Os sons eram trazidos pelo vento, e Harry ouvia as sirenes da polícia à distância, o som aumentando e diminuindo nos intervalos entre as rajadas.

Passou por cima de uma árvore caída. Veio o clarão silencioso de um relâmpago e, contra a parede do barracão, ele viu uma silhueta. Era ele. Estava sentado entre duas árvores de costas para Harry, apenas cinco ou seis metros à frente.

Harry apontou a pistola para a silhueta.

— Valentin!

O grito foi parcialmente engolido pelo estrondo atrasado do trovão, mas ele viu a forma à sua frente se empertigar.

— Você está na minha mira, Valentin. Abaixe a arma.

Foi como se o vento cessasse subitamente. E Harry ouviu outro som. Esganiçado. Uma risada.

— Harry. Você veio jogar outra vez.

— Não se deve desistir até que o jogo vire a seu favor. Abaixe a arma.

— Você me encontrou. Como soube que eu estaria fora do barraco, e não dentro?

— Porque conheço você, Valentin. Você achou que eu o procuraria primeiro no lugar mais óbvio, então se sentou do lado de fora, de onde poderia despachar uma última alma.

— Companheiros de viagem. — Valentin tossiu. — Nós somos almas gêmeas, Harry, então elas devem permanecer juntas.

— Abaixe a arma agora ou eu atiro.

— Penso na minha mãe com frequência, Harry. E você?

Harry viu a cabeça de Valentin oscilar para a frente e para trás na escuridão. Ele foi subitamente iluminado por outro clarão. Mais pingos de chuva. Grossos e pesados agora, não dispersos pelo vento. Estavam no olho da tempestade.

— Penso nela porque ela é a única pessoa que odiei mais do que a mim mesmo, Harry. Tento provocar mais estragos do que ela causou, mas duvido de que isso seja possível. Ela acabou comigo.

— Você acha que não é possível fazer mais estragos? Onde está Marte Ruud?

— Não, não é possível. Porque eu sou único, Harry. Você e eu, nós não somos como eles. Nós somos únicos.

— Sinto em desapontá-lo, Valentin, mas eu não sou único. Onde ela está?

— Duas más notícias, Harry. Primeiro: pode esquecer aquela ruivinha. Segundo: sim, você *é* único. — Mais risadas. — Não é bom pensar nisso, não é verdade? Você se refugia na normalidade, na indiferença do rebanho, e acredita que encontrará um sentimento de pertencimento ali, algo que seja o seu verdadeiro eu. Mas seu verdadeiro eu está aqui agora, Harry. Perguntando-se se vai ou não me matar. E você usa essas garotas, Aurora, Marte, para alimentar o seu delicioso ódio. Porque agora é a sua vez de decidir se alguém vai viver ou morrer, e você está saboreando isso. Está *saboreando* ser Deus. Você sonhou ser eu. Aguarda a sua vez de ser um vampiro. Você também sente a sede... Admita, Harry. E um dia você também vai beber.

— Eu não sou você — insistiu Harry, e engoliu em seco. Ele ouviu os rugidos dentro da cabeça. Sentiu uma rajada de vento. Um novo e esparso pingo de chuva na mão que segurava a pistola. Era isso. Logo estariam fora do olho da tempestade.

— Você é como eu — disse Valentin. — E por isso você também está sendo enganado. Você e eu, nós nos achamos muito espertos, mas, no final das contas, acabamos fazendo papel de idiotas, Harry.

— Não...

Valentin se virou, e Harry teve tempo de ver o cano longo sendo apontado em sua direção antes de apertar o gatilho da Glock. Uma, duas vezes. Outro clarão iluminou a floresta: assim como o raio, Valentin estava paralisado contra o céu, o corpo retorcido. Tinha os olhos saltados, a boca aberta, e a parte da frente de sua camisa estava tingida de vermelho. Na mão direita, ele segurava um galho partido que apontava para Harry. Então caiu.

Harry se levantou e foi até ele. Valentin estava agora de joelhos, o corpo apoiado numa árvore, fitando o vazio. Estava morto.

Harry apontou a pistola para o peito de Valentin e disparou outra vez. O estrondo de um trovão engoliu o som do tiro.

Três disparos.

Não porque fizesse algum sentido, mas porque a música era assim, era isso que dizia a história. Tinham de ser três.

Algo se aproximava; o som era semelhante ao estrondo de cascos batendo no chão, deslocando o ar, fazendo as árvores se curvarem.

Então veio a chuva.

31

Noite de quarta-feira

Harry estava sentado à mesa na cozinha dos Smiths com uma caneca de chá nas mãos e uma toalha pendurada no pescoço. A água que ensopava suas roupas pingava no chão. O vento ainda uivava, e o temporal fustigava as janelas, fazendo as viaturas da polícia do lado de fora, com seus giroscópios azuis, mais parecerem óvnis. Era como se a chuva desacelerasse um pouco em contato com o ar. Lua. O ambiente cheirava a Lua.

Harry concluiu que Hallstein Smith, sentado à sua frente, continuava em choque. Suas pupilas estavam dilatadas, o rosto, apático.

— Você tem certeza...

— Ele está morto agora, Hallstein — disse Harry. — Mas talvez eu estivesse morto se você não tivesse pegado o revólver dele quando saiu do celeiro.

— Não sei por que fiz aquilo, achei que ele estivesse morto — sussurrou Smith numa voz metálica, robótica, olhando para a mesa, onde havia colocado o revólver de cano longo ao lado da pistola que ele tinha usado para ferir Valentin. — Achei que tivesse acertado no peito.

— E acertou — disse Harry. Lua. Era o que os astronautas diziam. Que a Lua cheirava a pólvora queimada. O cheiro em parte vinha da pistola que Harry carregava dentro da jaqueta, mas principalmente da Glock em cima da mesa. Ele pegou o revólver vermelho de Valentin.

Aproximou o nariz do cano. Também cheirava a pólvora, mas não tanto. Katrine entrou na cozinha com a chuva pingando dos cabelos pretos.

— A perícia já está com Gjertsen.

Ela olhou para o revólver.

— Foi disparado — disse Harry.

— Não, não — sussurrou Smith, negando com a cabeça. — Ele apenas o apontou para mim.

— Agora não — disse Harry, olhando para Katrine. — O cheiro de pólvora permanece por dias.

— Marte Ruud — disse Katrine. — Você acha...?

— Eu atirei primeiro. — Smith ergueu os olhos vidrados. — Eu atirei em Valentin. E agora ele está morto.

Harry se debruçou sobre a mesa e colocou a mão no ombro dele.

— E por isso você está vivo, Hallstein.

Smith assentiu lentamente.

Com um olhar, Harry pediu a Katrine que ficasse com Hallstein. Em seguida, levantou-se.

— Vou até o celeiro.

— Não demore — disse Katrine. — Eles vão querer falar com você.

Harry correu até o celeiro, e estava ensopado outra vez quando chegou ao escritório. Ele se sentou à mesa e permitiu que seu olhar vagasse pelo cômodo, até se deter no desenho do homem com asas de morcego. Aquilo irradiava mais solidão que maldade. Talvez porque parecesse tão familiar. Harry fechou os olhos.

Precisava de uma bebida. Deixou esse pensamento de lado e voltou a abrir os olhos. A tela do computador estava dividida, uma janela para cada câmera de segurança. Com o mouse, ele moveu o cursor até o relógio e voltou até alguns minutos antes da meia-noite, mais ou menos na hora em que Smith havia telefonado. Depois de uns vinte segundos, uma forma apareceu em frente ao portão. Valentin. Ele veio da esquerda. Da estrada. Ônibus? Táxi? Segurava uma chave branca, que usou para abrir o portão e entrar. O portão ficou encostado atrás dele, não fechou. De quinze a vinte segundos depois, Harry viu Valentin em outra imagem, com as baias vazias e a balança. Ele quase perdeu o equilíbrio na plataforma metálica de pesagem, e o ponteiro atrás dele girou, mostrando que aquele monstro que havia matado tanta gente, algumas vítimas com as próprias mãos, pesava apenas 74 quilos, 22 a menos que Harry. Valentin caminhou na direção da câmera e pareceu olhar diretamente para a lente, apesar de não vê-la. Antes que sumisse de vista, Harry o viu levar a mão ao bolso fundo do casaco. Tudo que via agora eram baias vazias, a balança e a parte superior da sombra de Valentin. Harry reconstruiu aqueles segundos, lembrou cada palavra de sua conversa ao telefone com Hallstein Smith. O restante do dia e as horas com Katrine haviam evaporado, mas aqueles segundos estavam bem nítidos. Sempre foi assim. Quando bebia, seu cérebro pessoal adquiria um revestimento de Teflon, enquanto seu cérebro policial mantinha uma camada adesiva, como se uma parte *quisesse* esquecer e a outra *precisasse* lembrar. A corregedoria precisaria transcrever um depoimento muito longo se quisesse incluir na investigação interna todos os detalhes que ele lembrava.

O canto da porta apareceu na imagem quando Valentin a abriu, então sua sombra ergueu um braço, depois o abaixou.

Harry acelerou a imagem.

E viu Hallstein de costas quando ele passou apressado pelas baias e saiu do celeiro.

Um minuto depois, Valentin se arrastou pelo mesmo caminho. Harry desacelerou o vídeo. Ele se segurava nas baias, parecia prestes a cair. Mas continuou seguindo em frente. Parou sobre a balança, cambaleante. O ponteiro mostrou que pesava um quilo e meio a menos do que quando havia chegado. Harry olhou para a poça de sangue no chão, atrás da tela do computador, antes de ver Valentin lutando para abrir a porta. Naquelas imagens era possível *sentir* a vontade de viver. Ou seria apenas medo de ser pego? E ocorreu a Harry que aquele vídeo inevitavelmente vazaria mais cedo ou mais tarde e acabaria sendo sucesso no YouTube.

O rosto pálido de Bjørn Holm apareceu na porta.

— Então foi aqui que tudo começou. — Ele entrou, e Harry mais uma vez ficou fascinado com o fato de aquele perito criminal nada elegante se tornar um bailarino no instante em que entrava em uma cena de crime. Bjørn se agachou ao lado da poça de sangue. — Estão levando Valentin agora.

— Hum.

— Quatro ferimentos de entrada, Harry. Quantos são da...

— Três — disse Harry. — Hallstein atirou apenas uma vez.

Bjørn Holm fez uma careta.

— Ele atirou num homem armado, Harry. Você já pensou no que vai dizer à corregedoria sobre os seus tiros?

Harry deu de ombros.

— A verdade, é claro. Estava escuro e Valentin segurava um galho numa tentativa de me fazer acreditar que estava armado. Ele sabia que não tinha como escapar e *quis* que eu atirasse, Bjørn.

— Mesmo assim. Três tiros no peito de um homem desarmado...

Harry assentiu.

Bjørn respirou fundo, olhou para trás rapidamente e abaixou o tom de voz.

— Mas estava escuro, e chovia forte, a tempestade castigava a mata. Se eu fosse até lá agora e desse uma olhada na cena do crime, talvez houvesse a chance de encontrar uma pistola escondida onde Valentin estava.

Os dois se encararam por um instante enquanto o vento fazia as paredes rangerem.

Harry viu o rosto de Bjørn Holm ficar corado. Sabia o quanto aquilo havia lhe custado. Sabia que ele estava oferecendo mais do que tinha a oferecer. Aquilo que lhe era mais sagrado. Os valores que compartilhavam, seu código moral. A alma dele, deles.

— Obrigado — disse Harry. — Obrigado, meu amigo, mas preciso dizer não.

Bjørn piscou duas vezes. Engoliu em seco. Soltou o ar longamente, trêmulo, e deu um riso de alívio breve e inadequado.

— É melhor eu voltar para lá — disse ele, ficando de pé.

— Vá.

Bjørn Holm ficou parado diante dele, hesitando. Como se quisesse dizer alguma coisa ou dar um passo à frente e abraçá-lo. Harry voltou a se concentrar na tela do computador.

— A gente se fala, Bjørn.

Na tela, ele viu os ombros caídos do perito criminal ao sair do celeiro.

Harry bateu o punho fechado no teclado. Uma bebida. Porra, porra! Só uma.

Seus olhos se detiveram no homem-morcego.

O que foi mesmo que Hallstein havia dito? *Ele sabia. Ele sabia onde eu estava.*

32

Noite de quarta-feira

De braços cruzados, Mikael Bellman se perguntava se a polícia de Oslo já havia feito uma coletiva de imprensa às duas da manhã. Estava encostado na parede à esquerda do púlpito e olhava para a sala, ocupada por um misto de editores do turno da noite e outros funcionários de redação, jornalistas que provavelmente deveriam estar cobrindo os estragos provocados por Emilia e repórteres sonolentos que haviam sido arrancados da cama. Mona Daa tinha chegado à sede da polícia usando roupas de academia por baixo da capa de chuva e aparentava estar bem acordada.

Do púlpito, ao lado do chefe da Divisão de Homicídios, Gunnar Hagen, Katrine Bratt dava os detalhes da invasão do apartamento de Valentin Gjertsen em Sinsen e dos dramáticos acontecimentos subsequentes na fazenda de Hallstein Smith. Os flashes não davam trégua, e Bellman sabia que, mesmo não estando no púlpito, uma ou outra câmera era apontada para ele, então tentava manter a expressão recomendada por Isabelle quando ligou para ela a caminho da sede da polícia. Sério, mas com a satisfação interior dos vitoriosos. "Não esqueça que pessoas estão mortas", dissera Isabelle. "Então nada de sorrisos ou comemorações. Pense em si mesmo como o general Eisenhower depois do Dia D; você carrega a responsabilidade do líder tanto pela vitória quanto pela tragédia."

Bellman conteve um bocejo. Ulla o havia acordado ao chegar da noite das garotas no centro. Não se lembrava de vê-la bêbada desde que eram jovens. E por falar em bêbado, Harry Hole estava ao lado dele, e Bellman podia jurar que o ex-detetive estava embriagado. Ele parecia estar mais exausto que qualquer um dos repórteres, e era cheiro de bebida que exalava de suas roupas molhadas, não era?

Um sotaque de Rogaland preencheu a sala.

— Entendo que não queiram divulgar o nome do policial que alvejou e matou Valentin Gjertsen, mas podem nos dizer se Valentin estava armado ou se trocou tiros com a polícia?

— Como eu já disse, vamos aguardar até termos todos os fatos antes de divulgarmos esses detalhes — disse Katrine, e apontou para Mona Daa, que agitava a mão.

— Mas vocês podem ou estão dispostos a nos dar pelo menos os detalhes do envolvimento de Hallstein Smith?

— Sim — respondeu Katrine. — Temos todos os detalhes a esse respeito, já que tivemos acesso a uma gravação do incidente e falávamos ao telefone com Smith quando tudo aconteceu.

— Você já disse isso, mas com quem ele estava falando?

— Comigo. — Ela fez uma pausa. — E com Harry Hole.

Mona Daa inclinou a cabeça de lado.

— Então você e Harry Hole estavam na sede da polícia quando tudo aconteceu?

Mikael Bellman viu Katrine olhar para Gunnar Hagen, como que pedindo ajuda, mas o chefe da Divisão de Homicídios aparentemente não entendeu o que ela queria. Tampouco Bellman.

— Não vamos entrar em detalhes sobre os métodos de trabalho da polícia neste momento — interveio Hagen. — Tanto para não perder provas quanto para não expor táticas que possam ser usadas em futuros casos.

Mona Daa e o restante da sala pareceram ficar satisfeitos com aquilo, mas Bellman notou que Hagen não sabia o que estava escondendo.

— Está tarde, e todos nós temos trabalho a fazer — disse Hagen, olhando as horas. — A próxima coletiva de imprensa será ao meio-dia, e imagino que teremos mais informações para vocês até lá. Uma boa noite a todos. Podemos dormir um pouco mais tranquilos agora.

A saraivada de flashes se intensificou quando Hagen e Bratt se levantaram. Alguns fotógrafos voltaram suas lentes para Bellman, e quando algumas das pessoas de pé se posicionaram entre Bellman e as câmeras, ele deu um passo à frente para que os fotógrafos tivessem a vista desimpedida.

— Espere, Harry — disse Bellman, sem olhar em volta ou mudar a expressão de Eisenhower. Quando a enxurrada de flashes terminou, ele se virou para Harry Hole, que estava parado, de braços cruzados.
— Não vou atirá-lo aos lobos. Você fez o seu trabalho, atirou num perigoso serial killer. — Ele colocou uma das mãos no ombro de Harry.
— E nós cuidamos dos nossos, certo?

O policial mais alto olhou com severidade para a mão em seu ombro, e Bellman a tirou. A voz de Harry estava mais rouca que o habitual.

— Aproveite sua vitória, Bellman. Eu serei interrogado amanhã cedo, então boa noite.

Bellman observou Harry Hole se encaminhar para a saída, com as pernas bem abertas e os joelhos dobrados, como um marinheiro no convés em mar revolto.

Bellman já havia conversado com Isabelle, e os dois concordaram que, para que aquele sucesso não tivesse um sabor amargo, o melhor seria que a corregedoria concluísse que não havia nada ou quase nada que desabonasse Harry Hole. Ainda não estava claro como exatamente ajudariam a corregedoria a chegar a esse parecer, já que eles não podiam ser subornados. Mas é claro que toda pessoa inteligente é receptiva a um pouco de bom senso. E no que dizia respeito à imprensa e ao público, Isabelle acreditava que, nos últimos anos, já era praticamente rotina que assassinatos em série acabassem com o criminoso sendo morto pela polícia. A imprensa e o público tinham aceitado em silêncio que era assim que a sociedade lidava com aquele tipo de caso — com rapidez e eficiência, atendendo ao senso de justiça das pessoas sem os custos astronômicos associados aos trâmites judiciais de casos de homicídio de grande repercussão.

Bellman procurou Katrine Bratt, ciente de que os dois juntos posariam bem para os fotógrafos. Mas ela já havia ido embora.

— Gunnar! — chamou ele, alto o bastante para que uma dupla de fotógrafos se virasse. O chefe da Divisão de Homicídios parou à porta e foi até ele.

— Faça um ar sério — sussurrou Bellman, e estendeu a mão. — Meus parabéns — completou em voz alta.

Harry estava junto a um poste na Borggata, tentando acender um cigarro diante dos últimos suspiros de Emilia. Estava congelando. Seus dentes tiritavam, e ele sentia o cigarro oscilar para cima e para baixo nos lábios.

Ele olhou para a entrada da sede da polícia, de onde ainda saíam repórteres e jornalistas. Talvez estivessem tão cansados quanto ele e, por isso, não conversassem em voz alta, como de costume, e se limitassem a descer a rua na direção da Grønlandsleiret como uma massa lenta e silenciosa. Ou talvez eles também estivessem sentindo aquilo. O vazio. O vazio que vem quando um caso é resolvido, quando você chega ao fim da linha e vê que não há mais para onde ir. Não há mais campo para arar. Mas sua esposa ainda está na casa, com o médico e a parteira, e não há nada que você possa fazer. Não há lugar algum onde possa ser útil.

— O que você está esperando?

Harry se virou. Era Bjørn.

— Katrine — disse Harry. — Ela vai me dar uma carona. Foi pegar o carro no estacionamento, então se você também quiser uma carona...

Bjørn fez que não.

— Você falou com ela sobre aquilo que conversamos?

Harry meneou a cabeça e fez uma nova tentativa de acender o cigarro.

— Isso foi um "sim"? — perguntou Bjørn.

— Não. Eu não perguntei a ela sobre a situação de vocês.

— Não?

Harry fechou os olhos por um instante. Talvez tivesse perguntado. Enfim, ele não lembrava a resposta.

— Só estou perguntando porque, se vocês dois estavam juntos por volta da meia-noite em outro lugar que não a sede da polícia, talvez não estivessem falando de trabalho.

Harry pôs a mão diante do cigarro e do isqueiro para protegê-los do vento enquanto olhava para Bjørn. Seus ingênuos olhos azul-pálidos estavam mais saltados que o habitual.

— Só consigo me lembrar de coisas de trabalho, Bjørn.

Bjørn Holm olhou para o chão e bateu os pés. Como se quisesse ativar a circulação. Como se não conseguisse sair de onde estava.

— Eu aviso quando perguntar, Bjørn.

Ele assentiu sem erguer os olhos, depois se virou e foi embora.

Harry o observou se afastar. Com a sensação de que o amigo farejava alguma coisa, algo que ele próprio não havia farejado. Pronto! Aceso, finalmente!

Um carro parou ao lado dele.

Harry suspirou, jogou o cigarro no chão, abriu a porta e entrou.

— Do que vocês estavam falando? — perguntou Katrine, olhando para Bjørn enquanto dirigia rumo à tranquilidade noturna da Grønlandsleiret.

— Nós transamos? — perguntou Harry.

— O quê?

— Eu não lembro nada de hoje cedo. Nós não transamos?

Katrine não respondeu. Parecia concentrada em parar exatamente na linha branca em frente ao sinal vermelho. Harry esperou.

O sinal abriu.

— Não — disse ela, pisando no acelerador e soltando a embreagem. — Nós não transamos.

— Bom. — Harry soltou um assobio baixo.

— Você estava bêbado demais.

— O quê?

— Você estava bêbado demais. Caiu no sono.

Harry fechou os olhos.

— Merda.

— É, foi o que eu pensei.

— Não é isso. Rakel está em coma. Enquanto eu...

— Enquanto você se esforça para se juntar a ela. Esqueça Harry, coisas piores já aconteceram.

No rádio, uma voz seca anunciava que Valentin Gjertsen, mais conhecido como o vampirista, havia sido morto a tiros à meia-noite. E que Oslo tinha sido atingida por sua primeira tempestade tropical e sobrevivido. Katrine e Harry seguiram em silêncio por Majorstua e Vinderen, a caminho de Holmenkollen.

— Qual é sua situação com Bjørn? — perguntou Harry. — Alguma possibilidade de dar outra chance a ele?

— Ele pediu a você que perguntasse isso?

Harry não respondeu.

— Achei que ele tivesse um caso com aquela tal de Lien.

— Não sei nada sobre isso. Certo, está bom. Pode me deixar aqui.

— Não quer que eu suba até a casa?

— Não precisa acordar Oleg. Aqui está ótimo. Obrigado.

Harry abriu a porta, mas não saiu do lugar.

— O que foi?

— Hum. Nada.

Ele saiu do carro.

Harry ficou olhando para as luzes traseiras do veículo até elas sumirem, depois subiu até a casa.

Ela continuava lá, enorme, ainda mais escura que a escuridão. Sem luz. Sem respirar.

Ele destrancou a porta e entrou.

Viu os sapatos de Oleg, mas não ouviu nada.

Ele tirou as roupas na área de serviço, colocou-as no cesto. Subiu até o quarto, pegou roupas limpas. Sabia que não conseguiria dormir, então desceu até a cozinha. Ligou a cafeteira e olhou pela janela.

Ficou pensativo. Deixou os pensamentos de lado e serviu o café, ciente de que não o beberia. Podia ir até o Jealousy Bar, mas também não estava com vontade de beber álcool. Mas beberia. Mais tarde.

Os pensamentos voltaram.

Eram apenas dois.

O mais simples e o mais gritante.

O primeiro era que, se Rakel não sobrevivesse, ele a seguiria, iria pelo mesmo caminho.

O segundo dizia que, se Rakel sobrevivesse, ele a deixaria. Porque ela merecia coisa melhor, porque não deveria ser ela a dizer adeus.

Um terceiro pensamento surgiu.

Harry apoiou a cabeça nas mãos.

Pensou se queria ou não que ela sobrevivesse.

Droga, droga.

E então um quarto pensamento.
O que Valentin tinha dito na floresta.
No final das contas, acabamos fazendo papel de idiotas, Harry.
Talvez ele quisesse dizer que Harry o enganou. Ou se referiu a outras pessoas? Que outra pessoa o teria enganado?
E por isso você também está sendo enganado.
Era o que Valentin havia dito pouco antes de enganar Harry, de fazê-lo acreditar que apontava uma arma para ele. Mas talvez não estivesse se referindo a isso. Talvez estivesse falando de outra coisa.
Harry teve um sobressalto quando sentiu alguém tocar seu pescoço.
Virou-se e ergueu os olhos.
Oleg estava atrás da cadeira.
— Não ouvi você entrar — Harry tentou dizer, mas a voz fraquejou.
— Você estava dormindo.
— Dormindo? — Harry apoiou as mãos na mesa e se levantou. — Não, eu só estava sentado e...
— Você estava dormindo, pai — interrompeu Oleg com um sorriso.
Harry piscou para afastar a névoa. Olhou em volta. Levou a mão à xícara de café. Estava fria.
— Caramba.
— Andei pensando... — prosseguiu Oleg, puxando a cadeira ao lado de Harry e se sentando. Harry passou a língua pelos lábios, umedecendo-os. — Você tem razão.
— Tenho? — Harry bebeu um gole de café frio para tirar o gosto azedo de bile da boca.
— Tem. Você tem uma responsabilidade que vai além das pessoas à sua volta. Precisa ajudar aquelas que não são próximas. E eu não tenho o direito de exigir que as abandone à própria sorte. O fato de que investigações de assassinato são como uma droga para você não muda isso.
— Hum. E você chegou a essa conclusão sozinho?
— Sim. Com um pouco de ajuda de Helga. — Oleg olhou para as próprias mãos. — Ela é melhor que eu em enxergar as coisas de outros pontos de vista. E eu não estava falando sério quando disse que não queria ser como você.

Harry colocou a mão no ombro de Oleg. Viu que ele usava a velha camiseta do Elvis Costello para dormir.

— Filho?

— Sim?

— Prometa que não será como eu. É tudo que peço a você.

Oleg assentiu.

— Mais uma coisa — disse ele.

— Sim? — perguntou Harry.

— Steffens ligou. É a mamãe.

Foi como se uma garra de ferro espremesse o coração de Harry, e ele parou de respirar por um instante.

— Ela acordou.

33

Manhã de quinta-feira

— Pronto.
— Anders Wyller?
— Isso.
— Bom dia. Aqui é do Instituto de Medicina Forense.
— Bom dia.
— É sobre o cacho de cabelo que você mandou para análise.
— Sim?
— Você recebeu o relatório que enviei?
— Recebi.
— Bem, não é a análise completa, mas você pode ver que há uma ligação entre o DNA na mecha de cabelo e um dos perfis de DNA que registramos no caso do vampirista. Para ser mais preciso, o perfil de DNA 201.
— Sim, eu vi.
— Não sei quem é o 201, só sabemos que não é Valentin Gjertsen. Mas como é uma combinação parcial e eu não tive notícias suas, só quis confirmar se você recebeu os resultados. Porque imagino que queira a análise completa, certo?
— Não, obrigado.
— Não? Mas...
— O caso está resolvido, e vocês já têm muito trabalho por aí. A propósito, o relatório foi mandado para mais alguém além de mim?

— Bem, não recebemos nenhuma solicitação nesse sentido. Você quer que...

— Não, não há necessidade. Pode encerrar o caso. Obrigado por sua ajuda.

Parte Três

34

Sábado

Masa Kanagawa usou a pinça para tirar o aço incandescente da fornalha. Ele colocou a peça sobre a bigorna e começou a bater com um dos martelos menores. A ferramenta tinha o design tradicional japonês, com cabeça comprida e formato semelhante a uma forca. Masa assumira a pequena forja do pai e do avô, mas, como muitos ferreiros de Wakayama, tinha dificuldade para manter o negócio em funcionamento. A indústria do aço, que havia muito tempo era a espinha dorsal da economia da cidade, tinha sido transferida para a China, e Masa precisava se concentrar em produtos de nicho. Como a *katana*, a espada samurai que era especialmente popular nos Estados Unidos e que ele produzia sob encomenda para clientes do mundo todo. De acordo com as leis japonesas, para produzir espadas, um ferreiro precisava de uma licença e de cinco anos de experiência como aprendiz. Além disso, tinha permissão para produzir apenas duas espadas longas por mês, que precisavam ser registradas pelas autoridades. Masa era apenas um ferreiro simples, que produzia boas espadas por uma fração do preço cobrado pelos ferreiros licenciados — mas estava ciente de que podia ser pego, então mantinha a discrição. Ele não sabia e não queria saber como seus clientes usavam as espadas, mas esperava que fosse para praticar ou como objeto de coleção ou de decoração. Sabia apenas que aquilo sustentava sua família e mantinha a pequena forja funcionando. Mas tinha dito ao filho que encontrasse outra profissão, estudasse, porque ser ferreiro era cansativo, e o retorno, pequeno demais. O filho tinha seguido seu conselho, mas custava caro mantê-lo na universidade e, por isso, Masa aceitava qualquer encomenda que recebesse. Como aquela, uma réplica de dentes de ferro do período Heian. Era de um cliente da Noruega, a segunda vez que encomendava a mesma peça. A primeira foi seis meses atrás. Masa Kanagawa não sabia o nome do cliente, tinha apenas o endereço de uma caixa postal. Mas tudo bem; o pagamento foi feito no ato da encomenda, e o valor foi alto. Não apenas por se tratar de um trabalho complicado, fazer os pequenos dentes de acordo com o desenho enviado pelo cliente, mas porque sentia que havia algo estranho ali. Masa não sabia explicar por que aquilo parecia ser mais errado do que forjar uma espada, mas sentia calafrios ao olhar para os dentes de ferro. Ao dirigir para casa pela Rodovia 370, a rodovia musical, na qual ranhuras meticulosamente projetadas e abertas no asfalto criavam uma melodia quando os pneus passavam sobre elas, Masa não ouvia mais o belo e reconfortante coro. Ele ouvia um alerta, um rumor baixo que crescia até se tornar um grito. Um grito como o de um demônio.

Harry acordou. Ele acendeu um cigarro e refletiu. Que tipo de despertar era aquele? Não era do tipo "acordar para trabalhar". Era sábado, e sua primeira aula depois das férias de inverno seria na segunda-feira. E Øystein cuidaria do bar hoje.

Não era um despertar do tipo "acordar sozinho". Rakel estava deitada ao seu lado. Nas primeiras semanas depois que ela havia voltado do hospital, sempre que deitava e a via dormindo, sentia medo de que ela não acordasse, de que a "coisa" misteriosa que os médicos não tinham identificado voltasse.

— As pessoas não conseguem suportar a dúvida — dissera Steffens. — Elas gostam de acreditar que você e eu sabemos de tudo, Harry. O acusado é culpado, o diagnóstico é definitivo. Admitir que temos dúvidas é visto como uma admissão de nossa própria inadequação, não uma indicação da complexidade do mistério ou das limitações de nossa profissão. Mas a verdade é que jamais saberemos com certeza o que houve com Rakel. A contagem de mastócitos dela estava ligeiramente elevada, então a princípio acreditei que fosse uma rara doença do sangue. Mas todos os indícios desapareceram, e muitos sinais sugerem que era algum tipo de veneno. E, neste caso, você não precisa se preocupar com uma nova ocorrência. Exatamente como esses assassinatos do vampirista, não é verdade?

— Mas nós *sabemos* quem matou aquelas mulheres.

— Você tem razão. Foi uma analogia ruim.

Com o tempo, Harry passou a pensar com menos frequência em uma eventual recaída de Rakel.

Assim como passou a pensar com menos frequência na possibilidade de outro vampirista estar à solta sempre que o telefone tocava.

Então, aquele não era o despertar angustiado.

Havia se sentido angustiado algumas vezes depois da morte de Valentin Gjertsen. Estranhamente, não enquanto a corregedoria o interrogava, antes de concluir que Harry não podia ser considerado culpado por atirar em um assassino perigoso que tinha provocado sua reação. A angústia veio apenas depois que Valentin e Marte Ruud passaram a assombrar seus sonhos. E foi ela, e não ele, quem sussurrou em seu ouvido. *E por isso você também está sendo enganado.* Ele tentava se convencer de que era responsabilidade de outras pessoas encontrá-la agora. E, à medida que as semanas se tornavam meses, os dois passaram a visitá-lo com menos frequência. Ajudava o fato de Harry ter voltado à rotina na Academia de Polícia e em casa e de ter se mantido longe do álcool.

E agora, finalmente, estava onde deveria estar. Porque aquele era o quinto tipo. O despertar contente. Ele iria copiar e colar mais um dia, com o nível de serotonina dentro dos padrões normais.

Harry saiu da cama sem fazer barulho, vestiu uma calça e desceu, então colocou a cápsula favorita de Rakel na máquina de espresso, ligou o botão e saiu de casa. Sentiu as prazerosas picadas da neve sob os pés descalços e inspirou o ar do inverno. A cidade revestida de branco ainda estava imersa na escuridão, mas um novo dia despontava no Leste.

O *Aftenposten* dizia que o futuro era mais brilhante do que as notícias poderiam sugerir. Que, apesar dos relatos cada vez mais detalhados dos assassinatos, das guerras e de todo tipo de atrocidade que a mídia oferecia, pesquisas recentes mostravam que o número de homicídios atingira uma queda histórica e continuava a cair. Sim, um dia os homicídios podiam entrar em extinção. Mikael Bellman, cuja nomeação como ministro da Justiça seria confirmada na semana seguinte, de acordo com o *Aftenposten*, tinha dito que não havia nada de errado em estabelecer metas ambiciosas, e que sua meta pessoal não era uma sociedade perfeita, mas uma sociedade *melhor*. Harry não conseguiu deixar de sorrir. Isabelle Skøyen era uma assessora talentosa. Harry leu outra vez a frase sobre o fim dos homicídios. Por que aquela previsão despertou a angústia que ele, embora estivesse feliz, sentia havia um mês, talvez até mais tempo? Homicídio. Investigar assassinatos tinha sido a missão de sua vida. Mas se Bellman fosse bem-sucedido, se realmente não houvesse mais homicídios, Harry não desapareceria com eles? Ele não havia enterrado uma parte de si mesmo com Valentin? Foi por isso que se pegou olhando para a lápide de Valentin Gjertsen alguns dias atrás? Ou haveria outro motivo? Aquilo que Steffens tinha dito sobre não sermos capazes de suportar a dúvida. Seria a falta de respostas o que o incomodava? Que diabo, Rakel estava melhor. Valentin estava morto, hora de seguir em frente.

A neve rangeu.

— Aproveitou as férias de inverno, Harry?

— Nós sobrevivemos, *fru* Syvertsen. Mas vejo que esquiar nunca é demais para você.

— Clima para esquiar é clima para esquiar — disse ela, e inclinou o quadril para o lado. A roupa de esqui parecia ter sido pintada no corpo dela. Com uma das mãos, ela segurava os esquis de cross-country, sem dúvida leves como hélio, como se fossem palitinhos. — Que tal uma voltinha rápida, Harry? Podemos correr até Tryvann enquanto todo mundo ainda está na cama. — Ela sorriu. A luz do poste acima deles se refletia em seus lábios, que tinham algum tipo de creme protetor contra o frio. — Vai ser legal e escorregadio.

— Eu não tenho esquis. — Harry também sorriu.

Ela soltou uma risada.

— Você só pode estar brincando. Um norueguês sem um par de esquis?

— É traição, eu sei. — Harry olhou para o jornal. Leu a data: 4 de março.

— Talvez eu lembre que vocês também não têm uma árvore de Natal.

— Chocante, não é? Alguém deveria nos denunciar.
— Quer saber de uma coisa, Harry? Às vezes sinto inveja de você.
Harry ergueu os olhos.
— Você não está nem aí, simplesmente quebra todas as regras. Às vezes eu gostaria de poder ser assim tão volúvel.
Harry riu.
— Com esse papo, não duvido que você consiga um pouco de atrito e um passeio bem escorregadio, *fru* Syvertsen.
— Como assim?
— Bom passeio! — Harry a cumprimentou com o jornal dobrado e voltou para casa.
Ele olhou para a fotografia do caolho Mikael Bellman. Talvez por isso o olhar dele fosse tão determinado. Era o olhar de um homem que parecia ter certeza de que sabia a verdade. O olhar de um padre. Um olhar capaz de converter as pessoas.
A verdade é que jamais saberemos com certeza.
No final das contas, acabamos fazendo papel de idiotas, Harry.
Será que era visível? Será que sua dúvida era visível?
Rakel estava sentada à mesa da cozinha servindo café para os dois.
— Já levantou? — perguntou Harry, beijando a cabeça dela. Seu cabelo tinha o leve cheiro de baunilha e do sono de Rakel, o cheiro preferido dele.
— Steffens acabou de ligar — disse ela, apertando a mão dele.
— O que ele queria tão cedo?
— Só queria saber como vão as coisas. Pediu a Oleg que fosse ao hospital para fazer um acompanhamento depois daquele exame que ele fez antes do Natal. Disse que não há motivo para preocupação, mas que está investigando se existe alguma explicação genética para aquela "coisa".
A coisa. Eles e Oleg passaram a se abraçar mais depois que Rakel voltou do hospital. A conversar mais. Planejar menos. A simplesmente ficar juntos. Então, como se alguém houvesse atirado uma pedra na água, a superfície voltou a ser como antes. Gelo. Ainda assim, parecia que algo se movia no abismo embaixo dele.
— Não há motivo para preocupação — repetiu Harry, tanto para si mesmo quanto para ela. — Mas você ficou preocupada.

Ela deu de ombros.

— Você já pensou na história do bar?

Harry se sentou e bebeu um gole de seu café instantâneo.

— Quando estava lá ontem, pensei que obviamente vou precisar vender aquilo. Não entendo nada de administração de bares e não tenho vocação para servir jovens com genes potencialmente destrutivos.

— Mas...

Harry vestiu sua jaqueta de fleece.

— Øystein adora trabalhar lá. E não está encostando um dedo no estoque, eu sei disso. Acesso fácil e ilimitado parece dar autocontrole a certas pessoas. E o negócio até que está dando algum lucro.

— O que não é de estranhar, já que o lugar foi palco de dois assassinatos do vampirista, um quase tiroteio, e tem Harry Hole atrás do balcão.

— Hum. Não, acho que as sugestões musicais de Oleg estão dando certo. Hoje à noite, por exemplo, não tocaremos nada além de mulheres incríveis acima dos cinquenta. Lucinda Williams, Emmylou Harris, Patti Smith, Chrissie Hynde...

— Isso é de antes do meu tempo, querido...

— Amanhã, o tema é jazz dos anos sessenta, e o engraçado é que algumas pessoas que curtem as noites punk também vão aparecer. Fazemos uma noite de Paul Rodgers por semana em homenagem a Mehmet. Øystein disse que precisamos fazer um quiz musical. E...

— Harry?

— Sim?

— Parece que você está pensando em ficar com o Jealousy.

— É? — Harry coçou a cabeça. — Droga. Não tenho tempo para isso. Dois imbecis como eu e Øystein.

Rakel riu.

— A não ser... — disse Harry.

— A não ser?

Harry não respondeu, apenas sorriu.

— Não, não, pode esquecer! — disse Rakel. — Já sou ocupada demais e...

— Só um dia por semana. Você não trabalha às sextas-feiras. Um pouco de contabilidade e uma olhadinha na papelada. E você pode receber algumas ações, ser a presidente do conselho.

— Presidenta.
— Fechado.
Rakel bateu na mão estendida dele.
— Não — disse ela.
— Pense um pouco.
— Certo, eu vou pensar um pouco antes de dizer não. Vamos voltar para a cama?
— Está cansada?
— Não. — Ela o fitou por cima da xícara de café e semicerrou os olhos. — Mas consigo me imaginar desfrutando um pouco do que *fru* Syvertsen não pode ter.
— Hum. Então você anda me espionando. Bem, depois de você, presidenta.
Harry lançou outro olhar para a primeira página do jornal. 4 de março. A data da soltura. Ele a seguiu escada acima. Passou pelo espelho sem olhar para ele.

Svein Finne, o "Noivo", entrou no cemitério Vår Frelsers. Amanhecia, e não havia ninguém à vista. Apenas uma hora antes ele havia passado pelo portão da Penitenciária de Ila; era um homem livre, e aquele era seu primeiro compromisso. Na neve branca, as pequenas e arredondadas lápides pretas mais pareciam pontos numa folha de papel. Ele seguiu pelo caminho coberto de gelo com passos cuidadosos. Era um velho agora, e não andava no gelo havia muitos anos. Parou em frente a uma lápide especialmente pequena que continha apenas iniciais neutras — VG — embaixo de uma cruz.
Valentin Gjertsen.
Sem palavras de recordação. É claro. Ninguém queria lembrar. E nada de flores.
Svein Finne pegou a pena que trazia no bolso do casaco, agachou-se e a espetou na neve em frente à lápide. Os cheroquis tinham o costume de colocar uma pena de águia nos caixões de seus mortos. Ele evitou ter contato com Valentin quando ambos estavam em Ila. Não pelo mesmo motivo dos outros detentos, que se borravam de medo dele. Mas porque Svein Finne não queria que o jovem o reconhecesse. Porque isso aconteceria, mais cedo ou mais tarde. No dia em que Valentin chegou

a Ila, um único olhar foi o suficiente para Svein. Ele tinha os ombros estreitos e a voz aguda da mãe, exatamente como se lembrava dela em seu noivado. Ela foi uma das que tentou abortar enquanto Svein estava ocupado por aí, então ele entrou à força na casa dela e passou a viver lá para cuidar de sua cria. Ela deitava ao seu lado, tremendo e chorando toda noite até dar à luz o menino em um maravilhoso banho de sangue no quarto, e ele cortou o cordão umbilical com a própria faca. Seu décimo terceiro filho, o sétimo homem. Mas não foi ao descobrir o nome do novo detento que ele teve certeza. E sim ao ficar sabendo os detalhes da condenação de Valentin.

Svein Finne voltou a se levantar.

Os mortos estavam mortos.

E os vivos logo estariam mortos.

Ele respirou fundo. O homem havia entrado em contato. E aquilo despertou a sede dentro dele, a sede que imaginava ter sido curada com o passar dos anos.

Svein Finne olhou para o céu. O sol nasceria em breve. E a cidade iria acordar, esfregar os olhos, afastar o pesadelo com o assassino que trouxe caos no outono passado. Sorriria ao ver o sol brilhando, feliz, alheia ao que estava por vir. Algo que faria o outono parecer um mero prelúdio. Tal pai, tal filho. Tal filho, tal pai.

O policial, Harry Hole. Ele estava lá fora, em algum lugar.

Svein Finne se virou e começou a caminhar. Seus passos se tornaram mais longos, mais rápidos, mais seguros.

Havia muito o que fazer.

Truls Berntsen estava sentado no sexto andar, observando o brilho vermelho do sol, que tentava abrir caminho sobre Ekebergsåsen. Em dezembro, Katrine Bratt o havia transferido da casa de cachorro para um escritório com janela. O que era bom. Mas ele ainda arquivava relatórios e material recebido sobre casos engavetados ou encerrados. De modo que o único motivo para ter chegado tão cedo era que, com os termômetros marcando doze abaixo de zero, o escritório era mais quente do que sua casa. E ultimamente vinha tendo dificuldade para dormir.

Nas últimas semanas, a maior parte do material arquivado tratava de informações que haviam chegado tarde demais e depoimentos desnecessários relacionados aos assassinatos do vampirista. Alguém que afirmava ter visto Valentin Gjertsen, provavelmente alguém que também acreditava que Elvis estava vivo. Não importava que o exame de DNA atestasse com toda a certeza que a pessoa morta por Harry Hole era *de fato* Valentin Gjertsen, porque, para certas pessoas, os fatos não passavam de pequenas pedras no caminho de suas obsessões.

Pedras no caminho de suas obsessões. Truls Berntsen não sabia por que havia ficado com aquela frase na cabeça, era apenas algo que tinha pensado e não tinha dito em voz alta.

Ele pegou o próximo envelope da pilha. Assim como os outros, havia sido aberto, e seu conteúdo, listado por outro policial. Aquele tinha o timbre do Facebook, um carimbo que mostrava ser uma encomenda expressa e uma ordem de arquivamento presa com um clipe, na qual se lia "Caso do Vampirista" ao lado do número da investigação, além do nome e da assinatura de Magnus Skarre no campo *coordenador do caso*.

Truls Berntsen tirou o conteúdo do envelope. A primeira folha era uma carta em inglês. Truls não entendeu tudo, mas o bastante para saber que fazia referência à decisão judicial de quebra de sigilo, e que o material em anexo era dados das contas do Facebook de todas as vítimas de homicídio no caso do vampirista, além da ainda desaparecida Marte Ruud. Ele folheou as páginas e percebeu que algumas estavam grudadas, e concluiu que Skarre não havia analisado tudo. Tudo bem, o caso estava resolvido e o criminoso jamais sentaria no banco dos réus. Mas Truls gostaria de pegar o cretino do Skarre com as calças na mão. Ele conferiu os nomes das pessoas com quem as vítimas tiveram contato. Otimista, procurou por mensagens para Valentin Gjertsen ou Alexander Dreyer, torcendo para encontrar algo que Skarre tivesse deixado passar. Leu página por página, parando apenas para conferir os remetentes e destinatários. E suspirou quando chegou ao fim. Nenhuma falha ali. Além dos nomes das vítimas, reconheceu apenas mais dois, que ele e Wyller descartaram porque haviam feito contato com as vítimas também por telefone. E era natural que algumas das pessoas que se falaram por telefone, como Ewa Dolmen e o tal de Lenny Hell, também tivessem mantido contato pelo Facebook.

Truls colocou os documentos de volta no envelope, levantou-se e foi até o arquivo. Puxou a primeira gaveta. E soltou. Gostava de vê-la deslizar, com um suspiro, como um trem de carga. Mas parou a gaveta com a mão.

Olhou para o envelope.

Dolmen, não Hermansen.

Ele correu os dedos pelas pastas até encontrar a que guardava as conversas com os contatos obtidos pelos registros telefônicos, então levou o envelope de volta à mesa. Folheou os papéis até encontrar o nome. Lenny Hell. Truls lembrou-se do nome porque o fez pensar em Lemmy, mas, ao contrário dele, o idiota com quem falou ao telefone tinha a voz trêmula, mais assustada do que o normal quando as pessoas descobrem que é a polícia que está do outro lado da linha, por mais inocentes que sejam. Então Lenny Hell fez contato com Ewa Dolmen pelo Facebook. A vítima número dois.

Truls abriu a pasta com as entrevistas. Encontrou o relatório de sua conversa breve com Lenny Hell. E de sua conversa com o proprietário da Åneby Pizza & Grill. E uma anotação que não entendeu, na qual Wyller relatava que a polícia de Nittedal tomara partido de Lenny e do dono da pizzaria, confirmando que Lenny estava no restaurante no momento do assassinato de Elise.

Elise Hermansen. A vítima número um.

Haviam procurado Lenny porque ele ligara diversas vezes para Elise Hermansen. E ele havia feito contato com Ewa Dolmen pelo Facebook. *Ali* estava o erro. O erro de Magnus Skarre. E, possivelmente, o erro de Lenny Hell. A não ser que fosse apenas uma coincidência. Homens e mulheres solteiros da mesma faixa etária se procurando na mesma região em um país pouco povoado. Havia coincidências mais improváveis. E o caso estava encerrado, não havia nada a considerar. Não *exatamente*. Mas por outro lado...

Os jornais ainda escreviam sobre o vampirista. Valentin Gjertsen tinha um pequeno e obscuro fã-clube nos Estados Unidos, e alguém havia adquirido os direitos para escrever um livro e fazer um filme sobre sua vida. Ele não estava mais nas primeiras páginas, mas podia voltar. Truls Berntsen pegou o telefone. Buscou o número de Mona Daa. Olhou para o aparelho. Então se levantou, pegou o casaco e foi até o elevador.

Mona Daa semicerrou os olhos ao erguer os dois halteres na direção do peito. Ao fazer isso, imaginava que abria suas asas e saía voando dali de braços abertos. Atravessava o Frognerparken, cruzava toda a Oslo. E conseguia ver tudo. Absolutamente tudo.
    E mostrava para eles.
    Tinha visto um documentário sobre seu fotógrafo preferido. Don McCullin, que ficou conhecido como um repórter de guerra humanitário porque mostrava os piores aspectos da humanidade para estimular a reflexão e a autocrítica, não pela adrenalina. Ela não podia dizer o mesmo de si. E ficou intrigada ao perceber que uma palavra não havia sido mencionada naquela hagiografia parcial. Ambição. McCullin se tornou o melhor, e deve ter conhecido — literalmente — milhares de admiradores nos intervalos de suas batalhas. Jovens colegas que queriam ser como ele, que conheciam a lenda do fotógrafo que esteve junto dos soldados em Hue durante a Ofensiva do Tet e suas histórias em lugares como Beirute, Biafra, Congo, Chipre. Ali estava um fotógrafo que tinha conquistado o que os seres humanos mais anseiam, reconhecimento e aclamação, e, ainda assim, não havia nenhuma palavra sobre como essas aventuras podem fazer um homem passar pelas piores provações, assumir riscos que jamais sonharia. E, potencialmente, cometer crimes semelhantes àqueles das pessoas que documenta apenas para tirar a foto perfeita, conseguir o furo de reportagem.
    Mona concordara em entrar numa jaula para aguardar o vampirista. Sem informar à polícia e, potencialmente, para salvar vidas. Teria sido fácil soar o alarme, mesmo que estivesse sendo seguida. Uma nota passada discretamente sobre a mesa para Nora. Mas, como na fantasia sexual da amiga de se deixar ser estuprada por Harry Hole, ela havia feito parecer que era forçada a passar por aquilo. É claro que ela queria tudo aquilo. O reconhecimento, a aclamação, ver a admiração nos olhos dos colegas mais jovens quando discursasse ao receber o Prêmio de Jornalismo, dizendo humildemente que era apenas uma garota de sorte e trabalhadora que veio de uma cidadezinha do norte. Antes de prosse-

guir, um pouco menos humilde, falando sobre sua infância, bullying, vingança e ambição. Sim, ela falaria em voz alta sobre ambição, não teria medo de expor quem ela era. E queria voar. Voar.

— Você precisa de um pouco mais de resistência.

Ficou mais difícil levantar os pesos. Mona abriu os olhos e viu duas mãos empurrando de leve os pesos para baixo. A pessoa estava bem atrás dela, e, no espelho à sua frente, ela parecia um Ganesha, com quatro braços.

— Vamos, mais duas — sussurrou a voz em seu ouvido. Ela a reconheceu. A voz do policial. Ergueu os olhos e viu o rosto acima do seu. Ele sorria. Olhos azuis debaixo de uma franja branca. Dentes brancos. Anders Wyller.

— O que você está fazendo aqui? — perguntou ela, esquecendo-se de levantar o peso, mas se sentindo voar de qualquer forma.

— O que você está fazendo aqui? — perguntou Øystein Eikeland, colocando uma caneca de chope de meio litro diante do cliente.

— O quê?

— Você não, ele ali — disse Øystein, gesticulando com o polegar por cima do ombro para o sujeito alto com corte de cabelo militar que tinha acabado de ir para trás do balcão e colocava água e café no *cezve*.

— Não aguento mais café instantâneo — disse Harry.

— Você não aguenta mais é ficar à toa — retrucou Øystein. — Não aguenta mais ficar longe do seu amado bar. Sabe o que está tocando?

Harry parou para escutar a música rápida e ritmada.

— Não até ela começar a cantar, pelo menos.

— Ela não canta, por isso é tão bom — disse Øystein. — É Taylor Swift, "1989".

Harry assentiu. Lembrava que Swift ou a gravadora não queria colocar o álbum no Spotify, então foi lançada uma versão sem vocal.

— Não combinamos que as cantoras de hoje teriam mais de 50 anos? — perguntou Harry.

— Você não ouviu o que eu falei? — perguntou Øystein. — Ela não está *cantando*.

Harry desistiu de debater a lógica daquilo.

— O pessoal chegou cedo hoje.

— Linguiça de jacaré — disse Øystein, apontando para as longas linguiças defumadas penduradas acima do balcão. — Na primeira semana fez sucesso porque era estranho, mas algumas pessoas voltaram querendo mais. Pode ser uma boa mudar o nome para Alligator Joe's, Everglades ou...
— Jealousy está bom.
— Tudo bem, só estava tentando ser proativo. Mas alguém vai roubar a ideia.
— Teremos outras até lá.
Harry colocou o *cezve* sobre a chapa e se virou no instante em que um rosto conhecido entrava pela porta.
Ele cruzou os braços quando o homem bateu com as botas no chão e correu os olhos pelo salão.
— Algum problema? — perguntou Øystein.
— Acho que não — respondeu Harry. — Não deixe o café ferver.
— Você e essa moda turca de não deixar ferver.
Harry contornou o balcão e foi até o homem, que já havia desabotoado o casaco. O calor emanava de seu corpo.
— Hole — disse ele.
— Berntsen.
— Tenho uma coisa para você.
— Por quê?
Truls Berntsen soltou sua risada de grunhido.
— Você não quer saber o *que* é?
— Só se eu gostar da resposta da primeira pergunta.
Harry viu Truls Berntsen tentar dar um sorriso indiferente, mas falhar e engolir em seco. E o rubor em seu rosto cheio de cicatrizes podia, é claro, ser resultado da transição do frio do lado de fora para o aquecimento do bar.
— Você é um babaca, Hole, mas salvou minha vida aquela vez.
— Não faça com que eu me arrependa disso. Desembuche.
Berntsen tirou a pasta do bolso interno do casaco.
— Lemmy, quer dizer, Lenny Hell. Você verá que ele teve contato tanto com Elise Hermansen quanto com Ewa Dolmen.
— Sério? — Harry olhou para a pasta amarela, presa com um elástico, que Truls Berntsen lhe estendia. — Por que você não levou isso para Bratt?

— Porque ela, ao contrário de você, precisa pensar na carreira e levaria isso a Mikael.

— E?

— Mikael vai ser ministro da Justiça na semana que vem. Ele não quer manchas no currículo.

Harry olhou para Truls Berntsen. Há muito tempo tinha chegado à conclusão de que ele não era tão idiota quanto parecia.

— Você quer dizer que ele não gostaria de ver o caso ser reaberto?

Berntsen deu de ombros.

— O caso do vampirista quase foi uma pedra no sapato de Mikael, mas acabou como um de seus maiores sucessos. Então não, ele não quer estragar a própria imagem.

— Hum. Você está me dando esses documentos porque teme que acabem numa gaveta no gabinete do chefe de polícia?

— Temo que eles acabem na fragmentadora de papel, Hole.

— Certo. Mas você ainda não respondeu à minha pergunta. Por quê?

— Você não ouviu? A fragmentadora de papel.

— Porque *você*, Truls Berntsen, se importa com isso? E sem papo furado, eu sei quem e o que você é.

Truls grunhiu qualquer coisa.

Harry esperou.

Truls olhou para ele, desviou o olhar, bateu os pés como se houvesse mais neve na sola das botas

— Não sei — disse ele por fim. — É verdade, eu não sei. Achei que talvez fosse bom Magnus Skarre levar um puxão de orelha por não notar a relação entre os telefonemas e o Facebook, mas também não é isso. Acho que não. Acho que quero... não, foda-se, não sei. — Ele tossiu. — Mas se não quiser ficar com isso, eu coloco os documentos de volta no arquivo e eles podem apodrecer lá, para mim tanto faz.

Harry limpou a condensação na janela e observou Truls Berntsen sair pela porta e atravessar a rua, de cabeça baixa, sob a luz do inverno. Estava enganado ou Truls Berntsen acabava de exibir sintomas da doença parcialmente benigna conhecida como polícia?

— O que é isso aí? — perguntou Øystein quando Harry voltou ao seu posto atrás do balcão.

— Pornografia policial — disse Harry, colocando a pasta amarela sobre o balcão. — Listas e transcrições.

— Do caso do vampirista? Mas isso não foi resolvido?

— Sim, mas há algumas pontas soltas, formalidades. Você não ouviu que o café está fervendo?

— Você não ouviu que Taylor Swift não está cantando?

Harry abriu a boca para dizer alguma coisa, mas em vez disso se pegou rindo. Amava aquele cara. Amava aquele bar. Ele serviu o café arruinado em duas xícaras e batucou na pasta ao ritmo de "Welcome to Some Pork". Ao olhar para as folhas de papel, pensou que Rakel acabaria topando o negócio se ele fechasse a boca e desse a ela tempo para pensar.

Os olhos dele se detiveram em algo.

Foi como se o gelo rachasse sob seus pés.

O coração começou a bater mais rápido. *No final das contas, acabamos fazendo papel de idiotas, Harry.*

— O que foi? — perguntou Øystein.

— O que foi o quê?

— Você parece que... bem...

— Que viu um fantasma? — perguntou Harry, e releu aquilo para ter certeza.

— Não — disse Øystein.

— Não?

— Não, parece que você... acordou.

Harry ergueu os olhos dos papéis, olhou para Øystein. E sentiu. A ansiedade. Tinha ido embora.

— O limite é sessenta por hora — alertou Harry. — E tem neve na pista.

Oleg tirou um pouco o pé do acelerador.

— Por que você mesmo não dirige, já que tem um carro e habilitação?

— Porque você e Rakel dirigem melhor — respondeu Harry, estreitando os olhos diante da luz do sol refletida nas colinas cobertas de neve e árvores. Uma placa anunciava que estavam a quatro quilômetros de Åneby.

— Mamãe poderia ter dirigido, então?

— Achei que podia ser bom para você ver o que faz um delegado. Você sabe que pode acabar num lugar como esse.

Oleg freou atrás de um trator que jogava neve para o alto enquanto as correntes em seus pneus cantavam no asfalto.

— Eu vou para a Homicídios, não para o interior.

— Oslo é quase interior, fica a apenas meia hora daqui.

— Eu me candidatei ao curso do FBI em Chicago.

Harry sorriu.

— Se é ambicioso assim, um ou dois anos numa delegacia não fariam nada mal. Entre à esquerda aqui.

— Jimmy — disse o homem corpulento com ar bem-humorado parado à porta da delegacia de Nittedal, vizinha à Previdência Social e à agência de empregos, o tipo de prédio prático que abrigava serviços públicos em toda a Noruega. Pelo bronzeado, Harry desconfiava de que ele tinha ido para as ilhas Canárias durante as férias de inverno, apesar de seu palpite se basear numa suposição preconceituosa sobre o local onde as pessoas de Nittedal com nomes terminados em "y" passavam as férias.

Harry apertou a mão do delegado.

— Obrigado por nos receber num sábado, Jimmy. Este é Oleg, ele é aluno na Academia de Polícia.

— E me parece um futuro delegado — disse Jimmy, avaliando o jovem alto de cima a baixo. — Considero uma honra que Harry Hole em pessoa queira nos visitar. Mas acho que quem está perdendo tempo aqui são vocês, não eu.

— Ah, é?

— Você disse ao telefone que não conseguiu falar com Lenny Hell, então dei uma conferida enquanto estavam a caminho. Ele foi para a Tailândia logo depois de falar com vocês.

— Ah é?

— É, antes de viajar ele disse aos vizinhos e clientes que talvez passasse algum tempo fora. Então acho que deve ter um telefone tailandês agora, apesar de nenhuma das pessoas com quem eu falei saber o número. Eles também não sabem onde Lenny está hospedado.

— Um solitário, então?

— Pode apostar.

— Família?

— Solteiro. Filho único. Ele não saiu de casa, e desde que os pais morreram mora sozinho lá no Chiqueiro.

— Chiqueiro?

— É como chamamos aqui na cidade. A família Hell trabalhou com porcos por gerações e se deu bem. Há quase um século eles construíram um belo casarão de três andares lá em cima. O Chiqueiro. — O delegado deu uma risada. — Sonhar alto não custa nada, não é verdade?

— Hum. Então o que você acha que Lenny Hell está fazendo na Tailândia esse tempo todo?

— Bom, o que alguém como Lenny faz na Tailândia?

— Eu não conheço Lenny — disse Harry.

— Um bom homem — interveio o delegado. — E inteligente, é engenheiro de TI. Trabalha em casa, freelancer, e às vezes nós o chamamos quando temos problemas com os computadores. Não usa drogas, não faz besteira. Também não tem problemas com dinheiro, até onde eu sei. Mas nunca teve muita sorte com as mulheres.

— O que isso quer dizer?

Jimmy observou o vapor da respiração deles pairando no ar.

— Está meio frio aqui fora, rapazes. O que acham de entrarmos e bebermos um café?

— Acho que Lenny deve estar atrás de uma noiva tailandesa — disse Jimmy ao servir café em duas canecas brancas da Previdência Social e então na sua, do Lillestrøm Sportsklubb. — Ele não dava conta da competição por aqui.

— Não?

— Não. Como eu disse, Lenny é meio que um lobo solitário, ele fica na dele e não fala muito, não é nenhum galã. Ainda por cima, tem dificuldade para controlar o ciúme. Até onde eu sei, nunca fez mal a uma mosca, ou a uma mulher, mas houve um incidente. Uma moça nos ligou, dizendo que Lenny se tornou inconveniente depois do primeiro encontro.

— Ele a seguia?

— Parece que sim. Mandou um monte de mensagens e flores, apesar de a moça ter dito que não queria nada com ele. Mas Lenny ficava esperando ela sair do trabalho. Ela deixou muito claro que nunca mais queria ver a cara dele, mas começou a desconfiar de que as coisas estavam fora do lugar em seu apartamento quando voltava do trabalho. Então nos telefonou.

— Ela achava que Lenny tinha entrado no apartamento?

— Falei com Lenny, mas ele negou. E depois disso não ouvimos mais falar no assunto.

— Lenny Hell tem uma impressora 3D?

— Uma o quê?

— Uma máquina que pode ser usada para copiar chaves.

— Não faço ideia, mas, como eu disse, ele é engenheiro de TI.

— O quão ciumento ele é? — perguntou Oleg, e os outros dois se viraram para ele.

— Numa escala de um a dez? — perguntou Jimmy. Harry não sabia dizer se estava sendo irônico.

— Só pensei que talvez pudesse ser ciúme mórbido — disse Oleg, olhando inseguro para Harry.

— Do que o rapaz está falando, Hole? — Jimmy deu um gole audível em sua caneca amarelo-canário. — Ele está perguntando se Lenny matou alguém?

— Ok. Como eu disse ao telefone, só estamos amarrando algumas pontas soltas do caso do vampirista, e Lenny falou com duas das vítimas.

— E o tal de Valentin as matou — completou Jimmy. — Ou agora existe alguma dúvida disso?

— Não há dúvida alguma. Como eu disse, eu gostaria de falar com Lenny Hell sobre essas conversas. Ver se descubro algo além do que já sabemos. Vi no mapa que o endereço dele fica a poucos quilômetros daqui, então estou pensando em ir até lá e bater na porta. Acabar com isso de uma vez.

O delegado passou a mão grande no emblema estampado na caneca.

— Li no jornal que você é professor hoje em dia, e não detetive.

— Acho que sou como Lenny, um freelancer.

Jimmy cruzou os braços, e a manga direita da camisa subiu, revelando a tatuagem desbotada de uma mulher nua.

— Certo, Hole. Como você deve imaginar, pouca coisa acontece na delegacia de Nittedal, graças a Deus. Então, quando você ligou, eu não apenas dei alguns telefonemas, mas também fui até a casa de Lenny. Ou melhor, fui até onde o carro consegue chegar. O Chiqueiro fica no fim de uma estrada de terra, a cerca de um quilômetro e meio do vizinho mais próximo. A estrada está com meio metro de neve, e não há sinal de marcas deixadas por pneus ou sapatos. Apenas por alces e raposas. E talvez um ou outro lobo. Deu para entender? Ninguém vai até lá há semanas, Hole. Se quiser falar com Lenny, você vai precisar comprar uma passagem de avião para a Tailândia. Pattaya é popular entre homens que procuram mulheres tailandesas, ou pelo menos foi o que ouvi dizer.

— Uma moto de neve — disse Harry.

— O quê?

— Se eu voltar amanhã com o mandado, você consegue uma moto de neve para mim?

Harry percebeu que o delegado havia perdido o bom humor. Ele devia ter imaginado que desfrutariam de uma bela xícara de café enquanto mostrava aos detetives da capital que eles também sabiam o que era trabalho policial bem-feito no interior. Em vez disso, os dois fizeram pouco-caso de suas opiniões e pediram que arrumasse um veículo, como se ele fosse um gerente de almoxarifado.

— Você não precisa de uma moto de neve para um quilômetro e meio — disse Jimmy, esfregando a ponta do nariz bronzeado, que começava a descascar. — Use esquis, Hole.

— Eu não tenho esquis. Uma moto de neve, e alguém para pilotá-la.

O silêncio que se seguiu pareceu durar uma eternidade.

— Eu vi que o rapaz estava dirigindo. — Jimmy inclinou a cabeça de lado. — Você não tem habilitação, Hole?

— Tenho, mas já matei um policial quando estava ao volante. — Harry pegou sua caneca e a esvaziou. — Prefiro evitar que volte a acontecer. Obrigado pelo café, nos vemos amanhã.

— O que foi aquilo? — perguntou Oleg com o carro parado no cruzamento, a seta indicando que entrariam na estrada principal. — Um delegado se oferece para ajudar em pleno sábado e você imprensa o cara contra a parede?

— Eu fiz isso?

— Fez!

— Hum. Ligue a seta para entrar à esquerda.

— Oslo fica para a direita.
— De acordo com o GPS, a Åneby Pizza & Grill fica a dois minutos daqui se entrarmos à esquerda.

O proprietário da Åneby Pizza & Grill, que havia se apresentado como Tommy, limpou as mãos no avental ao olhar atentamente para a fotografia que Harry lhe mostrava.
— Talvez, mas não me lembro da fisionomia do amigo de Lenny, só que ele esteve aqui acompanhado na noite em que mataram aquela mulher em Oslo. Lenny é um lobo solitário, sempre sozinho, não vem muito aqui. Por isso me lembrei daquela noite quando vocês ligaram, no outono passado.
— O homem da fotografia se chama Alexander, ou Valentin. Você escutou Lenny chamá-lo de um desses nomes enquanto conversavam?
— Não me lembro de ouvir nenhum dos dois dizendo nada. E cuidei sozinho do salão aquela noite, minha esposa estava na cozinha.
— Que horas eles foram embora?
— Não sei. Eles dividiram uma Knut Special gigante com pepperoni e presunto.
— Você se lembra disso?
Tommy sorriu e bateu a ponta do dedo na têmpora.
— Peça uma pizza, volte três meses depois e me pergunte qual foi. Dou o mesmo desconto do pessoal do delegado. E a massa das nossas pizzas é *low carb*, leva nozes.
— Tentador, mas meu filho está esperando no carro. Obrigado pela ajuda.
— Não por isso.

Oleg dirigia rumo ao anoitecer prematuro.
Ambos estavam em silêncio, imersos em seus próprios pensamentos.
Harry fazia contas. Valentin podia muito bem ter comido a pizza com Lenny e voltado para Oslo a tempo de matar Elise Hermansen.
Um caminhão passou por eles tão rápido que o carro sacudiu.
Oleg pigarreou.
— Como você vai conseguir o mandado?
— Hã?

— Para começar, você não trabalha na Homicídios. E não tem base legal para um mandado.

— Não?

— Não, se eu entendi bem o que aprendi.

— Vamos ouvir o que você aprendeu. — Harry sorriu.

Oleg reduziu um pouco a velocidade.

— Existem provas incontestáveis de que Valentin matou diversas mulheres. Numa mera coincidência, Lenny Hell conhecia duas dessas mulheres. Isso não é o bastante para dar à polícia o direito de entrar na casa de Lenny Hell enquanto ele passa as férias na Tailândia.

— Concordo, seria difícil conseguir um mandado de busca com essas alegações. Então vamos até Grini.

— Grini?

— Eu estava pensando em ter uma conversa com Hallstein Smith.

— Helga e eu vamos preparar o jantar hoje à noite.

— Mais precisamente uma conversa sobre ciúme mórbido. Jantar, você disse? Claro, eu me viro na volta.

— Grini fica quase no caminho, então tudo bem.

— Vá e prepare seu jantar, a conversa com Smith pode demorar.

— Tarde demais, você já disse que eu posso ir.

Oleg acelerou para ultrapassar um trator. Ligou o farol alto.

Eles seguiram em silêncio por algum tempo.

— Sessenta — disse Harry, digitando no celular.

— E tem neve na pista — completou Oleg, tirando um pouco o pé do acelerador.

— Wyller? Harry Hole. Espero que você esteja sozinho e entediado em casa numa tarde de sábado. Ah, é? Então vai ter de explicar à adorável dama, seja lá quem ela for, que precisa ajudar um velho e lendário detetive a conferir algumas coisas.

— Ciúme mórbido — disse Hallstein Smith, olhando com interesse para as visitas que acabavam de chegar. — É um tema interessante. Mas vocês vieram mesmo até aqui para falar nisso? Essa não é a especialidade de Ståle Aune?

Oleg assentiu e pareceu concordar.

— Quis falar com você, já que você também tem suas dúvidas — disse Harry.

— Dúvidas?

— Você disse uma coisa na noite em que Valentin esteve aqui. Disse que ele sabia.

— Sabia o quê?

— Você não disse.

— Eu estava em choque, provavelmente disse todo tipo de coisa.

— Não, para variar você falou relativamente pouco, Smith.

— Você ouviu isso, May? — Hallstein Smith riu para a mulher delicada que servia chá para eles.

Ela sorriu e assentiu, então desapareceu com a chaleira e uma xícara.

— Eu disse "ele sabia", e você presumiu que isso significava que eu tinha alguma dúvida? — perguntou Smith.

— Pelo seu tom de voz, pareceu-me algo inexplicável. Algo que você não conseguia entender como Valentin poderia saber. Estou enganado?

— Não sei, Harry. Quando o assunto é o meu próprio subconsciente, você provavelmente pode responder tão bem quanto eu, talvez melhor. Por que você pergunta?

— Porque um homem entrou na história. Bem, na verdade ele foi para a Tailândia com uma certa pressa. Mas eu pedi a Wyller que checasse essa informação. E essa pessoa não está em nenhuma das listas de passageiros no período em que supostamente viajou. E nos últimos três meses não houve nenhuma movimentação na conta bancária ou nos cartões de crédito desse indivíduo, nem na Tailândia nem em lugar algum. E, o que é quase tão interessante quanto todo o restante, Wyller encontrou o nome dele na nossa lista de pessoas que compraram impressoras 3D no último ano.

Smith olhou para Harry. Depois se virou e olhou pela janela da cozinha. A neve parecia um cobertor macio e cintilante na escuridão do lado de fora.

— Valentin sabia onde ficava o meu escritório. Foi isso que eu quis dizer com "ele *sabia*".

— O seu endereço, você quer dizer?

— Não, eu quero dizer que ele foi direto do portão para o celeiro. Ele não apenas sabia que meu escritório ficava lá, ele também sabia que eu costumo estar lá à noite.

— Talvez tenha visto luz pela janela.

— Do portão, não dá para ver luz pela janela. Venha comigo, quero que você veja uma coisa.

Eles foram até o celeiro, destrancaram a porta e entraram no escritório. Smith ligou o computador.

— Tenho todas as imagens das câmeras de segurança aqui, só preciso encontrá-las — anunciou Smith, então passou a usar o teclado.

— Desenho bacana — disse Oleg, fazendo um gesto de cabeça para o homem-morcego na parede. — Sinistro.

— Alfred Kubin — disse Smith. — *Der Vampyr*. Meu pai tinha um livro com desenhos de Kubin. Eu costumava ficar em casa olhando os desenhos enquanto os outros garotos iam ao cinema assistir a filmes de terror. Mas, infelizmente, May não me deixa pendurar os desenhos de Kubin em casa, ela diz que tem pesadelos com eles. E, por falar em pesadelos, aqui estão as imagens de Valentin.

Smith apontou para a tela, e Harry e Oleg se curvaram sobre os ombros dele.

— Aqui ele está entrando no celeiro. Veja, ele não hesita, sabe exatamente para onde está indo. Como? As minhas sessões de terapia com Valentin não foram aqui, e sim numa sala alugada no centro da cidade.

— Você quer dizer que alguém deve ter dado instruções a ele?

— Eu quero dizer que alguém *pode* ter dado instruções a Valentin Gjertsen. Esse foi o problema desse caso desde o princípio. Os vampiristas não têm a capacidade de planejamento que esses assassinatos sugerem.

— Hum. Não encontramos uma impressora 3D no apartamento de Valentin. Outra pessoa *pode* ter feito cópias das chaves para ele. Alguém que já poderia ter feito cópias das chaves para si mesmo, para entrar na casa das mulheres que o dispensaram. Que o rejeitaram. Que começaram a sair com outros homens.

— Homens melhores — completou Smith.

— Ciúme — disse Harry. — Ciúme mórbido. Mas num homem que nunca fez mal a uma mosca.

— E quando um homem não é capaz de fazer mal, ele precisa de alguém que aja por ele. Alguém capaz de fazer as coisas que ele não é capaz de fazer.

— Um assassino — concluiu Smith, assentindo lentamente.

— Alguém disposto a matar pelo simples ato de matar. Valentin Gjertsen. Então nós temos um homem que planeja e outro que executa. O agente e o artista.

— Minha nossa — disse Smith, esfregando as mãos no rosto. — Agora minha dissertação começa a fazer sentido.

— Como assim?

— Estive em Lyon recentemente, dando uma palestra sobre os assassinatos do vampirista. Apesar de meus colegas estarem entusiasmados com o pioneirismo do meu trabalho, preciso sempre reiterar que falta algo para que ele possa ser visto como realmente revolucionário. E esse algo é que os assassinatos não se encaixam no perfil geral de um vampirista criado por mim.

— Que é?

— Um indivíduo com esquizofrenia e paranoia que, como resultado de sua incontrolável sede de sangue, mata quem estiver pela frente, um indivíduo incapaz de cometer assassinatos que exijam planejamento e paciência. Mas as mortes provocadas por esse vampirista apontam para uma personalidade engenhosa.

— Um cérebro — disse Harry. — Alguém que procura Valentin, que precisou interromper suas atividades porque não podia circular livremente sem ser pego pela polícia. O cérebro oferece a Valentin as chaves dos apartamentos de mulheres solteiras. Fotografias, informação sobre a rotina delas, quando vêm e vão, tudo que Valentin precisa para colocar as garras nelas sem se expor. Como ele poderia recusar uma oferta dessas?

— Uma simbiose perfeita — disse Smith.

Oleg pigarreou.

— Diga — pediu Harry.

— A polícia passou anos tentando encontrar Valentin. Como Lenny o encontrou?

— Boa pergunta. Eles não se conheceram na prisão, pelo menos. O passado de Lenny é limpo como céu de brigadeiro.

— O que você disse? — perguntou Smith.

— Céu de brigadeiro.

— Não, o nome.

— Lenny Hell — repetiu Harry. — Qual é o problema?

Hallstein Smith não respondeu, apenas olhou para Harry de queixo caído.

— Puta merda — disse Harry lentamente.

— Puta merda o quê? — perguntou Oleg.

— Pacientes. Do mesmo psicólogo. Valentin Gjertsen e Lenny Hell se conheceram na sala de espera. Não é isso, Hallstein? Vamos, o risco de que aconteçam outros assassinatos vem antes do dever de confidencialidade.

— Sim, Lenny Hell foi meu paciente há algum tempo. E ele costumava vir aqui, sabia do meu hábito de trabalhar no celeiro à noite. Mas ele e Valentin não podem ter se conhecido aqui, porque minhas sessões com Valentin aconteciam no centro da cidade.

Harry se aproximou da beirada da cadeira.

— Mas é possível que Lenny Hell seja um indivíduo com ciúme mórbido capaz de se aliar a Valentin Gjertsen para assassinar as mulheres que o dispensaram?

Hallstein Smith ficou pensativo, coçou o queixo com dois dedos. E assentiu.

Harry se recostou na cadeira. Olhou para a tela do computador e para a imagem congelada de Valentin Gjertsen ferido fugindo do celeiro. O ponteiro da balança, que indicava 74,7 quilos quando ele chegou, agora mostrava 73,2 quilos. O que queria dizer que deixara um quilo e meio de sangue no chão do escritório. Era matemática simples, e agora a conta fechava. Valentin Gjertsen mais Lenny Hell. E a resposta era dois.

— Então o caso precisa ser reaberto — disse Oleg.

— Isso não vai acontecer — anunciou Gunnar Hagen, olhando para o relógio.

— Por que não? — perguntou Harry, gesticulando para Rita trazer a conta.

O chefe da Divisão de Homicídios soltou um suspiro.

— Porque o caso foi resolvido, Harry, e porque as informações que você está me apresentando cheiram a teoria da conspiração. Coincidências triviais, como o fato de esse Lenny Hell ter tido contato com duas das vítimas, e especulações psicológicas baseadas apenas na suposição de que Valentin *parece* saber que precisa virar à direita? Esse é o tipo de coisa que jornalistas e autores usam para concluir que Kennedy foi assassinado pela CIA e o verdadeiro Paul McCartney está morto. O caso do vampirista ainda tem muita visibilidade, e vamos fazer papel de idiotas se o reabrirmos com base nesse tipo de evidência.

— A sua preocupação é essa, chefe? Fazer papel de idiota?

Gunnar Hagen sorriu.

— Você sempre me chamou de "chefe" de um jeito que me fazia sentir um idiota, Harry. Porque todo mundo sabia que, na verdade, o chefe era você. Mas tudo bem, eu conseguia lidar com isso, você tinha carta branca para se divertir às nossas custas porque trazia resultados. Mas já fechamos a tampa nesse caso. E ela foi rosqueada bem forte.

— Mikael Bellman. Ele não quer ter a imagem manchada antes de ser nomeado ministro da Justiça.

Hagen deu de ombros.

— Obrigado por me convidar para um café tarde da noite num sábado, Harry. Como vão as coisas em casa?

— Bem. Rakel está firme e forte. Oleg está preparando o jantar com a namorada. E você?

— Ah, bem também. Katrine e Bjørn acabaram de comprar uma casa, mas você provavelmente já sabe disso.

— Não, eu não sabia.

— Eles ficaram um tempinho separados, é claro, mas agora decidiram ir com tudo. Katrine está grávida.

— Sério?

— Sim, o bebê deve nascer em junho. O mundo continua girando.

— Para alguns — disse Harry, estendendo uma nota de duzentas coroas para Rita, que começou a contar o troco. — Mas não para outros. Aqui no Schrøder o tempo parou.

— Estou vendo — disse Gunnar Hagen. — Não achava que ainda aceitassem dinheiro no comércio.

— Não foi isso que eu quis dizer. Obrigado, Rita.

Hagen esperou até a mulher se afastar.

— Então foi por isso que você quis me encontrar aqui. Para que eu me lembrasse. Achou que eu esqueceria?

— Não. Mas até sabermos o que aconteceu com Marte Ruud, esse caso não está resolvido. Não para a família dela, não para as pessoas que trabalham aqui, não para mim. E eu sei que para você também não. E você sabe que, se Mikael Bellman rosqueou a tampa com tanta força que ela não pode ser aberta, eu vou quebrar o vidro.

— Harry...

— Escute, tudo que eu preciso é de um mandado de busca e da sua autorização para investigar essa única ponta solta. Prometo parar depois disso. Apenas esse único favor, Gunnar. E eu paro.

Hagen arqueou a sobrancelha espessa.

— *Gunnar?*

Harry deu de ombros.

— Você mesmo disse, você não é mais meu chefe. Qual é, você sempre foi a favor do trabalho policial bem-feito e criterioso.

— Sabia que isso parece bajulação, Harry?

— E daí?

Hagen suspirou fundo.

— Não prometo nada, mas vou pensar, está bem? — O chefe da Divisão de Homicídios se levantou e abotoou o casaco. — Lembro-me de um conselho que me deram assim que comecei a trabalhar como detetive, Harry. Se quiser sobreviver, você precisa saber a hora de desistir.

— Aposto que é um bom conselho. — Harry levou a caneca de café aos lábios e ergueu os olhos para Hagen. — Se você achar que sobreviver é assim tão importante.

35

Manhã de domingo

— Aí estão eles — disse Harry para Hallstein Smith, que freou diante de dois homens de braços cruzados no meio da estrada de terra que cortava a floresta.

— Brrr. — Smith enfiou as mãos nos bolsos de seu blazer multicolorido. — Você tem razão, eu deveria ter vestido roupas mais quentes.

— Use isso — disse Harry, tirando seu gorro de lã preto, bordado com uma caveira sobre ossos cruzados e "St. Pauli" embaixo.

— Obrigado — agradeceu Smith, enterrando o gorro até as orelhas.

— Bom dia, Hole — cumprimentou o delegado. Atrás dele, no trecho onde a estrada se tornava intransitável, havia duas motos de neve.

— Bom dia — disse Harry, tirando os óculos escuros. A luz refletida na neve irritou seus olhos. — E obrigado por ajudar tão em cima da hora. Este é Hallstein Smith.

— Não precisa agradecer por fazermos nosso trabalho — retrucou o delegado, e gesticulou com a cabeça para um homem vestido como ele, com o sobretudo azul e branco que os deixava com uma aparência infantilizada. — Artur, você pode levar o cara de blazer?

Harry observou a moto de neve com Smith e o policial desaparecer na estrada. O ronco cortava o ar frio e límpido como uma serra elétrica.

Jimmy sentou no banco comprido da outra moto de neve e tossiu antes de virar a chave no contato.

— É permitido ao delegado local dirigir uma moto de neve?

Harry colocou de volta os óculos escuros e se acomodou atrás do policial.

A conversa deles na noite anterior havia sido breve.

— Jimmy.

— Harry Hole falando. Já tenho o que preciso. Você pode conseguir as motos de neve e nos mostrar o caminho até a casa amanhã pela manhã?

— Ah.

— Eu estarei acompanhado.

— Como foi que você...?

— Onze e meia?

Pausa.

— Ok.

A moto de neve seguia o rastro deixado pelo primeiro veículo. Na cidadezinha espalhada pelo vale abaixo deles, a luz do sol se refletia nas janelas e no pináculo da igreja. A temperatura caiu quando entraram numa densa floresta de pinheiros que bloqueava o sol e despencou quando desceram uma depressão na paisagem, por onde corria um rio coberto de gelo.

O trajeto durou apenas três ou quatro minutos, mas os dentes de Harry ainda tiritavam quando os dois pararam ao lado de Smith e do policial, junto a uma cerca coberta de gelo. À frente deles havia um portão de ferro forjado, cimentado com neve.

— Com vocês, o Chiqueiro — anunciou o delegado.

A trinta metros do portão via-se um casarão malcuidado de três andares, guardado por pinheiros altos por todos os lados. Se as tábuas das paredes algum dia foram pintadas, a tinta já havia descascado por completo, e a casa tinha tons variados de cinza e prata. As cortinas fechadas pareciam ter sido feitas com lençóis pesados e lona.

— Lugar sombrio para se construir uma casa — disse Harry.

— Três andares de gótico à moda antiga — constatou Smith. — Isso deve infringir as normas de construção por aqui, não?

— A família Hell infringia todo tipo de norma — disse Jimmy. — Mas nunca a lei.

— Hum. Posso pedir que traga algumas ferramentas, delegado?

— Artur, você está com o pé de cabra? Vamos acabar com isso de uma vez.

Harry desceu da moto e afundou na neve até as coxas, mas conseguiu chegar ao portão e escalá-lo. Os outros três o seguiram.

Havia uma varanda na frente da casa. Ficava voltada para o sul, então talvez a casa recebesse um pouco de luz durante o dia no verão. Por qual outro motivo alguém teria uma varanda? Para os mosquitos sugarem todo seu sangue? Harry foi até a porta e tentou ver algo através do vidro fosco antes de apertar o botão enferrujado de uma campainha antiga.

Ela funcionou, porque um som ecoou das profundezas da casa.

Os outros três se aproximaram quando Harry tocou a campainha outra vez.

— Se estivesse em casa, ele estaria na porta esperando por nós — disse o delegado. — Dá para ouvir essas motos de neve a dois quilômetros de distância, e a estrada só conduz a essa casa.

Harry tentou outra vez.

— Lenny não pode ouvir da Tailândia — insistiu o delegado. — Minha família está esperando para esquiar, então vamos quebrar logo esse vidro, Artur.

Com um movimento do pé de cabra, a janela ao lado da porta se estilhaçou. O policial tirou uma das luvas, enfiou a mão pela abertura e tateou um pouco com um olhar de concentração até que Harry ouviu o som de uma fechadura sendo aberta.

— Você primeiro — disse Jimmy, abrindo a porta e segurando-a.

Harry entrou na casa.

Parecia desabitada, essa foi sua primeira impressão. Talvez devido à falta de comodidades modernas, o que o fez pensar nas casas de gente famosa transformadas em museu. Quando tinha 14 anos, os pais o levaram com a irmã para Moscou, onde visitaram a casa de Fiódor Dostoiévski. Era a casa mais sem vida que Harry já havia visto, o que ajuda a explicar o choque que sentiu ao ler *Crime e castigo* três anos depois.

Harry percorreu o corredor até a ampla sala. Ligou o interruptor na parede, e nada. Mas a luz do dia filtrada pelas cortinas cinzentas foi o suficiente para distinguir o vapor de sua respiração e os poucos móveis antigos espalhados ao acaso pela sala, como se conjuntos de mesas e cadeiras houvessem sido divididos depois de uma disputa de herança acirrada. Ele viu quadros tortos nas paredes, provavelmente devido às mudanças de temperatura. E também que Lenny Hell não estava na Tailândia.

Um corpo sem vida.

Lenny Hell — ou pelo menos alguém muito parecido com a fotografia que Harry tinha visto dele — estava sentado numa poltrona de espaldar alto na mesma postura majestosa com que o avô de Harry costumava cair no sono quando ficava bêbado. Com a diferença que seu pé direito estava ligeiramente erguido do chão, e seu antebraço direito pairava a alguns centímetros do braço da poltrona. Em outras palavras, o corpo havia tombado um pouco para a esquerda depois que o *rigor mortis* se instalou. E isso tinha acontecido havia um bom tempo. Cinco meses, talvez.

A cabeça fez Harry pensar num daqueles ovos de Páscoa pintados. Quebradiça, seca, oca. Parecia que tinha encolhido. A boca aberta revelava a gengiva seca e cinza que mantinha os dentes no lugar. Ele tinha um buraco preto na testa, sem sangue, e estava com a cabeça caída para trás, atônito, olhando fixamente para o teto.

Quando deu a volta na poltrona, Harry notou que o projétil havia atravessado o encosto. Um objeto preto de metal, do formato de uma lanterna de bolso, estava no chão ao lado da poltrona. Ele o reconheceu. Quando Harry tinha uns dez anos, seu avô decidiu que faria bem ao garoto ver de onde vinham as bistecas de porco da ceia de Natal, e o levou até o fundo do celeiro, onde colocou uma engenhoca que ele chamava de máscara de abate, apesar de não ser uma máscara, na testa de Heidrun, a porca. Então ele apertou uma coisa, houve um estampido alto, e Heidrun estremeceu como se tivesse levado um susto e caiu no chão. Em seguida, seu avô drenou o sangue da porca, mas o que Harry mais se lembrava era do cheiro de pólvora e das patas de Heidrun se debatendo algum tempo depois. Seu avô explicou que era assim que o corpo funcionava, que Heidrun já estava morta, mas por muito tempo Harry teve pesadelos com patas de porcos se debatendo.

As tábuas do piso rangeram às suas costas, e Harry ouviu uma respiração que logo ficou muito pesada.

— Lenny Hell? — perguntou ele sem se virar.

O delegado precisou pigarrear antes de conseguir responder.

— Sim.

— Não se aproxime — pediu Harry, agachando-se e perscrutando a sala.

Aquela cena de crime estava em silêncio, não se comunicava com ele. Talvez porque estivesse ali há tempo demais, talvez porque não fosse a cena de um crime, mas sim o local onde o homem que morava ali decidiu não mais viver.

Harry pegou o telefone e ligou para Bjørn Holm.

— Tenho um corpo em Åneby, Nittedal. Um homem chamado Artur vai telefonar e dizer onde encontrará você.

Harry desligou e foi até a cozinha. Ele tentou o interruptor, mas aquele também não funcionou. O ambiente estava limpo, apesar do prato com molho duro, coberto de mofo, dentro da pia. Havia gelo em frente à geladeira.

Harry voltou para a sala.

— Veja se consegue encontrar o quadro de energia — pediu ele a Artur.

— A eletricidade pode ter sido cortada — disse o delegado.

— A campainha funcionou — retrucou Harry ao pé da escada em curva na sala. No segundo andar, ele espiou o interior de três quartos. Todos tinham sido cuidadosamente limpos, mas num deles a cama estava desfeita e havia roupas penduradas na cadeira.

No terceiro andar, ele entrou num quarto que claramente funcionava como escritório. Havia livros e pastas nas estantes e, em frente à janela, em uma das mesas retangulares, um computador com três telas grandes. Harry se virou. Sobre a mesa ao lado da porta havia um aparelho, medindo talvez uns setenta centímetros, com armação metálica e laterais de vidro. Uma pequena chave de plástico branco repousava sobre uma bandeja no interior. Era uma impressora 3D.

Harry ouviu o som de sinos repicando a distância. Ele foi até a janela. Conseguia ver a igreja, onde possivelmente tocavam os sinos para o culto de domingo. A casa dos Hell era mais alta que larga, uma torre no meio da floresta, como se quisessem um lugar de onde pudessem ver sem ser vistos. Os olhos de Harry recaíram sobre uma pasta na mesa à sua frente. No nome escrito na etiqueta. Ele a abriu e leu a primeira página. Então ergueu os olhos e viu pastas idênticas na estante. Foi até o topo da escada.

— Smith!
— Sim?
— Suba aqui!

Quando entrou no quarto trinta segundos depois, o psicólogo não foi imediatamente até a mesa onde Harry folheava o conteúdo da pasta. Ele ficou parado à porta com uma expressão de surpresa no rosto.

— Está reconhecendo essas pastas? — perguntou Harry.
— Sim. — Smith foi até a estante e pegou uma. — São minhas. São os registros dos meus pacientes. As pastas que foram roubadas.
— Essa também, eu imagino — disse Harry, erguendo a pasta para que Hallstein Smith lesse a etiqueta.
— Alexander Dreyer. Sim, essa letra é minha.
— Não entendo toda a terminologia, mas posso ver que Dreyer era obcecado por *Dark Side of the Moon*. E mulheres. E sangue. Você escreveu que ele podia acabar desenvolvendo vampirismo e observou que, se isso acontecesse, seria forçado a quebrar a confidencialidade e procurar a polícia.
— Como eu disse, Dreyer parou de ir às consultas.

Harry ouviu o som de uma porta sendo aberta e olhou pela janela a tempo de ver o policial se debruçar no peitoril da varanda e vomitar na neve.

— Onde eles foram procurar o quadro de energia?
— No porão — disse Smith.
— Espere aqui — pediu Harry.

Ele desceu até o primeiro andar. Agora havia uma luz acesa no corredor, e a porta do porão estava aberta. Ele se abaixou um pouco ao descer a escada estreita e escura, mas ainda assim conseguiu bater a cabeça em algo e machucou a testa. O joelho de um cano de água. Sentiu o chão firme debaixo dos pés e viu uma lâmpada acesa do lado de fora de uma despensa. Jimmy olhava para dentro, imóvel, com os braços ao lado do corpo.

Harry foi até o delegado. O frio havia abafado o fedor, apesar de o corpo mostrar sinais de decomposição. Mas era úmido ali embaixo e, apesar de muito fria, a temperatura no subsolo nunca chegava a abaixo de zero, como na superfície. E, à medida que se aproximava, Harry percebeu que o cheiro que acreditava ser de batata podre era na verdade outro cadáver.

— Jimmy — disse ele em voz baixa, e o delegado se virou num sobressalto. Seus olhos estavam arregalados e havia um corte em sua testa, o que provocou uma descarga de adrenalina em Harry antes que ele se desse conta de que aquilo havia sido causado pelo cano de água na escada.

O delegado deu um passo para o lado, e Harry olhou para dentro da despensa.

Era uma jaula. Três metros por dois. Tela metálica, e uma porta com um cadeado aberto. Mas já não prendia ninguém. Porque a pessoa que habitava aquela casca vazia tinha partido havia muito tempo. Um corpo sem vida, mais uma vez. Apesar disso, Harry conseguia entender o que havia deixado o jovem policial tão abalado.

Mesmo que o estágio de decomposição indicasse que ela estava morta havia muito tempo, os ratos e camundongos não foram capazes de alcançar a mulher nua que pendia do teto telado da jaula. E, como o corpo estava intacto, Harry podia observar em detalhes o que havia sido feito com ela. Facas. Principalmente facas. Harry já vira muitos corpos, mutilados de muitas formas. É possível pensar que isso endurece o coração. E é verdade. As pessoas se acostumam a ver as consequências da violência sem sentido, de lutas impiedosas, de punhaladas fatais, eficientes, de rituais loucos. Mas nada disso prepara para algo assim. Para o tipo de mutilação na qual se pode enxergar o que se busca. A dor física e o terror desesperado da vítima quando entende o que está para acontecer. O prazer sexual e a satisfação criativa do assassino. O choque, a desolação impotente daqueles que encontram o corpo. Será que o assassino conseguiu o que queria ali?

O delegado começou a tossir atrás dele.

— Aqui dentro não — disse Harry. — Vá lá para fora.

Ele ouviu os passos trôpegos às suas costas ao abrir a porta da jaula e entrar. A jovem enforcada era magra, e sua pele, branca como a neve do lado de fora da casa tinha marcas vermelhas. Não de sangue. Sardas. E havia um buraco acima do estômago, aberto por uma bala.

Harry duvidava de que ela tivesse se enforcado para acabar com o próprio sofrimento. A causa da morte podia, é claro, ter sido o tiro na barriga, mas o disparo também podia ter sido motivado por frustração depois que ela morreu, depois que ela parou de funcionar, como uma criança que acaba de destruir um brinquedo já quebrado.

Harry afastou o cabelo ruivo caído no rosto das mulheres. Não havia dúvida. O rosto da jovem não expressava nada. Felizmente. Quando, em breve, o fantasma o visitasse à noite, Harry preferia que o fizesse com uma expressão vazia no rosto.

— Q-quem é ela?

Harry se virou. Hallstein Smith tinha o gorro do St. Pauli enterrado até os olhos, como se estivesse congelando, mas ele duvidava de que seus tremores fossem provocados pelo frio.

— Esta é Marte Ruud.

36

Noite de domingo

Harry estava sentado com as mãos no rosto, escutando as vozes e os passos no andar superior. Eles estavam na sala. Na cozinha. No corredor. Montando o cordão de isolamento, posicionando as pequenas bandeiras brancas, tirando fotografias.

Então ele se forçou a erguer a cabeça e olhar outra vez.

Havia explicado ao delegado que não removeriam o corpo de Marte Ruud até a chegada dos peritos. É claro, era possível acreditar que ela havia sangrado até a morte no porta-malas do carro de Valentin, já que encontraram sangue suficiente para comprovar essa teoria. Mas o colchão no lado esquerdo da jaula relatava uma história diferente. Estava preto, saturado de todo tipo de coisa expelida pelo corpo humano. E, acima do colchão, preso à tela, pendia um par de algemas.

Das escadas veio o som de passos. Uma voz familiar praguejou alto, então Bjørn Holm apareceu, com um corte sangrando na testa. Ele parou ao lado de Harry e olhou para a jaula antes de se virar para o ex-policial.

— Agora eu entendo por que nossos dois colegas têm ferimentos idênticos na testa. Ah, e você também. E nenhum de vocês pensou em me avisar, hein? — Ele se virou apressado e falou na direção da escada. — Cuidado com o cano de...

— Ai! — exclamou uma voz abafada.

— Por que alguém construiria uma escada de um jeito que você *precise* bater a cabeça em um...?

— Você não quer olhar para ela — disse Harry em voz baixa.

— O quê?

— Eu também não quero, Bjørn. Estou aqui há quase uma hora, e não fica nem um pouco mais fácil.

— Então por que está sentado aí?

Harry se levantou.

— Ela está sozinha há tanto tempo que eu pensei... — Harry ouviu um tremor na própria voz. Caminhou apressado até a escada e cumprimentou o outro perito que estava ali, esfregando a testa.

No corredor, o delegado falava ao telefone.

— Smith? — perguntou Harry.

Jimmy apontou para cima.

Hallstein Smith estava sentado à mesa do computador lendo a pasta com o nome de Alexander Dreyer quando Harry entrou.

Ele ergueu os olhos.

— Lá embaixo, Harry... Aquilo é obra de Alexander Dreyer.

— Vamos chamá-lo de Valentin. Você tem certeza?

— Está tudo nas minhas anotações. Os cortes. Ele os descreveu para mim, falou de sua fantasia de torturar e matar uma mulher. Descreveu tudo como se planejasse uma obra de arte.

— Nem assim você procurou a polícia?

— Eu pensei nisso, é claro, mas se fôssemos reportar todos os crimes grotescos que os nossos pacientes cometem em sua imaginação, nem nós nem a polícia teríamos tempo de fazer qualquer outra coisa, Harry. — Smith levou as mãos à cabeça. — Pense em todas as vidas que poderiam ter sido salvas se eu...

— Não seja tão duro consigo mesmo, Hallstein. Sequer temos como saber se a polícia teria feito alguma coisa. De qualquer forma, é possível que Lenny Hell tenha usado suas anotações para copiar as fantasias de Valentin.

— Não é impossível. É improvável, mas não impossível. — Smith coçou a cabeça. — Mas ainda não entendo como Hell sabia que, ao roubar minhas anotações, encontraria um assassino com quem trabalhar.

— Você fala demais.

— O quê?

— Pense bem, Smith. Qual é a probabilidade de, numa de suas conversas com Lenny Hell sobre ciúme mórbido, você ter mencionado outros pacientes que fantasiavam com assassinatos?

— Com certeza fiz isso. Sempre tento explicar aos meus pacientes que eles não estão sozinhos com seus pensamentos, para acalmá-los e normalizar... — Smith se calou e cobriu a boca com a mão. — Meu Deus, você quer dizer que eu... que a culpa é dessa minha boca que não para de falar?

Harry fez que não.

— Podemos encontrar cem formas de nos culpar, Hallstein. Nos meus anos como detetive, pelo menos uma dúzia de pessoas foi morta porque não consegui pegar um serial killer tão rápido quanto deveria. Mas, se quiser sobreviver, você precisa saber a hora de desistir.

— Você tem razão. — Smith deu um riso forçado. — Mas acredito que o psicólogo devia estar dizendo isso, não o policial.

— Vá para casa ficar com a sua família, jante e esqueça isso por algum tempo. Tord chegará em breve para examinar o computador. Aí veremos o que ele consegue encontrar.

— Tudo bem. — Smith se levantou, tirou o gorro de lã e o estendeu a Harry.

— Fique com ele. E se alguém perguntar, você lembra por que viemos até aqui hoje, não lembra?

— É claro — respondeu Smith, colocando o gorro de volta na cabeça. E ocorreu a Harry que havia algo de cômico, mas também de ameaçador, na caveira do St. Pauli acima das feições joviais do psicólogo.

— *Sem* um mandado de busca, Harry! — Gunnar Hagen gritava tão alto que Harry precisou afastar o telefone do ouvido. Tord, que estava sentado em frente ao computador de Hell, ergueu os olhos. — Você foi até o endereço e invadiu a casa sem permissão! Eu disse não, em alto e bom som!

— *Eu* não arrombei a casa, chefe. — Harry olhava para o vale pela janela. A escuridão caía, e luzes começavam a ser acesas. — Foi o delegado. Eu apenas toquei a campainha.

— Eu falei com ele, e ele disse que teve uma impressão muito clara de que você tinha um mandado para revistar a casa.

— Eu só disse que tinha o que precisava. E tinha.

— Que era?

— Hallstein Smith era o psicólogo de Lenny Hell. Ele tinha todo o direito de visitar um paciente com quem estava preocupado. E, diante do que veio à tona sobre a relação de Hell com duas das vítimas, Smith acreditava que havia motivo para preocupação. Ele me pediu que o acompanhasse, já que tenho experiência policial, caso Lenny Hell demonstrasse um comportamento violento.

— E eu imagino que Smith vá confirmar isso.

— É claro, chefe. Não podemos brincar com a relação entre psicólogo e paciente.

Ele ouviu o riso forçado de Gunnar Hagen, ao mesmo tempo que o chefe da Divisão de Homicídios cuspia de raiva.

— Você enganou o delegado, Harry. E sabe que as provas podem ser descartadas pela justiça se eles ficarem sabendo...

— Pare de reclamar e cale a boca, Gunnar.

Houve um silêncio breve.

— O que você disse?

— Eu pedi, de modo muito amigável, que você calasse a boca. Porque não há nada para ninguém ficar sabendo. Entramos de forma perfeitamente correta. E não há ninguém para ir a julgamento. Estão todos mortos, Gunnar. Apenas descobrimos hoje o que aconteceu com Marte Ruud. E que Valentin Gjertsen não agiu sozinho. Não vejo como você ou Bellman podem se sair mal disso.

— Eu não dou a mínima...

— Sim, você dá, então aqui vai o texto para a próxima coletiva de imprensa do chefe de polícia: *A polícia trabalhou incansavelmente para localizar Marte Ruud, e essa persistência acaba de render frutos. Nós acreditamos que a família de Marte e a porra da Noruega inteira merecem isso.* Anotou? Lenny Hell de modo algum compromete o sucesso do chefe de polícia com Valentin. Isso é um bônus, chefe. Então relaxe e saboreie a sua carne. — Harry guardou o telefone no bolso da calça. Esfregou o rosto. — O que você encontrou, Tord?

O especialista em TI ergueu os olhos.

— E-mails. Confirmam o que você está dizendo. Quando Lenny Hell procurou Alexander Dreyer, disse que conseguiu o contato no arquivo de pacientes de Smith, roubado por ele. Então Hell vai direto ao ponto e sugere uma colaboração.

— Ele usa a palavra "assassinar"?

— Sim.

— Bom. Continue.

— Dois dias se passaram antes que Dreyer, ou melhor, Valentin, respondesse. Ele escreve que precisará confirmar se o arquivo de pacientes foi mesmo roubado, se não se trata de uma armadilha da polícia. Depois, diz que está aberto a sugestões.

Harry olhou por cima do ombro de Tord. Teve um calafrio ao ver as palavras na tela.

Meu amigo, estou aberto a sugestões atraentes.

Tord rolou a tela e prosseguiu:

— Lenny Hell escreve que devem manter contato apenas por e-mail, e que sob nenhuma circunstância Valentin deve tentar descobrir quem ele é. Ele pede a Valentin que sugira um lugar onde possa entregar as chaves dos apartamentos das mulheres, além de instruções adicionais, mas sem que os dois se encontrem pessoalmente. Valentin sugere o vestiário do Cagaloglu Hamam...

— A casa de banho turca.

— Quatro dias antes de Elise Hermansen ser morta, Hell escreve que a chave do apartamento dela e algumas instruções estão dentro de um dos armários do vestiário, que há um cadeado com uma mancha de tinta azul. E que o segredo do cadeado é 0999.

— Hum. Hell não apenas deu instruções a Valentin, ele guiou suas ações por controle remoto. O que mais ele disse?

— O processo é semelhante com Ewa Dolmen e Penelope Rasch. Mas não há instruções para matar Marte Ruud. Muito pelo contrário. Vejamos... Aqui. No dia seguinte ao desaparecimento de Marte Ruud, Hell escreveu: *Eu sei que foi você quem raptou aquela garota do bar preferido de Harry Hole, Alexander. Isso não faz parte do nosso plano. Imagino que ainda esteja com ela no seu apartamento. A garota levará a polícia até você, Alexander. Precisamos agir rápido. Traga a garota, e eu farei com que ela desapareça. Dirija até as coordenadas 60°8'53,0988", 10°46'38,083", numa estrada deserta com muito pouco tráfego à noite. Esteja lá à uma da manhã, pare na placa com os dizeres "Hadeland 1km". Caminhe exatamente cem passos floresta adentro à sua direita, deixe-a perto da grande árvore queimada e vá embora.*

Harry olhou para a tela e digitou as coordenadas no Google Maps no seu telefone.

— Isso fica a poucos quilômetros daqui. Mais alguma coisa?

— Não, esse foi o último e-mail.

— Sério?

— Bem, ainda não encontrei mais nada nesse computador. Talvez eles tenham se falado por telefone.

— Hum. Avise se encontrar mais alguma coisa.

— Pode deixar.

Harry voltou para a sala.

Bjørn Holm estava no corredor falando com um dos peritos.

— Um pequeno detalhe — disse Harry. — Tire amostras de DNA daquele tubo.

— O quê?

— Sempre que uma pessoa desce aquela escada pela primeira vez ela bate a cabeça no tubo. Pele e sangue. É um tiro no escuro.

— Certo.

Harry foi na direção da porta. Então parou e se virou.

— A propósito, parabéns. Hagen me contou ontem.

Bjørn olhou para ele sem entender. Harry fez um gesto circular sobre a barriga.

— Ah, isso. — Bjørn Holm sorriu. — Obrigado.

Harry saiu da casa e respirou fundo, o frio e a escuridão do inverno envolvendo-o. Era uma sensação purificadora. Seguiu rumo à muralha escura de pinheiros. A polícia estava usando as duas motos de neve como transporte entre a casa e a parte transitável da estrada, e Harry pensou que talvez conseguisse uma carona. Mas, naquele momento, não havia ninguém ali. Ele encontrou a trilha compacta aberta pelas motos de neve, verificou se não perderia o equilíbrio ao caminhar por ela e começou a andar. A casa já havia desaparecido na escuridão atrás dele quando um barulho o deteve. Ele escutou.

Sinos de igreja. Agora?

Ele não sabia se tocavam para um enterro ou batizado, apenas que o som dava calafrios. E, neste momento, viu algo na escuridão densa à sua frente. Um par de olhos amarelos brilhantes, em movimento. Olhos de um animal. E um rugido baixo que se tornava cada vez mais forte. Ele se aproximava rápido.

Harry protegeu o rosto com as mãos, mas ainda estava cego pelos faróis quando a moto de neve parou à sua frente.

— Para onde você está indo? — perguntou uma voz detrás da luz.

Harry pegou o telefone, abriu o aplicativo e entregou o aparelho para o piloto.

— Para cá.

60°8'53,0988", 10°46'38,083".

Havia mata dos dois lados da estrada. Nenhum sinal de carros. Uma placa azul.

Harry encontrou a árvore a precisamente cem metros da placa floresta adentro.

Ele foi até o tronco preto chamuscado e lascado, onde a neve não era tão alta. Agachou-se e viu uma marca mais clara na madeira, iluminada pelos faróis da moto de neve. Corda. Uma corrente, talvez. O que significava que Marte Ruud ainda estava viva quando a levaram até ali.

— Eles estiveram aqui — constatou Harry, olhando em volta. — Valentin e Lenny, os dois estiveram aqui. Será que se encontraram?

As árvores o fitavam em silêncio, como testemunhas relutantes.

Harry voltou até a moto de neve e se sentou atrás do policial.

— Você vai precisar trazer os peritos até aqui para eles examinarem qualquer resquício de prova.

O policial se virou.

— Para onde você vai?

— Vou voltar para a cidade com as más notícias.

— A família de Marte Ruud já foi informada.

— Hum. Mas não a família dela no Schrøder.

Do interior da floresta, um pássaro piou um alerta solitário, mas era tarde demais.

37

Tarde de quarta-feira

Harry moveu a pilha de meio metro de papéis com trabalhos de seus alunos para ver melhor os dois rapazes sentados do outro lado da mesa.

— Bem. Li o trabalho de vocês sobre o caso da estrela do diabo. E sem dúvida vocês merecem elogios por dedicarem seu tempo livre a uma tarefa que passei para os alunos do último ano...

— Mas? — perguntou Oleg.

— Sem mas.

— Porque as nossas respostas foram melhores que a de qualquer um deles, não foram? — As mãos de Jesus estavam entrelaçadas na nuca, em cima de sua longa trança preta.

— Não — disse Harry.

— Não? Quem se saiu melhor?

— O grupo de Ann Grimset, se me lembro bem.

— O quê? — perguntou Oleg. — Eles sequer acertaram o principal suspeito!

— Verdade, eles afirmaram não ter um principal suspeito. E, com base nas informações disponíveis, essa era a conclusão correta. Vocês identificaram a pessoa certa, mas isso porque não conseguiram se controlar e buscaram no Google quem foi o verdadeiro culpado doze anos atrás. Assim, acabaram trabalhando com um roteiro pronto e tiraram várias conclusões equivocadas para chegarem ao resultado certo.

— Então você passou uma tarefa que não tem solução? — quis saber Oleg.

— Não se usassem as informações disponíveis — explicou Harry. — Um gostinho do futuro, se realmente quiserem se tornar detetives.

— Então o que devemos fazer?

— Busquem informações novas. Ou organizem as que já têm de um jeito diferente. Muitas vezes a solução está escondida nas informações que temos disponíveis.

— E quanto ao caso do vampirista? — perguntou Jesus.

— Há algumas informações novas. E outras que já estavam lá.

— Você leu a matéria do *VG* de hoje? — perguntou Oleg. — Lenny Hell instruiu Valentin Gjertsen a matar mulheres de quem Hell tinha ciúme. Exatamente como em *Otelo*.

— Hum. Acho que lembro de você ter dito que o principal motivo para matar em *Otelo* não é ciúme, mas ambição.

— Foi *Síndrome* de Otelo, então. Por sinal, não foi Mona Daa quem escreveu a matéria. Engraçado, não vejo nada escrito por ela há um bom tempo.

— Quem é Mona Daa? — perguntou Jesus.

— A única repórter policial que apresentou todas as informações do caso — disse Oleg. — Uma garota estranha lá do Norte. Que malha no meio da noite e usa Old Spice. Então conte para nós, Harry!

Harry olhou para os dois rostos ansiosos à sua frente. Tentou lembrar se era tão entusiasmado com o curso quando estava na Academia de Polícia. Dificilmente. Estava quase sempre de ressaca e não via a hora de voltar a ficar bêbado. Aqueles dois eram melhores que ele. Pigarreou.

— Certo. Neste caso, isso é uma aula, e devo lembrar que, como cadetes, vocês têm um dever de confidencialidade. Entendido?

Os dois assentiram e se inclinaram para a frente.

Harry se recostou na cadeira. Queria fumar, e sabia que um cigarro lá fora, nas escadas, não seria má ideia.

— Já tínhamos examinado o computador de Hell, e estava tudo lá — começou ele. — Planos de ação, notas, informações sobre as vítimas, informações sobre Valentin Gjertsen, vulgo Alexander Dreyer, sobre Hallstein Smith, sobre mim...

— Sobre *você*? — perguntou Jesus.

— Deixe ele falar — disse Oleg.

— Hell escreveu um manual sobre como fazer os moldes das chaves dos apartamentos daquelas mulheres. Ele descobriu que, num encontro marcado pelo Tinder, oito em cada dez mulheres deixam a bolsa na mesa quando vão o banheiro, e que a maioria guarda a chave de casa num pequeno bolso com zíper dentro da bolsa. Ele descobriu também que em quinze segundos, mais ou menos, é possível fazer moldes em cera de três chaves, frente e verso, e que é mais fácil fotografá-las, mas com certos tipos de chave as fotografias não são suficientes para criar um arquivo que produza cópias fiéis numa impressora 3D.

— Isso quer dizer que já no primeiro encontro ele *sabia* que sentiria ciúme delas? — perguntou Jesus.

— Em certos casos, talvez — respondeu Harry. — O que ele escreveu foi que, já que era algo tão simples, não havia motivo para *não* ter acesso à casa delas.

— Sinistro — sussurrou Jesus.

— O que o levou a escolher Valentin e como ele o encontrou? — perguntou Oleg.

— Tudo que ele precisava estava nos registros de pacientes que roubou de Smith. Ele descobriu que Alexander Dreyer era um homem com fantasias vampirísticas tão intensas e detalhadas que Smith pensou em denunciá-lo à polícia. O argumento contrário era que Dreyer exibia enorme autocontrole e levava uma vida equilibrada. Eu imagino que foi essa combinação de desejo de matar e autocontrole que fez dele o candidato perfeito para Hell.

— Mas o que Hell tinha a oferecer para Valentin Gjertsen? — perguntou Jesus. — Dinheiro?

— Sangue. Sangue jovem e quente de mulheres sem qualquer ligação com Alexander Dreyer.

— Homicídios em que não existe um motivo óbvio e em que o assassino jamais teve contato prévio com as vítimas são os mais difíceis de resolver — disse Oleg, e Jesus assentiu. Harry reconheceu as palavras de uma de suas aulas.

— Aham. O mais importante para Valentin era manter o nome falso, Alexander Dreyer, longe da investigação. Junto com o novo rosto, aquele nome era o que permitia a ele circular livremente. Ele não parecia preocupado com o fato de vir à tona que Valentin Gjertsen estava por trás dos assassinatos. E é claro que, no fim, ele não conseguiu resistir à tentação de sinalizar para nós que era o homem por trás dos assassinatos.

— Para nós ou para você? — indagou Oleg.

Harry deu de ombros.

— De qualquer forma, isso não nos deixou nem um pouco mais perto do homem que procuramos ao longo de todos esses anos. Valentin apenas seguiu as instruções de Hell, apenas continuou matando. E conseguia fazer isso em segurança, porque, com as cópias das chaves feitas por Hell, podia entrar na casa das vítimas.

— Uma simbiose perfeita — disse Oleg.

— Como a hiena e o abutre — murmurou Jesus. — O abutre mostra à hiena onde está a presa ferida, e a hiena a mata. Comida para ambos.

— Então Valentin mata Elise Hermansen, Ewa Dolmen e Penelope Rasch — disse Oleg. — Mas e Marte Ruud? Lenny Hell a conhecia?

— Não, foi obra de Valentin. E foi endereçada a mim. Ele leu nos jornais que eu o chamei de pervertido desprezível, então transformou uma pessoa próxima a mim em uma de suas vítimas.

— Só porque você o chamou de pervertido? — disse Jesus, torcendo o nariz.

— Os narcisistas adoram ser amados — explicou Harry. — Ou odiados. O medo das pessoas confirma e infla sua autoimagem. Para eles, é um insulto ser ignorado ou menosprezado.

— A mesma coisa aconteceu quando Smith insultou Valentin no podcast — disse Oleg. — Valentin ficou furioso e partiu para a fazenda de Smith para matá-lo. Você acha que ele se tornou psicótico? Quer dizer, ele conseguiu se controlar por tanto tempo... Os primeiros assassinatos foram atos frios, calculados, enquanto Smith e Marte Ruud foram reações espontâneas.

— Talvez — disse Harry. — Ou talvez ele estivesse apenas cheio da confiança que os serial killers costumam adquirir quando seus primeiros crimes são bem-sucedidos. Eles passam a acreditar que são capazes de caminhar sobre a água.

— Mas por que Lenny Hell cometeu suicídio? — perguntou Jesus.

— Bom. Sugestões?

— Não é óbvio? — respondeu Oleg. — Lenny havia planejado a morte das mulheres que o dispensaram e que, portanto, mereciam morrer, mas se viu com o sangue de Marte Ruud e Mehmet Kalak nas mãos. Dois inocentes que não tinham nada a ver com aquilo. A consciência dele pesou. Ele não conseguiu aceitar o que provocou.

— Não — discordou Jesus. — Lenny planejava o suicídio desde o princípio, assim que tudo estivesse terminado. Ele só queria matar aquelas três mulheres, Elise, Ewa e Penelope.

— Duvido — disse Harry. — Havia menção a mais mulheres nas anotações de Hell e outras cópias de chaves.

— Certo, e se ele não se matou? — disse Oleg. — E se Valentin o matou? Eles podem ter se desentendido depois da morte de Mehmet e Marte. Isso se Lenny os visse como vítimas inocentes. Então talvez ele quisesse se entregar à polícia, mas Valentin acabou descobrindo suas intenções.

— Valentin pode simplesmente ter se cansado de Lenny — continuou Jesus. — Não é raro que a hiena coma um abutre se ele chegar perto demais.

— As únicas digitais na pistola eram de Lenny Hell — esclareceu Harry. — É claro que Valentin pode ter matado Lenny e tentado fazer parecer suicídio. Mas por que se daria ao trabalho? Valentin tinha nas costas evidências suficientes para uma prisão perpétua. E se estivesse preocupado em cobrir seus rastros, não teria deixado Marte Ruud no porão, ou o computador e os registros roubados, que comprovam que ele e Hell agiram juntos.

— Certo — disse Jesus. — Eu concordo com a primeira parte do que Oleg disse. Lenny Hell se deu conta do que provocou e não conseguiu conviver com isso.

— Jamais subestimem o primeiro pensamento que vem à mente — aconselhou Harry. — Ele geralmente se baseia em mais informações do que aquelas registradas pela nossa consciência. E a solução mais simples costuma ser a correta.

— Mas tem uma coisa que eu não entendo — disse Oleg. — Lenny e Valentin não queriam ser vistos juntos, ótimo. Mas por que um sistema tão complicado para as entregas? Eles não podiam simplesmente se encontrar na casa de um ou do outro?

Harry fez que não.

— Era importante para Lenny que sua identidade não fosse conhecida por Valentin, já que o risco de Valentin ser preso ainda era bem grande.

Jesus assentiu.

— E ele temia que Valentin levasse a polícia até ele para conseguir uma redução da pena.

— E Valentin definitivamente não queria que Lenny soubesse onde ele morava — disse Harry. — Um dos motivos para ele ter conseguido se esconder por tanto tempo é que era muito cuidadoso com isso.

— Então o caso está resolvido, sem pontas soltas — anunciou Oleg. — Hell cometeu suicídio e Valentin sequestrou Marte Ruud. Mas vocês têm provas de que foi ele quem a matou?

— A Divisão de Homicídios acredita que sim.

— Por quê?

— Porque eles encontraram DNA de Valentin no Schrøder e sangue de Marte no porta-malas do carro dele, e porque acharam a bala disparada contra a barriga de Marte. A bala atravessou o corpo e se alojou na parede de tijolos do porão de Hell, e o ângulo, em comparação com a posição do corpo, mostra que ela levou o tiro antes de ser enforcada. A bala veio do mesmo revólver Ruger Redhawk que estava com Valentin quando ele planejava atirar em Smith.

— Mas você não concorda com eles — disse Oleg.

Harry arqueou a sobrancelha.

— Não?

— Com "a Divisão de Homicídios acredita que sim", você quer dizer que pensa diferente.

— Hum.

— Então o que você acha? — perguntou Oleg.

Harry passou uma das mãos no rosto.

— Eu não tenho certeza se é tão importante saber quem acabou com o sofrimento dela. Porque então teria sido exatamente isso. Um ato de piedade. O colchão dentro da jaula transbordava DNA. Sangue, suor, sêmen, vômito. Dela e de Lenny Hell.

— Meu Deus — disse Jesus. — Você quer dizer que Hell também abusou dela?

— Talvez até outras pessoas.
— Além de Valentin e Hell?
— Há um cano de água que passa no teto da escada do porão. É impossível não bater a cabeça nele se você não sabe que ele está ali. Então pedi a Bjørn Holm, o perito criminal que está cuidando do caso, que me mandasse uma lista de todo mundo cujo DNA foi encontrado naquele cano. Qualquer material muito antigo se degrada, mas nós nos deparamos com sete perfis. Como de costume, recolhemos amostras de DNA de todos que estavam trabalhando na cena do crime, e encontramos material do delegado, do colega dele, de Bjørn, de Smith e o meu, além de outro perito que não conseguimos alertar a tempo. Mas não conseguimos identificar o sétimo perfil.
— Então não era de Valentin Gjertsen nem de Lenny Hell?
— Não. Sabemos apenas que é um homem, e que ele não é parente de Lenny Hell.
— Não poderia ser de alguém que trabalhou na casa? — perguntou Oleg. — Um eletricista, encanador, alguém assim?
— Sim, poderia — disse Harry, e seu olhar foi atraído pela cópia do *Dagbladet* aberto à sua frente e pelo retrato de Bellman, prestes a assumir o cargo de ministro da Justiça. Ele leu a legenda outra vez: *"Estou satisfeito com a persistência e o trabalho incansável da polícia, que nos permitiram encontrar Marte Ruud. Tanto a família quanto a polícia mereciam esse feito. Com isso fica mais fácil para mim deixar o cargo de chefe de polícia."*
— Preciso ir, rapazes.
Eles deixaram a Academia de Polícia juntos e, quando estavam para se separar em frente ao Chateau Neuf, Harry se lembrou do convite.
— Hallstein terminou a tese dele sobre vampirismo, a defesa será na sexta-feira. Nós fomos convidados.
— Defesa?
— Uma apresentação oral assistida por sua família inteira e seus amigos, todo mundo bem-vestido — disse Jesus. — É difícil não fazer besteira.
— Sua mãe e eu vamos. Não sei se você quer ir ou se tem tempo. Ståle faz parte da banca.

— Uau! — exclamou Oleg. — Espero que não seja muito cedo. Vou ao Ullevål no sábado.

Harry franziu a testa.

— Para quê?

— Por causa do Dr. Steffens, ele quer outra amostra de sangue. Disse que está pesquisando uma rara doença chamada mastocitose sistêmica, e que se foi isso que mamãe teve, então o sangue dela se curou sozinho.

— Mastocitose?

— É provocada por um defeito genético chamado mutação do c-kit. Não é hereditário, mas Steffens espera que a substância presente no sangue que ajuda na recuperação seja. Então ele quer o meu sangue para compará-lo ao da mamãe.

— Então essa é a ligação genética de que sua mãe anda falando?

— Steffens ainda acredita que foi envenenamento e que isso é um tiro no escuro, mas ele disse que a maioria das descobertas é exatamente isso. Tiros no escuro.

— Nisso ele tem razão. A defesa será às duas horas. Haverá uma recepção depois, mas acho que eu pularia essa parte.

— Tenho certeza de que sim. — Oleg sorriu e se virou para Jesus. — Harry não gosta de pessoas, sabe?

— Claro que gosto. O que não gosto é de estar *com* as pessoas. Principalmente se forem muitas ao mesmo tempo. — Ele olhou para o relógio. — Por falar nisso...

— Desculpe pelo atraso, aula particular — disse Harry, indo para trás do balcão.

Øystein resmungou ao colocar dois copos de chope sobre o balcão, derramando um pouco de bebida.

— Harry, nós precisamos de mais gente.

Harry olhou para o bar, que começava a lotar.

— Acho que já temos gente suficiente.

— Deste lado do balcão, seu idiota.

— O idiota estava brincando. Você conhece alguém com bom gosto musical?

— Tresko.

— Alguém que não seja autista.
— Não. — Øystein serviu mais um chope e fez um gesto para que Harry recebesse o pagamento.
— Certo, vamos pensar nisso. Hallstein esteve aqui? — Harry apontou para o gorro do St. Pauli vestido num copo próximo à flâmula do Galatasaray.
— Sim, ele agradeceu o empréstimo. Estava com alguns jornalistas estrangeiros, para mostrar o lugar onde a história começou. Ele vai ter uma daquelas coisas de doutor depois de amanhã.
— Defesa. — Harry devolveu o cartão ao cliente e agradeceu.
— É. E um cara também veio com eles. Smith o apresentou como um colega da Divisão de Homicídios.
— Ah, é? — disse Harry, atendendo ao pedido de um sujeito de barba hipster vestindo uma camiseta do Cage the Elephant. — Como ele era?
— Dentes — disse Øystein, apontando para seus dentes marrons.
— Truls Berntsen?
— Não sei o nome, mas já o vi aqui várias vezes. Costuma sentar naquele reservado ali. Vem sozinho.
— Deve ser Truls Berntsen.
— A mulherada cai em cima dele.
— Não pode ser Truls Berntsen.
— Mas mesmo assim ele vai para casa sozinho. Sujeito estranho.
— Por que ele não leva mulheres para casa?
— *Você* confiaria num cara que dispensa boceta de graça?

O hipster barbudo arqueou a sobrancelha. Harry deu de ombros, colocou as cervejas na frente dele, foi até o espelho e vestiu o gorro do St. Pauli. Estava prestes a se virar quando congelou. Imóvel, olhou seu reflexo no espelho, a caveira em sua testa.
— Harry?
— Hum.
— Você pode me dar uma ajuda aqui? Dois *mojitos* com Sprite Light.

Harry assentiu lentamente. Então tirou o gorro, deu a volta no bar e se apressou em direção à porta.
— Harry!
— Ligue pro Tresko.

* * *

— Sim?

— Desculpe ligar tão tarde, achei que talvez o Instituto de Medicina Forense já estivesse fechado.

— Devíamos ter fechado, mas é assim que as coisas funcionam quando se trabalha num lugar com falta crônica de pessoal. E você ligou para o número interno, que deveria ser usado apenas pela polícia.

— Sim, aqui é Harry Hole, eu sou inspetor da...

— Eu sei que é você, Harry. Aqui é Paula, e você não é inspetor em lugar nenhum.

— Ah, é você. Certo, estou trabalhando no caso do vampirista, por isso liguei. Preciso que você confirme a identificação do DNA coletado no cano de água.

— Não fui eu que fiz as análises, mas posso olhar. Mas já vou dizendo, fora Valentin Gjertsen, não tenho os nomes dos perfis de DNA do caso do vampirista, apenas números.

— Tudo bem, tenho listas com os nomes e os números de todas as cenas de crime, então pode dizer.

Harry riscava os números à medida que Paula lia os perfis de DNA encontrados. O delegado, o policial local, Hole, Smith, Holm e seu colega perito. E finalmente a sétima pessoa.

— Nada de identificação ainda? — perguntou Harry.

— Nada.

— E quanto ao restante da casa de Hell, algum DNA encontrado bate com o perfil de Valentin?

— Vejamos... Não, parece que não.

— Nada no colchão, no corpo, nenhuma relação com...?

— Não.

— Tudo bem, Paula. Obrigado.

— A propósito, vocês descobriram do que se tratava aquela mecha de cabelo?

— Mecha de cabelo?

— Sim, no outono passado. Wyller trouxe para mim uma mecha de cabelo e disse que você queria que fosse analisada. Provavelmente achou que daríamos prioridade a isso se mencionasse o seu nome.

— E deram?

— É claro, Harry. Você sabe que as garotas aqui têm uma quedinha por você.

— Esse não é o tipo de coisa que se diz a homens muito velhos? Paula riu.

— É o que acontece quando se casa, Harry. Castração voluntária.

— Hum. Achei aquela mecha de cabelo no chão do quarto da minha esposa no Hospital Ullevål. Provavelmente foi apenas paranoia.

— Sei. Achei que não fosse mesmo importante quando Wyller me disse que deixasse pra lá. Você estava com medo de que sua esposa tivesse um amante?

— Não. Não até agora, pelo menos.

— Vocês homens são tão ingênuos.

— É assim que sobrevivemos.

— Mas você não é assim, certo? Estamos prestes a dominar o planeta, não sei se já percebeu isso.

— Já sim, você está trabalhando no meio da noite, e isso é muito assustador. Boa noite, Paula.

— Boa noite.

— Espere, Paula. Deixar o que pra lá?

— Como?

— O que Wyller disse para deixar pra lá?

— A relação.

— Que relação?

— Entre a mecha de cabelo e um dos perfis de DNA do caso do vampirista.

— Sério? Qual?

— Não sei, como eu disse, só temos os números. Nem ao menos sabemos se são suspeitos ou policiais que trabalharam na cena do crime.

Harry não disse nada por alguns instantes.

— Você tem o número? — perguntou ele por fim.

— Boa noite — disse o paramédico mais velho ao entrar na sala dos médicos na emergência.

— Boa noite, Hansen — respondeu a outra pessoa na sala, servindo-se do café da garrafa térmica.

— Seu amigo policial acabou de ligar.

O Dr. John Doyle Steffens se virou e arqueou a sobrancelha.

— E desde quando eu tenho amigos na polícia?

— Ele mencionou seu nome, pelo menos. Um tal de Harry Hole.

— O que ele queria?

— Ele nos mandou a fotografia de uma poça de sangue e pediu que estimássemos o quanto havia ali. Disse que você já havia feito isso com uma fotografia de uma cena de crime e imaginou que o pessoal que trabalha com acidentes fosse treinado para fazer o mesmo. Acho que desapontei o sujeito.

— Interessante — disse Steffens, e tirou um fio de cabelo do ombro. Ele não via sua crescente perda de cabelo como um sinal de que definhava, muito pelo contrário. Via aquilo como um desabrochar, uma renovação, um desapego de coisas sem utilidade. — Por que ele não falou diretamente comigo?

— Provavelmente deve ter pensado que um figurão como você não estaria trabalhando no meio da noite. E parecia ser urgente.

— Sei. Ele disse do que se tratava?

— Só disse que era algo em que estava trabalhando.

— Você tem a foto?

— Aqui.

O paramédico tirou o celular do bolso e mostrou a mensagem ao médico. Steffens olhou para a fotografia de uma poça de sangue num piso de madeira. Havia uma régua ao lado da poça.

— Um litro e meio — constatou Steffens. — Quase precisamente. Pode ligar para ele e dizer isso. — Bebeu um gole de café. — Um professor trabalhando no meio da noite, aonde esse mundo vai parar?

O paramédico riu.

— O mesmo vale para você, Steffens.

— O quê? — perguntou o hematologista, abrindo espaço para o outro em frente à garrafa.

— Noite sim, noite não, Steffens. O que você realmente está fazendo aqui?

— Cuidando de pacientes graves.

— Eu sei, mas por quê? Você já tem o seu trabalho como hematologista, mas ainda assim pega plantões extra aqui na emergência. Isso não é comum.

— E quem quer o comum? Desejo apenas estar onde posso ser mais útil.

— Então você não tem família, ninguém que gostaria que você estivesse em casa?

— Não, mas tenho colegas cujas famílias prefeririam que eles não ficassem em casa.

— Rá! Mas você usa aliança.

— E você tem sangue na manga da camisa, Hansen. Acabou de trazer alguém que estava sangrando?

— Sim. Divorciado?

— Viúvo. — Steffens bebeu mais café. — Quem é o paciente? Homem, mulher, jovem, velho?

— Uma mulher na casa dos trinta. Por quê?

— Curiosidade. Onde ela está agora?

— Alô? — sussurrou Bjørn Holm.

— É Harry. Você estava dormindo?

— São duas da manhã. O que você acha?

— Tinha cerca de um litro e meio de sangue de Valentin no chão do escritório.

— O quê?

— É matemática básica. Ele estava pesado demais.

Harry ouviu um rangido na cama, então lençóis roçando no fone antes de voltar a ouvir a voz sussurrada de Bjørn Holm.

— Do que você está falando?

— Dá para ver na balança, nas imagens da câmera de segurança. Quando saiu do escritório, Valentin só pesava um quilo e meio a menos do que quando entrou.

— Um litro e meio de sangue pesa um quilo e meio, Harry.

— Eu sei. Mas, mesmo assim, ainda faltam provas. Assim que as tivermos eu explico. Não fale disso com ninguém, tudo bem? Nem mesmo com a pessoa deitada ao seu lado.

— Ela está dormindo.

— Dá para ouvir.

Bjørn riu.

— Ela ronca por dois.

— Podemos nos encontrar amanhã às oito na Sala das Caldeiras?
— Pode ser. Smith e Wyller também vão?
— Veremos Smith na defesa dele na sexta-feira.
— E Wyller?
— Só eu e você, Bjørn. E quero que você leve o computador de Lenny Hell e o revólver de Valentin.

38

Manhã de quinta-feira

— Caiu da cama, Bjørn? — disse o policial mais velho no balcão do depósito de provas.
— Bom dia, Jens. Quero retirar um item do caso do vampirista.
— Sim, o caso voltou aos holofotes, não foi? O pessoal da Homicídios retirou algumas coisas ontem, tenho quase certeza de que as provas estão na prateleira G. Mas vejamos o que essa maldita máquina pensa... — Jens digitou como se as teclas estivessem fervendo e olhou para a tela. — Vejamos... essa porcaria travou de novo... — Ele ergueu os olhos com uma expressão resignada. — O que você acha, Bjørn? Não era melhor quando a gente podia simplesmente abrir uma pasta e encontrar exatamente o que...
— Quem da Homicídios esteve aqui? — perguntou Bjørn, tentando esconder a impaciência.
— Como é mesmo o nome dele? Aquele dos dentes.
— Truls Berntsen?
— Não, não, o dos dentes *bonitos*. O novato.

— Anders Wyller — disse Bjørn.
— Hum — respondeu Harry, se recostando em sua cadeira na Sala das Caldeiras. — E ele retirou o Redhawk de Valentin?
— Além dos dentes de ferro e das algemas.
— E Jens não disse para que Wyller queria essas provas?

— Não. Ele não sabe. Tentei ligar para Wyller no escritório, mas disseram que ele está tirando folgas vencidas, então liguei para o celular.
— E?
— Caixa postal. Talvez esteja dormindo, mas posso tentar de novo agora.
— Não — disse Harry.
— Não?
Harry fechou os olhos.
— *No final das contas, acabamos fazendo papel de idiotas* — murmurou ele.
— O quê?
— Nada. Vamos acordar Wyller. Você pode ligar para a sede da polícia e descobrir onde ele mora?
Trinta segundos depois, Bjørn colocou o fone de volta no gancho e repetiu o nome da rua em voz alta.
— Você só pode estar brincando — disse Harry.

Bjørn Holm entrou com o Volvo Amazon na rua tranquila e seguiu em meio aos montes de neve onde os carros pareciam ter se entocado para hibernar no inverno.
— Aqui — disse Harry, inclinando-se para a frente e olhando para o prédio de quatro andares. Havia grafites na parede azul-clara, entre o segundo e o terceiro andares.
— Sofies gate, 5 — disse Bjørn. — Não é exatamente Holmenkollen...
— Parece que foi em outra vida — retrucou Harry. — Espere aqui.
Harry desceu do carro, subiu os dois degraus até a porta e leu os nomes ao lado das campainhas. Alguns dos antigos nomes haviam mudado. O nome de Wyller estava um pouco abaixo de onde ficava o seu. Ele apertou o botão. Esperou. Apertou de novo. Nada. Estava para apertar uma terceira vez quando a porta se abriu e uma jovem saiu apressada. Harry segurou a porta antes que ela fechasse e entrou de fininho.
As escadas tinham o mesmo cheiro de que se lembrava. Um misto de comida norueguesa e paquistanesa, e o perfume enjoativo da velha *fru* Sennheim no primeiro andar. Harry escutou. Silêncio. Então subiu as escadas devagar, instintivamente evitando o sexto degrau, que sabia estar rachado.

Ele parou em frente à porta no primeiro andar.

Não havia luz do outro lado do vidro fosco.

Harry bateu na porta. Olhou para a fechadura. Sabia que não teria dificuldade para entrar no apartamento. Um cartão de crédito e um empurrão. Pensou naquilo. Em ser aquele que invadia a casa. Sentiu o coração bater mais rápido, e sua respiração embaçou o vidro. Aquela excitação, era aquilo que Valentin sentia ao abrir a porta do apartamento de uma vítima?

Harry bateu outra vez. Esperou, então desistiu e se virou para ir embora. Nesse instante, ouviu passos atrás da porta. Virou-se novamente. Viu uma sombra no vidro fosco. A porta abriu.

Anders Wyller vestia uma calça jeans. Estava sem camisa e com a barba por fazer, mas não parecia ter acabado de acordar. Pelo contrário, estava com as pupilas dilatadas e escuras, a testa molhada de suor. Harry notou uma marca vermelha em seu ombro — um corte? Via um pouco de sangue, pelo menos.

— Harry, o que você está fazendo aqui? — A voz dele parecia diferente, não tinha o mesmo tom agudo, jovial. — E como você entrou?

Harry pigarreou.

— Precisamos do número de série do revólver de Valentin. Eu toquei a campainha.

— E?

— E você não atendeu. Achei que devia estar dormindo, então entrei de qualquer forma. Na verdade, morei neste prédio, no quarto andar, então sei que as campainhas são um pouco baixas.

— É verdade — disse Wyller, espreguiçando-se enquanto deixava escapar um bocejo.

— Enfim. Está com você?

— O quê?

— O Redhawk. O revólver.

— Ah, sim. Está. O número de série? Espere, vou pegar.

Wyller encostou a porta, e, através do vidro, Harry o viu desaparecer no fim do corredor. Os apartamentos tinham a mesma planta, então ele sabia onde ficava o quarto. A silhueta veio novamente em direção à porta, então entrou à esquerda, na sala.

Harry abriu a porta. Havia um cheiro... perfume? Ele notou que a porta do banheiro estava fechada. Foi o que Wyller havia feito, ele havia fechado a porta. Os olhos de Harry automaticamente percorreram o corredor à procura de roupas ou sapatos que pudessem lhe revelar alguma coisa, mas não havia nada ali. Ele olhou para a porta do quarto e escutou. Então deu três longos e silenciosos passos, e estava dentro da sala. Anders Wyller não o ouviu entrar — estava de costas para Harry, ajoelhado em frente à mesa de centro escrevendo numa caderneta. Próximo a ela havia um prato com uma fatia de pizza. Pepperoni. E o revólver de cano longo com o cabo vermelho. Mas Harry não via as algemas ou os dentes de ferro.

Havia uma gaiola vazia em um canto da sala. Do tipo que as pessoas usam para coelhos. Harry se lembrou da reunião em que Skarre pressionou Wyller sobre o vazamento de informações, e Wyller disse que havia contado ao *VG* que tinha um gato. Onde estava o gato? E quem prende um gato numa gaiola? O olhar de Harry se esgueirou até a parede, até uma estante estreita com livros técnicos da Academia de Polícia, incluindo *Investigative Methods*, de Bjerknes e Hoff Johansen. Mas havia outros que não estavam na bibliografia, como *Sexual Homicide — Patterns and Motives*, de Ressler, Burgess e Douglas, um livro sobre assassinatos em série que ele havia citado nas últimas aulas porque continha informações sobre a nova unidade ViCAP do FBI. Harry olhou para as outras prateleiras. Havia o que pareciam ser fotografias de família, dois adultos e um Anders Wyller ainda menino. E mais livros nas prateleiras de baixo: *Haematology at a Glance*, de Atul B. Mehta e A. Victor Hoffbrand. E *Basic Haematology*, de John D. Steffens. Um jovem interessado em doenças do sangue? Por que não? Harry se aproximou um pouco mais e olhou detidamente para a fotografia de família. O menino parecia feliz. Os pais, nem tanto.

— Por que você retirou as coisas de Valentin do arquivo? — perguntou Harry, e viu Wyller se empertigar. — Katrine Bratt não pediu que fizesse isso. Provas materiais não são o tipo de coisa que costumamos levar para casa, mesmo que o caso já esteja resolvido.

Wyller se virou, e Harry notou que o olhar dele automaticamente se desviou para a esquerda. Para o quarto.

— Eu sou detetive da Homicídios, e você, professor da Academia de Polícia, Harry, então, tecnicamente, sou eu quem deveria estar perguntando por que você quer o número de série.

Harry olhou para Wyller. Percebeu que não teria uma resposta.

— Vamos verificar o número de série para rastrear o proprietário original da arma. Dificilmente era Valentin Gjertsen, já que ele não tinha nem poderia ter porte de arma.

— E isso é importante?

— Você não acha?

Wyller encolheu os ombros nus.

— Até onde sabemos, o revólver não foi usado para matar ninguém, nem mesmo Marte Ruud. O *post mortem* constatou que ela já estava morta quando levou o tiro. Temos o exame balístico do revólver, que não bate com nenhum caso na nossa base de dados. Então não, acho que não é importante consultar o número de série, não quando coisas mais importantes demandam nossa atenção.

— Sei. Bom, talvez esse professor possa ser útil vendo até onde esse número de série pode nos levar.

— É claro — disse Wyller, arrancando a folha de papel da caderneta e estendendo-a para Harry.

— Obrigado. — Harry olhou de relance para o sangue no ombro dele.

Wyller o acompanhou até a porta e, quando Harry se virou já do lado de fora, viu que o jovem detetive ocupava todo o vão da porta, como um leão de chácara.

— Apenas por curiosidade. Aquela gaiola na sala, o que você coloca ali dentro?

Wyller piscou os olhos algumas vezes.

— Nada — respondeu ele, e fechou a porta em silêncio.

— Você o encontrou? — perguntou Bjørn ao sair com o carro.

— Encontrei — disse Harry, puxando uma folha de sua própria caderneta. — E aqui está o número de série. A Ruger é uma empresa americana. Será que você pode conferir com a ATF?

— Você não está achando que eles vão conseguir rastrear aquele revólver...

— Por que não?

— Porque os americanos não se mostram tão entusiasmados quando o assunto é registro de armas. E há mais de trezentas mil armas nos Estados Unidos. Mais armas do que gente, em outras palavras.

— Assustador.

— O que é assustador — continuou Bjørn Holm, acelerando para derrapar de propósito ao virar a esquina e descer a ladeira rumo à Pilestredet — é que, mesmo quem diz ter armas para se proteger, usa-as para atirar nas pessoas erradas. Li uma matéria do *Los Angeles Times* dizendo que, em 2012, o número de mortes por tiros acidentais foi o dobro do das mortes em legítima defesa. E o número de suicídios é quase quarenta vezes maior. Isso para não falar nas estatísticas de homicídios.

— Você lê o *Los Angeles Times*?

— Bem, principalmente porque Robert Hilburn escrevia sobre música no jornal. Você já leu a biografia do Johnny Cash escrita por ele?

— Não. Hilburn... Foi ele quem escreveu sobre a turnê dos Sex Pistols nos Estados Unidos?

— Foi.

Eles pararam em um sinal fechado em frente ao Blitz, o antigo epicentro do movimento punk na Noruega, onde de vez em quando ainda se via um moicano. Bjørn Holm sorriu para Harry. Estava feliz agora. Feliz porque seria pai, feliz porque o caso do vampirista estava encerrado, feliz por fazer derrapagens num carro que tinha o estilo dos anos setenta, falando sobre música quase tão antiga quanto.

— Seria ótimo se você conseguisse me dar uma resposta antes do meio-dia, Bjørn.

— Se não me engano, a ATF fica em Washington, D.C., onde já é noite.

— Eles têm um escritório na Interpol em Haia, tente lá.

— Certo. Você descobriu por que Wyller retirou aquelas provas?

Harry olhava para o sinal vermelho.

— Não. Você está com o computador de Lenny Hell?

— Está com Tord, ele já deve estar esperando na Sala das Caldeiras.

— Bom. — Impaciente, Harry olhava para o sinal, esperando a luz ficar verde.

— Harry?

— Diga.

— Você já pensou que Valentin parece ter saído às presas do apartamento, pouco antes de Katrine e a Delta chegarem? Como se tivesse sido alertado por alguém?

— Não — mentiu Harry.

O sinal abriu.

Tord apontava para a tela e explicava coisas para Harry enquanto a cafeteira cuspia e chiava atrás deles.

— Aqui estão os e-mails de Lenny Hell para Valentin antes dos homicídios de Elise, Ewa e Penelope.

Os e-mails eram curtos. Apenas o nome e o endereço da vítima e uma data. A data do homicídio. E todos terminavam com a mesma frase. *Instruções e chaves no local combinado. As instruções devem ser queimadas depois de lidas.*

— Eles não dizem grande coisa — disse Tord. — Mas o suficiente.

— Hum.

— O quê?

— Por que as instruções precisam ser queimadas?

— Não é óbvio? Havia informações nelas que podiam levar a Lenny.

— Mas ele não apagou os e-mails do computador. Será que ele sabia que especialistas em TI como você conseguiriam recuperar as mensagens de qualquer forma?

Tord fez que não.

— Hoje em dia não é tão simples. Não se o remetente e o destinatário apagarem completamente os e-mails.

— Lenny saberia como fazer isso. Então por que não fez?

Tord encolheu os ombros largos.

— Porque sabia que já estaria tudo acabado quando colocássemos as mãos no computador dele.

Harry assentiu lentamente.

— Talvez Lenny soubesse disso desde o princípio. Que, um dia, a guerra que ele havia começado em seu bunker seria perdida. E que então seria hora de meter uma bala na cabeça.

— Talvez. — Tord olhou para o relógio. — Mais alguma coisa?

— Você sabe o que é análise estilométrica?

— Sim. O estudo das variações no estilo de escrita. Houve muitas pesquisas na área depois do escândalo da Enron. Centenas de milhares de e-mails tiveram o sigilo quebrado para que os pesquisadores tentassem identificar os remetentes. Eles chegaram a uma margem de acerto entre oitenta e noventa por cento.

Depois que Tord saiu, Harry ligou para a editoria policial do *VG*.

— Harry Hole. Posso falar com Mona Daa?

— Quanto tempo, Harry. — Ele reconheceu a voz de um dos repórteres policiais mais antigos. — Até poderia, mas infelizmente Mona sumiu há alguns dias.

— Sumiu?

— Recebemos uma mensagem de texto dizendo que ela tiraria alguns dias de folga e deixaria o telefone desligado. Talvez tenha sido uma boa ideia, aquela menina trabalhou duro no último ano, mas o editor ficou possesso por ela não ter pedido a folga, por ter simplesmente enviado uma mensagem de texto e sumido do mapa. Esses jovens de hoje, hein, Harry? Posso ajudar com alguma coisa?

— Não, obrigado — disse Harry, e desligou. Ele olhou para o celular por algum tempo antes de guardá-lo no bolso.

Às onze e quinze, Bjørn Holm já havia conseguido o nome do homem que levou o Ruger Redhawk para a Noruega, um marinheiro de Farsund. E às onze e meia Harry falou ao telefone com a filha do sujeito. Ela se lembrava do Redhawk porque deixara o revólver, que pesava mais de um quilo, cair no dedão do pé do pai quando criança. Mas não sabia qualquer informação sobre o destino da arma.

— Papai se mudou para Oslo quando se aposentou, para ficar mais próximo de nós, os filhos. Mas ficou doente no fim da vida e fez muitas coisas estranhas. Passou a doar as coisas dele, o que só descobrimos durante a divisão da herança. Eu nunca mais vi o revólver, então ele pode ter dado aquela coisa a alguém.

— Mas você não sabe quem?

— Não.

— Você disse que ele ficou doente. Imagino que deva ter sido esse o motivo de sua morte.

— Não, ele morreu de pneumonia. Foi rápido e relativamente sem dor, graças a Deus.

— Entendo. Então qual foi a outra doença, e quem cuidou de seu pai?

— Nós percebemos que ele não estava muito bem, mas papai sempre se viu como um marinheiro alto, forte. Acho que deve ter pensado que estar doente era algo constrangedor, então guardou segredo tanto sobre seu problema quanto sobre quem procurou para tratá-lo. Apenas no enterro fiquei sabendo disso por um velho amigo e confidente dele.

— E você acha que esse amigo saberia quem tratava a doença de seu pai?

— Dificilmente. Papai só mencionou a doença, sem mais detalhes.

— E qual era a doença?

Harry tomou nota. Olhou para a palavra. Um termo grego um tanto solitário em meio a todos os nomes latinos no mundo da medicina.

— Obrigado — disse ele.

39

Noite de quinta-feira

— Tenho certeza — disse Harry na escuridão do quarto.
— Do motivo? — perguntou Rakel, aconchegando-se nele.
— Otelo. Oleg tinha razão. Não se trata de ciúme. Trata-se de ambição, acima de tudo.
— Você ainda está falando sobre Otelo? Tem certeza de que não quer fechar a janela? Parece que vai fazer menos quinze graus essa noite.
— Não.
— Você não sabe se quer fechar a janela, mas tem certeza absoluta de quem é o mentor por trás dos assassinatos do vampirista?
— Sim.
— Só está esquecendo um pequeno detalhe chamado provas.
— Eu sei. — Harry a puxou para mais perto. — Por isso preciso de uma confissão.
— Então peça a Katrine Bratt para que o intime a depor.
— Como eu disse, Bellman não vai deixar ninguém mexer no caso.
— E o que você vai fazer?
Harry olhou para o teto. Sentiu o calor do corpo dela. Seria suficiente? Será que era melhor fechar a janela?
— Eu mesmo vou interrogá-lo. Sem que ele saiba o que está acontecendo.
— Só quero lembrar, como advogada, que uma confissão informal feita apenas a você não tem valor legal.
— Então precisamos garantir que eu não seja o único a ouvi-la.

* * *

Ståle Aune rolou na cama e pegou o telefone. Viu quem era e apertou o botão para atender a ligação.

— Alô?

— Achei que você estivesse dormindo — disse a voz rouca de Harry.

— E mesmo assim ligou?

— Preciso que você me ajude com uma coisa.

— Ainda *"me* ajude" em vez de *"nos* ajude"?

— Ainda ajudar a humanidade. Lembra a nossa conversa sobre *Zen e a arte da manutenção de motocicletas*?

— Sim.

— Preciso que você monte uma armadilha para pegar macaco durante a defesa de Hallstein.

— Sério? Você, eu, Hallstein e quem mais?

Ståle Aune ouviu Harry respirar fundo.

— Um médico.

— E você encontrou uma relação entre essa pessoa e o caso?

— Mais ou menos.

Ståle sentiu os pelos do braço se arrepiarem.

— O que exatamente isso quer dizer?

— Achei uma mecha de cabelo no quarto de Rakel, e por pura paranoia eu a mandei para análise. No final das contas não havia nada de suspeito, já que o cabelo era desse médico. Mas depois veio à tona que o perfil de DNA do cabelo o liga às cenas dos crimes do vampirista.

— O quê?

— E há uma ligação entre esse médico e um jovem detetive que esteve entre nós o tempo todo.

— O que você está dizendo? Você conseguiu *provas* de que esse médico e o detetive estão envolvidos nos crimes?

— Não. — Harry suspirou.

— Não? Explique.

Quando desligaram, vinte minutos depois, Ståle Aune escutou o silêncio na casa. A calma. Todos dormiam. Mas ele sabia que não conseguiria mais dormir.

40

Manhã de sexta-feira

Wenche Syvertsen contemplava a vista do Frognerparken ao usar a máquina de step. Uma de suas amigas havia lhe aconselhado a não fazer step; ela tinha dito que isso fazia crescer o bumbum. Wenche, evidentemente, não conseguia entender: ela *queria* um bumbum maior. Tinha lido na internet que o exercício apenas deixa o bumbum mais musculoso, não maior ou mais bonito, e que a solução era suplementos de estrogênio, comer mais ou — o mais simples — colocar implantes. Mas Wenche descartara essa última opção, porque um de seus princípios era manter o corpo natural, e ela jamais — *jamais* — havia entrado na faca. Exceto para arrumar os seios, é claro, mas isso não contava. E ela era uma mulher de princípios. Por isso não traía *herr* Syvertsen, apesar de todas as cantadas que recebia, principalmente em academias como aquela. Em geral de homens mais jovens, que acreditavam que ela fosse uma coroa à caça de rapazes mais novos. Mas Wenche sempre preferiu os mais maduros. Não tanto quanto o velho acabado que pedalava ao seu lado, mas como seu vizinho. Harry Hole. Ela não se sentia atraída por homens mais jovens e menos inteligentes; precisava ser estimulada, entretida, tanto em termos intelectuais quanto materiais. Era simples assim, não havia motivo para fingir. E *herr* Syvertsen fizera um belo trabalho no campo material. Mas Harry aparentemente não estava disponível. E havia também aquela história dos princípios. Além do mais, *herr* Syvertsen estava cada vez mais ciumento e ameaçou interferir nos privilégios e no estilo de vida dela nas poucas ocasiões em que descobriu que Wenche foi infiel. O que, é claro, aconteceu *antes* de ela estabelecer o princípio de *não* ser infiel.

— Por que uma mulher bonita como você não é casada?

As palavras pareciam estar sendo trituradas, e Wenche se virou para o velho na bicicleta. Ele sorriu. Seu rosto era fino, com rugas profundas como vales, lábios grossos e cabelos longos e ensebados. Era magro, mas tinha ombros largos. Pareceria um pouco com Mick Jagger, não fossem a bandana vermelha e o bigode de caminhoneiro.

Wenche sorriu e levantou a mão sem aliança.

— Casada. Mas tiro a aliança para malhar.

— Uma pena. — O velho também sorriu. — Porque eu não sou casado, e adoraria que você pudesse ser minha noiva.

Ele ergueu a mão direita. Wenche levou um susto. Por um momento, pensou estar vendo coisas. Aquilo era mesmo um *buraco* enorme na mão dele?

— Oleg Fauke está aqui — disse a voz ao telefone.

— Mande-o entrar — pediu John D. Steffens, afastando a cadeira da mesa e olhando pela janela para o prédio do laboratório, o departamento de medicina transfusional. Tinha visto o jovem Oleg Fauke sair do pequeno carro japonês ainda parado no estacionamento com o motor ligado. Outro rapaz estava ao volante, muito possivelmente com o aquecedor no máximo. Era um dia ensolarado, mas muito gelado. Para muita gente, era um paradoxo que um céu sem nuvens prometesse calor em julho e frio em janeiro. Porque muita gente não se dá ao trabalho de entender noções básicas de física, meteorologia e a natureza do mundo. Steffens já não se sentia mais irritado com o fato de algumas pessoas acreditarem que o frio existia por si só, de não entenderem que se trata meramente de ausência de calor. Frio era o estado natural, dominante. Calor, a exceção. Assim como o assassinato e a crueldade são naturais, lógicos, e a piedade uma anomalia, resultante das complexidades adotadas pelo rebanho humano para promover a sobrevivência da espécie. O desenvolvimento dos seres humanos como espécie teve como consequência, por exemplo, a necessidade de se *produzir* a carne, não apenas de caçá-la. As simples palavras, *produção de carne*, a simples ideia! As pessoas prendem os animais em jaulas, privam-nos da felicidade e do prazer de viver, fazem inseminações para que produzam leite e carne jovem e tenra, tiram deles as crias assim que nascem, com as mães berrando de sofrimento, e voltam a fecundá-las o quanto antes. As pessoas se enfurecem se certas espécies forem comidas, como cães, baleias, golfinhos, gatos. Mas a piedade, por motivos insondáveis, para por aí. Os porcos, muito mais inteligentes, podem e devem ser humilhados e comidos, e temos feito isso há tanto tempo que os seres humanos nem pensam mais na crueldade inerente à produção de alimentos na atualidade. Lavagem cerebral!

Steffens olhou para a porta fechada que logo seria aberta. Pensava se algum dia entenderiam. Que a moralidade — que muitos acreditam ser uma dádiva de Deus e eterna — é aprendida, e tão maleável quanto os padrões de beleza, as inimizades, os modismos. Era pouco provável. E, consequentemente, não é de estranhar que a humanidade seja incapaz de entender e aceitar projetos de pesquisa radicais, que vão de encontro a suas verdades absolutas. Que seja incapaz de entender que tudo isso é tão lógico e necessário quanto cruel.

A porta abriu.

— Bom dia, Oleg. Entre, sente-se.

— Obrigado. — O rapaz se sentou. — Antes de tirarmos a amostra, posso pedir um favor?

— Um favor? — Steffens vestiu as luvas descartáveis. — Você sabe que minha pesquisa pode beneficiar você, sua mãe e toda sua futura família?

— Sei que essa pesquisa tem mais importância para você do que me dar uma vida um pouco mais longa.

Steffens sorriu.

— Palavras sábias para um rapaz tão jovem.

— Meu pai gostaria de saber se você tem duas horas disponíveis para ir à defesa de tese de um amigo dele e dar sua opinião profissional. Harry ficaria muito grato.

— Uma defesa de tese? Mas é claro, seria uma honra.

— O único problema... — disse Oleg, antes de pigarrear — é que a defesa já está para começar, e nós precisaremos sair assim que você tirar a amostra de sangue.

— Agora? — Steffens olhou para a agenda aberta à sua frente. — Infelizmente, tenho uma reunião com...

— Ele ficaria grato *de verdade.*

Steffens olhou para o jovem enquanto coçava o queixo, pensativo.

— Você quer dizer... o seu sangue em troca do meu tempo?

— Algo assim.

Steffens se recostou na cadeira e juntou as mãos em frente à boca.

— Só me diga uma coisa, Oleg. O que faz você ter uma relação tão próxima com Harry Hole? Afinal, ele não é seu pai biológico.

— Vai saber — disse Oleg.

— Responda isso e me dê uma amostra do seu sangue, e eu irei a essa defesa de tese.

Oleg pensou.

— Talvez porque ele é honesto. Apesar de não ser o melhor pai do mundo, de não chegar nem perto disso, posso confiar no que ele diz. Mas acho que isso não é o mais importante.

— Então o que é o mais importante?

— Nós odiamos as mesmas bandas.

— Vocês o quê?

— Música. Não gostamos do mesmo tipo de música, mas odiamos as mesmas coisas. — Oleg tirou o casaco acolchoado e dobrou a manga da camisa. — Pronto?

41

Tarde de sexta-feira

Rakel olhou para Harry ao atravessarem a Universitetsplassen de braços dados a caminho da Domus Academica, um dos três prédios da Universidade de Oslo, no centro da cidade. Tinha persuadido o marido a usar os sapatos elegantes que havia comprado para ele em Londres, apesar de ele ter dito que eram escorregadios demais para um clima daqueles.

— Você devia usar terno mais vezes — disse ela.

— E a prefeitura devia limpar a neve mais vezes — retrucou Harry, fingindo escorregar mais uma vez.

Ela riu e o segurou com força. Sentiu a pasta amarela que ele havia dobrado e guardado no bolso interno do paletó.

— Aquele não é o carro de Bjørn Holm, estacionado num lugar *muito* proibido?

Eles passaram pelo Volvo Amazon preto, parado bem em frente à escadaria.

— Tem uma autorização da polícia pendurada no retrovisor — constatou Harry. — Com certeza usada de modo impróprio.

— É por causa de Katrine. — Rakel sorriu. — Ele só tem medo de que ela escorregue.

Havia um burburinho de vozes no vestíbulo do auditório Gamle festsal. Rakel procurou rostos conhecidos. Eram basicamente colegas e familiares de Smith. Mas ela reconheceu uma pessoa no outro lado da sala: Truls Berntsen. Ele evidentemente não sabia que terno era o traje adequado para uma defesa de tese. Rakel abriu caminho até Katrine e Bjørn.

— Parabéns! — disse ela, e abraçou os dois.

— Obrigada! — Katrine sorriu, passando a mão na barriga, que já começava a crescer.

— Quando...?

— Junho.

— Junho — repetiu Rakel, e viu o sorriso de Katrine fraquejar.

Rakel se inclinou para a frente, pousou a mão no braço dela e sussurrou:

— Não pense nisso, vai ficar tudo bem.

Katrine olhou para ela como que em choque.

— A peridural é uma coisa maravilhosa — garantiu Rakel. — Acaba com a dor num passe de mágica.

Katrine piscou os olhos duas vezes. E riu.

— Nunca fui a uma defesa de tese antes. Não fazia ideia de que era algo tão formal até ver Bjørn colocar sua melhor gravata *bolo tie*. Como funciona isso?

— Ah, é bem simples, na verdade — disse Rakel. — Nós entramos no auditório primeiro e nos levantamos quando o presidente da banca, o candidato e os dois examinadores entram. Smith deve estar bastante nervoso, apesar de já ter feito uma prévia de sua apresentação para a banca ontem ou hoje pela manhã. Ele deve estar mais preocupado com a possibilidade de Ståle Aune ser rigoroso demais, mas é pouco provável que isso aconteça.

— Pouco provável? — perguntou Bjørn Holm. — Mas Aune já disse que não acredita em vampirismo.

— Ståle é um acadêmico sério — disse Rakel. — Os examinadores devem ser críticos e ir ao âmago da tese, mas precisam se manter dentro dos limites do tema. Ele não deixaria questões pessoais interferirem na defesa.

— Uau, você fez o seu dever de casa! — exclamou Katrine, e Rakel respirou fundo. Fez que sim e prosseguiu.

— Os examinadores têm quarenta e cinco minutos cada para fazerem sua arguição, e entre eles são permitidas perguntas breves do público, conhecidas como *ex auditorio*, mas isso dificilmente acontece. Depois vem o jantar, bancado pelo candidato, mas nós não fomos convidados. O que Harry achou uma grande pena.

Katrine se virou para Harry.

— É verdade?

Ele deu de ombros.

— Quem não gosta de um pouco de carne com batata e discursos sonolentos feitos por parentes de uma pessoa que você nem conhece direito?

As pessoas começaram a se movimentar em torno deles, e alguns flashes foram disparados.

— O próximo ministro da Justiça — disse Katrine.

Foi como se o mar se abrisse perante Mikael e Ulla Bellman quando eles entraram de braços dados. Ambos sorriam, mas Rakel achava que Ulla não estava sorrindo *de verdade*. Talvez ela não fosse do tipo sorridente. Ou talvez Ulla Bellman fosse uma dessas mulheres lindas e tímidas que aprendem desde cedo que sorrisos exagerados só atraem mais atenção e que uma fachada de frieza facilita a vida. Se fosse esse o caso, Rakel não conseguia imaginar como seria a vida de Ulla como esposa de um ministro de Estado.

Mikael Bellman parou perto deles quando um microfone surgiu à sua frente e um jornalista gritou uma pergunta.

— Ah, estou aqui apenas para prestigiar um homem que nos ajudou a solucionar o caso do vampirista — disse ele em inglês. — É com o Dr. Smith que vocês têm que falar hoje, não comigo. — Mas Bellman posou com satisfação, atendendo os pedidos dos fotógrafos.

— Imprensa internacional — disse Bjørn.

— O vampirismo está com tudo — comentou Katrine, olhando para a multidão. — Todos os repórteres policiais estão aqui.

— Exceto Mona Daa — lembrou Harry, olhando em volta.

— E todos da Sala das Caldeiras, exceto Anders Wyller — disse Katrine. — Vocês sabem onde ele está?

Os outros fizeram que não.

— Ele me ligou hoje de manhã — continuou Katrine. — Perguntou se podia ter uma conversa em particular comigo.

— Sobre o quê? — perguntou Bjørn.

— Só Deus sabe. Ah, ali está ele!

Anders Wyller havia aparecido do outro lado da multidão. Estava ofegante, com o rosto corado, e tirava o cachecol. Naquele momento, as portas do auditório se abriram.

— Precisamos encontrar bons lugares — disse Katrine, e se apressou na direção da porta. — Com licença, mulher grávida passando!

— Ela está tão linda — sussurrou Rakel, enfiando a mão por baixo do braço de Harry e se aconchegando no ombro dele. — Sempre tive curiosidade de saber se vocês dois já tiveram alguma coisa.

— Alguma *coisa*?

— É, um caso. Quando não estávamos juntos, por exemplo.

— Infelizmente, não — disse Harry com melancolia.

— Infelizmente, não? O que isso quer dizer?

— Que às vezes me arrependo de não ter aproveitado mais nossos términos.

— Eu não estou brincando, Harry.

— Eu também não.

Hallstein Smith abriu uma fresta na porta do salão imponente e espiou. Olhou para o lustre acima da multidão, que já ocupava todos os assentos. Havia até gente de pé. Aquele salão já havia abrigado o Parlamento norueguês, e agora ele — o pequeno Hallstein — iria até o púlpito, defenderia sua pesquisa e receberia o título de doutor! Ele olhou para May, sentada na primeira fila, nervosa, mas orgulhosa como uma mãe coruja. Olhou para os colegas estrangeiros que haviam comparecido, apesar de ter alertado que faria a defesa em norueguês; olhou para os jornalistas, para Bellman, sentado com a esposa na primeira fila, bem no meio. Para Harry, Bjørn, e Katrine, seus novos amigos na polícia, que tiveram papel tão importante em sua tese sobre vampirismo, em parte centrada no caso de Valentin Gjertsen. E mesmo que a imagem de Valentin tenha mudado drasticamente à luz dos acontecimentos dos últimos dias, aquilo apenas reforçava suas conclusões sobre a personalidade vampirística. Porque Hallstein havia apontado que os vampiristas agem primariamente por instinto e são movidos por seus desejos e impulsos — logo a revelação de que Lenny Hell foi o cérebro por trás dos assassinatos bem planejados chegou num momento providencial.

— Vamos começar — disse o presidente da banca, tirando uma sujeira imaginária de sua beca.

Hallstein respirou fundo e entrou. A plateia se levantou.

Smith e os dois examinadores se sentaram enquanto o presidente explicava os procedimentos da defesa. Em seguida, deu a palavra a Hallstein.

O primeiro examinador, Ståle Aune, curvou-se para a frente e desejou boa sorte.

Hallstein foi até o púlpito e olhou para o auditório. Sentiu o silêncio se assentar. Tudo havia corrido bem durante a prévia da apresentação para a banca aquela manhã. Corrido bem? Foi fantástico! Ele não conseguiu deixar de notar que a banca pareceu ficar satisfeita, e até mesmo Ståle Aune assentiu com a cabeça, concordando com seus principais argumentos.

Agora ele faria uma breve apresentação, de vinte minutos no máximo. Começou a falar e logo teve a mesma sensação daquela manhã, então abandonou o roteiro à sua frente. Seus pensamentos se transformavam em palavras instantaneamente, e era como se conseguisse se ver de fora do corpo, ver a plateia, a expressão no rosto das pessoas, atentas a cada palavra sua, os sentidos totalmente concentrados nele, Hallstein Smith, professor de vampirismo. Obviamente ainda não existia tal coisa, mas ele mudaria isso, e aquele dia marcava o início de tudo. Ele se aproximava da conclusão.

— Aprendi muita coisa no meu breve tempo na equipe de investigação independente liderada por Harry Hole. Uma delas foi que a questão central em qualquer investigação de homicídio é "por quê?". Mas isso não será o suficiente se você também não conseguir responder "como?".

Hallstein foi até a mesa próxima ao púlpito, onde havia três objetos cobertos por um pano branco. Ele segurou uma das pontas do pano e esperou. Um pouco de teatralidade era perdoável.

— Apresento o "como" — declarou ele, e puxou o pano.

Um suspiro percorreu a plateia quando todos viram o enorme revólver, as algemas grotescas e os dentes pretos de ferro.

Ele apontou para o revólver.

— Uma ferramenta para ameaçar e compelir.

Para as algemas.

— Uma para controlar, incapacitar, aprisionar.

Para os dentes de ferro.

— E uma para chegar à fonte, para ter acesso ao sangue, para conduzir o ritual.

Hallstein Smith ergueu os olhos.

— Agradeço ao detetive Anders Wyller por me emprestar esses objetos para ilustrar meus argumentos. Porque eles são mais do que três "comos". Também são um "por quê". Mas como assim, um por quê?

Algumas risadas cúmplices.

— Porque todas as ferramentas são antigas. Desnecessariamente antigas, pode-se dizer. O vampirista se deu ao trabalho de obter artefatos de épocas específicas. Tudo isso ilustra o que digo em minha tese sobre a importância do ritual e sobre o fato de que beber sangue remete a um tempo em que havia deuses que precisavam ser adorados e apaziguados, e a moeda para isso era o sangue.

Ele apontou para o revólver.

— Isso marca uma ligação com os Estados Unidos, duzentos anos atrás, quando tribos indígenas bebiam o sangue de seus inimigos acreditando que absorviam seu poder. — Ele apontou para as algemas. — Isso é um elo com a Idade Média, quando bruxas e feiticeiras precisavam ser perseguidas, exorcizadas e queimadas em um ritual. — Ele apontou para os dentes. — E esses dentes são um elo com o mundo antigo, no qual sacrifícios e massacres eram uma forma comum de apaziguar os deuses. Assim como eu, com as minhas respostas... — ele gesticulou para o presidente da banca e os dois examinadores — ... espero apaziguar estes deuses.

Os risos foram mais tranquilos dessa vez.

— Obrigado.

Os aplausos foram, de acordo com o julgamento de Smith, estrondosos.

Ståle Aune se levantou, ajeitou sua gravata-borboleta de bolinha, encolheu a barriga e marchou até o púlpito.

— Caro candidato, você baseou a sua tese de doutorado em estudos de caso, e eu me pergunto como conseguiu chegar a esta conclusão tendo em vista que seu principal exemplo, Valentin Gjertsen, não sustentava suas conclusões. Melhor dizendo, não até que o papel de Lenny Hell fosse revelado.

Hallstein Smith pigarreou.

— Na psicologia, há mais espaço para interpretação que na maioria das ciências, e naturalmente foi tentador interpretar o comportamento de Valentin Gjertsen dentro dos moldes do vampirista típico que eu já havia descrito. Mas, como pesquisador, eu preciso ser honesto. Até alguns dias atrás, Valentin Gjertsen não se encaixava inteiramente na minha teoria. E, apesar de ser verdade que o mapa e o terreno nunca são idênticos na psicologia, devo admitir que isso era frustrante. É difícil sentir qualquer satisfação com a tragédia de Lenny Hell. Mas o caso dele reforça esta tese, e, portanto, oferece uma ilustração ainda mais clara e um entendimento ainda mais preciso de um vampirista. E espero que ajude a prevenir futuras tragédias, permitindo que um vampirista seja pego mais cedo. — Hallstein pigarreou novamente. — Devo agradecer à banca, que já havia dedicado bastante tempo ao estudo da minha tese original, por me permitir incorporar as mudanças trazidas pela descoberta do papel de Hell no caso, fazendo com que todas as peças se encaixassem...

Quando o presidente da banca discretamente sinalizou ao primeiro examinador que seu tempo estava encerrado, Hallstein sentiu como se apenas cinco minutos tivessem se passado, não quarenta e cinco. Aquilo parecia um sonho!

E quando o presidente foi até o púlpito e disse que teriam um intervalo no qual poderiam ser submetidas perguntas *ex auditorio*, Hallstein mal podia esperar para continuar a mostrar a todos aquele trabalho fantástico que, apesar de toda sua atrocidade, ainda tratava da mais bela das coisas: a mente humana.

Ele usou o intervalo para circular pelo vestíbulo e falar com as pessoas que não foram convidadas para o jantar. Viu Harry Hole com uma mulher de cabelos pretos e foi até os dois.

— Harry! — exclamou ele, apertando a mão do policial, dura e fria como mármore. — Esta deve ser Rakel.

— Sim — confirmou Harry.

Hallstein a cumprimentou enquanto via Harry olhar para o relógio, então para a porta.

— Estamos esperando alguém?

— Sim — disse Harry. — E, finalmente, aqui está ele.

Hallstein viu duas pessoas entrando pela porta no outro lado do salão. Um rapaz alto de cabelos escuros e um homem na casa dos cinquenta anos, loiro, usando óculos retangulares sem armação. Teve a impressão de que o rapaz se parecia com Rakel, mas também havia algo de familiar no outro homem.

— Onde já vi aquele homem de óculos? — perguntou Hallstein.

— Não sei. Ele é hematologista, John D. Steffens.

— E o que está fazendo aqui?

Hallstein viu Harry respirar fundo.

— Ele está aqui para dar um ponto final a essa história. Só não sabe disso ainda.

Naquele momento, o presidente da banca tocou um sino e anunciou em voz retumbante que era hora de voltarem ao auditório.

John D. Steffens passou entre duas fileiras de cadeiras acompanhado de Oleg Fauke. Correu os olhos pelo salão, tentando encontrar Harry Hole. E sentiu o coração parar ao ver o rapaz loiro sentado na última fila. Anders o viu no mesmo instante, e Steffens notou o medo no rosto dele. Virou-se para Oleg para dizer que tinha se esquecido de uma reunião e precisava ir embora.

— Eu sei — disse Oleg, sem fazer qualquer movimento para sair do caminho. Steffens notou que o rapaz era quase tão alto quanto Hole.

— Mas agora vamos deixar as coisas acontecerem, Steffens.

O rapaz gentilmente colocou a mão no ombro dele, mas o médico sentiu que Oleg o forçava a sentar na cadeira atrás de si. Steffens se sentou, e seu pulso desacelerou. Dignidade. Sim, dignidade. Oleg Fauke sabia. O que significava que Harry sabia. E não tinha lhe dado nenhuma chance de escapar. E, pela reação de Anders, ficou claro que o jovem policial também tinha sido pego desprevenido. Haviam sido enganados. Ludibriados de forma a estarem ali juntos. O que aconteceria agora?

Katrine Bratt se sentava entre Harry e Bjørn no instante em que o presidente da banca começou a falar no púlpito.

— O candidato recebeu uma pergunta *ex auditorio*. Harry Hole, por favor, prossiga.

Katrine olhou surpresa para Harry quando ele se levantou.

— Obrigado.

Ela também viu olhares de surpresa em outras pessoas, algumas sorrindo, como se esperassem uma piada. Até mesmo Hallstein Smith pareceu achar aquilo divertido ao se encaminhar para o púlpito.

— Parabéns — cumprimentou Harry. — Você está muito próximo de alcançar seu objetivo, e também devo agradecer a sua contribuição no desfecho do caso do vampirista.

— Eu é que deveria agradecer — disse Smith com uma pequena mesura.

— Sim, talvez — prosseguiu Harry. — Porque, é claro, nós encontramos a pessoa que dava as instruções e guiava Valentin. E, como destacou Aune, a sua tese se baseia nisso. Então você teve sorte.

— Tive.

— Mas ainda há algumas coisas que precisam de respostas.

— Farei o meu melhor, Harry.

— Lembro quando vi as imagens de Valentin entrando no seu celeiro. Ele sabia exatamente para onde ia, mas não sabia da existência de uma balança logo depois da porta. Entrou decidido, seguro de que teria chão firme sob os pés. E quase perdeu o equilíbrio. Por que isso aconteceu?

— Tomamos algumas coisas como certas — explicou Smith. — Na psicologia, chamamos isso de racionalizar, o que basicamente significa simplificar as coisas. Sem racionalização, o mundo seria ingovernável, e nosso cérebro ficaria sobrecarregado com todas as incertezas com que precisamos lidar.

— Isso também explicaria por que descemos a escada de um porão despreocupados, sem pensar que podemos bater a cabeça num cano de água.

— Exatamente.

— Mas, depois que isso acontece, nós lembramos das coisas. Ou pelo menos a maioria lembra na vez seguinte. Por isso Katrine Bratt teve cuidado ao pisar naquela balança na segunda vez que esteve no seu celeiro. Então não é de estranhar que tenhamos encontrado, naquele cano no porão, sangue e pele pertencentes a você e eu, mas não a Lenny Hell. Ele deve ter aprendido a se agachar ao passar por aquele cano há muito tempo... Bom, desde criança, possivelmente. Caso contrário teríamos encontrado DNA dele ali, porque o DNA pode ser identificado anos depois de ter entrado em contato com alguma coisa, como aquele cano de água.

— Tenho certeza de que sim, Harry.

— Eu voltarei a isso, mas primeiro permita-me abordar algo que *é* estranho.

Katrine se empertigou na cadeira. Ela ainda não sabia o que estava acontecendo, mas conhecia Harry, sentia a vibração de seu rosnado inaudível.

— Quando entra no seu celeiro à meia-noite, Valentin Gjertsen pesa 74,7 quilos — disse Harry. — Mas, quando sai, ele pesa 73,2 quilos, de acordo com as imagens da câmera de segurança. Exatamente um quilo e meio a menos. — Harry gesticulou com a mão. — A explicação óbvia é que a diferença de peso é resultante do sangue que perdeu no seu escritório.

Katrine ouviu uma tosse discreta, mas impaciente, do presidente da banca.

— Contudo, depois eu me dei conta de algo — continuou Harry. — Nós esquecemos o revólver! O revólver que Valentin tinha em seu poder, mas que deixou no escritório quando fugiu. Um Ruger Redhawk pesa cerca de um quilo e duzentos. Então, para que a conta feche, Valentin perdeu apenas 300 gramas de sangue...

— Hole — disse o presidente —, se houver alguma pergunta ao candidato...

— Antes, uma pergunta a um especialista em sangue — insistiu Harry, e se virou para a plateia. — Dr. John Steffens, você é hematologista e por acaso estava de plantão quando Penelope Rasch foi levada ao hospital...

John Steffens sentiu o suor brotar da testa quando todos os olhares se voltaram para ele. Exatamente como no momento em que estava no banco das testemunhas explicando como sua esposa havia morrido. Como tinha sido esfaqueada, como literalmente havia sangrado até a morte em seus braços. Todos os olhares, tal como agora. O olhar de Anders, tal como agora.

Ele engoliu em seco.

— Sim, estava.

— E provou que tem uma boa experiência em estimar quantidades de sangue. Com base numa fotografia da cena do crime, você estimou que Penelope Rasch havia perdido um litro e meio de sangue.

— Sim.

Harry tirou uma fotografia do bolso interno do paletó e a mostrou para a plateia.

— E com base nesta fotografia, tirada no escritório de Hallstein Smith e mostrada a você por um dos paramédicos, você também estimou em um litro e meio a quantidade de sangue perdida. Em outras palavras, um quilo e meio. Isso está correto?

Steffens engoliu em seco. Sabia que Anders olhava para ele.

— Está correto. Com uma margem de erro de um decilitro para mais ou para menos.

— Apenas para que fique claro, é possível que uma pessoa se levante e fuja mesmo depois de perder um litro e meio de sangue?

— Isso varia de indivíduo para indivíduo, mas sim, se a pessoa tiver bom preparo físico e determinação.

— O que me leva a fazer uma simples pergunta — disse Harry.

Steffens sentiu uma gota de suor escorrer pela testa.

Harry se voltou para o púlpito.

— Como, Smith?

* * *

Katrine soltou um suspiro. O silêncio que se seguiu parecia pesar sobre o salão.

— Eu vou precisar passar, Harry. Não sei — disse Smith. — Espero que isso não signifique que meu doutorado está em risco, mas em minha defesa eu gostaria de destacar que essa pergunta está fora do âmbito da minha tese. — Ele sorriu, mas dessa vez não arrancou risos da plateia. — Mas está dentro dos parâmetros da investigação policial, então talvez você mesmo queira responder, Harry.

— Muito bem. — Harry respirou fundo.

Não, pensou Katrine, e prendeu a respiração.

— Valentin Gjertsen não portava o revólver quando chegou. A arma já estava no seu escritório.

— O quê? — A risada de Smith soou como o guincho de um pássaro solitário no auditório. — Como a arma poderia estar lá?

— Você a levou para lá — disse Harry.

— Eu? Eu não tenho nada a ver com esse revólver.

— O revólver era seu, Smith.

— Meu? Eu nunca tive um revólver na vida, você só precisa consultar os registros de armas.

— E lá o revólver está registrado em nome de um marinheiro de Farsund. Que você tratou. De esquizofrenia.

— Um marinheiro? Do que você está falando, Harry? Você mesmo disse que Valentin o ameaçou com o revólver no bar quando ele matou Mehmet Kalak.

— Você o pegou de volta depois disso.

Uma onda de ansiedade se espalhou pelo auditório, e havia um rumor de vozes e o som de cadeiras arrastando no chão.

O presidente da banca se levantou, e mais parecia um galo eriçando as penas ao levantar os braços sob a beca para pedir calma.

— Sinto muito, *herr* Hole, mas isso é uma defesa de tese. Se tiver informações para a polícia, peço que se dirija às autoridades, não que as traga para o universo acadêmico.

— *Herr* presidente, examinadores — disse Harry. — Não é de fundamental importância para a apreciação desta tese de doutorado o fato de ela se basear num estudo de caso equivocado? Esse não é o tipo de coisa que deve ser esclarecido numa defesa?

— *Herr* Hole... — começou o presidente da banca em tom retumbante.

— ... tem razão — disse Ståle Aune da primeira fila. — Meu caro presidente, como membro da banca, estou muito interessado em ouvir o que *herr* Hole tem a dizer ao candidato.

O presidente olhou para Aune. Então para Harry. E finalmente para Smith, antes de voltar a se sentar.

— Muito bem — prosseguiu Harry. — Eu gostaria de perguntar ao candidato se ele manteve Lenny Hell refém em sua própria casa e se era ele, e não Hell, quem dirigia os atos de Valentin Gjertsen.

Um suspiro quase inaudível percorreu o auditório, seguido por um silêncio tão intenso que pareceu sugar todo o ar do salão.

Smith fez que não, espantado.

— Isso é uma piada, certo, Harry? Algo que combinaram na Sala das Caldeiras para dar emoção à minha defesa, e agora...

— Sugiro que você responda, Hallstein.

Talvez tenha sido o uso do nome próprio, mas Smith entendeu que Harry falava sério. Katrine, pelo menos, acreditou ter notado uma mudança no semblante dele, imóvel no púlpito.

— Harry — disse Smith em voz baixa —, eu *nunca* tinha estado na casa de Hell antes daquele domingo em que você me levou até lá.

— Tinha sim. Você foi muito cuidadoso ao se livrar das evidências em qualquer lugar onde pudesse ter deixado digitais e DNA. Mas se esqueceu de um. O cano de água.

— O cano de água? Todos nós deixamos DNA naquele maldito cano no domingo, Harry!

— Você não.

— Sim, eu também! Pergunte a Bjørn Holm, ele está sentado bem aí do seu lado!

— O que Bjørn Holm pode confirmar é que o seu DNA foi encontrado no cano, não que ele foi parar lá no domingo. Porque no domingo você desceu até o porão quando eu já estava lá embaixo. Em silêncio, porque eu não ouvi você chegar. Em silêncio, porque você não bateu a cabeça no cano de água. Você se abaixou. Porque seu cérebro lembrou.

— Isso é risível, Harry. Eu bati a cabeça naquele cano no domingo, você simplesmente não ouviu.

— Talvez porque estivesse usando isso, que amorteceu o impacto... — Harry tirou o gorro de lã preto do bolso e o vestiu. Na frente havia uma caveira, e Katrine leu o nome St. Pauli. — Mas como alguém pode deixar DNA na forma de pele, sangue ou cabelo se isso estiver cobrindo sua testa?

Hallstein piscou os olhos com força.

— O candidato não está respondendo — disse Harry. — Então permitam-me responder por ele. Hallstein Smith bateu a cabeça naquele cano na primeira vez que esteve lá, o que aconteceu há muito tempo, antes de o vampirista começar a atacar.

No silêncio que se seguiu, a risada baixa de Hallstein foi o único som no auditório.

— Antes que eu diga qualquer coisa, acho que devemos aplaudir generosamente o ex-detetive Harry Hole por sua fantástica história — falou Smith.

Ele começou a bater palmas, e poucas pessoas fizeram o mesmo antes que os aplausos cessassem.

— Mas para que isso seja mais do que apenas uma história, é necessário o mesmo que se exige numa tese de doutorado — continuou Smith. — Provas! E você não tem nenhuma, Harry! Toda essa sua dedução se baseia em duas suposições altamente duvidosas. A primeira é que uma balança velha em um celeiro registra o peso exato de uma pessoa que pisa nela por pouco mais de um segundo, uma balança que, afirmo, tem uma tendência a travar. E a segunda é que não posso ter deixado DNA naquele cano no domingo porque eu estava usando um gorro de lã. Um gorro que afirmo ter tirado antes de descer aquela escada, antes de bater a cabeça no cano, e que voltei a usar quando senti frio no porão. E não tenho uma cicatriz na testa agora simplesmente porque minha cicatrização é rápida. Minha esposa pode confirmar que eu tinha um ferimento na testa quando cheguei em casa.

Katrine viu a mulher de vestido cinza feito em casa fitar o marido atônita, como se estivesse em choque depois de uma explosão.

— Não tinha, May?

A boca da mulher abriu e voltou a se fechar. Então ela assentiu lentamente.

— Viu só, Harry? — Smith inclinou a cabeça de lado e olhou para Harry com uma expressão triste de compreensão. — Viu como é fácil encontrar furos na sua teoria?

— Bem, respeito a lealdade da sua esposa, mas temo que a evidência do DNA seja inquestionável. A análise feita pelo Instituto de Medicina Forense não apenas prova que a matéria orgânica bate com o seu perfil de DNA, como também que tem mais de dois meses, de modo que não pode ter sido deixada no cano no domingo.

Katrine teve um sobressalto e olhou para Bjørn, que balançou a cabeça quase imperceptivelmente.

— Portanto, Smith, não é uma teoria que você esteve no porão da casa de Hell em algum momento no outono passado. É um fato. Assim como é um fato que o revólver Ruger estava em seu poder, e que a arma estava no seu escritório quando você atirou em Valentin Gjertsen, que estava desarmado. Além disso, também temos a análise estilométrica.

Katrine olhou para a pasta amarela amassada que Harry tirou do bolso interno do paletó.

— Um programa de computador que compara escolhas de palavras, estruturas frasais, estilo textual e pontuação para identificar o autor. A análise estilométrica foi o que reacendeu o debate sobre quais peças teatrais Shakespeare de fato escreveu. A taxa de acerto na identificação do autor varia entre oitenta e noventa por cento. Em outras palavras, não é alto o bastante para contar como prova. Mas a taxa de acerto no descarte de um autor específico, como Shakespeare, é de 99,9 por cento. Nosso especialista em TI, Tord Gren, usou o programa para comparar os e-mails enviados para Valentin com milhares de e-mails anteriormente enviados por Lenny Hell para outras pessoas. A conclusão é... — Harry passou a pasta para Katrine — ... que Lenny Hell não escreveu as instruções que Valentin Gjertsen recebeu por e-mail.

Smith olhava para Harry. Sua franja estava caída sobre a testa suada.

— Discutiremos isso futuramente, no seu depoimento à polícia — continuou Harry. — Mas estamos numa defesa de tese. E você ainda tem a chance de dar à banca uma explicação que os impeça de reprovar sua tese de doutorado. Não é verdade, Aune?

Ståle Aune pigarreou.

— É verdade. Idealmente, a ciência é cega à moralidade da época, e esse não seria o primeiro doutorado obtido por meio de métodos moralmente questionáveis ou mesmo ilegais. O que nós da banca precisamos saber antes de aprovarmos a tese é se havia ou não alguém manipulando Valentin. Se não for esse o caso, não vejo como essa tese possa vir a ser aceita pela banca examinadora.

— Obrigado — disse Harry. — E então, Smith? Você gostaria de explicar isso à banca aqui e agora, antes de ser preso?

Hallstein Smith olhou para Harry. Seu ofegar era o único som audível, como se só ele estivesse respirando no auditório. Um flash solitário iluminou o salão.

O presidente da banca, lívido, se inclinou na direção de Aune e sussurrou:

— Santo Deus, Aune, o que está acontecendo aqui?

— Você sabe o que é uma armadilha para pegar macaco? — perguntou Ståle Aune, então se recostou na cadeira e cruzou os braços.

A cabeça de Hallstein Smith estremeceu, como se ele houvesse levado um choque elétrico. Ele ria ao levantar o braço e apontar para o teto.

— O que eu tenho a perder, Harry?

Harry não respondeu.

— Sim, Valentin foi manipulado. Por mim. É claro que eu escrevi aqueles e-mails. Mas o mais importante não é quem estava por trás das mensagens, o que importa, cientificamente, é que Valentin era um vampirista genuíno, como demonstra a minha pesquisa, e nada do que você disse invalida meus resultados. E se eu precisei ajustar as circunstâncias para recriar as condições de laboratório, isso é algo que os pesquisadores sempre fizeram. Não é verdade? — Smith olhou para a plateia. — Mas, no final das contas, eu não escolhi os métodos dele; ele os escolheu. E seis vidas são um preço pequeno diante de tudo o que isso... — ele bateu o dedo na cópia encadernada da tese... pode poupar a humanidade no futuro, em termos de assassinatos e sofrimento. Os sinais e perfis estão todos esboçados aqui. Foi Valentin Gjertsen quem bebeu o sangue, quem matou, não eu. Eu apenas facilitei as coisas. Quando uma vez na vida se tem a sorte de encontrar um verdadeiro vampirista, você tem o dever de extrair o máximo disso, não pode permitir que uma moralidade tacanha o detenha. Você precisa enxergar o todo, pensar no que é melhor para a humanidade. Perguntem a Oppenheimer, a Mao, perguntem aos milhões de ratos de laboratório com câncer.

— Então você matou Lenny Hell e atirou em Marte Ruud pelo nosso bem? — perguntou Harry.

— Sim, sim! Sacrifícios no altar da pesquisa!

— Da mesma forma que você está sacrificando a si mesmo e a sua própria humanidade? Para *beneficiar* a humanidade?

— Exatamente! Sim!

— Então eles não morreram para que você, Hallstein Smith, fosse vingado? Para que o macaco sentasse no trono, tivesse o nome escrito nos livros de história? Porque é isso que o motiva desde o princípio, não é?

— Eu mostrei a vocês o que é um vampirista e do que eles são capazes! Não mereço agradecimento por isso?

— Bem, antes de mais nada, você mostrou do que um homem humilhado é capaz — disse Harry.

A cabeça de Hallstein Smith estremeceu outra vez. A boca abriu e fechou. Mas nada mais saiu dela.

— Já ouvimos o bastante. — O presidente da banca se levantou. — Esta defesa está encerrada. Posso pedir aos policiais presentes que prendam...

Hallstein Smith se moveu surpreendentemente rápido. Com dois passos ágeis, foi até a mesa e pegou o revólver, então se adiantou e apontou a arma para a testa da pessoa mais próxima.

— Levante! — vociferou ele. — E vocês, fiquem sentados!

Katrine viu uma mulher loira se levantar. Smith a virou para que ficasse à sua frente como um escudo. Era Ulla Bellman. Ela estava boquiaberta e olhava com desespero mudo para um homem na primeira fila. Katrine via apenas a parte de trás da cabeça de Mikael Bellman, e não fazia ideia da expressão em seu rosto; sabia apenas que estava paralisado na cadeira. Ela ouviu um soluço. Veio de May Smith. Que estava inclinada de lado na cadeira.

— Solte-a.

Katrine se virou na direção da voz rouca. Era Truls Berntsen. Ele havia se levantado da cadeira na última fila e descia os degraus.

— Pare, Berntsen — gritou Smith. — Ou eu atiro nela e depois em você!

Mas Truls Berntsen não parou. Visto de perfil, seu maxilar era ainda mais proeminente que o habitual, e os músculos recém-adquiridos também se destacavam debaixo do grosso suéter que vestia. Ele foi até a frente do auditório, virou-se e caminhou ao longo da primeira fileira, na direção de Smith e Ulla Bellman.

— Mais um passo e...

— Atire primeiro em mim, Smith, ou não terá tempo de fazer isso.

— Como quiser.

Berntsen fungou.

— Seu merda, você não te...

Katrine sentiu uma pressão súbita nos ouvidos, como se estivesse num avião que perdesse altitude rapidamente. Ela precisou de um momento para entender que foi o disparo do revólver.

Truls Berntsen ficou parado, oscilando. Sua boca estava aberta, os olhos, arregalados. Katrine viu o buraco no suéter, esperou pelo sangue. E ele veio. Foi como se Berntsen, que olhava diretamente para Ulla Bellman, fizesse um último esforço para ficar de pé. Então caiu para trás.

Em algum lugar no auditório, uma mulher gritou.

— Ninguém se mexe — ordenou Smith, recuando para a saída com Ulla Bellman à sua frente. — Se alguém se levantar, eu atiro nela.

É claro que era um blefe. E é claro que ninguém pagaria para ver.

— A chave do Amazon — sussurrou Harry, que ainda estava de pé. Ele estendeu a mão para Bjørn, que precisou de um momento antes de reagir e entregar a chave do carro.

— Hallstein! — gritou Harry, e passou a caminhar ao longo da fila de cadeiras. — Seu carro está no estacionamento de visitantes da universidade, e neste exato momento é examinado pela Perícia Técnica. Estou com as chaves de um carro estacionado bem em frente ao prédio, e sou um refém mais útil para você.

— Por quê? — retorquiu Smith, ainda recuando.

— Porque eu vou manter a calma, e porque você tem uma consciência.

Smith parou. Olhou pensativo para Harry por alguns segundos.

— Vá até ali e coloque as algemas — exigiu ele, gesticulando para a mesa.

Harry emergiu das fileiras de cadeiras, passou por Truls Berntsen, que estava caído inerte no chão, e parou em frente à mesa, de costas para Smith e o restante da plateia.

— Vire para cá! — gritou Smith.

Harry se virou para ele e levantou as mãos, mostrando que estavam presas com a réplica de algemas medievais.

— Venha!

Harry andou na direção dele.

— Um minuto!

Katrine viu Smith usar a mão livre para agarrar Harry, que era mais alto, pelo ombro, então virá-lo e empurrá-lo porta afora.

Ulla Bellman continuou olhando para a porta entreaberta antes de se virar para o marido. Katrine viu Bellman fazer um gesto para que ela fosse até ele. E Ulla caminhou na direção do marido. Com passos curtos, hesitantes, como se pisasse em gelo fino. Mas, quando chegou a Truls Berntsen, ela caiu de joelhos e apoiou a cabeça em seu suéter ensanguentado. E, no silêncio do auditório, o lamento de dor de Ulla soou mais alto que o disparo do revólver.

Harry sentia o cano do revólver nas costas ao seguir em frente com Smith. Droga, droga! Vinha planejando todos os detalhes desde o dia anterior, pensando em diferentes cenários, mas não tinha previsto aquilo.

Harry abriu a porta, e o ar frio de março o atingiu bem no rosto. A Universitetsplassen, banhada pelo sol de inverno, estava deserta diante deles. A tinta preta do Volvo Amazon de Bjørn reluzia.

— Ande!

Harry desceu a escadaria até o espaço aberto. Ao dar o segundo passo, escorregou e caiu de lado, incapaz de amparar a queda. A dor subiu pelo braço e pelas costas quando bateu o ombro no chão gelado.

— Levante! — ordenou Smith entre os dentes, agarrando a corrente das algemas e colocando-o de pé.

Harry aproveitou o impulso, ciente de que dificilmente teria chance melhor do que aquela. Ele se lançou de cabeça contra Smith e o acertou, e o psicólogo cambaleou para trás e caiu. Harry avançou um passo, mas Smith já estava deitado de costas segurando o revólver com as duas mãos.

— Francamente, Harry. Estou acostumado com isso, quase sempre acabava no chão na hora do recreio. Então venha!

Harry olhou para o cano do revólver. Acertara o nariz de Smith, e um ponto de osso branco era visível no corte. Um filete de sangue escorria de uma narina.

— Eu sei o que você está pensando, Harry. — Smith riu. — *Ele não conseguiu matar Valentin a dois metros e meio de distância.* Então venha! Ou abra o carro.

O cérebro de Harry fez as contas. Então ele se virou, e lentamente abriu a porta do motorista enquanto ouvia Smith se levantar. Em seguida, entrou no carro e colocou a chave na ignição sem se apressar.

— Eu dirijo — disse Smith. — Vá para lá.

Ainda sem pressa, Harry obedeceu, passando desajeitadamente por cima da alavanca de câmbio para se acomodar no banco do carona.

— Agora passe os pés por cima das algemas.

Harry olhou para ele.

— Não quero a corrente no meu pescoço quando estiver dirigindo — disse Smith, e ergueu o revólver. — Azar o seu se faltou às aulas de ioga. E já percebi que você está tentando nos atrasar. Você tem cinco segundos. Quatro...

Harry se recostou o máximo que o banco rígido permitiu, ergueu as mãos algemadas e dobrou os joelhos.

— Três, dois...

Com dificuldade, conseguiu passar os elegantes sapatos de couro por cima da corrente das algemas.

Smith entrou no carro e se debruçou sobre Harry. Puxou o cinto de segurança antigo de três pontos sobre o peito e a cintura do ex-policial, afivelou-o e apertou-o com um puxão, de forma que Harry ficasse bem preso ao assento. Tirou o celular de Harry do bolso do paletó. Em seguida, afivelou o próprio cinto e virou a chave. Acelerou e brigou com a alavanca de câmbio, então se entendeu com a embreagem e deu ré, fazendo um semicírculo. Por fim, desceu o vidro da janela e atirou para fora o celular de Harry e o seu.

Eles saíram na Karl Johans gate e viraram à direita, e o Palácio Real entrou no campo de visão. Pegaram o sinal aberto. Entraram à esquerda, contornaram a rotatória, passaram por outro sinal verde e pelo Teatro Nacional. Aker Brygge. O trânsito fluía bem. Bem até demais, pensou Harry. Quanto mais longe ele e Smith conseguissem chegar antes que Katrine alertasse as viaturas e o helicóptero da polícia, maior a área que precisariam cobrir, e maior o número de barreiras que precisariam ser montadas nas ruas.

Smith olhou para o fiorde.

— Oslo raramente fica mais linda do que em dias como esse, não é verdade?

A voz estava anasalada e era acompanhada de um ligeiro assobio. O nariz dele provavelmente estava quebrado.

— Um companheiro de viagem silencioso — disse Smith. — Bom, você já falou demais hoje.

Harry olhava para a avenida à frente deles. Katrine não poderia usar os telefones para rastreá-los, mas enquanto Smith se mantivesse nas vias principais ainda havia esperança de serem rapidamente encontrados. De um helicóptero, seria fácil enxergar um carro com faixas esportivas no teto e no capô.

— Ele marcou uma consulta. Disse que se chamava Alexander Dreyer e queria falar sobre o Pink Floyd e as vozes que ouvia — continuou Smith, e fez que não com a cabeça. — Mas como você já viu, eu sou bom em ler as pessoas, e logo percebi que ele não era uma pessoa qualquer, e sim um tipo extremamente raro de psicopata. Então usei o que ele me disse sobre suas preferências sexuais para consultar colegas especialistas em questões morais, e logo descobri com quem estava lidando. E qual era o seu dilema. Ele estava desesperado para dar vazão ao seu instinto de caça, mas um único erro, uma leve suspeita, um pequeno detalhe idiota poderia traí-lo e colocar a polícia no rastro de Alexander Dreyer. Está acompanhando, Harry? — Smith olhou para ele de relance. — E, para voltar a caçar, ele precisava ter certeza absoluta de que estava em segurança. Ele era perfeito, um homem sem opções; era apenas uma questão de colocar uma coleira nele e abrir a jaula, que ele comeria e beberia qualquer coisa que oferecessem. Mas eu não podia me apresentar como a pessoa que faria essa oferta, eu precisava de um manipulador fictício, um para-raios para o caso de Valentin ser preso e confessar. Alguém que acabasse sendo descoberto mais cedo ou mais tarde, para mostrar que o mapa corresponde sim ao terreno, para confirmar a teoria do vampirista impulsivo e destemperado que apresento na minha tese. E Lenny Hell era o ermitão que vivia numa casa isolada e nunca recebia visitas. Mas um dia ele recebeu uma visita surpresa do seu psicólogo. Um psicólogo com uma coisa na cabeça que o fazia parecer um gavião, e um enorme revólver vermelho nas mãos. Hahaha! — Smith soltou uma gargalhada. — Você precisava ver a cara de Lenny quando entendeu que era meu escravo! Primeiro, eu o obriguei a levar os registros dos meus pacientes para o escritório dele. Depois nós achamos uma jaula que a família usava para transportar porcos e a carregamos até o porão. Deve ter sido aí que bati a cabeça naquele maldito cano. Colocamos um colchão para Lenny dentro da jaula e depois eu o prendi com as algemas. E lá ele ficou. Lenny não tinha mais utilidade para mim depois que consegui os detalhes de todas as mulheres que ele perseguiu, as cópias das chaves dos apartamentos delas e a senha para mandar os e-mails para Valentin do computador dele. Mas precisei esperar antes de encenar o suicídio. Se Valentin fosse pego ou acabasse morto e a polícia chegasse a Hell cedo demais, eu precisava garantir que ele tinha um álibi incontestável para o primeiro assassinato. Porque obviamente checariam o álibi, já que ele tinha falado ao telefone com Elise Hermansen. Então levei Lenny até aquela pizzaria local no mesmo horário que instruí Valentin a matar Elise e me certifiquei de que as pessoas o vissem. Na verdade, eu estava tão concentrado apontando aquela pistola de dardos tranquilizantes para Lenny por baixo da mesa que só notei as nozes na massa da pizza quando já era tarde demais. — Mais risadas. — Lenny acabou passando muito tempo sozinho naquela jaula. E tive que rir quando você achou esperma de Lenny no colchão e concluiu que ele tinha estuprado Marte Ruud ali.

Eles passaram por Bygdøy. Snarøya. Harry contava os segundos automaticamente. Dez minutos desde que saíram da Universitetsplassen. Ele olhou para o céu azul vazio.

— Marte Ruud não foi estuprada. Atirei nela assim que a levei para o porão. Valentin já havia acabado com ela, então foi um ato de misericórdia. — Smith se virou para ele. — Espero que você reconheça isso, Harry. Harry? Você acha que eu falo demais?

Eles se aproximavam de Høvikodden. O fiorde de Oslo voltou a aparecer à esquerda. Harry fez as contas. Talvez a polícia tivesse tempo de montar uma barreira em Asker. Chegariam lá em dez minutos.

— Você consegue imaginar o presente que me deu quando me convidou para participar da investigação, Harry? Eu fiquei tão surpreso que a princípio disse não. Até perceber que teria acesso a todas as informações. E poderia alertar Valentin quando vocês se aproximassem demais. O *meu* vampirista brilharia mais do que Kürten, Haigh e Chase e se tornaria o maior de todos. Mas só soube que o *hamam* estava sendo vigiado quando já estávamos neste carro, a caminho de lá. E eu já começava a perder o controle sobre Valentin. Ele matou aquele barman, raptou Marte Ruud. Por sorte, descobri que Alexander Dreyer havia sido identificado naquele caixa eletrônico a tempo de avisá-lo para sair do apartamento. Àquela altura, Valentin já havia chegado à conclusão de que era eu, seu antigo psicólogo, quem mexia os pauzinhos, mas e daí? A identidade da pessoa que estava no mesmo barco que ele não fazia diferença nenhuma. Mas eu sabia que o cerco começava a se fechar. Era chegada a hora do *grand finale* que eu vinha planejando havia algum tempo. Fiz com que ele fugisse do apartamento e se registrasse no Plaza Hotel, que obviamente não era um lugar onde ele poderia ficar por muito tempo, mas pelo menos consegui mandar um envelope com cópias das chaves do celeiro e do escritório, e instruções para que se escondesse até a meia-noite, quando todos já estariam dormindo. Eu não podia descartar a possibilidade de ele desconfiar de alguma coisa, mas que alternativa ele tinha, agora que seu disfarce tinha sido descoberto? Ele precisaria correr o risco e acreditar que podiam confiar em mim. E você também tem que me dar crédito pela forma como tudo foi armado, Harry. Liguei para você e Katrine para que testemunhassem tudo ao telefone, além de ter a meu favor as imagens das câmeras de segurança. Sim, é claro que criar a história do pesquisador heroico que contraria o serial killer com suas declarações públicas e depois o mata em legítima defesa pode ser considerado uma execução a sangue-frio. Sim, concordo que isso fez com que uma simples defesa de tese de doutorado tivesse cobertura da imprensa internacional, e que quatorze editoras comprassem os direitos para publicar a minha tese. Mas, no final das contas, trata-se de pesquisa, de conhecimento. É progresso, Harry. É possível que a estrada para o inferno seja pavimentada de boas intenções, mas ela também é a estrada para um futuro esclarecido, edificante.

Oleg virou a chave na ignição.
— Para a emergência do Ullevål! — gritou o jovem detetive loiro do banco de trás, onde estava sentado com a cabeça de Truls Berntsen apoiada no colo. Os dois estavam ensopados de sangue. — Pé na tábua e ligue a sirene!
Oleg estava prestes a tirar o pé da embreagem quando a porta de trás foi aberta.
— Não! — gritou o detetive, furioso.
— Abra espaço, Anders! — Era Steffens. Ele entrou à força, empurrando o jovem detetive para o outro lado do banco. — Levante as pernas dele — gritou o médico, que agora amparava a cabeça de Berntsen. — Para o sangue...

— ... chegar ao coração e ao cérebro — completou Anders.

Oleg tirou o pé da embreagem. Eles saíram do estacionamento e ganharam a rua entre um bonde que tocava uma sineta e um táxi que buzinava enfurecido.

— Como ele está?

— Veja você mesmo — disse Anders entre os dentes. — Inconsciente, pulso fraco, mas está respirando. Como pode ver, a bala perfurou o hemitórax direito.

— Esse não é o problema — disse Steffens. — O problema está nas costas. Me ajude a virá-lo. — Oleg acompanhava pelo retrovisor. Viu os dois virarem Truls Berntsen de lado e rasgarem o suéter e a camisa do policial. Ele voltou a se concentrar na rua. Buzinou para ultrapassar um caminhão, acelerou para avançar um sinal fechado num cruzamento.

— Puta merda — resmungou Anders.

— Sim, é um rombo dos bons — disse Steffens. — A bala provavelmente arrancou um pedaço da costela. Ele vai sangrar até a morte antes de chegarmos ao Ullevål, a não ser...

— A não ser...?

Oleg ouviu Steffens respirar fundo.

— A não ser que eu faça um trabalho melhor do que fiz com a sua mãe. Use as mãos para unir as laterais do ferimento, assim, e pressione. Feche o ferimento da melhor forma que conseguir, não há outra saída.

— As minhas mãos estão escorregando.

— Rasgue pedaços da camisa e use-os para firmar as mãos.

Oleg escutou a respiração pesada de Anders. Olhou outra vez pelo retrovisor. Viu Steffens colocar a mão espalmada sobre o peito de Berntsen e bater em um dos dedos com o indicador da outra mão.

— Estou tentando uma percussão, mas está apertado demais aqui atrás, não consigo encostar o ouvido — disse Steffens. — Você consegue...?

Anders se curvou para a frente sem tirar as mãos do ferimento e pressionou a cabeça no peito de Berntsen.

— O som está muito abafado — disse. — Não tem ar. Você acha...?

— Sim, temo que seja um hemotórax — respondeu seu pai. — A cavidade pleural está enchendo de sangue, e os pulmões logo vão entrar em colapso. Oleg...

— Já ouvi — disse Oleg, e pisou fundo no acelerador.

Katrine estava no meio da Universitetsplassen com o telefone ao ouvido, olhando para o céu vazio e sem nuvens. Ainda não era possível ver o helicóptero da polícia, mas ela o havia requisitado no aeroporto de Gardermoen, com ordens para que fizesse uma varredura na rodovia E6 ao se aproximar de Oslo pelo norte.

— Não, não há celulares que possamos rastrear — disse ela acima do uivo coletivo de sirenes que se aproximavam, vindas de diferentes partes da cidade. — Nada foi registrado nas praças de pedágio. Estamos montando bloqueios na E6 e na E18 sentido sul. Volto a entrar em contato assim que tivermos novidades.

— Certo — disse Falkeid do outro lado da linha. — Estamos de prontidão.

Katrine encerrou a ligação. Seu celular tocou outra vez.

— Polícia de Asker, a postos na E18 — disse a voz. — Paramos um caminhão articulado e o atravessamos na pista logo depois do retorno para Asker. Estamos fazendo a triagem e mandando o tráfego de volta para a rodovia depois da rotatória. Um Amazon dos anos setenta com faixas esportivas?

— Sim.

— Então estamos falando da pior escolha possível para um veículo de fuga?

— Vamos torcer para que sim. Mantenha-me informada.

Bjørn chegou correndo.

— Oleg e aquele médico estão levando Berntsen para o Ullevål — disse ele, ofegando. — Wyller foi com eles.

— Você acha que Berntsen tem alguma chance?

— Só tenho experiência com cadáveres.

— Certo. Ele se parecia com um?

Bjørn Holm deu de ombros.

— Ele estava sangrando, então pelo menos ainda não está morto.

— E Rakel?

— Ela ficou no auditório com a esposa de Bellman, que está muito abalada. Bellman precisou se apressar para supervisionar a operação de algum lugar onde possa ter um panorama da situação, segundo ele.

— Panorama? — Katrine fungou. — O único lugar de onde temos um panorama de qualquer coisa é *aqui*!

— Eu sei, mas vá com calma, querida, não queremos que o bebê fique estressado, certo?

— Que droga, Bjørn. — Ela segurou o telefone com mais força. — Por que você não me disse o que Harry estava planejando?

— Porque eu não sabia.

— Não sabia? Você devia saber de alguma coisa, se ele trouxe a Perícia Técnica para examinar o carro de Smith.

— Ele não trouxe, foi um blefe. Assim como aquela história de datar o DNA encontrado no cano.

— O quê?

— O Instituto de Medicina Forense não pode determinar a idade do DNA. O que Harry disse sobre terem descoberto que o DNA de Smith tinha mais de dois meses, aquilo foi uma completa mentira.

Katrine olhou para Bjørn. Enfiou a mão na bolsa e tirou a pasta amarela que Harry havia lhe entregado. Abriu a pasta. Três folhas de papel A4. Todas em branco.

— Um blefe — continuou Bjørn. — Para que a análise estilométrica seja capaz de revelar qualquer coisa com algum grau de exatidão, o texto precisa ter pelo menos cinco mil caracteres. Aqueles e-mails breves enviados para Valentin não revelam nada sobre a identidade do autor.

— Harry não tinha nada — sussurrou Katrine.

— Absolutamente nada! Ele tentou conseguir uma confissão.

— Droga! — Katrine pressionou o telefone contra a testa, sem saber ao certo se queria esfriar ou esquentar a cabeça. — Então por que ele não disse nada? Céus, podíamos ter policiais armados do lado de fora do auditório.

— Porque ele não podia dizer nada.

A resposta veio de Ståle Aune, que surgiu ao lado dos dois.

— Por que não?

— Simples — disse Ståle. — Se ele tivesse informado seus planos a qualquer um na polícia e nenhuma providência tivesse sido tomada, o que aconteceu no auditório seria considerado um interrogatório policial. Um interrogatório policial ilegal, no qual o interrogado não é informado dos seus direitos e o interrogador mente intencionalmente para induzi-lo ao erro. Nada do que Smith disse hoje poderia ser usado num tribunal. Mas nas atuais circunstâncias...

Katrine Bratt piscou. E assentiu lentamente.

— Nas atuais circunstâncias, Harry Hole, professor e pessoa física, participou de uma defesa de tese na qual Smith falou por vontade própria e na presença de testemunhas. Você tinha conhecimento disso, Ståle?

Ståle Aune fez que sim.

— Harry me telefonou ontem. Falou de todas as evidências que apontavam para Hallstein Smith, mas que não tinha provas. Então me contou seu plano de usar a defesa de tese para montar uma armadilha para pegar macaco, com a minha ajuda. E usando o Dr. Steffens como testemunha técnica.

— E o que você respondeu?

— Eu disse que Hallstein Smith, o "Macaco", já havia caído nesse tipo de armadilha antes e que dificilmente cairia outra vez.

— Mas?

— Mas Harry usou minhas próprias palavras contra mim, citando a Tese de Aune.

— Os seres humanos são notórios — disse Bjørn. — Eles repetidamente cometem os mesmos erros.

— Exato — assentiu Aune. — E, ao que parece, Smith disse a Harry no elevador da sede da polícia que escolheria o doutorado em lugar de uma vida longa.

— E é claro que o imbecil caiu de cabeça na armadilha para pegar macaco — murmurou Katrine.

— Sim, ele fez jus ao apelido.

— Smith não, estou falando de Harry.

Aune assentiu.

— Vou voltar para o auditório. A esposa de Bellman precisa de ajuda.

— Vou com você, para isolar a cena do crime — disse Bjørn.

— Cena do crime? — perguntou Katrine.

— Berntsen.
— Ah, sim. Sim.
Depois que os dois entraram, ela olhou para o céu. Onde estava aquele helicóptero?
— Maldito — murmurou ela. — Maldito Harry Hole.
— A culpa foi dele?
Katrine se virou.
Mona Daa olhava para ela.
— Não quero incomodar — disse a repórter. — Não estou trabalhando no momento, mas vi o que aconteceu na internet e vim até aqui. Se você quiser usar o *VG* para dizer qualquer coisa, para mandar uma mensagem para Smith ou coisa parecida...
— Obrigada, Daa. Se precisar, eu digo.
— Tudo bem. — Mona Daa se virou e começou a se afastar com seu caminhar de pinguim.
— A propósito, fiquei surpresa por não vê-la na defesa — disse Katrine.
Mona Daa parou.
— Você foi a principal repórter do *VG* no caso do vampirista desde o começo — continuou ela.
— Então Anders não falou com você.
Algo na forma como Mona Daa usou o nome próprio de Anders Wyller, a naturalidade, fez Katrine arquear a sobrancelha.
— Falou comigo?
— Sim, Anders e eu, nós...
— Você está brincando? — disse Katrine.
Mona Daa riu.
— Não. Eu sei que existem algumas questões práticas, puramente profissionais, mas não, não estou brincando.
— E quando vocês...?
— Agora, na verdade. Tiramos alguns dias de folga e estamos aproveitando esse tempo numa proximidade claustrofóbica no apartamentozinho de Anders, para ver se combinamos. Achamos que faria sentido descobrir isso antes de contarmos às pessoas.
— Então ninguém sabe?

— Não até Harry quase nos pegar no flagra numa visita surpresa. Anders acha que Harry percebeu. E ficou sabendo que ele tentou falar comigo no VG. Acho que foi para confirmar a suspeita.

— Ele é muito bom com suspeitas — disse Katrine, olhando para o céu à procura do helicóptero.

— Eu sei.

Harry ouvia os chiados baixos que Smith fazia ao inspirar e expirar. Então viu algo estranho no fiorde. Um cachorro que parecia caminhar sobre a água. Água de degelo. Que se infiltrava por rachaduras na superfície congelada, apesar de estar abaixo de zero.

— Fui acusado de defender a existência do vampirismo simplesmente porque *queria* que ele existisse — disse Smith. — Mas agora ele foi comprovado, de uma vez por todas, e logo o mundo todo saberá o que é o vampirismo do professor Smith, independentemente do que aconteça comigo. E Valentin não foi o único, haverá mais. Mais oportunidades de manter o mundo atento ao vampirismo. Garanto a você, eles já foram recrutados. Você uma vez me perguntou se o reconhecimento tinha mais valor que a vida. É claro que sim. Reconhecimento é vida eterna. E você também terá vida eterna, Harry. Como o homem que quase colocou as mãos em Hallstein Smith, o homem que um dia chamaram de Macaco. Você *acha* que eu falo demais?

Eles se aproximavam da IKEA. Chegariam a Asker em cinco minutos. Smith não desconfiaria se o tráfego ficasse um pouco intenso, algo comum naquela parte da estrada.

— Dinamarca — disse Smith. — A primavera chega antes por lá.

Dinamarca? Smith estava ficando psicótico? Harry ouviu um *clic clac* seco. Ele tinha ligado a seta. Não, não, estavam saindo da estrada principal! Harry viu uma placa onde se lia Nesøya.

— A água de degelo é suficiente para que eu chegue até a outra margem, você não acha? Um barco de alumínio leve, com apenas um homem a bordo, não afunda tanto.

Barco. Harry cerrou os dentes e praguejou consigo mesmo. A casa de barcos. A casa de barcos que Smith disse fazer parte da herança da esposa. Era para lá que estavam indo.

— O Skagerrak tem 130 milhas náuticas de extensão. Velocidade média de vinte nós. Quanto tempo levaria, Harry, já que você é bom com números? — Smith riu. — Eu já fiz as contas. Com uma calculadora. Seis horas e meia. E de lá é possível atravessar a Dinamarca de ônibus, não demora muito. E então Copenhague. Nørrebro. Praça Vermelha. Você senta num banco, mostra uma passagem de ônibus e espera pelo agente de viagem. O que acha do Uruguai? Um país simpático. Que bom que eu já limpei a estrada até a casa de barcos e abri espaço para o carro. Caso contrário essas faixas no teto seriam facilmente visíveis de um helicóptero, não seriam?

Harry fechou os olhos. Smith planejara aquela rota de fuga havia algum tempo. Por via das dúvidas. E havia apenas um motivo para estar contando aquilo para Harry. Ele não teria a chance de contar nada a ninguém.

— Entre à esquerda aí na frente — disse Steffens do banco de trás. — Bloco 17.

Oleg entrou e sentiu os pneus derraparem no gelo antes de recuperarem a tração.

Ele suspeitava de que havia um limite de velocidade nas dependências de um hospital, mas também sabia que o tempo e o sangue de Berntsen se esgotavam.

Oleg freou em frente à entrada, onde dois homens vestindo o uniforme amarelo de paramédicos aguardavam com uma maca. Com movimentos ensaiados, tiraram Berntsen do banco de trás e o deitaram na maca.

— Ele está sem pulso — disse Steffens. — Direto para a sala híbrida. A equipe de trauma...

— Já está a postos — informou o paramédico mais velho.

Oleg e Anders seguiram Steffens e a maca por duas portas vaivém até uma sala onde uma equipe de seis pessoas vestindo touca, óculos plásticos e uniforme médico cinza os aguardava.

— Obrigado — disse uma mulher, e fez um gesto que Oleg interpretou como um sinal de que ele e Anders só poderiam ir até ali. A maca, Steffens e a equipe desapareceram atrás de outra porta vaivém que se fechou às costas deles.

— Eu sabia que você trabalhava na Divisão de Homicídios — disse Oleg quando tudo voltou a ficar em silêncio. — Mas não que você estudou medicina.

— Não estudei — falou Anders, olhando para as portas fechadas.

— Não? Mas pareceu, lá no carro.

— Li alguns livros de medicina por conta própria, mas não estudei medicina de verdade.

— Por que não? Não teve notas suficientes?

— Tive.

— Mas? — Oleg não sabia se perguntava aquilo porque estava interessado ou porque não queria pensar no que se passava com Harry.

Anders olhou para as mãos ensanguentadas.

— Acho que aconteceu comigo o mesmo que aconteceu com você.

— Comigo?

— Eu queria ser como meu pai.

— E?

Anders deu de ombros.

— Depois não quis mais.

— Em vez disso, preferiu entrar para a polícia?

— Pelo menos assim eu poderia tê-la salvado.

— Tê-la salvado?

— Minha mãe. Ou pessoas na mesma situação. Ou pelo menos foi o que pensei.

— Como ela morreu?

Anders deu de ombros outra vez.

— Entraram na nossa casa, e ela acabou como refém. Meu pai e eu não pudemos fazer nada. Papai ficou histérico, então o ladrão esfaqueou a minha mãe e fugiu. Ele correu de um lado para o outro feito uma galinha sem cabeça, gritando para eu não tocar nela enquanto procurava uma tesoura. — Wyller engoliu em seco. — O meu pai, o médico, procurava uma tesoura enquanto eu fiquei ali vendo-a sangrar até morrer. Falei com alguns médicos depois e descobri que ela poderia ter sido salva se tivéssemos feito imediatamente o que precisava ser feito. O meu pai é hematologista, o Estado investiu milhões para que ele aprendesse tudo sobre sangue. Ainda assim, ele não foi capaz de realizar os procedimentos simples que impediriam que ela sangrasse até morrer. Se o júri soubesse o quanto ele sabe sobre salvar vidas, o teria condenado por homicídio.

— Seu pai cometeu um erro. Errar é humano.

— Enfim, ele fica sentado naquele consultório se achando melhor que os outros. — A voz de Anders começava a ficar trêmula. — Um policial com qualificações medianas e um curso de combate corporal de uma semana teria dominado aquele ladrão antes que ele a esfaqueasse.

— Mas ele não cometeu um erro hoje. Steffens é o seu pai, não é?

Anders aquiesceu.

— Quando se trata de salvar a vida de um cara corrupto, imprestável e preguiçoso como Berntsen, é claro que ele não comete erros.

Oleg olhou para o relógio. Pegou o telefone. Nenhuma mensagem de sua mãe. Guardou o aparelho de volta no bolso. Ela dissera que não havia nada que ele pudesse fazer para ajudar Harry, mas que podia ajudar Truls Berntsen.

— Não é da minha conta, mas você já perguntou ao seu pai de quantas coisas ele teve que abrir mão? Quantos anos de trabalho duro ele dedicou a aprender tudo sobre sangue e quantas pessoas esse trabalho já salvou?

Anders fez que não sem levantar a cabeça.

— Não? — perguntou Oleg.

— Eu não falo com ele.

— Nunca?

Anders deu de ombros.

— Eu saí de casa. Mudei meu nome.

— Wyller é o sobrenome da sua mãe?

— É.

Eles viram as costas de um homem que entrava apressado na sala híbrida antes que as portas voltassem a se fechar.

Oleg pigarreou.

— Como eu disse, não é da minha conta. Mas você não acha que foi muito duro com ele?

Anders levantou a cabeça. Encarou Oleg.

— Você tem razão — disse ele, assentindo lentamente. — Não é da sua conta. — Então se levantou e caminhou na direção da saída.

— Aonde você vai? — perguntou Oleg.

— Vou voltar para a universidade. Você me dá uma carona? Se não, eu vou de ônibus.

Oleg se levantou e foi atrás dele.

— Já tem gente suficiente por lá. Mas há um policial entre a vida e a morte ali dentro. — Ele alcançou Anders e colocou a mão em seu ombro. — E, como policial, você é a pessoa mais próxima que Berntsen tem aqui. Então não pode ir embora. Ele precisa de você.

Quando Oleg fez com que Anders se virasse, viu lágrimas nos olhos do jovem detetive.

— Eles dois precisam de você — disse Oleg.

Harry precisava tomar uma atitude. Rápido.

Smith tinha saído da rodovia principal e percorria cuidadosamente uma estreita estrada de terra que cortava a mata, com encostas cobertas de neve dos dois lados. Entre eles e a água congelada havia uma casa de barcos vermelha com uma tábua branca atravessada na porta dupla. Ele via duas casas, uma de cada lado da estrada, mas ambas estavam parcialmente escondidas por árvores e pedras, e ficavam tão afastadas da estrada que não havia como alertar ninguém gritando por ajuda. Harry respirou fundo e passou a ponta da língua no lábio superior; o gosto era metálico. Sentia o suor escorrendo por baixo da camisa, apesar de estar congelando. Ele tentou pensar. Pensar da mesma forma que Smith estava pensando. A travessia até a Dinamarca num pequeno barco aberto. Claro, era perfeitamente possível, mas tão ousado que ninguém na polícia pensaria naquilo como uma provável rota de fuga. E quanto a ele — como Smith pensava em resolver aquele problema? Harry tentava calar a voz que desejava desesperadamente que ele fosse poupado. E havia a voz resignada que dizia que tudo estava perdido, que lutar contra o inevitável apenas traria mais dor. Em vez disso, ouvia a voz fria, lógica. Ele não tinha mais qualquer valor como refém e apenas atrasaria Smith no barco. Smith não hesitaria em usar a arma, ele já atirara em Valentin e em um policial. E isso provavelmente aconteceria ali, antes de saírem do carro, pois abafaria o som do disparo.

Harry tentou se curvar para a frente, mas o cinto fixo de três pontos o prendia ao banco. E as algemas forçavam sua lombar e machucavam a pele dos pulsos.

Faltavam cem metros até a casa de barcos.

Harry berrou. Um som gutural, trepidante, que vinha de suas entranhas. Ele balançou o corpo para os lados e bateu a cabeça no vidro da janela, que trincou na forma de uma roseta branca. Ele rugiu ao bater outra vez. A roseta ficou maior. E uma terceira vez. Um pedaço de vidro caiu.

— Cale a boca ou atiro em você agora! — gritou Smith, e apontou o revólver para a cabeça de Harry enquanto mantinha um olho na estrada.

Harry o mordeu.

Sentiu a dor da pressão nas gengivas, o gosto metálico que estava lá desde que foi até a mesa no auditório e, de costas para Smith, rapidamente pegou os dentes de ferro e os colocou na boca antes de fechar as algemas. Com que facilidade aqueles dentes afiados afundaram no pulso de Hallstein Smith! O grito dele preencheu o carro, e Harry sentiu o revólver bater em seu joelho esquerdo antes de cair no chão entre seus pés. Harry contraiu os músculos do pescoço e puxou o braço de Smith para a direita. Smith soltou o volante e esmurrou a cabeça de Harry, mas o cinto de segurança limitava seus movimentos. Harry abriu a boca, ouviu um som gorgolejante e mordeu outra vez. Sua boca ficou cheia de sangue morno. Talvez tivesse atingido a artéria, talvez não. Ele engoliu. Era espesso, como beber um caldo, e tinha um gosto doce e enjoativo.

Smith voltou a segurar o volante com a mão esquerda. Harry esperava que ele freasse, mas, em vez disso, acelerou.

O Amazon derrapou no gelo antes de disparar encosta abaixo. A tábua atravessada nas portas da casa de barcos se partiu como um palito de fósforo ao ser atingida por mais de uma tonelada de carro vintage sueco, e as portas foram arrancadas das dobradiças.

A cabeça de Harry foi lançada para a frente quando o carro bateu na popa de um barco de metal de doze pés, que, por sua vez, forçou as portas da casa de barcos que eram voltadas para a água.

Antes que o motor morresse, ele notou que a chave havia partido na ignição. E sentiu uma dor intensa nos dentes e na boca quando Smith tentou libertar o braço. Mas Harry sabia que precisava segurar firme. Não que estivesse fazendo um grande estrago. Apesar de ter cortado a artéria, ela era — como sabe qualquer automutilador — tão fina naquele ponto do pulso que poderia levar horas até que Smith sangrasse até morrer. Smith voltou a puxar o braço, mas com menos força dessa vez. De relance, Harry viu o rosto dele. Estava pálido. Se ele não suportava a visão de sangue, será que Harry conseguiria fazer com que desmaiasse? Harry trincou os dentes com toda força que conseguiu.

— Vejo que estou sangrando, Harry. — A voz de Smith estava fraca, mas calma. — Você sabia que, quando Peter Kürten, o Vampiro de Düsseldorf, estava prestes a ser executado, ele fez uma pergunta ao Dr. Karl Berg? Ele perguntou se daria tempo de ouvir seu próprio sangue esguichar do pescoço decapitado antes de perder a consciência. E disse que, se fosse assim, esse seria o prazer que poria fim a todos os outros prazeres. Mas temo que, no meu caso, isso não possa ser considerado uma execução, mas sim apenas o começo do meu prazer.

Com um movimento rápido, Smith soltou seu cinto de segurança com a mão esquerda e debruçou-se sobre Harry. Apoiou a cabeça no colo do ex-policial e esticou a mão até o assoalho do carro. Ele tateou o tapete de borracha, mas não encontrou o revólver. Inclinou-se mais, e virou a cabeça para Harry ao enfiar o braço debaixo do banco. Harry viu um sorriso se formar nos lábios de Smith. Ele tinha encontrado o revólver. Harry ergueu o pé e pisou com força. Sentiu o volume da mão de Smith segurando a arma pela sola fina do sapato.

Smith gemeu e olhou para ele.

— Tire o pé, Harry. Ou eu vou pegar a faca de açougueiro e usá-la. Está me ouvindo? Tire o...

Harry aliviou a pressão da mordida e contraiu a musculatura da barriga.

— *Voxê qui manba.*

Ele levantou as duas pernas num movimento brusco, usando o cinto de segurança apertado como apoio para forçar os joelhos, e a cabeça de Smith, contra o peito.

Smith sentiu o revólver ficar livre sob o pé de Harry, mas soltou a arma ao ser empurrado para cima pelos joelhos do ex-detetive. Ele esticou o braço e conseguiu tocar o cabo com dois dedos quando Harry soltou seu braço direito. Tudo que precisava fazer era pegar o revólver e girá-lo para apontar para Harry. Então entendeu o que estava acontecendo, e viu a boca de Harry abrir outra vez, viu o brilho do metal, viu quando ele inclinou a cabeça em sua direção, sentiu seu hálito no pescoço. Foi como se pingentes de gelo se enterrassem em sua pele. Seu grito foi breve quando a boca de Harry se fechou em sua laringe. Então Harry pisou de novo na mão de Smith e no revólver.

Smith tentou acertar Harry com a mão direita, mas o ângulo era agudo demais para que imprimisse força no golpe. Harry não havia acertado a carótida, caso contrário o jato de sangue esguicharia até o teto do carro, mas ele bloqueava a passagem de ar com a mordida, e Smith já sentia aumentar a pressão na cabeça. Mas, ainda assim, não queria soltar o revólver. Ele sempre foi desse jeito, o menino que nunca desiste. O Macaco. O Macaco. Mas precisava de um pouco de ar, senão sua cabeça explodiria.

Hallstein Smith soltou o revólver; poderia pegá-lo mais tarde. Ele levantou a mão direita e socou a cabeça de Harry. Girou a mão esquerda, acertando a orelha. Então outra vez a direita, no olho de Harry, e sentiu sua aliança abrir o supercílio dele. Smith sentiu a fúria crescer ao ver o sangue de seu oponente. Era como gasolina no fogo. Sentiu uma nova força tomar conta de si e deu tudo o que tinha. Lute. Continue lutando.

— Então o que eu faço? — perguntou Mikael Bellman, com o olhar perdido no fiorde.

— Para começo de conversa, não consigo acreditar que você tenha feito o que fez — disse Isabelle Skøyen, andando de um lado para o outro atrás dele.

— Aconteceu rápido demais — justificou Mikael, concentrando-se no próprio reflexo na janela. — Não tive tempo de pensar.

— Ah, você teve tempo de pensar — retrucou Isabelle. — Só não teve tempo de pensar o bastante. Teve tempo de pensar que ele atiraria se você tentasse intervir, mas não que a imprensa inteira atiraria se você *não* interviesse.

— Eu estava desarmado, ele tinha um revólver, e ninguém teria pensado que intervir era uma opção se o idiota do Truls Berntsen não tivesse achado que era um bom momento para bancar o herói. — Bellman fez que não. — Mas aquele pobre-diabo sempre foi louco por Ulla.

Isabelle soltou um gemido.

— Truls não poderia ter causado mais problemas para a sua carreira nem se tentasse. A primeira coisa em que as pessoas vão pensar, com ou sem razão, é que você foi covarde.

— Espere aí! — Mikael ficou irritado. — Eu não fui o único que não fez nada, o auditório estava cheio de policiais que...

— Ela é sua esposa, Mikael. Você estava ao lado dela na primeira fila, e mesmo que esteja prestes a deixar o cargo, ainda é o chefe de polícia. Você é o líder deles. E agora será o ministro da Justiça...

— Então você acha que eu devia ter levado um tiro? Porque Smith atirou. E Truls *não* salvou Ulla. Isso não prova que eu, como chefe de polícia, tomei a decisão certa enquanto o agente Berntsen, agindo por conta própria, enfiou os pés pelas mãos? Ele, inclusive, colocou a vida de Ulla em perigo.

— Nós obviamente tentaremos apresentar a situação dessa forma, mas tudo que posso dizer é que será difícil.

— E qual é a dificuldade?

— Harry Hole. O fato de ele ter se oferecido como refém, não você.

Mikael abriu os braços, exasperado.

— Isabelle, foi Harry Hole quem provocou a situação. Ao desmascarar Smith como o cérebro por trás de tudo, ele praticamente forçou o sujeito a pegar aquele revólver, que estava bem na frente dele. Ao se oferecer como refém, Harry simplesmente assumiu a responsabilidade por algo que ele próprio provocou.

— Sim, mas nós primeiro sentimos e depois pensamos. Quando vemos um homem que não tenta salvar a esposa, nós sentimos desprezo.

E depois vem o que acreditamos ser uma reflexão fria e objetiva, mas isso é apenas uma tentativa de encontrar novas informações para justificar o que sentimos inicialmente. Pode até ser o desprezo de gente estúpida, ignorante, Mikael, mas tenho praticamente certeza de que é isso o que as pessoas vão sentir.

— Por quê?

Ela não respondeu.

Ele a encarou.

— Certo — disse ele. — Isso porque você está sentindo esse desprezo agora?

Mikael Bellman viu as narinas de Isabelle Skøyen dilatarem quando ela respirou fundo.

— Você é muitas coisas, Mikael. Você tem muitas qualidades, qualidades que o colocaram onde está agora.

— E?

— E uma delas é a capacidade de saber quando procurar abrigo e deixar que outros levem o golpe, quando a covardia vale a pena. O que acontece é que desta vez você se esqueceu que tinha uma plateia. E não uma plateia qualquer, mas a pior plateia possível.

Mikael Bellman assentiu. Jornalistas locais e estrangeiros. Ele e Isabelle tinham muito trabalho pela frente. Ele pegou o binóculo da Alemanha Oriental no peitoril da janela, suposto presente de um admirador. Apontou as lentes para o fiorde. Tinha visto algo na água.

— Na sua opinião, o que é o melhor para nós? — perguntou ele.

— Desculpe? — disse Isabelle. Apesar de ter crescido no interior, ou talvez por isso, ela ainda falava como as elites da zona oeste de Oslo sem que soasse estranho. Mikael já havia tentado fazer isso também, mas não tinha dado certo. Crescer na zona leste da cidade provocou danos irreparáveis.

— Que Truls morra ou sobreviva? — Bellman ajustou o foco do binóculo. Demorou alguns instantes até ouvir a risada dela.

— E essa é outra das suas qualidades. Você é capaz de desligar todas as emoções quando a situação exige. Isso vai prejudicá-lo, mas você vai sobreviver.

— Morto seria melhor, não? Assim não restará dúvida de que ele tomou a decisão errada, e de que eu estava certo. Além do mais, Truls não poderá dar entrevistas, e essa história toda vai acabar tendo um prazo de validade curto.

Ele sentiu a mão de Isabelle na fivela do seu cinto e a voz dela sussurrada no ouvido:

— Então você gostaria que a próxima mensagem de texto no seu telefone dissesse que seu melhor amigo está morto?

Era um cachorro. Ao longe, no fiorde. Para onde diabos o bicho estava indo?

O próximo pensamento foi automático.

E era um novo pensamento. Um pensamento que jamais ocorrera ao chefe de polícia e futuro ministro da Justiça Mikael Bellman ao longo de seus quarenta anos de vida.

Para onde diabos estamos indo?

O ouvido de Harry zumbia, e seu próprio sangue escorria em seu olho. Os socos continuavam. Ele já não sentia mais dor, apenas que o carro ficava mais frio e mais escuro.

Mas não desistiria. Já desistira demais na vida. Desistira diante da dor, do medo, do desejo de morrer. E também diante de um instinto de sobrevivência primitivo, egocêntrico, que escorraçava aos gritos qualquer anseio por um vazio indolor, sono, escuridão. E por isso ele estava ali. Ainda estava ali. E dessa vez não desistiria.

Os músculos da boca doíam tanto que seu corpo todo tremia. E os socos não davam trégua. Mas ele não soltou. Setenta quilos de pressão. Se tivesse conseguido apertar o pescoço com mais força, obstruindo o fluxo sanguíneo para o cérebro, Smith teria perdido a consciência relativamente rápido. Parar apenas o fluxo de ar poderia levar vários minutos. Outra pancada na têmpora. Harry sentiu a consciência fraquejar. Não! Ele se sacudiu no banco. Travou os dentes com mais força. Resista, resista. Leão. Búfalo. Harry contava ao respirar pelo nariz. Cem. Os golpes continuavam vindo, mas os intervalos pareciam mais longos, ou um pouco mais fracos, não? Os dedos de Smith se aproximaram do rosto de Harry e tentaram empurrá-lo. Então desistiram. Desistiram dele. Será que o cérebro de Smith estava tão ávido por oxigênio que finalmente tinha parado de funcionar? Harry sentiu alívio, engoliu um pouco mais de sangue de Smith. E naquele instante o pensamento veio com tudo. A profecia de Valentin. *Você aguarda a sua vez de ser um vampiro. E um dia você também vai beber.* Talvez tenha sido aquele pensamento, o lapso na concentração, mas naquele instante Harry sentiu o revólver se mover embaixo da sola do sapato e percebeu que aliviara a pressão sem notar. Que Smith havia parado de golpeá-lo para pegar a arma. E que ele havia conseguido.

Katrine parou na entrada do auditório.

O salão estava vazio, com exceção das duas mulheres abraçadas na primeira fila.

Katrine olhou para elas. Uma dupla estranha. Rakel e Ulla. As esposas de inimigos declarados. Estariam ali, juntas, porque as mulheres acham mais fácil buscar consolo entre si do que os homens? Katrine não sabia. Nunca teve o menor interesse na pretensa irmandade feminina.

Ela foi até lá. Os ombros de Ulla Bellman tremiam, mas seu choro era silencioso.

Rakel olhou para Katrine com um olhar questionador.

— Ainda não temos notícias — anunciou Katrine.

— Tudo bem — disse Rakel. — Ele vai ficar bem.

Ocorreu a Katrine que aquela fala era sua, não de Rakel. Rakel Fauke. Morena, forte, com doces olhos castanhos. Katrine sempre sentiu ciúme. Não porque quisesse a vida dela ou ser a mulher de Harry. Harry podia ser capaz de fazer uma mulher se sentir feliz e exultante por algum tempo, mas no longo prazo só trazia sofrimento, desespero, destruição. No longo prazo, as mulheres precisavam de um Bjørn Holm. Mas ainda assim ela invejava Rakel Fauke. Ela a invejava por ser a mulher que Harry Hole queria.

— Desculpe. — Ståle Aune havia entrado. — Consegui uma sala onde podemos conversar.

Ulla Bellman assentiu, ainda fungando, então se levantou e deixou o auditório com Aune.

— Uma consulta de emergência? — perguntou Katrine.

— Sim. E o estranho é que funciona.

— Funciona?

— Já estive no lugar dela. Como você está?

— *Eu?*

— É. Toda essa responsabilidade. Grávida. E você também é próxima a Harry.

Katrine passou a mão na barriga. E teve um pensamento estranho, ou pelo menos um pensamento que nunca tivera antes. Como eram próximos, nascimento e morte. Era como se um prenunciasse o outro, como se o interminável jogo das cadeiras da vida exigisse a morte antes de conceder uma vida nova.

— Você já sabe se é menino ou menina?

Katrine fez que não.

— Nomes?

— Bjørn sugeriu Hank. Em homenagem a Hank Williams.

— É claro. Então ele acha que vai ser menino?

— Independentemente do sexo.

Elas riram. E não pareceu absurdo. Elas riam e falavam de uma vida que estava prestes a começar, em vez da morte iminente. Porque a vida é mágica, e a morte, trivial.

— Preciso ir, mas aviso assim que tivermos notícias — disse Katrine.

Rakel fez que sim.

— Vou ficar por aqui, mas diga se houver qualquer coisa que eu possa fazer para ajudar.

Katrine hesitou, então se decidiu. Passou a mão na barriga outra vez.

— Às vezes tenho medo de perder o bebê.

— É natural.

— E depois penso no que seria de mim. Se eu seria capaz de seguir em frente.

— Seria sim — disse Rakel com firmeza.

— Você precisa me prometer que fará o mesmo. Você diz que Harry vai ficar bem, e esperança é importante, mas eu também sinto que preciso dizer que falei com a Delta, e a avaliação deles é de que o sequestrador, Hallstein Smith, provavelmente não vai... Bem, o mais comum...

— Obrigada — disse Rakel, pegando a mão de Katrine. — Eu amo Harry, mas se perdê-lo agora eu prometo seguir em frente.

— E Oleg, como ele...

Katrine viu a dor nos olhos de Rakel e imediatamente se arrependeu de ter dito aquilo. Viu Rakel tentar dizer alguma coisa, mas desistir e apenas dar de ombros.

Quando saiu do auditório, ela ouviu um som compassado e olhou para cima. A luz do sol cintilava na fuselagem do helicóptero lá no alto.

John D. Steffens abriu a porta da emergência e inspirou o ar frio. Então foi até o paramédico mais velho, que fumava encostado na parede, deixando a luz do sol aquecer seu rosto e saboreando visivelmente aquele momento de olhos fechados.

— Então, Hansen? — Steffens encostou na parede ao lado dele.
— Bom inverno — disse o paramédico sem abrir os olhos.
— Posso...?

O paramédico tirou o maço do bolso e o estendeu para o colega. Steffens pegou um cigarro e o isqueiro.

— Ele vai sobreviver?
— Veremos — respondeu Steffens. — Fizemos uma transfusão, mas a bala ainda está alojada.
— Quantas vidas você acha que precisa salvar, Steffens?
— O quê?
— Você trabalhou no turno da noite, e ainda está aqui. Como sempre. Então, quantas vidas você teve em mãos, quantas precisa salvar para fazer o bem?
— Não sei do que você está falando, Hansen.
— Sua esposa. A vida que você não salvou.

Steffens não respondeu, apenas deu uma tragada.

— Fiz algumas perguntas sobre você por aí.
— Por quê? — quis saber Steffens.
— Porque me preocupo com você. E porque sei como é. Também perdi minha esposa. Mas as horas extras, as vidas salvas, nada disso a trará de volta. Mas você sabe disso, certo? E um dia você vai cometer um erro, porque estará cansado, e terá outra vida pesando na consciência.
— Terei? — Steffens bocejou. — Você conhece algum hematologista melhor que eu na emergência?

Steffens ouviu os passos do paramédico se afastando.

Fechou os olhos.

Dormir.

Ele queria ser capaz disso.

Já haviam se passado 2.154 dias. Não desde a morte de Ina, sua esposa e mãe de Anders — aquilo foi há 2.912 dias. Mas desde que vira Anders pela última vez. No começo, logo após a morte dela, os dois pelo menos se falavam esporadicamente ao telefone, mesmo que Anders estivesse revoltado e o culpasse. Com razão. Anders saiu de casa, fugiu, colocou o máximo de distância possível entre eles. Ao desistir dos planos de estudar medicina, por exemplo, e se tornar um policial. Numa das raras e intempestivas conversas ao telefone, Anders disse que preferia ser como um de seus professores, um ex-detetive de homicídios chamado Harry Hole, que ele evidentemente idolatrava da mesma forma que idolatrou o pai. Ele tentou contato com Anders nos vários endereços do filho, na Academia de Polícia, mas foi rejeitado. Praticamente começou a perseguir o próprio filho. Numa tentativa de fazê-lo ver que sentiriam um pouco menos a perda se não estivessem longe um do outro. Juntos poderiam manter uma parte dela viva. Mas Anders não estava disposto a ouvir.

Então, quando Rakel Fauke apareceu para uma consulta e Steffens descobriu que ela era esposa de Harry Hole, ele naturalmente ficou muito curioso. O que o tal Harry Hole tinha que o tornava tão capaz de influenciar Anders? Será que ele poderia lhe ensinar alguma coisa que pudesse usar para se aproximar de Anders? E então ele viu que o enteado de Harry, Oleg, reagiu exatamente como seu filho ao perceber que Harry Hole não seria capaz de salvar a mãe. Era a mesma e incessante traição paterna.

Dormir.

Tinha sido um choque ver Anders. Logo lhe veio à cabeça que os dois haviam sido enganados, que Oleg e Harry tinham tramado algum tipo de encontro de reconciliação.

Dormir agora.

Estava anoitecendo, e um vento frio soprou no seu rosto. Uma nuvem passando em frente ao sol? O Dr. John D. Steffens abriu os olhos. Havia alguém parado à sua frente, rodeado pelo halo de luz do sol brilhando às suas costas.

O médico piscou. O halo o ofuscava. Precisou pigarrear antes de conseguir emitir qualquer som.
— Anders?
— Berntsen vai sobreviver. — Pausa. — Estão dizendo que graças a você.

Clas Hafslund estava sentado em seu jardim de inverno, admirando o fiorde. O gelo era coberto por uma fina camada de água imóvel, fazendo com que ele parecesse um vasto espelho. Desistira do jornal, que novamente publicava páginas e mais páginas sobre o caso do vampirista. Será possível que não cansavam daquilo? Graças a Deus não havia monstros como aquele ali em Nesøya. A vida era calma e tranquila, o ano todo. Mesmo que, naquele exato momento, ele ouvisse o som irritante de um helicóptero em algum lugar, provavelmente um acidente na EI8. Por isso, Clas Hafslund teve um sobressalto quando ouviu um estampido.

As ondas sonoras percorreram o fiorde.

Um tiro.

Parecia ter vindo de uma das propriedades vizinhas. A dos Hagen ou a dos Reinertsen. Os dois empresários passaram anos discutindo se o limite entre suas terras ficava à esquerda ou à direita de um carvalho centenário. Numa entrevista a um jornal local, Reinertsen afirmou que, mesmo que a rixa parecesse cômica por envolver apenas alguns poucos metros quadrados nos limites de áreas bem extensas, não se tratava de mesquinharia; aquilo dizia respeito ao próprio princípio de propriedade. E acreditava que os proprietários de imóveis em Nesøya concordariam que aquele era um princípio que todo cidadão tinha o dever de defender. Porque não restava dúvida, a árvore ficava em suas terras, bastava olhar o brasão da família que lhe vendeu a propriedade. No escudo havia um grande carvalho, e qualquer um podia ver que era uma cópia da árvore que motivava o imbróglio. Reinertsen prosseguiu dizendo que se sentar e admirar aquela árvore majestosa aquecia sua alma (nesse ponto o jornalista observou que Reinertsen precisaria se sentar no telhado da casa para ver o carvalho), apenas pelo simples fato de saber que ela era *sua*. No dia seguinte à publicação da entrevista, Hagen derrubou a árvore, usou a lenha no seu fogão, e disse ao jornal que a árvore não apenas aquecia sua alma, mas também seus pés. E que dali em diante Reinertsen precisaria admirar a visão da fumaça de sua chaminé, porque sempre que acendesse o fogão nos próximos anos, ele o faria apenas com a madeira do carvalho. Exasperador, é claro, mas mesmo que o estrondo tivesse vindo de uma arma, sem sombra de dúvida, Clas Hafslund achava difícil acreditar que Reinertsen fosse atirar em Hagen por causa de uma maldita árvore.

Hafslund viu movimento perto da velha casa de barcos que ficava a cerca de 150 metros das propriedades dele e de Hagen e Reinertsen. Era um homem. De terno. Atravessava o gelo, puxando um barco de alumínio. Clas pestanejou. O homem cambaleou e caiu de joelhos na água gelada. Então, ainda ajoelhado, ele se virou para a casa de Hafslund como se sentisse que era observado. Seu rosto era negro. Um refugiado? Eles já tinham chegado até Nesøya? Afrontado, ele apanhou o binóculo na prateleira às suas costas e o apontou para o homem. Não. Ele não era negro. Seu rosto estava coberto de sangue. Agora o homem apoiava as mãos na lateral do barco e se levantava. Seguiu cambaleando. Pegou a corda e voltou a puxar o barco atrás dele. E Clas Hafslund, que não era um homem religioso, pensou estar vendo Jesus. Jesus caminhando sobre a água. Jesus arrastando a cruz até o Calvário. Jesus, que se levantou dos mortos para visitar Clas Hafslund e toda Nesøya. Jesus, com um revólver enorme na mão.

Sivert Falkeid estava na proa do bote inflável com vento no rosto e Nesøya na mira. Ele olhou para o relógio uma última vez. Fazia exatos treze minutos desde que ele e a Delta receberam a mensagem e imediatamente a relacionaram ao sequestro.

"Uma denúncia de tiros em Nesøya."

Era um tempo de resposta aceitável. Chegariam antes dos veículos de emergência que também foram enviados ao local. Mas, de qualquer forma, não era preciso dizer que uma bala viaja mais rápido.

Ele via o barco de alumínio e os contornos de onde começava o gelo.

— Agora — disse ele, e recuou para se juntar aos outros, fazendo com que a proa do bote subisse e eles usassem a inércia para deslizar sobre o gelo coberto por uma fina camada de água.

O policial que pilotava o bote tirou a hélice da água.

O bote sacolejou ao passar sobre a beirada do gelo, e Falkeid sentiu o atrito no chão da embarcação. Àquela velocidade, eles conseguiriam avançar o suficiente para caminhar sobre o gelo.

Ou pelo menos era o que ele esperava.

Sivert Falkeid passou a perna pela lateral do barco e pisou no gelo cuidadosamente. A água derretida chegava ao tornozelo.

— Esperem até que eu me afaste uns vinte metros antes de me seguirem — instruiu ele. — E fiquem no máximo a dez metros de distância.

Falkeid passou a caminhar na direção do barco de alumínio. Estimava a distância em trezentos metros. Parecia abandonado, mas, de acordo com o relato, o homem que suspeitavam ter feito o disparo arrastara o barco desde a casa de barcos que pertencia a Hallstein Smith.

— O gelo está aguentando — sussurrou ele no rádio.

Os homens da equipe Delta estavam equipados com picadores de gelo presos ao peitoral do uniforme por uma corda, para saírem da água caso o gelo cedesse. O cano da submetralhadora se enroscou na presilha, e Falkeid precisou baixar os olhos para soltar a arma.

E escutou o tiro sem ter a chance de ver qualquer coisa que indicasse de onde tinha vindo. Ele instintivamente se atirou na água.

Houve outro tiro. E agora ele viu um fiapo de fumaça subir do barco de alumínio.

— Disparos efetuados do barco. — Ele ouviu no fone de ouvido.

— Está na nossa mira. Aguardando ordens para mandarmos aquela coisa para o inferno.

Eles tinham sido informados de que Smith estava armado com um revólver. Naturalmente, a chance de ele acertar Falkeid a mais de duzentos metros de distância era mínima, mas ainda assim era uma possibilidade. Sivert Falkeid ficou ali deitado enquanto a anestesiante água gelada ensopava suas roupas e molhava sua pele. Não era seu trabalho estimar quanto custaria ao Estado poupar a vida daquele serial killer. As despesas com julgamentos, carcereiros, diárias numa penitenciária cinco estrelas. O trabalho dele era estimar o risco que aquele indivíduo oferecia à vida de seus homens e outras pessoas e reagir de forma adequada. E não pensar em creches, leitos de hospital e reforma de escolas.

— Abrir fogo — disse Sivert Falkeid.

Nada. Apenas o vento e o som de um helicóptero a distância.
— Fogo — repetiu ele.
Nenhuma resposta ainda. O helicóptero se aproximava.
— Você está ouvindo? — perguntou uma voz no fone de ouvido.
— Está ferido?
Falkeid estava prestes a reiterar a ordem quando se deu conta de que tinha acontecido a mesma coisa no treinamento em Haakonsværn. A água salgada havia danificado o microfone, e apenas o fone de ouvido estava funcionando. Ele se virou para o bote e gritou, mas sua voz foi engolida pelo helicóptero, que agora pairava bem acima deles. Então fez com a mão o sinal para atirar, dois movimentos rápidos para baixo com o punho direito fechado. E nada. Que diabo? Falkeid começava a rastejar de volta para o bote inflável quando viu dois de seus homens caminhando sobre o gelo em sua direção, sem sequer se agacharem para se tornarem alvos menores.
— Abaixem! — gritou ele, mas os dois continuaram a caminhar tranquilamente em sua direção.
— Estamos em contato com o helicóptero! — gritou um dos homens acima do barulho. — Eles podem vê-lo, ele está deitado no barco!

Ele estava deitado no fundo do barco, com os olhos fechados contra o sol que brilhava lá em cima. Não conseguia ouvir nada, mas imaginava a água batendo no metal abaixo dele. Era verão. A família toda estava no barco. Um passeio em família. Risos de crianças. Se ficasse com os olhos fechados, talvez conseguisse continuar ali. Ele não sabia se o barco flutuava ou se seu peso o fez encalhar no gelo. Mas na verdade não importava. Ele não ia a lugar algum. O tempo tinha parado. Talvez sempre tivesse sido assim, a não ser que o tempo tivesse acabado de parar. Parar para ele e para o homem que permanecia sentado no Amazon. Era verão para ele também? Ele também estava num lugar melhor agora?

Algo encobria o sol. Uma nuvem? Um rosto? Sim, um rosto. Um rosto de mulher. Como uma lembrança obscura que subitamente vem à tona.

* * *

Ela estava em cima dele, montando nele. Sussurrando que o amava, que sempre o amou. Que esperava por aquilo havia muito tempo. Perguntava se ele também sentia que o tempo tinha parado. Ele sentia as vibrações do barco, e os gemidos dela se tornaram mais altos até culminarem em um grito contínuo, como se ele a estivesse esfaqueando, e então ele soltou o ar dos pulmões e o esperma dos testículos. Ela morreu em cima dele. Bateu a cabeça em seu peito quando o vento açoitou a janela acima da cama no apartamento. E, antes que o tempo voltasse a se mover, os dois adormeceram, inconscientes, sem memória, sem consciência.

Ele abriu os olhos. Parecia um pássaro enorme, pairando no ar.

Era um helicóptero. Que pairava dez, vinte metros acima, mas ainda assim ele não conseguia ouvir nada. Mas entendeu o que fazia o barco vibrar.

Katrine estava do lado de fora da casa de barcos, tremendo de frio na sombra ao observar os policiais se aproximarem do Volvo Amazon.

Ela viu quando eles abriram as portas da frente. Viu um braço cair para fora em um dos lados. O lado errado. O lado de Harry. A mão estava ensanguentada. O policial colocou a cabeça para dentro do carro, provavelmente para checar os sinais vitais. Levou algum tempo e, por fim, Katrine não conseguiu mais se conter. Ouviu a própria voz, trêmula:

— Ele está vivo?

— Talvez — gritou o policial acima do barulho do helicóptero que sobrevoava o fiorde. — Não consegui sentir o pulso, mas talvez ele esteja respirando. Mas, se estiver vivo, acho que não resistirá por muito tempo.

Katrine deu alguns passos na direção do carro.

— A ambulância está a caminho. Você consegue ver o ferimento do tiro?

— Não, tem muito sangue.

Katrine entrou na casa de barcos. Olhou para a mão caída para fora da porta. Parecia buscar alguma coisa, algo em que se agarrar. A mão de alguém para segurar. Ela acariciou a barriga. Havia uma coisa que deveria ter contado a ele.

— Acho que você está enganado — disse o outro policial de dentro do carro. — Ele está morto. Veja as pupilas.

Katrine fechou os olhos.

Ele olhou para os rostos que surgiram acima dele, dos dois lados do barco. Um deles havia tirado a máscara preta, e sua boca se mexia, formando palavras; pela forma como os músculos do pescoço se contraíam, devia estar gritando. Talvez gritasse para ele largar o revólver. Talvez gritasse seu nome. Talvez gritasse para se vingar.

Katrine foi até a porta do carro onde Harry estava. Respirou fundo e olhou para dentro. Olhou atentamente. Teve um choque ainda mais forte do que estava preparada para suportar. Escutava a sirene da ambulância agora, mas já havia visto mais cadáveres do que aqueles dois policiais, e à primeira vista soube que aquele corpo estava sem vida. Ela o conhecia, sabia que aquilo era apenas a casca que tinha sido deixada para trás.

Ela engoliu em seco.

— Ele está morto. Não toquem em nada.

— Mas não precisamos tentar a reanimação cardiorrespiratória? Talvez...

— Não — disse ela com firmeza. — Deixem-no em paz.

Ela ficou imóvel. Sentiu o choque passar lentamente. Dar lugar à surpresa. Surpresa por Hallstein Smith ter escolhido dirigir o carro em vez de obrigar o refém a fazê-lo. Por Harry não estar sentado onde ela pensava que ele estaria.

Harry estava deitado no fundo do barco, olhando para cima. Rostos de pessoas, o helicóptero que cobria o sol, o céu azul. Tinha conseguido chutar o revólver outra vez antes que Hallstein Smith o pegasse. E então Hallstein pareceu desistir. Talvez fosse imaginação sua, mas ele sentiu através dos dentes, na boca, a pulsação do outro homem ficando cada vez mais fraca. Até finalmente parar. Harry perdeu a consciência duas vezes antes de conseguir passar as mãos e as algemas para a frente do corpo, soltar o cinto de segurança e tirar a chave das algemas do bolso do paletó. A chave do carro estava quebrada na ignição, e ele sabia que não teria forças para subir a estrada de terra íngreme e coberta de gelo até a rodovia, ou pular as cercas altas das propriedades dos dois lados da estrada. Ele gritou por ajuda, mas era como se Smith tivesse arrancado sua voz aos socos, e os berros fracos que conseguiu emitir foram abafados por um helicóptero, provavelmente da polícia. Então, para que o vissem do alto, ele arrastou o barco de Smith para o gelo, deitou ali dentro e disparou vários tiros para o alto.

Ele soltou o revólver Ruger. A arma cumprira sua tarefa. Estava acabado. Ele podia bater em retirada agora. De volta para o verão, quando tinha doze anos e estava deitado num barco com a cabeça no colo da mãe, ouvindo o pai contar para ele e a irmã a história de um general ciumento durante a guerra entre os venezianos e os turcos. Harry sabia que precisaria explicar tudo para a irmã quando fossem dormir. Estava secretamente satisfeito com isso, porque não importava quanto tempo levasse, não desistiriam até ela entender as conexões. E Harry gostava de conexões. Mesmo quando, lá no fundo, sabia que não existia nenhuma.

Ele fechou os olhos.

Ela ainda estava deitada ali. Deitada ao lado dele. E agora sussurrava em seu ouvido.

— Você acha que também é capaz de gerar vida, Harry?

Epílogo

Harry serviu Jim Beam no copo. Devolveu a garrafa à prateleira. Pegou o copo. E o colocou ao lado da taça de vinho branco sobre o balcão, diante de Anders Wyller. Os clientes atrás do jovem policial se acotovelavam para serem atendidos.

— Você está muito melhor — disse Anders, e olhou para o copo de uísque sem tocá-lo.

— Seu pai me consertou — disse Harry. Ele olhou de relance para Øystein, que fez um gesto indicando que tentaria segurar as pontas sozinho por algum tempo. — Como vão as coisas na Homicídios?

— Bem — respondeu Anders. — Mas você sabe como é, a calmaria depois da tempestade.

— Sabia que chamam isso de...

— Sim. Gunnar Hagen me perguntou hoje se eu gostaria de assumir um cargo temporário de inspetor assistente durante a licença de Katrine.

— Parabéns. Mas você não é um pouco jovem para isso?

— Ele disse que a ideia foi sua.

— Minha? Deve ter sido por causa da concussão. — Harry aumentou o volume do amplificador, e os Jayhawks cantaram "Tampa to Tulsa" um pouco mais alto.

Anders sorriu.

— É, o meu pai disse que você levou uma surra das boas. A propósito, quando você descobriu que ele era meu pai?

— Não havia o que descobrir, as evidências me revelaram tudo. Quando mandei a mecha de cabelo dele para análise de DNA, a Perícia Técnica encontrou uma compatibilidade com um dos perfis de DNA da cena do crime. Não de um dos suspeitos, mas o perfil de um dos detetives, que sempre coletamos quando trabalhamos na cena de um crime, é claro. O seu, Anders. Mas era uma compatibilidade apenas parcial. Uma conexão familiar. Uma compatibilidade pai-filho. Você recebeu o resultado primeiro, mas não o passou para mim, ou para mais ninguém da Homicídios. Então, quando descobri a compatibilidade, não precisei me esforçar muito para descobrir que o nome de solteira da falecida esposa do Dr. Steffens era Wyller. Por que você não me contou?

Anders deu de ombros.

— Não tinha importância nenhuma para o caso.

— E você não queria ser ligado ao seu pai? Por isso usa o nome de solteiro da sua mãe?

Anders fez que sim.

— É uma longa história, mas as coisas estão melhorando. Estamos nos falando. Ele está um pouco mais humilde, entendeu que não é o senhor perfeito. E eu... Bem, estou um pouco mais velho, um pouco mais maduro, talvez. Enfim, como você descobriu que Mona estava no meu apartamento?

— Dedução.

— É claro. Como por exemplo?

— O cheiro no corredor. Loção pós-barba Old Spice. Mas você não estava barbeado. E Oleg havia mencionado o fato de que Mona Daa usava Old Spice como perfume. E tinha aquela gaiola. As pessoas não prendem gatos em gaiolas. A não ser que recebam visitas recorrentes de uma mulher com alergia a gato.

— Você não brinca em serviço, Harry.

— Você também não, Anders. Mas ainda acho que é jovem e inexperiente demais para o cargo.

— Então por que você sugeriu meu nome? Eu nem sou inspetor ainda.

sar bem, reconhecer que ainda precisa melhorar

— Para você não e deu uma risada.
e recusar a exatamente o que eu fiz.
Anders, vai beber o seu Jim Beam?
— ... olhou para o copo. Respirou fundo. Negou com a
... gosto muito de uísque. Para dizer a verdade, acho que só
... para imitar você.
... está na hora de encontrar minha própria bebida. Dê um fim
nisso, por favor.

Harry esvaziou o copo na pia às suas costas. Pensou em sugerir um drinque da garrafa que Ståle Aune tinha dado como presente atrasado para o bar, um bitter de laranja chamado Stumbras 999 Raudonos Devynerios. Aune havia explicado que tinham uma garrafa no bar da faculdade, e que o gerente do bar se inspirou na bebida para escolher o segredo do cofre, o que, por sua vez, atraiu Hallstein Smith para a armadilha para pegar macaco. Harry se virou para contar isso a Anders quando viu uma pessoa entrar no Jealousy Bar. Seus olhares se cruzaram.

— Só um minuto — disse Harry. — Estamos recebendo uma visita oficial.

Ele observou Rakel abrindo caminho pelo salão lotado, mas ela podia muito bem ser a única pessoa ali dentro. Ela caminhava exatamente como na primeira vez que a viu, em frente à sua casa. Como uma bailarina.

Rakel chegou ao balcão e sorriu para ele.

— Sim — disse ela.

— Sim?

— É, minha resposta é sim.

Harry abriu um sorriso e colocou a mão sobre a dela.

— Eu amo você, mulher.

— É bom saber. Porque estamos montando uma sociedade limitada onde eu, como presidenta do conselho, tenho direito a trinta por cento das ações, vinte e cinco por cento dos lucros e uma música de PJ Harvey por noite.

— Fechado. Ouviu isso, Øystein?
— Já que ela trabalha aqui, para trás do balcão, ag(
Rakel foi até Øystein e Anders saiu pela porta.
Harry pegou o telefone e fez uma ligação.
— Hagen — disse uma voz.
— Oi, chefe. É Harry.
— Eu sei. Então agora eu voltei a ser chefe?
— Ofereça aquele trabalho a Wyller outra vez. Insista, e el aceitá-lo.
— Por quê?
— Eu me enganei, ele está pronto.
— Mas...
— Como inspetor assistente, existe um limite para as cagadas que ele pode fazer, e ele vai aprender muito.
— Sim, mas...
— E agora é o momento perfeito, a calmaria depois da tempestade.
— Sabia que chamam isso de...
— Sei.
Harry desligou.
Tentou afastar o pensamento. O comentário de Smith no carro sobre o que estava por vir. Tinha mencionado aquilo a Katrine, e eles checaram a correspondência de Smith, mas não encontraram nada indicando que um novo vampirista tivesse sido recrutado. Então não havia muito que pudessem fazer, e aquilo provavelmente tinha sido apenas os delírios ávidos de um louco. Harry aumentou o som dos Jayhawks um pouco mais. Sim, agora estava melhor.

Svein Finne, o "Noivo", saiu do chuveiro e ficou nu diante do espelho no vestiário do Gain Gym. Gostou do lugar, gostou da vista para o parque, da sensação de espaço e liberdade. Não, aquilo não o assustou como disseram que assustaria. Ele deixou a água escorrer pelo corpo, deixou a umidade evaporar da pele. Havia sido um longo treino. Ele se acostumara àquilo na prisão, horas e horas respirando, suando, dando tudo de si. O corpo aguentava. Precisava aguentar, ele tinha muito trabalho pela frente. Não sabia quem era a pessoa que havia entrado em contato com ele, e não tinha notícias dele havia algum tempo. Mas a oferta era irrecusável. Um apartamento. Uma nova identidade. E mulheres.

Ele passou a mão na tatuagem que tinha no peito.

Então se virou e foi até o armário com o cadeado manchado de tinta. Girou os discos até ler 0999, o número que lhe tinha sido enviado. Só Deus sabia se aquele número significava alguma coisa, mas abriu o cadeado. Havia um envelope acolchoado dentro do escaninho, que ele abriu e virou de cabeça para baixo. Uma chave de plástico branca caiu em sua mão. Ele tirou uma folha de papel. Um endereço. Em Holmenkollen.

E havia algo mais ali dentro, algo que ficou preso.

Ele rasgou o envelope. Olhou para o objeto. Preto. Belo em sua brutal simplicidade. Ele o colocou na boca, trincou os dentes. Sentiu gosto de sal e de ferro amargo. Sentiu o fogo. Sentiu a sede.

Este livro foi composto na tipografia Sabon
LT Std, em corpo 11/15, e impresso em
papel off-white no Sistema Digital Instant Duplex
da Divisão Gráfica da Distribuidora Record.